MANESSE BIBLIOTHEK DER WELTLITERATUR

Tschechow · Meisternovellen

ANTON TSCHECHOW

—

MEISTERNOVELLEN

Aus dem Russischen
übersetzt von Rebecca Candreia
Auswahl und Nachwort
von Iwan Schmeljow

MANESSE VERLAG

ISBN 3-7175-1402-4 (Leinen)
ISBN 3-7175-1403-2 (Leder)

Copyright © 1946 by Manesse Verlag, Conzett+Huber, Zürich
Alle Rechte vorbehalten · Druck: Conzett+Huber AG, Zürich
Imprimé en Suisse · Printed in Switzerland

KRANKENZIMMER NR. 6

I

Im Hof des Krankenhauses steht ein kleines Seitengebäude, das ein ganzer Wald von Kletten, Brennesseln und Feuerkraut umgibt. Das Dach ist verrostet, der Schornstein halb eingestürzt, die Treppenstufen sind verfault und vom Gras überwuchert, vom Kalkbewurf sind nur noch die Spuren übriggeblieben. Die Hauptfassade ist dem Krankenhaus zugewandt, die hintere blickt auf das Feld, von dem sie nur der Zaun, in dem Nägel stecken, trennt. Diese Nägel, deren Spitzen nach oben gerichtet sind, und der Zaun, und vor allem das Seitengebäude schauen so trübselig und gottverlassen drein, wie bei uns nur Krankenhäuser und Gefängnisse auszusehen pflegen.

Wenn Sie sich nicht fürchten, sich an den Nesseln zu verbrennen, so folgen Sie mir auf dem schmalen Pfad, der zum Seitengebäude führt, und sehen wir uns drinnen um. Wir öffnen die erste Tür und treten in den Hausflur. Ganze Berge alten Gerümpels sind an den Wänden und neben dem Ofen aufgestapelt: Matratzen, alte, zerlumpte Kittel, Beinkleider, blaugestreifte Hemden, untaugliches, ausgetragenes Schuhwerk, all dieser Abfall ist vermengt und zerknittert aufgehäuft, modert und strömt einen dumpfen Geruch aus.

Auf dem Kram liegt, die Pfeife stets zwischen den Zähnen, der Wärter Nikita, ein alter, verabschiedeter Soldat mit verfärbten Tressen. Er hat ein ausgemergeltes, finsteres Gesicht mit roter Nase, und die überhängenden Brauen verleihen ihm den Ausdruck eines Schäferhundes der Steppe. Er ist kleinen Wuchses, scheint hager und sehnig; doch seine Haltung ist achtunggebietend, und seine Fäuste sind kräftig. Er gehört zu jenen biederen, entschiedenen, genauen und stumpfsinnigen Menschen, die vor allem Ordnung lieben und daher überzeugt sind, man müsse *sie* prügeln. Seine Schläge fallen ins Gesicht, auf die Brust, den Rücken, wohin sie treffen, und er ist überzeugt, daß sonst hier keine Ordnung herrschen würde.

Aus dem Hausflur gelangt man in ein großes, geräumiges Zimmer, das neben dem Flur das ganze Gebäude einnimmt. Die Wände sind mit einer schmutzigblauen Farbe angestrichen, die Decke verräuchert; es ist klar, daß die Oefen im Winter rauchen. Eisengitter verunstalten die Fenster von innen. Der Fußboden ist grau und voller Splitter. Es stinkt nach Sauerkraut, blakendem Docht, Wanzen und Ammoniak, und dieser Gestank ruft im ersten Moment den Eindruck eines Tierparks hervor.

Im Zimmer stehen am Boden festgeschraubte Betten. Darauf sitzen und liegen Leute in blauen Krankenhauskitteln, die altväterische Schlafmützen tragen. Es sind Geisteskranke.

Es sind im ganzen fünf Männer. Nur einer ist von adliger Abstammung, die übrigen sind Kleinbürger. Der erste von der Tür, ein hochgewachsener, hagerer Mann mit fuchsrotem, glänzendem Schnurrbart und verweinten Augen, sitzt mit in die Hand gestütztem Kopf und starrt auf einen Punkt. Er grämt sich Tag und Nacht, schüttelt das Haupt, seufzt und lächelt bitter; selten nimmt er an einem Gespräch teil und bleibt die Antwort auf Fragen gewöhnlich schuldig. Er ißt und trinkt mechanisch, wenn ihm das Essen gereicht wird. Nach dem quälenden, ihn schüttelnden Husten, der Magerkeit und der hektischen Wangenröte zu urteilen, leidet er an einer Schwindsucht im Anfangsstadium.

Nach ihm kommt ein kleiner, lebhafter, sehr beweglicher alter Mann mit einem spitzen Bärtchen und schwarzem, krausem Negerhaar. Er ergeht sich tagsüber im Krankenzimmer von Fenster zu Fenster oder sitzt, nach türkischer Art, mit untergeschlagenen Beinen auf seinem Bett oder pfeift unermüdlich wie ein Dompfaff, singt leise und kichert. Kindlichen Frohsinn und lebhaften Charakter trägt er auch nachts zur Schau, wenn er sich erhebt, um zu beten, das heißt, sich mit den Fäusten auf die Brust zu schlagen und mit dem Finger an der Tür herumzuhantieren. Das ist der Jude Moissejka, ein harmloser Narr, der vor zwanzig Jahren den Verstand verlor, als seine Mützenwerkstatt abbrannte.

Von allen Insassen des Krankenzimmers Nr. 6 ist es nur ihm gestattet, das Gebäude und sogar den Hof des Krankenhauses zu verlassen und auf die Straße hinauszugehen. Er genießt dieses Privileg schon seit langer Zeit, wahrscheinlich als Alteingesessener des Krankenhauses und stiller, ungefährlicher Narr, Hanswurst der Stadt, den, umgeben von Knaben und Hunden, auf den Straßen zu sehen man sich schon längst gewöhnt hat. Im Kittel, mit der komischen Schlafmütze und in Pantoffeln, zuweilen barfuß und sogar ohne Beinkleider, geht er durch die Straßen, bleibt an Toren und Läden stehen und bettelt. An einem Ort gibt man ihm Kwaß, an einem andern Brot, an einem dritten eine Kopeke, so daß er gewöhnlich satt und reich ins Krankenhaus zurückkehrt. Alles, was er mitbringt, nimmt ihm der Wärter Nikita ab. Er tut das grob und böse, kehrt ihm die Taschen heraus und ruft Gott zum Zeugen an, daß er den Juden nie mehr auf die Straße lassen werde und daß Unordnung für ihn das Schlimmste sei.

Moissejka ist gern gefällig. Er reicht seinen Gefährten Wasser, deckt sie zu, wenn sie schlafen, verspricht einem jeden, ihm eine Kopeke von der Straße mitzubringen und eine neue Mütze zu nähen; auch füttert er seinen

Nachbarn zur Linken, einen Paralytiker, mit dem Löffel. Er handelt so nicht aus Mitleid oder aus humanen Erwägungen, ahmt vielmehr nach und unterwirft sich unwillkürlich seinem Nachbarn zur Rechten, Gromow.

Iwan Dmitritsch Gromow, ein Mann von dreiunddreißig Jahren, von adliger Abstammung, ehemaliger Gerichtsvollzieher und Gouvernementssekretär, leidet an Verfolgungswahn. Entweder liegt er auf dem Bett ganz zusammengerollt oder geht aus einem Winkel in den anderen, um sich gleichsam Bewegung zu machen, sitzen aber tut er sehr selten. Er befindet sich durch irgendeine unklare, unbestimmte Erwartung in Aufregung, Erregung und Spannung. Das geringste Geräusch im Flur, ein Schrei im Hof genügen, damit er den Kopf erhebt und zu lauschen beginnt: Verfolgt man ihn? Wird er gesucht? Und sein Gesicht drückt dabei äußerste Unruhe und Abscheu aus.

Mir gefällt sein breites Gesicht mit den hervorragenden Backenknochen, das immer bleich und unglücklich ist und wie in einem Spiegel die durch Kampf und dauernde Angst zermarterte Seele widerspiegelt. Seine Grimassen sind seltsam und krankhaft; doch die feinen Züge, die tiefes, aufrichtiges Leiden seinem Gesicht aufgedrückt, sind klug und intelligent, und in den Augen liegt ein warmer, gesunder Glanz. Auch er selber gefällt mir, er ist stets höflich, dienstfertig und äußerst zartfühlend in seinem Benehmen allen gegenüber mit Ausnahme von Nikita. Läßt jemand einen Knopf oder Löffel fallen, so springt er schnell vom Bett auf und hebt ihn auf. Jeden Morgen begrüßt er seine Genossen mit einem guten Morgen und wünscht ihnen beim Schlafengehen eine ruhige Nacht.

Außer dem beständigen Zustand der Spannung und den Grimassen drückt sich sein Wahnsinn noch im folgenden aus: zuweilen schlägt er des Abends die Schöße seines Schlafrocks übereinander und beginnt, am ganzen Körper zitternd und zähneklappernd, schnell aus einem Winkel in den anderen und zwischen den Betten herumzugehen. Man könnte glauben, daß er starkes Fieber habe. Wenn er dann plötzlich innehält und seine Gefährten anblickt, wird es ersichtlich, daß er irgend etwas Wichtiges sagen möchte, doch augenscheinlich einsieht, daß man ihn nicht anhören oder verstehen werde. Er schüttelt dann ungeduldig seinen Kopf und fährt im Schreiten fort. Doch bald siegt der Wunsch, zu reden, über alle Überlegungen, er gibt ihm nach und spricht heiß und leidenschaftlich. Seine Rede ist unzusammenhängend und gleicht Fieberphantasien, sie ist nicht immer verständlich; doch dafür vernimmt man in den Worten und der Stimme etwas außerordentlich Gutes. Wenn er spricht, so erkennen Sie den Geisteskranken und Menschen in ihm. Es ist schwierig, seine verrückte Rede zu Papier zu bringen.

Er spricht von der menschlichen Gemeinheit, von der Gewalttätigkeit, die das Recht mit Füßen tritt, von dem schönen Leben, das einmal auf Erden anheben wird, von den Fenstergittern, die ihn jeden Augenblick an den Stumpfsinn und die Grausamkeit der Bedrücker erinnern. Es entsteht ein unzusammenhängendes, verworrenes Potpourri aus alten, aber noch nicht vorgetragenen Liedern.

II

Vor etwa zwölf, fünfzehn Jahren lebte an der Hauptstraße der Stadt im eigenen Hause der Beamte Gromow, ein solider, begüterter Mann. Er besaß zwei Söhne: Sergej und Iwan. Als er schon Student im vierten Semester war, erkrankte Sergej an der galoppierenden Schwindsucht und starb, und dieser Tod war gleichsam der Beginn von einer ganzen Reihe von Unglücksfällen, die plötzlich über die Familie Gromow hereinbrachen. Eine Woche nach Sergejs Beerdigung wurde der alte Vater wegen Fälschungen und Veruntreuungen dem Gericht übergeben und starb bald darauf im Gefängnisspital am Typhus. Das Haus und alle bewegliche Habe kam unter den Hammer, und Iwan Dmitritsch blieb mit der Mutter gänzlich mittellos zurück.

Als der Vater noch lebte, hatte Iwan Dmitritsch, der an der Petersburger Universität studierte, gegen sechzig, siebzig Rubel im Monat erhalten. Er hatte keinen Begriff von Not, jetzt aber mußte er sein Leben gänzlich ändern. Er mußte vom Morgen bis zum Abend Stunden gegen einen Spottlohn erteilen, sich mit Abschriften befassen und gleichwohl hungern, da er seinen ganzen Verdienst der Mutter für ihren Unterhalt schickte. Ein solches Leben hielt Iwan Dmitritsch nicht aus; er ließ den Mut sinken, fing an zu kränkeln, gab die Universität auf und fuhr nach Hause. Im Städtchen erhielt er durch Protektion eine Lehrstelle an der Bezirksschule; doch er fand keinen Kontakt mit seinen Kollegen, gefiel den Schülern nicht und gab bald die Stelle auf. Die Mutter starb. Gegen ein halbes Jahr war er stellenlos, ernährte sich nur von Brot und Wasser, darauf wurde er Gerichtsvollzieher. Diesen Posten bekleidete er, bis er wegen Krankheit entlassen wurde.

Er hatte nie, sogar während seiner Studentenzeit, den Eindruck eines Gesunden gemacht. Er war immer blaß und mager, Erkältungen leicht ausgesetzt, hatte wenig gegessen, schlecht geschlafen. Ein Gläschen Schnaps machte ihn schwindlig und hysterisch. Die Menschen zogen ihn an; doch wegen seiner Reizbarkeit und seines Mißtrauens wurde er mit keinem intim und hatte keine Freunde. Über die Bewohner des Städtchens äußerte er sich voll Verachtung, fand ihre grobe Unwissenheit und ihr schläfriges, animalisches Leben abscheulich und ekelhaft. Er sprach mit Tenorstimme, laut, glutvoll, voll Empörung und Entrüstung, oder aber mit Begeisterung und Verwunderung und stets aufrichtig. Wie das Gespräch auch anhob, so lenkte er es stets auf das eine: in der Stadt erstickt man und stirbt vor Langeweile, die Gesellschaft kennt keine höheren Interessen, sie führt ein mattes, sinnloses Leben, nur durch Gewalttätigkeit, grobe Ausschweifungen und Heuchelei Abwechslung darein bringend; die Schurken sind satt und gutgekleidet, die Ehrlichen aber müssen sich von Brocken ernähren; Schulen sind vonnöten, eine Lokalzeitung mit einer anständigen Richtung, ein Theater, öffentliche Vorlesungen, eine Sammlung der intellektuellen Kräfte; es wäre nötig, daß die Gesellschaft zum Bewußtsein erwachte und in Entsetzen geriete. Sein Urteil über die Menschen war Schwarzweißmalerei, er erkannte keinerlei Nuancen an; er teilte die Menschheit in Anständige und Schurken ein, eine Mitte gab es nicht. Über Frauen und Liebe sprach er stets leidenschaftlich, voll Begeisterung, war aber nie verliebt gewesen.

Ungeachtet seiner schroffen Äußerungen und seiner Nervosität war er in der Stadt beliebt, und man nannte ihn hinter seinem Rücken zärtlich Wanja. Sein ihm angeborenes Zartgefühl, seine Dienstfertigkeit, Anständigkeit, seine Sittenreinheit und das abgetragene Röckchen zusammen mit seiner kränklichen

Miene und dem Unglück der Familie flößten ein gutes, warmes und trauriges Gefühl ein. Zudem besaß er eine gute Bildung und war belesen, wußte nach Meinung seiner Mitbürger alles und galt in der Stadt als ein lebendiges Lexikon.

Er las sehr viel. So konnte er im Klub sitzen, nervös an seinem Bärtchen zupfen und Zeitschriften und Bücher durchblättern, und es war seinem Gesicht anzusehen, daß er nicht las, sondern die Bücher verschlang und kaum Zeit zum Kauen fand. Man muß wohl annehmen, daß das Lesen eine seiner krankhaften Gewohnheiten war, da er sich mit gleicher Gier auf alles stürzte, was ihm unter die Finger geriet, selbst auf letztjährige Kalender und Zeitungen. Daheim las er stets in liegender Stellung.

III

An einem Herbstmorgen drängte sich Iwan Dmitritsch, mit aufgeschlagenem Mantelkragen durch den Dreck schlurfend, durch Seitengassen und Hinterhöfe; er war mit einem Exekutionsbefehl auf dem Wege zu einem Kleinbürger. Seine Stimmung war düster wie immer am Morgen. In einer Seitengasse begegnete er zwei Arrestanten in Ketten unter der Eskorte von vier Männern mit Gewehren. Auch früher war Iwan Dmitritsch häufig Arrestanten begegnet, und jedesmal hatten sie in ihm ein Gefühl des Mitleids und der Peinlichkeit erregt; jetzt aber machte diese Begegnung einen ganz besonderen, seltsamen Eindruck auf ihn. Plötzlich schien es ihm, daß man auch ihn in Ketten legen könne und gleicherweise durch den Dreck ins Gefängnis führen. Nachdem er seinen Auftrag beim Kleinbürger ausgeführt hatte, kehrte er nach Hause zurück. Vor der Post traf er einen ihm bekannten Polizeiaufseher, der ihn begrüßte und ein paar Schritte begleitete. Aus irgendeinem Grund kam ihm das verdächtig vor. Daheim verließen ihn den ganzen Tag nicht die Gedanken an die Arrestanten und die Soldaten mit den Gewehren, und eine unbegreifliche seelische Unruhe hinderte ihn, zu lesen und sich zu konzentrieren. Abends machte er kein Licht bei sich, in der Nacht aber konnte er nicht schlafen und dachte immerfort nur daran, daß man ihn verhaften, in Ketten legen und ins Gefängnis setzen könne. Er war sich keiner Schuld bewußt und hätte sich dafür verbürgen können, daß er auch in Zukunft nie einen Mord, eine Brandstiftung oder einen Diebstahl ausführen würde. Aber kann man denn nicht leicht auch zufällig, unfreiwillig ein Verbrechen begehen, und ist denn eine Verleumdung, schließlich ein Justizirrtum nicht möglich? Uralte Volkserfahrung lehrt ja, daß niemand vor Bettelsack und Gefängnis sicher ist. Ein Justizirrtum aber ist bei dem heutigen Gerichtsverfahren durchaus möglich. Menschen, die eine dienstliche, geschäftliche Beziehung zu fremden Leiden haben, zum Beispiel Richter, Polizisten, Ärzte, werden mit der Zeit durch die Macht der Gewohnheit so abgestumpft, daß sie, selbst wenn sie es anders wollten, ihre Klienten nur formell behandeln können. Sie unterscheiden sich in dieser Hinsicht durch nichts von dem Bauern, der im Hinterhof Hammel und Kälber schlachtet, ohne das Blut zu bemerken. Bei der formellen, seelenlosen Beziehung zur Persönlichkeit aber braucht der Richter, um einen unschuldigen Menschen aller Rechte zu berauben und ihn zu Gefängnis zu verurteilen, nur eines: Zeit. Nur Zeit zur Beobachtung irgendwelcher Formalitäten, für die der Richter seinen Lohn erhält, und damit ist alles erledigt. Suche nachher in diesem kleinen, schmutzigen Städtchen, zweihundert Kilometer von der Eisenbahn, nach Gerechtigkeit und Schutz! Und ist es denn nicht lächerlich, an Gerechtigkeit zu denken, wenn eine jede Gewalttätigkeit von der Gesellschaft als eine vernünftige und zweckmäßige Notwendigkeit begrüßt wird, und ein jeder Gnadenakt, zum Beispiel ein Freispruch, einen Ausbruch unbefriedigter, rachsüchtiger Gefühle hervorruft?

Am nächsten Morgen erhob sich Iwan Dmitritsch voll Entsetzen, die Stirn mit kaltem Schweiß bedeckt, schon ganz überzeugt davon, daß man ihn jeden Augenblick verhaften könne. Wenn ihn die gestrigen schweren Gedanken so lange nicht verließen, mußte er denken, so enthielten sie wohl einen Teil Wahrheit. Sie hätten ihm ja nicht ohne Grund sonst in den Sinn kommen können.

Ein Schutzmann ging ohne Hast an seinem Fenster vorbei. Dann blieben zwei Männer vor dem Hause stehen und schwiegen. Warum schwiegen sie?

Und für Iwan Dmitritsch hoben qualvolle Tage und Nächte an. Alle Vorübergehenden, alle, die das Haus betraten, schienen ihm Spione und Geheimpolizisten zu sein. Gegen Mittag fuhr gewöhnlich der Kreisrichter mit seinem Zweigespann vorbei; er fuhr aus seinem vor der Stadt liegenden Gut in die Polizeiverwaltung; doch Iwan Dmitritsch kam es jedesmal vor, er fahre zu schnell und mit einem besonderen Ausdruck vorbei, augenscheinlich beeile er sich, die Erklärung abzugeben, daß in der Stadt ein wichtiger Verbrecher aufgetaucht sei. Iwan Dmitritsch fuhr bei einem jeden Glockenzeichen, bei einem jeden Klopfen auf, quälte sich, wenn er bei seiner Hauswirtin einer fremden Person begegnete; traf er mit Polizisten oder Gendarmen zusammen, so lächelte und pfiff er, um gleichgültig zu erscheinen. Er schlief nächtelang nicht, immer in Erwartung der Verhaftung, schnarchte aber und seufzte laut, um bei seiner Hauswirtin den Eindruck eines Schlafenden hervorzurufen; denn wenn er nicht schlief, so plagte ihn wohl das Gewissen; war denn das nicht ein Beweis seiner Schuld? Die Tatsachen und die gesunde Logik wollten ihn überreden, daß alle diese Ängste — Blödsinn, Psychopathie seien, daß Verhaftung und Gefängnis, wenn man die Sache unbefangen betrachtete, im Grunde nicht so furchtbar seien, wenn man ein ruhiges Gewissen habe; doch je klüger und logischer seine Überlegungen waren, desto qualvoller und stärker wuchs seine Seelenunruhe an. Es war wie bei dem Einsiedler, der ein Plätzchen in einem Urwald ausroden wollte; je eifriger er mit der Axt arbeitete, desto undurchdringlicher und mächtiger dehnte der Wald sich vor ihm aus. Schließlich sah Iwan Dmitritsch ein, daß es nutzlos sei, ließ die Überlegungen bleiben und gab sich ganz seiner Verzweiflung und seiner Furcht hin.

Er begann sich zurückzuziehen und die Menschen zu meiden. Seine Arbeit war ihm auch früher zuwider gewesen, jetzt aber wurde sie ihm unerträglich. Er befürchtete, daß man ihm eine Falle legen, Bestechungsgeld in die Tasche stecken und ihn darauf der Bestechung bezichtigen könnte, oder daß er selber zufällig einen Irrtum begehen könnte, der einer Unterschlagung gleichkäme, oder fremdes Geld verlieren könnte. Merkwürdigerweise waren seine Gedanken früher nie so geschmeidig und erfindungsreich gewesen wie jetzt, da er jeden Tag tausenderlei vielfältiger Anlässe ersann, die ihn ernstlich um seine Freiheit und Ehre bangen ließen. Doch dafür schwächte sich sein

Interesse an der Außenwelt, insbesondere an Büchern, sichtlich, und sein Gedächtnis nahm sehr ab.

Als im Frühjahr die Schneeschmelze begann, fand man in der Schlucht neben dem Kirchhof zwei halbverweste Leichname — einer alten Frau und eines Knaben, mit den Anzeichen eines gewaltsamen Todes. In der Stadt wurde nur von diesen Leichen und den unbekannten Mördern gesprochen. Damit man nicht glaube, daß er der Mörder sei, ging Iwan Dmitritsch lächelnd durch die Straßen; bei der Begegnung mit Bekannten aber erblaßte er und errötete abwechselnd und beteuerte, daß es kein gemeineres Verbrechen gäbe als den Mord Schwacher und Hilfloser. Doch diese Lüge ermüdete ihn bald, und nach einigem Nachdenken beschloß er, daß es in seiner Lage am besten wäre, sich im Keller des Hauses zu verstecken. Er verblieb im Keller einen Tag, darauf die Nacht und den nächsten Tag, fror stark, um die Dämmerung abzuwarten und sich heimlich wie ein Dieb in sein Zimmer zu schleichen. Bis zum Morgen blieb er unbeweglich, lauschend inmitten seines Zimmers stehen. In aller Frühe noch vor Sonnenaufgang kamen zu seiner Wirtin Ofensetzer. Iwan Dmitritsch wußte wohl, daß sie wegen des Herdes in der Küche gekommen waren; doch die Furcht gab ihm den Gedanken ein: es sind Polizisten, die sich als Ofensetzer verkleidet haben. Leise verließ er die Wohnung und rannte, von Angst ergriffen, ohne Mütze und Rock davon, verfolgt von bellenden Hunden. Irgendwo schrie ein Bauer hinter ihm auf, in den Ohren pfiff die Luft, und es kam Iwan Dmitritsch vor, als ob die Gewalt der ganzen Welt sich hinter seinem Rücken gesammelt habe und ihn verfolge.

Er wurde angehalten und nach Hause geführt, und die Hausfrau mußte den Arzt holen. Der Arzt, Andrej Jefimytsch, von dem noch die Rede sein wird, verschrieb kalte Umschläge auf den Kopf und Kirschlorbeertropfen, schüttelte traurig den Kopf und ging, wobei er der Hauswirtin bedeutete, daß er nicht mehr kommen werde, da man die Menschen nicht hindern dürfe, verrückt zu werden. Da Iwan Dmitritsch die Mittel für die Behandlung fehlten, verbrachte man ihn bald ins Krankenhaus und legte ihn in die Abteilung für Geschlechtskranke. Er schlief nachts nicht, war launisch und belästigte die Kranken, so wurde er bald auf Anordnung von Andrej Jefimytsch in das Krankenzimmer Nr. 6 verlegt.

Nach einem Jahr hatte man Iwan Dmitritsch in der Stadt bereits gänzlich vergessen, und seine Bücher, die seine Hauswirtin in einen Schlitten unter dem Schutzdach geworfen hatte, wurden von den Kindern auseinandergeschleppt.

IV

Iwan Dmitritschs Nachbar zur Linken war, wie ich bereits bemerkt habe, der Jude Moissejka; sein Nachbar zur Rechten aber war ein fetter, kugelrunder Bauer mit einem stumpfen, gänzlich ausdruckslosen Gesicht. Er war ein unbewegliches, gefräßiges und unsauberes Tier, und hatte schon längst die Fähigkeit, zu denken und zu fühlen, eingebüßt. Von ihm ging ein scharfer, erstickender Gestank aus.

Nikita schlug ihn unmenschlich, mit voller Wucht, ohne seine Fäuste zu schonen. Und das Entsetzliche daran waren nicht die Schläge an sich — daran kann man sich gewöhnen —, sondern die Reaktion dieses abgestumpften Tieres, das weder durch einen Laut noch eine Bewegung oder den Ausdruck der Augen auf die Schläge antwortete, sondern nur gleich einem schweren Faß leicht schwankte.

Der fünfte und letzte Insasse des Krankenzimmers Nr. 6 ist ein Kleinbürger, der einst auf der Post die Briefe sortierte, ein kleiner, schmächtiger blonder Mann mit einem guten, aber etwas listigen Gesicht. Nach seinen klugen, ruhigen Augen zu urteilen, die klar und fröhlich blicken, hat er einen festen Willen und wahrt ein wichtiges und angenehmes Geheimnis. Er hat unter seinem Kopfkissen und unter der Matratze etwas, das er keinem zeigt, aber nicht aus Furcht, daß man es ihm nehmen könnte, sondern aus Schamhaftigkeit. Zuweilen nähert er sich dem Fenster und wendet seinen Rücken den übrigen Genossen zu, dann heftet er sich etwas an die Brust und betrachtet es mit gebeugtem Kopf; wenn dann jemand zu ihm herantritt, wird er verlegen und reißt es sich von der Brust. Aber es ist nicht schwer, sein Geheimnis zu erraten.

«Gratulieren Sie mir», sagt er häufig zu Iwan Dmitritsch, «ich bin zum Stanislausorden zweiten Grades mit dem Stern vorgeschlagen. Den zweiten Grad mit dem Stern verleiht man nur Ausländern; doch man will für mich aus irgendeinem Grund eine Ausnahme machen», fährt er lächelnd fort, unschlüssig die Achseln zuckend. «Ich muß schon gestehen, darauf war ich nicht gefaßt!»

«Davon verstehe ich nichts», bemerkt mürrisch Iwan Dmitritsch.

«Aber wissen Sie, was ich früher oder später erlangen werde?» setzt der frühere Sortierer fort, listig die Augen zusammenkneifend, «ich werde ganz bestimmt den schwedischen ‚Polarstern' erhalten. Dieser Orden ist wohl jede Bemühung wert. Ein weißes Kreuz und ein schwarzes Band. Das ist sehr schön.»

Wahrscheinlich ist wohl an keinem Ort der Welt das Leben so eintönig wie in diesem Nebengebäude. Am Morgen waschen sich die Kranken, mit Ausnahme des Paralytikers und des dicken Bauern, im Hausflur aus einem großen Zuber und trocknen sich mit den Schößen der Kittel. Darauf trinken sie aus

Zinnkrügen Tee, den Nikita aus dem Hauptgebäude bringt. Jeder erhält einen Krug. Zu Mittag essen sie Sauerkohlsuppe und Grütze, abends verzehren sie den Rest dieser Grütze. In den Zwischenzeiten liegen sie, schlafen, blicken aus dem Fenster und gehen aus einem Winkel in den anderen. Und so ist es jeden Tag. Sogar der ehemalige Sortierer redet immer nur von den gleichen Orden.

Neue Menschen sind selten im Krankenzimmer Nr. 6 zu sehen. Der Arzt nimmt schon lange keine Geisteskranken mehr auf, und es gibt nicht viele Liebhaber, die Vergnügen am Besuch von Irrenanstalten finden. Alle zwei Monate pflegt Semjon Lasarytsch zu erscheinen, der Barbier. Wir wollen davon nicht reden, wie er die Kranken schert und wie Nikita ihm dabei behilflich ist und in welche Verwirrung die Kranken jedesmal beim Erscheinen des betrunkenen, lächelnden Barbiers geraten.

Außer dem Barbier wirft niemand einen Blick in das Seitengebäude. Die Kranken sind dazu verurteilt, tagein, tagaus nur Nikita zu sehen.

Übrigens verbreitete sich unlängst ein ziemlich seltsames Gerücht durch das Krankenhaus.

Das Gerücht tauchte auf, daß der Arzt begonnen habe, das Krankenzimmer Nr. 6 zu besuchen.

V

Ein seltsames Gerücht!

Der Arzt, Andrej Jefimytsch Ragin, ist ein in seiner Art bemerkenswerter Mann. Es heißt von ihm, daß er in frühester Jugend sehr fromm war und sich zum geistlichen Beruf vorbereitet habe und im Jahre 1863, nach Beendigung des Gymnasiums, die Absicht hatte, in die geistliche Akademie einzutreten; doch solle sein Vater, ein Chirurg, ihn bissig verspottet und kategorisch erklärt haben, daß er ihn nicht mehr als Sohn anerkennen werde, wenn er unter die Popen gehe. Es ist mir nicht bekannt, wie weit das der Wahrheit entspricht; doch Andrej Jefimytsch hat so manches Mal ausgesprochen, daß er nie eine Berufung zur Medizin, überhaupt zu Spezialwissenschaften, verspürt habe.

Wie dem auch sei, er wurde nach Beendigung des medizinischen Studiums nicht Geistlicher. Er zeigte keine Frömmigkeit und glich zu Beginn seiner ärztlichen Laufbahn ebenso wenig wie heute einer geistlichen Person.

Sein Äußeres ist schwerfällig, grob, bäuerisch; mit seinem Gesicht, seinem Bart, dem glatten Haar, dem kräftigen, ungeschlachten Körperbau erinnert er eher an einen fetten, unmäßigen, rauhen Schankwirt an der Landstraße. Sein Gesicht ist streng, von blauen Äderchen durchzogen, die Augen klein, die Nase rot. Hochgewachsen und breitschultrig, hat er riesige Pratzen und Füße, und wenn er seine Faust gebrauchen sollte, so würde man wohl unter ihrem Schlag die Seele aushauchen. Doch sein Schritt ist leise und sein Gang vorsichtig, schleichend. Begegnet man ihm im engen Korridor, so bleibt er als erster stehen, um vorübergehen zu lassen, und sagt in einem hohen, weichen Tenor — nicht, wie zu erwarten wäre, im Baß —: «Verzeihung!» Er hat eine kleine Geschwulst am Hals, die ihm das Tragen harter, gestärkter Kragen verbietet, und darum geht er stets in weichen Leinen- oder Kattunhemden. Er kleidet sich überhaupt nicht wie ein Arzt. Er trägt den gleichen Anzug gegen zehn Jahre; die neue Kleidung aber, die er gewöhnlich in einem jüdischen Laden kauft, scheint an ihm ebenso vertragen und zerknittert wie die alte. Im gleichen Rock, in dem er die Patienten empfängt, nimmt er auch seine Mahlzeiten ein und geht zu Besuch, aber weniger aus Geiz, als aus völliger Gleichgültigkeit gegenüber seinem Äußeren.

Als Andrej Jefimytsch ins Städtchen kam, um seinen Posten zu übernehmen, befand sich die Armenanstalt in einem erbärmlichen Zustand. Man konnte in den Krankenzimmern, Korridoren und im Hof des Krankenhauses vor Gestank nur mühsam atmen. Die Wärter, die Wärterinnen und ihre Kinder schliefen in den Krankensälen zusammen mit den Kranken. Alle klagten, daß es vor Küchenschaben, Wanzen und Mäusen nicht zum Aushalten wäre. In der chirurgischen Abteilung starb die

Wundrose nicht aus. Im ganzen Krankenhaus gab es nur zwei Skalpelle und überhaupt kein Thermometer; in den Badewannen wurden Kartoffeln aufbewahrt. Der Verwalter, die Verwalterin und der Feldscher plünderten die Kranken; vom alten Doktor aber, Andrej Jefimytschs Vorgänger, erzählte man sich, daß er sich mit dem heimlichen Verkauf des Krankenhausspiritus abgegeben und sich aus den Wärterinnen und den weiblichen Kranken einen Harem eingerichtet habe. In der Stadt waren alle diese Mißstände sehr wohl bekannt, man übertrieb sie sogar, verhielt sich aber ihnen gegenüber ruhig; die einen trösteten sich damit, daß das Krankenhaus ja ohnehin nur von Kleinbürgern und Bauern aufgesucht würde, die nicht unzufrieden sein könnten, da sie daheim viel schlechter lebten als im Krankenhaus. Sollte man sie denn mit Haselhühnern füttern? Andere hingegen führten zur Rechtfertigung an, daß es der Stadt ohne Hilfe der Semstwo nicht möglich wäre, ein gutes Krankenhaus zu unterhalten, man müsse Gott danken, daß wenigstens ein schlechtes bestände. Die junge Semstwo eröffnete aber weder in der Stadt noch in ihrer Nähe ein Spital, indem sie darauf hinwies, daß die Stadt schon eines besitze.

Andrej Jefimytsch schaute sich das Krankenhaus an und kam zum Schluß, daß diese Anstalt unmoralisch und für die Gesundheit der Bewohner in höchstem Grade schädlich sei. Seiner Meinung nach wäre es am klügsten gewesen, die Kranken zu entlassen und das Krankenhaus zu schließen. Doch er sah ein, daß sein Wille allein dafür nicht ausreiche und daß es auch nutzlos wäre; wenn man die physische und moralische Unsauberkeit von einem Ort verjagte, so würde sie auf einen andern übergehen, man müsse warten, bis sie von selbst verschwände. Zudem brauchten die Menschen wohl ihr Krankenhaus, da sie es eröffnet hatten und duldeten; Vorurteile und alle diese Garstigkeiten und Abscheulichkeiten des Lebens sind notwendig, da sie sich mit der Zeit zu etwas Nützlichem umwandeln, wie der Mist in Schwarzerde übergeht. Auf Erden gibt es nichts Gutes, das in seinen Ursprüngen nicht garstig gewesen wäre.

Nachdem Andrej Jefimytsch seinen Posten übernommen hatte, schien er sich den Mißständen gegenüber ziemlich gleichgültig zu verhalten. Er ersuchte nur die Wärter und Wärterinnen, nicht mehr in den Krankensälen zu schlafen, und stellte zwei Schränke mit Instrumenten auf; der Verwalter, die Verwalterin, der Feldscher und die Wundrose blieben aber nach wie vor.

Andrej Jefimytsch schätzt außerordentlich Verstand und Ehrlichkeit; doch er besitzt nicht genügend Charakter und Glauben an sein Recht, um das Leben um sich klug und ehrlich zu gestalten. Er versteht ganz entschieden nicht, zu befehlen, zu verbieten und auf etwa zu bestehen. Es sieht fast so aus, als habe er das Gelübde getan, nie seine Stimme zu erheben und den Imperativ zu gebrauchen. Es fällt ihm schwer, zu sagen: «gib» oder «bring»; wenn er essen will, hüstelt er unentschlossen und sagt der Köchin: «Wenn ich vielleicht Tee haben könnte...» oder: «Wenn ich vielleicht zu Mittag essen könnte.» Es übersteigt aber ganz und gar seine Kraft, dem Verwalter zu sagen, er solle nicht mehr stehlen, oder ihn davonzujagen oder diesen unnützen Posten eines Parasiten überhaupt aufzuheben. Wenn man Andrej Jefimytsch betrügt oder ihm schmeichelt oder ihm eine offenbar gefälschte Rechnung zum Unterschreiben vorlegt, errötet er wie ein Krebs und fühlt sich schuldig, unterschreibt aber die Rechnung gleichwohl; wenn die Kranken sich über Hunger oder die Grobheit der Wärterinnen beklagen, wird er verlegen und murmelt schuldbewußt:

«Gut, gut, ich will die Sache untersuchen... Wahrscheinlich liegt ein Mißverständnis vor.»

Die erste Zeit arbeitete Andrej Jefimytsch sehr eifrig. Er hielt täglich vom Morgen bis Mittag Sprechstunde ab, führte Operationen aus und befaßte sich sogar mit Geburtshilfe. Die Damen äußerten sich über ihn, daß er sehr aufmerksam sei und gute Diagnosen stelle, namentlich bei Kinder- und Frauenkrankheiten. Doch mit der Zeit bekam er seine Tätigkeit durch ihre Eintönigkeit und offenkundige Nutzlosigkeit sichtlich satt. Heute konnte er dreißig Patienten in der Sprechstunde empfangen, und morgen waren schon fünfunddreißig herbeigeströmt, übermorgen sogar vierzig, und so ging es tagaus, tagein, jahraus, jahrein, doch die Mortalität nahm in der Stadt nicht ab, und die Zahl der Kranken versiegte nicht. Es besteht keine physische Möglichkeit, vierzig ambulanten Kranken in der Zeit vom Morgen bis zum Mittag eine ernste Hilfe zuteil werden zu lassen; man muß sie also betrügen. Er hatte im laufenden Jahr 12000 ambulante Kranke empfangen, das will heißen, daß er bei einfacher Überlegung 12000 Personen betrogen hatte. Die ernsten Fälle aber im Krankenhaus aufzunehmen und sie nach den Regeln der Wissenschaft zu behandeln, war auch nicht möglich; denn es bestanden wohl Regeln, aber keine Wissenschaft; ließ man aber die Philosophie aus dem Spiel und befolgte pedantisch die Regeln gleich den übrigen Ärzten, so war dazu in erster Linie Sauberkeit und Ventilation erforderlich, aber nicht Schmutz; eine gesunde Nahrung, aber nicht eine Kohlsuppe aus stinkendem Sauerkraut; und gute Gehilfen, aber nicht Diebe.

Und warum soll man auch die Menschen daran hindern, zu sterben, wenn der Tod der normale und gesetzliche Abschluß jeden Lebens ist? Was hat man davon, daß irgendein Krämer oder Beamter fünf, zehn Jahre länger lebt? Sieht man das Ziel der Medizin aber darin, durch Arzneien die Leiden zu lindern, so drängt sich einem unwillkürlich die Frage auf: warum soll man sie lindern? Erstens heißt es, Leiden führen den Menschen zur Vollkommenheit, und zweitens, wenn die Menschheit es in der Tat so weit bringt, die Leiden durch Pillen und Tropfen zu lindern, so wird sie Religion und Philosophie gänzlich vernachlässigen, worin sie bisher nicht nur Schutz vor allerlei Unglück, sondern sogar Glück fand. Puschkin erduldete vor dem Tod furchtbare Qualen, der arme Heine lag mehrere Jahre gelähmt da; warum sollte also irgendein Andrej Jefimytsch oder eine Matriona Sawischna nicht Schmerzen ertragen, deren Leben inhaltslos ist und völlig leer wäre und dem Leben der Amöben gliche, wenn die Leiden nicht wären?

Durch solche Überlegungen niedergedrückt, ließ Andrej Jefimytsch den Mut sinken und ging nicht mehr jeden Tag ins Krankenhaus.

VI

Sein Leben verläuft folgendermaßen: Gewöhnlich steht er gegen acht Uhr morgens auf, kleidet sich an und trinkt Tee. Darauf liest er in seinem Arbeitszimmer oder begibt sich ins Krankenhaus. Dort sitzen im engen, dunklen Gang die ambulanten Kranken, die die Sprechstunde erwarten. Mit polternden Schuhen laufen die Wärter und Wärterinnen über den fliesenbedeckten Boden vorüber, hagere Patienten gehen in ihren Kitteln vorbei, Leichen werden vorübergetragen und Schmutzkübel; Kinder weinen, und ein Zugwind bläst. Andrej Jefimytsch weiß, daß eine solche Umgebung für die an Fieber und Schwindsucht leidenden, so empfindsamen Kranken qualvoll ist, doch was soll man machen? Im Sprechzimmer wird er vom Feldscher Sergej Sergejitsch empfangen, einem kleinen, dicken Mann mit glattrasiertem, sauber gewaschenem, vollem Gesicht, weichen, leichten Bewegungen und in einem neuen, weiten Anzug, worin er mehr einem Senator denn einem Feldscher ähnlich sieht. Er hat eine Riesenpraxis in der Stadt, trägt eine weiße Halsbinde und hält sich für wissender als den Doktor, der überhaupt keine Praxis hat. In der Ecke des Sprechzimmers steht ein großes Heiligenbild mit einem Heiligenschrank und einer schweren Kirchenlampe, daneben ein Kirchenleuchter in einer weißen Hülle. An den Wänden hängen Bilder von Bischöfen, die Ansicht eines Klosters und Kränze aus getrockneten Kornblumen. Sergej Sergejitsch ist religiös und liebt frommen Schmuck. Das Heiligenbild hat er auf eigene Kosten angeschafft. Auf seinen Befehl muß an Feiertagen einer der Patienten im Sprechzimmer laut Kirchengesänge zu Ehren der heiligen Jungfrau Maria singen, und nachher geht Sergej Sergejitsch mit dem Weihrauchfaß durch alle Krankenzimmer und räuchert.

Es sind viele Patienten da, und die Zeit ist knapp, daher beschränkt sich alles auf eine kurze Befragung und die flüchtige Verabreichung einer Arznei in Form einer Salbe oder von Rizinusöl. Andrej Jefimytsch sitzt mit in die Faust gestützter Wange nachdenklich da und stellt mechanisch die Fragen. Auch Sergej Sergejitsch sitzt, reibt sich die Händchen und mischt sich hin und wieder ein.

«Wir sind krank und leiden Not», sagt er, «weil wir schlecht zu Gott, dem Barmherzigen, beten. Jawohl!»

Andrej Jefimytsch führt in der Sprechstunde keine Operationen durch; er ist sie schon lange nicht mehr gewohnt, und der Anblick von Blut regt ihn unangenehm auf. Wenn er einem Kind den Mund öffnen muß, um ihm in den Hals zu schauen, und das Kind schreit und wehrt mit den Händchen ab, so wird er ob dem Lärm in den Ohren schwindlig und es treten ihm Tränen in die Augen. Er beeilt sich, die Arznei zu verschreiben und gibt ein Zeichen, daß die Mutter das Kind schnell forttrage.

Er bekommt schnell genug von der Schüchternheit der Kranken und ihrer Einfältigkeit, von der Nähe des großartigen Sergej Sergejitsch, den Bildern an den Wänden und seinen eigenen Fragen, die er seit mehr als zwanzig Jahren unveränderlich stellt. Und er entfernt sich, nachdem er fünf, sechs Kranke abgefertigt hat. Die übrigen fertigt ohne ihn der Feldscher ab.

Mit dem angenehmen Gedanken, daß er gottlob schon lange keine private Praxis mehr ausübe und daß niemand ihn stören würde, setzt sich Andrej Jefimytsch, nachdem er zu Hause angelangt ist, im Arbeitszimmer an seinen Tisch und beginnt zu lesen. Er liest sehr viel und stets mit großem Vergnügen. Die Hälfte seines Gehalts geht für Bücher fort, und von den sechs Zimmern seiner Wohnung sind drei mit Büchern und alten Zeitschriften ausgefüllt. Am meisten liebt er Aufsätze über Geschichte und Philosophie; von medizinischen Werken ist er nur auf den «Arzt» abonniert, den er immer vom Ende her zu lesen beginnt. Er liest mehrere Stunden ohne Unterbruch, und es ermüdet ihn nicht. Er liest nicht so schnell und so ungestüm wie seinerzeit Iwan Dmitritsch, sondern langsam, eindringlich, und verweilt häufig bei den Stellen, die ihm gefallen oder unverständlich sind. Neben dem Buch steht stets eine Karaffe mit Schnaps und liegt eine Salzgurke oder ein eingemachtes Äpfelchen ohne Teller einfach auf dem Tuch. Jede halbe Stunde schenkt er sich, ohne den Blick vom Buch zu lassen, ein Gläschen Schnaps ein und leert es, worauf er, ohne hinzuschauen, nach der Gurke tastet und ein Stückchen abbeißt.

Um drei Uhr nähert er sich vorsichtig der Küchentür, hüstelt und sagt:

«Darjuschka, könnte ich vielleicht essen...»

Nach dem Mittagessen, das ziemlich schlecht und nachlässig zubereitet ist, geht Andrej Jefimytsch mit über der Brust gekreuzten Armen durch die Zimmer und sinnt. Es schlägt vier Uhr, darauf fünf Uhr; er aber geht immer noch und sinnt. Zuweilen knarrt die Küchentür, und daraus schaut das rote, verschlafene Gesicht Darjuschkas hervor.

«Andrej Jefimytsch, ist es nicht Zeit für Sie, Bier zu trinken?» fragt sie besorgt.

«Nein, es ist noch nicht Zeit...» erwidert er. «Ich will noch warten... will noch warten...»

Gegen Abend findet sich gewöhnlich der Postmeister, Michail Awerjanytsch, ein, der einzige Mensch in der Stadt, dessen Gesellschaft Andrej Jefimytsch nicht lästig fällt. Michail Awerjanytsch war einst ein sehr reicher Gutsbesitzer und diente in der Kavallerie, doch ruinierte er sich und trat aus Not im Alter in die Postverwaltung ein. Er sieht rüstig und gesund aus, hat einen prachtvollen grauen Backenbart, gute Manieren und eine laute, angenehme Stimme. Er ist gut und empfindsam, aber aufbrausend. Wenn von den Leuten, die die Post aufsuchen, jemand zu protestieren versucht, nicht einverstanden ist oder einfach zu räsonieren beginnt, so wird Michail Awerjanytsch purpurrot, zittert am ganzen Körper und brüllt mit Donnerstimme: «Schweigen Sie!» So genießt die Postverwaltung schon lange den Ruf einer Anstalt, in der der Aufenthalt furchtbar ist. Michail Awerjanytsch liebt und schätzt Andrej Jefimytsch wegen dessen Bildung und edler Seele, die übrigen Bewohner der Stadt aber behandelt er von oben herab, gleichsam wie Untergebene.

«Da bin ich!» sagt er eintretend. «Guten Tag, mein Lieber! Sicher haben Sie mich schon satt, nicht wahr?»

«Ganz im Gegenteil, ich freue mich», erwidert der Doktor. «Ich bin immer über Ihren Besuch erfreut.»

Die beiden Freunde nehmen auf dem Diwan des Arbeitszimmers Platz und rauchen eine Zeitlang schweigend.

«Darjuschka, könnten wir vielleicht Bier haben?» sagt Andrej Jefimytsch.

Die erste Flasche wird auch schweigend geleert: vom Doktor nachdenklich, von Michail Awerjanytsch aber mit fröhlicher, lebhafter Miene, wie jemand, der etwas Interessantes zu erzählen hat. Der Doktor beginnt stets das Gespräch.

«Wie schade», sagt er langsam und leise, den Kopf schüttelnd und seinem Partner nicht in die Augen blickend (er schaut nie in die Augen). «Wie schade, verehrter Michail Awerjanytsch, daß in unserer Stadt gänzlich die Menschen fehlen, die ein kluges und interessantes Gespräch zu führen verständen und liebten. Das ist ein großer Verlust für uns. Selbst die Intellektuellen können sich nicht über die Trivialität erheben. Ihr geistiges Niveau, versichere ich Sie, ist um nichts höher als bei den niederen Ständen.»

«Sie haben vollständig recht. Ich bin mit Ihnen einverstanden.»

«Sie wissen ja selbst», fährt der Doktor leise und gedehnt fort, «daß in dieser Welt alles unbedeutend und uninteressant ist außer den höheren Regungen des menschlichen Verstandes. Der Verstand zieht eine scharfe Grenze zwischen Tier und Mensch, deutet auf die Göttlichkeit des letzteren hin und ersetzt ihm sogar in gewissem Grade die nicht bestehende Unsterblichkeit. Davon ausgehend, ist uns der Verstand die einzig mögliche Quelle des Genusses. Wir aber sehen und hören rings um uns nichts von Verstand und sind folglich dieses Genusses beraubt. Wir haben freilich Bücher, aber das kann uns nicht das lebendige Gespräch und die Gemeinschaft ersetzen. Wenn Sie mir einen nicht sehr glücklichen Vergleich gestatten, so sind Bücher — Noten, das Gespräch aber — Gesang.»

«Sie haben vollständig recht.»

Erneutes Schweigen. Darjuschka kommt aus der Küche und bleibt mit dem Ausdruck stumpfen Schmerzes mit in die Faust gestütztem Gesicht in der Tür lauschend stehen.

«Ach!» seufzt Michail Awerjanytsch, «Sie verlangen von den heutigen Menschen Verstand!»

Und er beginnt zu erzählen, wie gesund, fröhlich und interessant früher das Leben war, was für eine kluge Intelligenzschicht in Rußland bestand und wie hoch sie die Begriffe der Ehre und Freundschaft stellte. Man lieh sich gegenseitig ohne Wechsel Geld, und es galt als Schande, dem Kameraden in Not nicht die helfende Hand entgegenzustrecken. Und was für Feldzüge, Abenteuer, Scharmützel, was für Kameraden, was für Frauen gab es! Und der Kaukasus — welch herrliches Land! Und die Gattin eines Bataillonskommandanten, eine merkwürdige Frau, legte Offizierskleidung an und ritt abends in die Berge davon, ganz allein, ohne Führer. Es hieß, daß sie in einem Dorf einen Roman mit einem kleinen Fürsten hätte.

«Himmelskönigin, himmlische Mutter...» seufzt Darjuschka.

«Und wie man trank! Wie man aß! Und was für Liberale wir hatten!»

Andrej Jefimytsch hört zu und hört nichts, er ist in seine Gedanken vertieft und schlürft dazu sein Bier.

«Ich träume häufig von klugen Menschen und von Gesprächen mit ihnen», wirft er plötzlich ein, Michail Awerjanytsch unterbrechend. «Mein Vater ließ mir eine vortreffliche Erziehung angedeihen, veranlaßte mich aber unter dem Einfluß der Ideen der sechziger Jahre, Arzt zu werden. Mich dünkt, daß ich, wenn ich damals nicht auf ihn gehört hätte, mich jetzt im Zentrum der geistigen Bewegung befinden würde. Wahrscheinlich wäre ich Mitglied irgendeiner Fakultät. Gewiß, auch der

Verstand ist nicht ewig, auch er ist vergänglich; aber Sie wissen, warum ich ihm wohlgeneigt bin. Das Leben ist eine verdrießliche Falle. Wenn ein denkender Mensch die Mannbarkeit erreicht und sein Bewußtsein reif wird, so fühlt er sich unwillkürlich wie in einer Falle, aus der es keinen Ausweg gibt. In der Tat, gegen seinen Willen ist er durch irgendwelche Zufälligkeiten aus dem Nichtsein zum Leben berufen worden... Warum? Will er den Sinn und das Ziel seiner Existenz erfahren, so sagt man es ihm nicht oder fertigt ihn mit Absurditäten ab; auf sein Klopfen wird ihm nicht geöffnet; und dann kommt, auch gegen seinen Willen, der Tod zu ihm. Und so, wie im Gefängnis durch gemeinsames Unglück verbundene Menschen sich leichter fühlen, wenn sie zusammen sind, so bemerkt man auch im Leben die Falle nicht, wenn zu Analyse und Verallgemeinerungen neigende Menschen zusammenkommen und die Zeit im Austausch stolzer, freiheitlicher Ideen verbringen. In diesem Sinn ist der Verstand ein unersetzlicher Genuß...»

«Sie haben vollständig recht.»

Dem Gesprächspartner nicht in die Augen blickend, fährt Andrej Jefimytsch fort, leise, mit Pausen, von klugen Menschen und den Gesprächen mit ihnen zu reden, während Michail Awerjanytsch ihm aufmerksam zuhört und ihm beipflichtet: «Sie haben vollständig recht.»

«Und Sie glauben nicht an die Unsterblichkeit der Seele?» fragt ihn plötzlich der Postmeister.

«Nein, verehrter Michail Awerjanytsch, ich glaube nicht daran und habe auch keinen Grund dazu.»

«Ich muß gestehen, daß auch ich Zweifel hege. Obgleich ich, nebenbei bemerkt, das Gefühl habe, daß ich nie sterben werde. Ach, sage ich mir, du alter Kauz, es ist für dich Zeit, zu sterben! In meiner Seele aber flüstert irgendein Stimmchen: glaub es nicht, du wirst nicht sterben!..»

Wenn es auf Zehn geht, entfernt sich Michail Awerjanytsch. Im Vorzimmer den Pelzmantel anlegend, spricht er mit einem Seufzer:

«Indessen, in welche Einöde hat uns das Schicksal verschlagen! Und am ärgerlichsten ist es, daß man hier auch wird sterben müssen. Ach!..»

VII

Nachdem er seinen Freund geleitet hat, setzt sich Andrej Jefimytsch an den Tisch und beginnt von neuem zu lesen. Die Stille des Abends und darauf der Nacht wird durch keinen Laut unterbrochen, und die Zeit scheint stillzustehen und zusammen mit dem Doktor über dem Buch zu erstarren, und nichts außer diesem Buch und der Lampe mit dem grünen Lampenschirm scheint zu bestehen. Das grobe, bäurische Gesicht des Doktors wird allmählich durch ein Lächeln der Rührung und der Begeisterung über die Regungen des menschlichen Verstands erhellt. Ach, warum ist der Mensch nicht unsterblich? denkt er. Warum gibt es Hirnzentren und Windungen, warum Gesichtssinn, die Rede, das Selbstgefühl, das Genie, wenn das alles dazu verurteilt ist, in den Boden zu versinken und schließlich zusammen mit der Erdrinde zu erkalten und darauf Millionen von Jahren ohne Sinn und ohne Ziel mit der Erde um die Sonne zu kreisen? Damit er erkalte und darauf kreise, ist es ganz und gar nicht nötig, aus dem Nichtsein den Menschen mit seinem hohen, beinahe göttlichen Geistesflug zu erschaffen, um ihn dann, gleichsam zum Hohn, in Lehm zu verwandeln.

Stoffwechsel! Doch welche Feigheit, sich mit diesem Surrogat der Unsterblichkeit zu trösten! Die in der Natur vor sich gehenden unbewußten Prozesse stehen sogar unter der menschlichen Dummheit; denn in der Dummheit ist dennoch Bewußtsein und Wille, in den Prozessen aber rein nichts. Nur ein Feigling, der mehr Furcht vor dem Tode als Würde empfindet, kann sich damit trösten, daß sein Körper mit der Zeit im Gras, im Stein, in der Kröte weiterleben wird ... Seine Unsterblichkeit im Stoffwechsel zu erblicken, ist ebenso seltsam, wie einem Futteral eine glänzende Zukunft zu prophezeien, nachdem die kostbare Geige zerbrochen ist und untauglich wurde.

Wenn die Uhr schlägt, lehnt sich Andrej Jefimytsch in seinen Sessel zurück und schließt die Augen, um ein wenig nachzudenken. Und unvermutet, unter dem Einfluß der guten Gedanken, die er im Buche gefunden hat, wirft er einen Blick auf seine Vergangenheit und auf die Gegenwart. Die Vergangenheit ist ekelhaft, lieber nicht daran denken. Und die Gegenwart ist nicht besser als die Vergangenheit. Er weiß, daß, während seine Gedanken zugleich mit der erkalteten Erde um die Sonne kreisen, ganz nahe der Doktorswohnung im großen Gebäude die Menschen in Krankheit und physischer Unsauberkeit schmachten; vielleicht schläft einer nicht und führt Krieg mit den Insekten, vielleicht holt sich einer gerade die Wundrose oder stöhnt, weil sein Verband ihn schnürt; vielleicht spielen die Kranken mit den Wärterinnen Karten und trinken Schnaps. Im Rechenschaftsjahr sind 12000 Menschen betrogen worden; das ganze Krankenhauswesen ist, wie vor zwanzig Jahren, auf Diebstahl, Streitigkeiten, Klatschereien, Nepotismus, grober Scharlatanerie aufgebaut, und das Krankenhaus stellt nach wie vor eine unmoralische und für die Gesundheit der Bewohner im höchsten Grade schädliche Anstalt dar. Er weiß, daß im Krankenzimmer Nr. 6 Nikita die Kranken prügelt und Moissejka täglich durch die Straßen geht und bettelt.

Anderseits ist es ihm wohlbekannt, daß die Medizin in den letzten fünfundzwanzig Jahren einen ungeahnten Wandel durchgemacht hat.

Als er noch an der Universität studierte, kam es ihm vor, als ob die Medizin bald vom Schicksal der Alchimie und Metaphysik ereilt werden würde; jetzt aber, da er die Nächte durchliest, bewegt ihn die Medizin und erregt Erstaunen in ihm und sogar Begeisterung. In der Tat, welch ein unerwarteter Glanz, welche Revolution! Dank der Antisepsis werden Operationen ausgeführt, die der große Pirogow sogar in spe für unmöglich hielt. Gewöhnliche Landärzte entschließen sich zu einer Resektion des Kniegelenks, auf hundert Bauchschnitte zählt man nur einen Todesfall, Steine aber gelten für so unbedeutend, daß man nicht einmal darüber schreibt. Die Syphilis wird radikal geheilt. Und die Vererbungstheorie, die Hypnose, Pasteurs und Kochs Entdeckungen, die Hygiene mit ihrer Statistik, und unsere russische Semstwomedizin? Die Psychiatrie mit ihrer heutigen Klassifizierung der Krankheiten, den Untersuchungsmethoden, der Therapie — das ist im Vergleich zu dem, was war, ein Elbrus. Jetzt gießt man den Geisteskranken nicht mehr kaltes Wasser über den Kopf oder zieht ihnen ein Zwangshemd an; man behandelt sie menschlich und veranstaltet sogar, wie die Zeitungen schreiben, Theatervorstellungen und Bälle für sie. Andrej Jefimytsch weiß, daß bei den heutigen Anschauungen und Geschmacksrichtungen eine Erbärmlichkeit wie das Krankenzimmer Nr. 6 nur in zweihundert Kilometern Entfernung von der Eisenbahn in einem Städtchen möglich ist, dessen Stadthaupt und alle Stadtabgeordneten halbgebildete Kleinbürger sind, die im Arzt den Priester sehen, dem man ohne jegliche Kritik Glauben schenken muß, selbst wenn er glühendes Zinn in den Mund gösse; an einem andern Ort aber hätten Publikum und Zeitungen diese kleine Bastille schon längst zertrümmert.

Und was folgt daraus? fragt sich Andrej Jefimytsch, die Augen öffnend. Was folgt daraus? Gut, wir haben Antisepsis, und Koch, und Pasteur; im wesentlichen aber hat sich nichts geändert. Gesundheitszustand und Mortalität sind unverändert. Man veranstaltet für die Geisteskranken Bälle und Theateraufführungen, entläßt sie aber nicht in die Freiheit. Alles ist also dummes Zeug und Eitelkeit, und im Grunde besteht keinerlei Unterschied zwischen der besten Wiener Klinik und meinem Krankenhaus.

Doch Schmerz und ein dem Neid gleichsehendes Gefühl hindern ihn daran, gleichgültig zu sein. Das kommt wohl von Übermüdung. Der schwere Kopf sinkt über das Buch, er legt die Hände unters Gesicht, damit es weicher sei, und denkt:

Ich diene einer schädlichen Sache und erhalte dafür Gehalt von Menschen, die ich betrüge; ich bin nicht ehrlich. Doch an sich bin ich ja nichts, ich bin nur ein Teilchen des notwendigen sozialen Übels: alle Beamten des Bezirks sind schädlich und erhalten ihren Lohn umsonst... Folglich bin nicht ich an meiner Unehrlichkeit schuld, sondern die Zeit... Wäre ich zweihundert Jahre später auf die Welt gekommen, so wäre ich anders.

Wie es drei Uhr schlägt, löscht er die Lampe aus und begibt sich ins Schlafzimmer. Er findet nicht Schlaf.

VIII

Vor zwei Jahren hat die Semstwo in einer Großmutsanwandlung beschlossen, jährlich dreihundert Rubel zu einer Vermehrung des medizinischen Personals im städtischen Krankenhaus beizusteuern, bis sie selbst ihr eigenes Krankenhaus errichte, und Andrej Jefimytsch erhielt als Gehilfen den Bezirksarzt Jewgenij Fjodorowitsch Chobotow. Das ist ein noch sehr junger — er zählt noch keine dreißig Jahre — hochgewachsener, brünetter Mann mit breiten Backenknochen und kleinen Äuglein. Wahrscheinlich waren seine Vorfahren Fremdstämmige. Er kam in der Stadt völlig mittellos an mit einem kleinen Koffer und einer jungen, häßlichen Frau, die er als seine Köchin bezeichnete. Diese Frau hat ein Brustkind. Jewgenij Fjodorowitsch trägt eine Schirmmütze und hohe Stiefel, im Winter aber einen Halbpelz. Er hat sich mit dem Feldscher und dem Rentmeister sehr angefreundet, die übrigen Beamten aber tituliert er Aristokraten und meidet sie. Er besitzt nur ein einziges

Buch, «Die neuesten Rezepte der Wiener Klinik für das Jahr 1881». Wenn er einen Krankenbesuch macht, nimmt er stets dieses Büchlein mit. Abends spielt er im Klub Billard, Karten hingegen liebt er nicht. Er ist ein großer Liebhaber sonderbarer Ausdrücke.

Er kommt zweimal wöchentlich in das Krankenhaus, geht durch alle Krankensäle und hält Sprechstunde ab. Das gänzliche Fehlen der Antisepsis und die Blutegel empören ihn; doch er führt keine neue Ordnung ein, da er dadurch Andrej Jefimytsch zu kränken fürchtet. Seinen Kollegen Andrej Jefimytsch hält er für einen alten Schelm, vermutet große Geldmittel bei ihm und beneidet ihn insgeheim. Er würde gern seine Stelle einnehmen.

IX

An einem Frühlingsabend gegen Ende März, als schon kein Schnee mehr auf dem Boden lag und im Garten des Krankenhauses die Stare sangen, begleitete der Doktor seinen Freund, den Postmeister, bis zum Tor. Der Jude Moissejka kam gerade zum Hof herein, er kehrte von einem Beutezug zurück, war ohne Mütze und trug Gummischuhe an den bloßen Füßen. In Händen hielt er ein kleines Säckchen mit den Almosen.

«Gib mir eine Kopeke!» wandte er sich, zitternd vor Kälte und lächelnd, an den Doktor.

Andrej Jefimytsch, der nie eine Bitte abschlagen konnte, reichte ihm zehn Kopeken.

Gräßlich, dachte er, auf die bloßen Füße mit den roten, mageren Gelenkknorren blickend. Es ist ja naß auf der Straße.

Getrieben von einem Gefühl, das aus Mitleid und Ekel zusammengesetzt war, folgte er dem Juden in das Seitengebäude, bald auf seine Glatze, bald auf die Gelenkknorren blickend. Nikita sprang von seinem Haufen Gerümpel auf, als er den Doktor erblickte.

«Guten Tag, Nikita», sagte der Doktor weich. «Könnte man nicht diesem Juden Stiefel geben, sonst erkältet er sich noch.»

«Zu Befehl, Ew. Wohlgeboren. Ich will es dem Verwalter melden.»

«Bitte, tu es. Bitte ihn in meinem Namen darum. Sag, ich hätte gebeten.»

Die Tür aus dem Hausflur in das Krankenzimmer war geöffnet. Iwan Dmitritsch lag auf seinem Bett und erhob sich auf seinen Ellbogen, unruhig auf die fremde Stimme lauschend, doch plötzlich erkannte er Andrej Jefimytsch. Er begann vor Zorn zu zittern, sprang auf und lief mit einem roten, bösen Gesicht, in dem die Augen vorstanden, in die Mitte des Zimmers.

«Der Doktor ist gekommen!» rief er und begann laut zu lachen. «Endlich! Meine Herrschaften, ich gratuliere, der Doktor beehrt uns mit seiner Visite! Verdammtes Scheusal!» kreischte er auf und stampfte in einer Wut, wie man sie noch nie im Krankenzimmer gesehen hatte, mit dem Fuß auf. «Man muß dieses Scheusal töten! Nein, das ist noch zu wenig! Man muß es im Abtritt ersäufen!»

Andrej Jefimytsch hörte ihn, warf einen Blick ins Krankenzimmer und fragte weich:

«Wofür?»

«Wofür?» schrie Iwan Dmitritsch auf, mit drohender Miene auf ihn zugehend und die Schöße seines Kittels krampfhaft übereinanderschlagend. «Wofür? Du Dieb!» sprach er voll Abscheu und die Lippen wie zum Spucken verziehend. «Scharlatan! Henker!»

«Beruhigen Sie sich», erwiderte Andrej Jefimytsch, schuldbewußt lächelnd. «Ich versichere Sie, ich habe nie etwas gestohlen; im übrigen aber übertreiben Sie wahrscheinlich stark. Ich sehe, daß Sie auf mich böse sind. Beruhigen Sie sich, ich bitte Sie, wenn Sie können, und sagen Sie mir kaltblütig: warum sind Sie böse?»

«Warum halten Sie mich hier?»

«Weil Sie krank sind.»

«Ja, ich bin krank. Aber Dutzende, Hunderte von Geisteskranken spazieren frei herum, weil Ihre Unwissenheit nicht fähig ist, sie von Gesunden zu unterscheiden. Warum müssen denn ich und diese Unglücklichen hier für alle als Sündenböcke sitzen? Sie, der Feldscher, der Verwalter und euer ganzes Krankenhauspack steht in moralischer Beziehung unendlich tief unter einem jeden von uns, warum sitzen

wir denn und nicht sie? Wo ist da die Logik?»
— «Die moralische Beziehung und die Logik
haben damit nichts zu schaffen. Alles hängt
vom Zufall ab. Wen man hier hereingebracht
hat, der sitzt auch hier, wen man aber nicht
hereingebracht hat, der spaziert herum, das
ist alles. Daß ich ein Arzt bin und Sie ein
Geisteskranker sind, beruht weder auf Moral
noch Logik, nur auf einem reinen Zufall.»

«Diesen Blödsinn begreife ich nicht...»
sprach dumpf Iwan Dmitritsch und setzte
sich auf sein Bett.

Nikita hätte sich gescheut, Moissejka in
Gegenwart des Doktors zu durchsuchen, und
der Jude breitete auf seinem Bett die Brot-
stücke, die Papierchen und Knöchelchen aus
und begann, immer noch vor Kälte zitternd,
auf hebräisch etwas schnell und singend her-
zusagen, wahrscheinlich wähnend, daß er einen
Laden eröffnet habe.

«Lassen Sie mich gehen», sagte Iwan
Dmitritsch, und seine Stimme bebte.

«Ich kann nicht.»

«Aber warum denn? Warum?»

«Weil das nicht in meiner Macht steht.
Überlegen Sie nur, was hätten Sie davon, wenn
ich Sie entließe? Gehen Sie. Die Leute oder
die Polizei werden Sie anhalten und zurück-
bringen.»

«Ja, ja, das ist wahr...» sagte Iwan Dmitritsch und rieb sich die Stirne. «Das ist entsetzlich! Doch was soll ich beginnen? Was?»

Iwan Dmitritschs Stimme und sein junges, kluges Gesicht gefielen Andrej Jefimytsch trotz seinen Grimassen. Er wollte dem jungen Menschen eine Freundlichkeit erweisen und ihn beruhigen. Er setzte sich neben ihn aufs Bett, sann nach und begann:

«Sie fragen, was Sie beginnen sollen? Das Beste in Ihrer Lage wäre — von hier fortzulaufen. Doch leider wäre es nutzlos. Man würde Sie anhalten. Wenn die Gesellschaft sich vor Verbrechern, psychischen Kranken, überhaupt vor unbequemen Menschen schützt, so ist sie unbezwingbar. Ihnen bleibt nur eines: sich mit dem Gedanken zu beruhigen, daß Ihr Aufenthalt hier notwendig ist.»

«Niemandem nützt er.»

«Wenn Gefängnisse und Irrenhäuser einmal bestehen, so muß doch irgend jemand darin sitzen. Wenn nicht Sie, so ich, wenn nicht ich — so irgendein Dritter. Warten Sie nur, wenn in ferner Zukunft Gefängnisse und Irrenhäuser nicht mehr bestehen werden, dann wird es keine Gitter mehr vor den Fenstern und keine Krankenkittel geben. Gewiß muß eine solche Zeit früh oder spät anbrechen.»

Iwan Dmitritsch lächelte spöttisch.

«Sie scherzen», sagte er, die Augen zusammenkneifend. «Leute wie Sie und Ihren Gehilfen Nikita kümmert die Zukunft nicht; doch Sie können versichert sein, geehrter Herr, es werden bessere Zeiten anbrechen. Mögen meine Worte trivial klingen und Ihr Lachen hervorrufen; doch die Morgenröte eines neuen Lebens wird erglänzen, die Wahrheit wird triumphieren, und auch für uns wird es einen Feiertag geben! Ich werde es nicht erleben, werde vorher krepieren, doch dafür werden es die Urenkel eines andern erleben. Ich heiße sie aus vollem Herzen willkommen und freue, ‚freue mich für sie! Vorwärts! Helfe Gott euch, Freunde!»

Iwan Dmitritsch erhob sich mit glänzenden Augen und, die Hände zum Fenster ausgestreckt, fuhr er mit erregter Stimme fort:

«Wegen dieser Gitter heiße ich sie willkommen! Es lebe die Wahrheit! Ich freue mich!»

«Ich finde keinen besonderen Grund zur Freude», sagte Andrej Jefimytsch, dem die Bewegung Iwan Dmitritschs theatralisch erschien und zugleich doch sehr gefiel. «Es wird keine Gefängnisse und Irrenhäuser mehr geben und die Wahrheit, wie Sie sich auszudrücken beliebten, wird triumphieren; doch das Wesen der Dinge wird sich nicht ändern, die Naturgesetze werden die gleichen bleiben. Die Leute werden krank sein, alt werden und sterben genau wie auch jetzt. Wie herrlich die Morgenröte auch sein mag, die ihr Leben erleuchten wird, so wird man sie schließlich doch in einen Sarg legen und in die Grube werfen.»

«Und die Unsterblichkeit?»

«Schweigen Sie davon!»

«Sie glauben nicht daran? Ich aber glaube. Bei Dostojewski oder Voltaire sagt jemand, wenn es einen Gott nicht gäbe, so müßte man ihn erfinden. Und ich bin fest überzeugt, daß, wenn es keine Unsterblichkeit gäbe, früh oder spät der hohe Menschenverstand sie erfände.»

«Gut gesagt», gab Andrej Jefimytsch zur Antwort, vor Vergnügen lächelnd. «Das ist gut, daß Sie glauben. Mit einem solchen Glauben kann man auch glücklich leben, selbst wenn man in einer Wand eingemauert ist. Sie haben eine gute Erziehung erhalten?»

«Ja, ich habe an der Universität studiert, aber mein Studium nicht beendet.»

«Sie sind ein denkender und grübelnder Mann. Sie können unter allen Umständen in sich selbst Beruhigung finden. Freies und tiefes Denken, das nach Verständnis des Lebens strebt, und völlige Verachtung der dummen Eitelkeiten der Welt — sind zwei Güter, wie kein Mensch sie höher gekannt hat. Und Sie können sie besitzen, selbst wenn Sie hinter drei Gittern lebten. Diogenes lebte in einer Tonne, war aber glücklicher als alle Herrscher der Welt.»

«Ihr Diogenes war ein Tölpel», erwiderte Iwan Dmitritsch finster. «Was reden Sie mir von Diogenes und von einem Verständnis?» Er wurde plötzlich böse und sprang auf. «Ich liebe das Leben, liebe es leidenschaftlich! Ich leide an Verfolgungswahn, an einer beständigen qualvollen Furcht; doch es gibt Augenblicke, wo mich der Lebensdurst packt, und dann fürchte ich, den Verstand zu verlieren. Ich möchte schrecklich leben, schrecklich!»

Erregt ging er durch das Krankenzimmer und sagte, die Stimme sinken lassend:

«Wenn ich träume, so suchen mich Bilder heim. Menschen kommen zu mir, ich höre Stimmen, Musik, und ich glaube durch Wälder zu wandeln, am Meeresufer, und ich sehne mich so leidenschaftlich nach Geschäftigkeit, Sorgen ... Sagen Sie mir nun, was gibt's dort Neues?» fragte Iwan Dmitritsch. «Was ist dort?»

«Sie wollen über die Stadt etwas erfahren oder im allgemeinen?»

«Nun, erzählen Sie mir zuerst von der Stadt und dann im allgemeinen.»

«Also in der Stadt ist es quälend langweilig... Niemand ist da, mit dem man ein Wort reden, den man anhören könnte. Neue Menschen kommen nicht. Übrigens, da ist unlängst ein junger Arzt, Chobotow, eingetroffen.»

«Der ist noch zu meiner Zeit gekommen. Wie ist er, ein Prolet?»

«Ja, er ist unkultiviert. Seltsam, wissen Sie ... Nach allem zu urteilen, besteht in unseren Hauptstädten keine geistige Stagnation, sondern Bewegung, es muß also dort auch echte Menschen geben; doch aus irgendeinem Grund schickt man uns immer solche, die man am liebsten nicht anschauen möchte. Unglückliche Stadt!»

«Ja, unglückliche Stadt!» seufzte Iwan Dmitritsch und lachte auf. «Doch wie steht es im allgemeinen? Was schreibt man in den Zeitungen und Zeitschriften?»

Es war schon dunkel im Krankenzimmer. Der Doktor erhob sich und begann stehend zu erzählen, was man im Ausland und in Rußland schrieb und welche Gedankenrichtung sich bemerkbar machte. Iwan Dmitritsch hörte ihm aufmerksam zu und stellte Fragen; doch plötzlich, sich gleichsam an etwas Furchtbares erinnernd, griff er sich an den Kopf und legte sich aufs Bett, den Rücken dem Doktor zugewandt.

«Was haben Sie?» fragte Andrej Jefimytsch.

«Sie werden kein Wort mehr von mir vernehmen!» entgegnete Iwan Dmitritsch grob. «Verlassen Sie mich!»

«Warum denn?»

«Ich sage Ihnen: verlassen Sie mich! Zum Teufel!»

Andrej Jefimytsch zuckte die Achseln, seufzte und ging hinaus. Durch den Hausflur gehend, bemerkte er:

«Man sollte hier aufräumen, Nikita. ... Die Luft ist entsetzlich schwer!»

«Zu Befehl, Ew. Wohlgeboren.»

Ein sehr angenehmer junger Mann! dachte Andrej Jefimytsch auf dem Wege in seine Wohnung. In dieser ganzen Zeit, die ich hier lebe, ist das, scheint mir, der erste, mit dem man reden kann. Er versteht zu urteilen und interessiert sich gerade für das, was wichtig ist.

Während er las und nachher, als er sich zu Bett begab, dachte er die ganze Zeit an Iwan Dmitritsch, und am nächsten Tag beim Erwachen erinnerte er sich, daß er am gestrigen Tag einen klugen und interessanten Mann kennengelernt habe, und beschloß, ihn bei der nächsten Gelegenheit wieder aufzusuchen.

X

Iwan Dmitritsch lag in der gleichen Pose wie gestern, den Kopf mit den Armen umschlungen und die Beine eingezogen. Sein Gesicht war nicht sichtbar.

«Guten Tag, mein Freund», sagte Andrej Jefimytsch. «Schlafen Sie?»

«Erstens bin ich nicht Ihr Freund», sprach Iwan Dmitritsch ins Kissen, «und zweitens bemühen Sie sich ganz umsonst: Sie werden kein einziges Wort von mir herausbekommen.»

«Seltsam», murmelte Andrej Jefimytsch bestürzt. «Gestern haben wir uns so friedlich unterhalten, doch plötzlich waren Sie aus irgendeinem Grund gekränkt und brachen auf einmal ab ... Wahrscheinlich habe ich mich ungeschickt ausgedrückt oder vielleicht einen Gedanken ausgesprochen, der nicht Ihren Überzeugungen entsprach ...»

«Ja, gerade Ihnen glaube ich!» sagte Iwan Dmitritsch, sich erhebend und spöttisch und voll Unruhe auf den Doktor blickend; seine

Augen waren gerötet. «Sie können an einen andern Ort gehen, um zu spionieren und zu foltern, hier aber haben Sie nichts zu schaffen. Ich habe schon gestern begriffen, warum Sie kommen.»

«Seltsame Phantasie!» lächelte der Doktor. «Sie nehmen also an, daß ich ein Spion bin?»

«Ja, das nehme ich an... Ein Spion oder ein Arzt, dem man mich zur Untersuchung übergeben hat — das ist gleich.»

«Ach, was sind Sie doch für ein, entschuldigen Sie... Sonderling!»

Der Doktor setzte sich auf ein Taburett neben dem Bett und schüttelte vorwurfsvoll sein Haupt.

«Doch nehmen wir an, daß Sie recht haben», sagte er. «Nehmen wir an, daß ich Sie verräterisch auf einem Wort ertappen will, um Sie der Polizei zu übergeben. Man verhaftet und verurteilt Sie nachher. Doch wird es Ihnen vor Gericht und im Gefängnis schlechter ergehen als hier? Und wenn man Sie zur Ansiedlung verurteilt und sogar zur Zwangsarbeit, ist denn das schlimmer, als hier in diesem Seitengebäude zu sitzen? Ich nehme an, daß es nicht schlimmer ist... Warum also sich fürchten?»

Diese Worte machten auf Iwan Dmitritsch sichtlich Eindruck. Er setzte sich ruhig auf.

Es war um die fünfte Abendstunde; Andrej Jefimytsch pflegte um diese Zeit gewöhnlich in seinen Zimmern auf und ab zu gehen und Darjuschka ihn zu fragen, ob es nicht Zeit sei,

Bier zu trinken. Das Wetter war ruhig und klar.

«Ich ging nach dem Mittagessen ein wenig aus und habe Sie aufgesucht, wie Sie sehen», bemerkte der Doktor. «Richtiges Frühlingswetter.»

«Welchen Monat haben wir jetzt? März?» fragte Iwan Dmitritsch.

«Ja, es ist Ende März.»

«Ist es draußen schmutzig?»

«Nein, nicht sehr. Im Garten kommen schon die Wege zum Vorschein.»

«Jetzt wäre es schön, im Wagen aufs Land hinauszufahren», sagte Iwan Dmitritsch, seine roten Augen reibend, als sei er eben erst erwacht, «und nachher in sein warmes, gemütliches Arbeitszimmer zurückzukehren ... und sich bei einem guten Arzt wegen seiner Kopfschmerzen behandeln zu lassen ... Schon lange habe ich kein menschenwürdiges Dasein geführt. Hier aber ist es gräßlich! Unerträglich gräßlich.»

Nach der gestrigen Erregung war er heute ermüdet und schlaff und sprach ungern. Seine Finger zitterten, und man sah es ihm an, daß er an starken Kopfschmerzen litt.

«Zwischen einem warmen, gemütlichen Arbeitszimmer und diesem Krankenzimmer besteht keinerlei Unterschied», erwiderte Andrej Jefimytsch. «Ruhe und Zufriedenheit des Menschen sind nicht außer, sondern in ihm selber.»

«Was wollen Sie damit sagen?»

«Ein gewöhnlicher Mensch erwartet Gutes wie Schlechtes von außen, das heißt von einem Wagen und einem Arbeitszimmer, der denkende aber — von sich selber.»

«Gehen Sie und predigen Sie diese Philosophie in Griechenland, wo es warm ist und nach Pomeranzen duftet, auf das hiesige Klima aber paßt sie nicht. Mit wem habe ich da über Diogenes geredet? Etwa mit Ihnen?»

«Ja, gestern mit mir.»

«Diogenes bedurfte nicht des Arbeitszimmers und der warmen Wohnung; dort war es ohnehin warm. Liege in deinem Faß und iß Orangen und Oliven. Hätte er aber in Rußland leben müssen, so hätte er nicht nur im Dezember, sondern auch im Mai nach dem Zimmer verlangt. Er hätte sich wohl vor Kälte gekrümmt.»

«Nein. Man kann die Kälte, wie überhaupt jeden Schmerz, auch nicht empfinden. Mark Aurel sagte: ‚Der Schmerz ist eine lebendige Vorstellung vom Schmerz: mach eine Willensanstrengung, um diese Vorstellung zu verändern, wirf sie von dir, hör auf zu klagen, und der Schmerz wird verschwinden.' Das ist richtig. Der Weise, einfach ein denkender, zum Nachdenken fähiger Mensch, unterscheidet sich gerade dadurch, daß er das Leiden verachtet; er ist immer zufrieden, und nichts erstaunt ihn.»

«Also bin ich ein Idiot, weil ich leide, unzufrieden und über die menschliche Niedrigkeit erstaunt bin?»

«Warum so? Wenn Sie möglichst häufig nachdenken, werden Sie einsehen, wie nichtig all das Äußerliche ist, das Sie erregt. Man muß nach dem Verständnis des Lebens streben. Darin liegt das wahre Heil.»

«Verständnis...» Iwan Dmitritsch verzog das Gesicht. «Äußeres, Inneres. Entschuldigen Sie, das verstehe ich nicht. Ich weiß nur», sagte er, sich erhebend und böse den Doktor anblickend, «ich weiß, daß Gott mich aus warmem Blut und Nerven erschaffen hat, jawohl! Und das organische Gewebe muß, wenn es lebensfähig ist, auf jeden Reiz reagieren. Und ich reagiere! Auf den Schmerz antworte ich mit Geschrei und Tränen, auf Gemeinheit — mit Entrüstung, auf Abscheulichkeit — mit Abscheu. Meiner Ansicht nach heißt das eben Leben. Je niedriger ein Organismus ist, um so weniger empfindlich ist er, und um so schwächer antwortet er auf Reizung, und je höher, desto empfänglicher ist er und desto energischer reagiert er auf die Wirklichkeit. Wie kann man das nicht wissen? Ein Arzt ist das, und weiß so einfache Dinge nicht! Um das Leiden zu verachten, immer zufrieden zu sein und über nichts erstaunt, muß man bis zu diesem Zustand gelangen» — und Iwan Dmitritsch wies auf den dicken, fetten Bauern hin — «oder muß sich durch Leiden bis zu einem Grad abhärten, daß man eine jede Empfindlichkeit ihnen gegenüber verliert, mit anderen Worten, zu leben aufhört. Entschuldigen Sie, ich bin kein

Weiser und Philosoph», fuhr Iwan Dmitritsch gereizt fort, «und verstehe nichts davon. Ich bin zu Überlegungen nicht fähig.»

«Im Gegenteil, Sie überlegen vortrefflich.»

«Die Stoiker, die Sie parodieren, waren hervorragende Menschen, doch ihre Lehre erstarrte schon vor zweitausend Jahren und ist nicht um einen Schritt vorwärtsgekommen und wird es auch nicht, da sie unpraktisch und nicht lebensfähig ist. Sie hatte Erfolg nur bei der Minderheit, die ihr Leben im Studium und Auskosten von allerlei Lehren verbringt; die Mehrheit aber begriff sie nicht. Eine Lehre, die Gleichgültigkeit gegenüber dem Reichtum, den Bequemlichkeiten des Lebens, Verachtung gegenüber Leiden und Tod predigt, ist für die große Mehrheit ganz unverständlich, da diese Mehrheit nie Reichtum noch Bequemlichkeiten des Lebens kannte; Leiden aber zu verachten, hätte für sie bedeutet, das Leben selber zu verachten, da das ganze Wesen des Menschen aus Empfindungen des Hungers, der Kälte, Kränkungen, Verlusten und der Hamletschen Furcht vor dem Tode besteht. In diesen Empfindungen ist das ganze Leben: man mag von ihnen belastet werden, man kann sie verabscheuen, aber nicht verachten. Ja, so kann, ich wiederhole, die Lehre der Stoiker nie eine Zukunft haben, und, wie Sie sehen, entwickeln sich von Anbeginn des Zeitalters bis heute Kampf, Empfindsamkeit gegenüber dem Schmerz, die Fähigkeit, auf Reizung zu antworten...»

Iwan Dmitritsch verlor plötzlich den Faden der Gedanken, hielt an und rieb sich ärgerlich die Stirn.

«Ich wollte etwas Wichtiges sagen, bin aber abgekommen», sagte er. «Wovon sprach ich? Ja! Ich sage also: ein Stoiker verkaufte sich in die Sklaverei, um seinen Nächsten loszukaufen. Da sehen Sie also, daß auch der Stoiker auf Reizung reagierte, da für eine so großmütige Handlung, wie Selbstvernichtung um des Nächsten willen, eine empörte, mitleidende Seele erforderlich ist. Ich habe hier im Gefängnis alles vergessen, was ich gelernt habe, sonst hätte ich noch etwas hinzugefügt. Und wenn wir Christus ansehen? Er antwortete auf die Wirklichkeit mit Weinen, Lächeln, Trauer, Zorn, sogar Gram. Nicht mit einem Lächeln ging er den Leiden entgegen, und er verachtete nicht den Tod, sondern betete im Garten Gethsemane, daß dieser Kelch an ihm vorübergehe.»

Iwan Dmitritsch lachte auf und setzte sich.

«Nehmen wir an», fuhr er fort, «daß Ruhe und Zufriedenheit nicht außerhalb des Menschen, sondern in ihm sind. Nehmen wir an, daß man Leiden verachten und sich über nichts wundern muß. Doch aus welchem Grunde predigen Sie das? Sind Sie ein Weiser? Ein Philosoph?»

«Nein, ich bin kein Philosoph; aber ein jeder muß solches predigen, weil es vernünftig ist.»

«Nein, ich will wissen, warum Sie sich in Sachen des Verständnisses, der Verachtung gegenüber den Leiden usw. für kompetent halten. Haben Sie denn je gelitten? Haben Sie einen Begriff von Leiden? Erlauben Sie: hat man Sie in der Kindheit geprügelt?»

«Nein, meine Eltern verabscheuten körperliche Strafen.»

«Aber mich hat mein Vater unbarmherzig geprügelt. Mein Vater war ein strenger, an Hämorrhoiden leidender Beamter mit einer langen Nase und einem gelben Hals. Doch reden wir von Ihnen. In Ihrem ganzen Leben hat niemand Sie mit einem Finger angerührt, niemand Sie erschreckt, niemand geschlagen; Sie sind gesund wie ein Ochse. Sie wuchsen unter den Fittichen eines Vaters auf und studierten auf seine Kosten, und gleich darauf erhielten Sie eine Sinekure. Über zwanzig Jahre haben Sie ein Freiquartier gehabt mit Heizung, Beleuchtung, Bedienung, hatten zudem das Recht, nach Belieben zu arbeiten, sogar nichts zu tun. Von Natur sind Sie ein träger, weicher Mensch, und deshalb haben Sie sich bemüht, Ihr Leben so zu gestalten, daß nichts Sie beunruhigen oder dislozieren könne. Die Arbeit haben Sie dem Feldscher und dem übrigen Gesindel übergeben, selber aber saßen Sie in der Wärme und Stille, legten Geld auf die Seite, lasen in Büchern, erquickten sich mit Betrachtungen über allerlei erhabenen Unsinn und mit (Iwan Dmitritsch schaute auf die rote Nase des

Doktors) Saufen. Mit einem Wort, vom Leben haben Sie nichts gesehen, kennen es ganz und gar nicht; mit der Wirklichkeit aber sind Sie nur theoretisch bekannt. Daß Sie aber die Leiden verachten und sich über nichts verwundern, hat einen ganz einfachen Grund: Eitelkeiten, Äußeres und Inneres, Verachtung des Lebens, der Leiden und des Todes, Verständnis, wahres Heil — das alles ist Philosophie, die allergeeignetste für einen russischen Faulenzer. Sie sehen zum Beispiel, daß ein Mushik sein Weib prügelt. Warum sich für sie einsetzen? Möge er sie prügeln, ohnehin werden beide früh oder spät sterben; und außerdem kränkt der Prügelnde nicht den, den er prügelt, sondern sich selbst. Sich der Trunksucht ergeben, ist dumm, unanständig; doch man muß sterben, wenn man trinkt, und man muß sterben, wenn man nicht trinkt. Ein Bauernweib kommt, das Zahnweh hat... Nun, was denn? Der Schmerz ist eine Vorstellung vom Schmerz und zudem, ohne Schmerzen kann man auf dieser Welt nicht sein; wir werden alle sterben, und darum, Weib, scher dich fort, stör mich nicht beim Denken und Schnaps trinken. Ein junger Mann erbittet Rat, was er machen, wie er leben soll; ein anderer würde, bevor er die Antwort erteilt, nachdenken; hier aber ist die Antwort schon bereit: strebe nach Verständnis oder nach dem wahren Heil. Und was ist dieses phantastische ‚wahre Heil'? Darauf gibt es natürlich keine Antwort. Man hält uns hier hinter dem Gitter, läßt uns verfaulen, foltert uns; doch das ist vortrefflich und vernünftig, weil zwischen diesem Krankenzimmer und einem warmen, gemütlichen Arbeitszimmer keinerlei Unterschied besteht. Eine bequeme Philosophie: man braucht nichts zu tun, das Gewissen ist rein, und man fühlt sich als Weiser... Nein, mein Herr, das ist keine Philosophie, kein Denken, kein weiter Blick, sondern Faulheit, Fakirentum, Betäubung... Jawohl!» Iwan Dmitritsch geriet wieder in Wut: «Sie verachten die Leiden; aber sollten Sie sich den Finger in der Tür einklemmen, so würden Sie aus vollem Hals brüllen!»

«Vielleicht würde ich auch nicht brüllen», sagte Andrej Jefimytsch, sanft lächelnd.

«Doch, gewiß! Wenn Sie der Schlag rühren sollte, oder nehmen wir an, ein Dummkopf und Frechling, seine Stellung und seinen Rang ausnutzend, Sie öffentlich beleidigen würde und Sie wüßten, er würde straflos ausgehen — nun, dann würden Sie einsehen, was das heißt, andere auf Verständnis und wahres Heil verweisen.»

«Das ist originell», entgegnete Andrej Jefimytsch, vor Vergnügen sich die Hände reibend und lachend. «Ich bin angenehm überrascht von Ihrer Neigung zu Verallgemeinerungen, und meine Charakteristik, die Sie zu entwerfen beliebten, ist einfach glänzend. Ich muß gestehen, die Unterhaltung mit Ihnen bereitet mir ungemein Vergnügen. Nun, ich habe Sie angehört, wollen nun auch Sie mich anzuhören geruhen ...»

XI

Dieses Gespräch dauerte noch ungefähr eine Stunde und hatte allem Anschein nach auf Andrej Jefimytsch einen tiefen Eindruck gemacht. Er begann, jeden Tag das Seitengebäude aufzusuchen. Er ging am Morgen dahin und nach dem Mittagessen, und häufig fand ihn die abendliche Dunkelheit in der Unterhaltung mit Iwan Dmitritsch. Die erste Zeit fürchtete Iwan Dmitritsch ihn, verdächtigte ihn der böswilligen Absicht und drückte seine Feindseligkeit offen aus; dann aber gewöhnte er sich an ihn und wandelte sein schroffes Benehmen in ein herablassend-ironisches um.

Bald verbreitete sich das Gerücht im Krankenhaus, der Doktor Andrej Jefimytsch habe begonnen, das Krankenzimmer Nr. 6 zu besuchen. Keiner — weder der Feldscher noch Nikita noch die Wärterinnen — konnte begreifen, warum er dorthin ging, warum er Stunden dort verbrachte, worüber er redete und warum er keine Rezepte verschrieb. Seine Handlungen erschienen seltsam. Michail Awerjanytsch traf ihn häufig nicht zu Hause an, was früher nie vorgekommen war, und Darjuschka war sehr bestürzt, da der Doktor sein Bier nicht mehr zur bestimmten Stunde trank und zuweilen sogar sich zum Mittagessen verspätete.

Einst, es war schon Ende Juni, kam Doktor Chobotow in irgendeiner Angelegenheit zu Andrej Jefimytsch und, da er ihn nicht zu Hause vorfand, begab sich in den Hof, um ihn zu suchen; dort sagte man ihm, der alte Doktor sei zu den Geisteskranken gegangen. Chobotow betrat das Seitengebäude und blieb im Hausflur stehen, wo er folgendes Gespräch vernahm:

«Wir werden uns nie verständigen, und es wird Ihnen nicht gelingen, mich zu Ihrem Glauben zu bekehren», sagte Iwan Dmitritsch gereizt. «Die Wirklichkeit ist Ihnen vollständig fremd, und Sie haben nie gelitten, haben sich nur als Säufer neben fremdem Leiden genährt; ich aber habe ununterbrochen vom Tag meiner Geburt an bis auf den heutigen Tag gelitten. Darum sage ich offen: ich halte mich in allen Beziehungen für höherstehend und kompetenter als Sie. Nicht an Ihnen ist es, mich zu belehren.»

«Ich erhebe durchaus nicht den Anspruch, Sie zu meinem Glauben zu bekehren», sprach Andrej Jefimytsch leise, voll Bedauern, daß man ihn nicht begreifen wolle. «Und nicht darum handelt es sich, mein Freund. Nicht darum handelt es sich, daß Sie gelitten haben und ich nicht. Leiden und Freuden sind vergänglich; lassen wir sie beiseite, Gott mit ihnen. Es handelt sich darum, daß Sie und ich denken; wir sehen in einander Menschen, die fähig sind, zu denken und zu überlegen, und das macht uns solidarisch, wie verschieden unsere Ansichten auch sind. Wenn Sie wüßten, mein Freund, wie satt ich die allgemeine Torheit, Unfähigkeit, Stumpfheit habe, und mit welcher Freude ich mich jedesmal mit Ihnen unterhalte! Sie sind ein kluger Mann, und es ist ein Genuß für mich.»

Chobotow öffnete die Tür einige Zentimeter weit und warf einen Blick ins Krankenzimmer: Iwan Dmitritsch in der Schlafmütze und der Doktor saßen nebeneinander auf dem Bett. Der Geisteskranke machte Grimassen, schauderte und schlug die Schöße seines Kittels krampfhaft um sich, während der Doktor unbeweglich mit gesenktem Haupt und rotem, hilflosem und traurigem Gesicht dasaß. Chobotow zuckte die Achseln, lächelte und tauschte mit Nikita einen Blick aus. Nikita zuckte auch die Achseln.

Am nächsten Tag kam Chobotow zusammen mit dem Feldscher in das Seitengebäude. Beide standen im Hausflur und horchten.

«Unser Großvater scheint ganz verrückt zu sein!» bemerkte Chobotow, das Gebäude verlassend.

«Gott sei uns Sündern gnädig!» seufzte der Feldscher, sorgfältig die Pfützen umgehend, um seine blankgeputzten Stiefel nicht zu beschmutzen. «Ich muß Ihnen gestehen, verehrter Jewgenij Fjodorowitsch, ich habe das schon lange erwartet!»

XII

Bald darauf begann Andrej Jefimytsch eine gewisse Geheimnistuerei um sich wahrzunehmen. Die Wärter, die Wärterinnen und die Kranken schauten ihn bei Begegnungen fragend an und flüsterten nachher. Das Mädchen Mascha, das Töchterchen des Verwalters, der er gern im Garten des Krankenhauses begegnete, lief jetzt, wenn er sich ihr mit einem Lächeln näherte, um ihr Köpfchen zu streicheln, aus irgendeinem Grunde von ihm fort. Der Postmeister Michail Awerjanytsch sagte schon nicht mehr, wenn er ihm zuhörte: «Sie haben vollständig recht», sondern murmelte in unverständlicher Befangenheit: «Ja, ja, ja...» und betrachtete ihn nachdenklich und betrübt; auch hatte er begonnen, seinem Freund Ratschläge zu erteilen, er solle auf Schnaps und Bier verzichten, wobei er als zartfühlender Mann es nicht direkt, sondern in Andeutungen aussprach, bald von einem Bataillonskommandanten erzählte, einem prachtvollen Mann, dann wieder von einem Feldprediger, einem vortrefflichen Burschen, die tranken und krank wurden, aber wieder vollständig ihre Gesundheit erlangten, nachdem sie das Trinken aufgegeben hatten. Zwei-, dreimal suchte auch Kollege Chobotow Andrej Jefimytsch auf; auch er riet, auf Alkohol zu verzichten, und empfahl ohne sichtlichen Grund Bromkalium.

Im August erhielt Andrej Jefimytsch vom Stadthaupt einen Brief mit der Bitte, in einer sehr wichtigen Angelegenheit vorzusprechen. Als Andrej Jefimytsch zur angegebenen Zeit ins Amt kam, traf er dort den Militärchef, den Inspektor der Bezirksschule, einen Stadtrat, Chobotow und noch einen korpulenten, blonden Herrn an, den man ihm als einen Arzt vorstellte. Dieser Arzt mit einem polnischen, schwer auszusprechenden Familiennamen lebte etwa dreißig Kilometer vor der Stadt auf einem Gestüt und hielt sich jetzt vorübergehend in der Stadt auf.

«Hier liegt eine Sie betreffende Eingabe vor», wandte sich der Stadtrat, nachdem sich alle begrüßt und an den Tisch gesetzt hatten, an Andrej Jefimytsch. «Jewgenij Fjodorowitsch meint, daß im Hauptgebäude zu wenig Platz für die Apotheke sei und man sie in einen Seitenflügel überführen sollte. Gewiß, das ließe sich bewerkstelligen; doch dann bedürfte der Seitenflügel einer gründlichen Renovation.»

«Ja, ohne Renovation wird es nicht gehen», erwiderte Andrej Jefimytsch nach einigem Nachdenken. «Wenn man zum Beispiel den Eckflügel für eine Apotheke einrichten wollte, wären mindestens fünfhundert Rubel erforderlich, eine unproduktive Ausgabe.»

Man schwieg eine Weile.

«Ich hatte schon die Ehre, vor zehn Jahren zu referieren», fuhr Andrej Jefimytsch mit leiser Stimme fort, «daß dieses Krankenhaus in seiner jetzigen Gestalt ein Luxus ist, den sich die Stadt nicht gestatten kann. Es wurde vor vierzig Jahren erbaut; doch damals waren die Verhältnisse anders. Die Stadt hat zu viel für unnötige Gebäulichkeiten und überflüssige Ämter verausgabt. Ich bin der Meinung, daß man für dieses Geld bei einer andern Ordnung zwei musterhafte Krankenhäuser unterhalten könnte.»

«Nun, so führen Sie doch eine andere Ordnung ein», fiel der Stadtrat lebhaft ein.

«Ich hatte bereits die Ehre, darüber zu referieren: übergeben Sie den medizinischen Teil der Semstwo.»

«Jawohl, übergeben Sie der Semstwo das Geld, und sie wird es klauen», lachte der blonde Doktor auf.

«Ja, das kommt vor», pflichtete der Stadtrat lachend bei.

Andrej Jefimytsch schaute schlaff und matt auf den blonden Doktor und bemerkte:

«Man muß gerecht sein.»

Wieder schwieg man. Dann wurde Tee gereicht. Der Militärchef, der aus irgendeinem Grund sehr befangen schien, berührte über den Tisch hinweg Andrej Jefimytschs Hand und sagte:

«Sie haben uns ganz vergessen, Doktor. Übrigens sind Sie ein Mönch: Sie spielen nicht Karten, lieben nicht Frauen. Unsereins langweilt Sie.»

Alle begannen davon zu reden, wie das Leben für einen anständigen Menschen in dieser Stadt langweilig sei. Weder Theater noch Musik, und am letzten Tanzabend im Klub kamen auf zwanzig Damen nur zwei Kavaliere. Die Jugend tanzt nicht, sondern drängt sich die ganze Zeit nur ums Büfett oder spielt Karten. Andrej Jefimytsch fing langsam und leise davon zu reden an, daß die Bewohner der Stadt ihre Lebensenergie, ihr Herz und ihren Verstand auf Karten und Klatschereien verbrauchten, aber kein Verständnis und auch keinen Willen aufbrächten, die Zeit in interessanten Gesprächen oder in Lektüre zu verbringen, sich nicht der Genüsse erfreuen wollten, die der Verstand biete. Allein der Verstand ist interessant und bemerkenswert, alles andere aber kleinlich und niedrig. Chobotow hörte aufmerksam seinem Kollegen zu und fragte plötzlich:

«Andrej Jefimytsch, welches Datum haben wir heute?»

Nachdem er die Antwort erhalten hatte, begannen er und der blonde Arzt im Tone von Examinatoren Andrej Jefimytsch zu fragen, welcher Tag heute sei, wieviel Tage ein Jahr habe und ob es wahr sei, daß im Krankenzimmer Nr. 6 ein hervorragender Prophet lebe.

Als Antwort auf die letzte Frage errötete Andrej Jefimytsch und sagte:

«Ja, das ist ein kranker, aber interessanter junger Mann.»

Weitere Fragen wurden ihm nicht mehr gestellt. Als er im Vorzimmer seinen Mantel anzog, legte ihm der Militärchef die Hand auf die Schulter und bemerkte mit einem Seufzer:

«Für uns Alte ist es Zeit, in den Ruhestand zu treten!»

Als er die Stadtverwaltung verließ, begriff Andrej Jefimytsch, daß es eine Kommission gewesen war, die seine geistigen Fähigkeiten feststellen wollte. Er erinnerte sich der ihm gestellten Fragen, errötete, und aus irgendeinem Grund tat es ihm zum erstenmal im Leben um die Medizin leid.

Mein Gott, dachte er bei der Erinnerung an die Untersuchung der Ärzte, sie haben ja erst kürzlich Vorlesungen über Psychiatrie gehört, haben ein Examen darüber abgelegt, woher nur diese grobe Unwissenheit? Sie haben ja keinen Begriff von der Psychiatrie!

Und zum erstenmal im Leben fühlte er sich gekränkt und verärgert.

Am gleichen Abend war Michail Awerjanytsch bei ihm. Ohne ihn zu begrüßen, näherte sich der Postmeister ihm, faßte seine beiden Hände und sagte mit erregter Stimme:

«Mein Teurer, mein Freund, beweisen Sie mir, daß Sie an meine aufrichtige Zuneigung glauben und mich für Ihren Freund halten... Mein Freund!» und Andrej Jefimytsch nicht zu Worte kommen lassend, fuhr er aufgeregt fort: «Ich liebe Sie um Ihrer Bildung und Ihrer edlen Seele willen. Hören Sie mich an, mein Teurer. Die Regeln der Wissenschaft verpflichten die Ärzte, die Wahrheit vor Ihnen zu verbergen, doch ich will Ihnen nach Kriegerart die Wahrheit sagen: Sie sind nicht gesund! Entschuldigen Sie mich, mein Teurer; doch das ist die Wahrheit, Ihre ganze Umgebung hat das schon längst bemerkt. Soeben hat mir der Doktor Jewgenij Fjodorowitsch gesagt, daß es für Ihre Gesundheit notwendig ist, daß Sie sich ausruhen und zerstreuen. Er hat vollständig recht! Es trifft sich ausgezeichnet! Ich nehme in diesen Tagen Urlaub und fahre fort, um andere Luft zu atmen. Beweisen Sie mir, daß Sie mein Freund sind, fahren wir zusammen! Fahren wir und lassen Sie uns auf unsere alten Tage lustig sein.»

«Ich fühle mich vollständig gesund», sagte Andrej Jefimytsch, nachdem er überlegt hatte. «Und reisen kann ich nicht. Erlauben Sie mir, Ihnen meine Freundschaft irgendwie anders zu beweisen.»

Irgendwohin fahren, ohne Grund, ohne Bücher, ohne Darjuschka, ohne Bier, die seit zwanzig Jahren festgelegte Lebensordnung zu stören — eine solche Idee erschien ihm im ersten Augenblick fremd und phantastisch. Doch er erinnerte sich des Gesprächs in der Stadtverwaltung und der drückenden Stimmung, in der er von dort nach Hause zurückkehrte, und der Gedanke, auf kurze Zeit die Stadt zu verlassen, in der dumme Menschen ihn für verrückt hielten, lockte ihn.

«Wohin wollen Sie eigentlich fahren?» fragte er.

«Nach Moskau, nach Petersburg und nach Warschau... In Warschau habe ich fünf meiner glücklichsten Jahre verbracht. Welch wundervolle Stadt! Fahren wir, mein Teurer!»

XIII

Eine Woche später machte man Andrej Jefimytsch den Vorschlag, auszuruhen, das heißt, um seinen Abschied nachzusuchen. Er nahm das gleichgültig auf, und wieder eine Woche später saßen er und Michail Awerjanytsch schon in der Postkutsche und fuhren zur nächsten Bahnstation.

Die Tage waren kühl und klar mit einem blauen Himmel und einer durchsichtigen Weite. Sie legten die zweihundert Kilometer bis zur Station in zweimal vierundzwanzig Stunden zurück und übernachteten zweimal unterwegs. Wenn man auf den Eisenbahnstationen zum Tee schlecht gewaschene Gläser reichte oder sie lange auf den Pferdewechsel warten mußten, so wurde Michail Awerjanytsch dunkelrot, zitterte am ganzen Körper und schrie: «Schweigen Sie still! Keine Erörterungen!» Und in der Postkutsche erzählte er, ohne einen Augenblick zu verstummen, von seinen Reisen im Kaukasus und durch Polen. Wie viele Abenteuer, welche Begegnungen! Er sprach laut und machte dabei so erstaunte Augen, daß man annehmen konnte, er lüge. Zudem atmete er während des Erzählens Andrej Jefimytsch ins Gesicht und lachte ihm ins Ohr. Das belästigte den Doktor und hinderte ihn, zu denken und sich zu konzentrieren.

Sie nahmen aus Sparsamkeitsgründen die dritte Klasse, die Abteilung für Nichtraucher. Das Publikum war sehr gemischt. Michail Awerjanytsch war schnell mit allen bekanntgeworden und, von Bank zu Bank gehend, sagte er laut, man müsse nicht auf diesen abscheulichen Straßen fahren. Ringsum herrsche Spitzbüberei! Etwas anderes wäre das Reiten: da könne man in einem Tag hundert Kilometer zurücklegen und nachher fühle man sich gesund und frisch. Und die Mißernten kämen nur von der Trockenlegung der Pinsker Sümpfe. Überhaupt gäbe es keine Ordnung. Er ereiferte sich, sprach laut und ließ andere nicht zu Wort kommen. Dieses ewige Geschwätz, nur unterbrochen von lautem Gelächter und ausdrucksvollen Gesten, ermüdete Andrej Jefimytsch.

Wer von uns beiden ist verrückt? dachte er verdrießlich. Ich, der ich mich bemühe, die Passagiere nicht zu belästigen, oder dieser Egoist, der denkt, daß er klüger und interessanter als alle ist, und deshalb keinem Ruhe läßt?

In Moskau zog Michail Awerjanytsch den Militärrock ohne Achselklappen und Hosen mit roten Kanten an. Auf der Straße trug er Militärmütze und Mantel, und die Soldaten salutierten vor ihm. Andrej Jefimytsch schien es jetzt, daß er ein Mann sei, der von allem Herrentum, das er einstmals besessen, alles Gute verschleudert und nur das Schlechte bewahrt habe. Er ließ sich gern bedienen, selbst wenn es gar nicht nötig war. Die Zündhölzchen lagen vor ihm auf dem Tisch, und er sah sie; doch er schrie den Kellner an, er solle sie ihm bringen; er genierte sich nicht, sich vor dem Stubenmädchen in Unterkleidung zu zeigen; er duzte alle Lakaien ohne Auswahl, sogar ganz alte, und wenn er sich ärgerte, titulierte er sie Tölpel und Dummköpfe. Das war nach Andrej Jefimytschs Meinung herrenhaft, aber garstig.

Ganz zuerst führte Michail Awerjanytsch seinen Freund zur Iberischen Gottesmutter. Er betete inbrünstig, verneigte sich unzählige Male vor ihr und vergoß Tränen, und als er geendet hatte, seufzte er tief auf und bemerkte:

«Wenn man es auch nicht glauben will, man ist doch viel ruhiger, wenn man gebetet hat. Küssen Sie das Heiligenbild, Teuerster.»

Andrej Jefimytsch wurde verlegen und küßte das Heiligenbild, während Michail Awerjanytsch die Lippen aufwarf und, den Kopf bewegend, im Flüsterton betete, und wieder traten Tränen in seine Augen. Darauf begaben sie sich in den Kreml und betrachteten dort die Kaiserkanone und die Kaiserglocke und berührten sie sogar mit den Fingern, erfreuten sich an dem Blick auf den Stadtteil jenseits der Moskwa, suchten die Erlöserkirche und das Rumiantzewmuseum auf.

Sie aßen bei Testow zu Mittag. Michail Awerjanytsch studierte lange das Menu, während er sich den Backenbart strich, und sagte im Ton eines Gourmands, der ein Habitué in den Restaurants ist:

«Wollen wir sehen, was Sie uns heute vorsetzen, mein Engel!»

XIV

Der Doktor ging umher, schaute, aß, trank; doch er fühlte nur Ärger gegenüber seinem Freund. Er wollte von Michail Awerjanytsch ausruhen, sich von ihm entfernen, verbergen; sein Freund aber hielt es für seine Pflicht, ihn nicht einen Schritt von sich zu lassen und ihm möglichst viel Zerstreuung zu bieten. Wenn es nichts zum Betrachten gab, so unterhielt er ihn mit Gesprächen. Zwei Tage ertrug es Andrej Jefimytsch; doch am dritten Tag erklärte er seinem Freund, daß er krank sei und den ganzen Tag daheimbleiben wolle. Der Freund äußerte, in dem Fall bleibe auch er daheim. Man müsse in der Tat ein wenig ausruhen, sonst halte man es nicht aus. Andrej Jefimytsch legte sich mit dem Gesicht zur Wand auf den Diwan und hörte mit zusammengebissenen Zähnen seinem Freund zu, der ihm glühend versicherte, daß Frankreich früh oder spät Deutschland gänzlich schlagen würde, daß es in Moskau sehr viele Schwindler gäbe und daß man den

Wert eines Pferdes nicht nach seinem Äußeren beurteilen müsse. Der Doktor bekam Ohrensausen und Herzklopfen; doch er konnte sich aus Zartgefühl nicht entschließen, den Freund zu bitten, er möge sich entfernen oder stillschweigen. Glücklicherweise bekam es Michail Awerjanytsch satt, im Hotelzimmer zu sitzen, und er machte am Nachmittag einen Spaziergang.

Alleingeblieben, überließ sich Andrej Jefimytsch dem Gefühl der Ruhe. Wie angenehm, unbeweglich auf dem Diwan zu liegen und zu fühlen, daß man allein im Zimmer sei! Wahres Glück ist ohne Einsamkeit nicht möglich. Der gefallene Engel wurde Gott wahrscheinlich nur deshalb untreu, weil er sich nach Einsamkeit sehnte, die die Engel nicht kennen. Andrej Jefimytsch wollte sich Gedanken an das Gesehene und Gehörte der letzten Tage hingeben; doch Michail Awerjanytsch ging ihm nicht aus dem Sinn.

Und er hat ja nur aus Freundschaft, aus Großmut Urlaub genommen und ist mit mir fortgefahren, dachte er voll Verdruß. Nichts ist schlimmer als diese Vormundschaft aus Freundschaft. Er ist gut und großmütig und ein Spaßvogel, aber langweilig. Unerträglich langweilig. So gibt es auch Menschen, die stets nur kluge und schöne Worte sagen; doch man fühlt, daß sie stumpfsinnig sind.

An den darauffolgenden Tagen gab sich Andrej Jefimytsch für krank aus und verließ sein Hotelzimmer nicht. Er lag mit dem Gesicht zur Wand auf dem Diwan und litt Qualen, wenn sein Freund ihn mit Gesprächen unterhielt, oder ruhte aus, wenn der Freund abwesend war. Er war auf sich ärgerlich, daß er die Reise angetreten hatte, und auf den Freund, der mit jedem Tag geschwätziger und ungezwungener wurde; es wollte ihm keineswegs gelingen, seine Gedanken auf ernste und hohe Dinge zu konzentrieren.

Mich durchdringt die Wirklichkeit, von der Iwan Dmitritsch sprach, dachte er und ärgerte sich über seine Kleinlichkeit. Übrigens, Blödsinn... Ich werde nach Hause kommen, und alles wird wieder ins Geleise kommen...

In Petersburg wiederholte sich das gleiche: er verließ tagelang sein Hotelzimmer nicht, lag auf dem Diwan und stand nur auf, um Bier zu trinken.

Michail Awerjanytsch trieb zur Reise nach Warschau an.

«Teuerster, warum soll ich dorthin fahren?» fragte Andrej Jefimytsch in flehendem Ton. «Fahren Sie allein und gestatten Sie mir, nach Hause zu fahren! Ich bitte Sie!»

«In keinem Fall!» protestierte Michail Awerjanytsch. «Das ist eine wunderbare Stadt. Ich habe dort die fünf glücklichsten Jahre meines Lebens verbracht!»

Andrej Jefimytsch brachte nicht so viel Charakter auf, auf seinem Willen zu beharren, und er fuhr, sich Zwang antuend, nach Warschau. Dort verließ er das Hotelzimmer nicht, lag auf dem Diwan und ärgerte sich über sich, den Freund und die Lakaien, die sich beharrlich weigerten, Russisch zu verstehen, während Michail Awerjanytsch wie gewohnt, gesund, rüstig und fröhlich, vom Morgen bis zum Abend die Stadt durchstrich und seine alten Bekannten aufsuchte. Einige Male übernachtete er auswärts. Nach einer unbekannt wo verbrachten Nacht kehrte er einmal frühmorgens in stark erregtem Zustand, rot und zerzaust, zurück. Lange ging er von einem Winkel in den anderen, etwas vor sich her murmelnd, darauf blieb er stehen und bemerkte:

«Vor allem die Ehre!»

Nachdem er noch ein wenig umhergewandert war, griff er sich an den Kopf und sagte in tragischem Ton:

«Ja, vor allem die Ehre! Verflucht sei die Minute, in der mir der Gedanke kam, in dieses Babylon zu fahren! Teuerster», wandte er sich an den Doktor, «verachten Sie mich: ich habe mein ganzes Geld verspielt! Geben Sie mir fünfhundert Rubel!»

Andrej Jefimytsch zählte fünfhundert Rubel ab und übergab sie schweigend seinem Freund. Jener, noch immer dunkelrot vor Scham und Zorn, sprach abgerissen irgendeinen unnützen Eid, setzte die Mütze auf und ging. Er kehrte nach zwei Stunden zurück, warf sich in den Lehnstuhl, stieß einen lauten Seufzer aus und sagte:

«Die Ehre ist gerettet! Fahren wir, mein Freund! Ich will nicht einen Augenblick länger in dieser verfluchten Stadt bleiben! Spitzbuben! Österreichische Spione!»

Als die Freunde in ihre Stadt zurückkehrten, war es schon November, und auf den Straßen lag tiefer Schnee. Die Stelle von Andrej Jefimytsch war von Chobotow besetzt; er lebte noch in seiner alten Wohnung, in Erwartung, daß Andrej Jefimytsch zurückkehren und die Wohnung im Krankenhaus räumen würde. Die häßliche Frau, die er für seine Köchin ausgab, wohnte schon in einem der Seitenflügel.

Die Stadt durchschwirrten neue Klatschereien aus dem Krankenhaus. Man erzählte sich, daß die häßliche Frau sich mit dem Verwalter entzweit habe, und jener sei vor ihr auf den Knien herumgerutscht und habe sie um Verzeihung gebeten.

Andrej Jefimytsch mußte gleich nach seiner Rückkehr sich eine neue Wohnung suchen.

«Mein Freund», wandte sich der Postmeister schüchtern an ihn, «entschuldigen Sie die indiskrete Frage: über welche Mittel verfügen Sie?»

Stumm zählte Andrej Jefimytsch sein Geld zusammen und erwiderte:

«Über sechsundachtzig Rubel.»

«Ich frage nicht danach», sagte Michail Awerjanytsch, der den Doktor nicht verstanden hatte, verlegen. «Ich frage, welche Mittel besitzen Sie überhaupt?»

«Ich sage Ihnen ja: sechsundachtzig Rubel...
Mehr habe ich nicht.»

Michail Awerjanytsch hielt den Doktor für einen ehrlichen und edlen Menschen, hatte ihn aber dennoch im Verdacht, daß er ein Kapital von wenigstens zwanzigtausend Rubeln besitze. Als er jetzt erfuhr, daß Andrej Jefimytsch ein Bettler sei, daß er nichts zum Leben habe, brach er plötzlich in Weinen aus und umarmte seinen Freund.

XV

Andrej Jefimytsch lebte im dreifenstrigen Häuschen der Kleinbürgerin Bjelowa. In diesem Häuschen gab es nur drei Zimmer, ohne die Küche. Zwei davon, mit den Fenstern auf die Straße, bewohnte der Doktor, während im dritten und in der Küche Darjuschka und die Kleinbürgerin mit ihren drei Kindern lebten. Zuweilen übernachtete der Liebhaber der Kleinbürgerin dort, ein trunksüchtiger Bauer, der in den Nächten tobte und den Kindern und Darjuschka Angst einflößte.

Wenn er kam, in der Küche Platz nahm und nach Schnaps verlangte, fühlten sich alle beengt, und der Doktor nahm aus Mitleid die weinenden Kinder zu sich und legte sie auf den Boden schlafen, und das bereitete ihm großes Vergnügen.

Er stand nach wie vor um acht Uhr auf und setzte sich nach dem Tee hin, seine alten Bücher und Zeitschriften zu lesen. Für neue hatte er kein Geld mehr. Sei es, weil die Bücher alt waren, oder vielleicht auch wegen der veränderten Umgebung, — das Lesen packte ihn nicht mehr und ermüdete ihn. Um die Zeit nicht müßig zu verbringen, fertigte er einen ausführlichen Katalog seiner Bücher an und klebte an ihre Rücken Zettel, und diese mechanische, mühsame Arbeit schien ihm interessanter als das Lesen. Die eintönige, mühselige Arbeit lullte auf eine unverständliche Weise seine Gedanken ein, er dachte an nichts, und die Zeit verging schnell. Es kam ihm sogar interessant vor, in der Küche zu sitzen und mit Darjuschka Kartoffeln zu schälen oder die Buchweizengrütze zu erlesen. An Samstagen und Sonntagen ging er in die Kirche. Neben der Mauer stehend, lauschte er mit zusammengekniffenen Augen dem Gesang und dachte an seine Eltern, an die Universität, an Religionen; ihm war friedlich und traurig zumute, und wenn er die Kirche verließ, bedauerte er, daß der Gottesdienst so schnell zu Ende gegangen war.

Zweimal suchte er Iwan Dmitritsch im Krankenhaus auf, um mit ihm zu plaudern. Doch beide Male war Iwan Dmitritsch ungewöhnlich erregt und böse; er bat, man möge ihn in Ruhe lassen, da er das leere Geschwätz schon lange satt habe, und sagte, er bitte die verdammten, elenden Menschen für alle seine Leiden nur um eines: um Einzelhaft. Wolle man ihm nicht einmal das gewähren? Als Andrej Jefimytsch sich von ihm verabschiedete und ihm eine ruhige Nacht wünschte, antwortete er beide Male grob:

«Scheren Sie sich zum Teufel!»

Und Andrej Jefimytsch wußte nicht, ob er es noch ein drittes Mal versuchen sollte. Und doch zog es ihn hin.

Früher war Andrej Jefimytsch nach dem Mittagessen in den Zimmern auf und ab gegangen und hatte gedacht; jetzt aber lag er vom Mittagessen bis zum Abendtee mit dem Rücken zur Wand auf dem Diwan und gab sich kleinlichen Gedanken hin, die er auf keinerlei Weise unterdrücken konnte. Es kränkte ihn, daß man ihm nach einem mehr als zwanzigjährigen Dienst weder eine Pension noch eine einmalige Unterstützung gegeben hatte. Freilich, er hatte nicht ehrlich gedient; doch alle Beamten, ob sie ehrlich sind oder nicht, erhalten ohne Unterschied eine Pension. Unsere heutige Gerechtigkeit besteht ja eben darin, daß nicht sittliche Eigenschaften und Fähigkeiten, sondern überhaupt der Dienst, wie er auch sei, durch Titel, Orden und Pensionen belohnt wird. Warum mußte denn er allein eine Ausnahme bilden? Er hatte gar keine Mittel. Er schämte sich, am Laden vorüberzugehen und die Besitzerin anzuschauen. Zweiunddreißig Rubel war er für das Bier schuldig. Auch der

Kleinbürgerin Bjelowa war er Geld schuldig. Darjuschka verkaufte im stillen alte Kleider und Bücher und log die Hauswirtin an, der Doktor würde sehr bald viel Geld erhalten.

Er ärgerte sich auch über sich, daß er die zusammengesparten tausend Rubel für die Reise ausgegeben hatte. Wie würden ihm diese tausend Rubel jetzt zustatten kommen! Es verdroß ihn, daß ihn die Leute nicht in Ruhe ließen. Chobotow hielt es für seine Pflicht, hin und wieder den kranken Kollegen zu besuchen. Alles an ihm war Andrej Jefimytsch zuwider: das satte Gesicht und der häßliche, herablassende Ton, und das Wort «Kollege», und die hohen Stiefel; am widerlichsten aber war es, daß er es für seine Pflicht hielt, Andrej Jefimytsch zu behandeln, und auch glaubte, daß er ihn wirklich behandle. Bei jedem seiner Besuche brachte er ein Fläschchen mit Bromkalium und Rhabarberpillen mit.

Und Michail Awerjanytsch hielt es auch für seine Schuldigkeit, den Freund aufzusuchen und ihn zu zerstreuen. Jedesmal betrat er das Zimmer mit gemachter Unbefangenheit, lachte gezwungen und begann ihn zu versichern, daß er heute prächtig ausschaue und daß die Angelegenheit gottlob einen guten Verlauf nehme, und daraus konnte man schließen, daß er die Lage seines Freundes für hoffnungslos ansah. Er hatte seine Warschauer Schuld noch nicht abbezahlt und war durch schwere Scham niedergedrückt, war gespannt und bemühte sich deshalb, möglichst laut zu lachen und möglichst komische Geschichten zu erzählen. Seine Anekdoten und Erzählungen schienen jetzt endlos zu sein und waren sowohl für Andrej Jefimytsch wie auch für ihn selber qualvoll.

In seiner Gegenwart legte sich Andrej Jefimytsch mit dem Gesicht zur Wand auf den Diwan und hörte mit zusammengebissenen Zähnen zu; in seiner Seele schlug sich schichtweise ein Bodensatz nieder, der nach einem jeden Besuch seines Freundes immer mehr anwuchs und bis zu seiner Kehle hinaufzusteigen schien.

Um die kleinlichen Gefühle in sich zu unterdrücken, beeilte er sich, daran zu denken, daß er selber wie auch Chobotow und Michail Awerjanytsch früh oder spät untergehen würden, ohne in der Natur nur eine Spur zurückzulassen. Wenn man sich vorstellte, daß nach einer Million von Jahren irgendein Geist am Erdball vorbei durch die Luft fliegen würde, so würde er nur Lehm und kahle Felsen sehen. Alles — Kultur und Sittengesetz — würde verschwunden sein, nicht einmal Kletten wären übriggeblieben. Was bedeuteten da die Scham vor dem Krämer, der unbedeutende Chobotow, die quälende Freundschaft Michail Awerjanytschs? All das war ja nur dummes Zeug und Lappalie.

Doch solche Erwägungen halfen nicht mehr. Kaum stellte er sich den Erdball nach einer Million von Jahren vor, so zeigte sich schon hinter dem kahlen Felsen Chobotow in hohen Stiefeln oder der angestrengt lachende Michail Awerjanytsch, und selbst das schamhafte Geflüster ließ sich vernehmen: «Die Warschauer Schuld, Teuerster, erhalten Sie in den nächsten Tagen zurück ... Unbedingt.»

XVI

Einmal erschien Michail Awerjanytsch nach dem Mittagessen, als Andrej Jefimytsch auf dem Diwan lag. Es traf sich, daß gleichzeitig auch Chobotow mit dem Bromkalium eintrat. Andrej Jefimytsch erhob sich schwerfällig, setzte sich hin und stützte sich mit beiden Händen auf den Diwan.

«Aber heute, Teuerster, haben Sie eine viel bessere Gesichtsfarbe als gestern», begann Michail Awerjanytsch. «Ja, Sie schauen ganz anders aus! Wahrhaftig, ganz anders!»

«Es ist Zeit, Zeit, daß Sie sich erholen, Kollege», sagte Chobotow gähnend. «Sicherlich haben Sie die Litanei selber schon satt.»

«Und wir werden uns erholen!» sagte fröhlich Michail Awerjanytsch. «Werden noch hundert Jahre leben! Jawohl!»

«Wenn auch nicht hundert, aber für zwanzig reicht es noch», tröstete Chobotow. «Macht nichts, macht nichts, Kollege, verlieren Sie nicht den Mut... Warum so schwarz sehen?»

«Wir werden noch von uns reden machen!» lachte Michail Awerjanytsch laut auf und klopfte dem Freund aufs Knie. «Wir werden noch von uns reden machen! Im nächsten Sommer wollen wir, so Gott will, einen Abstecher nach dem Kaukasus machen und ihn zu Pferd durchstreifen... hopp, hopp, hopp! Und vielleicht kehren wir vom Kaukasus zurück und halten Hochzeit.» Michail Awerjanytsch zwinkerte lustig. «Wir wollen Sie verheiraten, lieber Freund, verheiraten...»

Andrej Jefimytsch fühlte plötzlich, daß der Bodensatz zur Kehle hinaufstieg; er bekam heftiges Herzklopfen.

«Das ist abgeschmackt!» sagte er, sich hastig erhebend und ans Fenster tretend. «Begreifen Sie denn nicht, wie abgeschmackt Sie sind?»

Er wollte weich und höflich fortfahren, doch gegen seinen Willen ballte er plötzlich die Fäuste und erhob sie über seinem Kopf.

«Verlassen Sie mich!» schrie er wild auf, dunkelrot werdend und am ganzen Körper zitternd. «Hinaus! Beide hinaus, beide!»

Michail Awerjanytsch und Chobotow erhoben sich und starrten ihn zuerst verständnislos, darauf voll Furcht an.

«Beide hinaus!» fuhr Andrej Jefimytsch zu schreien fort. «Stumpfsinnige Menschen! Dumme Menschen! Ich brauche nicht deine Freundschaft, noch deine Arzneien, stumpfsinniger Mensch! Wie abgeschmackt! Wie ekelhaft!»

Fassungslos einander anblickend, wichen Chobotow und Michail Awerjanytsch zur Tür zurück und gingen hinaus. Andrej Jefimytsch ergriff das Fläschchen mit dem Bromkalium und schleuderte es ihnen nach; klirrend zerschellte es an der Schwelle.

«Schert euch zum Teufel!» schrie er mit weinender Stimme, in den Hausflur hinausrennend. «Zum Teufel!»

Nachdem die Gäste sich entfernt hatten, legte sich Andrej Jefimytsch, wie im Fieber zitternd, auf den Diwan und wiederholte noch lange:

«Stumpfsinnige Menschen! Dumme Menschen!»

Als er sich beruhigt hatte, war sein erster Gedanke, daß der arme Michail Awerjanytsch sich jetzt wahrscheinlich entsetzlich schäme und sich schlecht fühle, und daß das alles ganz scheußlich sei. Nie vorher war dergleichen vorgekommen. Wo waren denn sein Verstand und sein Taktgefühl? Wo sein Verständnis für die Dinge und der philosophische Gleichmut?

Der Doktor konnte die ganze Nacht vor Scham und Ärger über sich nicht einschlafen, am nächsten Morgen aber begab er sich um zehn Uhr in das Postbüro und entschuldigte sich vor dem Postmeister.

«Denken wir nicht mehr an den Vorfall», sagte mit einem Seufzer der gerührte Michail

Awerjanytsch, ihm fest die Hand drückend. «Wer an das Alte denkt, dem reißen wir ein Auge aus. Ljubawkin!» schrie er plötzlich so laut, daß alle Briefträger und Besucher zusammenfuhren. «Reich einen Stuhl. Und du wart!» schrie er ein Bauernweib an, das ihm einen eingeschriebenen Brief durch das Gitter entgegenstreckte. «Siehst du denn nicht, daß ich beschäftigt bin? Wir wollen nicht mehr daran denken», fuhr er zärtlich fort, sich Andrej Jefimytsch zuwendend. «Setzen Sie sich, ich bitte ergebenst, mein Lieber.»

Er strich sich schweigend die Knie und sagte darauf:

«Ich habe auch nicht im entferntesten daran gedacht, es Ihnen übelzunehmen. Krankheit ist etwas Ernstes, ich begreife es. Ihr Anfall hat den Doktor und mich gestern sehr erschreckt, und wir haben nachher lange über Sie gesprochen. Mein Lieber, warum wollen Sie sich nicht ernstlich mit Ihrer Krankheit befassen? Kann man denn so? Entschuldigen Sie die Offenheit eines Freundes», flüsterte Michail Awerjanytsch, «Sie leben unter den ungünstigsten Verhältnissen: Ihre Wohnung ist eng und unsauber, Sie haben keine Pflege, keine Mittel, um sich behandeln zu lassen... Mein teurer Freund, ich und der Doktor flehen Sie aus ganzem Herzen an, hören Sie auf unseren Rat: gehen Sie ins Krankenhaus! Dort ist die Nahrung gesund, und Pflege und Behandlung werden Ihnen zuteil werden.

Jewgenij Fjodorowitsch hat zwar, unter uns gesagt, schlechte Manieren; doch er ist erfahren, man kann sich auf ihn völlig verlassen. Er hat mir sein Wort gegeben, daß er sich mit Ihnen abgeben wird.»

Andrej Jefimytsch war durch die aufrichtige Teilnahme und die plötzlich auf den Wangen des Postmeisters glänzenden Tränen gerührt.

«Verehrtester, glauben Sie ihnen nicht!» flüsterte er, die Hand ans Herz legend. «Glauben Sie ihnen nicht! Das ist Schwindel! Meine ganze Krankheit besteht nur darin, daß ich in zwanzig Jahren nur einen klugen Mann in der Stadt gefunden habe, und der ist verrückt. Es liegt keine Krankheit vor, ich bin einfach in einen verzauberten Kreis geraten, aus dem es keinen Ausweg gibt. Mir ist alles gleich, ich bin zu allem bereit.»

«Gehen Sie ins Krankenhaus, Teuerster.»

«Mir ist alles gleich, meinetwegen in die Grube.»

«Geben Sie mir Ihr Wort, mein Lieber, daß Sie in allem auf Jewgenij Fjodorowitsch hören werden.»

«Bitte sehr, ich gebe Ihnen mein Wort. Doch ich wiederhole, Verehrtester, ich bin in einen verzauberten Kreis geraten. Jetzt führt alles, sogar die aufrichtige Teilnahme meiner Freunde, zu einem — meinem — Untergang. Ich gehe unter, und ich habe den Mut, das zu erkennen.»

«Mein Lieber, Sie werden gesund werden.»

«Warum sagen Sie das?» erwiderte Andrej Jefimytsch gereizt. «Es gibt wohl wenige Menschen, die am Ende ihres Lebens nicht das gleiche durchmachen, wie ich jetzt. Wenn man Ihnen sagt, daß Sie kranke Nieren oder ein vergrößertes Herz haben, und Sie beginnen, sich zu kurieren, oder wenn man sagt, daß Sie verrückt sind oder ein Verbrecher, mit einem Wort, wenn die Menschen plötzlich ihre Aufmerksamkeit auf Sie richten, so sollen Sie wissen, daß Sie in einen verzauberten Kreis geraten sind, aus dem Sie nicht mehr herauskommen. Sie werden sich bemühen, herauszukommen, und werden sich noch mehr verstricken. Ergeben Sie sich, weil keine Menschenkräfte Sie mehr retten können. So scheint es mir.»

Inzwischen drängte sich das Publikum vor dem Gitter. Um nicht zu stören, erhob sich Andrej Jefimytsch und begann sich zu verabschieden. Michail Awerjanytsch nahm ihm noch einmal das Ehrenwort ab und begleitete ihn bis zum Ausgang.

Am gleichen Tag erschien gegen Abend unerwartet Chobotow bei Andrej Jefimytsch, im Halbpelz und in hohen Stiefeln, und sagte in einem Ton, als wäre gestern nichts geschehen:

«Ich komme zu Ihnen in einer Angelegenheit, Kollege. Ich möchte Sie einladen, mit mir an einem Konzilium teilzunehmen. Wollen Sie kommen?»

In der Annahme, daß Chobotow ihn durch einen Spaziergang zerstreuen oder ihm tatsächlich etwas zu verdienen geben wolle, kleidete sich Andrej Jefimytsch an und trat mit ihm auf die Straße hinaus. Er freute sich über die Gelegenheit, seinen gestrigen Fehler wieder gutzumachen und sich auszusöhnen, und dankte Chobotow innerlich, der den Vorfall nicht einmal erwähnte und ihn anscheinend schonte. Man hätte von diesem unkultivierten Menschen ein solches Zartgefühl nicht erwartet.

«Und wo ist Ihr Patient?» fragte Andrej Jefimytsch.

«Im Krankenhaus. Ich wollte ihn Ihnen schon lange zeigen ... Ein sehr interessanter Fall.»

Sie betraten den Hof des Krankenhauses und wandten sich, das Hauptgebäude umgehend, dem Seitenflügel zu, in dem sich die Geisteskranken befanden. Alles ging schweigend vor sich. Als sie den Flügel betraten, sprang Nikita wie gewöhnlich auf und setzte sich in Positur.

«Da ist bei einem eine Komplikation von seiten der Lunge eingetreten», bemerkte Chobotow halblaut, mit Andrej Jefimytsch das Krankenzimmer betretend. «Warten Sie hier, ich komme gleich. Ich will nur das Stethoskop holen.»

Und er ging hinaus.

XVII

Es dämmerte bereits. Iwan Dmitritsch lag auf seinem Bett, das Gesicht ins Kissen gedrückt; der Paralytiker saß unbeweglich, weinte leise und bewegte die Lippen. Der dicke Bauer und der Sortierer schliefen. Es war still.

Andrej Jefimytsch saß auf dem Bett Iwan Dmitritschs und wartete. Doch eine halbe Stunde verging, und an Stelle Chobotows betrat Nikita, im Arm einen Kittel, Wäsche und Pantoffeln haltend, das Krankenzimmer.

«Wollen Ew. Wohlgeboren sich ankleiden», sagte er leise. «Da ist Ihr Bett, bitte hier», fügte er hinzu, auf ein leeres Bett weisend, das augenscheinlich erst kürzlich gebracht worden war. «Macht nichts, Sie werden gesund werden, so Gott will.»

Andrej Jefimytsch begriff. Ohne ein Wort zu sagen, begab er sich zum Bett, auf das Nikita hingewiesen hatte, und setzte sich darauf; als er sah, daß Nikita dastand und wartete, kleidete er sich vollständig aus, und schämte sich dabei. Darauf legte er die Krankenhauskleidung an; die Unterhosen waren sehr kurz, das Hemd lang, und der Kittel roch nach geräuchertem Fisch.

«Sie werden gesund werden, so Gott will», wiederholte Nikita.

Er raffte Andrej Jefimytschs Kleidung zusammen, ging hinaus und schloß hinter sich die Tür.

Einerlei ... dachte Andrej Jefimytsch, verschämt den Kittel übereinanderschlagend und empfindend, daß er in seinem neuen Kostüm einem Arrestanten ähnlich sähe. Einerlei ... ob Frack, ob Uniform oder dieser Kittel, es ist alles gleich ...

Doch seine Uhr? Und das Notizbuch, das in seiner Seitentasche lag? Und die Zigaretten? Wohin hatte Nikita seine Kleider gebracht? Jetzt würde er wohl bis zu seinem Tode nicht mehr Hose, Weste und Stiefel anziehen. Das alles ist zuerst so unverständlich, so gar unverständlich. Andrej Jefimytsch war auch jetzt davon überzeugt, daß keinerlei Unterschied zwischen dem Haus der Kleinbürgerin Bjelowa und dem Krankenzimmer Nr. 6 bestehe, daß alles in dieser Welt nur dummes Zeug und Eitelkeit sei, und doch zitterten seine Hände, seine Beine wurden kalt, und es ward ihm bang beim Gedanken, daß bald Iwan Dmitritsch aufstehen und ihn im Kittel erblicken würde. Er erhob sich, ging ein paarmal auf und ab und setzte sich wieder.

Da saß er nun eine halbe Stunde, eine Stunde, und hatte es schon unendlich satt; konnte man denn hier einen Tag, eine Woche, sogar Jahre verleben wie diese Menschen? Nun, er saß, ging auf und ab und setzte sich wieder nieder; man konnte auch ans Fenster treten und hinausschauen und dann wieder aus einer Ecke in die andere gehen. Und nachher? Wie ein Götzenbild die ganze Zeit dasitzen und denken? Nein, das war kaum möglich.

Andrej Jefimytsch legte sich nieder, aber erhob sich sogleich, wischte sich mit dem Ärmel den kalten Schweiß von der Stirn und fühlte, daß sein ganzes Gesicht nach geräuchertem Fisch zu riechen begann. Er ging wieder durch den Raum.

«Das muß ein Mißverständnis sein...» sprach er vor sich hin, die Hände voll Zweifel bewegend. «Ich muß mich aussprechen, da liegt ein Mißverständnis vor...»

Inzwischen war Iwan Dmitritsch erwacht. Er setzte sich auf und stützte die Wangen in die Fäuste. Spie aus. Darauf warf er einen trägen Blick auf den Doktor und schien im ersten Augenblick nichts zu begreifen; doch sehr bald nahm sein verschlafenes Gesicht einen bösen und spöttischen Ausdruck an.

«Aha, auch Sie hat man hier eingesperrt, mein Bester!» sprach er mit vom Schlummer heiserer Stimme, das eine Auge zusammenkneifend. «Ich bin sehr erfreut. Bisher haben Sie das Blut der Menschen getrunken, und nun wird man Ihr Blut trinken. Vortrefflich!»

«Das muß irgendein Mißverständnis sein...» erwiderte Andrej Jefimytsch, über die Worte Iwan Dmitritschs erschreckend; er hob die Achseln und wiederholte: «irgendein Mißverständnis...»

Iwan Dmitritsch spie wieder aus und legte sich nieder.

«Verfluchtes Leben!» brummte er. «Und das Bittere und Kränkende ist, daß dieses Leben ja nicht mit einer Belohnung für die Leiden, nicht mit einer Apotheose wie in der Oper enden wird, sondern mit dem Tod; es werden die Bauern kommen und den Toten an Armen und Beinen in den Keller zerren. Brrr! Nun, einerlei... Dafür wird im Jenseits unser Fest anheben... Ich werde aus dem Jenseits als Schatten hier auftauchen und diese Scheusale erschrecken... Ich werde sie dazu bringen, daß sie ergrauen.»

Moissejka kehrte zurück, und als er den Doktor sah, streckte er die Hand aus.

«Gib eine Kopeke!» sagte er.

XVIII

Andrej Jefimytsch näherte sich dem Fenster und schaute auf das Feld hinaus. Es dämmerte bereits, und am Horizont stieg von rechts ein kalter, purpurner Mond auf. Unweit des Zauns der Krankenanstalt stand, etwa zweihundert Meter entfernt, ein weißes, von einer steinernen Mauer umgebenes Haus. Das war das Gefängnis.

Das ist die Wirklichkeit! dachte Andrej Jefimytsch, und es war ihm furchtbar.

Furchtbar waren der Mond, und das Gefängnis, und die Nägel auf dem Zaun, und die ferne Flamme in der Knochenbrennerei. Hinter ihm ließ sich ein Seufzer vernehmen. Andrej Jefimytsch drehte sich um und erblickte einen Mann mit glänzenden Sternen und Orden auf der Brust; der lächelte und zwinkerte ihm listig zu. Auch das erschien ihm unheimlich.

Andrej Jefimytsch suchte sich zu überzeugen, daß weder am Mond noch am Gefängnis etwas Besonderes sei, daß auch psychisch gesunde Menschen Orden trügen und daß alles mit der Zeit verfaulen und zu Lehm werden würde; doch die Verzweiflung packte ihn plötzlich; er griff mit beiden Händen nach dem Gitter und rüttelte aus aller Kraft daran. Das kräftige Gitter gab nicht nach.

Und damit es ihm nicht so furchtbar sei, ging er darauf zum Bett Iwan Dmitritschs und setzte sich.

«Ich habe den Mut sinken lassen, Lieber», murmelte er zitternd und sich den Schweiß abwischend. «Habe den Mut sinken lassen.»

«Nun, so philosophieren Sie doch!» bemerkte spöttisch Iwan Dmitritsch.

«Mein Gott, mein Gott... Ja, ja... Sie beliebten einmal zu bemerken, daß es in Rußland keine Philosophie gebe, aber daß alle, sogar die Kleinen, philosophierten. Doch das Philosophieren der Kleinen verursacht keinem Schaden», sagte Andrej Jefimytsch in einem Ton, als wolle er in Weinen ausbrechen und Mitleid erregen. «Warum denn, mein Lieber, dieses schadenfrohe Lachen? Und wie sollen denn diese Kleinen um das Philosophieren herumkommen, wenn sie nicht befriedigt sind? Ein kluger, gebildeter, stolzer, freiheitsliebender Mann, das Ebenbild Gottes, hat keinen anderen Ausweg, denn als Arzt in ein schmutziges, dummes Städtchen zu gehen, und das ganze Leben nur Schröpfköpfe, Blutegel, Senfpflaster! Scharlatanerie, Enge, Banalität! Oh, mein Gott!»

«Sie reden Dummheiten! Wenn Ihnen der Arztberuf zuwider ist, so wären Sie doch unter die Minister gegangen.»

«Nirgendshin kann man gehen, nirgends. Schwach sind wir, mein Teurer... Ich war gleichgültig, diskutierte frisch und vernünftig; doch das Leben brauchte mich nur grob anzurühren, und ich ließ den Mut sinken... Kraftlosigkeit ist es... Schwach sind wir, elend sind wir... Auch Sie, mein Teurer. Sie sind klug und edel, haben mit der Muttermilch gute Triebe eingesogen, doch kaum traten Sie ins Leben, so ermüdeten Sie und erkrankten... Schwach, schwach sind wir.»

Noch etwas Zudringliches, außer der Furcht und dem Gefühl der Kränkung, quälte Andrej Jefimytsch die ganze Zeit seit Anbruch des Abends. Endlich sah er ein, daß er Lust nach Bier und Zigaretten empfand.

«Ich will hinausgehen, mein Lieber», bemerkte er. «Werde sagen, man solle uns Licht geben... Ich kann so nicht... bin nicht imstande...»

Andrej Jefimytsch ging zur Tür und öffnete sie; doch sogleich sprang Nikita auf und versperrte ihm den Weg.

«Wohin wollen Sie? Das geht nicht, geht nicht!» sagte er. «Es ist Zeit zum Schlafen!»

«Ich will ja nur einen Augenblick hinaus, möchte nur durch den Hof gehen!» erwiderte eingeschüchtert Andrej Jefimytsch.

«Es geht nicht, geht nicht, ist verboten. Sie wissen ja selber.»

Nikita schlug die Tür zu und lehnte sich mit dem Rücken daran.

«Doch wem füge ich dadurch Schaden zu, wenn ich hinausgehe?» fragte Andrej Jefimytsch achselzuckend. «Ich verstehe nicht! Nikita, ich muß hinausgehen!» sagte er mit zitternder Stimme. «Ich muß!»

«Führen Sie keine Unordnung ein, das taugt nicht!» bemerkte belehrend Nikita.

«Zum Teufel noch einmal!» schrie Iwan Dmitritsch plötzlich und sprang auf. «Welches Recht hat er, uns nicht hinauszulassen? Wie wagen sie, uns hier zu halten? Das Gesetz spricht es, scheint mir, deutlich aus, daß niemand ohne Gericht der Freiheit beraubt werden darf! Das ist Gewalttätigkeit! Willkür!»

«Gewiß ist es Willkür!» sagte Andrej Jefimytsch, durch Iwan Dmitritschs Geschrei ermutigt. «Ich muß hinaus, ich habe es nötig! Er hat kein Recht! Laß mich gehen, sagt man dir!»

«Hörst du, du stumpfsinniges Vieh?» rief Iwan Dmitritsch und schlug mit der Faust gegen die Tür. «Öffne, sonst schlag ich die Tür ein! Schinder!»

«Öffne!» rief Andrej Jefimytsch, am ganzen Körper zitternd. «Ich verlange es!»

«Red du nur!» gab hinter der Tür Nikita zur Antwort. «Red nur!»

«Ruf wenigstens Jewgenij Fjodorowitsch hierher! Sag ihm, ich lasse ihn bitten, er möge sich auf einen Augenblick hierher bemühen!»

«Morgen kommt er ohnehin.»

«Nie wird man uns hinauslassen!» fuhr inzwischen Iwan Dmitritsch fort. «Man wird uns hier verfaulen lassen! Oh, mein Gott, gibt es denn wirklich keine Hölle im Jenseits? Und diesen Nichtswürdigen wird verziehen werden? Wo ist dann die Gerechtigkeit? Öffne, du Nichtswürdiger, ich ersticke!» schrie er mit heiserer Stimme und warf sich über die Tür. «Ich zerschmettere mir den Kopf! Mörder!»

Nikita öffnete schnell die Tür, stieß grob mit beiden Armen und dem Knie Andrej Jefimytsch zurück, darauf holte er aus und schlug ihm mit der Faust ins Gesicht. Andrej Jefimytsch schien es, daß eine riesige, salzige Woge über seinem Kopf zusammenschlage und ihn zum Bett forttrage; in der Tat hatte er einen salzigen Geschmack im Mund: wahrscheinlich blutete er aus den Zähnen. Er bewegte, als wollte er hinausschwimmen, die Arme, hielt sich an einem Bett fest und fühlte gleichzeitig, daß Nikita ihn zweimal auf den Rücken schlug.

Iwan Dmitritsch schrie laut auf. Wahrscheinlich schlug man auch ihn.

Darauf wurde es still. Flüssiger Mondschein strömte durch die Gitter, und auf dem Boden lag ein netzförmiger Schatten. Es war unheimlich. Andrej Jefimytsch legte sich nieder und hielt den Atem an: er wartete voll Entsetzen darauf, daß man ihn nochmals schlage. Ihm war, als habe jemand eine Sichel genommen, in ihn hineingestoßen und sie mehrmals in seiner Brust und den Eingeweiden umgedreht. Vor Schmerz biß er ins Kissen und biß die Zähne zusammen, und plötzlich tauchte inmitten des Chaos in seinem Kopf ein furchtbarer, unerträglicher Gedanke auf, daß diese Menschen, die jetzt im Mondlicht schwarze Schatten schienen, genau den gleichen Schmerz jahrelang, von Tag zu Tag, erleiden mußten.

Wie konnte es geschehen, daß er im Laufe von mehr als zwanzig Jahren dieses nicht wußte und nicht wissen wollte? Er wußte nichts, hatte keine Ahnung vom Schmerz, folglich trug er keine Schuld; doch das Gewissen, ebenso unnachgiebig und grob wie Nikita, machte, daß er vom Nacken bis zu den Fersen Eiseskälte verspürte. Er sprang auf, wollte mit voller Kraft schreien und schnell rennen, um Nikita totzuschlagen, darauf Chobotow, den Aufseher und Feldscher, darauf sich selbst; doch kein Laut entrang sich seiner Brust, und die Beine gehorchten ihm nicht: keuchend zerriß er den Kittel und das Hemd auf seiner Brust und fiel bewußtlos auf das Bett zurück.

XIX

Am nächsten Morgen tat ihm der Kopf weh, es dröhnte in seinen Ohren, und er empfand im ganzen Körper ein Unbehagen. Die Erinnerung an seine gestrige Schwäche rief kein Gefühl der Scham in ihm hervor. Er war gestern kleinmütig gewesen, hatte sogar den Mond gefürchtet, offen Gefühle und Gedanken, die er früher nie bei sich vermutet hätte, ausgesprochen, zum Beispiel den Gedanken vom Unbefriedigtsein der philosophierenden Kleinen. Doch jetzt war ihm alles gleich.

Er aß und trank nicht, lag unbeweglich da und schwieg.

Es ist mir gleich, dachte er, wenn Fragen an ihn gerichtet wurden. Ich werde nicht antworten ... Es ist mir gleich.

Nach dem Mittagessen kam Michail Awerjanytsch und brachte ihm ein Viertelpfund Tee und ein Pfund Marmelade mit. Auch Darjuschka kam und stand eine ganze Stunde mit dem Ausdruck stumpfen Schmerzes auf dem Gesicht neben dem Bett. Doktor Chobotow suchte ihn ebenfalls auf. Er brachte ein Fläschchen mit Bromkalium mit und hieß Nikita eine Räucherkerze im Krankenzimmer verbrennen.

Gegen Abend starb Andrej Jefimytsch an einem Schlaganfall. Anfangs verspürte er Schüttelfrost und Übelkeit; etwas Abscheuliches, wie ihm vorkam, strömte in den ganzen Körper, sogar in die Finger, stieg vom Magen in den Kopf auf und überschwemmte Augen und Ohren. Es wurde ihm grün vor den Augen. Andrej Jefimytsch begriff, daß sein Ende gekommen war, und erinnerte sich, daß Iwan Dmitritsch, Michail Awerjanytsch und Millionen von Menschen an die Unsterblichkeit glaubten. Und wenn sie wirklich besteht? Aber er wollte keine Unsterblichkeit, und er dachte nur einen Augenblick daran. Eine Herde Hirsche, die außergewöhnlich schön und graziös waren, von denen er gestern gelesen hatte, lief an ihm vorbei; darauf streckte ein Bauernweib mit einem eingeschriebenen Brief ihm die Hand entgegen ... Michail Awerjanytsch sagte etwas. Danach verschwand alles, und Andrej Jefimytsch schlief auf ewig ein.

Bauern kamen, faßten ihn an den Armen und Beinen und trugen ihn in die Kapelle. Dort lag er mit geöffneten Augen auf dem Tisch, und der Mond schien in der Nacht auf ihn. Am Morgen erschien Sergej Sergejitsch, betete andächtig vor dem Kruzifix und schloß seinem früheren Vorgesetzten die Augen.

Am nächsten Tag bestattete man Andrej Jefimytsch. An seiner Beerdigung nahmen nur Michail Awerjanytsch und Darjuschka teil.

1892.

DIE DAME MIT DEM HÜNDCHEN

I

Man sprach davon, daß ein neues Gesicht, die Dame mit dem Hündchen, am Kai aufgetaucht sei. Dmitrij Dmitritsch Gurow, der bereits seit zwei Wochen in Jalta weilte und eingelebt war, begann sich auch für neue Gesichter zu interessieren. Als er bei Vernet im Pavillon saß, sah er, wie eine junge, blonde, zierliche Dame im Barett, gefolgt von einem weißen Spitz, vorüberging.

Und darauf begegnete er ihr im Stadtgarten und auf dem Square mehrmals im Tage. Sie war immer allein, stets in dem gleichen Barett, und mit dem weißen Spitz; niemand wußte, wer sie war; und man nannte sie einfach: «die Dame mit dem Hündchen».

Wenn sie ohne Mann und Bekannte hier ist, überlegte Gurow, so könnte es nicht schaden, ihre Bekanntschaft zu machen.

Er zählte noch nicht vierzig Jahre, doch er besaß bereits eine zwölfjährige Tochter und zwei Söhne, die das Gymnasium besuchten. Man hatte ihn früh verheiratet, als er noch Student im zweiten Semester war, und jetzt schien seine Frau anderthalbmal älter als er. Sie war eine hochgewachsene Frau mit dunklen Augenbrauen, die sich sehr gerade hielt, wichtig und gesetzt und, wie sie sich selber nannte, eine Denkerin war. Sie las viel, ließ in ihren Briefen das harte Schlußzeichen fort, nannte ihren Mann nicht Dmitrij, sondern Dimitrij; er aber hielt sie insgeheim für unbedeutend und engherzig, unelegant, fürchtete sie und mied das Haus. Er hatte schon vor langer Zeit begonnen, ihr untreu zu sein, tat es oft und urteilte wohl deshalb über Frauen meist schlecht; wenn man in seiner Gegenwart über sie sprach, so bezeichnete er sie als «niedere Rasse!»

Es schien ihm, daß er genügend bittere Erfahrungen gewonnen hätte, um sie so, wie es ihm beliebte, zu nennen; immerhin hätte er ohne die «niedere Rasse» auch nicht zwei Tage leben können. In Gesellschaft von Männern langweilte er sich und fühlte sich nicht wohl, er war mit ihnen ungesprächig, kalt; doch wenn er sich unter Frauen befand, so fühlte er sich frei und wußte, worüber er mit ihnen reden und wie er sich halten mußte; und sogar das Schweigen mit ihnen fiel ihm leicht. Sein Äußeres, sein Charakter, sein ganzes Wesen hatte etwas Anziehendes, nicht zu Erfassendes, was die Frauen für ihn einnahm und sie lockte; er wußte darum, und ihn selber zog auch irgendeine Kraft zu ihnen hin.

Vielfache Erfahrung, und in der Tat bittere Erfahrung hatte ihn schon lange gelehrt, daß ein jedes Verhältnis, das im Anfang in das Leben so angenehme Abwechslung bringt und als nettes, leichtes Abenteuer erscheint, bei anständigen Menschen, namentlich bei den schwerblütigen, unentschlossenen Moskowitern, unweigerlich zu einer äußerst komplizierten Aufgabe sich auswächst, so daß das Ganze schließlich lästig wird. Doch bei einer jeden neuen Begegnung mit einer interessanten Frau entglitt ihm diese Erfahrung gleichsam aus dem Gedächtnis, und er wollte leben; alles erschien so einfach und amüsant.

Eines Abends speiste er im Garten, und die Dame im Barett näherte sich ohne Hast und setzte sich an den benachbarten Tisch. Ihr Ausdruck, Gang, Kleid, Frisur sagten ihm, daß sie der anständigen Gesellschaft angehöre, verheiratet sei, zum erstenmal in Jalta weile, allein sei und sich hier langweile... Die Erzählungen von der Unreinheit der lokalen Sitten enthalten viel Unwahrheit, er verachtete sie und wußte, daß sie meist von Leuten stammten, die gern selber sündigen würden, wenn sie es nur verständen; doch als die Dame am Nebentisch drei Schritte von ihm entfernt Platz nahm, fielen ihm diese Erzählungen von leichten Siegen, von Ritten in die Berge ein, und der verführerische Traum von einem leichten, flüchtigen Verhältnis, von einem Roman mit einer Unbekannten, deren Name und

Familienname ihm fremd waren, bemächtigte sich plötzlich seiner.

Freundlich lockte er den Spitz zu sich heran, und als jener folgte, drohte er ihm mit dem Finger. Der Spitz knurrte. Gurow drohte ihm wieder.

Die Dame blickte ihn an und senkte sofort die Augen.

«Er beißt nicht», sagte sie und errötete.

«Darf man ihm einen Knochen geben?» Und als sie bejahend nickte, fragte er zuvorkommend: «Sind Sie schon lange in Jalta?»

«Seit fünf Tagen.»

«Und ich bin bald zwei Wochen hier.»

Sie schwiegen eine Weile.

«Die Zeit verstreicht schnell, und doch ist es hier so langweilig!» bemerkte sie, ohne ihn anzusehen.

«Es ist wohl üblich, zu sagen, daß es hier langweilig ist. Da lebt einer irgendwo in Bjelew oder Shisdra — und langweilt sich nicht, wenn er aber hierher kommt, so hört man nur: ‚Ach, wie langweilig! Ach, welch ein Staub!' Man könnte glauben, daß er aus Granada komme.»

Sie mußte lachen. Darauf aßen beide schweigend weiter, wie Unbekannte; doch nach dem Mittagessen gingen sie miteinander fort — und es begann das scherzhafte, leichte Gespräch von freien, zufriedenen Menschen, denen es gleich ist, wohin sie gehen und wovon sie reden. Sie gingen spazieren und sprachen davon, wie seltsam beleuchtet das Meer sei; das Wasser war von einer weichen, warmen Lilafarbe, darüber strömte vom Mond ein goldener Streifen. Sie sprachen davon, wie schwül es nach dem heißen Tag sei. Gurow erzählte, daß er Moskowiter sei, seiner Bildung nach Philologe, aber in einer Bank angestellt; er wollte einmal zur Opernbühne gehen, hatte es dann aber aufgegeben, in Moskau besitze er zwei Häuser ... Und von ihr erfuhr er, daß sie in Petersburg aufgewachsen sei, doch sich nach S. verheiratet habe, wo sie schon zwei Jahre lebe, daß sie noch einen Monat in Jalta verbringen wolle und ihr Mann sie vielleicht abholen werde, der auch ausruhen wolle. Sie konnte auf keine Weise erklären, wo ihr Mann arbeite — in der Gouvernementsverwaltung oder in der Semstwoverwaltung, und das kam ihr selber komisch vor. Und Gurow erfuhr noch, daß sie Anna Sergejewna heiße.

Nachher in seinem Hotelzimmer mußte er an sie denken und daß sie sich morgen sicherlich treffen würden. So mußte es sein. Als er sich zu Bett begab, erinnerte er sich daran, daß sie noch vor kurzem im Institut gewesen war und gelernt hatte wie jetzt seine Tochter, erinnerte sich, wie schüchtern und ungelenk noch ihr Lachen, ihr Gespräch mit einem Unbekannten gewesen — wahrscheinlich war sie zum erstenmal in ihrem Leben allein und unter solchen Umständen, daß man hinter ihr herging und sie ansah und mit ihr nur zu dem einen geheimen Zweck sprach, den sie erraten mußte. Er erinnerte sich an ihren schlanken, zarten Hals, an ihre schönen, grauen Augen.

Irgend etwas an ihr erregt dennoch Mitleid, dachte er im Einschlafen.

II

Eine Woche war seit ihrer Bekanntschaft vergangen. Es war ein Feiertag. In den Zimmern war es drückend, auf den Straßen aber wirbelte der Staub, und der Wind riß den Passanten die Hüte vom Kopf. Man hatte den ganzen Tag Durst, Gurow trat häufig in den Pavillon und bot Anna Sergejewna bald Sirup, bald Eis an. Man wußte nicht, was anfangen.

Als der Wind sich gegen Abend ein wenig legte, begaben sie sich zur Mole, um die Ankunft des Dampfers zu erwarten. Im Hafen waren viele Spaziergänger; offenbar hielt man sich zu einem Empfang bereit, denn man sah viele Blumensträuße.

Da das Meer stürmisch war, traf der Dampfer verspätet erst ein, als die Sonne schon untergegangen war; und bevor er anlegte, manövrierte er noch lange. Anna Sergejewna blickte durch ihre Lorgnette auf den Dampfer und die Passagiere, als suche sie nach Bekannten, und wenn sie sich Gurow zuwandte, glänzten ihre Augen. Sie redete viel, und ihre

Fragen waren abrupt, und sie vergaß sofort, was sie gefragt hatte; nachher verlor sie in der Menge ihre Lorgnette.

Das Publikum ging auseinander, man sah kein Gesicht mehr, der Wind hatte sich vollständig gelegt, nur Gurow und Anna Sergejewna standen noch immer da, als warteten sie, daß noch jemand den Dampfer verlasse. Anna Sergejewna schwieg jetzt und roch an ihren Blumen, ohne auf Gurow zu blicken.

«Das Wetter hat sich gegen Abend gebessert», bemerkte er. «Wohin sollen wir denn jetzt gehen? Sollen wir nicht irgendwohin fahren?»

Sie erwiderte nichts.

Da schaute er sie aufmerksam an, und plötzlich umschlang er sie und küßte sie auf den Mund, es umfing ihn der Duft und die Feuchtigkeit der Blumen, und sogleich blickte er sich scheu um, ob nicht jemand es gesehen habe.

«Wir wollen zu Ihnen gehen...» sagte er leise.

Und beide gingen schnell davon.

In ihrem Hotelzimmer war es drückend heiß, es roch nach dem Parfüm, das sie im japanischen Laden gekauft hatte. Während Gurow sie ansah, mußte er denken: welche Begegnungen gibt es doch im Leben! Aus seiner Vergangenheit bewahrte er Erinnerungen an sorglose, gutmütige Frauen, die die Liebe fröhlich machte und die ihm dankbar waren für das, wenn auch sehr kurze, Glück;

und an solche — wie zum Beispiel seine Frau —, die ohne Aufrichtigkeit liebten, mit überflüssigen Gesprächen, affektiert, hysterisch, mit einem Ausdruck, als wäre es nicht Liebe, nicht Leidenschaft, sondern etwas Bedeutsameres; und an zwei, drei sehr schöne, kalte Frauen, über deren Gesicht plötzlich der Ausdruck der Raubgier glitt, der eigensinnige Wunsch, dem Leben mehr zu entreißen, als es geben konnte, und diese Frauen standen nicht mehr in der ersten Jugendblüte, sie waren launisch, herrschsüchtig, nicht klug, und wenn Gurow ihnen gegenüber erkaltete, so erregte ihre Schönheit in ihm Haß, und die Spitzen an ihrer Wäsche schienen ihm dann Schuppen zu gleichen.

Hier aber stieß er auf Schüchternheit, Eckigkeit, unerfahrene Jugend, Geniertheit; und er hatte den Eindruck von Fassungslosigkeit, wie man sie empfindet, wenn jemand plötzlich an die Tür klopft. Anna Sergejewna, diese «Dame mit dem Hündchen», verhielt sich gegenüber dem Vorgefallenen ganz eigenartig, sehr ernst, als wäre sie gefallen, so schien es, und das war seltsam und ungelegen. Ihre Züge waren eingefallen, welk, und zu beiden Seiten des Gesichts hingen die langen Haare traurig herab, sie war in einer niedergeschlagenen Pose nachdenklich versunken, wie eine Sünderin auf einem alten Gemälde.

«Das ist schlecht», sagte sie. «Sie werden ja der erste sein, der mich jetzt nicht mehr achtet.»

Auf dem Tisch lag eine Wassermelone. Gurow schnitt sich eine Scheibe ab und begann langsam zu essen. Wenigstens eine halbe Stunde verging in Schweigen.

Anna Sergejewna war rührend, die Reinheit einer anständigen, naiven, unerfahrenen Frau strömte von ihr aus; eine einsame Kerze brannte auf dem Tisch und beleuchtete kaum ihr Gesicht, doch man sah es ihr an, daß sie litt.

«Warum sollte ich aufhören, dich zu achten?» fragte Gurow. «Du weißt selber nicht, was du sprichst.»

«Möge Gott mir vergeben!» sagte sie, und ihre Augen füllten sich mit Tränen. «Das ist entsetzlich.»

«Du rechtfertigst dich also?»

«Womit könnte ich mich rechtfertigen? Ich bin eine schlechte, niedrige Frau, ich verachte mich und denke nicht an Rechtfertigung. Ich habe nicht meinen Mann betrogen, sondern mich selber. Und nicht nur erst jetzt, schon lange. Mein Mann ist vielleicht ein ehrlicher, guter Mensch, aber er ist ja ein Lakai! Ich weiß nicht, was er dort treibt, wo er angestellt ist, ich weiß nur, daß er ein Lakai ist. Als ich ihn heiratete, war ich zwanzig Jahre alt. Bald peinigte mich die Neugier, ich wollte etwas Besseres; es gibt doch, sagte ich mir, ein anderes Leben. Ich wollte leben! Leben, leben... Die Neugier verbrannte mich... Sie verstehen das nicht; doch ich schwöre Ihnen, ich konnte mich nicht mehr beherrschen, mit mir ging etwas vor, niemand konnte mich zurückhalten. Ich sagte meinem Mann, daß ich krank sei, und fuhr hierher... Und hier ging ich wie betäubt einher, wie eine Wahnsinnige... und nun bin ich eine gemeine, elende Frau geworden, die ein jeder verachten kann.»

Gurow langweilte es schon, sie anzuhören, ihn reizte der naive Ton, diese so unerwartete, unpassende Beichte; wären nicht die Tränen in ihren Augen gewesen, so hätte man glauben können, daß sie scherze oder eine Rolle spiele.

«Ich begreife nicht», sagte er leise, «was willst du denn?»

Sie verbarg ihr Gesicht an seiner Brust und schmiegte sich an ihn.

«Glauben Sie mir, glauben Sie mir, ich flehe Sie an...» sagte sie. «Ich liebe das ehrliche, reine Leben, und die Sünde ist mir zuwider, ich weiß selber nicht, was ich tue. Einfache Menschen sagen, der Teufel hat einen verwirrt. Und ich kann jetzt von mir sagen, daß mich der Teufel verwirrt hat.»

«Hör auf, hör auf...» murmelte er.

Er blickte in ihre unbeweglichen, erschrockenen Augen, küßte sie, sprach leise und zärtlich zu ihr, und allmählich beruhigte sie sich; die Fröhlichkeit kehrte zu ihr zurück, und beide begannen zu lachen.

Als sie später hinausgingen, war keine Menschenseele auf dem Kai zu sehen, die Stadt mit ihren Zypressen sah wie ausgestorben aus; doch das Meer rauschte noch und schlug gegen das Ufer; eine Barkasse schaukelte auf den Wellen, und darauf flimmerte schläfrig eine Laterne.

Sie fanden eine Droschke und fuhren nach Oreanda.

«Ich habe soeben unten in der Halle deinen Namen erfahren: auf dem Brett steht von Dideritz», bemerkte Gurow. «Dein Mann ist ein Deutscher?»

«Nein, sein Großvater war, glaube ich, ein Deutscher, er selber aber ist orthodox.»

In Oreanda saßen sie auf einer Bank unweit der Kirche, blickten auf das Meer hinunter und schwiegen. Jalta war im Morgennebel kaum sichtbar; auf den Bergesgipfeln standen unbeweglich weiße Wolken. Das Laub regte sich nicht an den Bäumen, die Zikaden riefen, und das eintönige, dumpfe Rauschen des Meeres, das von unten zu ihnen drang, sprach von Ruhe, vom ewigen Schlaf, der uns erwartet. So rauschte es schon unten, als Jalta noch nicht dastand und auch nicht Oreanda, es rauscht jetzt und wird ebenso gleichgültig und dumpf rauschen, wenn wir nicht mehr sein werden. Und in dieser Beständigkeit, in der völligen Gleichgültigkeit gegenüber Tod und Leben eines jeden von uns liegt vielleicht das Pfand unserer ewigen Seligkeit, der ununterbrochenen Bewegung des Lebens auf Erden, der ununterbrochenen Vervollkommnung. Neben der jungen Frau sitzend, die in der Morgendämmerung so schön schien, beruhigt und bezaubert von dieser märchenhaften Umgebung — Meer, Bergen, Wolken, weitem Himmel — dachte Gurow, daß im Grunde, wenn man sich darein vertiefte, alles auf dieser Welt herrlich war außer dem, was wir selber dachten und taten, wenn wir die höheren Lebensziele und unsere Menschenwürde vergaßen.

Ein Mann näherte sich ihnen, wahrscheinlich ein Wächter, warf einen Blick auf sie und entfernte sich. Und dieses Detail erschien so geheimnisvoll und auch so schön. Man konnte sehen, wie der Dampfer aus Theodosia kam, schon ohne Lichter, beleuchtet von der Morgenröte.

«Tau liegt auf dem Gras», bemerkte Anna Sergejewna.

«Ja. Es ist Zeit, heimzukehren.»

Sie kehrten in die Stadt zurück.

Darauf trafen sie sich jeden Mittag am Kai, frühstückten miteinander, aßen zu Mittag, gingen spazieren, bewunderten das Meer. Sie klagte, daß sie schlecht schlafe, daß ihr Herz unruhig schlage, stellte immer die gleichen Fragen, bewegt bald von Eifersucht, bald von Furcht, daß er sie nicht genügend achte. Und häufig, wenn niemand in ihrer Nähe war, zog er sie am Kai oder im Garten plötzlich an sich und küßte sie leidenschaftlich. Der völlige Müßiggang, diese Küsse am heiteren Tag, mit Zurückblicken, voll Furcht, daß man es sähe, die Hitze, der Geruch des Meeres, die müßigen, eleganten, satten Menschen, die beständig vor ihren Augen auftauchten, hatten ihn gleichsam umgewandelt; er sagte Anna Sergejewna, wie schön sie sei, wie verführerisch, war von einer ungeduldigen Leidenschaftlichkeit, wich nicht einen Schritt von ihr, sie aber versank häufig in Nachdenken und bat ihn immer wieder, er möge doch gestehen, daß er sie nicht achte, ganz und gar nicht liebe, sondern in ihr nur die gemeine Frau sehe. Beinahe jeden Abend fuhren sie irgendwohin, nach Oreanda oder zum Wasserfall; und alle Ausflüge waren harmonisch, die Eindrücke waren unveränderlich jedesmal wunderschön, erhaben.

Sie warteten auf die Ankunft ihres Mannes. Doch es kam von ihm ein Brief, in dem er mitteilte, daß er an einem Augenleiden erkrankt sei, und seine Frau anflehte, sie möge so schnell wie möglich heimkehren. Anna Sergejewna traf hastig ihre Abreisevorbereitungen.

«Es ist gut, daß ich abreise», sagte sie zu Gurow. «Das Schicksal will es.»

Sie reiste in einem Wagen, und er begleitete sie. Sie fuhren einen ganzen Tag. Als sie im Kurierzug Platz genommen hatte und das zweite Glockenzeichen ertönte, sprach sie:

«Lassen Sie mich Sie noch einmal ansehen... Noch einmal ansehen. So.»

Sie weinte nicht, war aber traurig, gleichsam krank, und ihr Gesicht zitterte.

«Ich werde an Sie denken... mich erinnern...» fuhr sie fort. «Möge Gott Sie behüten. Gedenken Sie meiner nicht im Bösen.

Wir nehmen auf immer Abschied; es muß sein, denn wir hätten uns überhaupt nicht begegnen sollen. Nun, Gott mit Ihnen.»

Der Zug brauste davon, seine Lichter verschwanden schnell, und nach einer Minute war kein Geräusch mehr zu hören, als hätte sich alles absichtlich verabredet, möglichst schnell dieses süße Erleben, diesen Wahnsinn auszulöschen. Auf dem Perron allein geblieben und in die dunkle Ferne blickend, horchte Gurow auf das Zirpen der Grillen und das Summen der Telegraphendrähte mit einem Gefühl, als wäre er eben erst erwacht. Und er dachte, daß doch noch ein Abenteuer in sein Leben gekommen sei, und auch das hatte schon ein Ende gefunden, und nun blieb nur die Erinnerung... Er war gerührt, traurig und empfand leichte Reue; denn diese junge Dame, die er nie mehr sehen würde, war ja mit ihm nicht glücklich gewesen; er war zu ihr zuvorkommend und herzlich gewesen, doch gleichwohl hatte in seinem Benehmen, in seinem Ton, seinen Liebkosungen der Schatten eines leichten Spottes, der grobe Hochmut eines glücklichen Mannes, der zudem noch beinahe doppelt so alt wie sie war, durchgeschimmert. Sie hatte ihn die ganze Zeit gut, ungewöhnlich, erhaben gefunden; augenscheinlich erschien er ihr nicht als der, der er in der Tat war, also hatte er sie gegen seinen Willen betrogen...

Hier auf der Station roch es schon nach Herbst, der Abend war kühl.

Es ist auch für mich Zeit, in den Norden zurückzukehren, dachte Gurow, den Perron verlassend. Es ist Zeit!

III

Daheim in Moskau war schon alles winterlich, man heizte die Öfen, und morgens, wenn die Kinder sich für die Schule fertigmachten und Tee tranken, war es dunkel, und die Njanja zündete für kurze Zeit die Lampen an. Die Fröste brachen schon an. Wenn der erste Schnee fällt, wenn man zum erstenmal im Schlitten ausfährt, ist es angenehm, den weißen Boden, die weißen Dächer zu sehen, es atmet sich leicht und gut, und man erinnert sich der Jugendzeit. Die alten Linden und Birken, weiß vom Reif, haben einen gutmütigen Ausdruck, sie stehen dem Herzen näher als die Zypressen und Palmen, und in ihrer Nähe will man nicht an Berge und ans Meer denken.

Gurow war ganz Moskowiter, er kehrte an einem schönen Frosttag nach Moskau zurück, und als er den Pelzmantel angezogen hatte und die weichen Handschuhe und über die Petrowka spaziert war, und als er am Samstagabend die Kirchenglocken vernahm, verloren seine kürzliche Reise und die Orte, an denen er geweilt hatte, ihren ganzen Zauber für ihn. Allmählich tauchte er wieder in das Moskauer Leben unter, las begierig drei Zeitungen im

Tag und behauptete doch, daß er aus Prinzip keine Zeitungen lese. Es zog ihn in Restaurants, Klubs, zu Diners, Jubiläen, und es schmeichelte ihm wieder, daß bekannte Advokaten und Künstler sein Haus aufsuchten und er im Klub der Ärzte mit einem Professor Karten spielte. Er konnte wieder eine ganze Portion Seljanka, ein Gericht aus verschiedenartigstem Fleisch mit Kraut, Zwiebeln und Gurken, verspeisen...

Ein Monat müsse vergehen, so schien es ihm, und Anna Sergejewna würde in seiner Erinnerung von einem Dunstschleier eingehüllt werden und ihm nur mehr selten mit ihrem rührenden Lächeln im Traum erscheinen, gleich wie alle anderen. Doch über ein Monat war bereits vergangen, der tiefe Winter war angebrochen, aber in seiner Erinnerung war alles ganz deutlich, als hätte er sich erst gestern von Anna Sergejewna getrennt. Und die Erinnerungen gewannen eine immer stärkere Macht über ihn. Vernahm er in der Abendstille in seinem Arbeitszimmer die Stimmen seiner Kinder, die ihre Schulaufgaben machten, hörte er eine Romanze oder die Drehorgel im Restaurant, oder heulte im Kamin der Schneesturm, so erwachte plötzlich in seinem Gedächtnis alles: die Szene am Kai, und der frühe Morgen im Nebel in den Bergen, und der Dampfer aus Theodosia, und die Küsse. Er schritt lange im Zimmer auf und ab und gab sich den Erinnerungen hin und lächelte, und dann gingen die Erinnerungen in Träume über, und in seiner Phantasie vermengte sich die Vergangenheit mit Zukunftsbildern. Anna Sergejewna erschien ihm nicht nur im Traum, sondern folgte ihm wie ein Schatten überallhin und beobachtete ihn. Wenn er die Augen schloß, so sah er sie leibhaftig vor sich, und sie erschien ihm schöner, jünger, zärtlicher als jemals; und er selber kam sich besser vor, als er damals in Jalta war. Abends blickte sie aus dem Bücherschrank, aus dem Kamin, aus der Ecke auf ihn, er hörte ihren Atem, das zärtliche Rascheln ihrer Kleidung. Auf der Straße verfolgte sein Blick die Frauen und suchte nach einer Ähnlichkeit mit ihr ...

Und ihn quälte bereits der glühende Wunsch, seine Erinnerungen mit jemandem zu teilen. Doch zu Hause durfte er von seiner Liebe nicht reden, und außerhalb des Hauses hatte er niemanden. Er konnte doch nicht mit den Mietern seiner Häuser oder in der Bank davon sprechen. Und wovon sollte er sprechen? Hatte er denn damals geliebt? War denn etwas Schönes, Poetisches oder Erbauendes oder einfach Interessantes in seinen Beziehungen zu Anna Sergejewna gewesen? Und so mußte er unbestimmt über Liebe, über Frauen reden, und niemand ahnte, worum es sich handelte, und nur seine Frau bewegte ihre dunklen Brauen und sagte:

«Die Rolle eines Gecken steht dir gar nicht, Dimitrij.»

Als er in einer Nacht mit seinem Partner, einem Beamten, den Klub der Ärzte verließ, konnte er sich nicht beherrschen und sagte:

«Wenn Sie wüßten, welch eine entzückende Frau ich in Jalta kennengelernt habe!»

Der Beamte stieg in den Schlitten und fuhr davon, doch plötzlich wandte er sich um und rief ihn an:

«Dmitrij Dmitritsch!»

«Was denn?»

«Sie hatten doch recht: der Stör hatte einen Stich!»

Diese so gewöhnlichen Worte empörten Gurow, erschienen ihm erniedrigend und schmutzig. Was für wilde Sitten, was für Menschen! Was für sinnlose Nächte, welche uninteressanten, unbedeutenden Tage! Unmäßiges Kartenspiel, Völlerei, Trunksucht, die Gespräche drehen sich immer um das gleiche. Unnütze Geschäfte und immer die selben Gespräche rauben die beste Zeit, die besten Kräfte, und schließlich bleibt nur ein armseliges, unbeschwingtes Leben übrig, und man kann ihm nicht entrinnen, als säße man in einem Irrenhaus oder unter Arrestanten!

Gurow konnte die ganze Nacht nicht schlafen und empörte sich und litt den ganzen nächsten Tag an Kopfschmerzen. Auch die folgenden Nächte schlief er schlecht, saß die ganze Nacht im Bett und sann oder ging aus einem Winkel in den andern. Er hatte die Kinder satt, die Bank satt, hatte keine Lust, irgendwohin zu gehen oder über etwas zu reden.

Im Dezember vor den Feiertagen rüstete er sich zur Reise, sagte seiner Frau, er müsse nach Petersburg fahren, um sich für einen jungen Mann einzusetzen, und fuhr nach S. Warum? Das konnte er selber nicht sagen. Er wollte Anna Sergejewna wiedersehen und mit ihr reden und eine Zusammenkunft arrangieren, wenn es möglich war.

Er traf am Morgen in S. ein und nahm im Hotel das beste Zimmer, dessen Boden mit grauem Soldatentuch bedeckt war und wo auf dem Tisch ein Tintenfaß stand, welches vom Staub ganz grau war, und das ein Reiter zierte, dessen Hand mit dem Hut hoch erhoben war, während der Kopf fehlte. Der Portier erteilte ihm die nötige Auskunft: von Dideritz wohne an der und der Straße im eigenen Hause, unweit vom Hotel, er lebe gut, reich, halte Wagen und Pferde, und alle kennten ihn in der Stadt. Der Portier sprach den Namen Drydryritz aus.

Gurow begab sich ohne Hast zur genannten Straße und suchte das Haus auf. Gerade gegenüber dem Haus zog sich ein grauer, langer Zaun mit Nägeln hin.

Vor einem solchen Zaun kann man davonlaufen, dachte Gurow, bald auf die Fenster, bald auf den Zaun blickend.

Er überlegte: heute ist ein hoher Feiertag, und der Mann ist wahrscheinlich zu Hause. Und überhaupt wäre es taktlos, das Haus zu betreten und sie in Unruhe zu versetzen. Wenn er aber ein Zettelchen sandte, so konnte es in die Hände des Mannes geraten, und er würde alles verderben. Das beste wäre, sich auf den Zufall zu verlassen. Und er ging auf der Straße auf und ab und am Zaun vorbei und wartete auf den Zufall. Er sah, wie ein Bettler durch das Tor ging und die Hunde ihn überfielen, und eine Stunde später vernahm er Klavierspiel, und die Töne kamen schwach und undeutlich zu ihm. Wahrscheinlich spielte Anna Sergejewna. Die Paradetür wurde plötzlich geöffnet, und eine alte Frau trat heraus, und der bekannte weiße Spitz folgte ihr. Gurow wollte den Hund anrufen, doch sein Herz begann plötzlich heftig zu klopfen, und vor Aufregung konnte er sich nicht erinnern, wie er hieß.

Er ging auf und ab, immer mehr verabscheute er den grauen Zaun und gereizt dachte er, daß Anna Sergejewna ihn vergessen habe und vielleicht schon Zerstreuung im Verkehr mit einem andern suche. Das wäre ja nur natürlich in der Lage einer jungen Frau, die gezwungen ist, vom Morgen bis zum Abend diesen verdammten Zaun anzusehen. Er kehrte in sein Hotelzimmer zurück, saß lange auf dem Diwan und wußte nicht, was beginnen; darauf aß er zu Mittag und nachher schlief er lange.

Wie das alles dumm und unangenehm ist, dachte er erwachend und auf die dunklen Fenster blickend; es war schon Abend. Da habe ich mich ausgeschlafen. Was will ich denn in der Nacht anfangen?

Er saß auf dem Bett, das mit einer billigen Decke, wie man sie in Krankenhäusern findet, bedeckt war, und machte sich ärgerlich über sich lustig: «Da haben wir die Dame mit dem Hündchen ... Da haben wir das Abenteuer ... Nun kannst du hier sitzen.»

Noch auf dem Bahnhof war ihm am Morgen ein Theaterzettel ins Auge gefallen, auf dem in großen Buchstaben die Erstaufführung der «Geisha» angezeigt wurde. Er erinnerte sich jetzt daran und fuhr ins Theater.

Es ist gut möglich, dachte er, daß sie an Premieren ins Theater geht.

Das Theater war voll. Und wie in allen Provinztheatern wogte auch hier über dem Kronleuchter ein Nebel und lärmte die unruhige Galerie; in der ersten Reihe standen vor Beginn der Aufführung die Stutzer mit nach hinten zurückgelegten Händen; auch hier saß in der Loge des Gouverneurs auf dem ersten Platz die Tochter des Gouverneurs in einer Pelzboa, während der Gouverneur sich bescheiden im Hintergrund hielt und nur seine Hände sehen ließ; der Vorhang bewegte sich, das Orchester stimmte lange die Instrumente. Und die ganze Zeit, während das Publikum eintrat und die Plätze einnahm, suchte Gurow mit gierigen Augen.

Und Anna Sergejewna erschien. Sie nahm in der dritten Reihe Platz, und als Gurow sie anblickte, zog sein Herz sich zusammen, und er erkannte, daß es für ihn auf der ganzen Welt keinen Menschen gab, der ihm näher, teurer und wichtiger gewesen wäre; sie, die in der Provinzmenge verlorene kleine Frau, die sich durch nichts auszeichnete, mit der banalen Lorgnette in Händen, füllte jetzt sein ganzes Leben aus, war sein Kummer, seine Freude, das einzige Glück, das er sich noch wünschte; und bei den Klängen des schlechten Orchesters, der miserablen Geigen dachte er daran, wie schön sie sei. Er sann und träumte.

Zugleich mit Anna Sergejewna war auch ein junger Mann mit einem kleinen Backenbart eingetreten und hatte neben ihr Platz genommen; er war sehr groß und ging ein wenig gebückt; bei jedem Schritt schüttelte er den Kopf, und es sah aus, als grüße er ununterbrochen. Wahrscheinlich war das ihr Gatte, den sie damals in Jalta, in einer bitteren Stimmung, Lakai genannt hatte. Und in der Tat drückten seine lange Gestalt, der Backenbart, die beginnende Glatze lakaienhafte Bescheidenheit aus, er lächelte süß, und in seinem Knopfloch glänzte irgendein Ehrenabzeichen wie die Nummer eines Lohndieners.

In der ersten Pause entfernte sich der Gatte, um zu rauchen, sie blieb sitzen. Gurow, der auch im Parkett seinen Platz hatte, trat an sie heran und sagte mit zitternder Stimme, gewaltsam lächelnd:

«Guten Abend.»

Sie schaute ihn an und wurde blaß, darauf schaute sie ihn nochmals voller Entsetzen an, ihren Augen nicht trauend, und preßte Fächer und Lorgnette fest in den Händen zusammen. Augenscheinlich kämpfte sie gegen eine Ohnmacht an. Beide schwiegen. Sie saß, er stand, erschrocken über ihre Bestürzung, und wagte nicht, sich neben sie zu setzen. Man stimmte die Geigen und die Celli, es wurde plötzlich unheimlich, es schien, als schaue man aus allen Logen auf sie. Doch da erhob sie sich und schritt schnell zum Ausgang, er hinterher, und beide gingen sie kopflos durch die Gänge, über Treppen, sie erstiegen sie und kamen wieder herunter, und Menschen in Gerichts-, Lehrer- und anderen Uniformen, und alle mit Abzeichen, tauchten vor ihren Augen auf; Damen glitten vorüber, Pelzmäntel an Kleiderhaken, ein Zugwind blies, und Rauchgeruch drang auf sie ein. Und Gurow, dessen Herz heftig klopfte, dachte:

Mein Gott! Wozu diese Menschen, dieses Orchester...

Und da erinnerte er sich, wie er damals am Abend auf der Station nach dem Abschied von Anna Sergejewna sich gesagt hatte, daß alles zu Ende sei und sie sich nie mehr sehen würden. Wie weit war es nun noch bis zum Ende!

Auf der engen, finsteren Treppe, auf der geschrieben stand: «Eingang zum Amphitheater», blieb sie stehen.

«Wie haben Sie mich erschreckt!» sagte sie, schwer atmend, immer noch blaß, betäubt. «Oh, wie Sie mich erschreckt haben! Ich bin halbtot. Warum sind Sie gekommen? Warum?»

«Begreifen Sie doch, Anna, begreifen Sie...» sprach er halblaut, hastend. «Ich flehe Sie an, begreifen Sie...»

Sie schaute auf ihn voll Furcht, Flehen, Liebe, schaute ihn unverwandt an, um sich seine Züge fest einzuprägen.

«Ich leide so sehr!» fuhr sie fort, ohne auf ihn zu hören. «Ich habe die ganze Zeit nur an Sie gedacht, ich lebte nur in Gedanken an Sie. Und ich wollte vergessen, vergessen; doch warum, warum sind Sie gekommen?»

Über ihnen rauchten zwei Gymnasiasten auf dem Treppenabsatz und blickten nach unten; doch Gurow war alles gleich, er zog Anna Sergejewna an sich und begann ihr Gesicht, ihre Wangen, ihre Hände zu küssen.

«Was tun Sie, was tun Sie?» sprach sie entsetzt, ihn zurückdrängend. «Wir sind von Sinnen. Reisen Sie noch heute ab, reisen Sie sofort ab. Ich beschwöre Sie bei allem, was heilig ist, ich flehe Sie an... Man kommt hierher!»

Jemand kam die Treppe herauf.

«Sie müssen fortfahren...» fuhr Anna Sergejewna im Flüsterton fort. «Hören Sie, Dmitrij Dmitritsch? Ich werde zu Ihnen nach Moskau kommen. Ich bin nie glücklich gewesen, und jetzt bin ich unglücklich und

werde nie, nie glücklich sein, nie! Zwingen
Sie mich doch nicht, noch mehr zu leiden!
Ich schwöre Ihnen, ich werde nach Moskau
kommen. Und jetzt wollen wir uns trennen!
Mein Lieber, Guter, Teurer, wir müssen uns
trennen!»

Sie drückte ihm die Hand und ging schnell
die Treppe hinunter, die ganze Zeit nach ihm
zurückblickend, und man sah es ihren Augen
an, daß sie in der Tat nicht glücklich war.
Gurow stand noch eine Weile, lauschte, und
als alles verstummt war, suchte er seinen
Kleiderhaken auf und verließ das Theater.

IV

Und Anna Sergejewna begann zu ihm nach
Moskau zu kommen. Alle zwei, drei Monate
fuhr sie aus S. fort und sagte ihrem Gatten, sie
wolle ihren Professor wegen ihres Frauen-
leidens konsultieren — und ihr Gatte glaubte
und glaubte nicht. In Moskau stieg sie im
«Slawischen Bazar» ab und schickte sofort
einen Boten zu Gurow. Gurow besuchte sie,
und niemand in Moskau wußte davon.

Eines Morgens begab er sich wieder zu ihr,
der Bote hatte ihn am Vorabend nicht ange-
troffen. Seine kleine Tochter war mit ihm, er
wollte sie, da sie den gleichen Weg hatten, ins
Gymnasium begleiten. Große, nasse Schnee-
flocken fielen dicht zur Erde.

«Wir haben drei Grad Wärme, und doch schneit es», sagte Gurow zu seiner Tochter. «Aber es ist nur an der Oberfläche der Erde warm, in den höheren Schichten der Atmosphäre herrscht eine ganz andere Temperatur.»

«Papa, und warum donnert es im Winter nicht?»

Er erklärte ihr auch das. Und während er redete, dachte er daran, daß er zu einem Rendezvous ging und keine lebende Seele davon etwas wußte und wahrscheinlich nie jemand etwas erfahren würde. Er führte zwei Leben: eines war vor aller Augen, erfüllt von konventioneller Wahrheit und konventionellem Betrug, völlig ähnlich dem Leben seiner Bekannten und Freunde, und das andere verlief im Verborgenen. Und dank einem seltsamen Zusammenwirken von Umständen, das vielleicht zufällig war, fand alles, was für ihn wichtig interessant, notwendig war, worin er aufrichtig war und sich nicht belog, was den Kern seines Lebens bildete, verborgen vor den anderen statt; alles aber, was ihm Lüge war und Hülle, in der er sich verbarg, um die Wahrheit zu verheimlichen, wie zum Beispiel seine Arbeit in der Bank, die Debatten im Klub, seine «niedere Rasse», seine Besuche von Jubiläen in Begleitung seiner Frau — das alles war offenbar. Und von sich schloß er auf andere, glaubte nicht das, was er sah, und nahm stets an, daß bei jedem Menschen sein wirkliches, sein interessantestes Leben unter dem Schutze des Geheimnisses wie unter dem Schutze der Nacht verlief. Jedes persönliche Dasein beruht auf dem Geheimnis, und vielleicht bemüht sich zum Teil auch darum der Kulturmensch so nervös um die Achtung des persönlichen Geheimnisses.

Nachdem er seine Tochter ins Gymnasium gebracht hatte, begab sich Gurow in den «Slawischen Bazar». Er legte unten seinen Pelzmantel ab, ging nach oben und klopfte leise an die Tür. Anna Sergejewna trug sein graues Lieblingskleid. Ermüdet von der Reise und der Erwartung, harrte sie seiner seit dem gestrigen Abend; sie war blaß, schaute auf ihn, ohne zu lächeln, und kaum hatte er das Zimmer betreten, so sank sie schon an seine Brust. Als hätten sie sich zwei Jahre nicht gesehen, so lange dauerte ihr Kuß.

«Nun, wie lebst du dort?» fragte er. «Was gibt es Neues?»

«Wart, ich sag es dir gleich... Ich kann nicht.»

Sie konnte vor Weinen nicht reden. Sie wandte sich von ihm ab und drückte ihr Tüchlein an die Augen.

Nun, mag sie sich ausweinen, ich will inzwischen Platz nehmen, dachte er und setzte sich in den Sessel.

Darauf läutete er und bestellte Tee, und während er den Tee trank, stand sie immer noch abgewandt am Fenster... Sie weinte vor Erregung über die schmerzliche Erkenntnis, daß ihr Leben sich so traurig gestaltet hatte; sie sahen sich nur heimlich, verbargen sich gleich Dieben vor den Menschen! War denn ihr Leben nicht zerbrochen?

«Nun, hör auf!» sagte er.

Es war für ihn klar, daß ihre Liebe nicht so bald ein Ende nehmen würde. Anna Sergejewna schloß sich immer stärker an ihn an, sie vergötterte ihn, und es wäre undenkbar gewesen, ihr zu sagen, daß das alles einmal doch enden mußte; sie hätte es auch nicht geglaubt.

Er trat zu ihr und faßte sie an den Schultern, um sie zu liebkosen und ein wenig zu scherzen, und da sah er sich im Spiegel.

Sein Haar begann schon grau zu werden. Und es kam ihm seltsam vor, daß er in den letzten Jahren so gealtert war, so häßlich geworden. Die Schultern, auf denen seine Hände lagen, waren warm und zuckten. Er empfand Mitleid mit diesem Leben, das noch so warm und schön, aber wahrscheinlich schon so nahe daran war, zu bleichen und zu welken zu beginnen, wie sein eigenes. Warum liebte sie ihn so sehr? Er war den Frauen immer als ein anderer erschienen, als er war, und sie liebten in ihm nicht ihn selbst, sondern den Menschen, den ihre Phantasie sich schuf und den sie in ihrem Leben gierig gesucht hatten; und wenn sie nachher ihren Fehler einsahen, so fuhren sie dennoch fort, ihn zu lieben. Und nicht eine einzige war mit ihm glücklich gewesen. Die Zeit ging hin, er schloß Bekanntschaften, trat näher und trennte sich wieder; aber er hatte noch nie geliebt; alles mögliche war dagewesen, nur nicht Liebe.

Erst jetzt, da sein Kopf grau geworden war, hatte er die echte Liebe kennengelernt — zum erstenmal in seinem Leben.

Anna Sergejewna und er liebten sich mit einer Liebe, wie nur Menschen sie kennen, die einander ganz nahestehen, wie Ehegatten, wie zärtliche Freunde; es schien ihnen, daß das Schicksal selbst sie füreinander bestimmt hatte, und es war unverständlich, warum er eine Frau und sie einen Mann hatte; als wären sie zwei Zugvögel, ein Männchen und ein Weibchen, die man gefangen hatte und zwang, in verschiedenen Käfigen zu leben. Sie hatten einander verziehen, wessen sie sich in ihrer Vergangenheit schämten; sie verziehen alles über der Gegenwart und fühlten, daß diese ihre Liebe sie beide gewandelt hatte.

Früher hatte er bei Anwandlungen von Trauer sich mit allerlei Erwägungen, wie sie ihm nur in den Sinn kamen, getröstet; doch jetzt stand ihm der Sinn nicht nach Überlegungen, er empfand tiefes Mitleid, wollte aufrichtig, zärtlich sein . . .

«Hör auf, meine Gute», sagte er. «Hast nun geweint, laß es nun gut sein . . . Laß uns jetzt reden, etwas ersinnen.»

Und darauf berieten sie lange, sprachen davon, wie sie sich von der Notwendigkeit befreien könnten, sich zu verbergen, zu betrügen, in verschiedenen Städten zu leben, einander so lange nicht zu sehen. Wie sich von diesen unerträglichen Fesseln befreien?

«Wie, wie?» fragte er und griff sich an den Kopf. «Wie?»

Und es schien, nur ein kleines noch — und die Lösung würde gefunden werden, und dann würde ein neues, herrliches Leben beginnen; und beiden war es klar, daß es bis zum Ende noch weit war, weit, und daß das Allerschwierigste und Komplizierteste erst beginne.
1899.

EINE TRAURIGE GESCHICHTE

Aus den Aufzeichnungen eines alten Mannes

I

Es lebt in Rußland ein verdienter Professor, Nikolai Stepanowitsch so und so, Geheimrat und Ritter; er hat so viele russische und ausländische Orden, daß ihn die Studenten, wenn er sie anlegen muß, Ikonostase, d. h. die mit Heiligenbildern verzierte Wand vor dem Altar, titulieren. Sein Verkehr ist der allervornehmste, wenigstens gibt es und gab es in den letzten fünfundzwanzig bis dreißig Jahren in Rußland keinen berühmten Gelehrten, mit dem er nicht bekannt gewesen wäre. Jetzt ist keiner da, mit dem er Freundschaft pflegen könnte; doch wenn man über die Vergangenheit reden wollte, so endete die lange Liste seiner ruhmvollen Freunde mit Namen wie Pirogow, Kawelin und dem Dichter Nekrassow, die ihm ihre aufrichtige und warme Freundschaft schenkten. Er ist Mitglied aller russischen und dreier ausländischer Universitäten und so weiter, und so weiter. Dies alles und vieles, das man noch erwähnen könnte, sind die Bestandteile, aus denen sich mein Name zusammensetzt.

Mein Name ist populär. In Rußland ist er einem jeden des Lesens kundigen Menschen vertraut, und im Ausland erwähnt man ihn auf den Kathedern, indem man «der bekannte» und «verehrte» hinzufügt. Er gehört zu jenen wenigen glücklichen Namen, die zu schmähen oder im Publikum oder in der Presse unbefugt zu nennen, als schlechter Ton gilt. So muß es auch sein. Mit meinem Namen ist ja der Begriff eines berühmten, reich befähigten und zweifellos nützlichen Mannes eng verknüpft. Ich bin arbeitsam und ausdauernd wie ein Kamel, und das ist wichtig, ich bin begabt, und das ist noch wichtiger. Dazu bin ich, da gerade davon die Rede ist, ein wohlerzogener, bescheidener Ehrenmann. Nie habe ich meine Nase in Literatur und Politik gesteckt, nie Popularität in Polemiken mit Ignoranten gesucht, nie Reden an Banketten oder am Grabe meiner Kollegen gehalten... Überhaupt haftet an meinem Gelehrtennamen nicht das geringste Fleckchen, und ihm ist nichts vorzuwerfen. Es ist ein glücklicher Name.

Der Träger dieses Namens, das heißt ich, stellt einen Mann von zweiundsechzig Jahren mit einer Glatze, künstlichen Zähnen und einem unheilbaren Tic dar. So glänzend und schön mein Name ist, um so unbedeutender und ungestalteter bin ich selber. Kopf und Hände zittern vor Schwäche; mein Hals gleicht wie bei einer Turgenjewschen Heldin dem Hals einer großen Baßgeige, die Brust ist eingefallen, der Rücken schmal. Wenn ich rede oder lese, verzerrt sich mein Mund, wenn ich lächle, bedeckt sich das ganze Gesicht mit greisenhaft starren Runzeln. Meiner kläglichen Gestalt wohnt nichts Imponierendes inne, höchstens taucht, wenn ich am Tic leide, ein besonderer Ausdruck auf, der jedem, der mich anblickt, wahrscheinlich den rauhen Gedanken eingibt: «Allem Anschein nach wird dieser Mann bald sterben.»

Mein Vortrag ist nach wie vor gut; unverändert kann ich die Aufmerksamkeit meiner Hörer während zwei Stunden festhalten. Meine Leidenschaftlichkeit, meine gewählte Ausdrucksweise, mein Humor lassen die Mängel meiner Stimme beinahe verschwinden, und sie ist bei mir hart, scharf und singend wie bei einem Mucker. Ich schreibe schlecht. Jener Bezirk meines Gehirns, der die schriftstellerische Fähigkeit verwaltet, versagt den Dienst. Mein Gedächtnis hat nachgelassen, den Gedanken fehlt die Logik, und wenn ich sie auf dem Papier darlege, scheint es mir jedesmal, daß ich das Gefühl für ihren organischen Zusammenhang eingebüßt habe; die Konstruktion ist eintönig, der Stil mager und schüchtern. Häufig schreibe ich nicht das, was ich will; wenn ich den Schluß hinsetze, habe ich den Anfang verloren. Oft vergesse ich gewöhnliche Worte, und ich muß immer viel Energie verschwenden, um im Brief überflüssige Phrasen und unnötige Zwischensätze zu vermeiden — beides zeugt deutlich vom Verfall der geistigen Tätigkeit. Merkwürdigerweise ist meine Anspannung um so qualvoller, je einfacher der Brief ist. Beim Verfassen einer wissenschaftlichen Abhandlung fühle ich mich viel freier und klüger als bei einem Gratulationsbrief oder einem Referat. Noch eines: es fällt mir leichter, deutsch oder englisch zu schreiben als russisch.

Wenn ich nun auf meine jetzige Lebensweise näher eingehe, so muß ich vor allem die Schlaflosigkeit erwähnen, an der ich in letzter Zeit leide. Wenn man mich fragen würde: was bildet gegenwärtig die Grundlinie deiner Existenz? würde ich antworten: die Schlaflosigkeit. Aus Gewohnheit kleide ich mich wie früher genau um Mitternacht aus und begebe mich zu Bett. Ich schlafe fest ein; aber gegen zwei Uhr erwache ich, und zwar mit dem Gefühl, als hätte ich überhaupt nicht geschlafen. Es bleibt mir nichts anderes übrig, als aufzustehen und die Lampe anzuzünden. Ein bis zwei Stunden durchschreite ich das Zimmer von einem Winkel in den anderen und betrachte die längst bekannten Bilder und Photographien. Wenn ich es satt bekomme, setze ich mich an meinen Tisch. Ich sitze unbeweglich, ohne an etwas zu denken und keinerlei Wünsche empfindend; liegt vor mir ein Buch, so schiebe ich es mechanisch an mich heran und lese ohne jedes Interesse. So habe ich kürzlich in einer Nacht einen ganzen Roman mit dem seltsamen Titel: «Wovon die Schwalbe sang» mechanisch durchgelesen. Oder ich zwinge mich, um meine Aufmerksamkeit zu beschäftigen, bis tausend zu zählen, oder stelle mir das Gesicht eines Kollegen vor und suche mich zu erinnern: in welchem Jahr und unter welchen Umständen hat er sein Amt angetreten? Gern horche ich auch auf die verschiedenen Geräusche im Haus. Bald spricht, durch zwei Zimmer von mir getrennt, meine Tochter Lisa schnell etwas im Schlaf, oder meine Frau geht mit der Kerze durch den Saal und läßt jedesmal das Zündholzschächtelchen fallen, oder ein Schrank knarrt, oder plötzlich beginnt der Brenner der Lampe zu summen — und alle diese Laute regen mich aus irgendeinem Grund auf.

Wenn man in der Nacht nicht schläft, so bedeutet es, jeden Augenblick sich seiner Anomalie bewußt zu sein; darum erwarte ich voll Ungeduld den Morgen und den Tag, da ich das Recht habe, nicht zu schlafen. Eine lange, qualvolle Zeit verstreicht, bevor der Hahn draußen kräht. Das ist mein erster Verkündiger guter Botschaft. Sobald er gekräht hat, weiß ich schon, daß in einer Stunde der Portier unten erwachen und, ärgerlich hustend, sich nach oben begeben wird. Darauf wird hinter den Fenstern allmählich die Luft zu erblassen beginnen, werden Stimmen auf der Straße erklingen ...

Der Tag beginnt für mich damit, daß meine Frau im Unterrock und unfrisiert, aber bereits gewaschen und nach Kölnischem Wasser duftend, in mein Zimmer tritt, jedesmal mit der gleichen Miene, als wäre sie zufällig gekommen, und immer mit den gleichen Worten: «Entschuldige, ich komme nur auf einen Augenblick... Du hast wieder nicht geschlafen?»

Darauf löscht sie die Lampe aus, setzt sich neben den Tisch und beginnt zu reden. Ich bin kein Prophet, weiß aber im voraus, was sie sagen wird. Jeden Morgen wiederholt sie das Gleiche. Gewöhnlich erinnert sie sich, nachdem sie sich aufgeregt nach meiner Gesundheit erkundigt hat, plötzlich an unseren Sohn, den Offizier, der in Warschau Dienst tut. Nach dem Zwanzigsten eines jeden Monats schicken wir ihm fünfzig Rubel, das dient hauptsächlich auch als Thema für unser Gespräch.

«Gewiß, es fällt uns schwer», beginnt mit einem Seufzer meine Frau, «doch solange er nicht Karriere gemacht hat, sind wir verpflichtet, ihm zu helfen. Der Junge ist in einer fremden Stadt, der Sold ist gering... Übrigens können wir ihm, wenn du willst, im nächsten Monat statt fünfzig Rubel auch vierzig schikken... Wie denkst du?»

Die tägliche Erfahrung hätte meine Frau davon überzeugen können, daß die Ausgaben sich dadurch nicht verringern, daß wir häufig darüber reden; doch meine Frau anerkennt die Erfahrung nicht und erzählt regelmäßig jeden Morgen von unserem Offizier und davon, daß das Brot gottlob billiger geworden sei, der Zucker aber um zwei Kopeken teurer, und alles in einem Ton, als teile sie mir eine Neuigkeit mit.

Ich höre zu, stimme mechanisch bei und, wohl weil ich in der Nacht nicht geschlafen habe, bemächtigen sich meiner seltsame, unnötige Gedanken. Ich schaue meine Frau an und verwundere mich wie ein Kind. Zweifelnd frage ich mich: war wirklich diese alte, sehr volle, plumpe Frau mit dem stumpfsinnigen Ausdruck kleinlicher Sorge und der Angst um das Stück Brot, mit einem Blick, den beständige Gedanken über Schulden und Not trüben, die nur über Ausgaben reden, nur über billige Preise lächeln kann — war wirklich diese Frau einmal jene schlanke Warja, die ich leidenschaftlich um ihres klaren, guten Verstandes willen, ihrer reinen Seele, Schönheit und, wie Othello Desdemona, um ihres «Mitgefühls» für meine Wissenschaft liebgewonnen hatte? Ist wirklich diese Frau meine Warja, die mir einst einen Sohn geboren hat?

Angespannt betrachte ich das Gesicht dieser aufgedunsenen, blassen, plumpen alten Frau, suche in ihr meine Warja; doch von der Vergangenheit hat sich in ihr nur die Angst um meine Gesundheit erhalten und noch die Manier, mein Gehalt unser Gehalt, meine Mütze unsere Mütze zu nennen. Es tut mir weh, wenn ich sie ansehe, und um sie wenigstens ein klein wenig zu trösten, erlaube ich ihr, was sie nur will zu reden, und schweige sogar, wenn sie Menschen ungerecht beurteilt, oder mich tadelt, weil ich keine Praxis ausübe oder keine Lehrbücher herausgebe.

Unser Gespräch endet immer in gleicher Weise. Meine Frau erinnert sich plötzlich, daß ich noch nicht Tee getrunken habe und erschrickt.

«Was sitze ich denn da?» sagt sie, sich erhebend. «Der Samowar steht schon lange auf dem Tisch, und ich schwatze hier. Mein Gedächtnis ist nichts mehr wert, mein Gott!»

Sie geht schnell und bleibt an der Tür stehen, um zu bemerken:

«Wir sind Jegor den Lohn für fünf Monate schuldig. Weißt du das? Man sollte den Dienstboten den Lohn immer pünktlich auszahlen, wie oft habe ich das schon gesagt! Es ist viel leichter, jeden Monat zehn Rubel zu geben als für fünf Monate fünfzig auf einmal!»

Sie geht hinaus, bleibt an der Tür nochmals stehen und fügt hinzu:

«Niemand dauert mich so sehr wie unsere arme Lisa. Das Mädchen besucht das Konservatorium, bewegt sich ständig in guter Gesellschaft, ist aber ganz miserabel gekleidet. In ihrem Pelzmäntelchen kann sie sich kaum mehr auf der Straße zeigen. Bei einer anderen könnte es noch durchgehen; aber alle wissen ja, daß ihr Vater ein berühmter Professor und Geheimrat ist!»

Nach dieser letzten vorwurfsvollen Erwähnung meines Namens und Titels entfernt sie sich endlich. So beginnt mein Tag. Die Fortsetzung ist nicht besser.

Während ich den Tee trinke, kommt meine Lisa, bereits in Pelzmantel, Mützchen und mit Noten, um sich ins Konservatorium zu begeben. Sie ist zweiundzwanzig Jahre alt, scheint aber jünger. Sie ist hübsch und gleicht ein wenig meiner Frau, wie sie in der Jugend war. Sie küßt mich zärtlich auf die Schläfe, küßt meine Hand und begrüßt mich mit den Worten:

«Guten Morgen, Papachen. Wie fühlst du dich?»

In der Kindheit aß sie leidenschaftlich gern Eis, und ich mußte mit ihr oft in die Konditorei gehen. Eis war für sie der Maßstab alles Herrlichen. Wenn sie mich rühmen wollte, sagte sie: «Du bist ein Rahmväterchen.» Ein Fingerchen hieß Pistazienfingerchen, ein anderes Rahmfingerchen, ein drittes Himbeerfingerchen und so weiter. Gewöhnlich setzte ich sie mir, wenn sie am Morgen zu mir kam, auf die Knie, küßte ihre Fingerchen und sprach dazu:

«Rahmfingerchen... Pistazienfingerchen... Zitronenfingerchen...»

Auch jetzt murmle ich, aus alter Gewohnheit Lisas Finger küssend: «Pistazienfingerchen... Rahmfingerchen... Zitronenfingerchen...»; doch es kommt nicht gut heraus. Ich bin kalt wie Eis und schäme mich. Wenn meine Tochter ins Zimmer tritt und mit den Lippen meine

Schläfe berührt, fahre ich zusammen, als steche mich eine Biene in die Schläfe, lächle gezwungen und kehre mein Gesicht ab. Seit ich an Schlaflosigkeit leide, sitzt gleich einem Nagel eine Frage in meinem Gehirn: meine Tochter sieht häufig, wie ich alter Mann, der berühmte Professor, voll Pein erröte, weil ich dem Diener Geld schulde; sie sieht, wie die Sorge um kleine Schulden mich von der Arbeit aufspringen läßt, mich stundenlang von einer Ecke in die andere jagt und mich bedrückt; doch warum ist sie kein einzigesmal heimlich von der Mutter zu mir gekommen und hat mir zugeflüstert: «Vater, da hast du meine Uhr, meine Armbänder, Ohrringe, Kleider ... Versetz alles, du brauchst Geld ...»? Warum verzichtet sie nicht, da sie sieht, wie die Mutter und ich, aus falscher Scham, uns bemühen, unsere Armut vor den Leuten zu verbergen, auf das kostspielige Vergnügen des Musikunterrichts? Ich würde weder Uhr noch Armbänder oder Opfer annehmen, Gott bewahre — nicht das brauche ich.

Und da fällt mir auch mein Sohn, der Offizier in Warschau, ein. Er ist ein kluger, rechtschaffener, besonnener Mensch. Doch das genügt mir nicht. Ich sage mir, wenn ich einen alten Vater hätte, und wenn ich wüßte, daß es Augenblicke gibt, da er sich seiner Armut schämt, würde ich meinen Offiziersposten einem andern abtreten und mich als Arbeiter verdingen. Solche Gedanken über die Kinder vergiften mich. Was nützen sie? Nur ein engherziger oder verbitterter Mensch kann in sich ein böses Gefühl gegenüber gewöhnlichen Menschen dafür hegen, daß sie nicht Helden sind. Doch genug davon.

Ein Viertel vor zehn muß ich mich zu meinen lieben Jungen begeben, um Vorlesung zu halten. Ich kleide mich an und gehe den Weg, der mir bereits seit dreißig Jahren vertraut ist und seine Geschichte für mich hat. Da ist das große graue Haus mit der Apotheke; früher stand dort ein kleines Häuschen, und drin war eine Bierhalle; in dieser Bierhalle dachte ich über meine Dissertation nach und schrieb meinen ersten Liebesbrief an Warja, schrieb ihn mit Bleistift auf einem Blatt, das die Überschrift «Historia morbi» trug. Da ist eine Spezereiwarenhandlung, die einstmals ein Jude betrieb, der mir Zigaretten auf Kredit verkaufte; nachher ging der Laden an ein dickes Weib über, das die Studenten dafür liebte, «weil ein jeder von ihnen eine Mutter hat»; heute sitzt ein rothaariger Kaufmann drin, ein sehr gleichgültiger Mann, der Tee aus einem kupfernen Teekessel trinkt. Und da ist das düstere, lange nicht aufgefrischte Tor der Universität, ein sich langweilender Portier in einem Schafpelz, ein Besen, Schneehaufen... Auf einen frisch aus der Provinz gekommenen Jüngling, der sich einbildet, daß der Tempel der Wissenschaft in der Tat ein Tempel ist, kann ein solches Tor keinen gesunden Eindruck machen. Überhaupt nehmen die Baufälligkeit der Universitätsgebäude, die Düsterkeit der Korridore, der Ruß der Mauern, der Mangel an Licht, der klägliche Anblick der Stufen, Kleiderhaken und Bänke die erste Stelle als prädisponierende Ursachen in der Geschichte des russischen Pessimismus ein. ... Da ist auch unser Garten. Er ist heuer weder schöner noch häßlicher als zu meiner Studentenzeit. Ich mag ihn nicht. Es wäre viel klüger, wenn an Stelle der schwindsüchtigen Linden, der gelben Akazie und des dünnen, beschnittenen Flieders hier hohe Fichten und kräftige Eichen wüchsen. Der Student, dessen Stimmung meist von der Umgebung bestimmt wird, sollte dort, wo er studiert, auf jedem Schritt vor sich nur Hohes, Starkes, Geschmackvolles sehen ... Behüte Gott ihn vor mageren Bäumen, ausgeschlagenen Fensterscheiben, grauen Mauern und Türen, die mit zerrissenem Wachstuch bedeckt sind.

Wenn ich mich meinem Portal nähere, wird die Tür weit aufgerissen, und mich empfängt mein alter Dienst- und Altersgenosse und Namensvetter, der Abwart Nikolai. Nachdem er mich hereingelassen hat, bemerkt er, sich räuspernd:

«Es friert, Ew. Exzellenz!»

Ist mein Pelzmantel aber feucht, so heißt es:

«Es regnet, Ew. Exzellenz!»

Darauf läuft er vor mir her und öffnet auf meinem Weg alle Türen. In meinem Arbeitszimmer hilft er mir sorgfältig aus dem Pelz, wobei er Zeit findet, mir irgendeine Universitätsneuigkeit mitzuteilen. Dank der Vertraulichkeit, die zwischen allen Portiers und Abwarten einer Universität besteht, ist ihm alles bekannt, was auf den vier Fakultäten, in der Kanzlei, im Kabinett des Rektors, in der Bibliothek vor sich geht. Er weiß alles. Wenn das Tagesereignis zum Beispiel der Rücktritt des Rektors oder Dekans ist, so höre ich, wie er im Gespräch mit jungen Abwarten die Kandidaten nennt, wobei er gleichzeitig erläutert, daß der Minister den und den nicht bestätigen, ein anderer den Posten nicht annehmen würde, nachher geht er auf phantastische Einzelheiten über gewisse geheimnisvolle Dokumente ein, die in der Kanzlei eingegangen sind, eine geheime Unterredung, die zwischen dem Minister und dem Kurator stattgefunden haben soll und so weiter. Wenn man diese Einzelheiten ausschließt, so erweist sich sein Urteil im allgemeinen beinahe immer als richtig. Die Charakteristiken, die er einem jeden Kandidaten ausstellt, sind eigenartig, aber auch zutreffend. Wenn man wissen will, in welchem Jahr jemand seine Dissertation verteidigt, sein Amt angetreten, den Abschied genommen hat oder gestorben ist, so muß man nur das phänomenale Gedächtnis dieses Soldaten anrufen, und er wird nicht nur Jahr, Monat und Tag nennen, sondern auch die Details mitteilen, von denen das eine oder andere

Ereignis begleitet war. Ein solches Erinnerungsvermögen ist nur einem Liebenden gegeben.

Er ist der Hüter der Universitätsüberlieferungen. Von seinen Vorgängern sind ihm viele Legenden aus dem Universitätsleben als Erbschaft zugefallen; diesem Reichtum hat er viel Eigenes, während des Dienstes Erworbenes, hinzugefügt, und wenn Sie wollen, wird er Ihnen viele lange und kurze Geschichten erzählen. Er kann von außergewöhnlichen Weisen erzählen, die *alles* wußten, von hervorragenden Geistesarbeitern, die wochenlang nicht schliefen, von zahlreichen Märtyrern und Opfern der Wissenschaft. Das Gute triumphiert bei ihm über das Böse, der Schwache besiegt stets den Starken, der Kluge den Dummen, der Bescheidene den Hochmütigen, der Junge den Alten... Man braucht nicht alle diese Legenden und Phantasien für bare Münze zu nehmen, doch filtrieren Sie sie durch, und als Rückstand erhalten Sie das, was man braucht: unsere guten Traditionen und die Namen der wahren, von allen anerkannten Helden.

In unserer Gesellschaft erschöpfen sich alle Kenntnisse über die Gelehrtenwelt in Anekdoten über eine ungewöhnliche Zerstreutheit alter Professoren und in zwei, drei Witzen, die bald Gruber, bald mir, bald Babuchin zugeschrieben werden. Das ist wenig für einen gebildeten Kreis. Wenn dieser Kreis die Wissenschaft, die Gelehrten und Studenten mit der Liebe unseres Nikolai lieben würde, so besäße seine Literatur schon längst ganze Epopöen, Sagen, Legenden, die ihm leider jetzt fehlen.

Nachdem Nikolai mir die Neuigkeit mitgeteilt hat, nimmt sein Gesicht einen strengen Ausdruck an, und zwischen uns beginnt ein sachliches Gespräch. Hörte ein Außenstehender jetzt, wie frei Nikolai die Terminologie handhabt, so könnte er wohl denken, er sei ein als Soldat verkleideter Gelehrter. Beiläufig gesagt, ist das Gerede von der Gelehrsamkeit der Universitätsabwarte stark übertrieben. Es trifft zu, daß Nikolai mehr denn hundert lateinischer Bezeichnungen kennt, ein Skelett zusammenstellen kann, zuweilen ein Präparat anfertigt, die Studenten durch ein langes, gelehrtes Zitat zum Lachen bringt; aber die wenig komplizierte Theorie des Blutkreislaufs ist ihm noch heute so dunkel wie vor zwanzig Jahren.

Im Arbeitszimmer sitzt tief über ein Buch oder Präparat gebeugt am Tisch mein Prosektor Peter Ignatjewitsch, ein arbeitsamer, bescheidener, doch unbegabter Mann von fünfunddreißig Jahren, der bereits eine Glatze und einen großen Bauch hat. Er arbeitet vom Morgen bis zum Abend, liest viel, hat ein glänzendes Gedächtnis für alles Gelesene — in dieser Beziehung ist er einfach ein Juwel — sonst aber ist er ein Lastpferd oder mit anderen Worten ein gelehrter Dummkopf. Die Charakterzüge eines Lastpferdes, die es von einem Talent unterscheiden, sind folgende: sein Horizont ist eng und durch sein Spezialgebiet beschränkt; außerhalb seines Gebietes ist er naiv wie ein Kind. Ich erinnere mich, daß ich einmal an einem Morgen ins Kabinett trat und sagte: «Stellen Sie sich das Unglück vor! Man sagt, Skobelew* sei gestorben.»

Nikolai bekreuzigte sich, aber Peter Ignatjewitsch wandte sich nach mir um und fragte:

«Was ist das für ein Skobelew?»

Ein anderes Mal — das war früher gewesen — teilte ich ihm mit, Professor Perow sei gestorben. Der liebe Peter Ignatjewitsch fragte:

«Worüber las er?»

Mir scheint, wenn die Patti direkt vor ihm sänge, wenn ganze Heerhaufen von Chinesen Rußland überfielen, wenn ein Erdbeben sich ereignete, so würde er kein einziges Glied rühren und fortfahren, mit zusammengekniffenem Auge ins Mikroskop zu schauen. Mit einem Wort: Hekuba ist ihm nichts. Ich würde viel darum geben, diesen trockenen Mann mit seiner Frau schlafen zu sehen.

Ein anderer Zug an ihm ist der fanatische Glaube an die Unfehlbarkeit der Wissenschaft und insbesondere dessen, was die Deutschen schreiben. Er ist von sich und seinen Präparaten überzeugt, kennt das Ziel seines Lebens, und die Zweifel und Enttäuschungen, von denen die Talente ergrauen, sind ihm völlig fremd. Sklavisch betet er die Autorität an, und

* Skobelew ist ein bekannter General.

das Bedürfnis, selbständig zu denken, fehlt ihm gänzlich. Ihn eines anderen zu überführen, ist schwierig, mit ihm zu diskutieren, einfach unmöglich. Versuchen Sie einmal, mit einem Menschen zu disputieren, der fest davon überzeugt ist, daß die beste Wissenschaft — die Medizin ist, die besten Menschen — Ärzte, die besten Traditionen — medizinische sind. Von der üblen medizinischen Vergangenheit hat sich nur eine Tradition erhalten — die weiße Halsbinde, die die Ärzte jetzt tragen; für einen Gelehrten und überhaupt für einen gebildeten Menschen können nur allgemeine Universitätstraditionen existieren ohne jegliche Teilung in medizinische, juridische und so weiter, doch Peter Ignatjewitsch kann sich nur schwer damit einverstanden erklären, und er ist bereit, bis zum Jüngsten Tag mit Ihnen zu disputieren.

Seine Zukunft liegt klar vor meinen Augen. Er wird im Laufe seines Lebens mehrere hundert außerordentlich sauberer Präparate herstellen, wird viele trockene, sehr anständige Referate verfassen, gegen ein Dutzend gewissenhafter Übersetzungen verfertigen, aber das Pulver wird er nicht erfinden. Dazu sind Phantasie, Erfindungsgeist, Intuition erforderlich, Peter Ignatjewitsch aber besitzt nichts davon. Kurz gesagt, er ist nicht Herr, sondern nur ein Sklave der Wissenschaft.

Ich, Peter Ignatjewitsch und Nikolai reden halblaut, wir fühlen uns ein wenig ungemütlich.

Es ist ein eigenes Gefühl, wenn hinter der Tür das Auditorium wie ein Meer braust. Während dreißig Jahren habe ich mich an dieses Gefühl nicht gewöhnen können und empfinde es jeden Morgen von neuem. Nervös knöpfe ich meinen Rock zu, stelle unnütze Fragen an Nikolai, ärgere mich... Es sieht aus, als fürchte ich mich, aber es ist nicht Furchtsamkeit, sondern etwas anderes, das ich weder benennen noch beschreiben kann.

Ohne jegliche Notwendigkeit schaue ich auf die Uhr und sage:

«Nun... Es ist Zeit.»

Und wir schreiten in dieser Reihenfolge dahin: an der Spitze geht Nikolai mit Präparaten oder Atlanten, darauf folge ich, und hinterher, bescheiden den Kopf gesenkt, schreitet das Lastpferd; oder aber ein Leichnam auf einer Tragbahre wird vorangetragen, hinter der Leiche geht Nikolai und so weiter. Sobald ich erscheine, erheben sich die Studenten, darauf setzen sie sich, und das Toben des Meeres verstummt plötzlich. Windstille bricht an.

Ich weiß, worüber ich reden werde, weiß aber nicht, wie ich die Vorlesung halten, womit ich beginnen, womit enden werde. In meinem Kopf ist nicht ein fertiger Satz. Doch ich muß nur einen Blick auf das Auditorium werfen, das amphitheatralisch angelegt ist, und das stereotype «in der letzten Vorlesung blieben wir stehen...» aussprechen, so fliegen die Sätze schwarmweise aus meiner Seele heraus. Ich rede unaufhaltsam schnell, leidenschaftlich, und ich glaube, daß keine Kraft den Fluß meiner Rede aufhalten könnte. Um gut vorzutragen, das heißt, nicht langweilig, und damit die Studenten einen Nutzen davontragen, muß man außer dem Talent noch Erfahrung und Routine besitzen, muß eine klare Vorstellung von seinen Kräften, von den Hörern und vom Gegenstand seines Vortrages besitzen, muß seine fünf Sinne beisammen haben, scharf beobachten und nicht einen Augenblick das Gesichtsfeld aus dem Auge lassen.

Ein guter Dirigent verübt, wenn er den Gedanken des Komponisten vermittelt, gleichzeitig zwanzig Handlungen: er liest die Partitur, schwingt den Taktstock, folgt dem Sänger, macht eine Bewegung in der Richtung der Trommel und so weiter. Genau so geht es mir. Vor mir sind gegen hundertfünfzig ungleichartiger Gesichter und an die dreihundert Augen, die mir gerade ins Antlitz schauen. Mein Ziel ist — diese vielköpfige Hydra zu besiegen. Wenn ich in jedem Augenblick meines Vortrags eine klare Vorstellung vom Grade ihrer Aufmerksamkeit und dem Maß ihres Verständnisses habe, ist sie in meiner Gewalt. Mein zweiter Gegner sitzt in mir selber. Das ist — eine unendliche Mannigfaltigkeit der Formen, Erscheinungen und Gesetze und eine Vielfalt durch sie bedingter eigener und fremder Gedanken. Jeden Augenblick muß ich die Gewandtheit besitzen, aus diesem Riesenmaterial das Allerwichtigste und Notwendigste herauszugreifen, und ebenso schnell, wie meine Rede dahinfließt, meine Gedanken in eine Form zu kleiden, die dem Verständnis der Hydra zugänglich ist und ihre Aufmerksamkeit erregen kann, wobei ich scharf darauf achten muß, daß die Gedanken nicht so, wie sie andrängen, sondern in einer bestimmten, für die richtige Komposition des von mir zu gestaltenden Gemäldes unentbehrlichen Folge übermittelt werden. Außerdem bemühe ich mich, daß mein Vortrag literarisch, die Definitionen kurz und exakt, der Satz möglichst einfach und schön seien. Jeden Augenblick muß ich mein Ich zurückdrängen und dessen eingedenk bleiben, daß ich nur eine Stunde und vierzig Minuten zu meiner Verfügung habe. Mit einem Wort: Arbeit in Fülle ist vorhanden. Gleichzeitig muß ich Gelehrter und Pädagog und Redner sein, und es ist schlimm, wenn der Redner den Pädagogen und Gelehrten in mir besiegt oder umgekehrt.

Ich rede eine Viertelstunde und muß wahrnehmen, daß die Studenten auf die Decke oder Peter Ignatjewitsch zu blicken beginnen, der eine holt sein Taschentuch hervor, ein anderer nimmt eine bequemere Stellung ein, ein dritter gibt sich lächelnd seinen Gedanken hin ... Das bedeutet, daß die Aufmerksamkeit nachläßt. Dagegen müssen Maßnahmen getroffen werden. Ich nehme die erste Gelegenheit wahr, um ein Wortspiel zu machen. Alle hundertundfünfzig Gesichter verziehen sich zu einem breiten Lächeln, die Augen blitzen lebhaft, kurze Zeit läßt sich Meerestoben vernehmen... Ich lache auch. Die Aufmerksamkeit ist aufgefrischt, und ich kann fortfahren.

Keinerlei Sport, keinerlei Zerstreuungen oder Spiele haben mir je einen solchen Genuß bereitet wie die Vorlesung. Nur während der Vorlesung konnte ich mich ganz der Leidenschaft hingeben, konnte ich begreifen, daß die Begeisterung nicht eine Erfindung der Dichter ist, sondern in Wahrheit besteht. Und ich stelle mir vor, daß Herkules nach seinem pikantesten Abenteuer nicht eine so wonnige Erschöpfung empfinden konnte, wie sie mich jedesmal nach der Vorlesung durchströmte.

So war es früher. Jetzt aber bereitet mir die Vorlesung nur Qual. Eine halbe Stunde ist noch nicht verstrichen, da beginne ich bereits eine unüberwindliche Schwäche in den Beinen und Schultern zu spüren; ich nehme im Lehnstuhl Platz; doch bin ich nicht gewohnt, sitzend vorzutragen; nach einer Minute erhebe ich mich und fahre stehend fort, darauf setze ich mich wieder. Mein Mund ist ausgetrocknet, die Stimme wird heiser, mir wird schwindlig... Um diesen Zustand vor den Hörern zu verbergen, trinke ich unaufhörlich Wasser, huste, schneuze mich häufig, als würde ich von einem Schnupfen gestört, mache unpassende Wortspiele, um schließlich die Vorlesung vorzeitig zu beenden. Doch vor allem plagt mich die Scham.

Mein Gewissen und mein Verstand sagen mir, daß es am klügsten wäre, meinen Studenten jetzt eine Abschiedsvorlesung zu halten, ihnen ein letztes Wort zu sagen, sie zu segnen und meinen Platz einem stärkeren und jüngeren Mann, als ich es bin, abzutreten. Doch Gott möge mir ein Richter sein, ich habe nicht den Mut, nach dem Gewissen zu handeln.

Ich bin leider weder ein Philosoph noch ein Theologe. Ich weiß nur zu gut, daß ich nicht länger als ein halbes Jahr mehr zu leben habe; mich sollten jetzt am meisten Fragen über das Dunkel des Jenseits und jene Visionen, die meinen Grabesschlummer heimsuchen werden, beschäftigen. Doch meine Seele will von diesen Fragen nichts wissen, obgleich der Verstand ihre ganze Wichtigkeit einsieht. Wie vor zwanzig, dreißig Jahren, so interessiert mich auch heute vor dem Tod allein die Wissenschaft. Beim letzten Atemzug wird in mir noch der Glaube leben, daß das Allerwichtigste, das Herrlichste und Notwendigste im Menschenleben — die Wissenschaft ist, daß sie stets die höchste Offenbarung der Liebe war und bleiben wird und daß nur durch sie allein der Mensch die Natur und sich überwinden wird. Dieser Glaube ist vielleicht in seiner Grundlage naiv und unberechtigt, doch ich kann nicht anders, als so glauben.

Es handelt sich aber nicht darum. Ich bitte nur, Nachsicht mit meiner Schwäche zu haben und das Verständnis dafür aufzubringen, daß man einen Mann, den das Schicksal des Knochenmarks mehr interessiert als das Endziel der Weltschöpfung, nicht vom Katheder und seinen Schülern losreißen kann; es wäre für ihn gleichbedeutend mit einem Begräbnis bei lebendigem Leibe.

Infolge der Schlaflosigkeit und des angespannten Kampfes mit der zunehmenden Schwäche geht Seltsames mit mir vor. Während der Vorlesung steigen Tränen in mir auf, meine Augen beginnen zu jucken, und ich empfinde einen leidenschaftlichen, hysterischen Wunsch, die Arme auszustrecken und in lautes Klagen auszubrechen. Ich möchte hinausschreien: «Das Schicksal hat mich berühmten Mann zur Todesstrafe verurteilt, und nach einem halben Jahre ungefähr wird hier im Auditorium schon ein anderer schalten und walten.» Ich möchte hinausschreien, daß ich vergiftet sei; neue Gedanken, wie ich sie früher nicht gekannt, haben meine letzten Lebenstage vergiftet und fahren fort, mein Gehirn wie Moskitos zu stechen. Und dann erscheint mir meine Lage so furchtbar, daß ich den Wunsch hege, alle meine Hörer möchten sich entsetzen, von ihren Plätzen aufspringen und in panischer Angst unter verzweifelten Schreien zum Ausgang stürzen.

Es ist nicht leicht, solche Minuten zu durchleben.

II

Nach der Vorlesung arbeite ich daheim. Ich lese Zeitschriften, Dissertationen oder bereite mich auf die nächste Vorlesung vor, zuweilen schreibe ich auch. Ich arbeite mit Unterbruch, denn ich muß dazwischen Besucher empfangen.

Die Glocke erklingt. Ein Kollege möchte mit mir etwas besprechen. Hut und Stock in den Händen, tritt er bei mir ein und streckt mir abwechselnd die beiden Gegenstände entgegen:

«Ich komme nur auf einen Augenblick, einen Augenblick! Bleiben Sie sitzen, Kollege! Nur zwei Worte!»

Zunächst bemühen wir uns gegenseitig, einander zu zeigen, wie außerordentlich höflich wir sind und wie froh, uns zu sehen. Ich drücke ihn in den Lehnstuhl, und er drückt mich in den meinen, wobei wir einander vorsichtig um die Taille fahren, die Knöpfe berühren, und es sieht aus, als betasteten wir uns gegenseitig und fürchteten, uns zu verbrennen. Wir lachen, obgleich wir nichts Lächerliches sagen. Nachdem wir Platz genommen haben, neigen wir einander unsere Köpfe zu und beginnen halblaut zu reden. Wie herzlich wir uns auch gesinnt sind, so müssen wir doch unsere Worte mit allerlei Höflichkeitsfloskeln verbrämen, wie zum Beispiel «Sie geruhten, ganz richtig zu bemerken», oder «Wie ich bereits die Ehre hatte, Ihnen zu sagen»; wir können auch nicht umhin, zu lachen, wenn einer von uns einen Witz macht, selbst einen mißglückten. Nachdem wir die Angelegenheit besprochen haben, steht mein Kollege stürmisch auf und beginnt, während er seinen Hut in der Richtung meiner Arbeit schwenkt, sich zu verabschieden. Wiederum betasten wir einander und lachen. Ich begleite ihn bis zum Vorzimmer, bin ihm beim Anlegen des Pelzmantels behilflich, doch er weicht dieser hohen Ehre auf jegliche Weise aus. Darauf versichert mich der Kollege, während Jegor die Tür öffnet, daß ich mich erkälten würde, und ich tue, als würde ich ihm sogar bis auf die Straße folgen. Und als ich endlich in mein Arbeitszimmer zurückkehre, fährt mein Gesicht, vielleicht nach dem Gesetz der Trägheit, noch immer fort, zu lächeln.

Bald darauf erklingt wieder die Glocke. Jemand betritt das Vorzimmer, legt seine Oberkleidung umständlich ab und hüstelt. Jegor meldet einen Studenten an. Ich lasse bitten. Nach einem Augenblick tritt ein junger Mann von angenehmem Äußern in mein Zimmer. Seit einem Jahr sind die Beziehungen zwischen uns gespannt: er gibt mir ganz miserable Antworten im Examen, und ich zensiere ihn mit Eins. Ich habe jedes Jahr an die sieben solcher Helden, die ich, in der Studentensprache ausgedrückt, fliegen oder durchfallen lasse. Diejenigen, die aus Unfähigkeit oder Krankheit ihr Examen nicht bestehen, tragen ihr Kreuz gewöhnlich geduldig und markten nicht mit mir. Nur die Sanguiniker und Großzügigen, denen das mißglückte Examen den Appetit verdirbt oder den Besuch der Oper stört, feilschen und suchen mich in meiner Wohnung auf. Mit den ersten bin ich nachsichtig, die anderen aber lasse ich unbedingt fliegen.

«Nehmen Sie Platz», sage ich dem Gast. «Was haben Sie zu sagen?»

«Entschuldigen Sie, Herr Professor, daß ich Sie störe...», beginnt er stotternd, ohne mich anzusehen, «ich hätte nicht gewagt, Sie zu beunruhigen, wenn nicht... Ich wurde von Ihnen bereits fünfmal examiniert und... bin durchgeflogen. Ich bitte Sie, seien Sie so gut und geben Sie mir eine genügende Note, weil...»

Das Argument, das alle Faulpelze stets ins Feld führen, ist immer das gleiche: sie haben in allen Fächern glänzend abgeschnitten und sind nur bei mir durchgefallen, was um so erstaunlicher ist, als sie gerade in meinem Fach immer sehr eifrig gearbeitet haben und es vortrefflich kennen. Durchgefallen sind sie aber dank einem ganz unverständlichen Mißverständnis.

«Entschuldigen Sie, mein Freund», entgegne ich dem Besucher, «ich kann Ihnen keine genügende Note geben. Studieren Sie noch ein wenig und kommen Sie dann zu mir. Dann wollen wir sehen.»

Pause. Mich überfällt die Lust, den Studenten ein wenig dafür zu quälen, daß er das Bier und die Oper mehr als die Wissenschaft liebt, und ich sage mit einem Seufzer:

«Meiner Ansicht nach wäre es das Beste, was Sie tun könnten, die medizinische Fakultät ganz zu lassen. Wenn es Ihnen bei Ihren Fähigkeiten durchaus nicht gelingt, das Examen zu bestehen, so fehlt es Ihnen offensichtlich an der Lust oder der Berufung zu einem Arzt.»

Das Gesicht des Sanguinikers zieht sich in die Länge.

«Entschuldigen Sie, Herr Professor», lächelt er, «das wäre bei mir zumindest seltsam. Fünf Jahre zu studieren, um plötzlich ... zu gehen!»

«Nun ja! Lieber fünf Jahre verlieren, statt nachher sein ganzes Leben einen Beruf ausüben, den man nicht liebt.»

Doch gleich darauf tut er mir leid, und ich beeile mich, hinzuzufügen:

«Übrigens, wie Sie meinen. Also studieren Sie noch ein wenig und kommen Sie dann.»

«Wann?» fragt mit dumpfer Stimme der Faulpelz.

«Wann Sie wollen. Meinetwegen morgen.»

Und ich lese in seinen guten Augen: «Kommen kann ich ja; aber du, Scheusal, wirst mich ja wieder durchfliegen lassen!»

«Gewiß», bemerke ich, «Sie werden dadurch, daß Sie noch fünfzehnmal ins Examen steigen, nicht gelehrter, doch das erzieht Ihren Charakter. Und auch das ist was wert.»

Ein Schweigen bricht an. Ich erhebe mich und warte, daß mein Besucher geht; er aber steht da, schaut auf das Fenster, zupft an seinem Bärtchen und überlegt. Es wird langweilig.

Der Sanguiniker hat eine angenehme, volle Stimme, kluge, spöttische Augen, ein wohlwollendes, durch den häufigen Biergenuß und das viele Herumliegen auf dem Diwan nur wenig zerknittertes Gesicht. Sicherlich könnte er mir viel Interessantes über die Oper, seine Liebesabenteuer und seine Kameraden, denen er zugetan ist, erzählen; doch leider ist es nicht üblich, darüber zu reden. Ich würde ihm gern lauschen.

«Herr Professor! Ich gebe Ihnen mein Ehrenwort: wenn Sie mir eine genügende Note erteilen, so will ich...»

Sobald das «Ehrenwort» erklingt, mache ich eine abwehrende Handbewegung und setze mich an den Tisch. Der Student überlegt noch einen Augenblick und sagt niedergeschlagen:

«In diesem Fall leben Sie wohl... Und entschuldigen Sie.»

«Leben Sie wohl, mein Freund. Ich wünsche Ihnen alles Gute.»

Unentschlossen geht er ins Vorzimmer, zieht sich dort langsam an, tritt auf die Straße und überlegt wohl wieder lange. Da ihm nichts außer dem an meine Adresse gerichteten «alter Teufel» einfällt, begibt er sich in ein schlechtes Restaurant, um Bier zu trinken und zu Mittag zu essen, und geht schließlich nach Hause schlafen. Friede sei mit Dir, du rechtschaffener Arbeitssklave!

Ein drittes Glockenzeichen. Ein junger Arzt tritt ein in einem neuen schwarzen Anzug, mit einer goldgefaßten Brille und selbstverständlich mit einer weißen Halsbinde. Er stellt sich vor. Ich bitte ihn, Platz zu nehmen, und frage nach seinem Begehr. Nicht ohne Erregung beginnt der junge Priester der Wissenschaft mir darzulegen, daß er in diesem Jahr sein Staatsexamen bestanden habe und es ihm noch übrigbleibe, seine Dissertation zu schreiben. Er möchte bei mir, unter meiner Leitung, arbeiten, und ich würde ihn zu großem Dank verpflichten, wenn ich ihm ein Thema für die Dissertation gäbe.

«Ich erweise mich gern nützlich, Kollege», erwidere ich, «doch zuerst möchte ich den Begriff der Dissertation klarstellen. Üblicherweise versteht man darunter ein Werk, das das Produkt selbständiger Arbeit darstellt. Nicht wahr? Ein Werk hingegen, das über ein fremdes Thema unter fremder Leitung geschrieben wurde, trägt eine andere Bezeichnung.»

Der Doktorand schweigt. Ich gerate in Zorn und springe auf.

«Was kommt ihr alle zu mir, ich verstehe nicht?» schreie ich ärgerlich. «Habe ich etwa einen Laden? Ich handle nicht mit Themen! Zum tausendundeintenmal bitte ich euch alle, mich in Ruhe zu lassen! Entschuldigen Sie meine Schroffheit, doch ich habe es endlich satt!»

Der Doktorand schweigt, nur eine leichte Röte steigt in seine Wangen. Sein Gesicht drückt höchste Ehrerbietung gegenüber meinem berühmten Namen und meiner Gelehrsamkeit aus, in seinen Augen aber lese ich, daß er meine Stimme und meine klägliche Figur und meine nervösen Gebärden verachtet. In meinem Zorn erscheine ich ihm als Sonderling.

«Ich habe keinen Laden», wiederhole ich ärgerlich. «Merkwürdig! Warum wollen Sie nicht selbständig sein? Warum ist Ihnen die Freiheit so zuwider?»

Ich rede lange, er aber schweigt. Schließlich beruhige ich mich allmählich und ergebe mich selbstverständlich. Der Doktorand wird von mir ein Thema erhalten, das nicht einen Groschen wert ist, wird unter meiner Kontrolle eine Dissertation schreiben, die keiner braucht, wird mit Mühe die langweilige Doktordisputation über sich ergehen lassen und einen unnötigen gelehrten Grad erhalten.

Die Klingelzeichen können endlos aufeinander folgen, doch ich beschränke mich hier nur auf vier. Es schlägt vier Uhr, und ich vernehme bekannte Schritte, Kleidergeraschel, eine liebe Stimme...

Vor achtzehn Jahren verstarb mein Kollege, der Augenarzt, und hinterließ ein siebenjähriges Töchterchen, Katja, und sechzigtausend Rubel. In seinem Testament bestimmte er mich zum Vormund. Bis zu ihrem zehnten Lebensjahr lebte Katja in meiner Familie, darauf wurde sie in ein Institut gegeben und verbrachte nur noch die Sommermonate während der Ferien bei mir. Ich hatte keine Zeit, mich mit ihrer Erziehung zu befassen, beobachtete sie nur in freien Stunden, deshalb kann ich nur wenig über ihre Kindheit aussagen.

Ich erinnere mich vor allem ihrer ungewöhnlichen Zutraulichkeit, mit der sie in mein Haus kam, die sie den sie behandelnden Ärzten entgegenbrachte und die beständig aus ihrem Gesicht leuchtete. So konnte sie abseits mit einer verbundenen Wange sitzen und irgend etwas voll Aufmerksamkeit unentwegt betrachten. Ob ich schrieb oder Bücher durchblätterte, ob meine Frau sich im Haushalt betätigte oder die Köchin in der Küche Kartoffeln schälte oder der Hund spielte — ihre Augen drückten stets unveränderlich das gleiche aus: Alles, was in dieser Welt geschieht, ist vortrefflich und klug! Sie war neugierig und liebte sehr die Unterhaltung mit mir. Sie pflegte mir gegenüber am Tisch zu sitzen, meine Bewegungen zu verfolgen und Fragen zu stellen. Sie wollte wissen, was ich lese, was ich in der Universität treibe, ob ich die Leichen nicht fürchte, was ich mit meinem Gehalt anfange.

«Prügeln die Studenten sich in der Universität?» war eine ihrer Fragen.

«Ja, sie prügeln sich, mein Herzchen.»

«Bestrafen Sie sie durch Knien?»
«Jawohl, ich lasse sie knien.»

Und sie fand es komisch, daß die Studenten sich prügelten und ich sie knien ließ, und lachte. Sie war ein sanftes, geduldiges und gutes Kind. So manches Mal mußte ich sehen, daß man ihr etwas fortnahm, sie grundlos bestrafte oder ihre Neugier nicht befriedigte; und dann mischte sich dem beständigen Ausdruck der Zutraulichkeit auf ihrem Gesicht Traurigkeit bei — aber das war auch alles. Ich verstand nicht, mich für sie einzusetzen; nur wenn ich sie traurig sah, stieg der Wunsch in mir auf, sie an mich zu ziehen und sie im Tone einer alten Kinderfrau zu trösten: «Du mein liebes Waisenkindchen!»

Ich entsinne mich auch, daß sie hübsche Kleider und Parfüm liebte und in dieser Hinsicht mir glich. Auch ich liebe schöne Kleidung und gutes Parfüm.

Ich bedaure, daß ich weder Zeit noch Lust hatte, den Beginn und die Entwicklung einer Leidenschaft zu verfolgen, die Katja schon gänzlich beherrschte, als sie vierzehn, fünfzehn Jahre zählte. Ich meine ihre Leidenschaft fürs Theater. Wenn sie aus dem Institut zu uns in die Ferien kam, so redete sie über nichts mit einem solchen Vergnügen und Feuer wie über Theaterstücke und Schauspieler. Sie ermüdete uns durch ihre beständigen Gespräche über das Theater. Meine Frau und die Kinder hörten ihr nicht zu. Nur ich hatte nicht den Mut, ihr meine Aufmerksamkeit zu versagen. Wenn der Wunsch in ihr aufstieg, ihre Begeisterung mit anderen zu teilen, so kam sie in mein Arbeitszimmer und sagte in flehendem Ton:

«Nikolai Stepanytsch, erlauben Sie mir, mit Ihnen über das Theater zu reden!»

Ich zeigte auf die Uhr und erwiderte:

«Ich gebe dir eine halbe Stunde. Beginne!»

Später fing sie an, Dutzende von Bildern der von ihr vergötterten Schauspieler und Schauspielerinnen mitzubringen. Darauf versuchte sie sich mehrmals in Rollen bei Liebhabervorstellungen. Und schließlich erklärte sie, als sie die Schule beendet hatte, sie sei zur Schauspielerin geboren.

Ich teilte Katjas Theaterbesessenheit nicht. Meiner Ansicht nach ist es, wenn ein Stück gut ist, überflüssig, die Schauspieler zu bemühen, damit es den nötigen Eindruck hervorrufe; man kann sich auf die Lektüre beschränken. Ist das Stück aber schlecht, so wird kein Spiel es zu einem guten machen.

In meiner Jugend besuchte ich häufig das Theater, und jetzt nimmt meine Familie zweimal im Jahr eine Loge und führt mich aus, um mich «auszulüften». Gewiß, das genügt nicht, um das Recht auf ein Urteil zu haben; aber ich will nur einiges dazu bemerken. Meiner Meinung nach ist das Theater heute nicht besser als vor dreißig, vierzig Jahren. Nach wie vor kann ich weder in den Theatergängen noch im Foyer ein Glas reinen Wassers finden.

Nach wie vor erheben die Theaterdiener von mir eine Strafe von zwanzig Kopeken für meinen Pelzmantel, obgleich ich nichts Anstößiges im Tragen warmer Kleidung im Winter erblicken kann. Nach wie vor spielt ohne jegliche Notwendigkeit in den Pausen Musik und fügt zum Eindruck des Stückes einen neuen, unerbetenen hinzu. Nach wie vor begeben sich die Herren in den Pausen zum Büfett, um Alkohol zu sich zu nehmen. Wenn man in Kleinigkeiten keinen Fortschritt sehen kann, so würde ich ihn vergeblich im Großen suchen. Wenn ein Schauspieler, vom Kopf bis zu den Füßen in theatralische Traditionen und Vorurteile gehüllt, sich bemüht, den schlichten Monolog «Sein oder Nichtsein» nicht schlicht, sondern unbedingt unter Zischen und mit Konvulsionen des ganzen Körpers vorzutragen, oder wenn er mich um jeden Preis überzeugen will, daß Tschatzki, der sich viel mit Dummköpfen unterhält und eine Närrin liebt, ein sehr kluger Mann und «Kummer durch Verstand» von Gribojedow kein langweiliges Stück sei, so weht mich von der Bühne die gleiche Routine an, die mich bereits vor vierzig Jahren langweilte, wenn man mich mit klassischem Geheul und Sich-an-die-Brust-Schlagen fütterte. Und ich verlasse das Theater jedesmal noch ablehnender, als wie ich es betrat.

Man kann die sentimentale und gläubige Menge davon überzeugen, daß das Theater in seiner heutigen Form eine Schule ist. Doch wer mit der Schule in ihrem wahren Sinn vertraut ist, der wird auf diesen Leim nicht gehen. Ich weiß nicht, wie es in fünfzig bis hundert Jahren sein wird, doch unter den heutigen Bedingungen kann das Theater nur als Zerstreuung gelten. Aber diese Zerstreuung ist zu kostspielig, als daß man sich noch länger ihrer bedienen dürfte. Sie nimmt dem Staat Tausende junger, gesunder und begabter Männer und Frauen, die, wenn sie sich nicht dem Theater weihten, gute Ärzte, Ackerbauer, Lehrerinnen und Offiziere sein könnten; sie nimmt dem Publikum die Abendstunden — die beste Zeit für geistige Arbeit und Gespräche unter Freunden. Ich rede nicht von den Geldausgaben und den moralischen Einbußen, die der Zuschauer davonträgt, wenn er auf der Bühne falsch behandelte Totschläge, Ehebrüche oder Verleumdung sieht.

Katja hingegen war ganz anderer Meinung. Sie versicherte mich, daß das Theater, sogar in seiner heutigen Form, über Auditorien, über Büchern, über allem in der Welt stehe. Theater sei eine Macht, die allein alle Künste übertreffe, und die Schauspieler seien — Missionare. Keine Kunst, keine Wissenschaft, einzeln genommen, vermöge so stark und so sicher auf die Menschenseele einzuwirken wie die Bühne, und nicht ohne Grund genieße daher ein Schauspieler von durchschnittlicher Größe eine viel größere Popularität als der beste

Gelehrte oder Künstler. Und keinerlei öffentliche Tätigkeit könne einen solchen Genuß und eine solche Befriedigung bieten wie die Bühnentätigkeit.

Und eines schönen Tages trat Katja in eine Truppe ein und fuhr, glaube ich, nach Ufa, viel Geld, eine Menge schimmernder Hoffnungen und aristokratische Ansichten über das Theater mit sich nehmend.

Ihre ersten Briefe waren hinreißend. Ich las sie und war einfach erstaunt, daß so kleine Blättchen Papier so viel Jugend, Seelenreinheit, heilige Naivität und gleichzeitig scharfsinnige, sachliche Urteile enthalten konnten, die einem guten Männerverstand Ehre gemacht hätten. Sie beschrieb nicht, sondern besang die Wolga, die Natur, die Städte, die sie aufsuchte, die Kollegen, ihre eigenen Erfolge und Mißerfolge; eine jede Zeile atmete die Zutraulichkeit aus, die ich gewohnt war, auf ihrem Antlitz zu sehen — und gleichzeitig wimmelte es von grammatikalischen Fehlern, während Interpunktionszeichen beinahe nicht vorhanden waren.

Ein halbes Jahr war noch nicht vergangen, als ich einen im höchsten Grade poetischen und begeisterten Brief erhielt, der folgendermaßen anhob: «Ich liebe.» Zu diesem Brief hatte sie eine Photographie hinzugefügt, die einen jungen Mann mit rasiertem Gesicht in einem breitrandigen Hut und einem über die Schulter geworfenen Plaid darstellte. Die darauf folgenden Briefe waren nach wie vor herrlich, doch zeigten sie schon Interpunktionszeichen, die grammatikalischen Fehler waren verschwunden, und ein männlicher Einfluß war unverkennbar. Katja schrieb mir von Plänen: wie gut es wäre, irgendwo an der Wolga ein großes Theater zu erbauen, und zwar auf Aktien, die reiche Kaufmannschaft und die Dampfschiffbesitzer dazu heranzuziehen; man hätte Geld genug, die Einnahmen wären riesig, die Schauspieler würden eine Genossenschaft bilden ... Vielleicht war das in der Tat gut, doch mir schien, daß dergleichen Pläne nur von einem Männergehirn ausgehen konnten.

Wie dem auch war, anderthalb bis zwei Jahre schien alles gut zu stehen: Katja liebte, glaubte an ihre Sache und war glücklich; doch nachher begann ich in ihren Briefen deutliche Anzeichen eines Niedergangs zu spüren. Es fing damit an, daß Katja sich bei mir über ihre Kollegen beklagte — das ist das erste, und ein unheilverkündendes Symptom; wenn ein junger Gelehrter oder Schriftsteller seine Tätigkeit damit beginnt, daß er sich bitter über Gelehrte oder Schriftsteller beklagt, so bedeutet das, daß er bereits ermüdet ist und für seine Arbeit nicht taugt. Katja schrieb mir, daß ihre Kollegen die Proben nicht besuchten und nie ihre Rollen kannten; aus der Inszenierung blöder Stücke und ihrer Haltung auf der Bühne sei bei einem jeden von ihnen die völlige Geringschätzung des Publikums ersichtlich; aus Geldsucht, über die beständig geredet würde, erniedrigten sich die Schauspielerinnen zu Chansonetten und die Tragiker sängen Couplets, in denen sie die Hahnreie und die Schwangerschaft untreuer Frauen verspotteten und so weiter. Man müßte sich nur verwundern, daß die Provinzbühnen sich noch hielten.

Ich antwortete Katja mit einem langen und, wie ich gestehen muß, sehr langweiligen Brief. Unter anderem schrieb ich ihr: «Ich hatte oft Gelegenheit, mich mit alten Schauspielern zu unterhalten, vornehmen Menschen, die mir ihre Zuneigung schenkten; aus diesen Gesprächen konnte ich ersehen, daß nicht eigener Geschmack und Freiheit, sondern vielmehr Mode und die Stimmung der Gesellschaft ihre Tätigkeit bestimmten; die größten unter ihnen mußten während ihrer Laufbahn in Tragödien wie in Operetten mitwirken, auch in Pariser Farcen und Feerien, und es schien ihnen doch stets, daß sie auf geradem Wege fortschritten und Nutzen brächten. Du siehst also, daß man die Ursache des Übels nicht in den Schauspielern, sondern tiefer, in der Kunst selber und in den Beziehungen der ganzen Gesellschaft zu ihr suchen muß.» Dieser Brief reizte Katja nur. Sie erwiderte mir: «Wir singen aus verschiedenen Opern. Ich schrieb Ihnen nicht von den vornehmen Menschen, die Ihnen ihre Zuneigung schenkten, sondern von einer Bande abgefeimter Schelme, die von einer edlen

Denkweise keine Spur zeigen. Das ist eine Rotte Wilder, die nur aus dem Grunde auf die Bühne gerieten, weil sie nirgends sonst Aufnahme gefunden hätten und die sich nur aus dem Grunde Künstler nennen, weil sie frech sind. Nicht ein Talent unter ihnen, aber sehr viele Unfähige, Trunkenbolde, Intriganten, Klatschmäuler. Ich kann Ihnen nicht sagen, wie bitter ich es empfinde, daß die Kunst, die ich so sehr liebe, in die Hände von mir verhaßten Menschen geraten ist; es ist bitter, daß die besten Menschen das Übel nur aus der Ferne sehen und sich nicht nähern wollen und, statt sich der Sache anzunehmen, in schwerfälligem Stil Gemeinplätze und überflüssige Moral von sich geben...» Und so weiter, alles in dieser Art.

Es verging noch einige Zeit, und ich erhielt folgenden Brief: «Ich bin unmenschlich betrogen worden. Ich kann nicht weiterleben. Verfügen Sie über mein Geld nach Ihrem Gutdünken. Ich habe Sie wie einen Vater und meinen einzigen Freund geliebt. Verzeihen Sie.»

Es hatte sich herausgestellt, daß auch *er* zur «Rotte Wilder» gehörte. In der Folge konnte ich aus einigen Andeutungen erraten, daß sie einen Selbstmordversuch unternommen hatte. Wie es schien, hatte Katja sich vergiften wollen. Man muß annehmen, daß sie nachher ernstlich krank war, da ich den nächsten Brief bereits aus Jalta erhielt, wohin die Ärzte sie wahrscheinlich geschickt hatten. Ihr letzter Brief enthielt die Bitte, ihr möglichst schnell tausend Rubel nach Jalta zu senden, und schloß mit den Worten: «Entschuldigen Sie, daß der Brief so düster ist. Gestern habe ich mein Kind beerdigt.» Nachdem sie ein Jahr in der Krim verbracht hatte, kehrte sie nach Hause zurück.

Sie hatte vier Jahre auf Reisen verbracht, und ich muß gestehen, daß ich in diesen vier Jahren ihr gegenüber eine wenig beneidenswerte und seltsame Rolle gespielt habe. Jedesmal, wenn sie mir früher erklärt hatte, daß sie Schauspielerin werden wolle, und als sie mir dann von ihrer Liebe schrieb, wenn sie periodisch vom Geist der Verschwendung gepackt wurde und ich ihr bald tausend, bald zweitausend Rubel auf ihre Forderung schicken mußte, als sie mir von ihrer Todesabsicht schrieb und nachher den Tod ihres Kindes mitteilte, verlor ich die Fassung, und meine ganze Teilnahme an ihrem Geschick äußerte sich nur darin, daß ich viel an sie dachte und lange, langweilige Briefe schrieb, was ich auch hätte unterlassen können. Und dabei ersetzte ich ihr doch den Vater und liebte sie wie eine Tochter!

Jetzt lebt Katja ungefähr einen halben Kilometer von mir entfernt. Sie hat eine Fünfzimmerwohnung gemietet und sich ziemlich elegant und mit dem ihr eigenen Geschmack eingerichtet. Wenn jemand versuchen würde, ihre Einrichtung zu zeichnen, so wäre der bestimmendste Zug dieses Bildes die Trägheit. Für den trägen Körper — weiche Chaiselongues, weiche Taburette, für die trägen Füße — Teppiche, für die trägen Augen — verblichene, matte oder trübe Farben; für die träge Seele — ein Überfluß an billigen Fächern und kleinen Bildern an den Wänden, bei denen die Originalität der Ausführung gegenüber dem Inhalt dominiert, dazu eine Menge Tischchen und Wandbretter mit gänzlich unnützen und wertlosen Gegenständen, formlose Fetzen an Stelle von Vorhängen ... Das alles zusammen mit der Furcht vor leuchtenden Farben, Symmetrie und Weite, zeugt außer von Trägheit der Seele auch von Entartung des natürlichen Geschmacks. Tagelang liegt Katja auf der Chaiselongue und liest, hauptsächlich Romane und Novellen. Das Haus verläßt sie nur einmal im Tage, am Nachmittag, um mich zu besuchen.

Ich arbeite, und Katja sitzt unweit von mir auf dem Diwan, schweigt und hüllt sich in ihren Schal, als friere sie. Ist es, weil sie mir sympathisch ist, oder weil ich an ihre häufigen Besuche, als sie noch ein kleines Mädchen war, gewöhnt war, ihre Anwesenheit stört mich nicht in der Konzentration. Selten richte ich mechanisch irgendeine Frage an sie, sie gibt eine sehr kurze Antwort; oder ich wende mich ihr, um einen Augenblick auszuruhen, zu und schaue zu, wie sie nachdenklich irgendeine medizinische Zeitschrift oder Zeitung durchblättert. Und dabei nehme ich wahr, daß der frühere Ausdruck der Zutraulichkeit aus ihrem Gesicht geschwunden ist. Sie ist der Kälte, der Gleichgültigkeit gewichen, wie man sie bei Fahrgästen findet, die lange auf ihren Zug warten müssen. Nach wie vor ist ihre Kleidung von einer schlichten Eleganz, aber nachlässig; man sieht es ihrem Kleid und der Frisur an, daß sie von den Chaiselongues und Schaukelstühlen, auf denen sie tagelang herumliegt, abbekommen haben. Sie ist auch nicht mehr neugierig wie früher. Sie stellt mir keine Fragen mehr, als habe sie in ihrem Leben bereits alles erfahren und nichts Neues mehr zu erwarten.

Gegen vier Uhr wird es im Saal und Wohnzimmer lebhaft. Lisa ist aus dem Konservatorium zurückgekehrt und hat ihre Freundinnen mitgebracht. Man hört Klavier spielen, Stimmen intonieren, lachen. Im Eßzimmer deckt Jegor den Tisch und klappert mit dem Geschirr.

«Leben Sie wohl», sagt Katja. «Heute will ich Ihre Familie nicht aufsuchen. Sie sollen mich entschuldigen. Ich habe keine Zeit. Besuchen Sie mich.»

Wie ich sie ins Vorzimmer begleite, mustert sie mich finster vom Kopf bis zu den Füßen und bemerkt unwillig:

«Sie werden von Tag zu Tag magerer! Warum kurieren Sie sich nicht? Ich will Sergej Fjodorowitsch bitten, Sie zu untersuchen.»

«Nicht nötig, Katja.»

«Ich begreife nicht, daß Ihre Familie nichts tut. Feine Leute, nichts zu sagen.»

Sie zieht ihren Pelzmantel ungestüm an, und es fallen aus ihrer nachlässig aufgesteckten Frisur jedesmal zwei, drei Haarnadeln zu Boden. Sie ist zu träge, die Frisur zu ordnen, hat auch keine Zeit; irgendwie schiebt sie die Locken unter ihr Mützchen und geht.

Wie ich das Eßzimmer betrete, fragt mich meine Frau:

«War Katja bei dir? Warum hat sie uns denn nicht aufgesucht? Das ist seltsam...»

«Mama!» unterbricht Lisa sie vorwurfsvoll. «Gott mit ihr, wenn sie nicht will. Wir werden sie doch nicht auf den Knien darum bitten.»

«Sag, was du willst, aber das ist eine Geringschätzung. Drei Stunden im Kabinett zu sitzen, ohne an uns zu denken. Übrigens, wie es ihr beliebt.»

Warja und Lisa, beide hassen sie Katja. Dieser Haß ist mir unverständlich, und wahrscheinlich muß man eine Frau sein, um ihn zu begreifen. Ich könnte meinen Kopf einsetzen, daß sich unter den hundertundfünfzig jungen Männern, die ich beinahe täglich in meinem Auditorium sehe, und den hundert bejahrten, mit denen ich jede Woche zusammentreffe, kaum einer finden würde, der den Haß und den Abscheu gegen Katjas Vergangenheit, d. h. gegen ihre außereheliche Schwangerschaft und das uneheliche Kind, begriffe. Und gleichzeitig könnte ich nicht eine mir bekannte Frau oder ein junges Mädchen nennen, das nicht bewußt oder instinktiv diese Gefühle teilte. Das kommt nicht von der größeren Tugendhaftigkeit oder Reinheit der Frau: denn Tugendhaftigkeit und Reinheit unterscheiden sich wenig vom Laster, wenn sie nicht frei sind von einem bösen Gefühl. Ich erkläre es einfach durch die Rückständigkeit der Frauen. Das wehmütige Gefühl des Mitleids und die Gewissensqual, die der Mann von heute beim Anblick von Unglück empfindet, sagen mir viel mehr von Kultur und sittlicher Größe als Haß und Abscheu. Die Frau von heute ist ebenso rührselig und groben Herzens wie im Mittelalter. Und wahrscheinlich haben diejenigen recht, die ihr die Erziehung eines Mannes anraten.

Meine Frau mag Katja nicht auch aus dem Grunde, weil sie Schauspielerin war, mag sie nicht wegen ihrer Undankbarkeit, ihres Stolzes, ihrer Exzentrizität und aller jener zahlreichen Laster, die eine Frau immer bei einer andern zu finden versteht.

Außer mir und meiner Familie speisen bei uns noch zwei, drei Freundinnen meiner Tochter und Alexander Adolfowitsch Gnecker, ein Anbeter Lisas und ein Anwärter auf ihre Hand. Das ist ein junger, blonder, etwa dreißigjähriger Mann von Mittelgröße, sehr voll, breitschultrig, mit einem roten Backenbart und einem pomadisierten Schnurrbart, der seinem vollen, glatten Gesicht einen puppenhaften Ausdruck verleiht. Er trägt einen sehr kurzen Rock, eine farbige Weste, großkarierte, oben sehr breite, unten sehr enge Hosen und gelbe, absatzlose Schuhe. Er hat vorstehende Augen wie ein Krebs, seine Halsbinde gleicht dem Halse eines Krebses, und der ganze junge Mann scheint mir sogar nach Krebssuppe zu riechen. Er findet sich jeden Tag in unserem Haus ein; doch niemand aus unserer Familie weiß, woher er stammt, wo er studiert hat und wovon er lebt. Er spielt kein Instrument und singt auch nicht, steht aber in irgendeiner Beziehung zu Musik und Gesang, verkauft irgendwo irgendwelche Klaviere, ist häufig im Konservatorium, ist mit allen Berühmtheiten bekannt und trifft an Konzerten Anordnungen. Über Musik urteilt er mit großer Autorität und, wie ich bemerkt habe, stimmen ihm alle gern zu.

Reiche Leute haben immer Freischlucker um sich, die Wissenschafter und Künstler gleichfalls. Ich glaube, es gibt keine Kunst oder Wissenschaft, die frei von «Fremdkörpern» in der Art des Herrn Gnecker wäre. Ich bin nicht musikalisch und irre mich vielleicht hinsichtlich Gneckers, den ich zudem wenig kenne. Doch seine Autorität und die Würde, mit der er neben dem Klavier lauschend steht, wenn jemand singt oder spielt, kommen mir sehr verdächtig vor.

Sie können hundertmal ein Geheimrat und Gentleman sein; aber wenn Sie eine Tochter Ihr eigen nennen, so sind Sie durch nichts gegen jenes Spießbürgertum gefeit, das Hofmacherei, Freiertum und Hochzeit häufig in Ihr Haus tragen. Ich zum Beispiel kann mich keineswegs mit jenem feierlichen Ausdruck aussöhnen, den meine Frau jedesmal zur Schau trägt, wenn Gnecker bei uns sitzt, kann mich auch nicht mit jenen Flaschen Lafitte, Portwein und Xeres aussöhnen, die nur deshalb aufgestellt werden, damit er sich mit eigenen Augen davon überzeuge, auf wie großem Fuß wir leben. Ich vertrage auch nicht Lisas abruptes Lachen, das sie im Konservatorium sich angeeignet hat, und ihre Manier, die Augen zusammenzukneifen, wenn Herren in unserem Hause weilen. Vor allem aber kann ich nicht einsehen, warum jeden Tag ein Wesen in mein Haus kommt und jeden Tag an meinem Tische sitzt, das meinen Gewohnheiten, meiner Wissenschaft, meinem ganzen Lebensstil völlig fremd ist und so ganz und gar nicht jenen Menschen gleicht, die mir teuer sind. Meine Frau und die Dienerschaft flüstern geheimnisvoll, daß er ein «Freier» sei; doch ich begreife dennoch nicht seine Anwesenheit, sie erregt in mir die gleichen Bedenken, wie wenn man einen Zuluneger an meinen Tisch brächte. Es kommt mir auch sonderbar vor, daß meine Tochter, die ich für ein Kind zu halten gewohnt bin, diese Kravatte, diese Augen, diese weichen Wangen liebt.

Früher hatte ich Freude am Mittagessen oder war gleichgültig; jetzt aber erregt es in mir nichts außer Langeweile oder Reizbarkeit. Seit ich Exzellenz geworden bin, auch als Dekan der Fakultät amte, hält es meine Familie aus irgendeinem Grund für nötig, unser Menu und die Mittagssitten gänzlich zu ändern. An Stelle der einfachen Speisen, an die ich mich als Student und Arzt gewöhnt hatte, füttert man mich jetzt mit Püreesuppe, in welcher weiße Zapfen herumschwimmen, und mit Nieren in Madeira. Der Generalsrang und die Berühmtheit haben mich für immer um die Kohlsuppe und die schmackhaften Pastetchen und den mit Äpfeln gefüllten Gänsebraten und die Brachsen mit Grütze gebracht. Sie haben mich auch um das Stubenmädchen Agascha gebracht, das redselige und lachlustige alte Mütterchen, das durch Jegor, einen stumpfsinnigen und anmaßenden Burschen, mit einem weißen Handschuh an der rechten Hand, ersetzt wurde. Die Pausen zwischen den Gängen sind kurz, scheinen aber außerordentlich lang, da sie durch nichts ausgefüllt werden können. Es fehlt die frühere Fröhlichkeit, es fehlen die ungezwungenen Gespräche, die Scherze, das Lachen, es fehlen die gegenseitigen Zärtlichkeiten und jene Freude, die die Kinder, meine Frau und mich in Erregung versetzte, wenn wir uns im Eßzimmer zusammenfanden. Für mich, den stark beschäftigten Mann, war das Mittagessen die Zeit der Ausspannung und des Wiedersehens und für meine Frau und die Kinder ein freilich kurzes, aber lichtes und freudiges Fest, wenn sie wußten, daß ich für ein halbes Stündchen nicht der Wissenschaft und den Studenten, sondern nur ihnen allein und keinem andern gehörte. Man wird nicht mehr von einem Gläschen trunken, Agascha ist nicht mehr da, auch nicht der Brachsen mit Grütze, auch nicht mehr der Lärm, der die kleinen mittäglichen Skandälchen, eine Rauferei zwischen Hund und Katze unter dem Tisch oder den Fall von Katjas Gesichtsverband in den Suppenteller, begleitete.

Ein jetziges Mittagessen zu beschreiben, ist ebensowenig schmackhaft, wie es zu essen. Das Gesicht meiner Frau drückt Feierlichkeit, eine gemachte Wichtigkeit und die übliche Sorge aus. Unruhig betrachtet sie unsere Teller und sagt: «Ich sehe, der Braten schmeckt euch nicht ... Gesteht doch, er schmeckt euch nicht?» Und ich muß erwidern: «Du beunruhigst dich unnütz, meine Liebe, der Braten ist sehr schmackhaft.» Sie aber beharrt: «Immer verteidigst du mich, Nikolai Stepanytsch, sagst nie die Wahrheit. Warum ißt denn Alexander Adolfowitsch so wenig?» Und so geht es während des ganzen Mittagessens. Lisa lacht abrupt und kneift die Augen zusammen. Ich sehe die beiden an, und erst jetzt, während des Mittagessens, wird es mir ganz klar, daß das Innenleben der beiden schon längst meiner Beobachtung entglitten ist. Ich habe das Gefühl, als hätte ich einmal zu Hause mit einer wirklichen Familie gelebt, weile jetzt aber zu Besuch bei einer fremden Frau und sehe eine fremde Lisa. Eine scharfe Wandlung hat sich in beiden vollzogen, ich habe den langen Prozeß dieser Wandlung verpaßt, und es ist nicht erstaunlich, daß ich nichts begreife. Warum hat diese Veränderung stattgefunden? Ich weiß es nicht. Vielleicht liegt alles daran, daß Gott meiner Frau und Tochter nicht die gleiche Kraft verliehen hat wie mir. Seit meiner Kindheit bin ich gewohnt, äußeren Einflüssen zu widerstehen, und habe mich hinreichend gestählt. Lebenswandlungen, wie Berühmtheit, Generalswürde, Übergang von Genügsamkeit zu einem Leben über unsere Verhältnisse, Bekanntschaften mit vornehmen Leuten usw., haben mich kaum berührt, und ich bin unversehrt geblieben. Auf meine schwache, nicht gestählte Frau aber und Lisa stürzte das wie eine Lawine hernieder und erdrückte sie.

Die jungen Mädchen und Gnecker reden über Fugen und Kontrapunkt, über Sänger und Pianisten, Bach und Brahms, und meine Frau, befürchtend, der musikalischen Unbildung verdächtigt zu werden, lächelt ihnen verständnisvoll zu und murmelt: «Ganz reizend ... Wirklich? ... Sagen Sie ...» Gnecker ißt mit würdevoller Miene, macht gediegene Witze und hört herablassend die Bemerkungen der jungen Mädchen an. Zuweilen überkommt ihn der Wunsch, ein schlechtes Französisch zu sprechen, und er tituliert mich dann «votre excellence».

Ich aber bin mürrisch. Allem Anschein nach geniere ich sie, und sie genieren mich. Nie kannte ich früher Standesunterschiede; jetzt aber quält mich etwas in dieser Art. Ich suche in Gnecker nur schlechte Eigenschaften, finde sie bald, und es foltert mich, daß ein Mann nicht meines Kreises den Bräutigam spielt. Gewöhnlich, wenn ich allein oder in Gesellschaft von Leuten bin, die ich liebe, denke ich nicht an meine Verdienste; wenn sie mir einfallen, so kommen sie mir so geringfügig vor, als wäre ich erst gestern ein Gelehrter geworden. In Anwesenheit aber von Menschen vom Schlage Gneckers erscheinen mir meine Verdienste als hoher Berg, dessen Gipfel in den Wolken verschwindet, während zu dessen Fuß dem Auge kaum wahrnehmbare Gneckers sich bewegen.

Nach dem Mittagessen kehre ich in mein Arbeitszimmer zurück und setze mein Pfeifchen in Brand, das einzige des Tages, das von der früheren schlechten Gewohnheit, vom Morgen bis in die Nacht zu paffen, übriggeblieben ist. Während ich rauche, betritt meine Frau das Zimmer und nimmt Platz, um mit mir zu reden. Wie am Morgen, so weiß ich auch jetzt im voraus, wovon die Rede sein wird.

«Ich muß mit dir über etwas Wichtiges sprechen, Nikolai Stepanytsch», beginnt sie.

«Es handelt sich um Lisa ... Warum beachtest du nichts ...?»

«Was denn?»

«Du tust, als bemerktest du nichts; aber das taugt nicht. Man darf nicht sorglos sein ... Gnecker hat Absichten auf Lisa ... Was sagst du dazu?»

«Ich kann nicht sagen, daß er ein schlechter Mensch sei, da ich ihn nicht kenne; daß er mir aber mißfällt, das habe ich dir schon tausendmal gesagt.»

«Aber so darf man doch nicht, doch nicht...»

Sie erhebt sich und geht aufgeregt umher.

«So darf man sich doch nicht gegenüber einem so ernsten Schritt verhalten...», sagt sie. «Wenn es sich um das Glück der Tochter handelt, muß man alles Persönliche von sich werfen. Ich weiß, daß er dir nicht gefällt... Gut... Wenn wir ihn jetzt abweisen, alles vereiteln, kannst du dafür bürgen, daß Lisa uns nicht ihr Leben lang anklagen wird? Es laufen nicht so viele Freier in der Welt umher, und es könnte geschehen, daß keine andere Partie sich bieten würde... Er liebt Lisa sehr und scheint ihr zu gefallen... Ich gebe zu, er hat noch keine bestimmte Stellung; doch was soll man machen? Mit Gottes Hilfe wird er sich mit der Zeit eine schaffen. Er ist aus guter Familie und reich.»

«Woher weißt du das?»

«Er hat es gesagt. Sein Vater besitzt in Charkow ein großes Haus und in der Nähe von Charkow ein Gut. Mit einem Wort, Nikolai Stepanytsch, du mußt unbedingt nach Charkow fahren.»

«Warum?»

«Du wirst dort Erkundigungen einziehen... Du hast dort unter den Professoren Bekannte, die werden dir behilflich sein. Ich würde selbst hinfahren, aber ich bin eine Frau. Es geht nicht...»

«Ich werde nicht nach Charkow fahren», erwidere ich mürrisch.

Meine Frau erschrickt, und auf ihrem Gesicht erscheint der Ausdruck qualvollen Schmerzes.

«Um Gottes willen, Nikolai Stepanytsch!» fleht sie mich aufschluchzend an. «Um Gottes willen, nimm diese Last von mir! Ich leide!»

Ihr Anblick tut mir weh.

«Gut, Warja», sage ich zärtlich. «Wenn dir so daran liegt, meinetwegen, ich will nach Charkow fahren und alles nach deinem Wunsch regeln.»

Sie drückt ihr Taschentuch an die Augen und geht in ihr Zimmer, um sich auszuweinen. Ich bleibe allein.

Nach einer Weile wird die Lampe gebracht. Von den Sesseln und der Glasglocke der Lampe legen sich auf Wände und Boden die bekannten, mir längst überdrüssig gewordenen Schatten, und wenn ich darauf blicke, so scheint es mir, daß es bereits Nacht sei und meine verfluchte Schlaflosigkeit wieder anhebe. Ich lege mich ins Bett, erhebe mich wieder und gehe im Zimmer auf und ab, lege mich wieder hin ... Gewöhnlich erreicht meine nervöse Aufregung ihren Höhepunkt nach dem Mittagessen, bevor der Abend hereinbricht. Ich beginne grundlos zu weinen und verberge mein Gesicht unter dem Kissen. Ich befürchte, daß jemand plötzlich das Zimmer betritt, fürchte mich, plötzlich zu sterben, schäme mich meiner Tränen, und meine Seele ist von Unerträglichem voll. Ich fühle, daß ich nicht länger meine Lampe ertragen kann, noch die Bücher oder die Schatten auf dem Boden und die Stimmen nicht hören kann, die aus dem Wohnzimmer dringen. Eine unsichtbare, unverständliche Macht stößt mich grob aus meiner Wohnung hinaus. Ich springe auf, kleide mich hastig an und begebe mich vorsichtig, damit meine Angehörigen es nicht bemerken, auf die Straße. Wohin soll ich gehen?

Die Antwort auf diese Frage sitzt schon lange in meinem Gehirn: zu Katja.

III

Sie liegt wie gewöhnlich auf dem türkischen Diwan oder der Chaiselongue und liest. Wenn sie mich bemerkt, erhebt sie träge den Kopf, setzt sich auf und streckt mir die Hand entgegen.

«Und du liegst immer», sage ich, nachdem ich ein wenig geschwiegen und mich erholt habe. «Das ist ungesund. Du solltest dich mit etwas beschäftigen!»

«Ah?»

«Du solltest dich, sage ich, mit etwas beschäftigen.»

«Womit? Eine Frau kann nur eine einfache Arbeiterin oder eine Schauspielerin sein.»

«Nun gut. Wenn du nicht Arbeiterin sein kannst, so werde Schauspielerin.»

Sie schweigt.

«Du solltest heiraten», bemerke ich halb im Scherz.

«Wen denn? Und es lohnt auch nicht.»

«So kann man nicht leben.»

«Ohne Mann? Bah! An Männern fehlt es nicht, wenn ich nur Lust dazu hätte.»

«Das ist häßlich, Katja.»

«Was ist häßlich?»

«Was du soeben gesagt hast.»

Da sie bemerkt, daß ich betrübt bin, und um den üblen Eindruck zu verwischen, sagt Katja: «Kommen Sie. Gehen wir dahin. Da.»

Sie führt mich in ein kleines, sehr gemütliches Zimmer und, auf den Schreibtisch zeigend, fährt sie fort:

«Da ... Das habe ich für Sie eingerichtet. Hier werden Sie arbeiten. Kommen Sie jeden Tag und bringen Sie Ihre Arbeit mit. Zu Hause werden Sie immer gestört. Werden Sie hier arbeiten? Wollen Sie?»

Um sie durch eine Absage nicht zu betrüben, antworte ich, daß ich bei ihr arbeiten werde und das Zimmer mir sehr gefalle. Darauf setzen wir uns beide im gemütlichen Zimmerchen nieder und beginnen zu reden.

Die Wärme, die gemütliche Ausstattung und die Anwesenheit eines sympathischen Menschen erwecken in mir nicht mehr ein Gefühl des Vergnügens wie früher, sondern ein starkes Verlangen, zu klagen und zu murren. Es scheint mir, daß, wenn ich murren und mich beklagen würde, es mir Erleichterung brächte.

«Es steht schlimm, Liebe!» beginne ich mit einem Seufzer. «Sehr schlimm...»

«Was denn?»

«Siehst du, meine Gute. Das beste und heiligste Recht der Könige ist — das Recht der Begnadigung. Und ich fühlte mich stets als König, da ich unbegrenzten Gebrauch von diesem Recht machte. Ich habe nie verurteilt, war nachsichtig, verzieh nach rechts und links. Wo andere protestierten und sich empörten, dort habe ich nur geraten und überzeugt. Mein Leben lang habe ich mich bemüht, meine Gesellschaft für die Familie, die Studenten, Freunde und das Dienstpersonal erträglich zu machen. Und durch dieses mein Verhalten gegenüber den Menschen habe ich, ich weiß es, alle, die sich um mich befanden, erzogen. Aber jetzt bin ich nicht mehr ein König. In mir geht etwas vor, das sich nur für Sklaven geziemt: in meinem Kopf gären Tag und Nacht böse Gedanken, und in meiner Seele haben sich Gefühle, wie ich sie früher nicht kannte, eingenistet. Ich hasse und verachte, entrüste und empöre mich und fürchte. Ich bin maßlos streng, anspruchsvoll, reizbar, unfreundlich, mißtrauisch geworden. Sogar Dinge, die mir früher nur den Anlaß boten, einen schlechten Witz zu machen und gutmütig zu spotten, erzeugen in mir jetzt schwere Gefühle. Auch meine Logik hat sich gewandelt: früher habe ich das Geld verachtet; jetzt aber hege ich ein böses Gefühl nicht gegenüber dem Geld, aber gegenüber den Reichen, als trügen sie Schuld; früher verabscheute ich Gewalttätigkeit und Willkür, jetzt aber verabscheue ich die Menschen, die Gewalt anwenden, als wären nur sie allein und nicht wir alle schuld, die wir einander nicht zu erziehen verstehen. Was bedeutet das? Wenn die neuen Gedanken und neuen Gefühle von einer Wandlung der Überzeugungen herrühren, woher kommt dann diese Wandlung? Ist denn die Welt schlechter und ich besser geworden, oder war ich früher blind und gleichgültig? Wenn aber diese Wandlung von einem allgemeinen Verfall physischer und geistiger Kräfte herrührt — ich bin ja krank und verliere jeden Tag an Gewicht —, so ist mein Zustand jämmerlich: meine neuen Gedanken sind anormal, ungesund, ich muß mich ihrer schämen und sie für unbedeutend halten...»

«Die Krankheit hat damit nichts zu tun», unterbricht mich Katja. «Ihre Augen haben sich einfach geöffnet, das ist alles. Sie haben das gesehen, was Sie früher aus irgendeinem Grund nicht bemerken wollten. Meiner Ansicht nach müssen Sie vor allem endgültig mit Ihrer Familie brechen und fortgehen.»

«Du redest ungereimtes Zeug.»

«Sie lieben sie ja nicht mehr, warum also heucheln? Und ist denn das eine Familie? Unbedeutende Wesen sind es! Sollten sie heute sterben, so würde morgen schon niemand mehr ihre Abwesenheit wahrnehmen.»

Katja verachtet meine Frau und meine Tochter ebenso stark, wie jene sie hassen. Es ist fraglich, ob man in unserer Zeit vom Recht der Menschen, einander zu verachten, reden darf. Doch wenn man Katjas Gesichtspunkt einnimmt und ein solches Recht als bestehend erachtet, so sieht man, daß sie das gleiche Recht hat, meine Frau und Lisa zu verachten, wie jene es haben, sie zu hassen.

«Unbedeutende Wesen!» wiederholt sie. «Haben Sie heute zu Mittag gegessen? Haben sie wirklich nicht vergessen, Sie ins Speisezimmer zu rufen? Daß sie sich überhaupt noch an Ihr Dasein erinnern!»

«Katja», bemerke ich streng, «ich bitte dich, zu schweigen.»

«Glauben Sie denn, daß es mir Freude macht, über sie zu reden? Ich wäre froh, sie überhaupt nicht zu kennen. Hören Sie doch auf mich, Teurer: werfen Sie alles hin und fahren Sie fort. Fahren Sie ins Ausland. Je schneller, desto besser.»

«Unsinn! Und die Universität?»

«Geben Sie auch die Universität auf. Was bedeutet sie Ihnen? Es kommt ohnehin nichts dabei heraus. Sie halten schon seit dreißig Jahren Vorlesungen, und wo sind Ihre Schüler? Haben Sie viele berühmte Schüler? Zählen Sie sie mal zusammen. Um aber diese Ärzte zu vermehren, die die Unwissenheit ausnutzen und Hunderttausende verdienen, braucht man weder ein talentvoller noch guter Mensch zu sein. Sie sind überflüssig.»

«Mein Gott, wie schroff du bist!» sage ich entsetzt. «Wie schroff! Schweige, sonst gehe ich! Ich verstehe nicht, diesen Schroffheiten zu begegnen!»

Das Stubenmädchen ruft uns zum Tee. Beim Samowar nimmt das Gespräch gottlob eine andere Wendung. Nachdem ich mich ausgeklagt habe, will ich einer anderen Altersschwäche nachgeben — den Erinnerungen. Ich erzähle Katja von meiner Vergangenheit und teile ihr zu meiner großen Verwunderung Einzelheiten mit, von denen ich nicht einmal ahnte, daß sie noch in meinem Gedächtnis lebten. Sie aber hört mir voll Rührung, voll Stolz, mit angehaltenem Atem zu. Am meisten Freude macht es mir, ihr von meiner Seminarzeit zu erzählen, und wie ich davon träumte, auf die Universität zu kommen.

«Ich pflegte mich in unserem Seminargarten zu ergehen...», erzähle ich. «Der Wind trägt aus irgendeiner Schenke Töne einer kreischenden Ziehharmonika und ein Lied her, oder eine Troika mit Schellengebimmel jagt an unserem Seminarzaun vorbei, und das genügt schon, daß ein Glücksgefühl plötzlich nicht nur meine Brust, sondern sogar meinen Leib, meine Beine und Arme erfüllt ... Ich lausche der Ziehharmonika oder dem verklingenden Glockengebimmel und stelle mir vor, daß ich Arzt bin, und Bilder, eines schöner als das andere, erstehen vor mir. Und meine Träume sind, wie du siehst, in Erfüllung gegangen. Ich habe mehr erhalten, als ich je zu träumen wagte. Dreißig Jahre lang war ich ein beliebter Professor, hatte vortreffliche Kollegen, erfreute mich einer ehrenvollen Berühmtheit. Ich liebte, heiratete aus leidenschaftlicher Liebe, hatte Kinder. Mit einem Wort, wenn ich zurückblicke, so erscheint mir mein Leben als eine schöne, kunstvolle Komposition. Jetzt darf ich nur nicht das Finale verpfuschen, das heißt, ich muß auf eine würdige Weise sterben. Wenn der Tod in der Tat eine Gefahr darstellt, so muß ich ihm so entgegentreten, wie es sich für einen Lehrer, einen Gelehrten und Bürger eines christlichen Staates geziemt: mutig und voll Seelenruhe. Doch ich verpfusche das Finale. Ich ersaufe, renne zu dir, flehe um Hilfe; du aber gibst mir zur Antwort: ersaufen Sie nur, es gehört sich so.»

Doch da ertönt im Vorzimmer die Glocke. Katja und ich erkennen sie und sagen: «Das wird Michail Fjodorowitsch sein.»

In der Tat betritt gleich darauf mein Kollege, der Philologe Michail Fjodorowitsch, das Zimmer, ein hochgewachsener, gutgebauter Mann von fünfzig Jahren mit dichtem, grauem Haar, glattrasiert und mit schwarzen Augenbrauen. Er ist ein guter Mensch und vortrefflicher Kamerad, entstammt einer alten, erfolgreichen und talentvollen Adelsfamilie, die in der Geschichte unserer Literatur und Aufklärung eine bedeutsame Rolle gespielt hat. Er selber ist klug, begabt, sehr gebildet, doch nicht ohne Sonderheiten. In einem gewissen Grade sind wir alle seltsam und Sonderlinge; doch seine Eigenheiten sind für seine Bekannten nicht ganz ungefährlich. Ich kenne unter letzteren so manchen, der über seinen Sonderheiten seine zahlreichen Vorzüge gänzlich übersieht.

Er zieht im Hereinkommen langsam seine Handschuhe aus und spricht in einem samtenen Baß:

«Guten Tag. Trinken Sie Tee? Sehr passend, es ist höllisch kalt.»

Darauf setzt er sich an den Tisch, nimmt sich ein Glas und beginnt sofort zu reden. Charakteristisch an seiner Art, zu reden, ist der scherzhafte Ton, eine Mischung von Philosophie und Spaßmacherei, wie bei den Shakespeareschen Totengräbern. Er spricht stets über ernste Dinge, aber nie ernsthaft. Seine Urteile sind immer schroff, schmähend; doch dank dem weichen, gleichmäßigen, scherzhaften Ton verletzen die Schroffheit und die Schmähungen nicht das Ohr, und man gewöhnt sich schnell daran. Jeden Abend bringt er gegen fünf, sechs Anekdoten aus dem Universitätsleben mit und beginnt mit ihnen, sobald er sich an den Tisch setzt.

«Ach, du lieber Gott!» seufzt er, spöttisch die schwarzen Augenbrauen bewegend. «Was gibt es doch für Komiker auf der Welt!»

«Was denn?» fragt Katja.

«Ich gehe heute zur Vorlesung und begegne auf der Treppe diesem alten Idioten, unserem N. N. . . . Er geht und streckt nach seiner Gewohnheit sein Pferdekinn vor und sucht jemand, zu dem er über seine Migräne, seine Frau und die Studenten klagen könnte, die seine Vorlesungen nicht besuchen wollen. Nun, denke ich, er hat mich gesehen, jetzt bin ich verloren . . .»

Und so geht es in dem gleichen Ton weiter. Oder er beginnt folgendermaßen:

«Ich war gestern in der öffentlichen Vorlesung unseres Z. Z. Ich bin erstaunt, daß unsere Alma mater es wagt, dem Publikum solche Einfaltspinsel und patentierte Dummköpfe wie diesen Z. Z. zu zeigen. Das ist ja ein universaler Narr! Ich bitte Sie, einen zweiten solchen Dummkopf finden Sie ja in ganz Europa nicht einmal mit einer Laterne! Wenn er spricht, ist es, als ob er an einem Zuckerstengel sauge! so lispelt er . . . Er hat Angst, kann sein Manuskript nicht recht entziffern, seine Gedanken regen sich kaum, ungefähr mit der Geschwindigkeit eines Archimandriten auf einem Fahrrad. Vor allem aber wird man nicht daraus klug, was er sagen will. Es ist so furchtbar langweilig,. daß die Fliegen darob sterben. Diese Langeweile läßt sich nur mit derjenigen vergleichen, die sich bei uns an dem Jahresaktus einstellt, wenn die traditionelle Rede gehalten wird — möge sie der Teufel holen.»

Darauf ein brüsker Übergang:

«Vor drei Jahren mußte ich, Nikolai Stepanowitsch wird sich erinnern, diese Rede halten. Es war heiß, stickig, die Uniform drückte unter der Achsel — einfach zum Sterben! Ich lese eine halbe Stunde, eine Stunde, anderthalb Stunden, zwei Stunden ... Nun, denke ich, gottlob, es bleiben mir noch zehn Seiten. Gegen den Schluß aber gab es vier Seiten, die man überhaupt auslassen konnte, und ich hatte im Sinn, sie zu übergehen. Es verbleiben also, denke ich, nur noch sechs. Aber stellen Sie sich vor, ich schaue flüchtig nach vorne und sehe: in der ersten Reihe sitzen nebeneinander ein General und ein Bischof. Die armen Teufel sind vor Langeweile erstarrt, reißen die Augen auf, um nicht einzuschlafen, und strengen sich gleichwohl an, auf ihren Gesichtern Aufmerksamkeit auszudrücken und eine Miene zur Schau zu tragen, als ob mein Vortrag ihnen verständlich sei und ihnen gefalle. Nun, denke ich, wenn er euch gefällt, da habt ihr! Jetzt erst recht! Und da habe ich alle vier Seiten gelesen.»

Wenn er spricht, so lächeln, wie überhaupt bei Spöttern, nur seine Augen und Brauen. Seine Augen drücken dann weder Haß noch Bosheit aus, aber viel Geistreiches und jene besondere Fuchslist, die man nur bei sehr guten Beobachtern wahrnimmt. Wenn ich noch mehr über seine Augen aussagen will, so muß ich noch eine Eigentümlichkeit erwähnen. Wenn er von Katja ein Glas entgegennimmt, oder eine ihrer Bemerkungen anhört, sie mit seinem Blick verfolgt, wenn sie auf kurze Zeit das Zimmer verläßt, so entdecke ich in seinem Blick etwas Sanftes, Flehendes, Reines ...

Das Stubenmädchen entfernt den Samowar und stellt ein großes Stück Käse, Früchte und eine Flasche Schaumwein aus der Krim auf, einen ziemlich schlechten Wein, den Katja in der Krim liebgewann. Michail Fjodorowitsch nimmt zwei Kartenspiele von der Etagere und legt Patience aus. Wie er versichert, erfordern gewisse Patiencen eine große Kombinationsgabe und Aufmerksamkeit, nichtsdestoweniger fährt er, während er sie auslegt, fort, sich durch sein Gespräch zu unterhalten. Katja verfolgt aufmerksam seine Karten und hilft ihm mehr durch ihre Mimik als durch Worte. Sie trinkt im Laufe des Abends nicht mehr als zwei Glas Wein, ich trinke ein Viertelglas, der Rest der Flasche fällt Michail Fjodorowitsch zu, der viel trinken kann, ohne sich je zu berauschen.

Während der Patience besprechen wir verschiedene Fragen, hauptsächlich solche einer höheren Ordnung, wobei das, was wir am meisten lieben, das heißt die Wissenschaft, am meisten abbekommt.

«Die Wissenschaft», beginnt Michail Fjodorowitsch langsam, «hat sich gottlob überlebt. Ihr Lied ist ausgesungen. Jawohl. Die Menschheit verspürt schon das Verlangen, sie durch etwas anderes abzulösen. Sie ist aus dem Boden der Vorurteile herausgewachsen, durch Vorurteile genährt worden und zeigt jetzt die gleiche Quintessenz von Vorurteilen wie ihre sich überlebt habenden Großmütter: Alchimie, Metaphysik und Philosophie. Was hat sie im Grunde der Menschheit gegeben? Zwischen gelehrten Europäern und Chinesen, die keinerlei Wissenschaft kennen, ist ja der Unterschied ganz geringfügig, rein äußerlich. Den Chinesen ist die Wissenschaft fremd, doch was haben sie dadurch verloren?»

«Auch die Fliegen kennen die Wissenschaft nicht», entgegne ich, «doch was folgt daraus?»

«Sie ärgern sich ganz unnützerweise, Nikolai Stepanytsch. Ich rede ja nur hier, unter uns, darüber... Ich bin vorsichtiger, als Sie annehmen, und werde darüber nicht öffentlich sprechen. Gott behüte! In der Masse lebt das Vorurteil, daß Wissenschaften und Künste über Landwirtschaft, Handel, Handwerk stehen. Unsere Sekte wird dank diesem Vorurteil ernährt, und nicht an uns ist es, es zu zerstören. Gott behüte!»

Während der Patience bekommt auch die Jugend ihr Teil ab.

«Flach geworden ist unser Publikum gegenwärtig», seufzt Michail Fjodorowitsch. «Ich rede nicht von Idealen und ähnlichem; aber wenn sie wenigstens vernünftig zu arbeiten und zu denken verständen! Da kann man wohl sagen: ‚Mit traurigem Blick ich unser Geschlecht betrachte.'»

«Ja, es ist sehr verflacht», stimmt Katja bei. «Sagen Sie, hatten Sie in den letzten fünf, zehn Jahren wenigstens einen hervorragenden Schüler?»

«Ich weiß nicht, wie es die anderen Professoren haben, doch ich kann mich nicht eines einzigen Falls erinnern.»

«Ich habe in meinem Leben viele Studenten, eure jungen Gelehrten und viele Schauspieler gesehen ... Und? Ich hatte nicht das Glück — von einem Helden oder Talent ganz zu schweigen —, auch nur einem interessanten Menschen zu begegnen. Alles ist grau, talentlos, gebläht von Prätentionen ...»

Alle diese Gespräche von einer Verflachung machen auf mich den gleichen Eindruck, wie wenn ich ein übles Gespräch über meine Tochter zufällig belauscht hätte. Es kränkt mich, daß die Anschuldigungen in Bausch und Bogen gefällt und auf so abgedroschenen Gemeinplätzen aufgebaut werden wie Verflachung, Fehlen von Idealen oder Hinweis auf die gute alte Zeit. Eine jede Anschuldigung muß, selbst wenn sie in Damengesellschaft erhoben wird, möglichst exakt formuliert werden, sonst ist es keine Anschuldigung, sondern nur leere Verleumdung, anständiger Menschen unwürdig.

Ich bin ein alter Mann, arbeite seit dreißig Jahren, bemerke aber weder eine Verflachung noch ein Fehlen von Idealen und finde nicht, daß es jetzt schlimmer wäre als früher. Mein Abwart Nikolai, dessen Erfahrung im gegebenen Fall zählt, sagt, daß die heutigen Studenten nicht besser und nicht schlimmer seien als die früheren.

Wenn man mich fragte, was mir an meinen jetzigen Schülern mißfällt, so würde ich darauf nicht sogleich und nicht viel antworten, aber mit genügender Bestimmtheit. Ich kenne ihre Mängel und brauche deshalb nicht zum Nebel der Gemeinplätze zu greifen. Es gefällt mir nicht, daß sie Tabak rauchen, Alkohol trinken und spät heiraten; daß sie unbekümmert sind und häufig so gleichgültig, daß sie in ihrer Mitte Hungernde dulden und ihren Beitrag in die Studentenhilfskasse nicht entrichten. Sie kennen die neuen Sprachen nicht und drücken sich in der russischen Sprache unrichtig aus. Erst gestern beklagte sich mein Kollege, der Hygieneprofessor, bei mir, daß er das doppelte Pensum lesen müsse, da sie schlechte Physikkenntnisse hätten und von der

Meteorologie überhaupt nichts wüßten. Sie ergeben sich leicht dem Einfluß moderner Schriftsteller, sogar nicht guter, sind aber völlig gleichgültig gegenüber Klassikern, wie zum Beispiel Shakespeare, Mark Aurel, Epiktet oder Pascal, und in dieser Unfähigkeit, das Große von dem Kleinen zu unterscheiden, äußert sich ihre Lebensunerfahrenheit am stärksten. Alle schwierigen Fragen, die einen mehr oder minder öffentlichen Charakter tragen (zum Beispiel die Siedlungsfrage) lösen sie durch Fragebogen, aber nicht durch wissenschaftliche Überlegungen und Experimente, obgleich dieser Weg zu ihrer Verfügung steht und am besten dem Ziel entspricht. Gern übernehmen sie die Posten eines Oberarztes, Assistenten, Laboranten und sind bereit, bis zum vierzigsten Jahr dort auszuharren, obgleich Selbständigkeit, das Gefühl der Freiheit und persönliche Initiative in der Wissenschaft nicht weniger nötig sind als zum Beispiel in der Kunst oder im Handel. Ich habe Schüler und Hörer, aber keine Gehilfen und Nachfolger, und darum liebe ich sie und habe ihnen gegenüber ein Gefühl der Rührung, bin aber nicht stolz auf sie. Und so weiter, und so weiter...

Solche Mängel, so viele ihrer auch wären, können nur in einem kleinmütigen und schüchternen Mann eine pessimistische oder schmähsüchtige Stimmung erzeugen. Sie besitzen nur einen zufälligen Übergangscharakter und sind von den Lebensbedingungen abhängig. Zehn, zwölf Jahre genügen, damit sie verschwinden oder ihren Platz anderen, neuen Mängeln abtreten, die unumgänglich sind und ihrerseits die Kleinmütigen abschrecken werden. Die Studentensünden verdrießen mich häufig; doch was bedeutet dieser Verdruß im Vergleich zu der Freude, die ich seit dreißig Jahren empfinde, wenn ich mich mit meinen Schülern unterhalte, Vorlesungen halte, sie aufmerksam beobachte und mit Leuten anderer Kreise vergleiche.

Michail Fjodorowitsch lästert, Katja hört zu, und beide bemerken nicht, in welchen tiefen Abgrund sie eine anscheinend so unschuldige Zerstreuung, wie es die Verurteilung der Nächsten ist, nach und nach hineinzieht. Sie fühlen nicht, wie ihr Gespräch allmählich in Spott und Hohn übergeht und wie sie beide sogar zu Methoden der Verleumdung greifen.

«Zu komische Subjekte gibt es doch», sagt Michail Fjodorowitsch. «Da suche ich gestern unseren Jegor Petrowitsch auf und treffe dort einen Studiosus von Ihrer Fakultät, einen Mediziner im fünften Semester an. Das Gesicht ist im Stile von Dobroljubow*, und auf der Stirn liegt der Stempel des Scharfsinns. Wir kommen in ein Gespräch. Ich habe gelesen, sage ich, daß ein Deutscher — sein Name ist mir entfallen — aus dem menschlichen Gehirn ein neues Alkaloid Idiotin gewonnen hat. Und was denken Sie? Er glaubt es mir, und sein

* Dobroljubow, ein bekannter russischer Publizist.

Gesicht drückt sogar Achtung aus. Und jüngst ging ich ins Theater. Nehme Platz. Gerade vor mir sitzen zwei Herren: der eine scheint ein Jurist zu sein, der andere ein Arzt. Der Arzt hat einen tüchtigen Rausch und nimmt von der Bühne keine Notiz, hält ein Schläfchen. Doch sobald ein Schauspieler laut seinen Monolog vorträgt oder einfach die Stimme steigert, fährt mein Medikus zusammen, stößt den Nachbar in die Seite und fragt: ‚Ist es edel?' — ‚Ja, es ist edel', antwortet der Jurist. — ‚E edel. Bravo!' brüllt der Medikus. Sehen Sie, dieser besoffene Klotz geht nicht um der Kunst willen, sondern wegen des Edelmuts ins Theater. Er braucht Edelmut.»

Und Katja hört zu und lacht. Sie hat ein merkwürdiges Lachen. Schnell und rhythmisch wechselt das Einatmen mit dem Ausatmen ab, als spiele sie auf einer Ziehharmonika, während auf dem Gesicht nur die Nasenlöcher lachen. Mir aber sinkt der Mut, und ich weiß nicht, was sagen. Ich gerate außer mir, brause auf, springe auf und schreie.

«So schweigt doch endlich still! Was sitzt ihr da wie zwei Kröten und vergiftet die Luft mit eurem Odem. Genug!»

Und ohne das Ende ihrer Lästerungen abzuwarten, breche ich auf. Es ist auch Zeit, es geht auf elf.

«Und ich bleibe noch ein Weilchen», sagt Michail Fjodorowitsch. «Erlauben Sie, Jekaterina Wladimirowna?»

«Ich erlaube», erwidert Katja.

«Bene. Lassen Sie in diesem Fall noch eine Flasche auftragen.»

Beide begleiten mich mit Kerzen ins Vorzimmer, und während ich meinen Pelzmantel anziehe, bemerkt Michail Fjodorowitsch:

«In letzter Zeit sind Sie furchtbar abgemagert und gealtert, Nikolai Stepanowitsch. Was haben Sie? Sind Sie krank?»

«Ja, ich bin ein wenig krank.»

«Und er kuriert sich nicht...» schaltet Katja mürrisch ein.

«Warum kurieren Sie sich denn nicht? Wie kann man denn? Wer sich schont, den verschont auch Gott, mein Lieber. Grüßen Sie die Ihren und entschuldigen Sie mich, daß ich sie nicht besuche. In den nächsten Tagen, vor meiner Abreise ins Ausland, komme ich mich verabschieden. Unbedingt! Ich reise in der nächsten Woche.»

Gereizt, durch die Gespräche über meine Krankheit verängstigt, und unzufrieden mit mir, verlasse ich Katja. Ich frage mich: sollte ich mich nicht in der Tat von einem meiner Kollegen behandeln lassen? Und sogleich stelle ich mir vor, wie mein Kollege, nachdem er mich untersucht hat, stumm zum Fenster geht, überlegt, sich mir darauf zuwendet und, bemüht, die Wahrheit auf seinem Gesicht vor mir zu verbergen, in gleichgültigem Ton bemerkt: «Vorläufig kann ich nichts Besonderes konstatieren; gleichwohl aber rate ich Ihnen, Kollege, Ihre Arbeit zu unterbrechen...» Und das würde mich der letzten Hoffnung berauben.

Wer ist ohne Hoffnungen? Jetzt, da ich mir selber die Diagnose stelle und mich selber behandle, hoffe ich zeitweise, daß mich meine Unwissenheit trügt, daß ich mich irre, sowohl in bezug auf Zucker als auf Eiweiß, die ich bei mir feststelle, wie auch hinsichtlich des Herzens und der Schwellungen, die ich schon zweimal am Morgen konstatiert habe. Wenn ich mit dem Eifer eines Hypochonders die therapeutischen Lehrbücher durchlese und täglich die Arzneien ändere, glaube ich immer, ich könnte auf etwas Trostreiches stoßen. Wie kleinlich ist das alles.

Ob der Himmel mit Wolken bedeckt ist oder Mond und Sterne an ihm leuchten, ich schaue jedesmal auf dem Heimweg zu ihm auf und denke daran, daß der Tod mich bald holen wird. Man sollte annehmen, daß meine Gedanken bei dieser Gelegenheit tiefgründig wie der Himmel, strahlend und erhaben sein müßten... Doch das trifft nicht zu! Ich denke an mich, an meine Frau, Lisa, Gnecker, die Studenten, überhaupt an Menschen. Meine Gedanken sind nicht gut, sind kleinlich, ich bin nicht aufrichtig vor mir selber, und meine Weltanschauung läßt sich in solchen Momenten durch die Worte ausdrücken, die der berühmte Araktschejew in einem seiner intimen Briefe ausgesprochen hat: «Alles Gute in der Welt kann ohne Schlechtes nicht sein, und das Schlechte überwiegt immer das Gute.» Mit anderen Worten: alles ist garstig, es lohnt nicht, zu leben, und ich muß die bereits durchlebten zweiundsechzig Jahre für verloren halten. Ich ertappe mich über diesen Gedanken und suche mich zu überzeugen, daß sie zufällig, vorübergehend sind und nicht tief in mir sitzen; doch gleich muß ich denken:

Wenn die Sache so steht, warum zieht es dich dann jeden Abend zu jenen zwei Kröten?

Und ich gebe mir das Wort, nie mehr Katja aufzusuchen, und weiß doch, daß ich schon morgen zu ihr gehen werde.

Ich ziehe die Glocke an meiner Wohnungstür und während ich die Treppe hinaufsteige, fühle ich, daß ich keine Familie mehr habe und auch nicht mehr den Wunsch hege, sie zurückzugewinnen. Es ist klar, daß die neuen, Araktschejewschen Gedanken nicht nur zufällig und vorübergehend in mir sitzen, sondern mein ganzes Wesen beherrschen. Mit krankem Gewissen, niedergeschlagen, träge, kaum die Glieder bewegend, als hätte mein Gewicht sich vertausendfacht, begebe ich mich zu Bett und schlafe bald ein.

Und dann — kommt die Schlaflosigkeit...

IV

Der Sommer bricht an, und das Leben verändert sich.

Eines schönen Morgens betritt Lisa mein Zimmer und sagt in scherzhaftem Ton:

«Kommen Sie, Ew. Exzellenz. Alles ist bereit.»

Meine Exzellenz wird auf die Straße geführt, in die Droschke gesetzt, und die Reise beginnt. Ich fahre und lese zum Zeitvertreib die Aushängeschilder von rechts nach links. Aus dem Wort Traktir (die Schenke) entsteht Ritkart. Das würde sich für einen Baronsnamen eignen: Baronesse Ritkart. Weiter geht die Fahrt am Friedhof vorbei, der absolut keinen Eindruck auf mich macht, obgleich ich bald darauf liegen werde. Dann geht es durch den Wald und wieder über Feld. Das bietet nichts Interessantes. Nach einer zweistündigen Fahrt wird meine Exzellenz in den unteren Stock einer Sommervilla geführt und in einem kleinen, fröhlich ausschauenden Zimmerchen mit blauen Tapeten untergebracht.

In der Nacht sucht mich wieder die Schlaflosigkeit heim; doch morgens bleibe ich im Bett liegen und brauche nicht mehr die Ergüsse meiner Frau anzuhören. Ich schlafe nicht, ein schläfriger Zustand des Halbvergessens hält mich umfangen, in dem man weiß, daß man nicht schläft, sondern träumt. Gegen Mittag stehe ich auf und setze mich aus Gewohnheit an meinen Tisch, aber arbeite nicht, sondern zerstreue mich durch französische Bücher in gelbem Umschlag, die mir Katja schickt. Gewiß, es wäre patriotischer, russische Autoren zu lesen; doch ich muß gestehen, daß ich ihnen nicht besonders gewogen bin. Zwei, drei Greise ausgenommen, erscheint mir die ganze zeitgenössische Literatur nicht als Literatur, sondern als eine Art von Heimindustrie, die nur zum Zwecke der Aufmunterung existiert, deren Produkte man aber nur ungern benutzt. Das beste dieser Heimerzeugnisse kann man nicht als hervorragend bezeichnen und aufrichtig, ohne ein einschränkendes «aber» loben. Das gleiche gilt auch für alle jene Novitäten, die ich in den letzten zehn, fünfzehn Jahren gelesen habe: nicht eine ist hervorragend, und man kommt ohne «aber» nicht aus. Sie sind klug, edel, aber nicht talentvoll; talentvoll, edel, aber nicht klug, oder schließlich — talentvoll, klug, aber nicht edel.

Ich will nicht sagen, daß die französischen Bücher sowohl talentvoll wie auch klug und edel seien. Auch sie befriedigen mich nicht. Doch sie sind nicht so langweilig wie die russischen, und man findet in ihnen nicht selten das Hauptelement des Schöpferischen — das Gefühl der persönlichen Freiheit, das den russischen Autoren fehlt. Ich kann mich nicht einer Novität erinnern, in der der Autor nicht von der ersten Seite an sich bemühte, sich in allerlei Konventionen und Vorurteilen mit seinem Gewissen zu verstricken. Der eine fürchtet sich, über den nackten Körper zu reden, ein anderer hat sich durch die psychologische Analyse an Händen und Füßen gebunden, einem dritten ist «das warme Gefühl zum Nächsten» ein Bedürfnis, ein vierter ergeht sich absichtlich in langen Naturbeschreibungen, um nicht des Tendenziösen verdächtigt zu werden... Der eine will in seinen Werken unbedingt ein Kleinbürger, ein anderer unbedingt ein Edelmann sein und so weiter. Sie treten mit bestimmten Absichten, mit Vorsicht an ihre Arbeit heran, nur auf ihren eigenen Vorteil bedacht, aber besitzen weder Freiheit noch Mut, nach ihrer Lust zu schreiben, und daher fehlt auch das Schöpferische.

Das alles bezieht sich auf die sogenannte schöne Literatur.

Was hingegen die russischen ernsten Abhandlungen betrifft, zum Beispiel über Soziologie, Kunst und anderes, so lese ich sie einfach nicht aus Schüchternheit. In meiner Kindheit und Jugendzeit empfand ich aus irgendeinem Grund Furcht vor Portiers und Theaterdienern, und diese Furcht ist mir bis auf den heutigen Tag geblieben. Ich fürchte sie auch heute. Man sagt, man fürchte nur das, was unverständlich sei. In der Tat, es ist sehr schwer zu verstehen, warum die Portiers und Theaterdiener so wichtig, anmaßend und erhaben unhöflich sind. Wenn ich ernste Abhandlungen lese, empfinde ich die gleiche unbestimmte Furcht. Die außerordentliche Überheblichkeit, der herablassende Generalston, die familiäre Behandlung ausländischer Autoren, die Kunst, mit Würde leeres Stroh zu dreschen — das alles ist mir unverständlich, schrecklich und gleicht so wenig der Bescheidenheit und dem ruhigen, vornehmen Ton, wie ich ihn an unseren schriftstellernden Ärzten und Naturwissenschaftern gewohnt bin. Es fällt mir auch schwer, die Übersetzungen zu lesen, die ernste russische Menschen herstellen oder redigieren. Der großtuerische, herablassende Ton der Vorworte, der Reichtum an Bemerkungen des Übersetzers, die meine Konzentration stören, Fragezeichen und in Klammern angeführte «sic», durch den freigebigen Übersetzer über das ganze Buch oder die Abhandlung zerstreut, erscheinen mir als ein Attentat auf die Persönlichkeit des Verfassers sowohl wie auch auf meine Leserselbständigkeit.

Ich war einmal als Experte vor das Kreisgericht geladen. Während der Pause lenkte ein Expertenkollege meine Aufmerksamkeit auf die grobe Behandlung der Angeklagten, unter denen sich auch zwei intellektuelle Frauen befanden, durch den Staatsanwalt. Ich glaube nicht übertrieben zu haben, als ich meinem Kollegen erwiderte, daß diese Behandlung nicht gröber sei als die, welche die Verfasser ernster Abhandlungen sich gegenseitig angedeihen lassen, und die derart sei, daß man nur mit Unwillen darüber reden könne. Entweder behandeln sie einander oder die von ihnen kritisierten Autoren unnötig ehrerbietig, ohne ihre eigene Würde zu schonen, oder im Gegenteil viel kühner als ich in diesen Aufzeichnungen und Gedanken meinen zukünftigen Schwiegersohn Gnecker. Bezichtigungen der Unzurechnungsfähigkeit, Unlauterkeit und sogar verschiedener Kriminalverbrechen machen die gewöhnliche Zierde ernster Abhandlungen aus. Das aber ist, wie die jungen Ärzte sich in ihren kleinen Schriften auszudrücken belieben, schon ultima ratio! Solche Dinge müssen unvermeidlich auf die Sitten der jungen schriftstellernden Generation abfärben, und darum bin ich durchaus nicht verwundert, daß in den Novitäten unserer schönen Literatur der letzten zehn, fünfzehn Jahre die Helden viel Schnaps trinken und die Heldinnen der Sittenreinheit entbehren.

Ich lese die französischen Bücher und werfe hin und wieder einen Blick durch das offene Fenster; ich sehe die Zacken meines Staketenzauns, ein paar dürftige Bäume und weiter hinter dem Zaune die Straße, das Feld und dahinter den breiten Streifen des Nadelwaldes. Häufig ergötze ich mich an einem Knaben und einem Mädchen, die beide flachsblond und zerlumpt sind; sie klettern auf meinen Zaun und lachen über meine Glatze. In ihren glänzenden Äuglein kann ich lesen: «Ach, du

Kahlkopf!» Das sind beinahe die einzigen Menschen, die sich keinen Deut um meine Berühmtheit und meinen Rang kümmern.

Besucher finden sich jetzt nicht mehr jeden Tag ein. Ich will nur Nikolai und Peter Ignatjewitsch erwähnen. Nikolai pflegt mich gewöhnlich an Feiertagen aufzusuchen, vorgeblich geschäftlich, aber eigentlich mehr, um mich zu sehen. Er ist stark angeheitert, was im Winter nie der Fall zu sein pflegt.

«Was gibt es Neues?» frage ich, zu ihm in den Hausflur tretend.

«Ew. Exzellenz!» sagt er, die Hand ans Herz drückend und mit dem Entzücken eines Verliebten auf mich blickend. «Ew. Exzellenz! Möge Gott mich strafen! Der Donner soll mich auf der Stelle treffen! Gaudeamus igitur juvenestus!»

Und er küßt mich inbrünstig auf die Schulter, Ärmel, Knöpfe.

«Steht alles gut bei uns?» frage ich.

«Ew. Exzellenz! Wie vor Gott...»

Ohne jegliche Notwendigkeit schwört er unaufhörlich, ich bekomme ihn schnell satt und schicke ihn in die Küche, wo man ihm ein Mittagessen vorsetzt.

Peter Ignatjewitsch besucht mich auch an Feiertagen, ausschließlich um sich nach meinem Befinden zu erkundigen und Gedanken mit mir auszutauschen. Gewöhnlich sitzt er neben meinem Tisch, bescheiden, sauber, vernünftig, ohne sich entschließen zu können, ein Bein über das andere zu schlagen oder sich auf den Tisch zu stützen. Mit leiser, gleichmäßiger Stimme erzählt er mir die ganze Zeit fließend, gewählt allerlei, seiner Ansicht nach sehr interessante und pikante Neuigkeiten, die er in Zeitschriften und Büchern gelesen hat. Alle diese Neuigkeiten gleichen einander und können auf diese Grundform zurückgeführt werden: ein Franzose hat eine Entdeckung gemacht, ein anderer, ein Deutscher, überführt ihn, indem er beweist, daß diese Entdeckung bereits im Jahre 1870 von einem Amerikaner gemacht wurde, während ein dritter — gleichfalls ein Deutscher — die beiden überlistet und nachweist, daß beide sich blamiert und im Mikroskop Luftblasen für dunkles Pigment gehalten hätten. Selbst wenn er mich zum Lachen bringen will, erzählt Peter Ignatjewitsch lange und umständlich, als verteidige er eine Dissertation, mit ausführlichen Angaben der von ihm benutzten Literaturquellen, bemüht, sich weder im Datum noch in der Nummer der Zeitschrift oder in den Namen zu irren, wobei er nicht einfach Petit, sondern unbedingt Jean Jacques Petit sagt. Es kommt vor, daß er zum Mittagessen da bleibt, und dann erzählt er während der ganzen Mahlzeit die gleichen pikanten Geschichten, die auf alle niederdrückend wirken. Wenn Gnecker und Lisa in seiner Gegenwart über Fugen und Kontrapunkt, Bach und Brahms zu reden beginnen, so senkt er bescheiden den Blick und wird verlegen; er schämt sich, daß man in Anwesenheit so ernsthafter Leute, wie ich und er es sind, über solche Abgeschmacktheiten spricht.

In meiner jetzigen Stimmung genügen fünf Minuten, daß ich ihn so sehr satt bekomme, als spräche er bereits seit einer Ewigkeit. Ich hasse den armen Kerl. Ich vergehe unter dieser leisen, gleichmäßigen Stimme und der Gelehrtensprache, werde stumpfsinnig von dem Inhalt... Er nährt mir gegenüber die allerbesten Gefühle und spricht mit mir nur, um mir ein Vergnügen zu bereiten, und ich vergelte es ihm damit, daß ich ihn unverwandt betrachte, als wollte ich ihn hypnotisieren, und dabei denke: geh doch, geh doch, geh doch... Doch er ist für Gedankenübertragung nicht empfindlich und sitzt, sitzt, sitzt...

Während er bei mir weilt, kann ich mich auf keine Weise von dem Gedanken losmachen: «es ist sehr möglich, daß man ihn nach meinem Tod zu meinem Nachfolger ernennt», und mein armes Auditorium erscheint mir als eine Oase, in der der Quell ausgetrocknet ist, und ich bin unfreundlich zu ihm, schweigsam und mürrisch, als trüge er und nicht ich Schuld an solchen Gedanken. Wenn er seiner Gewohnheit gemäß die deutschen Gelehrten hochzupreisen beginnt, so mache ich mich schon nicht mehr gutmütig über ihn lustig wie früher, sondern murmle finster: «Esel sind Ihre Deutschen...»

Das erinnert mich an den verstorbenen Professor Nikita Krylow, der einmal mit

Pirogow in Reval badete und, ärgerlich über das sehr kalte Wasser, schimpfte: «Diese elenden Deutschen!» Ich benehme mich gegenüber Peter Ignatjewitsch schlecht; und erst, wenn er fortgeht und ich seinen grauen Hut hinter den Staketen auftauchen sehe, möchte ich rufen und ihm sagen: «Verzeihen Sie mir, mein Lieber!»

Das Mittagessen ist noch langweiliger als im Winter. Der gleiche Gnecker, den ich jetzt verabscheue und verachte, speist beinahe jeden Tag an meinem Tisch. Früher duldete ich seine Anwesenheit stumm; jetzt aber richte ich Sticheleien an seine Adresse, die meine Frau und Lisa zum Erröten bringen. Vom bösen Gefühl fortgerissen, rede ich oft einfach Dummheiten, ohne zu wissen, warum. So betrachtete ich ihn einmal lange voll Verachtung und platzte dann heraus:

«Es können Adler tiefer noch denn Hühner
fliegen,
Doch werden Hühner nie bis zu den Wolken
sich erheben...»

Und am verdrießlichsten ist es, daß das Huhn Gnecker sich als viel klüger erweist als der Adler-Professor. Im Bewußtsein, daß meine Frau und Tochter auf seiner Seite sind, wendet er folgende Taktik an: er erwidert meine Sticheleien mit nachsichtigem Schweigen (als dächte er: der Alte hat natürlich den Verstand verloren — es hat keinen Sinn, sich mit ihm zu unterhalten!) oder macht sich gutmütig über mich lustig. Es ist nicht zu glauben, wie tief der Mensch sinken kann! Ich bin imstande, während des ganzen Mittagessens davon zu träumen, daß sich Gnecker als Abenteurer erweist, Lisa und meine Frau ihren Irrtum einsehen und wie ich sie aufziehen werde — und noch mehr solcher läppischer Gedanken kommen mir, wo ich doch mit einem Fuß bereits im Grabe stehe!

Es ereignen sich jetzt auch Mißverständnisse, deren Möglichkeit mir früher nur vom Hörensagen bekannt war. Wie peinlich es mir auch ist, so will ich doch eines beschreiben, das unlängst nach der Mahlzeit passierte.

Ich sitze also in meinem Zimmer und rauche ein Pfeifchen. Ihrer Gewohnheit gemäß tritt meine Frau ins Zimmer, setzt sich und beginnt davon zu reden, daß es jetzt gut wäre, solange es noch warm sei und ich freie Zeit habe, nach Charkow zu fahren, um dort in Erfahrung zu bringen, was für ein Mensch unser Gnecker ist.

«Gut, ich will fahren...», willige ich ein.

Zufrieden mit mir, steht meine Frau auf und geht zur Tür, kehrt aber sogleich zurück und sagt:

«Beiläufig noch eine Bitte. Ich weiß, daß du dich ärgern wirst, aber es ist meine Pflicht, dich zu warnen ... Entschuldige, Nikolai Stepanytsch, aber alle unsere Bekannten und Nachbarn reden schon davon, daß du sehr oft bei Katja weilst. Sie ist klug, gebildet, ich bestreite das nicht, man kann mit ihr angenehm die Zeit verbringen; doch in deinem Alter und in deiner Stellung ist es, weißt du, seltsam, Vergnügen an ihrer Gesellschaft zu finden ... Zudem ist ihr Ruf derart, daß ...»

Alles Blut weicht aus meinem Gehirn zurück, Funken sprühen aus meinen Augen, ich springe auf und, mir an den Kopf greifend, mit den Füßen stampfend, schreie ich außer mir: «Laßt mich! Laßt mich! Laßt!»

Wahrscheinlich ist mein Gesicht furchtbar, meine Stimme seltsam, denn meine Frau wird leichenblaß und schreit laut und verzweifelt auf. Auf unser Geschrei kommen Lisa, Gnecker und darauf Jegor herbeigelaufen ...

«Laßt mich in Ruhe!» schreie ich. «Hinaus! Laßt mich!»

Meine Beine versagen, ich fühle, wie ich auf die Arme von jemandem falle, vernehme noch Weinen und sinke in eine Ohnmacht, die zwei, drei Stunden andauert.

Nun von Katja. Sie sucht mich täglich gegen Abend auf, und das kann den Nachbarn und Bekannten natürlich nicht entgehen. Sie spricht schnell vor und entführt mich zu einer Spazierfahrt. Sie hat ein Pferd und einen ganz neuen, erst in diesem Sommer gekauften Wagen. Sie lebt überhaupt auf großem Fuß, hat eine teure Villa mit einem großen Garten gemietet und ihre ganze Einrichtung aus der Stadt mitgebracht, hält sich zwei Stubenmädchen und einen Kutscher ... Ich frage sie oft: «Katja, wovon willst du leben, wenn du dein väterliches Erbe durchgebracht hast?»

«Das wird man sehen», entgegnet sie.

«Meine Liebe, dieses Geld verdient mehr Respekt deinerseits. Es ist in ehrlicher Arbeit von einem guten Menschen erworben.»

«Das haben Sie mir bereits gesagt. Ich weiß es.»

Anfangs fahren wir über ein Feld, dann durch den Tannenwald, der aus meinem Fenster sichtbar ist. Die Natur erscheint mir nach wie vor schön, obgleich ein Teufel mir zuflüstert, daß alle diese Fichten und Tannen, Vögel und weißen Wolken am Himmel in drei, vier Monaten, wenn ich tot bin, meine Abwesenheit nicht bemerken werden. Katja gefällt es, zu kutschieren, und es ist ihr angenehm, daß das Wetter gut ist und ich neben ihr sitze. Sie ist guter Laune und wird nicht ausfällig.

«Sie sind ein sehr guter Mensch, Nikolai Stepanytsch», sagt sie. «Ein seltenes Exemplar, und es gibt nicht den Schauspieler, der Sie darstellen könnte. Mich oder Michail Fjodorowitsch zum Beispiel könnte sogar ein schlechter Schauspieler spielen, aber keiner Sie. Und ich beneide Sie, beneide Sie furchtbar! Was stelle ich denn dar? Was?»

Sie überlegt einen Augenblick und fragt dann:

«Nikolai Stepanytsch, ich bin doch eine negative Erscheinung? Nicht wahr?»

«Ja», erwidere ich.

«Hm ... Was soll ich denn tun?»

Was kann ich ihr antworten? Man kann leicht sagen: «arbeite», oder «verteile dein Vermögen unter die Armen», oder «erkenne dich selbst», aber eben weil das leicht ist, weiß ich nicht, was ich antworten soll.

Meine Kollegen, die Therapeuten, raten in ihrem Unterricht, «einen jeden einzelnen Fall zu individualisieren». Man muß auf diesen Rat hören, um sich zu überzeugen, daß die in den Lehrbüchern als die besten angegebenen und nach der Schablone durchaus geeigneten Mittel sich in einzelnen Fällen als durchaus untauglich erweisen. Das gleiche gilt für moralische Leiden.

Doch ich muß etwas antworten, und ich sage:

«Du hast viel zu viel freie Zeit, meine Liebe. Du mußt dich unbedingt mit etwas beschäftigen. Warum im Grunde solltest du nicht wieder zur Bühne gehen, wenn du dich dazu berufen fühlst?»

«Ich kann nicht.»

«Du hast einen Ton und eine Art zu reden, als wärest du ein Opfer. Das gefällt mir nicht, meine Liebe. Du trägst selber die Schuld. Erinnere dich, es begann damit, daß du einen Groll auf die Menschen und ihre Einrichtungen hattest, aber nichts tatest, damit sie besser würden. Du hast gegen das Böse nicht angekämpft, bist nur müde geworden, und du bist nicht ein Opfer des Kampfes, sondern deiner Ohnmacht. Allerdings, du warst damals jung, unerfahren; jetzt aber kann alles anders werden. Versuch es doch wieder! Du wirst arbeiten, der heiligen Kunst dienen...»

«Heucheln Sie nicht, Nikolai Stepanytsch», unterbricht mich Katja, «vereinbaren wir das ein für allemal: wir können über Schauspieler, Schauspielerinnen, Schriftsteller reden, aber lassen wir die Kunst beiseite. Sie sind ein vortrefflicher, ein seltener Mann, aber verstehen nicht genug von der Kunst, um sie aufrichtig für heilig halten zu können. Sie haben weder das Gefühl noch das Gehör für die Kunst. Ihr Leben lang waren Sie beschäftigt, wann hätten Sie sich dieses Gefühl aneignen können? Überhaupt ... liebe ich diese Gespräche über die Kunst nicht», fährt sie nervös fort. «Ich liebe sie nicht! Man hat sie schon so entweiht, ich danke ergebenst!»

«Wer hat sie entweiht?»

«Jene haben sie durch ihre Trunksucht entweiht, die Zeitungen — durch ihr familiäres Benehmen, die Klugen — durch die Philosophie.»

«Die Philosophie hat damit nichts zu tun.»

«Doch. Wenn einer philosophiert, so bedeutet das, daß er nichts versteht.»

Um Ausfälle zu vermeiden, beeile ich mich, das Thema zu wechseln, und schweige dann lange Zeit. Erst als wir den Wald verlassen und uns Katjas Villa nähern, kehre ich wieder zum früheren Gespräch zurück und frage sie:

«Du hast mir immer noch nicht darauf geantwortet, warum du nicht Schauspielerin werden willst?»

«Nikolai Stepanytsch, das ist grausam!» schreit sie auf und wird dunkelrot. «Sie wollen, daß ich die Wahrheit laut sage? Gut, wenn das ... Ihnen das gefällt! Ich habe kein Talent! Habe kein Talent und ... viel Eigenliebe! Das ist es!»

Nachdem sie dieses Geständnis gemacht hat, wendet sie ihr Gesicht von mir ab und zerrt, um das Zittern ihrer Hände zu verbergen, heftig an den Zügeln.

Als wir uns ihrer Villa nähern, sehen wir schon aus der Ferne Michail Fjodorowitsch, der vor dem Tor auf und ab geht und uns voll Ungeduld erwartet. «Schon wieder dieser Michail Fjodorowitsch!» sagt Katja ärgerlich. «Schaffen Sie ihn mir vom Halse, bitte! Ich habe ihn satt, mit seinen abgestandenen Reden ... Möge er ...»

Für Michail Fjodorowitsch ist es schon längst Zeit, ins Ausland zu reisen, doch er schiebt von Woche zu Woche seine Reise auf. In letzter Zeit sind einige Veränderungen mit ihm vorgegangen: er ist abgemagert, verträgt den Wein nicht mehr so gut, was früher nie der Fall war, und seine schwarzen Augenbrauen beginnen zu ergrauen. Als unser Wagen vor dem Tor hält, kann er seine Freude und Ungeduld nicht verhehlen. Voll übertriebener Geschäftigkeit hebt er Katja und mich aus dem Wagen, beeilt sich, Fragen zu stellen, lacht, reibt sich die Hände, und das Sanfte, Flehende, Reine, das ich früher nur in seinem Blick wahrnahm, hat sich jetzt über sein ganzes Gesicht ausgebreitet. Er freut sich und schämt sich gleichzeitig seiner Freude, schämt sich dieser Gewohnheit, jeden Abend bei Katja zu verbringen, und hält es für notwendig, sein Kommen durch irgendeinen läppischen Vorwand zu motivieren, wie zum Beispiel: «Ich hatte gerade in der Nähe zu tun und dachte, ich will mal schnell hereingucken.»

Wir treten alle drei in die Wohnung, trinken zuerst Tee, darauf erscheinen die zwei mir schon längst vertrauten Spiele Karten auf dem Tisch, ein großes Stück Käse, Früchte und eine Flasche mit dem Schaumwein aus der Krim. Der Gesprächsstoff ist nicht neu, er ist der gleiche wie im Winter. Die Universität, und die Studenten, und die Literatur, und das Theater, alle kriegen etwas ab; die Luft wird von den Lästerungen immer dichter und stickiger, und nicht mehr zwei Kröten, wie im Winter, sondern ganze drei vergiften sie mit ihrem Odem. Außer dem Lachen des samtweichen Baritons und dem an eine Ziehharmonika gemahnenden Gelächter vernimmt das uns bedienende Stubenmädchen noch ein unangenehmes, meckerndes Lachen, wie es die Generale in den Vaudevilles ausstoßen: che-che-che...

V

Es gibt furchtbare Nächte mit Donner und Blitz, Regen und Wind; sie heißen im Volksmund Sperlingsnächte. Eine solche Nacht gab es auch in meinem Privatleben ...

Ich erwache nach Mitternacht und springe plötzlich auf. Es scheint mir, daß ich gleich sterben werde. Warum scheint es mir so? Nicht eine Empfindung im Körper weist auf ein schnelles Ende hin, doch ein solches Grauen lastet auf meiner Seele, als hätte ich unvermutet eine unheilverkündende Riesenröte am Himmel erblickt.

Ich mache schnell Licht, trinke direkt aus der Wasserkaraffe, eile darauf ans offene Fenster. Das Wetter ist wundervoll. Es duftet nach Heu und noch etwas sehr Gutem. Ich sehe die Zacken meines Staketenzauns, die schlafenden, mageren Bäume am Fenster, die Straße, den dunklen Waldessaum; am Himmel steht ein ruhiger, hell leuchtender Mond, keine Wolke ist sichtbar. Es ist so still, daß kein Blättchen sich regt. Mir scheint, daß alles mich ansieht und darauf wartet, daß ich sterben werde ...

Es ist unheimlich. Ich schließe das Fenster und renne zum Bett. Ich betaste meinen Puls und als ich ihn an der Hand nicht finde, suche ich ihn an den Schläfen, darauf am Kinn und wiederum an der Hand, und meine Haut ist vom Schweiß überall kalt und schlüpfrig. Die

Atemzüge gehen schneller und schneller, mein Körper zittert, alle Eingeweide sind in Bewegung, und auf meinem Gesicht und meiner Glatze breitet sich eine Empfindung aus, als setze sich ein Spinngewebe darauf.

Was tun? Soll ich meine Familie rufen? Nein, nicht nötig. Ich begreife nicht, was meine Frau und Lisa tun könnten, wenn sie in mein Zimmer treten würden.

Ich verberge meinen Kopf unter dem Kissen, schließe die Augen und warte, warte... Mein Rücken friert, er scheint sich nach innen hineinzuziehen, und ich habe ein Gefühl, als würde sich der Tod mir unbedingt von hinten, ganz leise nähern...

«Kiwi-kiwi!» ertönt plötzlich ein Piepsen in der nächtlichen Stille, und ich weiß nicht, woher: aus meiner Brust oder von der Straße?

«Kiwi-kiwi!»

Mein Gott, wie furchtbar! Ich möchte mehr Wasser trinken, aber es ist furchtbar, die Augen zu öffnen, und ich habe Angst, den Kopf zu erheben. Das Entsetzen ist panisch, animalisch, und ich kann durchaus nicht begreifen, warum mir so furchtbar zumute ist: ist es, weil ich leben möchte, oder weil mich ein neuer, unbekannter Schmerz erwartet?

Über mir hinter der Decke stöhnt jemand oder lacht... Ich horche hin. Bald darauf lassen sich Schritte auf der Treppe vernehmen. Jemand geht eilig nach unten, darauf wieder nach oben. Nach einem Augenblick ertönen die Schritte wieder unten, jemand bleibt vor meiner Tür stehen und horcht.

«Wer ist da?», rufe ich.

Die Tür geht auf, ich öffne tapfer meine Augen und erblicke meine Frau. Ihr Gesicht ist blaß, die Augen sind verweint.

«Du schläfst nicht, Nikolai Stepanytsch?» fragt sie.

«Was willst du?»

«Geh ums Himmels willen zu Lisa und schau sie dir an. Ihr fehlt was...»

«Gut... mit Vergnügen...» murmle ich, höchst zufrieden, nicht mehr allein zu sein. «Gut... Sofort.»

Ich folge meiner Frau, höre ihr zu und kann vor Aufregung nichts begreifen. Über die Treppenstufen hüpfen von ihrer Kerze helle Flecke, zittern unsere langen Schatten, meine Beine verwickeln sich in den Falten des Schlafrocks, ich keuche, und mir scheint, daß jemand mich verfolgt und mich am Rücken packen will. Gleich werde ich hier auf der Treppe sterben, denke ich, gleich... Doch wir haben die Treppe erstiegen, sind durch den dunklen Gang mit dem italienischen Fenster gegangen und treten in Lisas Zimmer. Sie sitzt im Hemd auf dem Bett, läßt die bloßen Beine herunterhängen und stöhnt.

«Ach, mein Gott... ach, mein Gott!» murmelt sie und blinzelt von dem Licht. «Ich kann nicht, kann nicht...»

«Lisa, mein Kind», sage ich, «was hast du?»

Bei meinem Anblick schreit sie auf und wirft sich mir an den Hals.

«Mein guter Papa...» schluchzt sie, «mein lieber Papa ... mein kleines, herziges Väterchen ... Ich weiß nicht, was ich habe ... Mir ist so schwer!»

Sie umarmt mich, küßt mich und stammelt Koseworte, wie ich sie von ihr vernahm, als sie ein kleines Mädchen war.

«Beruhige dich, mein Kind», sage ich. «Du mußt nicht weinen. Ich habe es selber schwer.»

Ich decke sie gut zu, meine Frau gibt ihr zu trinken, wir machen uns um sie zu schaffen, mit meiner Schulter stoße ich an die Schulter meiner Frau, und ich erinnere mich daran, wie wir früher miteinander unsere Kinder gebadet haben.

«So hilf ihr doch, hilf ihr!» fleht meine Frau. «Mach etwas!»

Was kann ich denn machen? Nichts kann ich. Eine Last liegt dem Mädchen auf dem Herzen, aber ich begreife nichts, weiß nichts und kann nur murmeln:

«Macht nichts, macht nichts... Das wird vorübergehen ... Schlaf, schlaf...»

Da beginnt plötzlich auf unserem Hof ein Hund zu heulen, anfangs leise, unentschlossen, darauf immer lauter. Nie habe ich solchen Zeichen wie Hundegeheul oder dem Ruf der Eulen Bedeutung beigelegt, doch jetzt zieht sich mein Herz qualvoll zusammen, und ich beeile mich, mir dieses Geheul zu erklären.

Dummes Zeug... denke ich. Der Einfluß eines Organismus auf einen anderen. Meine starke Nervenspannung hat sich auf meine Frau, auf Lisa, auf den Hund übertragen. Das ist alles. Durch solche Übertragungen lassen sich Vorgefühle, Ahnungen erklären...

Wie ich nach einer Weile in mein Zimmer zurückkehre, um für Lisa ein Rezept auszustellen, denke ich schon nicht mehr daran, daß ich bald sterben werde; es ist mir nur so schwer und ekelhaft zumute, daß es mir fast leid tut, daß ich nicht plötzlich gestorben bin. Lange stehe ich unbeweglich inmitten des Zimmers und überlege, was ich Lisa verschreiben könnte, doch das Stöhnen über der Decke verstummt, und ich beschließe, überhaupt nichts zu verschreiben, und bleibe gleichwohl stehen...

Es herrscht Totenstille, eine Stille, bei der es, wie sich ein Schriftsteller ausgedrückt hat, sogar in den Ohren klingt. Die Zeit schleicht langsam, die Streifen des Mondlichts auf dem Fensterbrett ändern ihre Lage nicht, als wären sie erstarrt... Es ist noch lange bis zur Morgendämmerung.

Doch da knarrt im Vorgarten das Pförtchen, jemand schleicht herein, bricht von einem der mageren Bäume ein Zweiglein und klopft vorsichtig damit ans Fenster.

«Nikolai Stepanytsch!» vernehme ich ein Flüstern. «Nikolai Stepanytsch!»

Ich öffne das Fenster und glaube zu träumen: an die Mauer geschmiegt, steht unter dem

Fenster, hell vom Mond beleuchtet, eine Frau in schwarzem Kleid und schaut aus großen Augen auf mich. Ihr Antlitz ist blaß, streng und im Mondschein phantastisch, einem marmornen gleich, das Kinn zittert.

«Ich bin es...» spricht sie. «Ich... Katja!»

Im Mondlicht scheinen alle Frauenaugen groß und schwarz, die Menschen höher und blasser, und darum habe ich sie wahrscheinlich im ersten Augenblick nicht erkannt.

«Was willst du?»

«Entschuldigen Sie», sagt sie. «Mir wurde plötzlich so unsagbar schwer... Ich hielt es nicht aus und kam hierher... In Ihrem Fenster ist Licht... und ich entschloß mich, anzuklopfen... Entschuldigen Sie... Ach, wenn Sie wüßten, wie schwer mir war! Was machen Sie gerade?»

«Nichts... Ich kann nicht schlafen.»

«Ich hatte irgendein Vorgefühl. Dummes Zeug übrigens.»

Ihre Augenbrauen ziehen sich in die Höhe, die Augen glänzen von Tränen, und das ganze Antlitz wird wie von einem Licht durch den vertrauten, längst nicht mehr gesehenen Ausdruck erhellt.

«Nikolai Stepanytsch!» sagt sie flehend, beide Hände nach mir ausstreckend. «Teurer, ich bitte Sie... flehe Sie an... Wenn Sie meine Freundschaft und meine Verehrung nicht mißachten, so erfüllen Sie meine Bitte!»

«Worum handelt es sich?»

«Nehmen Sie Geld von mir!»

«Da hast du dir was Schönes ausgedacht? Was soll ich mit deinem Geld?»

«Sie werden irgendwohin fahren, um sich zu kurieren... Sie müssen sich kurieren. Werden Sie es nehmen? Ja? Ja, Teurer?»

Sie schaut gierig in mein Gesicht und wiederholt:

«Ja? Sie werden es nehmen?»

«Nein, mein Freund, ich nehme es nicht...» antworte ich. «Ich danke dir.»

Sie wendet mir den Rücken zu und läßt den Kopf sinken. Ich habe wohl meine Absage in einem Ton ausgesprochen, der keinerlei weitere Gespräche über Geld zuläßt.

«Kehre nach Hause zurück und geh schlafen», sage ich. «Morgen sehen wir uns wieder.»

«Sie betrachten mich also nicht als Ihren Freund?» spricht sie niedergeschlagen.

«Ich sage das nicht. Doch dein Geld nützt mir jetzt nichts.»

«Entschuldigen Sie...» sagt sie in einem Ton, der eine Oktave niedriger ist. «Ich begreife... Von einem Menschen wie ich, von einer verabschiedeten Schauspielerin... etwas annehmen... Leben Sie wohl...»

Und sie entfernt sich so schnell, daß ich ihr nicht einmal adieu sagen kann.

VI

Ich bin in Charkow.

Da es nutzlos wäre, gegen meine jetzige Stimmung anzukämpfen, und ich dazu auch nicht die Kraft aufbringe, habe ich beschlossen, daß meine letzten Lebenstage wenigstens von der formalen Seite tadellos sein sollen; wenn ich gegenüber meiner Familie im Unrecht bin, was ich sehr wohl einsehe, will ich mich bemühen, nach ihrem Wunsch zu handeln. Ich bin also nach Charkow gefahren. Zudem bin ich in letzter Zeit allem gegenüber so gleichgültig geworden, daß es mir buchstäblich gleich ist, wohin ich fahre, nach Charkow, nach Paris oder nach Berditschew.

Ich bin gegen Mittag hier eingetroffen und in einem unweit der Kathedrale gelegenen Gasthof abgestiegen. In der Eisenbahn hat es mich durchgeschüttelt und durchgeblasen, und jetzt sitze ich auf meinem Bett, halte mir den Kopf und warte auf meinen Tic. Ich sollte meine Professorenfreunde noch heute aufsuchen, habe aber weder Lust noch Kraft dazu.

Der Zimmerkellner, ein alter Mann, kommt und fragt, ob ich Bettwäsche habe. Ich halte ihn etwa fünf Minuten zurück und richte an ihn hinsichtlich Gneckers Fragen, denn deswegen habe ich ja die Reise gemacht. Der Kellner erweist sich als ein aus Charkow gebürtiger Mann, kennt diese Stadt wie seine fünf Finger, doch kann sich nicht eines einzigen Hauses in Charkow erinnern, das diesen Namen trüge. Ich frage ihn über die Gutshöfe aus, doch mit dem gleichen Resultat.

Im Gang schlägt die Uhr einmal, darauf zweimal, darauf dreimal... Die letzten Monate meines Lebens, da ich auf meinen Tod warte, scheinen mir die längsten meines ganzen Lebens. Und nie vorher konnte ich mich mit der Langsamkeit der Zeit so aussöhnen wie jetzt. Wenn ich früher auf dem Bahnhof auf einen Zug wartete oder im Examen saß, erschien mir eine Viertelstunde als eine Ewigkeit; jetzt aber kann ich eine ganze Nacht unbeweglich auf meinem Bett sitzen und vollständig gleichgültig daran denken, daß mir morgen eine ebenso lange, farblose Nacht bevorsteht, und übermorgen wieder...

Im Gang schlägt es fünf, sechs, sieben... Es wird dunkel.

In der Wange meldet sich ein dumpfer Schmerz — der Tic. Um mich abzulenken, versetze ich mich in die Zeit und die Gedankengänge zurück, da ich noch nicht gleichgültig war, und frage mich: warum sitze ich, ein berühmter Mann, Geheimrat, in diesem kleinen Hotelzimmer, auf diesem Bett mit der fremden grauen Decke? Warum blicke ich auf dieses Waschbecken aus Blech und horche, wie im Gang die klapprige Uhr rasselnd schlägt? Ist denn das meines Ruhms und meiner hohen Stellung würdig? Und mit einem

Lächeln antworte ich mir darauf. Lächerlich finde ich meine Naivität, mit der ich einst in meiner Jugend die Bedeutung der Berühmtheit und jener Ausnahmestellung, die Berühmtheiten einzunehmen scheinen, überschätzte. Ich bin berühmt, mein Name wird mit Ehrfurcht ausgesprochen, mein Bild wurde in vielen Zeitschriften gebracht, meine Biographie konnte ich sogar in einer deutschen Zeitschrift lesen — und was habe ich davon? Ich sitze mutterseelenallein in einer fremden Stadt, auf einem fremden Bett, und reibe mit der Handfläche meine schmerzende Wange... Familienstreitigkeiten, die Unbarmherzigkeit der Gläubiger, die Grobheit des Eisenbahnpersonals, die Unbequemlichkeit des Paßsystems, die teuren, ungesunden Speisen an den Bahnhofbüfetts, die allgemeine Unbildung und Grobheit in den menschlichen Beziehungen — dies alles und vieles mehr, dessen Aufzählung zu viel Zeit nähme, rührt mich nicht weniger an als einen beliebigen Kleinbürger, der nur in seiner Gasse bekannt ist. Worin äußert sich also die Ausschließlichkeit meiner Stellung? Geben wir zu, daß ich tausendfach berühmt bin, daß ich ein Held bin, auf den die Heimat stolz ist; in allen Zeitungen stehen Bulletins über meine Krankheit, ich erhalte teilnahmsvolle Briefe von meinen Kollegen, Schülern, dem Publikum; doch dies alles wird nicht verhindern, daß ich in einem fremden Bett, in Gram, in völliger Einsamkeit sterben werde ... Gewiß, niemand trägt die Schuld daran, doch ich sündiger Mensch liebe meine Popularität nicht. Mich dünkt, sie hat mich betrogen.

Gegen zehn Uhr schlafe ich ein, schlafe trotz meines Tics fest und würde lange schlafen, wenn man mich nicht wecken würde. Zu Beginn der zweiten Stunde ertönt plötzlich ein Klopfen an der Tür.

«Wer ist dort?»

«Ein Telegramm!»

«Das hätten Sie mir auch morgen bringen können», sage ich ärgerlich, das Telegramm vom Zimmerkellner in Empfang nehmend. «Jetzt werde ich nicht mehr einschlafen.»

«Entschuldigen Sie. Bei Ihnen war Licht, da nahm ich an, daß Sie nicht schliefen.»

Ich öffne das Telegramm und schaue zuerst auf die Unterschrift: es kommt von meiner Frau. Was will sie?

«Gestern hat sich Gnecker heimlich mit Lisa trauen lassen. Kehre zurück.»

Ich lese das Telegramm, und mein Erschrecken währt nicht lange. Mich schreckt nicht so sehr Lisas und Gneckers Handlung als die Gleichgültigkeit, mit der ich die Nachricht von ihrer Hochzeit aufnehme. Es heißt: Philosophen und wahre Weisen seien gleichgültig. Das ist nicht wahr, Gleichgültigkeit — ist Paralyse der Seele, ein vorzeitiger Tod.

Ich lege mich wieder zu Bett und sinne darüber nach, mit welchen Gedanken ich mich befassen soll. Woran soll ich denken? Ich habe wohl schon über alles nachgedacht, und es scheint nichts mehr zu geben, das jetzt fähig wäre, meine Gedanken zu erregen.

Wie es Morgen wird, sitze ich im Bett, die Knie mit den Armen umspannend, und versuche zum Zeitvertreib, mich selber zu erkennen. «Erkenne dich selbst» — ist ein vortrefflicher und nützlicher Rat. Nur schade, daß die Alten uns nicht das Verfahren angegeben haben, wie man diesen Rat befolgen soll.

Wenn mich früher die Lust ankam, einen andern oder mich selbst zu begreifen, so zog ich nicht die Handlungen, an denen alles bedingt ist, in Erwägung, sondern die Wünsche. Sage mir, was du willst, und ich will dir sagen, wer du bist.

Auch jetzt examiniere ich mich: Was will ich?

Ich will, daß unsere Frauen, Kinder, Freunde, Schüler in uns nicht den Namen, die Firma, die Etikette lieben, sondern den einfachen Menschen. Was noch? Ich möchte Gehilfen und Nachfolger haben. Was noch? Ich möchte nach hundert Jahren erwachen und wenigstens mit einem Auge sehen, was aus der Wissenschaft geworden ist. Ich möchte noch zehn Jahre leben ... Und was noch?

Nichts mehr. Ich denke, denke lange nach und kann nichts mehr ersinnen. Und so viel ich auch nachdenke und wohin meine Gedanken auch gehen, es ist für mich klar, daß meinen Gedanken die Hauptsache, etwas sehr Wichtiges fehlt. Meiner Leidenschaft für die Wissenschaft, meinem Wunsch, zu leben, diesem Sitzen auf einem fremden Bett und diesem Streben, mich selbst zu erkennen, allen Gedanken, Gefühlen und Begriffen, die ich über alles bilde, fehlt das Allgemeine, das es zu einem Ganzen verbände. Ein jedes Gefühl und ein jeder Gedanke lebt in mir gesondert, und in allen meinen Urteilen über Wissenschaft, Theater, Literatur, Schüler, in allen Bildern, die mir meine Einbildungskraft vorgaukelt, würde selbst der geschickteste Analytiker nicht finden, was man die allgemeine Idee oder den Gott des lebendigen Menschen nennt.

Und wo das nicht vorhanden ist, ist überhaupt nichts vorhanden.

Bei dieser Armut genügte ein ernstes Leiden, die Furcht vor dem Tode, das Zusammentreffen von Umständen und Menschen, damit alles, was ich früher für meine Weltanschauung hielt und worin ich den Sinn und die Freude meines Lebens sah, in Unordnung gerät und in Fetzen auseinanderfliegt. Daher ist es nicht weiter verwunderlich, daß ich die letzten Monate meines Lebens durch Gedanken und Gefühle, die einem Sklaven und Barbaren zukämen, verdüsterte, daß ich jetzt gleichgültig bin und den Tagesanbruch nicht wahrnehme. Wenn der Mensch das nicht besitzt, was über allen äußeren Einflüssen steht und stärker als sie ist, so genügt freilich ein tüchtiger Schnupfen, damit er das Gleichgewicht verliert und in jedem Vogel eine Eule zu sehen beginnt, in jedem Laut Hundegeheul zu hören glaubt. Und seinem ganzen Pessimismus oder Optimismus mit seinen erhabenen und kleinen Gedanken kommt in dieser Zeit nur die Bedeutung eines Symptoms zu, weiter nichts.

Ich bin besiegt. Wenn dem so ist, so hat es keinen Sinn, im Denken fortzufahren, Gespräche zu führen. Ich werde still dasitzen und stumm warten, was kommt.

Am Morgen bringt mir der Zimmerkellner Tee und die Lokalzeitung. Mechanisch lese ich die Inserate auf der ersten Seite, den Leitartikel, Auszüge aus Zeitungen und Zeitschriften, die Chronik. Unter anderem finde ich in der Chronik folgende Mitteilung: «Gestern traf in Charkow mit dem Kurierzug unser bekannter Gelehrter, der verdienstvolle Professor Nikolai Stepanowitsch so und so ein und stieg in dem und dem Gasthof ab.»

Augenscheinlich werden weltbekannte Namen dazu erschaffen, damit sie abgesondert, außerhalb ihrer Träger leben. Jetzt spaziert mein Name ungestört in Charkow umher; nach drei Monaten etwa wird er in goldenen Lettern auf einem Grabdenkmal wie die Sonne selbst leuchten — und gerade dann, wenn mich schon Moos decken wird ...

Ein leichtes Klopfen an der Tür. Jemand braucht mich.

«Wer da? Herein!»

Die Tür öffnet sich, erstaunt trete ich einen Schritt zurück und schlage hastig meinen Morgenrock übereinander. Vor mir steht Katja.

«Guten Morgen», sagt sie, vom Treppensteigen keuchend. «Sie haben mich nicht erwartet? Ich bin auch... auch hierhergekommen.»

Sie setzt sich und fährt stotternd, ohne auf mich zu blicken, fort:

«Warum begrüßen Sie mich denn nicht? Ich bin auch heute... angekommen... Habe erfahren, daß Sie in diesem Gasthof sind und bin zu Ihnen gekommen.»

«Ich bin sehr froh, dich zu sehen», erwidere ich achselzuckend, «doch ich bin erstaunt... Du bist wie vom Himmel gefallen. Warum bist du hier?»

«Ich? So... habe mich einfach entschlossen und bin gefahren.»

Schweigen. Plötzlich erhebt sie sich ungestüm und nähert sich mir.

«Nikolai Stepanytsch!» beginnt sie, erblassend und die Hände über der Brust zusammendrückend. «Nikolai Stepanytsch! Ich kann so nicht länger leben! Ich kann nicht! Sagen Sie mir um des wahren Gottes willen schnell, sofort: was soll ich tun? Sagen Sie, was ich tun soll.»

«Was kann ich denn sagen?» spreche ich unentschlossen. «Nichts kann ich sagen.»

«Sagen Sie doch, ich flehe Sie an!» fährt sie keuchend, am ganzen Körper zitternd, fort. «Ich schwöre Ihnen, ich kann so nicht weiterleben! Ich habe nicht die Kraft!»

Sie fällt auf den Stuhl nieder und beginnt zu schluchzen. Ihr Kopf ist zurückgeworfen, sie ringt die Hände, stampft mit den Füßen. Ihr Hütchen ist heruntergerutscht und baumelt am Gummiband, ihr Haar ist zerzaust.

«Helfen Sie mir! Helfen Sie!» fleht sie. «Ich kann nicht länger!»

Sie holt aus der Reisetasche ihr Tüchlein hervor und zieht zugleich einige Briefe heraus, die von ihren Knien auf den Boden fallen. Ich hebe sie auf und erkenne auf dem einen Michail Fjodorowitschs Handschrift, zufällig lese ich das Bruchstück eines Wortes «leidensch...».

«Ich kann dir nichts sagen, Katja», erwidere ich.

«Helfen Sie!» schluchzt sie, meine Hand packend und sie küssend. «Sie sind ja mein Vater, mein einziger Freund! Sie sind ja klug, gebildet, haben lange gelebt! Sie waren ein Lehrer! Sagen Sie doch: *was* soll ich tun?»

«Auf Ehr und Gewissen, Katja: ich weiß es nicht...»

Ich bin fassungslos, verwirrt, gerührt durch das Schluchzen, halte mich kaum auf den Beinen.

«Wir wollen frühstücken, Katja», sage ich, gezwungen lächelnd. «Hör auf zu weinen.»

Und füge sogleich mit sinkender Stimme hinzu: «Ich werde nicht mehr lange leben, Katja...»

«Wenigstens ein Wort, wenigstens ein Wort!» weint sie, die Hände nach mir ausstreckend. «Was soll ich tun?»

«Du bist wirklich wunderlich...» murmle ich. «Ich begreife dich nicht! Ein so kluger Mensch, und fängst plötzlich an... zu weinen...»

Ein Schweigen bricht an. Katja ordnet ihre Frisur, setzt den Hut auf, ballt darauf die Briefe zusammen und stopft sie in ihr Täschchen — alles schweigsam, ohne Eile. Ihr Gesicht, die Brust und die Handschuhe sind naß von Tränen; der Gesichtsausdruck aber ist schon unfreundlich, hart... Ich schaue auf sie und schäme mich, daß ich glücklicher bin als sie. Ich habe das Fehlen dessen, was meine Kollegen, die Philosophen, die allgemeine Idee nennen, erst kurz vor meinem Tode, in meinen letzten Lebenstagen bemerkt; die Seele dieser Armen aber hat nie etwas davon gekannt, und wird ihr Leben lang, ihr Leben lang nie Ruhe haben!

«Wir wollen frühstücken, Katja», sage ich.

«Nein, danke», erwidert sie kühl.

Noch eine Minute vergeht in Schweigen.

«Charkow gefällt mir nicht», sage ich, «es ist zu grau. Was für eine graue Stadt!»

«Ja, mag sein... Eine häßliche Stadt... Ich bin nur für kurze Zeit hieher gekommen... Im Vorbeifahren. Ich reise noch heute ab.»

«Wohin?»

«In die Krim... das heißt, in den Kaukasus.»

«So. Für lange?»

«Ich weiß nicht.»

Katja erhebt sich und streckt mir mit einem kalten Lächeln, ohne mich anzusehen, die Hand entgegen.

Ich möchte fragen: «Dann wirst du also an meiner Beerdigung nicht da sein?» Doch sie sieht mich nicht an, ihre Hand ist kalt, gleichsam eine fremde Hand. Ich begleite sie stumm bis zur Tür ... Nun ist sie fortgegangen, sie schreitet durch den langen Korridor, ohne sich umzusehen. Sie weiß, daß ich ihr nachblicke, und wird wahrscheinlich am Ende des Korridors zurückschauen.

Nein, sie hat nicht zurückgeschaut. Das schwarze Kleid war zum letztenmal sichtbar, die Schritte sind verhallt ... Leb wohl, mein Liebling!

1889.

DER STUDENT

Das Wetter war zuerst gut und ruhig. Die Drosseln riefen, und in der Nachbarschaft tönte etwas Lebendiges dumpf und kläglich aus den Sümpfen, als blase man in eine leere Flasche. Eine Waldschnepfe gab einen gedehnten Laut von sich, und der Schuß auf sie rollte in der Frühlingsluft fröhlich dahin. Doch als es im Walde dunkelte, wehte von Osten her ein ungelegener kalter, durchdringender Wind, und alles verstummte. Die Pfützen bedeckten sich mit Eisnadeln, und es wurde im Wald ungemütlich, öde und einsam. Es roch nach Winter.

Iwan Welikopolski, ein Student der geistlichen Akademie, der Sohn des Diakons, kehrte von der Arbeit nach Hause zurück und hatte seinen ganzen Weg durch überschwemmte Wiesen genommen. Seine Finger waren erstarrt, und die Wangen glühten vom Wind. Es schien ihm, daß diese plötzlich eingetretene Kälte in allem die Ordnung und Eintracht gestört habe, daß es der Natur selbst darob bang ward und die Abenddämmerung deshalb früher als üblich hereingebrochen war. Ringsum war es einsam und auf eine besondere Art düster. Nur auf den Witwenäckern neben dem Fluß leuchtete ein Feuer; um ihn herum aber im Umkreis von vier Kilometern und auch dort, wo das Dorf lag, versank alles im kalten, abendlichen Dunkel. Der Student erinnerte sich, daß bei seinem Weggang seine Mutter im Hausflur mit bloßen Füßen auf dem Boden gesessen und den Samowar gereinigt hatte, während der Vater auf dem Ofen lag und hustete; weil es Karfreitag war, hatte man daheim nichts gekocht, und er empfand qualvollen Hunger. Und während der Student sich jetzt vor Kälte zusammenkrümmte, mußte er daran denken, daß ein gleicher Wind auch unter Rjurik und Johann dem Schrecklichen und Peter geblasen hatte und daß auch unter ihnen dieselbe grausame Armut und Hungersnot geherrscht hatte; gleiche Strohdächer voller Löcher, eine gleiche Unwissenheit und Schwermut, Einöde und Finsternis ringsum, ein gleiches Gefühl des Drucks — all dieses Entsetzliche war, ist und wird sein, und das Leben wird nicht besser werden, wenn noch tausend Jahre vergehen. Und er hatte keine Lust, nach Hause zu gehen.

Die Gemüsegärten hießen Witwengärten, weil sie von zwei Witwen, einer Mutter und ihrer Tochter, unterhalten wurden. Das Feldfeuer brannte heiß, mit Knistern, und beleuchtete den aufgeackerten Boden weit in der Runde. Die Witfrau Wassilissa, eine hochgewachsene, rundliche Frau in einem Männerschafpelz stand daneben und blickte nachdenklich ins Feuer; ihre Tochter Lukerja, klein und blatternarbig mit einem etwas dummen Gesicht, saß auf dem Boden und wusch den Kessel und die Löffel. Allem Anschein nach hatten sie gerade ihr Nachtmahl eingenommen. Männerstimmen waren vernehmbar, Knechte tränkten ihre Pferde am Fluß.

«Der Winter ist wieder zurückgekehrt», sagte der Student, sich dem Feuer nähernd. «Guten Abend!»

Wassilissa fuhr zusammen; doch sie erkannte ihn sogleich und lächelte freundlich.

«Ich habe dich nicht erkannt, Gott ist mit dir», begrüßte sie ihn, «du wirst reich werden.»

Sie redeten miteinander. Wassilissa, eine erfahrene Frau, die früher als Amme und darauf als Kinderfrau bei Herrschaften in Dienst gestanden hatte, drückte sich gewählt aus, und ein weiches, gesetztes Lächeln wich die ganze Zeit nicht von ihrem Gesicht; ihre Tochter Lukerja aber, ein Dorfweib, das der Mann durch Schläge stumpfsinnig gemacht hatte, blinzelte nur zu dem Studenten hin und schwieg, und ihr Ausdruck war seltsam wie bei einer Taubstummen.

«Gleicherweise wärmte sich in einer kalten Nacht der Apostel Peter an einem Feldfeuer», hob der Student an, seine Hände gegen das Feuer ausstreckend. «Folglich war es auch damals kalt. Ach, was war es doch für eine furchtbare Nacht, Großmutter! Eine unendlich traurige, lange Nacht!»

Er schaute sich im Dunkel um, schüttelte krampfhaft den Kopf und fragte:

«Du warst wohl in der Kirche, als aus den Schriften der Evangelisten vorgelesen wurde?»

«Ja, ich war dort», erwiderte Wassilissa.

«Wenn du dich erinnerst, so sagte während des Abendmahls Peter zu Jesus: ‚Dir folge ich ins Gefängnis und in den Tod.' Und der Herr erwiderte ihm darauf: ‚Ich sage dir, Peter, ehe der Hahn heute kräht, wirst du mich dreimal verleugnet haben.' Nach dem Abendmahl war Jesus unsäglich traurig und betete im Garten, der arme Peter aber war abgequält und ermattet an Leib und Seele, seine Lider wurden schwer, und er konnte den Schlaf nicht überwinden. Er schlief ein. Darauf, wie du gehört hast, hat Judas in der gleichen Nacht Jesus geküßt und ihn den Peinigern übergeben. Gefesselt führte man ihn zum Oberpriester und schlug ihn, Peter aber, erschöpft, von Trauer und Unruhe übermannt, verstehst du, unausgeschlafen, vorausahnend, daß auf Erden sogleich etwas Entsetzliches sich ereignen würde, ging hinterher ... Er liebte Jesus leidenschaftlich und grenzenlos und mußte jetzt aus der Ferne mit ansehen, wie er geschlagen wurde ...»

Lukerja ließ ihre Löffel sein und richtete den unbeweglichen Blick auf den Studenten.

«Sie kamen zum Oberpriester», fuhr er fort. «Man begann Jesus zu befragen; die Knechte aber legten inzwischen inmitten des Hofs ein

Feuer an, denn es war kalt, und sie wärmten sich daran. Zwischen ihnen stand auch Peter am Feuer und wärmte sich wie ich jetzt. Ein Weib erblickte ihn und sprach: ‚Auch dieser war mit Jesus', mit anderen Worten, man müsse auch ihn zum Verhör führen. Und alle Knechte, die sich um das Feuer geschart hatten, müssen ihn wohl mißtrauisch und finster angeblickt haben, denn er wurde verwirrt und erwiderte: ‚Ich kenne ihn nicht.' Eine Weile darauf erkannte wiederum jemand in ihm einen Schüler von Jesus und sagte: ‚Auch du bist einer von ihnen.' Doch er leugnete das wieder ab. Und zum drittenmal wandte sich jemand an ihn: ‚Ja, habe ich denn dich nicht heute mit ihm im Garten gesehen?' Er leugnete zum drittenmal ab. Und gleich darauf begann der Hahn zu krähen, und Peter erinnerte sich, nachdem er Jesus aus der Ferne angeschaut hatte, der Worte, die der zu ihm am Abendmahl gesprochen ... Er erinnerte sich, kam zu sich, verließ den Hof und weinte bitterlich. Ich stelle mir den stillen, stillen, dunklen, dunklen Garten vor, und in der Stille kaum vernehmbar dumpfes Schluchzen...»

Der Student stieß einen Seufzer aus und versank in Nachdenken. Immer noch lächelnd, schluchzte Wassilissa plötzlich auf, große Tränen strömten reichlich über ihre Wangen, und sie verdeckte mit dem Ärmel ihr Gesicht vor dem Feuer, als schäme sie sich ihrer Tränen. Lukerja aber, unbeweglich auf den Studenten blickend, errötete, und ihr Ausdruck wurde gequält und gespannt wie bei einem Menschen, der einen starken Schmerz unterdrückt.

Die Knechte kehrten vom Fluß zurück, und einer, der auf einem Pferd ritt, war schon ganz nahe, und das Licht vom Feuer zitterte auf ihm. Der Student wünschte den Witwen eine gute Nacht und ging weiter. Und wieder brach das Dunkel über ihn herein, und seine Hände froren. Es blies ein grimmiger Wind, der Winter schien in der Tat zurückzukehren, und es war schwer zu glauben, daß übermorgen Ostern sein sollte.

Nun dachte der Student an Wassilissa: wenn sie in Weinen ausgebrochen war, so hatte wohl das, was mit Peter in jener furchtbaren Nacht geschehen war, irgendeine Beziehung zu ihr ...

Er schaute zurück. Das einsame Feuer blinkte ruhig in der Dunkelheit, und es waren keine Menschen mehr darum zu sehen. Der Student dachte wieder daran, wenn Wassilissa zu weinen begonnen hatte und ihre Tochter in Verwirrung geraten war, so mußte wohl das, was er soeben erst erzählt hatte, und das vor neunzehn Jahrhunderten stattgefunden hatte, eine Beziehung zur Gegenwart haben — zu den beiden Frauen und wahrscheinlich zu diesem verödeten Dorf, zu ihm selber, zu allen Menschen. Wenn die Alte in Weinen ausgebrochen war, so geschah es nicht deshalb, weil er rührend zu erzählen verstand, sondern weil

Peter ihr nahestand und weil sie mit ihrem ganzen Wesen an dem interessiert war, was in Peters Seele vor sich gegangen war.

Und Freude regte sich plötzlich in seiner Seele, und er blieb sogar einen Augenblick stehen, um Atem zu schöpfen. Die Vergangenheit, dachte er, ist mit der Gegenwart durch eine ununterbrochene Kette von aufeinanderfolgenden Ereignissen verbunden. Und es schien ihm, daß er soeben die beiden Enden dieser Kette gesehen: als er das eine Ende berührt hatte, war das andere erbebt.

Als er aber auf der Fähre den Fluß überquerte und, darauf den Berg ersteigend, auf sein Heimatdorf blickte und gen Westen, wo als schmaler Streifen eine kalte Purpurröte leuchtete, dachte er daran, daß die Wahrheit und Schönheit, die dort im Garten und im Hof des Oberpriesters das Menschenleben bestimmt, sich ununterbrochen bis auf den heutigen Tag fortgesetzt und allem Anschein nach immer das Wesentliche im Menschenleben und überhaupt auf Erden ausgemacht hatten; und ein Gefühl der Jugend, der Gesundheit, der Kraft — er zählte erst zweiundzwanzig Jahre — und eine unaussprechlich süße Erwartung des Glücks, eines unbekannten, geheimnisvollen Glücks, bemächtigten sich allmählich seiner, und das Leben schien ihm entzückend, zauberhaft und erfüllt von einem erhabenen Sinn.

1894.

ИН DER SCHLUCHT

I

Das Kirchdorf Uklejewo lag in der Schlucht, so daß von der Landstraße und der Eisenbahnstation her nur der Glockenturm und die Schlote der Kattunfabriken sichtbar waren. Wenn ein Vorübergehender fragte, was für ein Dorf das sei, so gab man ihm zur Antwort:

«Das ist eben das Dorf, in dem der Diakon an einer Beerdigung den ganzen Kaviar aufgegessen hat.»

Beim Leichenmahl des Fabrikanten Kostiukow hatte der alte Diakon unter den Tafelgängen körnigen Kaviar erblickt und sich voll Gier darüber hergemacht; man gab ihm Stöße, zupfte ihn am Ärmel, doch er war im Genuß gleichsam erstarrt: er fühlte nichts und aß nur. Er aß den ganzen Kaviar auf, und es waren vier Pfund in der Büchse. Viel Zeit war seither vergangen, der Diakon längst gestorben; aber an den Kaviar erinnerte man sich noch immer. War das Leben hier so arm, oder verstanden die Leute nichts anderes, als dieses unbedeutende Vorkommnis weiter zu geben, das sich vor zehn Jahren ereignet hatte, mit einem Wort, man erzählte sich nichts anderes von dem Dorf Uklejewo.

Das Fieber starb hier nicht aus, und sogar im Sommer bedeckte klebrig zäher Kot die Straßen, namentlich unter den Zäunen, über die sich die alten Weiden mit breiten Schatten neigten.

Hier roch es stets nach Fabrikabfällen und Essigsäure, die man bei der Bearbeitung des Kattuns verwendete. Die Fabriken — drei für Kattun und eine Gerberei — befanden sich nicht im Dorf selber, sondern standen etwas abseits an seinem Rand. Es waren nicht große Fabriken, und alles in allem wurden nicht mehr als vierhundert Arbeiter auf ihnen beschäftigt. Von der Gerberei stank das Wasser im Flüßchen häufig; die Abfälle infizierten die Wiesen, das Vieh litt an sibirischer Seuche, und es erging der Befehl, die Fabrik zu schließen. Sie galt für geschlossen; doch heimlich arbeitete sie mit Wissen des Landkommissärs und des Bezirksarztes weiter, denen der Besitzer je zehn Rubel im Monat auszahlte. Im ganzen Dorf gab es nur zwei anständige Häuser aus Stein mit Blechdächern; in dem einen befand sich die Gemeindeverwaltung, in dem andern, einem zweistöckigen, gerade gegenüber der Kirche, lebte Zybukin, Grigorij Petrow, ein Kleinbürger.

Grigorij besaß eine Spezereiwarenhandlung, doch nur zum Schein; in Wirklichkeit handelte er mit Schnaps, Vieh, Häuten, Getreide, Schweinen, handelte mit allem, was vorkam, und wenn zum Beispiel im Ausland Elstern für Damenhüte verlangt wurden, so verdiente er an einem jeden Paar dreißig Kopeken; er kaufte Wald zum Abholzen auf, lieh Geld zu Zinsen aus, war überhaupt ein unternehmungslustiger Mann.

Er hatte zwei Söhne. Der ältere, Anissim, diente bei der Polizei, in der Detektivabteilung, und weilte selten zu Hause. Der jüngere, Stepan, hatte sich dem Handel zugewandt und half dem Vater; doch eine rechte Hilfe war von ihm nicht zu erwarten, da er von schwacher Gesundheit und taub war; sein Weib Aksinja, eine schöne, schlanke Person, die an Feiertagen Hut und Sonnenschirm trug, stand früh auf und begab sich spät zu Bett und war, mit gerafften Röcken, mit Schlüsseln klirrend, den ganzen Tag auf den Beinen; bald rannte sie in den Speicher, bald in den Keller oder den Laden, und der alte Zybukin schaute sie voll Lust an, seine Augen entflammten sich, und dann bedauerte er, daß nicht der älteste Sohn mit ihr verheiratet war, sondern der jüngere, taube, der, wie es schien, wenig von Frauenschönheit verstand.

Der Alte hatte stets eine Neigung zu Familienleben gehabt, und er liebte seine Familie über alles in der Welt, insbesondere den älteren Sohn, den Geheimpolizisten, und die Schwiegertochter. Aksinja hatte, kaum war sie mit dem Tauben verheiratet, eine außergewöhnliche Geschäftstüchtigkeit an den Tag gelegt und wußte genau, wem man Kredit einräumen dürfe und wem nicht; sie trug die Schlüssel auf sich und vertraute sie nicht einmal ihrem Mann an, klapperte auf dem Rechenbrett, schaute den Pferden ins Maul wie ein Bauer, lachte, schrie herum; und was sie auch tat oder redete, der Alte war davon entzückt und murmelte:

«Ist das eine Schwiegertochter! Ist das eine Schöne...!»

Er war verwitwet, doch ein Jahr nach der Hochzeit seines Sohnes hielt er es nicht mehr aus und heiratete selbst wieder. Man fand ihm dreißig Kilometer von Uklejewo entfernt das Mädchen Warwara Nikolajewna; sie war aus guter Familie, nicht mehr jung, aber schön und stattlich. Kaum war sie in das Zimmerchen im oberen Stock eingezogen, so wurde das ganze Haus lichter, als hätte man in alle Fenster neue Scheiben eingesetzt. Die Lämpchen vor den Heiligenbildern wurden angezündet, die Tische bedeckten sich mit schneeweißen Tischtüchern, an den Fenstern und im Vorgarten tauchten Blumen mit roten Knospen auf, und man aß zu Mittag nicht mehr aus der Suppenschüssel, sondern vor einem jeden wurde ein Teller aufgestellt. Warwara Nikolajewna hatte ein angenehmes, freundliches Lächeln, und im Hause schien alles zu lächeln. Und was früher nie gewesen war, Bettler, Pilger, Wallfahrerinnen begannen das Haus aufzusuchen; vor den Fenstern ertönten die klagenden, singenden Stimmen der Uklejewschen Weiber und das schuldbewußte Hüsteln der schwachen, versoffenen Bauern, die wegen Trunksucht aus der Fabrik fortgeschickt worden waren. Warwara half mit Geld, Brot, alten Kleidern, und als sie sich eingelebt hatte, begann sie auch aus dem Laden Ware zu holen. Einmal sah der Taube, daß sie zwei Achtel Tee genommen hatte, und das beunruhigte ihn.

«Die Mutter hat zwei Achtel Tee genommen», teilte er nachher dem Vater mit. «Wo soll man das eintragen?»

Der Alte erwiderte nichts, stand eine Weile still, dachte stirnrunzelnd nach und begab sich nachher zu seinem Weib nach oben.

«Warwaruschka, wenn du, Mütterchen, etwas im Laden brauchst, so nimm nur», sagte er freundlich. «Nimm es unbedenklich und laß es dir wohl sein.»

Und am nächsten Tag rief der Taube, über den Hof laufend, ihr zu:

«Wenn Sie, Mutter, etwas brauchen, so nehmen Sie nur!»

Etwas Neues, etwas Fröhliches und Reines war daran, daß sie Almosen gab, die Lämpchen anzündete und die roten Blumen pflegte. Wenn man am letzten Fleischtag vor Beginn der Fastenzeit oder an einem Kirchweihfest, das drei Tage währte, an die Bauern verfaultes Salzfleisch losschlug, das so stank, daß man kaum neben dem Faß stehen konnte, oder von

Betrunkenen als Pfand Sensen, Mützen, sogar die Kopftücher ihrer Eheweiber entgegennahm, wenn die vom schlechten Branntwein betäubten Fabrikarbeiter sich im Straßendreck wälzten und die Sünde, so schien es, verdichtet wie Nebel in der Luft stand, so wurde es einem gleichsam leichter beim Gedanken, daß dort im Hause eine stille, saubere Frau waltete, die nichts von Salzfleisch noch Branntwein wußte; ihr Almosen übte an diesen lastenden, finsteren Tagen die Wirkung eines Sicherheitsventils aus.

Die Tage verliefen im Hause Zybukins in Mühsal. Die Sonne war noch nicht aufgegangen, aber Aksinja prustete bereits, sich im Hausflur waschend; der Samowar dampfte in der Küche und summte, etwas Ungutes verheißend. Der alte Grigorij Petrow, in einem langen schwarzen Rock und Baumwollhosen, in hohen, glänzenden Stiefeln, schritt so sauber, so klein, in den Zimmern auf und ab und klopfte mit den Absätzen wie der Schwiegervater, das Väterchen, im bekannten Lied. Der Laden wurde aufgeschlossen. Wie es hell wurde, fuhr der Wagen an der Vortreppe vor, und der Alte schwang sich gewandt hinein, seine große Schirmmütze bis auf die Ohren schiebend, und bei seinem Anblick hätte ihm niemand sechsundfünfzig Jahre geben können. Sein Weib und die Schwiegertochter geleiteten ihn, und in solchen Augenblicken, wenn er einen guten, sauberen Rock trug und ein rabenschwarzer Riesenhengst, der dreihundert Rubel wert war, vor seine Droschke gespannt war, liebte der Alte es nicht, daß die Bauern sich ihm mit ihren Klagen und Bitten näherten; er verabscheute die Bauern und hegte einen Widerwillen gegen sie, und wenn er sah, daß ein Bauer am Tor auf ihn wartete, schrie er ihn zornig an:

«Was stehst du dort? Scher dich weiter!»

War es ein Bettler, so rief er:

«Gott wird dir geben!»

Er fuhr in Geschäften davon; sein Weib, dunkel gekleidet, in schwarzer Schürze, räumte die Zimmer auf oder half in der Küche. Aksinja handelte im Laden, und man konnte im Hof hören, wie die Flaschen und das Geld klirrten, wie sie lachte oder schrie und wie sich die Käufer ärgerten, die sie beleidigte; und gleichzeitig konnte man bemerken, daß im Laden der heimliche Schnapsverkauf bereits in Schwung war. Der Taube saß auch im Laden oder ging ohne Mütze, die Hände in den Hosentaschen, über die Straße und blickte zerstreut bald auf die Hütten, bald zum Himmel auf. Sechsmal im Tage wurde im Hause Tee getrunken; viermal setzte man sich zu einer Mahlzeit an den Tisch. Abends aber zählte man den Erlös zusammen und trug ihn in die Bücher ein, darauf schlief man fest.

In Uklejewo waren alle drei Kattunfabriken und die Wohnungen der Fabrikanten, der Chrymin sen., der Chrymin jun. und Kostiukows durch das Telephon verbunden. Eine Telephonleitung wurde auch in die Gemeindeverwaltung eingeführt, doch dort versagte sie bald, da sich Wanzen und Schaben in ihr einnisteten. Der Amtsvorsteher war ungebildet und schrieb jedes Wort mit einem großen Anfangsbuchstaben, doch als das Telephon nicht mehr funktionierte, bemerkte er:

«Ja, jetzt wird es ohne Telephon schwierig sein.»

Die älteren Chrymins prozessierten beständig mit den jüngeren Chrymins, zuweilen stritten auch die jüngeren unter sich und begannen zu prozessieren, und dann arbeitete ihre Fabrik einen Monat oder zwei nicht, bis sie sich wieder ausgesöhnt hatten, und das bot den Bewohnern Uklejewos eine Zerstreuung, denn jeder Streit brachte viele Gespräche und Klatschereien mit sich. An Feiertagen veranstalteten Kostiukow und die jüngeren Chrymins Spazierfahrten, rasten durch Uklejewo und überfuhren die Kälber. Aksinja, raschelnd in ihren gestärkten Röcken und herausgeputzt, spazierte vor ihrem Laden auf der Straße; die Chrymins hoben sie in den Wagen und entführten sie gleichsam mit Gewalt. Dann fuhr auch der alte Zybukin aus, um sein neues Pferd zu zeigen, und nahm Warwara mit sich.

Abends nach der Spazierfahrt beim Schlafengehen wurde bei den jüngeren Chrymins auf einer teuren Ziehharmonika gespielt, und wenn der Mond schien, so war einem aufregend und freudig zumute, und Uklejewo schien nicht mehr nur ein Nest.

II

Der ältere Sohn Anissim kam sehr selten heim, nur an hohen Festtagen, doch dafür sandte er häufig durch Landsleute Geschenke und Briefe in einer fremden, sehr schönen Handschrift, die in Form einer Bittschrift abgefaßt waren. Die Briefe waren voll von Ausdrücken, wie Anissim sie im Gespräch nie brauchte: «Liebwerte Eltern, ich schicke Euch ein Pfund Blumentee zur Befriedigung Eures physischen Bedürfnisses.»

Am Schluß eines jeden Briefes war mit gleichsam verdorbener Feder hingekritzelt: «Anissim Zybukin», und darunter stand, wieder in der vortrefflichen Handschrift: «Agent».

Die Briefe wurden mehrmals laut vorgelesen, und gerührt und rot vor Erregung sagte der Alte:

«Er wollte nicht daheim bleiben, hat den gelehrten Teil erwählt. Nun, so möge er denn! Jeder, wozu er bestimmt ist.»

Kurz vor der Fastnacht fiel ein starker Regen, vermischt mit Schneegeriesel. Der Alte und Warwara traten ans Fenster, um es sich anzusehen, und plötzlich erblickten sie Anissim, der in einem Schlitten von der Eisenbahnstation kam. Man hatte ihn nicht erwartet.

Unruhig und erregt betrat er das Zimmer, und so blieb er die ganze Zeit, bemühte sich auch, ungezwungen zu scheinen. Er beeilte sich nicht mit der Abreise, und es hatte den Anschein, als wäre er aus dem Dienst entlassen worden. Warwara war über seinen Besuch erfreut, sie schaute ihn gleichsam listig an, seufzte und schüttelte den Kopf.

«Was ist denn das, mein Bester?» sagte sie. «Das Bürschlein zählt bald achtundzwanzig Jahre, spaziert aber immer noch ledig umher, och-tech-te...»

Im Nebenzimmer klang ihre leise, gleichmäßige Rede wie: och-tech-te. Sie begann mit dem Alten und Aksinja zu flüstern, und auch ihre Gesichter nahmen einen listigen und geheimnisvollen Ausdruck wie bei Verschwörern an. Es wurde beschlossen, Anissim zu verheiraten.

«Och-tech-te... Den jüngeren Bruder hat man schon längst verheiratet», sprach Warwara, «und du bist noch immer ohne Gespons, wie ein Hahn auf dem Markt. Was ist denn das? Wirst heiraten, wenn Gott will, und dann mach, wie du willst, kannst wieder zu deinem Dienst zurückkehren; dein Weib aber bleibt hier als Gehilfin. Kennst keine Ordnung, bist ein Bursche und hast, wie ich sehe, alle Ordnung vergessen. Och-tech-te, man hat nur Sorgen mit euch Städtern.»

Wenn die Zybukins heirateten, so wählte man für sie, weil sie reich waren, die schönsten

Bräute aus. Auch für Anissim wurde ein schönes Mädchen gefunden. Er selbst sah unansehnlich und uninteressant aus; bei schwachem, kränklichem Körperbau und kleinem Wuchs waren seine Wangen voll und dick, gleichsam aufgeblasen; seine Augen blinzelten nicht, und der Blick war scharf, das Bärtchen fuchsrot und schütter, und wenn er nachdachte, steckte er es in den Mund und kaute daran; zudem war er dem Trunk ergeben, und das spiegelte sich in seinem Gesicht und seinem Gang wider. Doch als man ihm mitteilte, man habe für ihn bereits eine Braut, dazu eine sehr schöne, erwiderte er:

«Nun, ich bin ja auch nicht krumm gewachsen. In unserer Familie Zybukin, muß man sagen, sind alle schön.»

Unweit der Stadt lag das Dorf Torgujewo. Die eine Hälfte war unlängst mit der Stadt vereinigt worden, die andere war Dorf geblieben.

Dort lebte in ihrem Häuschen eine Witwe; sie hatte eine ganz arme Schwester, die Taglöhnerin war, und diese Schwester besaß eine Tochter, Lipa, die gleichfalls im Taglohn arbeitete. Man sprach in Torgujewo bereits von Lipas Schönheit, und nur ihre entsetzliche Armut machte die Leute befangen; jedoch man sagte sich, irgendein bejahrter oder verwitweter Mann würde sie trotz ihrer Armut heiraten oder sie «sonst» zu sich nehmen, und somit würde auch die Mutter versorgt sein.

Warwara erfuhr durch Heiratsvermittlerinnen von Lipa und begab sich nach Torgujewo.

Darauf veranstaltete man im Hause der Tante, wie es sich gehörte, die Brautschau mit Imbiß und Wein, und Lipa trug ein neues, rosarotes Kleid, das direkt für die Brautschau angefertigt worden war, und ein hochrotes Band leuchtete gleich einer Flamme in ihrem Haar. Sie war zerbrechlich, schwächlich und blaß, mit feinen, zarten Zügen, gebräunt von der Arbeit an der Luft; ein trauriges, schüchternes Lächeln wich nicht von ihrem Gesicht, und die Augen blickten kindlich zutraulich und voll Neugier.

Sie war jung, ein halbes Kind noch, die Brust ganz schwach entwickelt, doch man konnte sie schon trauen, denn sie hatte das Alter. Sie war in der Tat schön, und nur die großen Männerhände konnten mißfallen, die jetzt müßig gleich zwei großen Krebsscheren herabhingen.

«Es ist keine Aussteuer da — doch wir beachten das nicht», sagte der Alte zur Tante; «für unseren Sohn Stepan haben wir auch ein Mädchen aus einer armen Familie genommen, und jetzt können wir nicht genug Lob für sie finden. Ob im Haus oder Geschäft — sie hat goldene Hände.»

Lipa stand an der Tür, und es war, als wollte sie sagen: «Macht mit mir, was ihr wollt: ich vertraue euch», und ihre Mutter Praßkowja, die Taglöhnerin, verbarg sich in der Küche und erstarb vor Schüchternheit. Als sie noch jung gewesen, hatte einmal ein Kaufmann, bei dem sie die Fußböden aufwusch, im Zorn mit den Füßen gestampft; sie war so sehr erschrocken und vor Angst vergangen, daß die Furcht für ihr ganzes Leben in ihrer Seele zurückgeblieben war. Auch hatte sie ein Zittern in Beinen und Händen und im Gesicht zurückbehalten. Sie saß in der Küche und bemühte sich zu hören, worüber die Gäste sprachen, und bekreuzigte sich die ganze Zeit, die Finger an die Stirn drückend und auf die Heiligenbilder blickend. Anissim, leicht betrunken, öffnete die Tür zur Küche und sagte aufgeräumt:

«Warum sitzen Sie denn in der Küche, teure Mutter? Wir langweilen uns ohne Sie.»

Und schüchtern preßte Praßkowja ihre Hände an ihre magere, eingefallene Brust und erwiderte:

«Was sagen Sie, ich bitte Sie ... Wir sind äußerst zufrieden mit Ihnen.»

Nach der Brautschau wurde die Hochzeit angesetzt. Und darauf ging Anissim in seinem Hause durch die Zimmer und pfiff vor sich hin oder versank, sich plötzlich an etwas erinnernd, in Nachdenken und blickte unbeweglich und durchdringend auf den Fußboden, als wollte er mit seinem Blick tief in den Boden dringen. Er drückte weder Zufriedenheit darüber aus, daß er heiraten würde, bald heiraten, am Sonntag nach Ostern schon, noch den Wunsch,

seine Braut wiederzusehen, er pfiff nur. Und es
war offensichtlich, daß er nur heiratete, weil
Vater und Stiefmutter es wünschten und weil
es im Dorf so Sitte war: der Sohn heiratet,
damit im Hause eine Gehilfin sei. Bei seiner
Abreise zeigte er keine Eile und hielt sich
überhaupt anders als andere Male, er war
besonders aufgeknöpft und redete Unnötiges.

III

Im Dorf Schikalowo lebten zwei Schneiderinnen, zwei Schwestern, die Sektiererinnen waren. Man hatte zur Hochzeit bei ihnen neue Kleider bestellt, und sie kamen oft zur Anprobe und tranken dann lange Tee. Für Warwara wurde ein zimtbraunes Kleid mit schwarzen Spitzen und Schmelz angefertigt und für Aksinja ein hellgrünes mit einer gelben Brust und einer Schleppe. Als die Schneiderinnen ihre Arbeit beendet hatten, bezahlte Zybukin sie nicht mit Geld, sondern mit Ware aus seinem Laden, und sie gingen traurig von ihm fort und hielten in Händen die Bündel mit Stearinkerzen und Sardinen, die sie nicht brauchten, und als sie ins freie Feld gekommen waren, setzten sie sich auf einen Hügel und begannen zu weinen.

Anissim traf drei Tage vor der Hochzeit in ganz neuer Kleidung ein. Er trug glänzende Gummischuhe und an Stelle einer Halsbinde eine rote Schnur mit Pompons; um die Schultern hing ihm ein Mantel, in dessen Ärmel er nicht geschlüpft war, und auch der Mantel war gänzlich neu.

Nachdem er würdevoll ein Gebet gesprochen hatte, begrüßte er den Vater und überreichte ihm zehn Silberrubel und zehn Fünzigkopekenstücke; auch Warwara gab er ebensoviel und Aksinja — zwanzig Viertelrubel. Der Hauptreiz dieses Geschenkes bestand darin, daß alle Münzen ausgesucht neu waren und in der Sonne funkelten. Um gesetzt und ernsthaft zu erscheinen, spannte Anissim sein Gesicht an und blies die Wangen auf, ein Weingeruch ging von ihm aus, er war wahrscheinlich an jeder Station im Büfett eingekehrt. Und wiederum machte sich eine Ungezwungenheit, etwas Unnötiges an dem Mann bemerkbar. Darauf tranken Anissim und der Alte Tee und aßen dazu, während Warwara die neuen Silberrubel durch die Finger gleiten ließ und sich nach den in der Stadt lebenden Landsleuten erkundigte.

«Sie leben gut, man muß Gott danken», antwortete Anissim. «Nur bei Iwan Jegorow hat sich etwas Trauriges in der Familie ereignet: seine Frau, Sofja Nikiforowna, ist gestorben. An der Schwindsucht. Das Leichenmahl für ihr Seelenheil hat man beim Konditor bestellt, zwei Rubel fünfzig pro Person. Auch Wein wurde gereicht. Auch für unsere Landsleute, die Bauern, wurden für jeden zwei Rubel fünfzig bezahlt. Sie aßen nichts. Was versteht denn ein Bauer davon!»

«Zwei Rubel fünfzig!» sagte der Alte und schüttelte den Kopf.

«Was macht denn das? Das ist kein Dorf. Tritt man in ein Restaurant, um einen Imbiß zu nehmen, bestellt das eine und andre, so bildet sich bald eine Gesellschaft, man trinkt, und ehe man sich's versieht, bricht schon der Morgen an, und ein jeder kann drei oder vier Rubel blechen. Wenn ich aber mit Samorodow ausgehe, so nimmt er nach dem Kaffee gern noch einen Kognak, und ein Gläschen Kognak kostet sechzig Kopeken.»

«Er lügt», sprach der Alte voll Entzücken. «Er lügt!»

«Ich bin jetzt immer mit Samorodow zusammen. Das ist der gleiche, der euch meine Briefe schreibt. Vortrefflich kann er schreiben. Und wenn ich, Mutter, erzählen wollte», fuhr Anissim fröhlich fort, «was für ein Mensch dieser Samorodow ist, so würden Sie es nicht glauben. Ich durchschaue ihn, alle seine Geschäfte kenne ich wie meine fünf Finger, Mutter, und er fühlt das und folgt mir auf Schritt und Tritt, und jetzt kann nichts uns trennen. Ihm ist es ein wenig unheimlich, doch ohne mich kann er auch nicht leben. Wo ich bin, da ist auch er. Ich habe, Mutter, ein sicheres, richtiges Auge. Da sehe ich auf dem Trödelmarkt einen Bauern, der verkauft ein Hemd. ‚Halt, das Hemd ist gestohlen!' rufe ich. Und so ist es auch: das Hemd ist gestohlen.»

«Woher weißt du denn das?» fragte Warwara.

«Ich habe ein Auge dafür. Ich weiß nicht, was für ein Hemd es ist, doch aus irgendeinem Grund zieht es mich hin: es ist gestohlen, das ist alles. Bei uns in der Detektivpolizei sagt man auch: «Nun, Anissim ist gegangen, Waldschnepfen schießen!» das will heißen — Diebsgut suchen. Jawohl. Stehlen kann ein jeder, doch wie es aufbewahren? Wohl ist die Welt groß, doch verbergen läßt sich Diebsgut nirgends.»

«Bei uns im Dorf aber hat man den Guntorews vergangene Woche einen Hammel und zwei Jährlinge fortgetrieben», sagte Warwara und seufzte auf. «Und keiner ist da, der sie suchen könnte ... Och-tech-te ...»

«Nun, man kann sie schon suchen gehen ... Gewiß, das kann man.»

Der Hochzeitstag nahte. Es war ein kühler, aber klarer, heiterer Apriltag. Seit dem frühen Morgen schon fuhren durch Uklejewo mit Schellengeläute die Troikas und Zweigespanne mit buntfarbigen Bändern im Krummholz und in den Mähnen. In den Weiden lärmten die Saatkrähen, aufgeregt durch diese Fahrten, und die Stare sangen, ohne zu verstummen, als freuten sie sich, daß bei Zybukins Hochzeit sei.

Im Hause waren auf den Tischen bereits große Fische, ganze Schinken und gefülltes

Geflügel, Büchsen mit Sprotten, allerlei Marinaden und Eingesalzenes und viele Wein- und Schnapsflaschen aufgestellt, es roch nach geräucherter Wurst und sauergewordenen Hummern. Und um die Tische ging, klopfend mit den Absätzen und Messer an Messer schärfend, der alte Zybukin. Man rief die ganze Zeit nach Warwara, verlangte das und jenes von ihr, und verwirrt und schwer atmend rannte sie in die Küche, wo seit dem frühen Morgen Kostiukows Koch und die erste Köchin der jüngeren Chrymins arbeiteten. Frisiert, ohne Kleid, nur im Korsett und in neuen, knarrenden Stiefeln, raste Aksinja wie ein Wirbelwind über den Hof, und die nackten Knie und Brüste tauchten bald hier, bald dort auf.

Es ging geräuschvoll her, es wurde geschimpft und geschworen; die Vorübergehenden blieben an dem weit geöffneten Tor stehen, und an allem ließ sich erkennen, daß etwas Ungewöhnliches vor sich ging.

«Man holt die Braut ab!»

Die Glöckchen klingelten und verklangen weit hinter dem Dorf ... Gegen drei Uhr lief das Volk zusammen: die Glöckchen ließen sich wieder vernehmen, die Braut wurde gebracht! Die Kirche war voll, der Kronleuchter brannte, und die Sänger sangen, wie der alte Zybukin es gewünscht hatte, nach Noten. Der Lichterglanz und die bunten Kleider blendeten Lipa; es schien ihr, daß die Sänger mit ihren lauten Stimmen wie mit Hämmern auf ihren Kopf losschlugen; das Korsett, das sie zum erstenmal in ihrem Leben trug, und die Schuhe drückten sie, und sie hatte einen Ausdruck, als wäre sie eben erst aus einer Ohnmacht erwacht ... schaut und begreift nicht. Anissim in schwarzem Rock mit der roten Schnur an Stelle einer Krawatte war in Nachdenken versunken und stierte auf einen Punkt, und wenn die Sänger laut aufschrien, bekreuzigte er sich schnell. Er war in gerührter Stimmung, bereit, zu weinen. Diese Kirche war ihm seit frühester Kindheit bekannt; vor langer Zeit hatte seine verstorbene Mutter ihn zum Abendmahl hierhergebracht, vor langer Zeit hatte er mit den anderen Jungen im Kirchenchor gesungen; ein jedes Winkelchen, ein jedes Heiligenbild ist ihm so vertraut. Man traut ihn, man muß ihn der Ordnung wegen verheiraten; doch er denkt nicht mehr daran, erinnert sich nicht mehr, hat die Hochzeit ganz vergessen. Die Tränen verhindern ihn, die Heiligenbilder zu sehen, es drückt ihm das Herz ab; er betet und bittet Gott, daß das unvermeidliche Unheil, das wenn nicht heute, so morgen über ihn loszubrechen bereit ist, ihn irgendwie umgehen möge, wie Gewitterwolken ein Dorf in der Trockenheit umgehen, ohne einen Tropfen Regen geschenkt zu haben. So viele Sünden hat er sich bereits in der Vergangenheit aufgeladen, so viele Sünden, so ausweglos ist alles, so unverbesserlich, daß es sogar widersinnig ist, Verzeihung zu erflehen. Doch er bittet um Verzeihung und schluchzt sogar laut auf; doch niemand beachtet es, da man ihn für angeheitert hält.

Ängstliches Kinderweinen erklingt:

«Mütterchen, trag mich von hier fort, liebes Mütterchen!»

«Ruhe!» rief der Geistliche.

Als man aus der Kirche heimkehrte, lief das Volk hinterher; neben dem Laden, vor dem Tor und im Hof drängte sich die Menge vor den Fenstern. Die Weiber aus dem Dorf kamen, um Gesänge vorzutragen. Kaum hatte das junge Paar die Schwelle übertreten, so stimmten die Sänger, die mit ihren Noten bereits im Hausflur standen, aus Leibeskräften ein Lied an; auch die Musikanten, die man eigens aus der Stadt hatte kommen lassen, begannen zu spielen. Schon wurde der Donsche Schaumwein in hohen Pokalen gereicht, und der Zimmermann Jelisarow, ein hochgewachsener, hagerer Greis mit so buschigen Augenbrauen, daß die Augen kaum sichtbar waren, wandte sich an die Neuvermählten:

«Anissim und du, Kindchen, liebt einander, lebt nach Gottes Gebot, Kinderchen, und die Himmelskönigin wird euch nicht verlassen.» Er sank dem alten Zybukin an die Schulter und schluchzte auf. «Grigorij Petrow, weinen wir, weinen wir vor Freude!» sprach er mit hoher Stimme, und sofort brach er in Lachen aus und fuhr laut im Baß fort: «Cho-cho-cho! Auch diese deine Schwiegertochter ist schön! Alles ist, muß man sagen, an richtiger Stelle bei ihr, alles glatt, wird nicht zusammenkrachen, der ganze Mechanismus ist in Ordnung, hat viele Schrauben.»

Er stammte aus dem Jegorjewschen Bezirk, aber hatte schon in jungen Jahren in Uklejewo auf den Fabriken und im Bezirk zu arbeiten begonnen und sich eingelebt. Man kannte ihn nicht anders als alt, hager, aufgeschossen, und schon lange nannte man ihn Kostyl, den Krückstock. Vielleicht kam es daher, daß er über vierzig Jahre auf den Fabriken immer nur Reparaturen ausgeführt hatte, daß er über Menschen und Gegenstände nur vom Standpunkt der Haltbarkeit aus urteilte: ist nicht eine Reparatur nötig? Und bevor er sich an den Tisch setzte, probierte er mehrere Stühle aus, ob sie solid seien, auch den Fisch berührte er.

Nach dem Schaumwein nahmen alle am Tisch Platz. Die Gäste redeten unter Stühlerücken. Im Hausflur sangen die Sänger, die Musik spielte, und gleichzeitig ließen die Weiber im Hof ihre Gesänge erschallen, und es entstand ein entsetzliches, wildes Chaos von Klängen, von dem es einem schwindlig wurde.

Kostyl drehte sich auf seinem Stuhl und stieß die Nachbarn mit seinen Ellbogen an, hinderte sie am Reden und lachte und weinte abwechselnd.

«Kinderchen, Kinderchen, Kinderchen ...» murmelte er schnell. «Aksinjuschka Mütterchen, Warwaruschka, wollen wir alle in Frieden und Eintracht leben, meine liebwerten Äxtchen ...»

Er trank selten, und wurde daher von einem Gläschen englischen Schnapses schnell trunken. Dieser abscheuliche Magenbitter, von dem man nicht wußte, woraus er hergestellt war, betäubte alle, die davon tranken. Die Zungen begannen zu versagen.

Die Geistlichkeit war anwesend, die Angestellten von den Fabriken mit ihren Frauen, die Händler und Gastwirte aus anderen Dörfern.

Der Gemeindeälteste und der Gemeindeschreiber, die schon vierzehn Jahre miteinander dienten und in dieser ganzen Zeit nicht ein Papier unterschrieben, nicht einen Mann aus der Gemeindeverwaltung entlassen hatten, ohne zu betrügen und zu beleidigen, saßen jetzt beide, dick und satt, nebeneinander, und es hatte den Anschein, als ob sie sich in einem solchen Grade mit Unwahrheit imprägniert hätten, daß sogar ihre Gesichtshaut eine besondere, spitzbübische war. Die Frau des Gemeindeschreibers, eine ausgemergelte, schieläugige Person, hatte alle ihre Kinder mitgenommen und schielte wie ein Raubvogel auf die Teller; sie griff nach allem, was ihr unter die Hände kam und stopfte ihre Taschen und die der Kinder voll.

Lipa saß versteinert, mit dem gleichen Ausdruck wie in der Kirche, da. Seit Anissim mit ihr bekannt geworden war, hatte er noch nicht ein einziges Wort zu ihr gesprochen, so daß er nicht einmal ihre Stimme kannte; auch jetzt saß er neben ihr und schwieg die ganze Zeit und trank den englischen Bitteren, und als er betrunken war, hob er zu reden an und wandte sich an die Tante, die ihm schräg gegenüber saß:

«Ich habe einen Freund, mit Namen Samorodow. Ein ganz besonderer Mensch ist das. Er ist Ehrenbürger und versteht sich zu unterhalten. Aber ich durchschaue ihn, Tantchen, und er fühlt das. Erlauben Sie mir, mit Ihnen auf das Wohl Samorodows zu trinken, Tantchen!»

Warwara schritt um den Tisch und bewirtete die Gäste. Sie war müde und konfus, und man konnte ihr die Zufriedenheit darüber ansehen, daß es so viele Speisen gab und alles so reich war, niemand würde sie jetzt tadeln können. Die Sonne war schon untergegangen, aber es wurde noch immer getafelt; man merkte schon nicht mehr, was man aß und trank, man konnte nicht unterscheiden, was gesprochen wurde, und nur zuweilen, wenn die Musik verstummte, konnte man deutlich hören, wie auf dem Hof ein Weib kreischte:

«Sie haben unser Blut ausgesaugt, die Bösewichte, und nichts ficht sie an!»

Abends wurde zu Musikbegleitung getanzt. Die jüngeren Chrymins kamen und brachten ihren eigenen Wein mit, und einer von ihnen hielt während der Quadrille in jeder Hand eine Flasche und im Mund ein Gläschen, und das amüsierte alle. Während der Quadrille begann man plötzlich den Nationaltanz; die grüne Aksinja tauchte hier und dort auf, und von ihrer Schleppe ging ein Wind aus. Jemand riß ihr stampfend einen Falbel ab, und Kostyl rief:

«Man hat den Sockel abgerissen! Kinderchen!»

Aksinja hatte graue, naive Augen, die nur selten blinzelten, und auf ihrem Gesicht spielte beständig ein naives Lächeln. In diesen nicht zwinkernden Augen und im kleinen Kopf auf dem langen Hals und in ihrer Schlankheit lag etwas Schlangenhaftes; grün, mit gelber Brust und einem Lächeln schaute sie herum, wie im Frühling die Natter, ausgestreckt und den Kopf erhoben, aus dem jungen Roggen auf den Vorübergehenden schaut. Die Chrymins hielten sich mit ihr sehr frei, und es war sehr bemerkbar, daß sie mit dem ältesten von ihnen schon lange ein sehr intimes Verhältnis unterhielt. Der Taube aber begriff nichts und schaute sie nicht an; er saß mit übereinandergeschlagenen Beinen und aß Nüsse und knackte sie so laut auf, daß man glauben konnte, er schieße aus einer Pistole.

Doch nun trat der alte Zybukin selber in die Mitte und winkte mit dem Tuch, damit das Zeichen gebend, daß auch er den Nationaltanz tanzen wolle, und durch das ganze Haus und über den Hof ging durch die Menge ein Rauschen des Beifalls:

«*Er selber* ist herausgekommen! *Er selber.*»

Warwara tanzte, der Alte aber winkte nur mit dem Tüchlein und klopfte mit den Absätzen; doch diejenigen, die im Hof, aufeinander getürmt, in die Fenster blickten, waren begeistert und verziehen ihm einen Augenblick lang alles — seinen Reichtum und die Kränkungen.

«Ein strammer Kerl ist Grigorij Petrow!» vernahm man aus der Menge. «Streng dich nur an! Hast es noch los! Cha-cha!»

Das alles nahm erst spät ein Ende, gegen zwei Uhr nachts. Schwankend ging Anissim, sie verabschiedend, von einem Sänger und Musikanten zum andern und schenkte einem jeden ein neues Fünfzigkopekenstück. Der Alte aber begleitete ohne zu schwanken, aber doch nur auf einem Fuß auftretend, die Gäste und sagte zu einem jeden:

«Die Hochzeit hat zweitausend Rubel gekostet!»

Beim Auseinandergehen hatte jemand ein gutes Wams gegen ein altes eingetauscht, und Anissim brauste plötzlich auf und begann zu brüllen:

«Halt! Ich werde ihn gleich erwischen! Ich weiß, wer der Dieb ist! Halt!»

Er rannte auf die Straße und jagte einem nach; man hielt ihn auf und führte ihn am

Arm nach Hause und stieß ihn, betrunken, rot vor Zorn, naß, ins Zimmer, wo die Tante Lipa bereits auskleidete, und schloß ihn ein.

IV

Fünf Tage vergingen. Anissim schickte sich zur Abreise an und ging nach oben zu Warwara, um sich von ihr zu verabschieden. In ihrem Zimmer brannten vor den Heiligenbildern alle Lämpchen, es roch nach Weihrauch; sie selber aber saß am Fenster und strickte einen Strumpf aus roter Wolle.

«Kurze Zeit hast du nur mit uns verweilt», sagte sie. «Langweilst dich wohl schon? Ochtech-te... Wir leben gut, haben von allem reichlich, und deine Hochzeit haben wir, wie es sich schickt, ausgerichtet: der Alte sagt, zweitausend Rubel habe sie gekostet. Mit einem Wort, wir leben wie Kaufleute, doch es ist bei uns traurig. Wir tun dem Volk Unrecht an. Mein Herz schmerzt, mein Lieber, wir tun Unrecht, o Gott! Tauschen wir ein Pferd, kaufen wir etwas, stellen wir einen Knecht ein — in allem betrügen wir. Betrug über Betrug. Das Fastenöl im Laden ist ranzig und verdorben, Teer schmeckt besser. Sag mir bitte, kann man denn nicht mit gutem Öl handeln?»

«Jeder wozu er bestimmt ist, Mutter.»

«Aber man muß ja einmal sterben! Oi, oi, wirklich, du solltest mit dem Vater reden...!»

«Reden Sie doch selber mit ihm.»

«N-nun! Ich sage ihm meine Meinung; aber er erwidert mir genau wie du: ‚Jeder wozu er bestimmt ist.' Im Jenseits wird man nicht lange untersuchen, wozu jeder bestimmt ist. Gott hat ein gerechtes Gericht.»

«Gewiß wird niemand es untersuchen», sagte Anissim und seufzte auf. «Es gibt ja ohnehin keinen Gott, Mutter. Wer wird da untersuchen!»

Warwara schaute ihn voller Verwunderung an, lachte auf und schlug die Hände zusammen. Weil sie über seine Worte so aufrichtig erstaunt war und ihn wie einen Sonderling betrachtete, wurde er verlegen.

«Vielleicht gibt es auch einen Gott, nur gibt es keinen Glauben», sagte er. «Als ich getraut wurde, fühlte ich mich schlecht. Wie wenn man unter einem Huhn ein Ei fortnimmt und darin piepst ein Küchlein, so regte sich in mir plötzlich das Gewissen, und während der ganzen Trauung mußte ich denken: es gibt einen Gott! Doch als ich aus der Kirche heraustrat — war alles vorbei. Und woher sollte ich auch wissen, ob es einen Gott gibt oder nicht? Man hat uns das in der Kindheit nicht gelehrt, und während der Säugling noch an der Mutterbrust ist, lehrt man ihn immer nur das eine: jeder wozu er bestimmt ist. Der Vater glaubt ja auch nicht an Gott. Sie erwähnten einmal, daß man dem Guntarew die Hammel fortgejagt habe... Ich fand heraus, daß ein Bauer aus Schikalowo sie gestohlen hat; er stahl, und die Felle sind bei Vater ... Da haben Sie den Glauben!»

Anissim zwinkerte mit den Augen und schüttelte den Kopf.

«Und der Gemeindeälteste glaubt auch nicht an Gott», fuhr er fort, «und der Schreiber auch nicht, und der Diakon auch nicht. Und wenn sie in die Kirche gehen und die Fasten beobachten, so tun sie es nur deswegen, damit die Leute nicht schlecht über sie reden, und noch für den Fall, daß es vielleicht wirklich ein Jüngstes Gericht geben könnte. Jetzt sagt man, der Weltuntergang stehe bevor, weil das Volk schwach geworden sei, die Eltern nicht mehr achte und so weiter. Das ist Unsinn. Ich fasse das so auf, Mutter, daß alles Unglück davon kommt, daß die Menschen kein Gewissen haben. Ich durchschaue alles, Mutter, und begreife. Wenn einer ein gestohlenes Hemd bei sich hat, sehe ich es. Da sitzt einer im Wirtshaus, und Sie glauben, daß er Tee trinkt, und weiter nichts; aber ich sehe außer dem Tee, daß er auch kein Gewissen hat. So geht man den ganzen Tag herum — und man findet nicht einen Menschen, der ein Gewissen hätte. Und die ganze Ursache ist, daß man nicht weiß, ob es einen Gott gibt oder nicht. Nun, leben Sie wohl, Mutter. Bleiben Sie gesund und am Leben und behalten Sie mich in gutem Angedenken.»

Anissim verneigte sich bis zum Boden vor Warwara.

«Ich danke Ihnen für alles, Mutter», sagte er. «Unsere Familie hat einen großen Gewinn durch Sie. Sie sind eine sehr anständige Frau, und ich bin sehr zufrieden mit Ihnen.»

Der gerührte Anissim ging hinaus, kehrte aber nochmals zurück und sagte:

«Samorodow hat mich in eine Sache verwickelt: ich werde entweder reich sein oder zugrunde gehen. Sollte etwas passieren, Mutter, so trösten Sie meinen Vater.»

«Was gibt es denn? Och-tech-te... Gott ist gnädig. Aber Anissim, du solltest zu dieser, deiner Frau ein wenig freundlich sein, während ihr beide miteinander schmollt; wenn ihr doch wenigstens ein wenig lächeln wolltet, wirklich.»

«Ja, sie ist so sonderbar...» sagte Anissim und seufzte auf. «Sie versteht nichts, schweigt immerzu. Sie ist noch sehr jung, möge sie heranwachsen...»

An der Vortreppe stand schon der große, gutgenährte, weiße Hengst eingespannt vor dem Wagen.

Der alte Zybukin nahm einen Anlauf, schwang sich gewandt auf den Bock und griff nach den Zügeln. Anissim küßte Warwara, Aksinja und den Bruder. Auf der Vortreppe stand auch Lipa, stand unbeweglich und schaute zur Seite, als wäre sie nicht herausgekommen, um ihren Mann zu geleiten, sondern aus irgendeinem andern Grund. Anissim trat an sie heran und berührte ganz leicht mit den Lippen ihre Wange.

«Leb wohl», sagte er.

Und ohne ihn anzusehen, lächelte sie so seltsam; ihr Gesicht zitterte, und allen tat sie plötzlich so leid. Anissim schwang sich in den Wagen und stemmte die Arme in die Seiten, denn er hielt sich für schön.

Als sie aus der Schlucht hinauskamen, schaute Anissim die ganze Zeit nach dem Dorf zurück. Es war ein warmer, klarer Tag. Man hatte zum erstenmal das Vieh hinausgetrieben, und neben der Herde gingen, festtäglich gekleidet, die Mädchen und Weiber. Der schwarzbraune Ochse brüllte, froh seiner Freiheit, und wühlte mit den Vorderhufen die Erde auf. Überall, über und unter ihnen, sangen die Lerchen. Anissim schaute nach der Kirche zurück, die schlank und weiß, man hatte sie erst kürzlich frisch getüncht, emporragte, und erinnerte sich, wie er vor fünf Tagen in ihr gebetet hatte; blickte nach der Schule mit dem grünen Dach zurück, nach dem Flüßchen, in dem er einst gebadet und Fische geangelt hatte, und Freude regte sich in seiner Brust; er wünschte plötzlich, eine Mauer möge aus dem Boden herauswachsen und ihn nicht weiterlassen, und er bliebe dann allein mit der Vergangenheit zurück.

Auf der Station gingen sie zum Büfett und tranken ein Gläschen Xereswein. Der Alte fuhr in die Tasche, um den Geldbeutel herauszuholen.

«Ich bewirte!» sagte Anissim.

Gerührt klopfte der Alte ihn auf die Schulter und zwinkerte dem Büfettier zu: da siehst du, was für einen Sohn ich habe!

«Bleib doch daheim, Anissim», sagte er, «im Geschäft, du wärst unbezahlbar! Ich würde dich, Söhnchen, vom Kopf bis zu den Füßen in Gold fassen.»

«Es ist ganz unmöglich, Vater.»

Der Xeres war säuerlich und roch nach Siegellack, doch sie tranken noch ein Gläschen.

Als der Alte von der Station heimkehrte, erkannte er im ersten Augenblick seine jüngere Schwiegertochter nicht. Kaum hatte ihr Mann den Hof verlassen, hatte Lipa sich verändert und war plötzlich fröhlich geworden. Barfüßig, in einem alten, abgetragenen Rock, mit bis zu den Schultern aufgekrempelten Ärmeln wusch sie im Hausflur die Treppe und sang mit einem hohen, silberhellen Stimmchen, und als sie den großen Kübel mit dem Spülwasser hinaustrug und mit ihrem kindlichen Lächeln auf die Sonne blickte, konnte man sie auch für eine Lerche halten.

Der alte Knecht, der an der Vortreppe vorüberging, schüttelte den Kopf und krächzte:

«Schwiegertöchter hast du, Grigorij Petrow, Gott hat sie dir geschickt», bemerkte er. «Das sind nicht Frauen, sondern ein wahrer Schatz!»

V

Am achten Juli, einem Freitag, kehrten Jelisarow, genannt Kostyl, und Lipa aus dem Dorf Kasanskoje zurück, wohin sie aus Anlaß des Kirchenfeiertags der Kasanschen Gottesmutter zum Gottesdienst gegangen waren. Lipas Mutter, Praßkowja, war weit hinter ihnen zurückgeblieben, denn sie war krank und kam außer Atem. Es ging auf den Abend.

«A-aah!» verwunderte sich Kostyl, Lipa zuhörend, «A-ah!... Wirklich?»

«Ich bin, Ilja Makarytsch, eine große Freundin von Konfitüre», sprach Lipa. «Ich setze mich in eine Ecke und trinke Tee mit Konfitüre. Oder ich trinke ihn zusammen mit Warwara Nikolajewna, und sie erzählt etwas Gefühlvolles. Sie haben viel Konfitüre, vier Gläser. ‚Iß nur‘, sagt sie, ‚Lipa, genier dich nicht.‘»

«A-ah!... Vier Gläser!»

«Sie leben reich. Zum Tee gibt es weiße Semmeln; und auch Rindfleisch hat man soviel man will. Sie leben reich, aber unheimlich ist es bei ihnen, Ilja Makarytsch. U-uh, wie unheimlich!»

«Was ist dir denn so unheimlich, Kindchen?» fragte Kostyl und schaute sich um, um zu sehen, ob Praßkowja weit hinter ihnen zurückgeblieben war.

«Zuerst, als die Hochzeit vorüber war, fürchtete ich Anissim Grigorijtsch. Er tat mir nichts, kränkte mich nicht, doch sobald er sich mir nur näherte, ging mir ein Schauer durch alle Knochen. Und nicht eine Nacht konnte ich schlafen, zitterte nur und betete zu Gott. Und jetzt fürchte ich Aksinja, Ilja Makarytsch. Sie tut nichts, lächelt nur, schaut nur durchs Fenster, aber ihre Augen sind so böse und glühen grün, ganz wie bei dem Schaf im Stall. Die jüngeren Chrymins suchen sie zu überreden: ‚Euer Alter', sagen sie, ‚hat Butiokino, etwa vierzig Deßjätinen Boden', sagen sie, ‚mit Sand, und Wasser ist auch da, so errichte', sagen sie, ‚Aksiuscha, von dir aus eine Ziegelbrennerei, und wir wollen uns daran beteiligen.' Für die Ziegel gibt man jetzt zwanzig Rubel für tausend Stück. Es ist eine vorteilhafte Sache. Gestern also sagt Aksinja während des Mittagessens zum Alten: ‚Ich will', sagt sie, ‚in Butiokino eine Ziegelbrennerei errichten, will selber eine Kaufmannsfrau sein.' Sagt es und lächelt. Grigorij Petrowitsch aber bekommt ein finsteres Gesicht, hat ihm sichtlich nicht gefallen. ‚Solange ich', sagt er, ‚am Leben bin, soll keiner sich absondern, alle müssen zusammenbleiben.' Sie aber schleuderte wilde Blicke und knirschte mit den Zähnen ... Fladen wurden aufgetragen, aber sie aß nicht davon!»

«A-aah!...» verwunderte sich Kostyl. «Sie aß nicht!»

«Und sag mir, gefälligst, wann schläft sie eigentlich?» fuhr Lipa fort. «Sie schläft eine halbe Stunde und springt dann auf und geht umher und schaut überall nach: ob die Bauern nichts anzünden, nichts stehlen ... Es ist unheimlich mit ihr, Ilja Makarytsch! Die jüngeren Chrymins aber haben sich nach der Hochzeit nicht einmal schlafen gelegt, sind gleich in die Stadt gefahren, um zu prozessieren; und die Leute sagen, Aksinja trage die Schuld daran. Zwei Brüder haben ihr versprochen, die Ziegelbrennerei zu bauen, und der dritte ist gekränkt, und die Fabrik stand einen Monat still, und mein Onkel Prochor war arbeitslos und mußte einen Monat lang Almosen heischen gehen. ‚Du solltest, Onkelchen', sagte ich, ‚inzwischen pflügen gehen oder Holz hacken, statt Schande auf dich zu laden!' ‚Ich bin', sagt er, ‚von christlicher Arbeit abgekommen, kann nichts mehr, Lipynjka...'!»

Vor dem jungen Espenhain machten sie halt, um auszuruhen und auf Praßkowja zu warten. Jelisarow war schon lange ein Unternehmer, aber hielt sich kein Pferd, er ging durch den ganzen Bezirk zu Fuß und trug ein Säckchen mit Brot und Zwiebeln mit sich, schritt weit aus und fuchtelte mit den Händen. Und es war schwer, mit ihm Schritt zu halten.

Beim Eingang in den Hain stand ein Grenzpfosten. Jelisarow berührte ihn, ob er solid sei. Keuchend näherte sich Praßkowja. Ihr runzliges, stets erschrockenes Gesicht strahlte vor Glück: sie war heute wie andere Leute in der Kirche gewesen, war dann über den Jahrmarkt gegangen und hatte dort Kwaß aus Birnen getrunken! Das kam bei ihr selten vor, und es schien ihr jetzt sogar, als habe sie heute zum erstenmal in ihrem Leben zu ihrem Vergnügen gelebt. Nachdem sie ausgeruht war, setzten alle drei in einer Reihe den Weg fort. Die Sonne ging schon unter, und ihre Strahlen durchdrangen den Hain und leuchteten an den Stämmen. Vor ihnen ließen sich laute Stimmen vernehmen. Die Mädchen aus Uklejewo waren schon längst fortgegangen, hatten sich aber im Hain aufgehalten, wahrscheinlich sammelten sie Pilze.

«He, ihr Mädchen!» rief Jelisarow. «Ihr Schönen!»

Als Antwort ertönte Gelächter.

«Kostyl kommt! Kostyl! Der alte Kauz!»

Und auch das Echo lachte. Schon lag der Hain hinter ihnen. Man sah bereits die Fabrikschlote, das Kreuz auf dem Glockenturm glänzte auf: das Dorf war da, «eben das, in dem der Diakon an der Beerdigung den ganzen Kaviar aufgegessen hatte». Die Häuser waren fast zu greifen; man mußte nur noch in die Schlucht hinabsteigen. Lipa und Praßkowja, die barfuß waren, setzten sich ins Gras, um Strümpfe und Schuhe anzuziehen: auch der Unternehmer setzte sich neben sie. Wenn man von oben hinunterblickte, so schien Uklejewo mit seinen Weiden, der weißen Kirche und dem Flüßchen schön und still, und es störten nur die Fabrikdächer, die man aus Sparsamkeit in einer düsteren Farbe angestrichen hatte. Man sah auf der anderen Seite des Abhangs Roggen in Haufen und Garben hier und dort aufgerichtet, als habe der Sturm sie auseinandergeweht, und frischgeschnittener lag daneben in Reihen; auch der Hafer war schon gereift und schimmerte jetzt in der Sonne gleich Perlmutter. Es war die Zeit schwerer Feldarbeiten. Heute war Feiertag, morgen, Samstag, mußte der Roggen eingeheimst, das Heu geführt werden, darauf folgte der Sonntag, wieder ein Feiertag; jeden Tag grollte in der Ferne ein Gewitter; es herrschte eine brütende Hitze und sah nach einem Regen aus, und wer jetzt aufs Feld blickte, dachte, Gott möge geben, daß man beizeiten das Korn einbringen könne; es war einem fröhlich und freudig und unruhig zumute.

«Die Mäher sind heuer teuer», bemerkte Praßkowja. «Sie nehmen einen Rubel vierzig im Tag!»

Und das Volk strömte noch immer aus dem Dorf Kasanskoje vom Jahrmarkt herbei; Weiber, Fabrikarbeiter in neuen Schirmmützen, Bettler und Kinder ... Da fuhr ein Wagen vorüber und wirbelte Staub auf, und hinterher lief das unverkaufte Pferd und schien gleichsam froh darüber, daß man es nicht verkauft hatte. Dort führte man eine störrische Kuh an den Hörnern vorbei, dann kam wieder ein Wagen, in dem betrunkene Bauern saßen und die Beine herabhängen ließen. Eine alte Frau führte einen Knaben mit einer zu großen Mütze und großen Stiefeln; der Knabe war von der Hitze und den schweren Stiefeln ganz erschöpft, die Stiefel erlaubten ihm nicht, die Knie zu beugen, doch er blies unermüdlich aus aller Kraft auf einer Spielzeugtrompete; man war schon hinuntergestiegen und in eine Straße eingebogen, doch die Trompete war noch immer zu hören.

«Unsere Fabrikanten sind mißgestimmt», bemerkte Jelisarow. «Es ist schlimm! Kostiukow hat sich über mich geärgert. Es seien viele Bretter für die Karniese fortgegangen. ‚Gerade so viel als nötig, Wassilij Danilytsch‘, gab ich ihm zur Antwort. ‚Ich esse die Bretter nicht mit der Grütze.‘ ‚Wie wagst du mir gegenüber solche Worte zu brauchen? Du Dummkopf? Vergiß dich nicht. Ich‘, brüllt er, ‚habe dich zum Unternehmer gemacht!‘ — ‚Als ob das so viel wäre!‘ sage ich. ‚Als ich noch nicht Unternehmer war, habe ich gleichwohl jeden Tag Tee getrunken!‘ — ‚Alle seid ihr Gauner...‘ erwidert er darauf. Ich schwieg. Wir sind in dieser Welt Gauner, denke ich, ihr aber werdet im Jenseits Gauner sein. Cho-cho-cho! Am nächsten Tag war er windelweich. ‚Du‘, sagt er, ‚zürn mir nicht, Makarytsch, wegen meiner Worte. Wenn ich auch‘, sagt er, ‚Unnötiges gesprochen habe, so bin ich doch, muß man sagen, ein Kaufmann erster Gilde, bin also mehr als du, du mußt also schweigen.‘ ‚Sie sind‘, sage ich, ‚ein

Kaufmann erster Gilde, und ich bin ein Zimmermann, das ist richtig. Auch der heilige Joseph', sage ich, ,war ein Zimmermann. Unsere Arbeit ist eine ehrliche, gottgefällige, wenn es Ihnen aber beliebt', sage ich, ,höher im Rang zu sein, so bitte sehr, Wassilij Danilytsch.' Aber nachher, nach diesem Gespräch, dachte ich mir: wer ist nun mehr? Ein Kaufmann erster Gilde oder ein Zimmermann? Ein Zimmermann ist es also, Kinderchen!»

Kostyl sann nach und fügte hinzu:

«So ist es, Kinderchen. Wer sich müht, wer duldet, der ist auch mehr.»

Die Sonne war untergegangen, und über dem Fluß, innerhalb der Kirchenmauer und auf den Lichtungen neben den Fabriken, stieg ein dichter, milchweißer Nebel auf. Jetzt, da das Dunkel schnell hereinbrach, unten die Lichter auftauchten und es schien, als verberge der Nebel einen gähnenden Abgrund hinter sich, konnte es Lipa und ihre Mutter, die als Bettler geboren waren und bereit waren, bis an ihr Lebensende so zu leben, alles, außer ihren eingeschüchterten, sanften Seelen an andere hinzugeben, konnte es sie vielleicht einen Augenblick dünken, daß in dieser riesigen, geheimnisvollen Welt unter den zahllosen Leben auch sie eine Kraft darstellten, daß auch sie mehr als irgend ein Etwas seien; es war für sie schön, hier oben zu sitzen, sie lächelten glücklich und hatten vergessen, daß sie gleichwohl nach unten zurückkehren mußten.

Endlich gingen sie nach Hause. Am Tor und neben dem Laden saßen die Mäher auf dem Boden. Gewöhnlich gingen die Bewohner Uklejewos nicht zu Zybukin arbeiten, und er mußte fremde Arbeiter dingen. Jetzt in der Dämmerung schien es, als ob Menschen mit langen schwarzen Bärten dasäßen. Der Laden war geöffnet, und man konnte durch die Tür sehen, wie der Taube mit dem Lehrling Dame spielte. Die Mäher sangen leise, kaum hörbar, oder baten laut um den Lohn für den gestrigen Tag, doch man zahlte sie nicht aus, damit sie nicht fortgingen. Der alte Zybukin ohne Rock, nur in der Weste, trank mit Aksinja an der Vortreppe unter der Birke Tee; auf dem Tisch brannte die Lampe.

«Großvater-r!» sagte, gleichsam um zu necken, ein Mäher hinter dem Tor. «Bezahl wenigstens die Hälfte! Großvater-r!»

Und sofort erklang Lachen, und darauf wurde wieder kaum hörbar gesungen... Kostyl setzte sich auch hin, um Tee zu trinken.

«Wir waren also auf dem Jahrmarkt», begann er zu erzählen. «Wir bummelten, Kinderchen, amüsierten uns sehr gut. Gott sei gelobt. Und da passierte etwas Unangenehmes: der Schmied Saschka kaufte sich Tabak und gab also dem Kaufmann einen halben Rubel. Der halbe Rubel aber war falsch», fuhr Kostyl fort und schaute sich um; er wollte im Flüsterton reden, doch er sprach mit unterdrückter, heiserer Stimme, und alle konnten ihn vernehmen. «Der halbe Rubel war falsch. Man fragte ihn, wo er ihn eingenommen habe. Den hat mir, sagt er, Anissim Zybukin gegeben. Als ich an seiner Hochzeit war ... Man rief nach dem Polizisten und führte ihn ab ... Paß auf, Petrowitsch, daß nichts daraus entsteht, kein Gerede ...»

«Großvater-r!» neckte wieder die gleiche Stimme hinter dem Tor. «Großvater-r!»

Stille trat ein.

«Ach, Kinderchen, Kinderchen, Kinderchen ...» begann Kostyl schnell zu murmeln und stand auf; der Schlaf übermannte ihn. «Nun, danke für Tee und Zucker, Kinderchen. Es ist Zeit, schlafen zu gehen. Ich bin schon morsch geworden, alle Balken in mir sind faul. Cho-cho-cho!»

Und im Fortgehen bemerkte er: «Es ist wohl Zeit, zu sterben!»

Und er schluchzte auf. Der alte Zybukin trank seinen Tee nicht aus, aber saß noch eine Weile und dachte nach; und er hatte einen Ausdruck, als lausche er den Schritten Kostyls, der schon weit fort war.

«Saschka, der Schmied, hat wohl gelogen», sagte Aksinja, seine Gedanken erratend.

Er ging ins Haus und kehrte nach einer Weile mit einer Rolle zurück; er löste sie auf — und funkelnagelneue Rubel blitzten auf. Er nahm einen und probierte ihn mit dem Zahn, warf ihn dann aufs Tablett; darauf warf er einen zweiten hin ...

«Die Rubel sind in der Tat falsch...» sprach er, Aksinja anblickend und gleichsam nicht begreifend. «Das sind jene... Anissim brachte sie damals als Geschenk mit. Da nimm sie, Töchterchen», begann er zu flüstern und steckte ihr die Rolle in die Hand, «nimm und wirf sie in den Brunnen... zum Kuckuck mit ihnen! Und sorg dafür, daß es nicht herauskommt. Daß nichts daraus entsteht... Räum den Samowar ab, lösch das Licht...»

Lipa und Praßkowja saßen in der Scheune und sahen, wie ein Licht nach dem andern erlosch; nur oben, bei Warwara, leuchteten die blauen und roten Lämpchen, und Ruhe, Zufriedenheit, Unschuld ging von dort aus. Praßkowja konnte sich noch immer nicht daran gewöhnen, daß ihre Tochter einen reichen Mann geheiratet hatte, und wenn sie kam, so drückte sie sich schüchtern im Hausflur herum, lächelte bittend, und man schickte ihr Tee und Zucker hinaus. Und auch Lipa konnte sich nicht gewöhnen und, nachdem ihr Mann fortgefahren war, schlief sie nicht in ihrem Bett, sondern wo es kam, in der Küche oder Scheune, und jeden Tag wusch sie die Böden auf oder wusch Wäsche, und es schien ihr, als arbeite sie im Taglohn. Auch jetzt, nachdem sie von ihrer Wallfahrt zurückgekehrt waren, tranken sie in der Küche mit der Köchin Tee, gingen darauf in die Scheune und legten sich zwischen den Schlitten und der Mauer auf den Boden nieder. Es war hier dunkel und roch nach Kummeten. Die Lichter erloschen rings um das Haus, darauf konnte man hören, wie der Taube den Laden verschloß, wie die Mäher sich im Hof zum Schlafen lagerten. In der Ferne, bei den jüngeren Chrymins, wurde auf der teuren Ziehharmonika gespielt ... Praßkowja und Lipa begannen einzuschlafen.

Und als Schritte sie erweckten, war es schon hell vom Mond; beim Eingang in die Scheune stand Aksinja und hielt ihr Bettzeug in Händen.

«Hier ist es vielleicht kühler ...», sprach sie; darauf trat sie ein und legte sich an der Schwelle nieder, und der Mond beleuchtete sie ganz.

Sie schlief nicht und seufzte schwer, hatte alle Glieder vor Hitze weit von sich gestreckt, hatte beinahe alle Kleidung von sich geworfen — und beim zauberhaften Schein des Mondes, was war es für ein schönes, für ein stolzes Tier! Ein wenig Zeit verstrich, und von neuem ließen sich Schritte vernehmen: in der Tür erschien, ganz weiß, der Alte.

«Aksinja!» rief er. «Bist du hier?»

«Nun!» gab sie ärgerlich zur Antwort.

«Ich sagte dir vorhin, du solltest das Geld in den Brunnen werfen. Hast du es getan?»

«Das fehlte noch, Geld in den Brunnen zu werfen! Ich gab es den Mähern ...»

«Ach, mein Gott!» sprach der Alte voll Erstaunen und in Angst. «Du hast den Teufel im Leib ... Ach, mein Gott!»

Er schlug die Hände zusammen und ging hinaus und sprach im Gehen immer weiter vor sich hin. Ein wenig später setzte sich Aksinja auf und seufzte schwer und ärgerlich, darauf erhob sie sich, ergriff ihr Bettzeug und entfernte sich.

«Warum hast du mich nur hierher gegeben, liebe Mutter?» sagte Lipa.

«Man muß heiraten, Töchterchen. So ist es schon bestimmt, nicht von uns.»

Und ein Gefühl untröstlichen Schmerzes wollte sich ihrer bemächtigen. Doch es schien ihnen, daß jemand aus der Himmelshöhe, aus dem Blau, von dort, wo die Sterne waren, schaute und alles sah, was in Uklejewo vor sich ging, und wachte. Und wie groß auch das Böse war, die Nacht war dennoch still und schön, und dennoch gab es in der Gotteswelt eine Gerechtigkeit und wird es eine geben, eine ebenso stille und schöne, und alles auf Erden wartet nur, um mit der Wahrheit zu verschmelzen, wie das Mondlicht mit der Nacht verschmilzt.

Und beide schliefen, beruhigt, eng aneinandergeschmiegt, ein.

VI

Längst schon war die Nachricht gekommen, daß man Anissim wegen Falschmünzerei und Absatzes von falschem Gelde ins Gefängnis getan habe. Monate vergingen, über ein halbes Jahr verstrich, der lange Winter war vorübergegangen, der Frühling brach an, und im

Haus und im Dorf gewöhnte man sich daran, daß Anissim im Gefängnis saß. Und wenn jemand nachts am Haus oder Laden vorüberging, so erinnerte er sich, daß Anissim im Gefängnis saß; und wenn im Kirchspiel geläutet wurde, so erinnerte man sich aus irgendeinem Grund auch daran, daß er im Gefängnis saß und das Urteil erwartete.

Es schien, daß ein Schatten sich über den Hof gelegt habe. Das Haus war dunkler geworden, das Dach verrostet, die schwere, eisenbeschlagene, grüne Tür zum Laden war wie verschrumpft; und der alte Zybukin selber war gleichsam dunkler geworden. Er hatte schon lange nicht Haar und Bart schneiden lassen, war mit Haar bewachsen, nahm keinen Anlauf mehr, um in den Wagen zu steigen, und schrie die Bettler nicht mehr an: «Gott wird geben!» Seine Kraft nahm ab, und das war an allem zu erkennen. Man fürchtete ihn schon weniger, und der Polizist hatte ein Protokoll im Laden aufgenommen, obgleich er nach wie vor seinen Teil erhielt; dreimal war er schon in der Stadt vorgeladen worden, um wegen Geheimhandels mit Wein abgeurteilt zu werden; die Sache wurde immer aufgeschoben, weil die Zeugen nicht erschienen, und der Alte war ganz abgequält.

Er fuhr oft zum Sohn, stellte Leute an, reichte Bittschriften ein, stiftete irgendwo eine Kirchenfahne. Dem Aufseher des Gefängnisses, in dem Anissim saß, überreichte er einen silbernen Glashalter für Tee mit einer Inschrift in Email «Man muß Maß kennen», und ein langes Löffelchen.

«Niemand ist da, der sich für ihn richtig einsetzen könnte», sagte Warwara. «Och-tech-te... Man sollte jemanden von den Herrschaften bitten, die würden an den Vorstand schreiben... Wenn man ihn wenigstens vor der Gerichtsverhandlung herausließe! Warum den Burschen so quälen!»

Sie war auch betrübt, war aber voller und weißer geworden, zündete nach wie vor bei sich die Lämpchen an, damit im Hause alles sauber sei, und bewirtete die Gäste mit Konfitüre und Apfelpasta. Der Taube und Aksinja handelten im Laden. Ein neues Unternehmen war im Gang — die Ziegelbrennerei in Butiokino, und Aksinja fuhr beinahe jeden Tag im Tarantaß* dahin; sie lenkte den Wagen selber, und wenn sie Bekannten begegnete, streckte sie den Hals wie eine Schlange aus jungem Roggen hervor und lächelte naiv und rätselhaft. Lipa aber spielte immer mit ihrem Kind, das gerade vor der Fastenzeit geboren wurde. Es war ein kleines Kindchen, sehr mager und elend, und es war seltsam, daß es schreien und sehen konnte und man es für einen Menschen ansah und es sogar Nikifor nannte. Es lag in seiner Wiege, und Lipa entfernte sich bis zur Tür und sprach, sich verneigend:

---

* Tarantaß = ein auf Stangengestell ruhender Reisewagen mit Halbverdeck.

«Guten Tag, Nikifor Anissimytsch!»

Und rannte darauf über Hals und Kopf zu ihm und küßte es. Darauf ging sie wieder bis zur Tür, verneigte sich und sagte wieder:

«Guten Tag, Nikifor Anissimytsch!»

Er aber streckte seine roten Beinchen in die Höhe, und sein Weinen vermengte sich wie bei dem Zimmermann Jelisarow mit Lachen.

Endlich war die Gerichtsverhandlung angesetzt. Der Alte fuhr fünf Tage vorher ab. Darauf vernahm man, daß auch die Bauern, die als Zeugen vorgeladen waren, dorthin geschickt wurden; auch der alte Knecht, der gleichfalls eine Vorladung erhalten hatte, reiste ab.

Die Gerichtsverhandlung war am Donnerstag. Doch der Sonntag war schon vergangen und der Alte noch immer nicht zurückgekehrt, und man hatte auch keine Nachricht von ihm. Am Dienstag saß Warwara gegen Abend am offenen Fenster und lauschte, ob der Alte nicht heimkehre. Im Nebenzimmer spielte Lipa mit ihrem Kind. Sie warf es in die Höhe und sprach dazu voll Entzücken:

«Du wirst gro-oß, groß werden! Wirst ein Bauer sein, und wir werden miteinander auf Taglohn gehen! Auf Taglohn gehen!»

«Was denn?» sagte Warwara gekränkt. «Was sprichst du von Taglohn, Dummerchen? Er wird ein Kaufmann werden...!»

Lipa summte leise ein Liedchen; doch nach einer Weile vergaß sie sich und begann wieder:

«Wirst gro-oß, groß werden, wirst ein Bauer sein, wir werden miteinander auf Taglohn gehen!»

«Nu-un! Leierst immer das gleiche!»

Lipa blieb mit Nikifor auf dem Arm in der Tür stehen und fragte:

«Mütterchen, warum liebe ich ihn so sehr? Warum tut er mir so leid?» fuhr sie mit bebender Stimme fort, und ihre Augen erglänzten vor Tränen. «Wer ist er? Was stellt er vor? Er ist leicht wie ein Federchen, wie ein Krümchen; aber ich liebe ihn, liebe ihn wie einen richtigen Menschen. Er kann nichts, redet nicht, aber ich verstehe alles, was er mit seinen Äuglein wünscht.»

Warwara horchte auf: das Geräusch des sich der Station nähernden Abendzugs drang zu ihr. Ob der Alte gekommen war? Sie hörte und verstand schon nicht mehr, was Lipa sagte, bemerkte nicht, wie die Zeit dahinging, zitterte nur, aber nicht aus Angst, sondern aus starker Neugier. Sie sah, wie ein Wagen voller Bauern ratternd schnell vorüberfuhr, das waren die zurückkehrenden Zeugen. Als der Wagen am Laden vorüberfuhr, sprang der alte Knecht ab und ging in den Hof. Sie konnte hören, wie man ihn im Hof begrüßte, ihn nach etwas fragte ...

«Verlust der Rechte und des ganzen Vermögens», sagte er laut, «und Verbannung zu Zwangsarbeiten nach Sibirien auf sechs Jahre.»

Sie sah, wie Aksinja durch den hinteren Ausgang aus dem Laden herauskam; sie hatte gerade Petroleum verkauft und hielt in der einen Hand die Flasche, in der anderen die Gießkanne, und in ihrem Mund waren Silbermünzen.

«Wo ist der Vater?» fragte sie lispelnd.

«Auf der Station», erwiderte der Knecht. «Er sagt, ‚wenn es dunkler ist, will ich kommen'.»

Und als es im Hause bekannt wurde, daß Anissim zu Zwangsarbeit verurteilt sei, erhob die Köchin in der Küche ein Jammer- und Klagegeschrei wie nach einem Verstorbenen, in der Meinung, daß der Anstand es erfordere:

«Warum hast du uns verlassen, Anissim Grigorjitsch, heller Falke...?»

Beunruhigt begannen die Hunde zu bellen. Warwara lief ans Fenster und, von Schmerz getrieben, rief sie der Köchin mit der ganzen Kraft ihrer Stimme zu: «Hö-ör auf, Stepanida, hö-ör auf! Quäl nicht, um Christi willen!»

Man vergaß, den Samowar aufzustellen, konnte nichts mehr überlegen. Nur Lipa allein konnte nicht begreifen, worum es sich handelte, und gab sich weiter mit dem Kind ab.

Als der Alte von der Station kam, stellte man ihm schon keine Fragen mehr. Er begrüßte alle, ging darauf schweigend durch die Zimmer; aß nicht zu Nacht.

«Niemand war da, der sich für ihn eingesetzt hätte...», begann Warwara, als sie allein geblieben waren. «Ich sagte ja, man solle die Herrschaften bitten. Man hat auf mich nicht gehört ... Wenn man eine Bittschrift ...»

«Ich habe alles getan!» sagte der Alte mit einer hoffnungslosen Gebärde. «Als Anissim verurteilt wurde, begab ich mich zu dem Herrn, der ihn verteidigt hatte. ‚Man kann jetzt nichts mehr machen', sagte er, ‚es ist zu spät.' Auch Anissim sagte das gleiche: es ist zu spät. Und doch habe ich, als ich das Gericht verließ, mit einem Advokaten abgemacht und ihm einen Vorschuß gegeben ... Ich will noch eine Woche warten und dann wieder hinfahren. Wie Gott will.»

Schweigend ging der Alte wieder durch alle Zimmer und als er zu Warwara zurückkehrte, sagte er: «Ich bin wohl krank. Im Kopf geht alles durcheinander. Die Gedanken verwirren sich.»

Er schloß die Tür, damit Lipa sie nicht höre, und fuhr leise fort:

«Mit dem Geld steht es bei mir schlecht. Erinnerst du dich, Anissim brachte mir vor der Hochzeit neue Rubel und Fünfzigkopekenstücke? Eine Rolle verbarg ich damals, die anderen aber vermischte ich mit meinem Geld ... Als mein Onkel, Gott hab ihn selig, Dmitrij Filatytsch, noch lebte, war er viel auf Reisen, um Ware einzukaufen, bald fuhr er nach Moskau, bald nach der Krim. Er hatte ein Eheweib, und dieses Weib gab sich, während er auf Reisen war, mit anderen ab. Sechs Kinder hatte er. Und wenn er getrunken hatte, so pflegte Onkelchen lachend zu sagen: ‚Ich werde nicht draus klug, welches meine Kinder sind und welches die fremden.' Ein leichter Charakter also. So werde auch ich jetzt nicht mehr klug daraus, welches das richtige Geld ist und welches das falsche. Und mir scheint, daß alles falsch ist.»

«Was sagst du, Gott steh dir bei!»

«Da kaufe ich auf dem Bahnhof eine Fahrkarte, gebe drei Rubel, und es kommt mir vor, als ob sie falsch sind. Und ich fürchte mich. Ich bin wohl krank.»

«Was soll man sagen, wir alle hängen von Gott ab ... Och-tech-te ...» sprach Warwara und schüttelte den Kopf. «Man muß darüber nachdenken, Petrowitsch ... In einer unglücklichen Stunde kann was passieren, du bist nicht mehr jung. Und wenn du stirbst, könnte es geschehen, daß man deinem Enkel Unrecht antäte. Oi, ich fürchte, man wird Nikifor Unrecht antun, wird ihn übervorteilen. Vom Vater kann man nicht mehr reden, und die Mutter ist jung und unerfahren ... Du solltest auf seinen Namen, auf den Namen des Kleinen, wenigstens das Land Butiokino überschreiben, Petrowitsch, wirklich! Überleg es dir!» fuhr Warwara fort, ihn zu überreden. «Es ist ein liebes Kind, und es dauert einen! Fahr morgen in die Stadt und stell das Schriftstück aus. Worauf warten?»

«Ach, ich habe das Enkelchen ganz vergessen ...» bemerkte Zybukin. «Ich will es

begrüßen. Du sagst also: das Kind ist recht?
Nun, so möge es wachsen. Gebe Gott!»

Er öffnete die Tür und winkte mit gebogenem Finger Lipa zu sich heran. Sie trat mit dem Knaben auf dem Arm zu ihm.

«Du, Lipynjka, wenn du was nötig hast, so frage nur», sagte er. «Und iß, wonach du Lust hast, es reut uns nicht, wenn du nur gesund bist ...» Er bekreuzigte das Kind. «Und hüte den Enkel gut. Der Sohn ist nicht da, so ist wenigstens der Enkel geblieben.»

Die Tränen rannen ihm über die Wangen; er schluchzte auf und ging fort. Eine Weile später begab er sich zur Ruhe und schlief nach sieben schlaflosen Nächten zum ersten Male fest ein.

VII

Der Alte begab sich auf kurze Zeit in die Stadt. Jemand berichtete Aksinja, daß er zum Notarius gefahren sei, um ein Testament aufzustellen, und daß er Butiokino, eben das, auf dem sie Ziegel brannte, dem Enkel Nikifor vermacht habe. Man teilte ihr das am Morgen mit, als der Alte und Warwara neben der Vortreppe unter der Birke saßen und Tee tranken. Sie verschloß den Laden nach der Straße und dem Hof, nahm alle Schlüssel zusammen, die sie hatte, und schleuderte sie zu den Füßen des Alten hin.

«Ich werde nicht mehr für euch arbeiten!» schrie sie laut und brach plötzlich in Schluchzen aus. «Es kommt heraus, daß ich nicht eure Schwiegertochter bin, sondern nur eine Arbeiterin! Alle lachen darüber: ‚Schaut nur‘, sagen sie, ‚was für eine Arbeiterin Zybukins für sich gefunden haben!‘ — Ich habe mich euch nicht verdingt! Ich bin keine Bettlerin, nicht irgendeine Magd, ich besitze Vater und Mutter.»

Ohne sich die Tränen abzuwischen, richtete sie auf den Alten ihre tränengefüllten Augen, die böse dreinschauten und vor Zorn schielten; Gesicht und Hals waren rot und gespannt, da sie aus voller Kraft schrie.

«Ich wünsche nicht mehr zu dienen!» fuhr sie fort. «Bin abgequält! Wenn es sich um Arbeit handelt, den ganzen lieben Tag im Laden zu sitzen, in den Nächten mit dem Schnaps hin und her zu rennen, so bin ich gut genug dafür, wenn man aber Land verschenken will, so bekommt es die Zuchthäuslerin und ihre Brut! Sie ist hier die Herrin, die Hausfrau, und ich bin ihre Magd! Gebt ihr alles ab, der Arrestantin, möge sie daran ersticken, ich geh nach Hause! Sucht euch eine andere Närrin, ihr verdammten Bösewichte!»

Der Alte hatte in seinem ganzen Leben nie die Kinder geschimpft oder bestraft und ließ nicht einmal den Gedanken zu, daß jemand aus der Familie ihm grobe Worte sagen oder sich unehrerbietig verhalten könnte; er erschrak sehr und lief ins Haus und versteckte sich hinter dem Schrank. Warwara aber war so bestürzt, daß sie sich nicht von ihrem Platz erheben konnte und nur mit beiden Händen abwehrte, als schütze sie sich vor einer Biene.

«Oi, was ist denn das, Väterchen?» murmelte sie voller Entsetzen. «Was schreit sie denn? Och-tech-te ... Die Leute können es ja hören! Leiser doch ... Oi, leiser doch!»

«Man hat der Zuchthäuslerin Butiokino abgegeben», fuhr Aksinja zu schreien fort, «gebt ihr jetzt alles ab, ich will von euch nichts haben! Hol euch der Henker! Ihr seid alle eine Bande! Ich habe genug von euch, von allem, was ich hier ansehen mußte! Ihr habt die Passanten und die Fahrgäste ausgeplündert, Räuberbande, habt alt und jung ausgeplündert! Und wer hat Schnaps ohne Patent verkauft? Und das falsche Geld? Haben sich die Kisten mit falschem Geld vollgestopft — und jetzt bin ich nicht mehr nötig!»

Vor dem weit offenen Tor hatte sich schon eine Menschenmenge angesammelt und blickte in den Hof hinein.

«Möge das Volk nur schauen!» schrie Aksinja. «Ich werde euch blamieren! Ihr werdet mir vor Scham vergehen! Ihr werdet euch mir vor den Füßen wälzen. He, Stepan!» rief sie den Tauben. «Wir fahren sofort nach Hause! Zu meinem Vater und meiner Mutter fahren wir, mit Arrestanten will ich nicht leben! Mach dich fertig!»

Im Hof hing am gespannten Seil Wäsche; sie riß ihre Röcke und Jacken ab, die noch naß waren, und warf sie dem Tauben zu. Und rasend rannte sie durch den ganzen Hof und riß alle Wäsche ab, und was nicht ihr gehörte, schleuderte sie auf den Boden und stampfte darauf herum.

«Oi, Väterchen, beschwichtigt sie!» stöhnte Warwara. «Was hat sie denn? Gebt ihr Butiokino, gebt ihr um Christi, des Himmlischen, willen!»

«Ist das ein Weib!» sagten die Leute am Tor. «Ist das ein We-e-ib! Sie ist ganz außer Rand und Band!»

Aksinja stürzte in die Küche, wo gerade Wäsche gewaschen wurde. Nur Lipa wusch, während die Köchin zum Spülen an den Fluß gegangen war. Vom Trog und dem Kessel neben dem Herd stieg Dampf auf, und in der Küche war es drückend und standen Schwaden. Auf dem Boden lag noch ein Haufen ungewaschener Wäsche, und daneben auf einer Bank, die roten Beinchen in die Höhe gestreckt, lag Nikifor, so daß er beim Fall sich nicht hätte verletzen können. Gerade in dem Augenblick, da Aksinja die Küche betrat, holte Lipa aus dem Haufen deren Hemd hervor, legte es in den Trog und streckte schon die Hand nach der großen Schöpfkelle mit dem kochenden Wasser aus, die auf dem Tisch stand ...

«Gib es her!» sagte Aksinja, voll Haß auf sie blickend, und riß das Hemd aus dem Trog heraus. «Das ist nicht deine Sache, meine Wäsche anzurühren! Du bist eine Arrestantin und mußt deinen Platz kennen, wissen, wer du bist!»

Lipa schaute eingeschüchtert auf sie und begriff nicht; doch plötzlich fing sie den Blick auf, den jene auf das Kind warf, verstand auf einmal und wurde leichenblaß...

«Du hast mir mein Land genommen, da hast du dafür!»

Mit diesen Worten ergriff Aksinja die Schöpfkelle mit dem kochenden Wasser und goß es über Nikifor.

Darauf vernahm man einen Schrei, wie man ihn noch nie in Uklejewo vernommen hatte, und es war nicht zu glauben, daß ein kleines, schwaches Geschöpf wie Lipa so schreien konnte. Und im Hof wurde es plötzlich still.

Aksinja begab sich ins Haus, schweigend, mit ihrem früheren naiven Lächeln... Der Taube ging mit dem Armvoll Wäsche immer noch durch den Hof, darauf begann er stumm, ohne Hast sie wieder aufzuhängen. Und bevor die Köchin nicht vom Fluß zurückgekehrt war, konnte sich niemand entschließen, die Küche zu betreten um nachzusehen, was dort geschehen war.

VIII

Man brachte Nikifor ins Krankenhaus, und gegen Abend starb er dort. Lipa wollte nicht warten, bis man sie abhole, sie wickelte die Leiche in eine Decke und trug sie nach Hause.

Das Krankenhaus, das erst unlängst von der Semstwo erstellt worden war, stand mit seinen großen Fenstern hoch auf einem Hügel; es glänzte in der Abendsonne und schien von innen zu glühen. Unten war eine Siedlung. Lipa stieg den Weg hinunter und setzte sich, ohne bis zur Siedlung zu gehen, an einen kleinen Teich. Eine Frau brachte ein Pferd an die Tränke, das Pferd aber trank nicht.

«Was willst du denn noch?» fragte die Frau leise, ohne zu begreifen. «Was willst du denn?»

Ein Knabe in einem roten Hemd saß ganz nahe am Wasser und wusch die väterlichen Stiefel. Und weiter war keine Menschenseele zu sehen, weder in der Siedlung noch am Wasser.

«Es trinkt nicht ...» sprach Lipa, dem Pferd zuschauend.

Doch nun waren die Frau und der Knabe mit den Stiefeln gegangen, und niemand war mehr sichtbar. Die Sonne war schlafen gegangen und hatte sich mit purpurnem Goldbrokat zugedeckt, und langgestreckte, rote und lilafarbene Wolken bewachten, über den ganzen Himmel ausgedehnt, ihren Schlaf. Irgendwo weit, unbekannt wo, schrie eine Rohrdommel wie eine in einem Stall eingesperrte Kuh, traurig und dumpf. Man vernahm jeden Frühling den Ruf dieses geheimnisvollen Vogels, wußte aber nicht, wie er war und wo er weilte. Oben beim Krankenhaus, neben dem Teich im Gebüsch, hinter der Siedlung und ringsum auf dem Feld schluchzten die Nachtigallen. Der Kuckuck zählte die Lebensjahre eines Menschen, verrechnete sich aber immer wieder und begann von neuem. Im Teich riefen einander die Frösche ärgerlich zu und wollten vor Anstrengung fast bersten, und man konnte sogar die Worte unterscheiden: «Auch du bist so! Auch du bist so!» Was für ein Lärm das war! Man hätte glauben können, daß alle diese Geschöpfe absichtlich schrien und sangen, damit niemand an diesem Frühlingsabend schlafe, damit alle, sogar die ärgerlichen Frösche, jeden Augenblick schätzten und ihn genossen: man lebt ja nur einmal!

Am Himmel leuchtete der silberne Halbmond, und standen viele Sterne. Lipa erinnerte sich nicht, wie lange sie am Teiche gesessen hatte; doch als sie sich erhob und weiterging, schliefen in der Siedlung bereits alle, kein Licht war zu sehen. Bis nach Hause waren es vielleicht zwölf Kilometer, doch ihre Kräfte versagten, und sie konnte sich nicht vorstellen, wie sie so weit würde gehen können; der Mond leuchtete bald vor ihr, bald rechts, und der gleiche Kuckuck rief noch immer mit heiser gewordener Stimme, lachend, als wollte er necken: paß nur auf, daß du den Weg nicht verfehlst! Lipa ging schnell, verlor ihr Kopftuch ... Sie blickte zum Himmel auf und dachte, wo jetzt wohl die Seele ihres Kindes sei: folgte sie ihr nach oder schwebte sie schon dort oben neben den Sternen und dachte nicht mehr an ihre Mutter? Oh, wie einsam ist es nachts auf dem Felde, inmitten dieses Gesangs, wenn man selber nicht singen kann, inmitten der ununterbrochenen Freudenschreie, wenn man sich selbst nicht freuen kann, wenn vom Himmel der Mond herunterschaut, der auch einsam ist und dem es gleich ist, ob jetzt Frühling ist oder Winter, ob die Menschen leben oder tot sind ... Wenn ein Kummer die Seele bedrückt, so ist es schwer ohne Menschen. Wenn jetzt die Mutter bei ihr gewesen wäre, oder Kostyl, oder die Köchin, oder irgendein Bauer!

«Bu-uh!» rief die Rohrdommel. «Bu-uh!»

Und plötzlich vernahm sie eine Menschenstimme: «Spann ein, Wawila!»

Vor ihr, am Wegrand, brannte ein Feldfeuer; die Flamme war nicht mehr zu sehen, es leuchteten nur rote Kohlen. Sie konnte hören, wie die Pferde kauten. Im Dunkeln zeichneten sich zwei Fuhren ab — die eine mit einem Faß, die andere niedriger und mit Säcken bedeckt — und zwei Menschen: der eine führte das Pferd, um es einzuspannen, der andere stand unbeweglich, die Hände nach hinten gelegt, neben dem Feldfeuer. Ein Hund neben der Fuhre begann zu knurren. Der, welcher das Pferd führte, blieb stehen und sagte:

«Jemand scheint auf der Straße zu gehen.»

«Scharik, still!» schrie der andere den Hund an.

Und an der Stimme konnte man erkennen, daß es ein alter Mann war. Lipa blieb stehen und sagte:

«Gott helfe!»

Der Alte näherte sich ihr und erwiderte nach kurzem Zögern:

«Guten Abend!»

«Wird der Hund mir nichts tun, Großvater?»

«Komm nur. Er wird dich nicht anrühren.»

«Ich war im Krankenhaus», begann Lipa nach einer Weile. «Mein Söhnchen ist dort gestorben. Nun trage ich es nach Hause.»

Wahrscheinlich war es dem Alten unangenehm, das zu hören, denn er entfernte sich von ihr und sagte hastig:

«Macht nichts, Liebe. Das ist Gottes Wille. Du trödelst, Bursche!» wandte er sich seinem Gefährten zu. «Mach ein wenig hurtiger.»

«Ich weiß nicht, wo dein Krummholz ist», erwiderte der Bursche. «Ich kann es nicht finden.»

«Was bist du doch für ein ungeschickter Bursche!»

Der Alte nahm eine Kohle und blies darauf, nur seine Augen und die Nase wurden beleuchtet; darauf, als das Krummholz gefunden war, näherte er sich mit dem Feuer Lipa und betrachtete sie; und sein Blick drückte Mitgefühl und Zärtlichkeit aus.

«Du bist eine Mutter», sagte er. «Jeder Mutter tut ihr Kind leid.» Und seufzte dabei und schüttelte den Kopf. Wawila warf etwas aufs Feuer und trat es nieder, und sogleich wurde es finster; die Erscheinung verschwand, und man sah wiederum nur Feld und bestirnten Himmel, und die Vögel lärmten und ließen einander nicht schlafen. Und der Wachtelkönig rief, so schien es, gerade dort, wo das Feldfeuer war. Doch ein Augenblick verging, und von neuem waren die Fuhren und der Alte und der lange Wawila zu sehen. Die Wagen knarrten, während sie auf die Straße hinausfuhren.

«Seid ihr Heilige?» fragte Lipa den Alten.

«Nein, wir sind aus Firssanowo.»

«Du sahst mich vorhin an, und mein Herz wurde weich. Auch der Bursche ist ein Sanfter. Drum habe ich gedacht: das sind wohl Heilige.»

«Hast du es weit?»

«Bis nach Uklejewo.»

«Steig ein, wir nehmen dich bis Kusjmenki mit. Von dort aus gehst du gerade weiter, und wir drehen nach links ab.»

Wawila setzte sich auf die Fuhre mit dem Faß, der Alte und Lipa auf die andere. Sie fuhren im Schritt, Wawila vor ihnen.

«Mein Söhnchen hat sich den ganzen Tag gequält», sagte Lipa. «Schaut mit seinen

Äuglein und schweigt und will reden und kann nicht. Gott, mein Vater, himmlische Mutter! Vor Kummer fiel ich die ganze Zeit auf den Boden. Stehe und falle neben dem Bettchen hin. Und sag mir, Großvater, warum muß sich ein kleines Kind vor dem Tod so quälen? Wenn sich ein Erwachsener quält, ein Mann oder eine Frau, so werden die Sünden vergeben, warum aber ein kleines Kind, das keine Sünden hat? Warum?»

«Wer kann das wissen?» erwiderte der Alte.

Sie fuhren vielleicht eine halbe Stunde schweigend weiter.

«Alles kann man nicht wissen, warum und weshalb», sagte der Alte. «Dem Vogel sind nicht vier Flügel, sondern zwei gegeben, weil er auch mit zwei Flügeln fliegen kann; so ist es auch dem Menschen nicht gegeben, alles zu wissen, sondern nur die Hälfte oder ein Viertel. Soviel er wissen muß, um zu leben, soviel weiß er auch.»

«Es fällt mir leichter, Großvater, zu Fuß zu gehen. Jetzt zittert mein Herz.»

«Macht nichts. Sitz ruhig.»

Der Alte gähnte und bekreuzigte den Mund.

«Macht nichts...» wiederholte er. «Dein Kummer ist nicht so groß. Das Leben ist lang — es wird noch Gutes kommen und Schlimmes, alles wird sein. Groß ist Mütterchen Rußland!» sagte er und schaute sich um. «Ich war in ganz Rußland und habe alles gesehen, und du glaub meinem Wort, Liebe. Gutes wird sein und Schlimmes. Ich bin zu Fuß nach Sibirien gegangen, war am Amur und auf dem Altai und wanderte nach Sibirien aus, habe dort den Boden gepflügt, bekam darauf Sehnsucht nach Mütterchen Rußland und kehrte in mein Heimatdorf zurück. Nach Rußland kehrte ich zu Fuß zurück; und ich entsinne mich, wir fuhren auf einer Fähre, und ich war so abgezehrt und zerlumpt und barfuß und fror und nagte an einer Brotrinde, und ein Fahrgast, der auf der Fähre war — wenn er gestorben ist, so hab ihn Gott selig — schaute mich so mitleidig an, und seine Zähren flossen. ‚Ach‘, sagte er, ‚hart ist dein Brot und schwer dein Los ...‘ Und als ich heimkam, hatte ich, wie man so sagt, weder Haus noch Hof; hatte ein Weib gehabt, es war aber in Sibirien geblieben, dort hatte man es verscharrt. So lebe ich nun als Taglöhner. Doch was macht's? Ich will dir sagen: nachher kam Schlimmes, kam auch Gutes. Drum will ich auch nicht sterben, Liebe, könnte noch zwanzig Jährchen leben; folglich gab es mehr Gutes. Aber groß ist Mütterchen Rußland», sagte er und schaute wiederum um sich und blickte zurück.

«Großvater», fragte Lipa, «wenn ein Mensch stirbt, wie viele Tage weilt darauf seine Seele auf der Erde?»

«Wer kann das wissen? Fragen wir Wawila, er hat eine Schule besucht. Jetzt lernen sie alles. Wawila!» rief der Alte ihn an.

«Ah?»

«Wawila, wenn ein Mensch stirbt, wie viele Tage weilt darauf seine Seele auf der Erde?»

Wawila hielt das Pferd an, und dann erst gab er Antwort:

«Neun Tage. Als mein Onkel Kirilla starb, lebte seine Seele darauf noch dreizehn Tage in unserer Hütte.»

«Woher weißt du das?»

«Dreizehn Tage klopfte es im Ofen.»

«Nun gut. Fahr weiter», sagte der Alte, und man sah es ihm an, daß er nichts davon glaubte.

Vor Kusjmenki schwenkten die Fuhren in die Landstraße ein, und Lipa ging weiter. Es tagte schon. Als sie in die Schlucht hinabstieg, verbargen sich die Hütten und die Kirche von Uklejewo im Nebel. Es war kalt, und es kam ihr vor, als ob der gleiche Kuckuck noch immer riefe.

Als Lipa zu Hause anlangte, war das Vieh noch nicht hinausgetrieben worden; alle schliefen. Sie saß auf der Vortreppe und wartete. Als erster trat der Alte heraus; er begriff sofort, auf den ersten Blick, was vorgefallen war, und konnte lange kein Wort hervorbringen und schmatzte nur mit den Lippen.

«Ach, Lipa», sagte er, «hast das Enkelchen nicht behütet...»

Warwara wurde geweckt. Sie schlug die Hände zusammen und brach in Schluchzen aus und begann sofort das Kind zu schmücken.

«Es war ein gutes Kind ...» sprach sie dazu. «Och-tech-te ... Nur ein Knabe war da, und auch den konnte sie nicht behüten das Dummerchen...»

Die Totenmesse wurde am Morgen und am Abend gehalten. Am nächsten Tag wurde das Kind beerdigt, und nach der Beerdigung aßen Gäste und Geistlichkeit viel und mit solcher Gier, als hätten sie lange nichts gegessen. Lipa bediente bei Tisch, und der Geistliche erhob die Gabel, an der ein gesalzener Reizker steckte, und sagte zu ihr:

«Trauern Sie nicht um den Kleinen. Deren ist das Himmelreich.»

Und erst, als alle auseinandergegangen waren, begriff Lipa, daß Nikifor nicht mehr da war und nie mehr sein würde, begriff es und begann zu schluchzen. Und sie wußte nicht, in welches Zimmer sie gehen sollte, um zu weinen, da sie fühlte, daß in diesem Hause nach dem Tode des Kindes schon kein Platz mehr für sie war, daß sie hierher nicht gehörte, überflüssig war; und die anderen fühlten das auch.

«Was heulst du dort?» schrie plötzlich Aksinja, sich in der Tür zeigend; aus Anlaß der Beerdigung trug sie ganz neue Kleider und war gepudert. «Schweig still!»

Lipa wollte aufhören, konnte aber nicht und weinte noch lauter.

«Hörst du?» schrie Aksinja und stampfte voll Zorn auf. «Wem sage ich das? Scher dich fort von hier, und daß dein Fuß hier nicht mehr über die Schwelle komme, Zuchthäuslerin! Hinaus!»

«Nu, nu, nu...!» wollte der Alte beschwichtigen. «Aksiuta, beruhige dich, Mütterchen... Sie weint, ist ja begreiflich... ihr Kind ist gestorben...»

«Ist ja begreiflich...» spottete Aksinja. «Möge sie hier übernachten, morgen aber soll keine Spur mehr von ihr hier sein! Ist ja begreiflich...!» äffte sie nochmals nach und wandte sich auflachend nach dem Laden.

Am nächsten Tag ging Lipa in aller Frühe zu ihrer Mutter nach Torgujewo.

IX

Gegenwärtig sind das Dach über dem Laden und die Tür frisch angestrichen und glänzen wie neu; an den Fenstern blüht nach wie vor das fröhliche Geranium, und was sich vor drei Jahren im Haus und Hof Zybukins zutrug, ist beinahe vergessen.

Als Besitzer gilt immer noch der alte Grigorij Petrowitsch, in Wirklichkeit aber ist alles in die Hände Aksinjas übergegangen; sie verkauft und kauft auch, und ohne ihre Einwilligung kann nichts geschehen. Die Ziegelbrennerei arbeitet gut; weil Ziegel für die Eisenbahn verlangt werden, ist der Preis auf vierundzwanzig Rubel pro Tausend gestiegen;

Weiber und Mädchen führen die Ziegel auf die Station und beladen die Waggons und erhalten dafür fünfundzwanzig Kopeken im Tag.

Aksinja ist als Teilhaberin bei den Chrymins eingetreten, und ihre Fabrik führt jetzt den Namen: «Chrymins jun. & Cie.» Neben der Station ist ein Wirtshaus entstanden, und auf der teuren Ziehharmonika wird nicht mehr bei Chrymins, sondern in diesem Wirtshaus gespielt, und der Posthalter, der auch irgendeinen Handel treibt, kommt oft hierher, und auch der Stationsvorsteher. Dem tauben Stepan haben die jüngeren Chrymins eine goldene Uhr geschenkt, und er holt sie die ganze Zeit aus der Tasche hervor und führt sie ans Ohr.

Im Dorf heißt es von Aksinja, daß sie zu großer Macht gelangt sei; und in der Tat, wenn sie morgens in ihre Fabrik fährt, mit ihrem naiven Lächeln, schön, glücklich, und wenn sie nachher in der Fabrik ihre Anordnungen trifft, so fühlt man an ihr die große Macht. Alle fürchten sie, im Haus wie im Dorf und in der Fabrik. Wenn sie auf die Post kommt, springt der Posthalter auf und sagt:

«Bitte ergebenst, Platz zu nehmen, Xenia Abramowna!»

Ein Stutzer von einem Gutsbesitzer, ein schon bejahrter Mann, in einer Joppe aus feinstem Tuch und hohen Lackstiefeln, war als er ihr ein Pferd verkaufte, vom Gespräch

mit ihr so hingerissen, daß er ihr vom Preis
so viel abließ, als sie wünschte. Er hielt
lange ihre Hand, und in ihre fröhlichen, listigen, naiven Augen blickend, sagte er:

«Einer Frau wie Sie eine sind, Xenia Abramowna, bin ich stets bereit, jedes Vergnügen
zu bereiten. Sagen Sie nur, wann wir uns,
ungestört von allen, sehen können?»

«Wann es Ihnen paßt!»

Und darauf suchte der bejahrte Stutzer sie
beinahe jeden Tag im Laden auf, um Bier zu
trinken. Und das Bier war abscheulich, bitter
wie Wermut. Der Gutsbesitzer wackelt mit
dem Kopf, aber trinkt.

Der alte Zybukin kümmert sich nicht mehr
um die Geschäfte. Er hält kein Geld bei sich,
denn er kann auf keinerlei Weise das richtige
Geld von dem falschen unterscheiden; aber er
schweigt und äußert sich zu keinem über diese
seine Schwäche. Er ist vergeßlich geworden,
und wenn man ihm nicht zu essen gibt, so
wird er selber darum nicht bitten; man hat
sich schon daran gewöhnt, ohne ihn zu Mittag
zu essen, und Warwara sagt häufig:

«Und unser Vater hat sich gestern wieder
ohne zu essen schlafen gelegt.»

Und sie sagt es gleichmütig, denn sie hat
sich daran gewöhnt. Sommer und Winter
trägt er gleichermaßen den Pelzmantel, und
nur an sehr heißen Tagen verläßt er das Haus
nicht und bleibt daheim. Gewöhnlich zieht er
den Pelzmantel an, schlägt den Kragen auf

und die Schöße übereinander und geht so durchs Dorf auf der Straße nach der Station oder sitzt vom Morgen bis zum Abend auf dem Bänkchen vor dem Kirchentor. Sitzt und rührt sich nicht. Die Vorübergehenden grüßen ihn, aber er erwidert den Gruß nicht, denn nach wie vor mag er die Bauern nicht. Wenn man ihn nach irgend etwas fragt, so antwortet er durchaus vernünftig und höflich, aber kurz.

Im Dorf gehen Gerüchte um, daß die Schwiegertochter ihn aus dem eigenen Haus hinausgetrieben habe und ihm nicht zu essen gebe, und er sich durch milde Gaben ernähre; die einen freuen sich darüber, die anderen beklagen ihn.

Warwara ist noch voller und weißer geworden und übt nach wie vor Wohltätigkeit aus, und Aksinja hindert sie nicht daran. Die Konfitüre ist jetzt so reichlich, daß man sie bis zur neuen Ernte nicht aufessen kann; sie verzuckert, und Warwara weint beinahe, da sie nicht weiß, was sie damit beginnen soll.

Anissim fängt man an zu vergessen. Einmal kam ein Brief von ihm in Versen auf einem großen Bogen Papier in Form einer Bittschrift, immer noch in der gleichen wunderschönen Handschrift. Augenscheinlich verbüßte auch sein Freund Samorodow mit ihm zusammen die Strafe. Unter den Versen stand in einer häßlichen, kaum leserlichen Handschrift eine Zeile: «Ich bin hier immer krank, es ist mir schwer, helft um Christi willen.»

Es war an einem klaren Herbsttag, da saß der alte Zybukin gegen Abend neben dem Kirchentor, den Kragen seines Pelzmantels aufgeschlagen, und nur seine Nase und der Schirm seiner Mütze waren sichtbar. Am anderen Ende der langen Bank saß der Unternehmer Jelisarow und daneben der Schuldiener Jakow, ein zahnloser, siebzigjähriger Greis. Kostyl und der Diener unterhielten sich.

«Kinder müssen die Alten ernähren ... ehre Vater und Mutter», sprach Jakow gereizt; «sie aber, die Schwiegertochter, hat den Schwiegervater aus dem eigenen Haus hinausgejagt. Der Alte hat weder zu essen noch zu trinken, wohin soll er gehen? Er ist schon den dritten Tag ohne Nahrung.»

«Den dritten Tag!» verwunderte sich Kostyl.

«Da sitzt er, schweigt immer. Ist ganz schwach geworden. Warum aber schweigen? Er sollte sie einklagen, im Gericht würde man sie nicht loben.»

«Wen hat man im Gericht gelobt?» fragte Kostyl, der nicht recht gehört hatte.

«Was denn?»

«Das Weib ist nicht übel, sie ist fleißig. Bei ihnen geht das nicht anders ... will sagen ohne Sünde ...»

«Aus dem eigenen Haus», fuhr Jakow gereizt fort. «Erwirb dir selbst ein Haus, dann kannst du hinausjagen. Da hat sich eine gefunden, denk mal! Eine Pe-est!»

Zybukin hörte zu und regte sich nicht.

«Ob ein eigenes Haus oder ein fremdes, ist gleich, wenn es drin nur warm ist und die Weiber nicht schimpfen ...» sagte Kostyl und lachte auf. «Als ich jung war, liebte ich meine Nastja sehr. Sie war ein stilles Weib. Und immer sagte sie zu mir: ‚Kauf ein Haus, Makarytsch! Kauf ein Haus, Makarytsch! Kauf ein Pferd, Makarytsch!' Sie lag im Sterben, aber sagte immer noch: ‚Kauf dir, Makarytsch, eine Droschke, damit du nicht zu Fuß gehen mußt.' Und ich habe ihr nur Lebkuchen gekauft, mehr nicht.»

«Der Mann ist taub und dumm», fuhr Jakow fort, ohne auf Kostyl zu hören, «ein ausgemachter Narr, dumm wie eine Gans. Kann er denn was begreifen? Schlag eine Gans mit dem Stock auf den Kopf — auch dann wird sie nichts begreifen.»

Kostyl erhob sich, um in die Fabrik zu gehen. Jakow stand auch auf, sie gingen zusammen weg und fuhren in ihrem Gespräch fort. Als sie sich etwa fünfzig Schritte von ihm entfernt hatten, stand auch der alte Zybukin auf und schleppte sich hinter ihnen her, unsicher, wie auf Glatteis auftretend.

Das Dorf versank schon in der Abenddämmerung, und die Sonne schien nur noch oben auf der Straße, die in Windungen über den Abhang lief. Alte Frauen und Kinder kehrten aus dem Wald zurück, sie trugen Körbe mit Reizkern und Pfifferlingen. Weiber und junge Mädchen kamen in Scharen von der Station, wo sie Ziegel in die Waggons geladen hatten, und ihre Nasen und die Wangen unter den Augen waren mit rotem Ziegelstaub bedeckt. Sie sangen. An der Spitze ging Lipa und sang mit hoher Stimme und schmetterte ihr Lied hinaus, zum Himmel emporblickend, als triumphiere sie und entzücke sich, daß der Tag gottlob zu Ende sei und man ausruhen könne. In der Menge war auch ihre Mutter, die Taglöhnerin Praßkowja, die mit einem Bündelchen in der Hand daherging und wie immer schwer schnaufte.

«Guten Tag, Makarytsch!» begrüßte Lipa Kostyl. «Guten Tag, mein Lieber!»

«Guten Tag, Lipynjka!» erwiderte Kostyl erfreut. «Weiberchen, Mädelchen, gewinnt den reichen Zimmermann lieb! Cho-cho! Meine Kinderchen, Kinderchen» — Kostyl schluchzte auf — «meine liebwerten Äxtchen.»

Kostyl und Jakow gingen weiter, und man konnte hören, wie sie sich unterhielten. Und darauf begegnete die Schar dem alten Zybukin, und es wurde plötzlich totenstill. Lipa und Praßkowja blieben ein wenig zurück, und als sie den Alten erreicht hatten, verneigte sich Lipa tief und sagte:

«Guten Tag, Grigorij Petrowitsch!»

Auch die Mutter verneigte sich. Der Alte blieb stehen und schaute, ohne etwas zu sagen, auf die beiden; seine Lippen zitterten, und seine Augen standen voller Tränen. Lipa holte aus dem Bündel der Mutter ein Stück Pastete, gefüllt mit Grütze, und reichte es ihm. Er nahm es und begann zu essen.

Die Sonne war schon ganz untergegangen; ihr Glanz erlosch auch oben auf der Straße. Es wurde dunkel und kühl. Lipa und Praßkowja gingen weiter und bekreuzigten sich noch lange.

1900.

IN DER OSTERNACHT

Ich stand am Ufer der Goltwa und wartete auf die Fähre vom andern Ufer. Zu gewöhnlicher Zeit stellte die Goltwa ein mittleres Flüßchen vor, schweigsam und nachdenklich, das sanft aus dem dichten Schilf hervorglänzte; jetzt aber breitete sich ein ganzer See vor mir aus. Die stark angeschwollenen Frühlingsfluten waren über beide Ufer getreten und hatten den Strand auf beiden Seiten weit überschwemmt, Gemüsegärten, Heuschläge und Sümpfe mit hineinziehend, so daß es keine Seltenheit war, auf der Wasseroberfläche einsam ragende Pappeln und Büsche anzutreffen, die in der Dunkelheit rauhen Felsen glichen.

Das Wetter schien mir wundervoll. Es war dunkel, doch ich sah gleichwohl Bäume und Wasser und Menschen ... Sterne, die den ganzen Himmel dicht übersäten, erleuchteten die Welt. Ich kann mich nicht erinnern, zu einer anderen Zeit je so viele Sterne gesehen zu haben. Es war buchstäblich nirgends ein Platz, um den Finger hineinzustoßen. Darunter waren Sterne von der Größe eines Gänseeis und so kleine wie Hanfkörner ...

Zur festtäglichen Parade waren sie alle bis auf den letzten auf den Himmel hinausgetreten, vom kleinsten bis zum größten, gewaschen, erneuert, freudig, und alle sandten sie sanfte Strahlen aus. Der Himmel spiegelte sich im Wasser wider; die Sterne badeten sich in der dunklen Tiefe und bebten zusammen mit den Wogen. Die Luft war warm und ruhig. Fern, am andern Ufer, glühten zerstreut mehrere leuchtendrote Feuer...

Zwei Schritte von mir entfernt schimmerte dunkel die Silhouette eines Bauern mit einem hohen Hut und einem dicken, knorrigen Stock.

«Wie lange man doch auf die Fähre warten muß!» bemerkte ich.

«Ja, sie ist schon längst fällig», erwiderte die Silhouette.

«Wartest du auch darauf?»

«Nein, ich bin hier nur so...» gähnte der Bauer, «warte auf die Liumination. Ich würde schon fahren, aber die Wahrheit zu gestehen, ich habe keinen Fünfer für die Fähre.»

«Ich gebe dir einen Fünfer.»

«Nein, ich danke ergebenst... weih du lieber für diesen Fünfer im Kloster eine Kerze für mich... Das wird interessanter sein, und ich kann auch hier bleiben. Sag mir doch gütigst, wo bleibt die Fähre? Als wäre sie im Wasser versunken!»

Der Bauer ging nahe ans Wasser heran, ergriff mit der Hand das Seil und schrie:

«Jeronim! Jeron-i-im!»

Gleichsam als Antwort auf seinen Ruf drang vom andern Ufer der langgezogene Klang einer großen Glocke. Der Klang war tief und niedrig wie von der allerdicksten Saite einer großen Baßgeige: das Dunkel selber schien mit heiserer, rauher Stimme zu singen. Gleich darauf erfolgte ein Kanonenschuß. Er rollte in der Finsternis dahin und endete irgendwo weit hinter meinem Rücken. Der Bauer nahm seinen Hut ab und bekreuzigte sich.

«Christ ist erstanden!» sagte er.

Die Wogen vom ersten Glockenschlag waren noch nicht verebbt, als bereits ein zweiter ertönte und darauf ein dritter; und die Dunkelheit füllte sich mit einem ununterbrochenen Summen von Gebeten. Neben den roten Feuern entbrannten neue Feuer, und alle zusammen gerieten in Bewegung und blinzelten unruhig.

«Je-ron-i-im!» ließ sich ein dumpfer, langgezogener Ruf vernehmen.

«Man ruft vom andern Ufer», bemerkte der Bauer. «Also ist die Fähre auch dort nicht. Unser Jeronim wird eingeschlafen sein.»

Die Feuer und die Samtstimme der Glocke lockten mich hinüber... Ich begann schon, die Geduld zu verlieren und mich aufzuregen, doch als ich mit den Augen in die dunkle Ferne eindrang, erblickte ich endlich die Silhouette eines Gegenstandes, der sehr einem Galgen glich. Das war die sehnlich erwartete

Fähre. Sie bewegte sich mit einer solchen Langsamkeit, daß man, wäre nicht das allmähliche Hervortreten ihrer Konturen gewesen, hätte denken können, sie stehe unbeweglich an der gleichen Stelle oder gehe zum andern Ufer.

«Schneller! Jeronim!» rief mein Bauer. «Ein Herr wartet!»

Die Fähre kroch ans Ufer heran, schwankte und blieb knarrend stehen. Darauf stand, sich am Seil haltend, ein hochgewachsener Mann in einer Mönchskutte und mit einer kegelförmigen Mütze.

«Warum ist es so lange gegangen?» fragte ich, auf die Fähre springend.

«Verzeihen Sie um Christi willen», erwiderte leise Jeronim. «Ist niemand mehr da?»

«Niemand ...»

Jeronim faßte mit beiden Händen das Seil, krümmte sich zu einem Fragezeichen zusammen und räusperte sich. Die Fähre knarrte und geriet ins Schwanken. Die Silhouette des Bauern im hohen Hut begann allmählich zu entschwinden, die Fähre hatte sich also in Bewegung gesetzt. Jeronim richtete sich bald gerade auf und begann mit einer Hand zu arbeiten. Wir schwiegen und schauten auf das Ufer, dem wir uns näherten. Dort hatte die «Liumination», auf die der Bauer wartete, bereits begonnen. Dicht am Wasser flammten als Riesenfeuer Teertonnen auf. Ihre Spiegelbilder, purpurn gleich dem aufgehenden Mond, glitten in breiten Streifen uns entgegen. Die brennenden Tonnen beleuchteten ihren eigenen Rauch und bewirkten die langen Schatten der Menschen, die neben dem Feuer auftauchten; doch weiter seitwärts und hinter ihnen, woher das samtene Geläute drang, herrschte die gleiche undurchdringliche schwarze Finsternis. Plötzlich schwang sich, das Dunkel durchschneidend, eine Rakete als goldenes Band zum Himmel hinauf; sie umschrieb einen Bogen und zersprühte, als sei sie am Himmel zerschellt, krachend in Funken. Vom Ufer ließ sich ein Getöse vernehmen, das einem entfernten Hurra glich.

«Wie schön!» sagte ich.

«Ja, es ist nicht zu sagen, wie schön!» meinte, tief Atem holend, Jeronim. «Diese Nacht bringt es auch mit sich, Herr! Zu einer anderen Zeit beachtet man die Raketen nicht einmal, aber heute freut man sich über jegliche Kurzweil. Und woher kommen Sie, Herr?»

Ich sagte, woher ich war.

«Soso ... ein Freudentag ist heute ...» fuhr Jeronim mit schwacher, atemloser Tenorstimme fort, wie sie genesenden Kranken eigen ist. «Himmel und Erde und Unterwelt freuen sich. Jegliche Kreatur freut sich. Aber sagen Sie mir, guter Herr, warum kann auch bei einer großen Freude der Mensch seinen Kummer nicht vergessen?»

Es kam mir vor, als ob diese unerwartete Frage mich zu einem dieser langdauernden, seelenrettenden Gespräche aufrufen wollte, wie sie die müßigen und sich langweilenden Mönche so sehr lieben. Ich war aber zu langer Rede nicht aufgelegt und fragte daher nur:

«Welchen Kummer haben Sie denn, Väterchen?»

«Gewöhnlichen, wie ihn alle Menschen haben, Ew. Wohlgeboren, guter Herr; doch am heutigen Tage hat großes Leid unser Kloster betroffen: gerade beim Mittagsgottesdienst, während die Bibelstellen verlesen wurden, starb der Hierodiakonus Nikolai...»

«Nun, das ist Gottes Wille!» sagte ich, den Mönchston nachahmend. «Wir alle müssen sterben. Meiner Ansicht nach müssen Sie sich sogar freuen... Man sagt, wer vor Ostern oder zu Ostern stirbt, der geht ganz bestimmt ins Himmelreich ein.»

«Das ist richtig.»

Wir verstummten. Die Silhouette des Bauern mit dem hohen Hut verschmolz mit den Umrissen des Ufers. Die Teertonnen loderten immer stärker und stärker.

«Auch die heilige Schrift weist auf die Nichtigkeit des Schmerzes hin, und auch die Überlegung», unterbrach Jeronim das Schweigen; «doch warum leidet die Seele Schmerz und will auf den Verstand nicht hören? Warum will man bitterlich weinen?»

Jeronim zuckte die Achseln, wandte sich mir zu und begann schnell zu reden:

«Wäre ich gestorben oder jemand anders, so hätte man das vielleicht nicht einmal bemerkt; aber Nikolai ist ja gestorben! Niemand anders, sondern Nikolai! Es ist so schwer zu glauben, daß er nicht mehr auf der Welt sein soll! Ich stehe da auf der Fähre, und immer dünkt es mich, daß er sogleich vom Ufer aus seine Stimme erschallen lassen werde. Damit es mir auf der Fähre nicht unheimlich scheine, kam er stets zum Ufer und rief mich an. Absichtlich erhob er sich deshalb in der Nacht vom Bett. Eine gute Seele hatte er! Mein Gott, wie gut und barmherzig war sie! So mancher Mensch hat nicht an seiner Mutter, was ich an Nikolai hatte! Erlöse, Gott, seine Seele!»

Jeronim griff nach dem Seil; doch sogleich wandte er sich mir wieder zu.

«Ew. Wohlgeboren, und was für einen hellen Verstand er hatte!» sagte er mit singender Stimme. «Was für eine wohlklingende und süße Sprache! Gerade so war sie, wie man sogleich im Morgengottesdienst singen wird: ‚Oh, deine freundliche! oh, deine so süße Stimme!' Außer allen übrigen menschlichen Tugenden besaß er noch eine ungewöhnliche Gabe!»

«Was für eine Gabe?» fragte ich.

Der Mönch betrachtete mich, und nachdem er sich gleichsam überzeugt hatte, daß man mir Geheimnisse anvertrauen konnte, lachte er fröhlich auf:

«Er besaß die Gabe, Kirchengesänge zu Ehren der heiligen Jungfrau Maria, Christi und der Heiligen zu schreiben...», sagte er. «Man konnte darüber nur staunen! Sie werden überrascht sein, wenn ich es Ihnen erzähle! Unser Klostervorsteher stammt aus Moskau, der Vater Vikar hat die Akademie in Kasan beendet, wir haben im Kloster auch gescheite Priestermönche und Mönche; doch nicht einer findet sich unter ihnen, der solche Gesänge schreiben könnte wie Nikolai, ein gewöhnlicher Mönch, ein Hierodiakonus, der nirgends studiert hatte, es konnte! Es war ein Wunder! Ein wirkliches Wunder!»

Jeronim schlug die Hände zusammen und, das Seil gänzlich vergessend, fuhr er hingerissen fort:

«Der Vater Vikar hat Mühe, seine Predigten zu verfassen; als er die Geschichte des Klosters schrieb, hat er die ganze Brüderschaft gequält und ist wohl an die zehnmal zur Stadt gefahren, während Nikolai Kirchengesänge schrieb! Kirchengesänge! Das ist nicht nur eine Predigt oder Kirchengeschichte!»

«Ist es denn schwer, Kirchengesänge zu verfassen?» fragte ich.

«Es ist sehr schwierig...» Jeronim drehte den Kopf hin und her. «Da hilft weder Weisheit noch Heiligkeit, wenn Gott einem die Gabe nicht geschenkt hat. Mönche, die nichts verstehen, nehmen an, daß man dazu nur das Leben der Heiligen, über die man schreiben will, kennen und sich nach den anderen Kirchengesängen richten müsse. Doch das ist nicht richtig, Herr. Gewiß, wer Kirchengesänge schreibt, muß das Leben der Heiligen ganz genau, bis auf das geringste Tüpfelchen, kennen. Und auch nach den anderen Kirchengesängen muß man sich richten, wo man beginnen und worüber man schreiben wolle. Um Ihnen ein Beispiel zu nennen, der erste Lobgesang beginnt stets mit ‚Auserwählter' oder ‚Erwählter'... Das erste Gesangstück nach dem Lobgesang fängt immer mit dem Engel an. Gewiß, ohne das geht es nicht, ohne sich nach den anderen zu richten; doch die Hauptsache ist ja nicht die Beschreibung des Lebens, nicht die Übereinstimmung mit dem übrigen, sondern die Schönheit und der Wohlklang. Alles muß harmonisch, kurz und doch ausführlich sein. In einer jeden Zeile muß Weichheit, Zärtlichkeit und Zartheit sein, daß nicht ein Wort grob, hart oder nicht entsprechend sei. Man muß so schreiben, daß der Betende sich von Herzen freue und weine und sein Verstand erbebe und in Angst gerate. Um der Kürze willen müssen viele Worte und Gedanken zu einem Wort zusammengeballt werden, und wie harmonisch und ausführlich konnte Nikolai das gestalten! Ja, Gott hatte ihm diese Fähigkeit verliehen! Er ersann Worte, er fand sie in seinem Verstand, wie sie weder im Gespräch noch in Büchern vorkommen. Aber außer der fließenden Sprache und der Redseligkeit, Herr, ist es noch nötig, daß eine jede Zeile auf mancherlei Art und Weise verziert sei, daß Blümchen vorkämen, und Blitz und Wind und Sonne und alle Gegenstände der sichtbaren Welt. Und ein jeder Ausruf muß so gebildet sein, daß er glatt und dem Ohr angenehm wirke. Und gerade so konnte Nikolai schreiben! Ganz genau so! Ich kann es nicht ausdrücken, wie er schrieb!»

«Ja, dann ist es wirklich schade, daß er gestorben ist», erwiderte ich.» Jedoch, Väterchen, wir müssen weiterfahren, sonst kommen wir zu spät...»

Jeronim schlug die Hände zusammen und rannte zum Seil. Am Ufer begann man das Wechselläuten mit allen Glocken. Wahrscheinlich hatte schon vor dem Kloster die Kirchenprozession den Anfang genommen, denn der ganze dunkle Raum hinter den Teertonnen war jetzt von sich bewegenden Lichtern übersät.

«Hat Nikolai seine Kirchengesänge drucken lassen?» fragte ich Jeronim.

«Wo hätte er sie drucken lassen sollen?» seufzte er. «Und es wäre auch seltsam. Wozu denn? Bei uns im Kloster interessiert sich niemand dafür. Man liebt es nicht. Man wußte, daß Nikolai schrieb, aber schenkte dem keine Aufmerksamkeit. Heutzutage, Herr, schätzt niemand neue Schriften!»

«Bringt man ihnen ein Vorurteil entgegen?»

«Ja, so ist es. Wäre Nikolai ein Staretz gewesen, so hätte die Brüderschaft vielleicht Interesse dafür gezeigt; aber er zählte ja noch keine vierzig Jahre. Es gab solche, die über ihn lachten und sein Schreiben sogar für Sünde ansahen.»

«Warum schrieb er dann?»

«Mehr zu seinem eigenen Trost. Von der ganzen Brüderschaft war ich der einzige, der seine Kirchengesänge las. Ich kam in der Stille zu ihm, damit die anderen es nicht sähen, und er war froh, daß ich mich interessierte. Er umschlang mich, streichelte meinen Kopf, rief mich mit zärtlichen Namen wie ein kleines Kind. Er schloß die Zelle, setzte mich neben sich, und darauf begann er zu lesen...»

Jeronim ließ das Seil im Stich und trat zu mir.

«Wir waren wie Freunde», flüsterte er, mit glänzenden Augen auf mich blickend. «Wo er war, da war auch ich. War ich nicht da, so grämte er sich. Und er liebte mich am meisten von allen, und alles nur deshalb, weil ich über seine Kirchengesänge weinte. Es ist rührend, daran zu denken. Jetzt bin ich gleichsam eine Waise oder Witwe. Wissen Sie, bei uns im Kloster sind alle gute, rechte, gottesfürchtige Menschen; doch... es fehlt allen an Weichheit, Zartgefühl, sie unterscheiden sich in nichts von Leuten niederen Standes. Alle reden sie laut; wenn sie gehen, so klopfen sie mit den Füßen; sie lärmen und husten; Nikolai aber sprach immer leise, freundlich, und wenn er wahrnahm, daß einer schlief oder betete, so ging er wie eine Fliege oder eine Mücke vorbei. Sein Gesicht war zart und mitleidig...»

Jeronim seufzte schwer auf und faßte das Seil. Wir näherten uns schon dem Ufer. Direkt aus dem Dunkel und der Stille des Flusses gerieten wir allmählich in ein verzaubertes Reich, das von erstickendem Rauch, knisterndem Feuer und Lärm erfüllt war. Um die Teertonnen bewegten sich, man konnte es deutlich sehen, Menschen. Das flackernde Feuer verlieh ihren roten Gesichtern und Figuren einen seltsamen, fast phantastischen Ausdruck. Zuweilen tauchten inmitten der Köpfe und Gesichter unbewegliche, gleichsam aus rotem Kupfer gegossene Pferdeschnauzen auf.

«Gleich wird man den Osterkanon singen...» sagte Jeronim, «und Nikolai ist nicht da. Wer wird sich jetzt in ihn vertiefen? Für ihn gab es nichts Süßeres als diesen Kanon. In ein jedes Wort pflegte er einzudringen! Sie werden ja dort anwesend sein, Herr, und sich in den Gesang vertiefen können, es benimmt einem den Atem!»

«Werden Sie denn nicht in der Kirche sein?»

«Ich kann nicht ... Ich muß die Fähre führen ...»

«Wird man Sie denn nicht ablösen?»

«Ich weiß nicht ... Man hätte mich bereits um die neunte Stunde herum ablösen sollen; doch Sie sehen ja, daß man es nicht tut! Dabei muß ich gestehen, daß es mich in die Kirche zieht ...»

«Sie sind Mönch?»

«Jawohl ... das heißt ich bin ein Klosterbruder.»

Die Fähre schnitt sich ins Ufer ein und blieb stehen. Ich steckte Jeronim für die Ueberfahrt einen Fünfer zu und sprang an Land. Gleich darauf fuhr ein Wagen mit einem Knaben und einem schlafenden Weib knarrend auf die Fähre hinauf. Jeronim, von den Feuern rot gefärbt, legte sich ins Zeug, er krümmte sich zusammen und rückte die Fähre vom Platz...

Ein paar Schritte legte ich im Dreck zurück, doch weiterhin ging der Weg über einen weichen, frisch ausgetretenen Pfad. Dieser Pfad führte durch Rauchwolken, durch ungeordnete Menschenhaufen, ausgespannte Pferde, Wagen, Kaleschen zum dunklen Klostertor, das einer Höhle glich. Das alles knarrte, schnaubte, lachte, und darüber glitten purpurnes Licht und die wellenförmigen Schatten vom Rauch ... Ein wahres Chaos! Und in diesem Gedränge fand man noch Platz, um eine kleine Kanone zu laden und Lebkuchen zu verkaufen!

Jenseits der Mauer, innerhalb der Einfriedung, war das Getümmel nicht geringer, nur wurde mehr Ordnung und Anstand beobachtet. Da roch es nach Wacholder und Weihrauch. Es wurde laut geredet, doch man vernahm weder Gelächter noch Schnauben. Neben den Grabdenkmalen und Kreuzen drängten sich die Leute mit Osterbroten und Bündeln. Allem Anschein nach waren viele von weither gekommen, um die Osterbrote zu weihen, und waren jetzt ermüdet. Über die gußeisernen

Fliesen, die als Streifen vom Tor bis zur Kirchentür führten, liefen geschäftig, mit den Stiefeln hellklappernd, die jungen Novizen. Auch auf dem Glockenturm herrschte ein Treiben und Schreien.

Was für eine unruhige Nacht! dachte ich. Wie schön!

Man empfand den Drang, die Unruhe und Schlaflosigkeit in der ganzen Natur zu sehen, überall, im nächtlichen Dunkel und in den Fliesen, Grabkreuzen und Bäumen, unter denen die Leute sich drängten. Doch nirgends äußerten sich Erregung und Unruhe so stark wie in der Kirche. Beim Eingang fand ein rastloser Wechsel von Andrang und Zurückfluten statt. Die einen traten ein, die andern entfernten sich und kehrten bald wieder zurück, um ein wenig zu verweilen und von neuem in Bewegung zu geraten. Die Menschen huschen hin und her, schlendern umher und scheinen etwas zu suchen. Die Woge geht vom Eingang aus und läuft durch die ganze Kirche, sogar die ersten Reihen, in denen die soliden und schwerfälligen Menschen stehen, beunruhigend. Von einem konzentrierten Gebet kann keine Rede sein. Gebete gibt es überhaupt nicht, nur eine einzige, kindlich unverantwortliche Freude, die nach einem Vorwand sucht, um auszuströmen und sich in irgendeiner Bewegung kundzugeben, und sei es auch nur in einem rücksichtslosen Herumtreiben und Stoßen.

Die gleiche ungewöhnliche Bewegtheit fällt auch beim Ostergottesdienst in die Augen. Die zum Hochaltar und zu den Nebenaltären führenden Türen sind weit geöffnet, in der Luft wogen um den Kronleuchter dichte Weihrauchwolken; wohin der Blick fällt, sieht man nur Lichter, Glanz, Flackern der Kerzen ... Das Vorlesen fällt fort; geschäftiger, fröhlicher Gesang bricht bis zum Schluß nicht ab; nach jedem Lied im Kanon wechselt die Geistlichkeit den Ornat und tritt zur Weihrauchspende heraus, was sich beinahe alle zehn Minuten wiederholt.

Kaum hatte ich meinen Platz eingenommen, als die Menge von vorne zurückflutete und mich zurückwarf. Vor mir ging ein hochgewachsener, fester Diakon mit einer langen, roten Kerze vorüber; hinterher hastete der grauhaarige Klostervorsteher in goldener Bischofsmütze. Als sie den Blicken entschwunden waren, drängte die Menge mich wiederum auf den alten Platz zurück. Aber keine zehn Minuten waren vergangen, als eine neue Woge heranströmte und der Diakon wieder erschien. Dieses Mal folgte ihm der Vater Vikar, der, wie Jeronim erzählt hatte, die Geschichte des Klosters schrieb.

Mir, der mit der Menge verschmolzen war und sich von der allgemeinen freudigen Erregung hatte anstecken lassen, tat es unerträglich leid um Jeronim. Warum löste man ihn nicht ab? Warum konnte nicht ein weniger Gefühlvoller und Empfänglicher auf die Fähre gehen?

«Erhebe deine Augen gen Zion und schaue...» sang man im Kirchenchor...

Ich blickte auf die Gesichter. Auf allen lag der lebendige Ausdruck des Triumphs; aber nicht einer horchte und drang in das ein, was gesungen wurde, und keinem wurde «der Atem benommen». Warum wird Jeronim nicht abgelöst? Ich konnte mir diesen Jeronim vorstellen, der demütig irgendwo an der Mauer stand, gebückt, und begierig die Schönheit der heiligen Worte auffangend. Alles, was jetzt an den Ohren der neben mir Stehenden vorüberglitt, hätte er sehnsüchtig in seine feinfühlige Seele aufgenommen, hätte sich bis zur Verzückung, bis ihm der Atem ausgegangen wäre, daran berauscht, und im ganzen Tempel wäre keiner glücklicher gewesen als er. Jetzt aber fuhr er hin und her über den dunklen Fluß und grämte sich um seinen verstorbenen Bruder und Freund.

Von hinten drängte eine Menschenmenge auf uns ein. Ein voller, lächelnder Mönch, der mit dem Rosenkranz spielte und zurückblickte, zwängte sich seitwärts an mir vorbei, einer Dame mit Hut und Samtpelz einen Weg bahnend. Hinter der Dame schritt eilfertig, einen Stuhl über unsere Köpfe hebend, ein Klosterdiener.

Ich verließ die Kirche. Ich wollte einen Blick auf den toten Nikolai werfen, den unbekannten Schöpfer von Kirchengesängen. Ich ging an der Schutzmauer vorbei, der entlang eine Reihe von Zellen der Mönche sich hinzog, schaute durch einige Fenster und kehrte, da ich nichts sah, zurück. Jetzt bedaure ich nicht, daß ich Nikolai nicht gesehen habe; Gott mag wissen, vielleicht hätte ich dann das Bild verloren, das meine Phantasie mir jetzt malt. Diesen sympathischen, poetischen Mann, der in der Nacht hinausging, um Jeronim zuzurufen, und seine Kirchengesänge mit Blumen, Sternen, Sonnenstrahlen überschüttete, den Unverstandenen, Einsamen, stelle ich mir schüchtern, blaß, mit weichen, sanften und traurigen Gesichtszügen vor. In seinen Augen mußte neben dem Verstand Zärtlichkeit leuchten und jene, kaum verhaltene, kindliche Exaltation, die ich aus Jeronims Stimme vernahm, als er mir Zitate aus den Kirchengesängen anführte.

Als wir nach dem Mitternachtsgottesdienst aus der Kirche traten, war die Nacht bereits gewichen. Der Morgen begann. Die Sterne waren erloschen, und der Himmel zeigte sich graublau und mürrisch. Die gußeisernen Fliesen, die Denkmale und die Knospen an den Bäumen waren taubedeckt. In der Luft spürte man scharf die Frische. Hinter der Klostermauer ging es nicht mehr so lebhaft zu wie in der Nacht. Pferde und Menschen schienen ermüdet, schläfrig, bewegten sich kaum, und von den Teertonnen waren nur Häuflein schwarzer

Asche übriggeblieben. Wenn der Mensch ermüdet ist und schlafen möchte, so scheint es ihm, daß die Natur den gleichen Zustand durchlebt. Es schien mir, daß die Bäume und das junge Gras schliefen. Es schien, daß sogar die Glocken nicht so laut und fröhlich läuteten wie in der Nacht. Die Unruhe war geschwunden, und von der Erregung waren nur eine angenehme Mattigkeit und Begierde nach Schlaf und Wärme übriggeblieben.

Jetzt konnte ich den Fluß mit den beiden Ufern überschauen. Darüber wogte hier und dort leichter Nebel. Vom Wasser wehte es kalt und rauh. Als ich auf die Fähre sprang, standen darauf bereits eine Kalesche und gegen zwei Dutzend Männer und Frauen. Das feuchte und, wie mir vorkam, auch schläfrige Seil zog sich weit über den breiten Fluß hin und verschwand stellenweise im weißen Nebel.

«Christ ist erstanden! Ist niemand mehr da?» fragte eine leise Stimme.

Ich erkannte Jeronims Stimme. Jetzt hinderte das nächtliche Dunkel mich nicht mehr, den Mönch näher zu betrachten. Er war ein hoher, schmalschultriger Mann von ungefähr fünfunddreißig Jahren mit groben, rundlichen Gesichtszügen, mit halbgeschlossenen, träge dreinschauenden Augen und einem ungekämmten, keilförmigen Bärtchen. Er sah außerordentlich traurig und ermattet aus.

«Sind Sie noch immer nicht abgelöst?» fragte ich.

«Ich?» wiederholte er die Frage, sein frierendes, taubedecktes Gesicht mir zuwendend und lächelnd. «Jetzt kann mich keiner mehr bis zum Morgen ablösen. Alle werden gleich zum Klostervorsteher gehen, um zum erstenmal nach der Fastenzeit wieder Fleischspeisen zu genießen.»

Er und noch ein Bäuerlein, mit einer Mütze aus rotem Fell, die einem aus einem Lindenstamm gemachten Behälter glich, in welchem man Honig verkauft, stemmten sich auf das Seil, ächzten einmütig auf, und die Fähre setzte sich in Bewegung.

Wir fuhren davon, unterwegs den träge aufsteigenden Nebel bewegend. Alle schweigen. Jeronim arbeitete mechanisch mit einer Hand. Lange ließ er seine sanften, matten Augen über unsere Gesichter gleiten, dann heftete er seinen Blick auf das rosige Gesichtchen und die schwarzen Augenbrauen einer jungen Kaufmannsfrau, die neben mir stand und sich stumm vor dem sie einhüllenden Nebel in ihre Tücher wickelte. Er riß seinen Blick während der ganzen Überfahrt nicht von ihrem Gesichtchen los.

In diesem anhaltenden Blick war wenig Männliches zu spüren. Mich dünkt, daß Jeronim auf dem Frauenantlitz die weichen und zarten Züge seines verstorbenen Freundes suchte.

1886.

DIE SCHALMEI

Erschlafft durch die Schwüle des Tannendickichts, bedeckt mit Spinngeweben und Tannennadeln, arbeitete sich der Verwalter Meliton Schischkin vom Vorwerk Dementjewo mit seinem Gewehr zum Waldessaum durch. Seine trächtige, außerordentlich magere Hündin, eine Kreuzung von Hofhund und Setter, schleppte sich mit eingezogenem, nassem Schwanz hinter ihm her, bemüht, die Schnauze nicht wundzustechen. Der Morgen war unfreundlich und trüb. Von den in leichten Nebel eingehüllten Bäumen und vom Farnkraut spritzten große Tropfen, und die Feuchtigkeit des Waldes strömte einen scharfen Modergeruch aus.

Vorne, wo das Dickicht ein Ende nahm, standen Birken, und durch ihre Stämme und Zweige war die in Nebel getauchte Ferne sichtbar. Hinter den Birken spielte jemand auf einer selbstverfertigten Hirtenschalmei. Der Spielende nahm nicht mehr als fünf, sechs Töne, zerdehnte sie träge, bemühte sich nicht, sie zu einer Melodie zu verbinden, und doch konnte man aus den Tönen etwas Strenges und ungewöhnlich Schwermütiges heraushören.

Als das Dickicht sich lichtete und die Tannen sich bereits mit jungen Birken vermengten, erblickte Meliton eine Herde. Verkoppelte Pferde, Kühe und Schafe streiften zwischen dem Gebüsch und beschnupperten das Gras. Am Waldessaum, an eine nasse Birke gelehnt, stand ein alter, hagerer Hirt in einem zerrissenen Rock aus grobem, ungefärbtem Bauerntuch, mit unbedecktem Haupt. Er blickte zu Boden, sann und spielte auf seiner Schalmei, wie es den Anschein hatte, ganz mechanisch.

«Guten Tag, Großvater! Gott helfe dir!» begrüßte ihn Meliton mit hoher, heiserer Stimme, die zu seinem Riesenwuchs und dem großen, fleischigen Gesicht so gar nicht paßte. «Geschickt bläst du auf der Schalmei! Wessen Herde hütest du?»

«Artamonows», erwiderte unlustig der Alte und schob die Schalmei in die Busentasche.

«Dann gehört wohl auch der Wald Artamonow?» fragte Meliton, sich umschauend. «Ja, in der Tat, so ist es, sag einmal ... Ich habe mich ganz verirrt. Habe mir die ganze Fratze im Dickicht zerkratzt.»

Er setzte sich auf den nassen Boden und begann sich aus Zeitungspapier eine Zigarette zu kleben.

Wie die dünne Stimme, so war noch anderes an diesem Manne klein und entsprach nicht seinem Wuchs, seiner Breite und dem fleischigen Gesicht: weder das Lächeln noch die Äuglein und die Knöpfe und die Schirmmütze, die sich auf dem fetten, geschorenen Kopf kaum hielt. Wenn er redete und lächelte, machte sich auf seinem rasierten, weichen Gesicht und in der ganzen Gestalt etwas Weibisches, Schüchternes und Demütiges fühlbar.

«Ist das ein Wetter, Gott behüte einen davor», sagte er und bewegte den Kopf hin und her. «Man hat noch nicht den Hafer eingebracht, und der Regen will nicht aufhören, man hat genug davon.»

Der Hirt schaute auf den Himmel, von dem ein feiner Regen fiel, auf den Wald, auf die feuchte Kleidung des Verwalters, dachte nach und sagte nichts.

«Der ganze Sommer war so», seufzte Meliton. «Für die Bauern ist es schlecht, und auch die Herrschaften haben keinerlei Vergnügen daran.»

Der Hirt schaute nochmals auf den Himmel, dachte nach und sagte, Pausen einschaltend, als zerkaue er ein jedes Wort:

«Alles zielt nur auf eines ab . . . Es ist nichts Gutes zu erwarten.»

«Wie steht es hier bei euch?» fragte Meliton, zu rauchen beginnend. «Hast du in Artamonows Revier Birkhuhnbruten gesehen?»

Der Hirt erwiderte nicht sogleich. Er schaute wieder auf den Himmel und nach allen Seiten, dachte nach, blinzelte mit den Augen . . . Anscheinend maß er seinen Worten eine erhebliche Bedeutung bei, und um ihren Wert zu verdoppeln, bemühte er sich, sie gedehnt, mit einer gewissen Feierlichkeit auszusprechen. Sein Gesichtsausdruck war greisenhaft spitz, gesetzt und schien, weil sich quer über seine Nase eine sattelförmige Einkerbung zog und die Nasenlöcher nach oben blickten, schlau und spöttisch.

«Nein, mich dünkt, ich habe keine gesehen», erwiderte er. «Unser Jäger Jeremka hat berichtet, er habe am zwanzigsten Juli eine Brut zusammengetrieben; aber er schneidet wohl auf. Es gibt nur wenig Vögel.»

«Jawohl, mein Bester, nur wenig ... Überall gibt es nur wenig Vögel! Auch die Jagd ist, wenn man nüchtern überlegt, miserabel und wenig lohnend. Es gibt keine wilden Vögel, und was vorhanden ist, ist noch nicht ausgewachsen, es verlohnt nicht, sich die Hände zu beschmieren. Es ist so klein, daß es eine Schande ist.»

Meliton lächelte und fuhr mit der Hand durch die Luft.

«Es ist einfach lächerlich, wie es jetzt in der Welt zugeht! Die Vögel sind entartet, setzen sich spät auf die Eier, und es gibt Vögel, die am Fest der Apostel Petri und Pauli noch nicht von den Eiern aufgestanden sind. Wahrhaftig.»

«Alles zielt nur auf eins ab», bemerkte der Hirt, das Gesicht erhebend. «Im vorigen Sommer gab es wenig wilde Vögel, in diesem Sommer noch weniger, und in fünf Jahren wird es vermutlich überhaupt keine mehr geben. Ich bin der Ansicht, daß bald nicht nur keine wilden Vögel, sondern überhaupt kein Vogel mehr übrigbleiben wird.»

«Ja», stimmte Meliton nach einigem Nachdenken zu. «Das ist richtig.»

Der Hirt lächelte bitter und schüttelte den Kopf.

«Man muß nur staunen!» hob er wieder an. «Und wo ist alles geblieben? Vor zwanzig Jahren, erinnere ich mich, gab es hier Gänse, und Kraniche, und Enten, und Birkhühner scharenweise! Wenn die Herrschaften sich zur Jagd einfanden, hörte man ununterbrochen knallen: pu-pu-pu! pu-pu-pu! Sumpfschnepfen, Bekassinen verschwanden nie; die Waldschnepfen aber kamen in solchen Mengen vor wie Stare oder, sagen wir, Spatzen! Wo ist das alles geblieben? Selbst Raubvögel sieht man nicht mehr, Adler und Falken und Uhus sind ausgestorben ... Auch die Tiere haben an Zahl abgenommen. Heutzutage, mein Lieber, ist ein Wolf oder ein Fuchs zur Seltenheit geworden, von einem Bären oder einem Fischotter schon gar nicht zu reden. Und früher kamen hier sogar Elen vor! Seit vierzig Jahren beobachte ich jahrein, jahraus Gottes Werk, und ich fasse das so auf, daß alles nur auf eins abzielt.»

«Worauf denn?»

«Auf Schlimmes, Bursche. Man muß annehmen, auf den Untergang ... Es ist die Zeit gekommen für den Untergang der Gotteswelt.»

Der Alte setzte die Mütze auf und betrachtete den Himmel.

«Schade!» seufzte er nach einem kurzen Stillschweigen auf. «O Gott, wie schade! Gewiß, es ist so Gottes Wille, nicht wir haben die Welt erschaffen, und doch ist es schade, mein Lieber. Wenn ein Baum verdorrt oder, sagen wir, eine Kuh krepiert, auch da packt einen das Bedauern; aber was soll man sagen, guter Mann, wenn man mit eigenen Augen ansehen muß, wie die ganze Welt zugrunde geht? So viel Schönes, mein Gott! Die Sonne, und der Himmel, und die Wälder, und die Flüsse, und die Geschöpfe — das alles ist ja erschaffen worden, eingefügt, aufeinander abgestimmt. Ein jedes ist seinem Zweck zugeführt und kennt seinen Platz. Und das alles soll untergehen?»

Auf dem Gesicht des Hirten erschien ein trauriges Lächeln, und seine Lider begannen zu blinzeln.

«Du sagst — die Welt muß untergehn ...» sagte Meliton sinnend. «Vielleicht kommt auch bald das Ende der Welt; doch man kann nicht nach den Vögeln urteilen. Schwerlich ist es so, daß die Vögel solches bedeuten sollen.»

«Nicht nur die Vögel», erwiderte der Hirt. «Auch die wilden Tiere, und das Vieh, und die Bienen, und die Fische ... Wenn du mir nicht Glauben schenken willst, so frag die alten Menschen; ein jeder wird dir sagen, daß die Fische nicht mehr sind wie früher. Auf den

Meeren, und in den Seen, und in den Flüssen nehmen die Fische von Jahr zu Jahr immer mehr und mehr ab. In unserer Pestschanka, erinnere ich mich, fingen wir Hechte von siebzig Zentimetern Länge, auch Trüschen kamen vor und Brachsen, und ein jedes Fischchen sah nach was aus, heute aber, wenn man nur einen Barsch fängt, der fünfundzwanzig Zentimeter lang ist, muß man Gott danken. Nicht einmal einen richtigen Kaulbarsch gibt es mehr. Mit jedem Jahr wird es schlimmer und schlimmer, und in kurzem wirst du sehen, wird es überhaupt keine Fische mehr geben. Und nehmen wir jetzt die Flüsse ... Die Flüsse trocknen jetzt aus!»

«Das stimmt, sie trocknen aus.»

«Siehst du, so ist es. Mit jedem Jahr werden sie seichter und seichter, und es gibt nicht mehr, mein Bester, solche Untiefen wie früher. Siehst du dort die Sträucher?» fragte der Alte, zur Seite weisend. «Dahinter ist das alte Flußbett; zu Lebzeiten meines Vaters floß dort die Pestschanka, jetzt aber kannst du selber sehen, wohin der Teufel sie verschlagen hat! Sie hat das Flußbett gewechselt und wird es so lange wechseln, bis sie gänzlich ausgetrocknet ist. Hinter Kurgassowo gab es Sümpfe und Teiche; wo sind sie heute geblieben? Und wo sind die Bäche geblieben? Bei uns floß gerade in diesem Wald ein Bach vorbei, und ein solcher Bach war es, daß die Bauern Fischreusen in ihm aufstellten und Hechte fingen, Wildenten überwinterten dort; heute aber kommt nicht einmal bei hohem Wasserstand dort viel Wasser vor. Jawohl, mein Lieber, wohin man blickt, überall ist es trocken. Überall!»

Ein Schweigen brach an. Meliton war nachdenklich und starrte auf einen Punkt. Er wollte wenigstens einen Ort in der Natur feststellen, den das allumfassende Verderben noch nicht berührt hatte. Über den Nebel und die schrägen Regenstreifen glitten wie über matte Scheiben helle Flecke, erloschen aber sogleich; die aufgehende Sonne wollte die Wolken durchdringen und einen Blick auf die Erde werfen.

«Ja, und auch die Wälder...» murmelte Meliton.

«Und auch die Wälder...» wiederholte der Hirt. «Man holzt sie ab, und sie brennen und verdorren, und neue Bäume wachsen nicht. Wenn etwas wächst, so wird es sofort geschlagen; heute ist es aufgeschossen und morgen, ehe man sich's versieht, haben die Menschen es schon gefällt. So geht es immer weiter, bis nichts mehr übrigbleibt. Ich, guter Mann, hüte, seit die Leibeigenschaft aufgehoben wurde, die Gemeindeherde, und vorher war ich bei den Herrschaften als Hirt angestellt, weidete immer an diesem Ort, und solange ich lebe, kann ich mich keines Sommertags erinnern, an dem ich nicht hier gewesen wäre. Und die ganze Zeit beobachte ich Gottes Werk.

Ich habe in meinem Leben genug gesehen, und ich fasse es so auf, daß jegliche Pflanze sich verringert hat, sei es Roggen, oder Gemüse, oder irgendein Blümchen, alles zielt nur auf eins ab.»

«Dafür ist das Volk besser geworden», bemerkte der Verwalter.

«Womit ist es besser?»

«Es ist klüger.»

«Daß es klüger geworden ist, Bursche, das gebe ich zu; doch was hat man davon? Was nützt den Menschen der Verstand, wenn sie ohnehin untergehen müssen? Zugrundegehen kann man auch ohne Verstand. Was nützt dem Jäger sein Verstand, wenn das Wild fehlt? Ich fasse das so auf, Gott hat den Menschen den Verstand gegeben, aber die Kraft genommen. Schwach ist das Volk geworden, außerordentlich schwach. Nimm zum Beispiel mich ... Ich bin einen Groschen wert, im ganzen Dorf bin ich der allergeringste Bauer, und doch, Bursche, habe ich Kraft. Schau, ich stehe im siebenten Jahrzehnt, und doch weide ich tagtäglich die Herde und hüte dazu noch für einen Zwanziger nachts die Pferde, schlafe nicht und friere nicht; mein Sohn ist klüger als ich, stell ihn aber an meiner Statt hin, so wird er morgen schon eine Zulage verlangen oder sich kurieren gehen. So ist es. Außer Brot werde ich nichts verlangen, denn ‚Unser täglich Brot gib uns heute‘, und auch mein Vater hat außer Brot nichts gegessen, auch der Großvater nicht, dem heutigen Bauern aber gib noch Tee, und Schnaps, und Semmeln, und erlaube ihm, von der Abendröte bis zur Morgenröte zu schlafen und sich zu kurieren und zu verweichlichen. Und warum? Er ist schwach geworden, er hat keine Kraft, etwas auszuhalten. Er wäre froh, wenn er nicht schlafen müßte; doch die Augen fallen ihm zu, da ist nichts zu machen.»

«Das ist richtig», stimmte Meliton zu. «Der Bauer ist heutzutage nichts wert.»

«Geben wir es ruhig zu, wir werden schlechter von Jahr zu Jahr. Untersuchen wir nun die Herrschaften näher, so sind sie noch mehr als die Bauern der Schwäche anheimgefallen. Der Herr von heute hat alles übertroffen, weiß solches, was zu wissen nicht not tut, und was hat er davon? Man muß ihn nur ansehen, so packt einen das Mitleid. Mager und kränklich, als wäre er ein Ungar oder Franzose, weder hat er Würde noch sieht er ansehnlich aus, er trägt nur den Namen eines Herrn. Der Gute hat weder eine Anstellung noch eine Arbeit, und man wird nicht draus klug, was er will. Entweder sitzt er mit einer Angelschnur und fängt Fischchen, oder er liegt mit dem Bauch nach oben und liest ein Büchlein, oder er drückt sich zwischen den Bauern herum und redet allerlei Worte, die Hungerleider aber gehen unter die Schreiber. So lebt er und gibt sich mit Nichtigkeiten ab, und das kommt ihm nicht in den Sinn, daß er sich für eine wirkliche

Arbeit vorbereiten könnte. Von den früheren Herrschaften waren die Hälfte Generale; die heutigen aber sind ohne Ausnahme Schreihälse.»

«Sie sind stark verarmt», sagte Meliton.

«Deshalb sind sie auch verarmt, weil Gott ihnen die Kraft genommen hat. Gegen Gott kann man nichts machen.»

Meliton starrte wiederum auf einen Punkt. Nachdem er eine Weile nachgedacht hatte, seufzte er, wie gesetzte, vernünftige Leute zu seufzen pflegen, schüttelte den Kopf und begann:

«Und woher kommt alles? Wir sündigen viel, haben Gott vergessen ... und es ist wohl die Zeit gekommen, daß alles untergehe. Man muß auch sagen, die Welt kann ja nicht ewig bestehen ... man darf nicht zu unverschämt sein.»

Der Hirt seufzte, begab sich, als wollte er dem unangenehmen Gespräch ein Ende bereiten, zur Birke und begann mit den Augen die Kühe zu zählen.

«Hei-hei-hei!» rief er. «Hei-hei-hei! Daß euch doch, ihr laßt einen nicht zur Ruhe kommen! Der Teufel hat euch verschleppt! Tiu-liu-liu!»

Er machte ein ärgerliches Gesicht und begab sich zu den Sträuchern, um die Herde zu sammeln. Meliton erhob sich und schlenderte langsam zum Waldessaum. Er schaute auf seine Füße und sann; er suchte noch immer nach irgend etwas, das vom Tode noch nicht berührt worden wäre. Über die schrägen Regenstreifen glitten wiederum helle Flecke; sie hüpften auf die Baumwipfel des Waldes und erloschen im nassen Laub. Damka hatte unter einem Strauch einen Igel gefunden und erhob, um die Aufmerksamkeit ihres Herrn auf ihn zu lenken, ein heulendes Gebell.

«War bei euch eine Sonnenfinsternis?» rief der Hirt hinter den Sträuchern.

«Ja, es war eine!» erwiderte Meliton.

«Soso. Überall beklagt sich das Volk darüber, daß eine war. Brüderchen, es scheint auch im Himmel Unordnung zu herrschen! Das ist nicht von ungefähr... Hei-hei-hei! Hei!»

Nachdem er die Herde an den Waldessaum getrieben hatte, lehnte sich der Hirt an eine Birke, blickte auf den Himmel, zog ohne Hast die Schalmei hervor und begann zu spielen. Er spielte wie vorhin mechanisch und nahm nicht mehr als fünf, sechs Töne; als wäre ihm die Schalmei zum erstenmal in die Hände geraten, flogen die Töne daraus unentschlossen, ungeordnet heraus, ohne zu einer Melodie zu verschmelzen; doch Meliton, der an den Untergang der Welt dachte, hörte aus dem Spiel etwas sehr Schwermütiges und Widriges heraus, das er lieber nicht hören wollte. Die allerhöchsten, schrillen Töne, die zitterten und abbrachen, schienen untröstlich zu weinen, als wäre die Schalmei krank und erschrocken; die tiefsten aber erinnerten aus irgendeinem Grund an Nebel, traurige Bäume, grauen Himmel. Eine solche Musik schien zum Wetter, zum Alten und seinen Reden zu passen.

Meliton hatte Lust, zu klagen. Er näherte sich dem Alten und, auf sein trauriges, spöttisches Gesicht blickend, begann er zu murmeln:

«Auch das Leben ist schlimmer geworden, Großvater. Es geht über meine Kraft. Mißernten, Armut ... Viehseuchen fortwährend, Krankheiten ... Die Not hat mich überwältigt.»

Das volle Gesicht des Verwalters wurde rot und nahm einen gramvollen, weibischen Ausdruck an. Er bewegte die Finger, als suche er nach Worten, um sein unbestimmtes Gefühl wiederzugeben, und fuhr fort:

«Ich habe acht Kinder, die Frau ... und meine Mutter lebt noch, und an Lohn erhalte ich alles in allem zehn Rubel im Monat bei eigener Kost. Vor Armut ist meine Frau ein wahrer Satan geworden ... ich selbst habe mich dem Trunk ergeben. Ich bin ein vernünftiger, gesetzter Mann, besitze Bildung. Ich sollte ruhig daheim sitzen; aber ich renne den ganzen Tag wie ein Hund mit dem Gewehr herum, ich kann einfach nicht anders; denn das Haus ist mir zum Ekel geworden!»

Fühlend, daß die Zunge gar nicht das murmelte, was er hätte aussprechen wollen, machte der Verwalter eine hoffnungslose Handbewegung und sagte voll Bitterkeit:

«Wenn die Welt untergehn soll, so möglichst schnell! Warum zögern und die Menschen unnütz quälen...»

Der Alte nahm die Schalmei von den Lippen, kniff ein Auge zusammen und blickte in ihre Öffnung. Sein Gesicht war traurig und mit großen Wassertropfen wie mit Tränen bedeckt. Er lächelte und sagte:

«Es ist schade, Brüderchen! Mein Gott, wie schade! Erde, Wald und Himmel ... jegliche Kreatur, das alles ist ja erschaffen worden, eingefügt, in jedem ist ja Verstand vorhanden. Und alles soll untergehen. Am meisten aber dauern mich die Menschen.»

Im Walde begann, sich dem Waldessaum nähernd, der Regen zu rauschen. Meliton schaute in die Richtung des Geräusches, schloß alle seine Knöpfe und sagte:

«Ich will gegen das Dorf gehen. Leb wohl, Großvater. Wie ist dein Name?»

«Luka der Arme!»

«Nun, leb wohl, Luka! Hab Dank für deine guten Worte. Damka, ici!»

Nachdem er sich vom Hirten verabschiedet hatte, schritt Meliton dem Waldessaum entlang davon und stieg dann zur Wiese hinab, die allmählich in Sumpfland überging. Unter den Füßen schluchzte das Wasser, und das Riedgras, immer noch saftig und grün, neigte sich zu Boden, als fürchte es, zerstampft zu werden. Hinter dem Sumpf standen am Ufer der Pestschanka, von der der Alte erzählt hatte,

Weiden, und hinter den Weiden schimmerte blau im Nebel die herrschaftliche Getreidedarre. Man spürte das Nahen jener unglückseligen, unabwendbaren Zeit, da die Felder dunkel werden, der Boden schmutzig und kalt, da die Trauerweide noch trauriger scheint und über ihren Stamm Tränen kriechen und nur die Kraniche dem allgemeinen Elend entgehen; aber auch sie erfüllen, als fürchteten sie, die niedergeschlagene Natur durch den Ausdruck ihres Glücks zu kränken, den Luftkreis mit einem traurigen, schwermütigen Lied.

Meliton schleppte sich zum Fluß hinab und hörte, wie hinter ihm nach und nach die Klänge der Schalmei erstarben. Er wollte immer noch klagen. Traurig schaute er um sich, und Himmel und Erde und Sonne und Wald und seine Damka taten ihm unerträglich leid, und als der höchste Ton der Schalmei langgezogen die Luft durchdrang und gleich der Stimme eines weinenden Menschen erbebte, erregte die sich bemerkbar machende Unordnung in der Natur ein unsäglich bitteres und kränkendes Gefühl in ihm.

Der hohe Ton erbebte, brach ab, und die Schalmei verstummte.

1887.

DIE STEPPE

Die Geschichte einer Reise

I

Aus der Stadt N., der Kreisstadt des Z.schen Gouvernements, fuhr an einem frühen Julimorgen eine abgenutzte Kalesche ohne Federung heraus, eine jener vorsintflutlichen Kaleschen, in denen heutzutage in Rußland nur noch Kommis, Viehhändler und arme Geistliche reisen. Polternd rollte sie die Poststraße hinab, sie krachte und kreischte bei der geringsten Bewegung; ihr sekundierte mürrisch der Eimer, der am Hintergestell befestigt war — und allein nach diesen Lauten und den jämmerlichen Lederfetzen, die an ihrem abgegriffenen Körper baumelten, konnte man über ihr Alter und ihre Reife zum Abbruch urteilen.

In der Kalesche saßen zwei Bewohner N.s: der Kaufmann Iwan Iwanytsch Kusjmitschow, der mit seinem rasierten Gesicht, der Brille und dem Strohhut mehr einem Beamten denn einem Kaufmann glich, und Vater Christophorus Sirijski, der Prior der Nikolajewschen Kirche, ein kleiner, langhaariger Greis in einem grauen Rock aus Segeltuch, einem breitkrempigen Zylinder und einem farbigen, gestickten Gürtel. Der erste dachte konzentriert an etwas und schüttelte sein Haupt, um die Schläfrigkeit zu verjagen; auf seinem Gesicht kämpfte die gewohnte sachliche Trockenheit mit der Herzensgüte eines Mannes, der soeben erst Abschied von seinen Verwandten genommen; der zweite hingegen blickte mit feuchten Äuglein erstaunt auf die Gotteswelt und lächelte so breit, daß sein Lächeln sich sogar auf die Ränder des Zylinders auszubreiten schien; sein Gesicht war rot und trug einen fröstelnden Ausdruck. Beide, sowohl Kusjmitschow wie auch Vater Christophorus, waren jetzt unterwegs, um ihre Wolle zu verkaufen. Bevor sie sich von ihren Hausgenossen verabschiedet hatten, hatten sie tüchtig den Krapfen mit saurem Rahm zugesprochen und trotz der frühen Morgenstunde auch getrunken... Die Stimmung bei beiden war vorzüglich.

Außer den soeben beschriebenen beiden und dem Kutscher Denißka, der unermüdlich auf die beiden flinken Braunen einhieb, befand sich noch ein Fahrgast in der Kutsche, ein etwa neunjähriger Knabe mit einem sonnengebräunten, tränennassen Gesicht. Das war Jegoruschka, der Neffe Kusjmitschows. Mit Genehmigung des Onkels und dem Segen Vater Christophorus' fuhr er mit ihnen, um in ein Gymnasium einzutreten. Seine Mutter, Olga Iwanowna, die Witwe eines Kollegiensekretärs und leibliche Schwester Kusjmitschows, die gebildete Leute und vornehme Gesellschaft liebte, hatte ihren Bruder, der wegen seiner Wolle eine Reise antrat, angefleht, Jegoruschka mit sich zu nehmen und ihn in einem Gymnasium unterzubringen; und jetzt saß der Knabe, ohne zu begreifen, wohin und warum er fahre, auf dem Kutschbock neben Denißka, hielt sich an dessen Ellenbogen fest, um nicht herunterzufallen, und hüpfte wie eine Teekanne auf dem oberen Aufsatz des Samowars. Von der schnellen Fahrt hatte sich sein rotes Hemd wie eine Blase auf seinem Rücken gebläht und die neue Kutschermütze mit der Pfauenfeder rutschte ihm die ganze Zeit in den Nacken. Er fühlte sich als ein im höchsten Grade unglücklicher Mensch und wollte weinen.

Als die Kalesche am Gefängnis vorüberfuhr, blickte Jegoruschka auf die Wache, die neben der hohen, weißen Mauer langsam hin und her schritt, auf die kleinen, vergitterten Fenster, auf das auf dem Dach glänzende Kreuz und erinnerte sich, wie er vor einer Woche, am Fest der Kasanschen Gottesmutter, mit seiner Mutter die Gefängniskirche aufgesucht hatte; und noch früher, zu Ostern, war er mit der Köchin Ludmilla und Denißka ins Gefängnis gekommen und hatte Osterbrot, Eier, Pasteten und Rinderbraten gebracht: die Sträflinge dankten und bekreuzigten sich, und einer hatte Jegoruschka selbstverfertigte zinnerne Kragenknöpfe geschenkt.

Der Knabe betrachtete aufmerksam die vertrauten Orte; die verhaßte Kalesche aber lief vorbei und ließ alles hinter sich zurück. Hinter dem Gefängnis tauchten die schwarzen, verräucherten Schmieden auf und darauf der gemütliche grüne Friedhof mit der Mauer aus Feldsteinen; hinter der Mauer blickten fröhlich die weißen Kreuze und Grabsteine hervor, die sich im Grün der Kirschbäume verstecken und aus der Ferne als weiße Flecken erscheinen. Jegoruschka erinnerte sich, daß zur Zeit der Kirschblüte diese weißen Flecke mit den Kirschblüten zu einem weißen Meer verschmolzen; wenn die Kirschen aber reiften, waren die weißen Grabmale und Kreuze mit blutroten Pünktchen besät. Hinter der Mauer schliefen unter den Kirschbäumen Tag und Nacht Jegoruschkas Vater und die Großmutter Sinaida Danilowna. Wie die Großmutter gestorben war, hatte man sie in einen langen, schmalen Sarg gelegt und ihre Augen, die sich nicht schließen wollten, mit Fünfkopekenstücken bedeckt. Bis zu ihrem Tode war sie rüstig gewesen und hatte vom Markt mit Mohn bestreute weiche Kringelchen heimgebracht; jetzt aber schläft sie, schläft ...

Hinter dem Friedhof aber rauchten die Ziegelbrennereien. Dichter schwarzer Rauch kam in Wolken unter den langen, schilfbedeckten, zu Boden gedrückten Dächern hervor und stieg langsam zum Himmel auf. Der Himmel war über den Brennereien und dem Friedhof gebräunt, und große Schatten von den Rauchschwaden krochen über Feld und Straße. Im Rauch bewegten sich die Menschen und Pferde, die mit rotem Staub bedeckt waren ...

Hinter den Brennereien endete die Stadt und begann das freie Feld. Jegoruschka blickte zum letztenmal nach der Stadt zurück, fiel mit dem Gesicht auf Denißkas Ellenbogen nieder und brach in bitterliches Weinen aus...

«Nun, hast dich noch nicht ausgeheult, Schreihals?» sagte Kusjmitschow. «Plärrst wieder, Muttersöhnchen! Willst du nicht fahren, so bleib hier. Niemand zieht dich mit Gewalt fort!»

«Macht nichts, macht nichts, Bruder Jegor, macht nichts ...», murmelte schnell Vater Christophorus. «Macht nichts, Bruder ... Rufe Gott an ... Der Zweck deiner Reise ist nichts Schlechtes, sondern etwas Gutes. Wissen ist Licht, wie man zu sagen pflegt, Unwissen — Finsternis ... Wahrlich, so ist es.»

«Willst du zurückkehren?» fragte Kusjmitschow.

«Ich wi-ill ...», antwortete Jegoruschka schluchzend.

«Kehr nur zurück. Deine Reise ist ohnehin zwecklos.»

«Macht nichts, macht nichts, Bruder ...», fuhr Vater Christophorus fort. «Rufe Gott an ... Auch Lomonossow fuhr so mit Fischern fort, und doch ist aus ihm ein weltberühmter

Mann geworden. Geistesbildung, mit Glauben aufgenommen, gibt Früchte, die Gott wohlgefällig sind. Wie heißt es im Gebet? Dem Schöpfer zu Ehren, unseren Eltern aber zum Trost, der Kirche und dem Vaterland zu Nutzen ... So ist es.»

«Der Nutzen kann verschieden ausfallen...» fiel Kusjmitschow ein, eine billige Zigarre anrauchend. «Mancher lernt zwanzig Jahre lang, und es kommt nichts Vernünftiges heraus.»

«Das kann vorkommen.»

«Dem einen gereicht Wissen zum Nutzen, dem andern aber verwirrt sich darob nur der Verstand. Meine Schwester ist eine Frau, die nichts davon versteht; sie strebt nur nach Vornehmheit und möchte, daß aus Jegorka ein Gelehrter würde; das sieht sie aber nicht ein, daß ich in meinem Beruf Jegorka für sein ganzes Leben glücklich machen könnte. Ich erkläre Ihnen das nur aus dem Grunde, weil, wenn alle unter die Gelehrten und Vornehmen gingen, niemand dann übrigbliebe, um Handel zu treiben und Korn zu säen. Alle würden dann Hungers sterben.»

«Wenn aber alle Handel trieben und Korn säten, würde niemand sein, um Wissen zu erfassen.»

Und da beide annahmen, daß sie etwas Überzeugendes und Gewichtiges gesagt hätten, machten Kusjmitschow und Vater Christophorus ernste Gesichter und hüstelten gleichzeitig. Denißka, der ihrem Gespräch gelauscht und nichts begriffen hatte, schüttelte das Haupt, erhob sich und hieb auf die beiden Braunen ein. Schweigen brach an.

Unterdessen entfaltete sich vor den Augen der Fahrgäste bereits die weite, unendliche Ebene, umgeben von einer Hügelkette. Sich drängend und einer hinter dem andern hervorguckend, verschmolzen diese Hügel zu einer Anhöhe, die sich rechts von der Straße bis zum Horizont erstreckte und in der lilafarbenen Ferne verschwand; man fährt und fährt und wird nicht daraus klug, wo sie beginnt und wo sie endet ... Die Sonne schaute schon von hinten hinter der Stadt hervor und machte sich still, ohne Geschäftigkeit, an ihre Arbeit. Anfangs kroch weit vorne, wo Himmel und Erde zusammenkommen, neben den kegelförmigen Grabhügeln und der Windmühle, die aus der Ferne einem kleinen, mit den Armen fuchtelnden Mann glich, ein breiter, grellgelber Streifen über den Boden; etwas später leuchtete ein gleicher Streifen etwas näher auf, kroch nach rechts und ergriff die Hügel; etwas Warmes berührte Jegoruschkas Rücken, der von hinten herangeschlichene Lichtstreifen huschte über die Kalesche und die Pferde, schwebte den anderen Streifen entgegen, und plötzlich warf die ganze weite Ebene den morgendlichen Halbschatten von sich, lächelte und erglänzte im Tau.

Der gemähte Roggen, das Steppengras, die Wolfsmilch, das Feuerkraut — alles gebräunt, rot, halbtot von der Hitze, belebte sich jetzt, im Tau gebadet und von der Sonne liebkost, um von neuem zu erblühen. Über der Straße schwebten mit frohen Rufen Vögel, im Gras riefen einander die Zieselmäuse zu, irgendwo links in der Ferne weinten Kiebitze. Eine Schar Rebhühner, durch die Kalesche erschreckt, flatterte auf und flog mit ihrem weichen «trrr» über die Hügel. Grillen, Heimchen, Bockkäfer und Ackerwerren hoben im Gras ihre knarrende, eintönige Musik an.

Eine kurze Weile verstrich, der Tau verdunstete, die Luft erstarrte, und die betrogene Steppe nahm ihr trauriges Juliaussehen an. Das Gras senkte sich, das Leben erstarb. Die verbrannten Hügel, bräunlichgrün, in der Ferne lilafarben, mit ihren schattengleichen ruhigen Tönen, die Ebene mit ihrer dunstigen Ferne, und der darüber ausgebreitete Himmel, der in der Steppe, wo Wald und hohe Berge fehlen, unendlich tief und durchsichtig ist, erschienen jetzt endlos, erstarrt vor Schwermut ...

Wie drückend und traurig ist es! Die Kalesche läuft, aber Jegoruschka sieht immer nur das gleiche — Himmel, Ebene, Hügel ... Die Musik im Gras ist verstummt. Die Vögel sind fortgeflogen, auch die Rebhühner sind nicht mehr sichtbar. Über dem welken Gras schweben zum Zeitvertreib die Saatkrähen; sie gleichen einander alle und gestalten die Steppe noch eintöniger.

Ein Geier fliegt mit leichtem Flügelschlag dicht über dem Boden, und plötzlich bleibt er in der Luft stehen, als dächte er über die Langeweile des Lebens nach, darauf schüttelt er die Flügel und gleitet wie ein Pfeil über die Steppe dahin, und es ist unverständlich, wozu er fliegt und was er braucht. In der Ferne aber winkt eine Mühle mit den Flügeln ...

Zur Abwechslung taucht im Steppengras ein weißer Schädel oder ein Feldstein auf; auf einen Augenblick schießt ein grauer, steinerner Rammbock auf oder eine vertrocknete Lorbeerweide mit einer Blauracke auf dem obersten Ast, eine Zieselmaus rennt über den Weg — und von neuem fliegen an den Augen Steppengras, Hügel, Saatkrähen vorüber...

Doch, gottlob, ein Fuder mit Garben kommt entgegen, zuoberst liegt eine Jungfer. Verschlafen, abgequält von der Hitze, hebt sie den Kopf und betrachtet die Entgegenkommenden. Denißka gafft sie an, und die Braunen strecken die Mäuler gegen die Garben aus, kreischend streift die Kalesche die Fuhre, und die stechenden Ähren fahren wie eine Rute über den Zylinder Vater Christophorus'.

«Paß auf, du Mollige!» ruft Denißka.

Die Jungfer lächelt verschlafen, bewegt die Lippen und legt sich wieder nieder ... Und nun zeigt sich auf dem Hügel eine einsame Pappel; Gott mag wissen, wer sie gesetzt hat und warum sie hier steht. Nur mit Mühe reißt sich der Blick von ihrer schlanken Gestalt und der grünen Kleidung los. Ist sie glücklich, die Schöne? Im Sommer glühende Hitze, im Winter Kälte und Schneestürme, im Herbst furchtbare Nächte, in denen man nur die Finsternis sieht und außer dem ausschweifenden, böse heulenden Wind nichts hört, und was das Schlimmste ist — das ganze Leben einsam, einsam sein... Hinter der Pappel breitet sich als leuchtendgelber Teppich vom Gipfel des Hügels bis zur Straße Weizen aus. Auf dem Hügel ist das Korn schon geerntet und in Haufen zusammengetragen, unten aber wird erst gemäht... Sechs Mäher stehen in einer Reihe und schwingen die Sensen, die Sensen aber blitzen fröhlich und geben im Takt, alle zugleich, den Laut «wshshi, wshshi» von sich. An den Bewegungen der Weiber, die die Garben binden, an den Gesichtern der Mäher, am Glanz der Sensen sieht man, daß die Hitze brennt und quält. Ein schwarzer Hund rennt mit ausgestreckter Zunge von den Mähern zur Kalesche, wahrscheinlich in der Absicht zu bellen, bleibt aber auf halbem Weg stehen und schaut gleichgültig den ihm mit der Peitsche drohenden Denißka an: es ist zu heiß zum Bellen! Ein Weib richtet sich auf, und mit beiden Händen nach dem abgequälten Rücken greifend, begleitet es mit den Blicken Jegoruschkas rotes Baumwollhemd. Gefällt ihr die rote Farbe oder erinnert sie sich ihrer Kinder; sie steht jedenfalls lange unbeweglich und schaut ihm nach...

Doch nun ist auch der Weizen entschwunden. Wieder dehnen sich die verbrannte Ebene, die gebräunten Hügel, der glühende Himmel, wieder schwebt über dem Boden der Geier. In der Ferne winkt nach wie vor mit ihren Flügeln die Mühle, und immer noch gleicht sie einem kleinen Mann, der mit den Armen fuchtelt. Man bekommt es satt, auf sie zu schauen, und es hat den Anschein, daß man sie nie erreichen wird, daß sie vor der Kalesche flüchtet.

Vater Christophorus und Kusjmitschow schweigen. Denißka haut auf die Braunen ein und schreit sie an, und Jegoruschka weint nicht mehr, sondern blickt gleichgültig um sich. Die Hitze und die Langeweile der Steppe haben ihn ermüdet. Ihn dünkt, daß er schon lange fährt und aufhüpft, daß die Sonne ihm schon lange den Rücken brennt. Sie sind noch keine zehn Kilometer gefahren, und er denkt schon: Es wäre Zeit, auszuruhen! Vom Antlitz des Onkels ist nach und nach die Herzensgüte gewichen, und es ist nur die sachliche Trockenheit zurückgeblieben; einem rasierten, hageren Gesicht aber, namentlich wenn es eine Brille trägt, wenn Nase und Schläfen mit Staub bedeckt sind, verleiht diese Trockenheit einen unerbittlichen, inquisitorischen Ausdruck. Vater Christophorus aber schaut immer noch erstaunt auf die Gotteswelt und lächelt, stumm, er denkt an etwas Gutes und Fröhliches, und das gütige, wohlwollende Lächeln ist auf seinem Gesicht erstarrt. Es scheint, daß auch der gute, fröhliche Gedanke vor Hitze in seinem Gehirn erstarrt ist ...

«Was meinst du, Denißka, werden wir heute noch die Fuhren einholen?» fragt Kusjmitschow.

Denißka schaut zum Himmel auf, erhebt sich, haut auf die Pferde ein, und dann erst gibt er zur Antwort:

«Zur Nacht, wenn Gott gibt, holen wir sie ein ...»

Plötzliches Hundegebell erscholl. Sechs Stück riesiger Steppenschäferhunde, wie aus einem Hinterhalt hervorstürzend, warfen sich mit wütendem, heulendem Gebell der Kalesche entgegen. Alle diese ungewöhnlich bösen Tiere mit ihren zottigen Schnauzen und den vor Bosheit roten Augen umringten die Kalesche und, einander eifersüchtig stoßend, erhoben sie ein heiseres Gebrüll. Sie haßten leidenschaftlich und waren, so schien es, bereit, Pferde, Kalesche und Menschen in Stücke zu reißen ... Denißka, der Freude am Necken und Peitschen hatte, freute sich über die Gelegenheit dazu, bog sich, seinem Gesicht einen schadenfrohen Ausdruck gebend, vom Bock herab und versetzte mit der Peitsche einem Schäferhunde Hiebe. Die Hunde röchelten noch wilder, und die Pferde rasten davon; und Jegoruschka, der sich kaum festhalten konnte, begriff, auf die Augen und Zähne der Hunde blickend, daß sie ihn, wenn er herunterfiele, augenblicklich in Stücke reißen würden; aber er empfand keine Angst, sondern schaute ebenso schadenfroh drein wie Denißka und bedauerte, daß er keine Peitsche in Händen hatte.

Die Kalesche stieß auf eine Schafherde.

«Halt!» schrie Kusjmitschow. «Halt an! Tprrr...»

Denißka wich mit dem ganzen Körper zurück und brachte die Braunen zum Stehen. Die Kalesche hielt.

«Komm hierher!» rief Kusjmitschow dem Hirten zu. «Beschwichtige die Hunde, diese verdammten!»

Der alte, zerlumpte, barfüßige Hirt mit einer Pelzmütze, einem schmutzigen Sack um die Hüfte und einem langen Hakenstock — eine ganz alttestamentarische Gestalt — beschwichtigte die Hunde und näherte sich mit abgenommener Mütze der Kalesche. Eine gleiche alttestamentarische Gestalt stand, ohne sich zu rühren, am anderen Ende der Herde und schaute gleichgültig auf die Fahrgäste.

«Wessen Herde ist das?» fragte Kusjmitschow.

«Warlamows!» erwiderte laut der Alte.

«Warlamows!» wiederholte der Hirt am anderen Ende der Herde.

«Ist Warlamow gestern hier vorbeigekommen?»

«Keineswegs... Sein Angestellter fuhr vorbei, das wohl...»

«Fahr zu!»

Die Kalesche rollte weiter, und die Hirten mit ihren bösen Hunden blieben hinter ihnen zurück. Jegoruschka blickte unlustig in die Ferne auf die lilafarbene Weite, und es kam ihm bereits vor, als ob die mit ihren Flügeln winkende Mühle sich nähere. Sie wurde immer größer und größer, und man konnte schon deutlich ihre beiden Flügel unterscheiden. Der eine Flügel war alt, geflickt, der andere erst unlängst aus neuem Holz gemacht und glänzte in der Sonne.

Die Kalesche fuhr geradeaus; die Mühle aber wich unbegreiflicherweise nach links zurück. Sie fuhren und fuhren; sie aber entfernte sich immer mehr nach links und entschwand nicht ihren Augen.

«Eine prächtige Windmühle hat Boltwa seinem Sohn aufgestellt!» bemerkte Denißka.

«Warum sieht man noch nicht seinen Meierhof?»

«Der kommt gleich nach der Schlucht.»

Bald tauchte auch der Meierhof Boltwas auf, die Windmühle aber blieb noch immer nicht zurück, schaute auf Jegoruschka mit ihrem glänzenden Flügel und winkte. Welch eine Zauberin!

II

Gegen Mittag drehte die Kalesche von der Straße nach rechts ab, fuhr eine Weile im Schritt und hielt an. Jegoruschka vernahm ein leises, liebliches Murmeln und fühlte, daß eine frischere Luft gleich kühlem Samt seine Wange berührte. Aus dem Hügel, den die Natur aus mißgestalteten Riesensteinen gefügt, rieselte durch eine Röhre aus Erdschierling, die irgendein unbekannter Wohltäter eingebaut hatte, Wasser in dünnem Strahl. Es fiel auf den Boden und rann durchsichtig, fröhlich, in der Sonne glitzernd und leise knurrend, als bilde es sich ein, ein starker, stürmischer Strom zu sein, rasch irgendwohin nach links. Unweit des Hügels zerlief das kleine Flüßchen zu einer Pfütze; die heißen Strahlen und der glühende Boden nahmen ihm, gierig trinkend, die Kraft; doch ein wenig weiter verschmolz es wahrscheinlich mit einem andern ähnlichen Flüßchen, denn hundert Schritt vom Hügel entfernt schimmerte in seiner Stromrichtung dichtes, üppiges Riedgras, aus dem beim Nahen der Kalesche mit Geschrei drei Schnepfen aufflogen.

Die Reisenden lagerten am Bach, um auszuruhen und die Pferde zu füttern. Kusjmitschow, Vater Christophorus und Jegoruschka setzten sich in dem dünnen Schatten, den die Kalesche und die ausgespannten Pferde warfen, auf eine ausgebreitete Decke und nahmen einen Imbiß zu sich. Der gute, fröhliche Gedanke, der vor Hitze im Gehirn Vater Christophorus erstarrt war, drängte, nachdem dieser sich mit Wasser sattgetrunken und ein hartes Ei gegessen hatte, nach außen. Er warf einen freundlichen Blick auf Jegoruschka, kaute und begann:

«Ich habe, Brüderchen, selber Schulen durchlaufen. Schon im frühesten Alter hatte Gott in mich Verständnis gelegt, so daß ich, den anderen ein Vorbild, in deinem Alter Eltern und Erziehern ein Trost war. Ich zählte noch keine fünfzehn Jahre, da redete ich und schrieb bereits Verse in lateinischer Sprache so gut wie in russischer. Ich erinnere mich, ich war Träger des Bischofstabes bei dem hochwürdigen Christophorus. Einmal nach dem Mittagsgottesdienst, ich erinnere mich, als ob es heute wäre, am Namenstag des gottesfürchtigen Herrschers Alexander Pawlowitsch des Gesegneten, entkleidete er sich im Altarraum, sah mich freundlich an und fragte: ‚Puer bone, quam appellaris?' Und ich erwiderte: ‚Christophorus sum.' Er darauf: ‚Ergo connominati sumus', das heißt, wir sind also Namensvettern... Darauf fragt er auf lateinisch: ‚Wessen Sohn bist du?' Und ich antworte auch auf lateinisch, ich sei der Sohn des Diakons Sirijski im Dorfe Lebedinskoje. Da der Hochwürdige eine solche Promptheit und Klarheit meiner Antworten sah, segnete er mich und sagte: ‚Schreib deinem Vater, daß ich ihn nicht verlassen werde, und dich will ich im Auge behalten.' Die Oberpriester und Geistlichen, die sich im Altarraum aufhielten und den lateinischen Disput anhörten, waren auch nicht wenig erstaunt, und ein jeder bezeugte mir zum Lob seine Zufriedenheit. Ich hatte noch keinen Schnurrbart, Brüderchen, und schon konnte ich Latein, Griechisch und Französisch lesen, kannte die Philosophie, Mathematik, vaterländische Geschichte und alle Wissenschaften. Gott hatte mir ein erstaunliches Gedächtnis geschenkt. Ich mußte eine Sache nur zweimal durchlesen, und schon wußte ich sie auswendig. Meine Lehrer und Wohltäter waren erstaunt und der Ansicht, daß aus mir ein großer Gelehrter, eine Leuchte der Kirche hervorgehen würde. Auch ich gedachte, nach Kiew zu gehen, um dort das Studium fortzusetzen, doch meine Eltern gaben mir dazu nicht ihren Segen. ‚Du willst‘, sprach mein Vater, ‚dein Leben lang nur lernen, wann sollen wir denn etwas von dir haben?‘ Als ich diese Worte vernahm, gab ich die Wissenschaften auf und nahm eine Stelle an. Freilich, ein Gelehrter ist aus mir nicht geworden, doch dafür bin ich den Eltern nicht ungehorsam gewesen, habe ihr Alter sichergestellt, sie mit allen Ehren beerdigt. Gehorsam ist mehr als Fasten und Gebet!»

«Sie haben wohl schon alle Wissenschaften vergessen!» bemerkte Kusjmitschow.

«Wie hätte ich auch nicht vergessen sollen? Gottlob, bin schon ins achtzigste Lebensjahr getreten! Von Philosophie und Rhetorik habe ich noch einiges behalten, aber Sprachen und Mathematik habe ich gänzlich vergessen.»

Vater Christophorus kniff die Augen zusammen, dachte nach und fügte halblaut hinzu:

«Was ist das Geschöpf? Das Geschöpf ist ein selbständiges Wesen und verlangt nichts anderes zu seiner Erfüllung.»

Er drehte den Kopf hin und her und lachte vor Rührung auf.

«Geistige Speise!» sagte er. «Wahrlich, die Materie ernährt den Körper, die geistige Speise aber die Seele!»

«Die Wissenschaften sind schon recht», seufzte Kusjmitschow auf, «doch wenn wir Warlamow nicht erreichen, so sind wir lackiert.»

«Der Mensch ist keine Stecknadel, wir werden ihn schon finden. Er kreist jetzt in dieser Gegend.»

Über dem Riedgras flogen die drei bekannten Schnepfen vorüber, und aus ihrem Pfeifen klang Unruhe und Verdruß darüber, daß man sie vom Bach verjagt hatte. Die Pferde kauten ruhig und schnaubten zuweilen; Denißka umkreiste die Speisenden und bemühte sich, zu zeigen, daß er völlig gleichgültig gegenüber den Gurken, Pasteten und Eiern sei, die sie aßen, vielmehr ganz vertieft in die Vertilgung der Bremsen und Fliegen, die die Pferdeleiber und -rücken dicht bedeckten. Apathisch, mit der Kehle einen besonderen, boshaften Siegeslaut von sich gebend, schlug er auf seine Opfer los und ächzte ärgerlich im Fall des Mißlingens, wobei er mit den Augen die Glückliche verfolgte, die dem Tod entronnen war.

«Denißka, wo steckst du? Komm essen!» sagte Kusjmitschow, schwer aufseufzend und dadurch zu verstehen gebend, daß er sich bereits gesättigt habe.

Denißka näherte sich unfrei der Decke und wählte für sich fünf große, gelbe Gurken (er hätte sich ein Gewissen draus gemacht, kleinere und frischere zu nehmen), nahm zwei harte Eier, die schwarz und voller Sprünge waren, darauf berührte er unentschlossen, als fürchte er, daß man ihm einen Schlag auf die ausgestreckte Hand versetze, mit den Fingern ein Pastetchen.

«Nimm doch, nimm!» trieb ihn Kusjmitschow an.

Denißka griff entschlossen nach der Pastete, entfernte sich recht weit und setzte sich mit dem Rücken zur Kalesche auf den Boden. Gleich darauf ließ sich ein so lautes Kauen vernehmen, daß sich sogar die Pferde umwandten und Denißka mißtrauisch betrachteten.

Nachdem er sich gesättigt, holte Kusjmitschow aus der Kalesche einen Sack hervor und wandte sich an Jegoruschka:

«Ich will schlafen, aber du paß auf, daß man mir diesen Sack nicht unter dem Kopf herauszieht.»

Vater Christophorus legte Priesterrock, Gürtel und Rock ab, und Jegoruschka war nach einem Blick auf ihn starr vor Verwunderung. Er hatte keineswegs vermutet, daß Geistliche Beinkleider trügen, doch Vater Christophorus trug richtige Beinkleider aus

Segeltuch, die in hohe Stiefel gesteckt waren, und dazu ein kurzes, buntscheckiges Jäckchen. Während Jegoruschka auf ihn blickte, fand er, daß Vater Christophorus in diesem zu seinem Rang so wenig passenden Kostüm mit seinem langen Haar und Bart Robinson Crusoe sehr ähnlich sah. Nachdem sie sich entkleidet hatten, legten sich Vater Christophorus und Kusjmitschow, die Gesichter einander zugewandt, in den Schatten unter der Kalesche und schlossen die Augen. Als Denißka zu kauen aufgehört hatte, streckte er sich an der Sonnenseite aus und schloß auch die Augen.

«Paß auf, daß niemand die Pferde fortführt!» sagte er zu Jegoruschka und war sofort eingeschlafen.

Es herrschte Stille. Man hörte nur, wie die Pferde kauten und schnaubten und die Schläfer schnarchten; irgendwo in der Umgebung weinte ein Kiebitz, und zuweilen ertönte das Pfeifen der drei Schnepfen, die geflogen kamen, um zu sehen, ob die ungebetenen Gäste nicht fortgefahren seien; murmelnd rieselte das Bächlein dahin; doch alle diese Laute störten die Stille nicht, weckten die erstarrte Luft nicht, trieben im Gegenteil die Natur in einen schläfrigen Zustand hinein.

Keuchend vor Hitze, die sich jetzt nach dem Essen besonders fühlbar machte, rannte Jegoruschka zum Ried und betrachtete von hier aus die Gegend. Er sah das gleiche, was er schon am Vormittag gesehen hatte: Ebene,

Hügel, Himmel, lilafarbene Weite; nur waren die Hügel jetzt nähergerückt und die Mühle fehlte, die weit zurückgeblieben war. Hinter dem felsigen Hügel, wo der Bach rieselte, erhob sich ein anderer ebener und breiter; daran klebte eine kleine Siedlung von fünf, sechs Höfen. Neben den Hütten waren weder Menschen noch Bäume oder Schatten zu sehen, als wäre die Siedlung von der heißen Luft erstickt und ausgetrocknet. Da er nichts anzufangen wußte, fing Jegoruschka einen Bockkäfer, hielt ihn in der Faust ans Ohr und hörte lange zu, wie jener auf seiner Geige fiedelte. Als er die Musik satt hatte, jagte er einem Schwarm gelber Schmetterlinge nach, die zum Trinken ins Riedgras geflogen kamen, und hatte sich unversehens wieder bei der Kalesche eingefunden. Der Onkel und Vater Christophorus schliefen fest; ihr Schlummer sollte zwei, drei Stunden dauern, bis die Pferde ausgeruht waren ... Wie diese lange Zeit totschlagen, und wohin sich vor der Sonne bergen? Das war eine schwierige Aufgabe. Mechanisch hielt Jegoruschka seinen Mund unter den Strahl, der aus der Röhre rann; in seinem Mund wurde es kalt, und es roch nach Erdschierling; zuerst trank er voll Lust, dann übermäßig und so lange, bis die scharfe Kälte aus dem Mund sich in den ganzen Körper ergoß und das Wasser über das Hemd lief. Darauf näherte er sich der Kalesche und betrachtete die Schlafenden. Des Onkels Gesicht drückte nach wie vor sachliche Trockenheit aus. Ein Fanatiker seiner Arbeit, dachte Kusjmitschow stets, selbst im Schlaf und beim Gebet in der Kirche, nur an seine Geschäfte, konnte sie nicht einen Augenblick vergessen, und jetzt träumte er wahrscheinlich von seinen Ballen Wolle, den Fuhren, Preisen, Warlamow... Vater Christophorus aber, ein weicher, leichtsinniger und lachlustiger Mann, hatte in seinem langen Leben nicht ein Geschäft gekannt, das gleich einer Schlange seine Seele hätte umschlingen können. In allen den zahlreichen Geschäften, die er in seinem Leben angepackt hatte, reizte ihn nicht so sehr das Geschäft an sich, als der damit verbundene Trubel und der Verkehr mit Menschen. So interessierten ihn auch bei dieser Fahrt nicht so sehr die Wolle, Warlamow und die Preise, als die lange Reise, die Reisegespräche, das Schlafen unter der Kalesche, das unregelmäßige Essen . . . Und nach seinem Gesicht zu urteilen, träumte er jetzt wahrscheinlich vom heiligen Christophorus, dem lateinischen Disput, seiner Ehefrau, den Krapfen mit Rahm und noch anderem, was Kusjmitschow nie träumen konnte.

Während Jegoruschka auf die schlafenden Gesichter blickte, ließ sich unvermutet leiser Gesang vernehmen. Irgendwo, in der Umgebung, sang eine Frau, wo aber und in welcher Richtung, ließ sich schwer ermessen. Das leise, getragene und schwermütige Lied, das einem Weinen glich und vom Ohr kaum wahrgenommen werden konnte, ertönte bald von rechts, bald von links, bald von oben, bald aus dem Boden heraus, als schwebe über der Steppe ein unsichtbarer Geist und singe. Jegoruschka schaute um sich und begriff nicht, woher dieses seltsame Lied kam; als er aber näher hinhorchte, kam es ihm vor, als singe das Gras; in seinem Lied wollte es, halbtot, schon vernichtet, ohne Worte, aber klagend und aufrichtig jemand überzeugen, daß es an nichts schuld sei und die Sonne es sinnlos versengt habe; es versicherte, es wolle leidenschaftlich gern leben, es sei noch jung und wäre schön, wenn nicht die Hitze und Trockenheit gekommen wären; es lag keine Schuld vor, und doch bat es jemand um Verzeihung und schwor, es sei ihm unerträglich schmerzlich und traurig zumute und es tue sich leid ...

Jegoruschka hörte eine Weile zu, und es schien ihm, daß von diesem getragenen, schwermütigen Lied die Luft noch drückender, heißer, unbeweglicher werde ... Um das Lied zu verscheuchen, lief er, vor sich hin singend und bemüht, mit den Stiefeln zu klopfen, zum Riedgras. Von dort hielt er nach allen Seiten Ausschau und fand den Sänger. Vor der äußersten Hütte der Siedlung stand ein Weib in einem kurzen Hemd unter dem Sarafan, langbeinig wie ein Reiher und schien etwas zu sieben; unter ihrem Sieb hervor rieselte über den Hügel langsam weißer Staub. Jetzt war es unverkennbar, daß sie gesungen hatte. Zwei Meter von ihr entfernt stand unbeweglich ein kleiner Knabe nur im Hemdchen und ohne Mütze. Vom Lied gleichsam bezaubert, regte er sich nicht und blickte irgendwohin nach unten, wahrscheinlich auf Jegoruschkas rotes Hemd.

Das Lied verstummte. Jegoruschka schlenderte zur Kalesche und befaßte sich wieder, weil er nichts Besseres zu tun wußte, mit dem kalten Wasserstrahl.

Und wieder erklang das getragene Lied. Es sang immer noch das gleiche langbeinige Weib hinter dem Hügel in der Siedlung. Die Langeweile kehrte plötzlich zu Jegoruschka zurück. Er ließ die Röhre im Stich und erhob die Augen nach oben. Was er erblickte, war so unerwartet, daß er ein wenig erschrak. Über seinem Kopf stand auf einem der großen ungefügigen Riesensteine der kleine Junge im Hemdchen; er war dick und hatte einen großen aufgetriebenen Leib auf dünnen Beinchen; der gleiche war es, der vorhin neben dem Weib gestanden hatte. Voll stumpfem Erstaunen und nicht ohne Furcht, als sähe er vor sich Geister, betrachtete er ohne zu zwinkern, mit weit aufgesperrtem Maul Jegoruschkas rotes Hemd und die Kalesche. Die rote Farbe des Hemdes lockte ihn, während die Kalesche und die darunter schlafenden Leute seine Neugier hervorriefen. Vielleicht hatte er selber nicht bemerkt, wie die angenehme, rote Farbe und die Neugier ihn aus der Siedlung nach unten gezogen hatten, und war jetzt wahrscheinlich über seine Kühnheit erstaunt. Jegoruschka betrachtete ihn lange und er wiederum Jegoruschka. Beide schwiegen und fühlten eine gewisse Unbehaglichkeit. Nach einem langen Stillschweigen fragte Jegoruschka:

«Wie heißt du?»

Die Wangen des Unbekannten schwollen noch mehr an; er drückte sich mit dem Rücken an den Stein, glotzte, bewegte die Lippen und antwortete mit heiserer Baßstimme:

«Titus.»

Weiter sagten die Jungen kein Wort zueinander. Nachdem er noch eine Weile geschwiegen, hob der geheimnisvolle Titus, ohne den Blick von Jegoruschka loszureißen, ein Bein, suchte sich mit der Ferse tastend einen Stützpunkt und erkletterte den Stein; darauf erstieg er, zurückweichend und Jegoruschka unverwandt anblickend, als fürchte er, jener könne ihm von hinten einen Schlag versetzen, den nächsten Stein und so stieg er immer höher, bis er hinter dem Gipfel des Hügels verschwunden war.

Nachdem er ihn mit den Augen begleitet hatte, umschlang Jegoruschka die Knie mit den Armen und senkte den Kopf... Die heißen Strahlen brannten ihm auf Nacken, Hals und Rücken. Das schwermütige Lied erstarb bald, bald schwebte es von neuem in der unbeweglichen, drückenden Luft, der Bach murmelte eintönig, die Pferde kauten, während die Zeit sich endlos hinzog, als wäre auch sie erstarrt und stehengeblieben. Es war, als ob seit heute morgen schon hundert Jahre vergangen wären... Vielleicht wollte Gott, daß Jegoruschka, die Kalesche und die Pferde in dieser Luft erstarrten und gleich den Hügeln zu Stein würden und auf ewig am gleichen Ort blieben?

Jegoruschka hob den Kopf und blickte mit matten Augen vor sich hin; die lilafarbene Weite, die bisher unbeweglich gewesen war, begann zu schwanken und trieb zusammen mit dem Himmel immer weiter fort... Sie zog das braunschwarze Gras mit und das Riedgras, und auch Jegoruschka taumelte mit außerordentlicher Schnelligkeit hinter der entschwindenden Ferne her. Irgendeine Kraft zog ihn geräuschlos irgendwohin, und hinter ihm her jagten die Hitze und das quälende Lied. Jegoruschka senkte den Kopf und schloß die Augen...

Als erster erwachte Deniska. Etwas hatte ihn gestochen, denn er sprang auf, kratzte sich schnell den Rücken und fluchte. Darauf näherte er sich dem Bach, trank sich satt und wusch sich lange. Sein Schnauben und das Geplätscher rissen Jegoruschka aus dem Schlummer. Der Knabe blickte auf sein nasses Gesicht, das mit Tropfen und Sommersprossen bedeckt war, was sein Antlitz dem Marmor ähnlich machte, und fragte:

«Fahren wir bald weiter?»

Denißka schaute nach dem Stand der Sonne und erwiderte:

«Wahrscheinlich bald.»

Er trocknete sich mit dem Hemdsaum und begann mit sehr ernstem Gesicht auf einem Bein zu hüpfen.

«Nun wollen wir sehen, wer schneller zum Riedgras hinhüpft!» sagte er.

Jegoruschka war von der glühenden Hitze und dem Halbschlummer erschöpft, aber er galoppierte doch hinter ihm her. Denißka zählte etwa zwanzig Jahre, diente als Kutscher und beabsichtigte, zu heiraten, hatte aber das Kindliche noch nicht abgestreift. Er fand großes Vergnügen daran, Drachen aufsteigen zu lassen, Tauben zu jagen, liebte auch das Fang- und Knöchelspiel und beteiligte sich stets an Kinderspielen und Streitigkeiten. Seine Herren brauchten sich nur zu entfernen oder zu schlafen, damit er sich sofort mit dem Herumhüpfen auf einem Bein oder Steineschleudern abgab. Kein Erwachsener konnte sich beim Anblick der aufrichtigen Hingerissenheit, mit der er in Gesellschaft Minderjähriger herumtollte, der Bemerkung enthalten: «Ist das ein Dummkopf!»

Kinder hingegen sahen im Eindringen des großen Kutschers in ihr Gebiet nichts Seltsames: mochte er nur spielen, wenn er sich nur nicht herumprügelte! Ebensowenig finden kleine Hunde etwas Seltsames daran, wenn irgendein großer, gutmütiger Hund in ihre

Gesellschaft sich hineindrängt und mit ihnen zu spielen beginnt.

Denißka übertraf Jegoruschka und schien davon sehr befriedigt. Er zwinkerte mit dem Auge und um zu zeigen, daß er auf einem Bein einen beliebigen Raum durchhüpfen könne, schlug er Jegoruschka vor, mit ihm auf der Straße zu hüpfen und von dort, ohne auszuruhen, wieder zur Kalesche zurück. Jegoruschka lehnte diesen Vorschlag ab, da er außer Atem gekommen und sehr ermüdet war.

Plötzlich machte Denißka ein sehr ernstes Gesicht, wie er es nicht einmal zu machen pflegte, wenn Kusjmitschow ihm die Leviten las oder den Stock gegen ihn erhob; lauschend ließ er sich leise auf ein Knie nieder, und auf seinem Gesicht erschien ein Ausdruck der Strenge und Furcht, wie es bei Menschen der Fall zu sein pflegt, die eine Ketzerei hören. Er zielte mit den Augen auf einen Punkt, erhob langsam die zu einem Boot zusammengefügten Hände nach oben und fiel plötzlich mit dem Leib auf den Boden nieder, wobei er mit dem Boot auf das Gras schlug.

«Ich habe sie!» rief er triumphierend mit heiserer, rauher Stimme aus und brachte, sich erhebend, eine große Grille vor Jegoruschkas Augen.

Da sie annahmen, daß es der Grille angenehm sei, streichelten Jegoruschka und Denißka den breiten, grünen Rücken mit ihren

Fingern und betasteten ihre Fühler. Darauf fing Denißka eine fette Fliege, die sich mit Blut vollgesaugt hatte, und bot sie der Grille an. Diese bewegte, sehr gleichgültig, als sei sie schon lange mit Denißka bekannt, ihre großen Kinnladen und nagte der Fliege den Unterleib fort. Man ließ sie los, das rosarote Futter ihrer Flügel blitzte auf, sie ging aufs Gras nieder und sofort begann sie ihr Lied zu zirpen. Man ließ auch die Fliege frei; sie brachte ihre Flügel in Ordnung und flog ohne Unterleib zu den Pferden.

Unter der Kalesche drang ein tiefer Seufzer hervor. Kusjmitschow war erwacht. Er hob schnell den Kopf, schaute unruhig in die Ferne, und an diesem Blick, der teilnahmslos über Jegoruschka und Denißka vorüberglitt, ließ sich erkennen, daß er nach dem Erwachen an die Wolle und Warlamow dachte.

«Vater Christophorus, stehen Sie auf, es ist Zeit!» begann er aufgeregt. «Genug geschlafen, wir haben ohnedies die Sache verschlafen! Denißka, spann ein!»

Mit dem gleichen Lächeln, mit dem er eingeschlafen war, erwachte Vater Christophorus. Sein Gesicht war vom Schlaf zerknittert, voller Falten und schien nur halb so groß als sonst. Nachdem er sich gewaschen und angekleidet hatte, holte er ohne Hast ein kleines, schmieriges Psalmenbuch hervor und begann, mit dem Gesicht gegen Osten, im Flüsterton zu lesen und sich zu bekreuzigen.

«Vater Christophorus!» sagte Kusjmitschow vorwurfsvoll. «Es ist Zeit, daß wir fahren, die Pferde sind bereit, und Sie ...»

«Sogleich, sogleich ...», murmelte Vater Christophorus. «Ich muß in meinem Psalmenbuch lesen ... Habe heute noch nicht darin gelesen.»

«Das können Sie auch später tun.»

«Iwan Iwanytsch, ich habe für jeden Tag mein Pensum ... Es geht nicht.»

«Gott würde es Ihnen nicht übelnehmen.»

Eine ganze Viertelstunde stand Vater Christophorus unbeweglich mit dem Gesicht nach Osten und bewegte die Lippen, während Kusjmitschow fast voll Haß auf ihn blickte und ungeduldig die Achseln zuckte. Namentlich ärgerte es ihn, wenn Vater Christophorus nach einer jeden Lobpreisung Luft in sich einzog, sich schnell bekreuzigte und absichtlich laut, damit die anderen sich bekreuzigten, dreimal wiederholte:

«Halleluja, halleluja, halleluja, Gott sei gelobt!»

Endlich lächelte er, schaute nach oben auf den Himmel und sagte, das Psalmenbuch in die Tasche steckend:

«Fini!»

Gleich darauf setzte die Kalesche sich in Bewegung. Als führe sie zurück und nicht weiter, sahen die Reisenden das gleiche wie am Vormittag. Die Hügel versanken noch immer in der lilafarbenen Weite, und man konnte nicht sehen, wo sie ein Ende nahmen; Steppengras tauchte auf, Feldsteine, abgemähte Streifen flogen vorüber, und immer noch die gleichen Saatkrähen und derselbe Geier flogen über der Steppe. Die Luft erstarrte immer mehr vor Hitze und Stille, die ergebene Natur erstarb im Schweigen ... Kein Lüftchen, kein munterer, frischer Laut, kein Wölkchen ...

Doch endlich, als die Sonne im Westen niederging, hielten Steppe, Hügel und Luft den Druck nicht aus und versuchten, nachdem ihre Geduld erschöpft und sie am Ende waren, das Joch von sich zu werfen. Hinter den Hügeln zeigte sich plötzlich eine aschgraue, krause Wolke. Sie blinzelte der Steppe zu — ich bin also bereit — und machte ein finsteres Gesicht. Plötzlich gab es in der stehenden Luft einen Riß, der Wind setzte ein und wirbelte geräuschvoll, mit wildem Geheul durch die Steppe. Sofort erhoben Gras und vorjähriges Steppengras ein Murren, auf der Straße stieg der Staub spiralförmig in die Höhe, jagte, Stroh, Libellen und Federn mit sich reißend, durch die Steppe, erhob sich als schwarze, wirbelnde Säule zum Himmel und verdunkelte die Sonne. Durch die Steppe rannten kreuz und quer, stolpernd und hüpfend, Kräuter, eines geriet in den Wirbel, kreiste wie ein Vogel, flog zum Himmel auf und entschwand, zu einem schwarzen Punkt verwandelt, dem Blick. Ihm folgte ein zweites, darauf ein drittes, und Jegoruschka sah, wie zwei Gipskräuter in der blauen Höhe zusammenstießen und sich wie bei einem Zweikampf ineinander verbissen.

Am Straßenrand flatterte eine Zwergtrappe auf. Mit flimmernden Flügeln und Schwanzfedern glich sie, sonnenüberströmt, einem zinnernen Fischköder oder einem Falter über einem Teich, bei dem, wenn er über dem Wasser vorüberhuscht, die Flügel mit den Fühlern verschmelzen und so den Eindruck hervorrufen, daß die Fühler bei ihm vorne und hinten und seitwärts wachsen... Bebend wie ein Insekt in der Luft, farbenschillernd, stieg die Zwergtrappe in gerader Linie hoch in den Himmel, um dann, wahrscheinlich durch eine Staubwolke erschreckt, seitwärts zu jagen und noch lange hie und da aufzutauchen ...

Und plötzlich, beunruhigt durch den Wirbel und die neue Lage nicht begreifend, flog aus dem Gras ein Wachtelkönig auf. Er flog hinter dem Wind her und nicht gegen ihn wie alle Vögel; darob sträubten sich seine Federn, er wurde bis zur Größe eines Huhns aufgeblasen und hatte ein sehr böses, einschüchterndes Aussehen. Nur die Saatkrähen, die in der Steppe alt geworden und an ihren Aufruhr gewöhnt waren, schwebten ruhig über dem Gras oder bohrten gleichmütig, auf nichts achtend, mit ihren dicken Schnäbeln in der harten Erde.

Hinter den Hügeln grollte dumpf der Donner, eine frische Luft wehte. Deniška pfiff fröhlich und hieb auf die Pferde ein.

Vater Christophorus und Kusjmitschow hielten ihre Hüte fest und richteten die Blicke auf die Hügel... Es wäre gut, wenn ein Regen fiele!

Nur noch, so schien es, eine kleine Anstrengung und die Steppe gewänne die Oberhand. Doch eine unsichtbare, bedrückende Gewalt fesselte nach und nach Wind und Luft, schlug den Staub nieder, und als wäre nichts gewesen, brach von neuem Stille an. Die Wolke verbarg sich, die verbrannten Hügel machten ein finsteres Gesicht, die Luft erstarrte ergeben, und nur die beunruhigten Kiebitze weinten irgendwo und beklagten sich über ihr Schicksal.

Darauf brach bald der Abend herein.

III

In der Abenddämmerung tauchte ein großes, einstöckiges Haus auf, mit einem verrosteten Blechdach und dunklen Fenstern. Es war eine Herberge und stand ganz allein und ohne Umzäunung inmitten der Steppe. Ein wenig abseits schimmerte dunkel ein jämmerlicher Kirschgarten mit einem Zaun, und vor den Fenstern standen, die schweren Köpfe gesenkt, schlafende Sonnenblumen. Im Gärtchen klapperte eine kleine Mühle, um die Hasen abzuschrecken. Weiter aber war außer der Steppe nichts zu sehen und zu hören.

Kaum hatte die Kalesche an der Vortreppe mit dem Schutzdach gehalten, als im Hause freudige Stimmen, eine männliche und eine weibliche, ertönten; die Tür quietschte, und neben der Kalesche tauchte augenblicklich eine hagere Gestalt auf, die mit Armen und Kleiderfalten herumfuchtelte. Das war der Wirt der Herberge, Moissej Moissejitsch, ein nicht mehr junger Mann mit einem sehr blassen Gesicht und kohlschwarzem, hübschem Bart. Er trug einen abgenutzten schwarzen Rock, der auf seinen schmalen Schultern wie an einem Kleiderhaken baumelte und dessen Falten gleich Flügeln jedesmal mitschwangen, wenn Moissej Moissejitsch vor Freude oder Entsetzen die Hände zusammenschlug. Dazu trug der Wirt noch breite, weiße Beinkleider und eine Samtweste mit roten Blumen, die gigantischen Wanzen glichen.

Als Moissej Moissejitsch die Reisenden erkannte, erstarb er zuerst vom Überschwang der Gefühle, darauf schlug er die Hände zusammen und stöhnte auf. Die Falten seines Rocks schwangen, der Rücken krümmte sich bogenförmig, und sein bleiches Gesicht verzog sich zu einem Lächeln, als wäre es ihm nicht nur angenehm, die Kalesche zu sehen, sondern auch qualvoll süß.

«Ach, mein Gott, mein Gott!» begann er mit leiser, singender Stimme, atemlos, geschäftig und durch seine Körperbewegungen die Reisenden beim Aussteigen störend. «Was für ein glücklicher Tag ist heute für mich! Ach, was soll ich jetzt nur beginnen? Iwan Iwanytsch! Vater Christophorus! Und was für ein schöner junger Herr sitzt da auf dem Bock, Gott soll mich strafen! Ach, mein Gott, was stehe ich denn da herum und bitte die Gäste nicht in die Stube? Treten Sie ein, ich bitte ergebenst... seien Sie willkommen! Geben Sie mir all Ihr Gepäck... Ach, mein Gott!»

Während Moissej Moissejitsch die Kalesche durchwühlte und den Reisenden beim Aussteigen behilflich war, drehte er sich plötzlich um und schrie mit einer so wilden, erstickten Stimme, als sei er am Ertrinken und rufe um Hilfe: «Salomon! Salomon!»

«Salomon! Salomon!» wiederholte im Hause eine weibliche Stimme.

Die Tür quietschte in ihren Angeln, und auf der Schwelle erschien ein junger Jude kleinen Wuchses mit rotem Haar und einer großen Vogelnase und einer Glatze inmitten der harten, krausen Haare; er trug einen kurzen, abgenutzten Rock mit abgerundeten Falten und kurzen Ärmeln und kurze Trikothöschen, wodurch er selber klein und kurz wie ein gerupftes Huhn aussah. Das war Salomon, Moissej Moissejitschs Bruder. Stumm, ohne Gruß, nur mit einem seltsamen Lächeln, näherte er sich der Kalesche.

«Iwan Iwanytsch und Vater Christophorus sind gekommen!» sprach Moissej Moissejitsch in einem Ton, als fürchte er, jener würde ihm nicht Glauben schenken. «Ach, dieses Wunder, so feine Menschen sind gekommen! Nun nimm das Gepäck, Salomon! Treten Sie ein, teure Gäste!»

Nach einer Weile saßen Kusjmitschow, Vater Christophorus und Jegoruschka bereits in einem großen, düsteren und leeren Zimmer an einem alten Eichentisch. Dieser Tisch war ganz vereinsamt, da außer ihm, einem breiten Diwan mit durchlöchertem Wachstuch und drei Stühlen keine anderen Möbel in dem großen Raum standen. Und auch die Stühle hätte nicht ein jeder als solche zu bezeichnen gewagt. Es waren nur klägliche Nachahmungen von Möbeln mit einem ausgedienten Wachstuch und mit unnatürlich nach hinten gebogenen Rückenlehnen, die den Stühlen eine große Ähnlichkeit mit einem Kinderschlitten verliehen. Es war schwer zu verstehen, welche Bequemlichkeit der unbekannte Tischler im Auge hatte, als er die Lehnen so unbarmherzig umbog, und man hätte glauben können, daß nicht der Tischler hier die Schuld trug, sondern irgendein vorüberziehender Kraftmensch, der, um mit seiner Stärke zu prahlen, den Stühlen die Lehne ausgebogen habe, sie dann wieder reparieren wollte und sie noch mehr verbogen hatte. Das Zimmer schien düster. Die Wände waren grau, Decke und Karniese verräuchert, über den Fußboden zogen sich Ritzen hin und gähnten Löcher unbekannter Herkunft (man hätte glauben können, daß der gleiche Kraftmensch sie mit seinem Absatz eingeschlagen hätte), und es schien, daß, wenn man sogar ein Dutzend Lampen aufgehängt hätte, das Zimmer immer noch dunkel geblieben wäre. Weder an den Wänden noch an den Fenstern war etwas, das einer Verzierung ähnlich gesehen hätte. Übrigens hingen an einer Wand in einem grauen Holzrahmen irgendwelche Vorschriften mit dem Doppeladler und an der gegenüberliegenden in einem gleichen Rahmen eine Gravüre mit der Inschrift: «Die Gleichgültigkeit der Menschen.» Doch worin sich diese Gleichgültigkeit äußerte, war schwer zu ersehen, da die Gravüre im Laufe der Zeit matt geworden und auch freigebig von den Fliegen heimgesucht worden war. Es roch im Zimmer muffig und säuerlich.

Während Moissej Moissejitsch die Gäste ins Zimmer führte, hatte er nicht aufgehört, sich zu winden, die Hände zusammenzuschlagen, sich zu krümmen und freudige Ausrufe auszustoßen, er hielt das alles für nötig, um höflich und liebenswürdig zu erscheinen.

«Wann sind unsere Fuhren hier vorübergefahren?» fragte Kusjmitschow.

«Eine Partie ist heute morgen vorübergefahren, und die andere, Iwan Iwanytsch, hat hier zu Mittag ausgeruht und ist gegen Abend weitergezogen.»

«Ah ... Ist Warlamow hier vorübergekommen oder nicht?»

«Nein, Iwan Iwanytsch. Gestern morgen ist sein Verwalter Grigorij Jegorytsch vorübergefahren und hat erzählt, daß er sich gegenwärtig bei einem Sektierer auf dem Meierhof aufhalte.»

«Vortrefflich. Wir wollen also die Fuhren einholen und uns darauf zum Sektierer begeben.»

«Gott mit Ihnen, Iwan Iwanytsch!» entsetzte sich Moissej Moissejitsch, die Hände zusammenschlagend. «Wohin wollen Sie in der Nacht fahren? Essen Sie mit Appetit und übernachten Sie hier, und morgen, so Gott will, fahren Sie in der Frühe weiter und holen ein, wen Sie nötig haben!»

«Ich habe keine Zeit, keine Zeit ... Entschuldigen Sie, Moissej Moissejitsch, irgendwie ein andermal, aber jetzt ist nicht Zeit dafür. Wir wollen ein Viertelstündchen hier verweilen und dann weiterfahren, übernachten können wir auch beim Sektierer.»

«Ein Viertelstündchen!» kreischte Moissej Moissejitsch auf. «So fürchten Sie doch Gott, Iwan Iwanytsch. Sie zwingen mich, Ihre Mütze zu verstecken und die Tür zu verschließen! Nehmen Sie doch wenigstens einen Imbiß zu sich und trinken Sie Tee!»

«Wir haben keine Zeit für Tee und dergleichen», erwiderte Kusjmitschow.

Moissej Moissejitsch neigte den Kopf zur Seite, bog die Knie ein, streckte die Handflächen vor sich aus, als wolle er sich vor

Schlägen schützen, und begann mit gequältem, süßem Lächeln zu beschwören:

«Iwan Iwanytsch! Vater Christophorus! Seien Sie doch so gut und trinken Sie bei mir den Tee! Bin ich denn wirklich ein so schlechter Mensch, daß man bei mir nicht einmal Tee trinken kann? Iwan Iwanytsch!»

«Nun gut, den Tee können wir einnehmen, das wird uns nicht aufhalten», sagte, mitfühlend aufseufzend, Vater Christophorus.

«Also gut!» willigte Kusjmitschow ein.

Moissej Moissejitsch schüttelte sich, ächzte freudig, lief sich krümmend, als komme er gerade aus kaltem Wasser in die Wärme, zur Tür und schrie mit der gleichen wilden, erstickten Stimme, mit der er vorhin Salomon gerufen hatte: «Rosa! Rosa! Bring den Samowar!»

Nach einem Augenblick öffnete sich die Tür, und Salomon betrat das Zimmer mit einem großen Tablett in Händen. Während er es auf den Tisch stellte, blickte er irgendwohin spöttisch zur Seite und lächelte wie früher seltsam. Jetzt, beim Lampenschein, konnte man sein Lächeln näher betrachten; es war sehr kompliziert und drückte viele Gefühle aus, doch das überwiegendste daran — war deutliche Verachtung. Er schien an etwas Komisches und Dummes zu denken, konnte jemanden nicht ausstehen und verachtete ihn, freute sich über irgend etwas und wartete auf den passenden Moment, um durch Spott zu verletzen und sich vor Lachen auszuschütten.

Seine lange Nase, die wulstigen Lippen und schlauen Glotzaugen waren, so schien es, gespannt vom Wunsch, herauszuplatzen. Einen Blick auf sein Gesicht werfend, lächelte Kusjmitschow spöttisch und fragte:

«Salomon, warum bist du in diesem Sommer nicht zu uns nach J. auf den Jahrmarkt gekommen, um Juden darzustellen?»

Vor zwei Jahren, daran konnte sich auch Jegoruschka sehr gut erinnern, hatte Salomon in N. auf dem Jahrmarkt in einer der Schaubuden Szenen aus dem jüdischen Leben erzählt und großen Erfolg eingeheimst. Die Erinnerung daran machte auf Salomon nicht den geringsten Eindruck. Ohne etwas zu erwidern, ging er hinaus und kehrte nach einer Weile mit dem Samowar zurück.

Nachdem er am Tisch seine Arbeit verrichtet hatte, trat er zur Seite und blickte mit gekreuzten Armen, einen Fuß vorgestellt, mit seinen spöttischen Augen unverwandt auf Vater Christophorus. In seiner Pose lag etwas Herausforderndes, Anmaßendes und Verächtliches und gleichzeitig etwas in höchstem Grade Klägliches und Komisches, weil, je eindringlicher seine Pose wurde, desto mehr seine kurzen Höschen, sein gestutztes Röckchen, die karikaturenhafte Nase und seine ganze, gerupfte Vogelgestalt grell hervortraten.

Moissej Moissejitsch holte aus dem Nebenzimmer ein Taburett und ließ sich darauf in einiger Entfernung vom Tisch nieder.

«Guten Appetit!» begann er die Gäste zu unterhalten. «Wohl bekomm's. So seltene Gäste, so seltene Gäste, und Vater Christophorus habe ich schon seit fünf Jahren nicht mehr gesehen. Und keiner will mir sagen, wem dieses schöne junge Herrchen gehört?» fragte er, zärtlich auf Jegoruschka blickend.

«Das ist das Söhnchen meiner Schwester Olga Iwanowna», erwiderte Kusjmitschow.

«Und wohin fährt er denn?»

«Er soll lernen. Wir bringen ihn ins Gymnasium.»

Aus Höflichkeit drückte Moissej Moissejitsch auf seinem Gesicht Verwunderung aus und drehte behutsam den Kopf.

«Oh, das ist gut!» sagte er, dem Samowar mit dem Finger drohend. «Das ist gut! Aus dem Gymnasium wirst du als ein solcher Herr herauskommen, daß wir alle die Mützen vor dir abnehmen werden. Du wirst klug, reich, voll Ambitionen sein, und dein Mütterchen wird Freude an dir haben. Oh, das ist gut!»

Er schwieg eine Weile, streichelte seine Knie und hob dann in einem ehrerbietig-scherzhaften Ton an:

«Sie müssen mich schon entschuldigen, Vater Christophorus, aber ich habe vor, dem Bischof zu schreiben, daß Sie den Kaufleuten das Brot wegnehmen. Ich will ein Stempelpapier nehmen und schreiben, daß Vater Christophorus wohl zu wenig Groschen hat, da er sich mit Handel befaßt und Wolle verkauft.»

«Ja, auf meine alten Tage habe ich damit begonnen...» entgegnete Vater Christophorus und lachte auf. «Bin von den Popen zu den Kaufleuten übergegangen. Statt daheim zu sitzen und zu beten, jage ich herum wie Pharao auf dem Staatswagen ... Eitle Sorgen!»

«Dafür werden Sie viel Geld haben.»

«Nun ja! Nicht darum handelt es sich. Die Ware gehört ja nicht mir, sondern meinem Schwiegersohn Michailo.»

«Warum ist er denn nicht selber gefahren?»

«Tja ... Die Muttermilch ist ihm auf den Lippen noch nicht trocken geworden. Gekauft hat er die Wolle freilich, aber um sie zu verkaufen, reicht der Verstand nicht aus, er ist noch zu jung. All sein Geld hat er vertan, wollte reich werden, Sand in die Augen streuen, hat es hier versucht und dort, aber nicht einmal den Preis, den er selber dafür bezahlt hat, konnte er erzielen. So hat sich der Bursche vielleicht ein Jahr abgequält, dann kam er zu mir: ‚Vater, verkaufen Sie die Wolle, erweisen Sie mir die Gnade! Ich verstehe nichts von diesen Geschäften!' So steht die Sache. Wenn es schief geht, so kommt man gleich zum Vater, aber vorher ging es auch ohne den Vater. Als er kaufte, fragte er nicht, jetzt aber, da es krumm gegangen ist, denkt man an den Vater. Und was kann der Vater? Wäre nicht Iwan Iwanytsch, so hätte auch der Vater nichts ausrichten können. Man hat nur Scherereien mit ihnen!»

«Jawohl, man hat viel Sorgen mit den Kindern, will ich Ihnen sagen», fiel Moissej Moissejitsch mit einem Seufzer ein. «Ich selber habe sechs Stück. Den einen laß lernen, den anderen kurieren, den dritten trag auf dem Arm, und wenn sie groß sind, so hat man noch viel mehr Sorgen mit ihnen. Nicht nur jetzt ist es so, schon in der Heiligen Schrift ist davon die Rede. Als Jakob kleine Kinder hatte, weinte er; als sie aber herangewachsen waren, weinte er noch viel mehr!»

«Mja...» stimmte Vater Christophorus bei, gedankenvoll auf sein Glas blickend. «Ich darf eigentlich Gott nicht erzürnen, ich habe das Maß meines Lebens erreicht, wie Gott es einem jeden schenken möge... Die Töchter habe ich gut verheiratet, den Söhnen zu einer sicheren Stellung im Leben verholfen, jetzt bin ich frei und aller Pflichten ledig, habe mein Werk vollbracht und kann gehen, wohin es mich gelüstet. Lebe gemächlich mit meinem Eheweib, esse, trinke und schlafe, erfreue mich an meinen Enkeln und bete zu Gott, und mehr brauche ich nicht. Ich lebe wie die Made im Speck. Mein Leben lang habe ich keinen Kummer gekannt, und wenn mich jetzt, sagen wir, der Kaiser fragen sollte: ‚Was hast du nötig? Was begehrst du?‘ so müßte ich antworten: ‚Ja, nichts brauche ich! Alles habe ich, alles, gottlob. Es gibt keinen glücklicheren Menschen als mich in der ganzen Stadt. Nur viele Sünden habe ich, doch man muß ja sagen, nur Gott ist ohne Sünden. Nicht wahr?'»

«Ja, so ist es wohl.»

«Nun freilich, ich habe keine Zähne mehr, habe Reißen im Rücken, weil ich so alt bin, dieses und jenes fehlt mir ... ich leide an Atemnot und habe mancherlei Gebresten ... Ich kränkle, das Fleisch ist ohnmächtig; doch ich muß ja sagen, ich habe lange gelebt. Bin ja schon im achtzigsten Lebensjahr! Man kann ja nicht ewig leben, darf nicht unverschämt sein.»

Vater Christophorus erinnerte sich plötzlich an etwas, prustete in sein Glas und begann vor Lachen zu husten. Moissej Moissejitsch lachte und hustete anstandshalber auch mit.

«Es ist zum Lachen!» sagte Vater Christophorus und fuhr mit der Hand durch die Luft. «Da kam mein ältester Sohn Gawrila zu mir auf Besuch. Er ist Mediziner und lebt als Semstwoarzt im Tschernigowschen Gouvernement ... Gut ... Ich sage ihm: ‚Ich leide an Atemnot, dies fehlt mir und jenes ... Du bist Arzt, kuriere den Vater!' Er hieß mich sofort mich auskleiden, klopfte und horchte an mir herum, vollführte allerlei Manipulationen ... drückte mir den Leib zusammen, darauf sprach er: ‚Vater, Sie müssen mit komprimierter Luft behandelt werden.'»

Vater Christophorus begann krampfhaft zu lachen, bis ihm die Tränen kamen, und stand auf.

«Da antworte ich ihm: ‚Gott mit ihr, mit dieser komprimierten Luft!'» Er konnte es vor Lachen kaum herausbringen und fuchtelte mit beiden Armen. «‚Gott mit ihr, mit dieser komprimierten Luft!'»

Moissej Moissejitsch erhob sich auch, griff sich an den Leib und brach in ein helles Gelächter aus, ähnlich dem Lachen eines Bologneser Hündchens.

«Gott mit ihr, mit dieser komprimierten Luft!» wiederholte Vater Christophorus lachend.

Moissej Moissejitsch griff um zwei Töne höher und brach in ein so krampfhaftes Gelächter aus, daß er sich kaum auf den Füßen halten konnte.

«Oh, mein Gott!» stöhnte er im Lachen. «Lassen Sie mich Atem schöpfen ... Sie haben mich so zum Lachen gebracht, och ... es ist mein Tod.»

Er lachte und redete, schaute aber gleichzeitig scheu und mißtrauisch auf Salomon. Der stand in der alten Pose da und lächelte. Nach seinen Augen und dem Lächeln zu urteilen, verachtete und haßte er ernstlich; doch das paßte so schlecht zu seiner gerupften Gestalt, daß Jegoruschka annahm, er habe sich absichtlich die herausfordernde Pose und den bissigen, verächtlichen Ausdruck beigelegt, um einen Hanswurst zu spielen und die teuren Gäste zu belustigen.

Nachdem Kusjmitschow stumm sechs Glas Tee getrunken hatte, machte er vor sich auf dem Tisch den Platz frei, nahm den Sack, den er während seines Schlummers unter seinem Kopf gehalten hatte, löste daran das Schnürchen und schüttelte ihn. Aus dem Sacke fielen auf den Tisch Päckchen mit Banknoten.

«Wollen wir, solange wir Zeit haben, nachrechnen, Vater Christophorus», sagte er.

Beim Anblick des Geldes wurde Moissej Moissejitsch verlegen, erhob sich und verließ als zartfühlender Mann, der fremde Geheimnisse nicht kennen will, auf Fußspitzen und mit den Armen balancierend, das Zimmer. Salomon blieb auf seinem Platze stehen.

«Wie viele Scheine sind in den Rubelpäckchen?» begann Vater Christophorus.

«Je fünfzig ... In den Dreirubelpäckchen je neunzig ... Die Fünfundzwanzigrubel- und Hundertrubelscheine sind je zu einem Tausend zusammengelegt. Zählen Sie siebentausendachthundert Rubel für Warlamow ab, und ich will für Gussewitsch abzählen. Aber passen Sie auf, daß Sie sich nicht verzählen.»

Jegoruschka hatte in seinem ganzen Leben nie einen so großen Geldhaufen gesehen, wie er jetzt auf dem Tische lag. Es war wohl sehr viel Geld vorhanden, da das siebentausendachthundert Rubel enthaltende Päckchen, das Vater Christophorus für Warlamow zur Seite gelegt hatte, im Vergleich mit dem ganzen Haufen sehr klein erschien. Zu einer anderen Zeit hätte eine solche Masse Geld Jegoruschka wohl verblüfft und ihn zum Nachdenken darüber angeregt, wieviel Kringelchen, Gebäck und Mohnkuchen man dafür kaufen könne; jetzt aber schaute er teilnahmslos darauf und fühlte nur den ekelhaften Geruch fauler Äpfel und Petroleums, der von dem Haufen ausging. Er war durchgerüttelt und abgequält vom Fahren in der Kalesche, ermüdet und wollte schlafen. Es zog seinen Kopf nach unten, die Augen klebten zusammen, und die Gedanken verwirrten sich wie Fäden. Wenn es möglich gewesen wäre, hätte er voll Genuß den Kopf auf den Tisch gelegt, die Augen geschlossen, um die Lampe und die Finger, die sich über dem Haufen regten, nicht zu sehen, und seinen schlaffen, schläfrigen Gedanken erlaubt, sich noch mehr zu verwirren. Wenn er sich anstrengte, nicht zu schlummern, verdoppelten sich Lampenlicht, Tassen und Finger, schwankte der Samowar, und der Geruch fauler Äpfel schien noch schärfer und widerlicher.

«Ach, Geld, Geld!» seufzte lächelnd Vater Christophorus. «Es ist ein Kummer mit dir! Jetzt schläft mein Michailo wohl und träumt davon, daß ich ihm einen solchen Haufen mitbringe.»

«Ihr Michailo Timofejitsch versteht nichts davon», bemerkte Kusjmitschow halblaut, «er sollte die Finger davon lassen; Sie aber begreifen und können urteilen. Sie sollten mir, wie ich Ihnen sagte, Ihre Wolle abtreten und heimkehren, und ich würde Ihnen meinetwegen einen halben Rubel über meinen Preis zahlen, und das nur aus Achtung...»

«Nein, Iwan Iwanowitsch», seufzte Vater Christophorus. «Ich danke Ihnen für Ihre Aufmerksamkeit... Selbstverständlich, wenn es von mir abhinge, würde ich kein Wort darüber verlieren, aber Sie wissen ja so gut wie ich, daß die Ware nicht mir gehört...»

Moissej Moissejitsch trat auf Fußspitzen wieder ein. Bemüht, aus Zartgefühl nicht auf den Geldhaufen zu schauen, schlich er sich zu Jegoruschka heran und zupfte ihn von hinten am Hemd.

«Kommt mit, junges Herrchen», sagte er halblaut, «ich will Euch einen jungen Bären zeigen! Er ist ganz fürchterlich böse! Hu, hu!»

Der schlaftrunkene Jegoruschka erhob sich und schleppte sich träge hinter Moissej Moissejitsch her, um sich den Bären anzusehen. Er trat in ein kleines Zimmerchen, wo er, bevor er noch etwas erblicken konnte, von einem säuerlichen und muffigen Geruch beinahe erstickte, der hier noch viel stärker ausgeprägt war als im großen Zimmer und von hier aus sich wahrscheinlich durch das ganze Haus ausbreitete. Die eine Hälfte des Zimmers war von einem großen Bett eingenommen, das mit einer schmierigen Steppdecke bedeckt war, und die andere Hälfte von einer Kommode und Bergen von allem möglichen Kram, beginnend mit stark gestärkten Röcken und

endend mit Kinderhöschen und Hosenträgern.
Auf der Kommode brannte eine Talgkerze.

An Stelle des versprochenen Bären erblickte
Jegoruschka eine große, sehr dicke Jüdin mit
aufgelösten Zöpfen und in einem roten, schwarzgetüpfelten Flanellkleid; sie bewegte sich
schwerfällig in dem schmalen Durchgang
zwischen Bett und Kommode und stieß gedehnte, stöhnende Seufzer aus, als hätte sie
Zahnweh. Beim Anblick von Jegoruschka
nahm ihr Gesicht einen weinerlichen Ausdruck
an, sie seufzte gedehnt und führte, bevor er
sich noch umschauen konnte, eine mit Honig
bestrichene Brotschnitte an seinen Mund.

«Iß, Kindchen, iß!» sagte sie. «Du bist hier
ohne deine Mama, und niemand ist da, der dir
zu essen geben könnte. Iß!»

Jegoruschka begann zu essen, obgleich er
nach dem Zuckerkandis und den Mohnkuchen,
die er jeden Tag bei sich daheim aß, nichts
Gutes an dem mit Wachs und Bienenflügeln
vermischten Honig finden konnte. Er aß, und
Moissej Moissejitsch und die Jüdin schauten
zu und seufzten.

«Wohin fährst du, Kindchen?» fragte die
Jüdin.

«Um zu lernen», erwiderte Jegoruschka.

«Und wie viele seid ihr daheim?»

«Ich bin allein. Es ist niemand mehr da.»

«A-och!» seufzte die Jüdin auf und erhob
den Blick. «Armes Mamachen, armes Mamachen! Wie wird sie sich langweilen und

weinen! In einem Jahr wollen wir auch unseren Naum in die Schule bringen! Och!»

«Ach, Naum, Naum!» seufzte Moissej Moissejitsch, und auf seinem blassen Gesicht zuckte die Haut nervös. «Und er ist so krank.»

Die schmierige Decke bewegte sich, und darunter schaute ein lockiges Kinderköpfchen auf einem sehr dünnen Hals hervor; zwei schwarze Augen glänzten auf und starrten voll Neugier Jegoruschka an. Ohne ihr Seufzen zu unterbrechen, näherten sich Moissej Moissejitsch und die Jüdin der Kommode und begannen auf hebräisch zu reden. Moissej Moissejitsch sprach halblaut, in einem tiefen Baß, und seine Rede glich im allgemeinen einem ununterbrochenen «gal-gal-gal-gal...», und die Frau antwortete ihm mit der hohen Stimme einer Truthenne, und es klang wie «tu-tu-tu-tu...». Während sie beratschlagten, guckte unter der schmierigen Decke ein zweites Lockenköpfchen auf einem dünnen Hals hervor, darauf ein drittes, dann ein viertes... Hätte Jegoruschka eine reiche Phantasie besessen, so hätte er denken können, daß unter der Decke eine hundertköpfige Hydra läge.

«Gal-gal-gal-gal...» sprach Moissej Moissejitsch. «Tu-tu-tu-tu» erwiderte ihm die Jüdin.

Die Beratschlagung endete damit, daß die Jüdin mit einem tiefen Seufzer in die Kommode griff, dort einen grünen Lappen auseinanderwickelte und ein großes Lebkuchenherz hervorholte.

«Nimm, Kindchen», sagte sie, Jegoruschka den Lebkuchen reichend. «Du bist hier ohne dein Mamachen, niemand kann dir eine Näscherei geben.»

Jegoruschka steckte den Lebkuchen in die Tasche und wich zur Tür zurück, da er nicht mehr fähig war, in der muffigen, säuerlichen Luft, in der die Familie lebte, länger auszuharren. In das große Zimmer zurückgekehrt, richtete er sich möglichst bequem auf dem Diwan ein und gab seinen Gedanken ungehinderten Lauf.

Kusjmitschow war gerade fertig damit, sein Geld zu zählen, und legte es in das Säckchen zurück. Er ging nicht besonders respektvoll damit um und schüttete es ohne jegliche Zeremonie und mit einer Gleichgültigkeit in das Säckchen, als wäre es nicht Geld, sondern Papierkram.

Vater Christophorus unterhielt sich mit Salomon.

«Nun, Salomon der Weise?» fragte er gähnend und den Mund bekreuzigend. «Wie stehen die Geschäfte?»

«Welche Geschäfte meinen Sie?» fragte Salomon und schaute so tückisch drein, als hätte man ihm die Andeutung über ein Verbrechen gemacht.

«Im allgemeinen... Was treibst du?»

«Was ich treibe?» wiederholte Salomon die Frage und zuckte die Achseln. «Was auch die anderen treiben... Sie sehen, ich bin ein

Lakai. Ich bin ein Lakai beim Bruder, der Bruder ist ein Lakai bei den Reisenden, die Reisenden sind Lakaien bei Warlamow, und wenn ich zehn Millionen an Geld hätte, so wäre Warlamow bei mir Lakai.»

«Warum wäre er dann ein Lakai bei dir?»

«Warum? Weil es keinen Herrn oder Millionär gibt, der nicht wegen einer überzähligen Kopeke einem räudigen Juden die Hand lecken würde. Ich bin jetzt ein räudiger Jude und Bettler, alle schauen mich wie einen Hund an, aber wenn ich Geld hätte, so würde Warlamow vor mir den Narren machen, wie ihn jetzt Moissej vor euch macht.»

Vater Christophorus und Kusjmitschow warfen einander Blicke zu. Weder der eine noch der andere verstanden Salomon. Kusjmitschow sah ihn streng und unfreundlich an und fragte: «Wie kannst du, Narr, dich Warlamow gleichstellen?»

«Ich bin noch kein solcher Narr, um mich Warlamow gleichzustellen», erwiderte Salomon, spöttisch seine Partner betrachtend. «Warlamow ist zwar ein Russe, aber in der Seele ist er ein räudiger Jude; sein ganzes Leben liegt im Geld und Gewinn, und ich habe mein Geld im Ofen verbrannt. Ich brauche weder Geld noch Land noch Schafe, und ich brauche auch nicht, daß man mich fürchte und die Mütze vor mir ziehe, wenn ich vorüberfahre. Folglich bin ich klüger als euer Warlamow und einem Menschen ähnlicher!»

Eine Weile darauf vernahm Jegoruschka im Halbschlummer, wie Salomon mit dumpfer und von dem ihn würgenden Haß heiserer Stimme, schnarrend und hastig über Juden zu reden begann; anfangs redete er russisch, dann aber fiel er in den Ton der Erzähler aus dem jüdischen Leben und sprach wie damals in der Schaubude mit übertriebenem jüdischem Akzent.

«Halt...», unterbrach ihn Vater Christophorus. «Wenn dir dein Glaube mißfällt, so wechsle ihn, aber darüber zu lachen, ist eine Sünde; der ist der schlechteste Mensch, der sich über seinen Glauben lustig macht.»

«Sie begreifen nichts!» unterbrach ihn grob Salomon. «Ich sage Ihnen eines, Sie aber reden von etwas anderem...»

«Da sieht man, daß du ein dummer Mensch bist», seufzte Vater Christophorus. «Ich belehre dich so gut ich kann, und du ärgerst dich. Ich rede zu dir sachte, nach Art eines alten Mannes, aber du schreist wie ein Truthahn: bla-bla-bla! Wahrlich, du bist ein Sonderling...»

Moissej Moissejitsch trat ein. Er schaute unruhig auf Salomon und seine Gäste, und wiederum zitterte die Haut auf seinem Gesicht nervös. Jegoruschka schüttelte den Kopf und blickte um sich; er sah flüchtig Salomons Gesicht und gerade in dem Augenblick, als es ihm zu drei Vierteln zugewandt war und der Schatten seiner langen Nase auf die linke Wange fiel; das verächtliche Lächeln, mit diesem Schatten vermischt, die glänzenden, spöttischen Augen, der anmaßende Ausdruck und seine ganze gerupfte Gestalt, die sich in Jegoruschkas Augen verdoppelte und vorüberhuschte, machten ihn jetzt nicht mehr einem Spaßmacher ähnlich, sondern einem Wesen, das einem zuweilen im Traum erscheint, wohl dem bösen Geist.

«Wie besessen er doch ist, Moissej Moissejitsch, ich will mit ihm nichts zu tun haben!» sagte mit einem Lächeln Vater Christophorus. «Sie sollten ihn irgendwo versorgen oder verheiraten ... Er gleicht kaum mehr einem Menschen ...»

Kusjmitschow runzelte ärgerlich die Stirn. Moissej Moissejitsch warf wiederum einen beunruhigten, prüfenden Blick auf den Bruder und die Gäste.

«Salomon, geh hinaus!» befahl er streng. «Geh hinaus!»

Und er fügte noch etwas auf Hebräisch hinzu. Salomon lachte abrupt auf und ging hinaus.

«Was ist denn mit ihm?» fragte Moissej Moissejitsch erschrocken Vater Christophorus.

«Er vergißt sich», erwiderte Kusjmitschow. «Er ist grob und hat eine große Meinung von sich.»

«Ich wußte es ja!» entsetzte sich Moissej Moissejitsch, die Hände zusammenschlagend. «Ach, mein Gott! Mein Gott!» murmelte er halblaut. «Seien Sie schon so gut, entschuldigen Sie ihn und ärgern Sie sich nicht ... Ist das ein Mensch, ist das ein Mensch! Ach, mein Gott! Mein Gott! Er ist mir ein leiblicher Bruder, doch außer Kummer habe ich von ihm nichts gehabt. Er ist ja, wissen Sie ...»

Moissej Moissejitsch drehte den Finger vor der Stirn und fuhr fort:

«Nicht ganz richtig ... ein verlorener Mensch. Und was soll ich mit ihm nur beginnen? Ich weiß es nicht! Keinen liebt er, keinen achtet er, keinen fürchtet er ... Wissen Sie, über alle lacht er, spricht dummes Zeug, sagt einem alles ins Gesicht. Sie werden es nicht glauben, einmal kam Warlamow hierher, und da sagte ihm Salomon derartiges, daß jener ihn und mich mit der Peitsche schlug ... Warum denn nur mich? Bin ich denn schuld? Gott hat ihm den Verstand genommen, folglich ist das Gottes Wille; aber bin ich denn schuld?»

Zehn Minuten waren vergangen, aber Moissej Moissejitsch murmelte immer noch halblaut und seufzte:

«In der Nacht schläft er nicht und denkt immer, denkt, denkt; aber woran er denkt, das mag Gott wissen. Geht man zu ihm in der Nacht heran, so ärgert er sich und lacht. Er liebt auch mich nicht ... Und nichts will er haben. Als mein Vater starb, hinterließ er ihm und mir je sechstausend Rubel. Ich kaufte mir die Herberge, heiratete und habe jetzt Kinderchen; er aber hat sein Geld im Ofen verbrannt. So schade ist es, so schade! Warum verbrennen? Brauchst du es nicht, so gib es mir, warum aber verbrennen?»

Plötzlich quietschte die Tür in den Angeln, und der Boden erbebte von Schritten. Jegoruschka verspürte einen Windzug, und es war ihm, als ob ein großer, schwarzer Vogel an ihm vorübergeflogen wäre und gerade vor seinem Gesicht die Flügel geschwungen hätte. Er öffnete die Augen... Der Onkel stand, den Sack in der Hand, reisefertig neben dem Diwan. Vater Christophorus hielt den breitkrempigen Zylinder, verneigte sich und lächelte, nicht weich und gerührt wie immer, sondern ehrerbietig und gezwungen, was zu seinem Gesicht sehr schlecht paßte. Moissej Moissejitsch aber, als sei sein Körper in drei Teile zerbrochen, balancierte und bemühte sich, seine Glieder zusammenzuhalten. Nur Salomon allein stand unbefangen mit gekreuzten Armen in einer Ecke und lächelte nach wie vor verächtlich.

«Ew. Erlaucht, entschuldigen Sie, es ist bei uns nicht sauber!» stöhnte Moissej Moissejitsch mit einem gequälten süßen Lächeln, weder Kusjmitschow noch Vater Christophorus mehr beachtend, mit dem ganzen Körper balancierend. «Wir sind schlichte Leute, Ew. Erlaucht!»

Jegoruschka rieb sich die Augen. In der Mitte des Zimmers stand in der Tat die Erlaucht in Gestalt einer jungen, sehr schönen, vollen Dame in einem schwarzen Kleid und Strohhut. Bevor noch Jegoruschka ihre Züge recht betrachtet hatte, fiel ihm jene einsame, schlanke Pappel ein, die er am Tage auf dem Hügel gesehen hatte.

«Ist Warlamow heute hier durchgekommen?» fragte eine weibliche Stimme.

«Nein, Ew. Erlaucht!» erwiderte Moissej Moissejitsch.

«Wenn Sie ihn morgen sehen, so bitten Sie ihn, er möge mich schnell aufsuchen.»

Plötzlich erblickte Jegoruschka ganz unerwartet, etwa zwei Zentimeter von seinen Augen entfernt, schwarze samtene Augenbrauen, große, kastanienbraune Augen und weiche Frauenwangen mit Grübchen, von denen gleich Sonnenstrahlen ein Lächeln sich über das ganze Gesicht ausbreitete. Und ein herrlicher Duft strömte auf ihn ein.

«Was für ein hübscher Knabe!» sagte die Dame. «Wem gehört er? Kasimir Michailowitsch, schauen Sie nur, wie reizend er ist! Mein Gott, er schläft! Du süßes Kerlchen...»

Und die Dame küßte Jegoruschka auf beide Wangen, und er lächelte, und zu schlafen wähnend, schloß er die Augen. Die Tür quietschte, und hastige Schritte ließen sich vernehmen: jemand trat ein und ging hinaus.

«Jegoruschka! Jegoruschka!» ertönte das tiefe Geflüster zweier Stimmen. «Steh auf, wir fahren!»

Jemand, wie ihm schien Denißka, stellte Jegoruschka auf die Beine und führte ihn an der Hand; unterwegs öffnete er halb die Augen und erblickte nochmals die schöne Dame im schwarzen Kleid, die ihn geküßt hatte. Sie stand inmitten des Zimmers und lächelte und nickte ihm, während er hinausging, freundlich zu. Während er sich der Tür näherte, sah er einen schönen, festen, dunklen Herrn in einer Melone und in Stulpstiefeln. Wahrscheinlich war es der Begleiter der Dame.

«Tprrr!» drang es vom Hof zu ihnen.

Vor dem Hause erblickte Jegoruschka eine neue, prachtvolle Kalesche und zwei schwarze Pferde. Auf dem Bock saß ein Lakai in Livree mit einer langen Peitsche in Händen. Nur Salomon begleitete die Reisenden zum Wagen. Sein Gesicht war gespannt von der Lust, herauszulachen; es sah aus, als könne er die Abfahrt der Gäste nicht erwarten, um sich nach Herzenslust über sie auslachen zu können.

«Gräfin Dranitzkaja!» flüsterte Vater Christophorus, in die Kalesche einsteigend.

«Ja, die Gräfin Dranitzkaja», wiederholte Kusjmitschow gleichfalls im Flüsterton.

Der durch die Ankunft der Gräfin hervorgerufene Eindruck war wohl sehr stark; denn selbst Denißka sprach im Flüsterton und konnte sich erst, nachdem die Kalesche zwei- bis dreihundert Meter zurückgelegt hatte und hinter ihnen an Stelle der Herberge nur noch ein schwaches Licht sichtbar war, entschließen, auf die Braunen einzuhauen und sie anzuschreien.

IV

Wer war schließlich dieser unerreichbare, geheimnisvolle Warlamow, über den man so viel sprach, den Salomon verachtete und den selbst die schöne Gräfin brauchte? Nachdem er sich neben Denißka gesetzt hatte, dachte der schlaftrunkene Jegoruschka über diesen Mann nach. Er hatte ihn nie gesehen, aber sehr oft von ihm gehört und sich so manches Mal in seiner Phantasie ein Bild von ihm gemacht. Es war ihm bekannt, daß Warlamow mehrere Zehntausende von Deßjätinen Boden besaß, ungefähr hunderttausend Schafe und sehr viel Geld; von seiner Lebensweise und seiner Beschäftigung wußte Jegoruschka nur, daß er stets «in dieser Gegend kreiste» und daß man ihn stets suchte.

Viel hatte Jegoruschka daheim auch über die Gräfin Dranitzkaja gehört. Auch sie besaß mehrere Zehntausende Deßjätinen, viele Schafe, ein Gestüt und viel Geld; aber sie «kreiste» nicht, sondern lebte auf ihrem reichen Herrensitz, von dem die Bekannten und Iwan Iwanytsch, der häufig in Geschäften bei der Gräfin weilte, viel zu erzählen wußten; so hieß es von ihrem Salon, in dem die Porträts aller polnischen Könige hingen, daß sich dort eine große Tischuhr befände, die die Form eines Felsens hatte, auf dem Felsen bäumte sich ein goldenes Roß mit Augen aus Brillanten, und auf dem Roß saß ein goldener Reiter, der jedesmal, wenn die Uhr schlug, den Säbel nach rechts und links schwang. Man erzählte auch, daß die Gräfin zweimal im Jahr einen Ball gab, zu dem alle Adligen und Beamten aus dem ganzen Gouvernement geladen waren; auch Warlamow pflegte sich einzustellen; die Gäste tranken aus silbernen Samowaren den Tee und aßen ganz außergewöhnliche Sachen (zum Beispiel im Winter wurden zu Weihnachten Himbeeren und Erdbeeren gereicht) und tanzten zu einer Musik, die Tag und Nacht spielte ...

Und wie schön sie ist! dachte Jegoruschka, sich an ihr Gesicht und Lächeln erinnernd.

Kusjmitschow dachte wahrscheinlich auch an die Gräfin, denn er sagte, als sie ein Stück gefahren waren:

«Dieser Kasimir Michailytsch plündert sie gehörig aus! Als ich vor einigen Jahren bei ihr Wolle kaufte, hat er allein an der Wolle an die dreitausend Rubel verdient.»

«Von einem Polen ist auch nichts anderes zu erwarten», gab Vater Christophorus zur Antwort.

«Aber sie macht sich nichts daraus. Sie ist, wie man so sagt, jung und dumm, ein Windbeutel!»

Jegoruschka wollte nur an Warlamow und die Gräfin denken, namentlich an die letztere.

Sein schläfriges Gehirn lehnte gewöhnliche Gedanken gänzlich ab, schloß sich ab und behielt nur märchenhafte, phantastische Bilder zurück, die den Vorzug haben, daß sie von selbst, ohne jegliche Mühe von seiten des Denkenden, im Gehirn entstehen und von selbst — man braucht nur tüchtig den Kopf zu schütteln — spurlos verschwinden; zudem war die ganze Umgebung darauf angelegt, gewöhnliche Gedanken fernzuhalten. Rechts schimmerten dunkel die Hügel, die, so schien es, etwas Unbekanntes und Furchtbares verdeckten; links war der ganze Himmel über dem Horizont durch eine Purpurröte überflutet, und man wurde nicht klug daraus, ob irgendwo eine Feuersbrunst wütete oder der Mond sich anschickte, aufzugehen. Die Ferne war wie am Tage sichtbar; doch schon war ihre zarte lila Farbe durch den abendlichen Dunst ausgelöscht, und die ganze Steppe verbarg sich, wie die Kinder Moissej Moissejitschs unter der Decke, im Dunst.

An Juliabenden und in Julinächten rufen nicht mehr die Wachteln und Wachtelkönige, singen nicht mehr in Waldschluchten die Nachtigallen, es duftet nicht mehr nach Blumen, doch die Steppe ist noch immer wunderschön und voll Leben. Kaum ist die Sonne untergegangen und die Erde vom Dunst umhüllt, so ist des Tages Trauer vergessen, alles vergeben, und die Steppe atmet leicht aus breiter Brust. Vielleicht weil das Gras im Dunkeln nicht sehen kann, daß es gealtert ist, erhebt sich darin ein junges, frohes Gezirpe, wie es am Tage nicht zu hören ist; es knistert, es pfeift, es kratzt, Bässe, Tenöre und Diskante der Steppe vermischen sich zu einem ununterbrochenen, eintönigen Getöse, bei dem man sich so gut den Erinnerungen und der Wehmut hingeben kann. Das eintönige Gezirpe lullt ein wie ein Wiegenlied; du fährst und fühlst, daß du einschläfst; doch plötzlich dringt von irgendwoher der abgebrochene, beunruhigende Ruf eines nicht schlafenden Vogels, oder es ertönt ein unbestimmter Laut, der einer Stimme gleicht, etwa ein erstauntes «A-ah!» ... und der Schlummer senkt die Lider. Oder du fährst an einer kleinen Schlucht vorüber, wo Büsche stehen, und du vernimmst, wie ein Vogel, den die Steppenbewohner Schlafvogel nennen, jemandem zuruft: «Schlaf! schlaf! schlaf!», und ein anderer lacht oder bricht in ein hysterisches Weinen aus — das ist eine Eule. Gott mag wissen, warum sie schreien und wer sie in dieser Ebene anhört, doch in ihrem Schrei liegt viel Trauer und Klage ... Es duftet nach Heu, verdorrtem Gras und späten Blumen, der Duft ist stark, aufdringlich süß und zart.

Im Dunst ist alles sichtbar, nur lassen sich Farbe und Umrisse der Gegenstände schwer erkennen. Alles erscheint verändert. Du fährst, und plötzlich siehst du, vor dir am Wegrand steht eine Silhouette, die einem Mönch gleicht; er bewegt sich nicht, wartet und hält etwas in

Händen ... Ist es nicht ein Räuber? Die Figur nähert sich, wächst an, nun steht sie neben der Kalesche, und du siehst, daß es nicht ein Mensch ist, sondern ein einsamer Busch oder ein großer Stein. Derartige unbewegliche, jemanden erwartende Figuren stehen auf Hügeln, verstecken sich hinter Grabhügeln, blicken aus dem Steppengras hervor, und alle gleichen sie Menschen und erregen Verdacht.

Wenn aber der Mond aufgeht, wird die Nacht blaß und dunkel. Der Dunst ist verschwunden, als wäre er nie gewesen. Die Luft ist durchsichtig, frisch und warm, alles ist gut sichtbar, und man kann sogar am Wegrand die einzelnen Stengel des Steppengrases unterscheiden. Aus weiter Entfernung sind Schädel und Steine erkennbar. Die verdächtigen, Mönchen ähnlich sehenden Figuren erscheinen auf dem hellen Hintergrund der Nacht schwärzer und schauen finsterer drein. Häufiger und häufiger erklingt inmitten des eintönigen Gezirpes, die unbewegliche Luft beunruhigend, ein erstauntes «A-ah» und läßt sich der Ruf eines nicht schlafenden oder umherschweifenden Vogels vernehmen. Breite Schatten ziehen durch die Ebene gleich Wolken am Himmel, und in der unverständlichen Ferne ragen und türmen sich, wenn man sie lange betrachtet, verschwommene, seltsame Gestalten übereinander ... Es ist ein wenig unheimlich. Doch wirfst du auf den blaßgrünen, sternenübersäten Himmel, an dem nicht ein Wölkchen, ein

Fleckchen zu sehen ist, einen Blick, so begreifst du, warum die warme Luft unbeweglich, warum die Natur auf der Hut ist und sich zu regen fürchtet: sie bangt und möchte nicht einen Augenblick des Lebens verlieren. Über die unermeßliche Tiefe und Grenzenlosigkeit des Himmels kann man nur auf dem Meer und nachts in der Steppe urteilen, wenn der Mond scheint. Er ist furchtbar, schön und zärtlich, schaut schmachtend drein und lockt zu sich, seine Liebkosung aber ist schwindelerregend.

Du fährst eine Stunde und zwei ... Stößest unterwegs auf einen schweigsamen alten Grabhügel oder einen steinernen Rammbär, weiß Gott wann und von wem errichtet, lautlos fliegt über der Erde ein Nachtvogel vorüber. Allmählich fallen dir die Steppenlegenden, die Erzählungen der dir Begegnenden, die Märchen der Njanjka aus der Steppe ein und all das, was du selber zu beobachten und mit der Seele zu erfassen vermochtest. Und da beginnen dir im Gezirpe der Insekten, in den verdächtigen Figuren und den Grabhügeln, im blauen Himmel, im Mondlicht, im Flug des Nachtvogels, in allem, was du siehst und hörst, die Augen für den Triumph der Schönheit, für die Jugend, für das Aufblühen der Kräfte und den leidenschaftlichen Lebensdurst aufzugehen; die Seele antwortet auf den Ruf der wunderschönen, rauhen Heimat, und man möchte mit dem Nachtvogel zusammen über die Steppe fliegen. Und im Triumph der

Schönheit, im Überschwang des Glücks spürst du Spannung und Trauer, als erkenne die Steppe, daß sie einsam sei, daß ihr Reichtum und ihre Begeisterung für die Welt verlorengehen, von keinem besungen und keinem unentbehrlich, und durch das freudige Getöse vernimmst du ihren sehnsüchtigen, hoffnungslosen Ruf nach einem Sänger, einem Sänger!

«Tprrrr! Guten Tag, Pantelej! Steht alles gut?»

«Gottlob, Iwan Iwanytsch!»

«Habt Ihr Warlamow nicht gesehen?»

«Nein, wir haben ihn nicht gesehen.»

Jegoruschka erwachte und öffnete die Augen. Die Kalesche stand still. Rechts zog sich weit in der Ferne auf der Straße ein Wagenzug hin, und Leute bewegten sich um ihn herum. Alle Fuhren schienen, da große Ballen mit Wolle darauf lagen, sehr hoch und prall, während die Pferde klein und kurzbeinig aussahen.

«Dann fahren wir also zum Sektierer!» erklärte Kusjmitschow laut. «Der Jude sagte, daß Warlamow beim Sektierer übernachte. So lebt denn in diesem Fall wohl, Brüder! Gott mit euch!»

«Leben Sie wohl, Iwan Iwanytsch!» erwiderten mehrere Stimmen.

«Hört mal, Kinder», sagte Kusjmitschow lebhaft, «nehmt mein Bürschchen mit euch! Was soll er sich unnütz mit uns herumtreiben? Setz ihn zu dir auf einen Ballen, Pantelej, und möge er gemächlich weiterfahren, wir holen ihn später wieder ein. Geh, Jegor! Geh nur, das macht nichts!..»

Jegoruschka kroch herunter. Mehrere Arme packten ihn und hoben ihn hoch hinauf, und er fand sich auf etwas Großem, Weichem und leicht Taunassem. Jetzt schien es ihm, daß der Himmel ihm nahe und der Boden weit von ihm sei.

«He! Nimm auch deinen Mantel!» rief irgendwo weit von unten Denißka.

Mantel und Bündel, heraufgeworfen, fielen neben Jegoruschka nieder. Schnell, nicht wünschend, an irgend etwas zu denken, legte er sein Bündelchen unter den Kopf, deckte sich mit dem Mantel zu, streckte die Beine in ihrer ganzen Länge aus, und fröstelnd vom Tau, lachte er vor Vergnügen auf.

Schlafen, schlafen, schlafen ... dachte er.

«Hört, ihr Teufel, daß ihr ihn mir nicht kränkt», ließ sich von unten Denißkas Stimme vernehmen.

«Lebt wohl, Brüder! Mit Gott!» rief Kusjmitschow. «Ich verlasse mich auf euch!»

«Sie können ganz ruhig sein, Iwan Iwanytsch!»

Denißka trieb die Pferde an, die Kalesche quietschte und rollte davon, aber nicht auf der Straße, sondern irgendwohin abseits. Einige Minuten lang war es still, als wäre alles eingeschlafen, und man konnte nur hören, wie in der Ferne allmählich das Klirren des am Wagen angebundenen Eimers erstarb. Doch nun rief jemand von der Spitze des Wagenzugs: «Kiriucha, vorwärts!»

Die vorderste Fuhre knarrte, darauf die zweite, die dritte ... Jegoruschka fühlte, wie die Fuhre, auf der er lag, schwankte und auch knarrte. Der Wagenzug setzte sich in Bewegung. Jegoruschka hielt sich mit der Hand am Strick, mit dem der Ballen verschnürt war, fest, lachte nochmals vor Vergnügen auf, brachte den Lebkuchen in der Tasche in die richtige Lage und begann einzuschlafen, wie er daheim in seinem Bett gewöhnlich einzuschlafen pflegte ...

Als er erwachte, ging die Sonne bereits auf; der Grabhügel verdeckte sie. Sie aber, bemüht, ihr Licht über die Welt zu verbreiten, sandte ihre Strahlen nach allen Richtungen aus und übergoß den Horizont mit Gold. Jegoruschka kam es vor, daß sie nicht an ihrer richtigen Stelle sei, da sie gestern hinter seinem Rücken aufgegangen war, heute aber viel mehr links ... Und auch die ganze Gegend glich nicht der gestrigen. Hügel waren nicht mehr zu sehen, überall, wohin der Blick fiel, zog sich endlos eine braunschwarze, unfrohe Ebene hin; hie und da erhoben sich kleine Grabhügel darauf und flogen die gestrigen Saatkrähen. Weit in der Ferne schimmerten weiß die Glockentürme und Hütten eines Dorfes; weil es Feiertag war, saßen die Leute daheim, es wurde gebacken und gekocht, das sah man am Rauch, der aus allen Schornsteinen aufstieg und als taubengrauer, durchsichtiger Schleier über dem Dorf hing. Zwischen den Hütten und hinter der Kirche blaute der Fluß, und dahinter lag im Dunst die Ferne. Doch nichts glich so wenig dem Gestrigen wie die Straße. Ein außerordentlich breiter, gut ausgefahrener und wie alle Straßen mit Staub bedeckter, grauer Streifen zog sich durch die Steppe, doch war er viele Dutzende von Kilometern breit. Durch seine Weite rief dieser Streifen Bedenken in Jegoruschka hervor und brachte ihn auf phantastische Gedanken. Wer fuhr auf dieser Straße? Wer braucht so viel Raum? Es ist unverständlich und seltsam. Man könnte in der Tat daran denken, daß in Rußland die riesigen, breit ausschreitenden Männer von der Art eines Ilja Murometz oder Solowej des Räubers noch nicht ausgestorben seien und mit ihnen auch nicht die reckenhaften Rosse. Während Jegoruschka auf die Straße blickte, stellte er sich sechs hohe, nebeneinander dahinjagende Paradewagen vor, wie er sie auf den Bildern der Heiligen Schrift gesehen hatte; vor jeden Wagen war ein Sechsgespann wilder, toller Pferde gespannt, und mit ihren hohen Rädern wirbelten diese Wagen bis zum Himmel Staubwolken auf, während die Pferde von Männern gelenkt wurden, wie sie einem im Traum erscheinen oder in phantastischen Gedanken auftauchen können. Und wie gut würden diese Gestalten der Steppe und Straße anstehen, wenn sie existierten!

Auf der rechten Seite der Straße standen auf der ganzen Strecke Telegraphenpfosten mit zwei Drähten. Kleiner und kleiner werdend, verschwanden sie vor den Dörfern hinter den Hütten und dem Grün und tauchten darauf wieder in der lilafarbenen Ferne in Gestalt sehr kleiner, dünner Stöckchen auf, die in den Boden gesteckten Bleistiften glichen. Auf den Drähten saßen Habichte, Bienenfalken und Raben und schauten gleichgültig auf den sich bewegenden Wagenzug.

Jegoruschka lag auf der hintersten Fuhre und konnte deshalb den ganzen Zug sehen. Es waren ungefähr zwanzig Fuhren im ganzen Zug, und auf je drei Fuhren kam ein Fuhrmann. Neben der hintersten Fuhre, in der Jegoruschka war, ging ein alter Mann mit einem weißen Bart, der ebenso hager und kleingewachsen war wie Vater Christophorus, aber ein Gesicht hatte, das von der Sonne braungebrannt, streng und nachdenklich war. Es konnte gut möglich sein, daß dieser alte Mann weder streng noch nachdenklich war, doch seine roten Lider und die lange, scharfe Nase verliehen seinem Gesicht einen strengen, unfreundlichen Ausdruck, wie er Leuten eigen ist, die gewohnt sind, in der Einsamkeit immer nur an ernste Dinge zu denken. Gleich Vater Christophorus trug auch er einen breitkrempigen Zylinder, aber keinen Herrenhut, sondern nur einen aus Filz und von braunschwarzer Farbe, der eher einem stumpfen Kegel glich als einem Zylinder. Er ging barfuß. Wahrscheinlich infolge einer Gewohnheit, die er in kalten Wintern angenommen hatte, wenn er so manches Mal neben seiner Fuhre frieren mußte, schlug er sich im Gehen auf die Hüften und stampfte mit den Füßen. Als er bemerkte, daß Jegoruschka erwacht war, sah er ihn an und sagte, sich gleichsam vor Kälte zusammenziehend:

«Ah, ist das Bürschlein erwacht! Bist wohl ein Söhnchen von Iwan Iwanytsch?»

«Nein, sein Neffe...»

«Des Iwan Iwanytsch? Und ich habe mir die Stiefelchen ausgezogen und gehe barfuß fürbaß... Es ist so angenehmer, Bürschchen... Nämlich ohne Stiefel... Ein Neffe also bist du? Er ist ein guter Mann, man kann nichts gegen ihn sagen... Schenke Gott ihm Gesundheit... Er ist schon recht... Von Iwan Iwanytsch red ich... Er ist zum Sektierer gefahren... Oh, Gott erbarme dich unser!»

Der Alte redete, wie man bei großer Kälte zu reden pflegt, mit Unterbrechungen, ohne den Mund recht zu öffnen; die Lippenlaute sprach er schlecht aus, stotternd auf ihnen verweilend, als wären seine Lippen erfroren. Und während er sich an Jegoruschka wandte, lächelte er kein einziges Mal und schien streng.

Zwei Fuhren vor ihnen ging ein Mann mit einer Peitsche in der Hand in einem langen roten Mantel, mit Schirmmütze und in Schaftstiefeln. Er war nicht alt, etwa vierzig Jahre mochte er zählen. Als er zurückschaute, erblickte Jegoruschka ein langes, rotes Gesicht mit einem schütteren Ziegenbärtchen und einer schwammartigen Warze unter dem rechten Auge. Außer dieser sehr häßlichen Warze hatte er ein besonderes Merkmal, das scharf in die Augen sprang: in der linken Hand hielt er die Peitsche, mit der rechten führte er Bewegungen aus, als dirigiere er einen unsichtbaren Chor; hin und wieder klemmte er die Peitsche unter den Arm, und dann dirigierte er mit beiden Armen und summte etwas vor sich her.

Der auf ihn folgende Fuhrmann war eine lange, hochgestreckte Figur mit stark abfallenden Schultern und einem Rücken, so flach wie ein Brett. Er hielt sich gerade, als marschiere er oder habe einen Meterstab verschluckt, seine Arme baumelten nicht, sondern hingen wie Stöcke herab, und er marschierte hölzern, gleich einem Spielzeugsoldaten, die Knie kaum beugend und bemüht, recht breit auszuschreiten; während der Alte oder der Besitzer der schwammigen Warze zwei Schritte machten, führte er nur einen aus, und darum schien es, daß er langsamer als alle gehe und zurückbleibe. Sein Gesicht war mit einem Lappen verbunden, und auf seinem Kopf thronte eine Art von Mönchskäppchen; er trug einen kurzen, kleinrussischen Kittel, der mit Flicken übersät war, dazu breite blaue Beinkleider und Bastschuhe.

Die Entfernteren betrachtete Jegoruschka nicht mehr. Er legte sich auf den Bauch, begann im Ballen herumzustochern, bis er ein Löchlein gefunden, und drehte dann aus der Wolle Fäden zum Zeitvertreib. Der unten schreitende Alte erwies sich als weniger streng und ernst, als man nach seinem Gesicht hätte annehmen können. Nachdem er das Gespräch einmal begonnen hatte, ließ er es nicht mehr einschlafen.

«Wohin fährst du eigentlich?» fragte er, mit den Beinen stampfend.

«Ich soll lernen», erwiderte Jegoruschka.

«Lernen? Aha... Nun, möge die Himmelsmutter dir helfen. Soso. Ein Verstand ist gut, zweie aber besser. Dem einen schenkt Gott einen Verstand, einem andern aber zwei und einem dritten sogar drei... Ja, das stimmt, daß drei... Mit dem einen Verstand ist er auf die Welt gekommen, den zweiten hat er durch Studium erworben und den dritten durch ein gutes Leben. Daher ist es gut, Brüderchen, wenn ein Mensch drei Verstande hat. Nicht nur zu leben, auch zu sterben fällt es einem solchen Menschen leichter. Zu sterben... Und sterben müssen wir alle, wie wir da sind.»

Der Alte kratzte sich die Stirn, blickte aus seinen rotgeränderten Augen zu Jegoruschka hinauf und fuhr fort:

«Maxim Nikolaitsch, ein Herr aus der Gegend von Slawjanoserbsk, hat vergangenes Jahr auch sein Söhnchen in die Schule gebracht. Ich weiß nicht, wie er dort in bezug auf die Wissenschaften ist, aber im übrigen ist er ein gutes Bürschchen... Möge Gott ihnen Gesundheit schenken, es sind gute Herrschaften. Jawohl, er hat ihn also auch in die Schule gebracht... In Slawjanoserbsk gibt es nämlich nicht eine solche Anstalt, in der man Wissenschaften treiben könnte. Nein, es gibt keine... Sonst ist es keine üble Stadt... Eine gewöhnliche Schule für das gewöhnliche Volk besteht freilich; was aber die höhere Wissenschaft betrifft, so was ist nicht da... Nein, so was gibt es nicht, das stimmt. Wie heißt du?»

«Jegoruschka.»

«Jegorij also... Nach dem heiligen Märtyrer Jegorij dem Siegreichen, dein Namenstag ist also am 23. April. Und mein heiliger Name lautet Pantelej... Pantelej Sacharow Cholodow... Cholodow heißt unser Geschlecht... Ich selber stamme aus Tim im Kurskschen Gouvernement, hast vielleicht davon gehört. Meine Brüder sind Kleinbürger geworden und sind Meistersleute in der Stadt; ich aber bin Bauer... Bin ein Bauer geblieben. Vor sieben Jahren fuhr ich dahin... nach Hause nämlich. War im Dorf und auch in der Stadt... In Tim war ich, sage ich. Damals, Gott sei's gedankt, waren alle am Leben und gesund, wie es aber jetzt steht, weiß ich nicht... Vielleicht ist inzwischen auch jemand gestorben... Hatten auch Zeit dazu, denn sie sind alle alt dort, viele älter als ich. Der Tod ist nicht schlimm, er ist gut, nur natürlich ohne Beichte sollte man nicht sterben. Es gibt kein größeres Übel als einen gottlosen Tod. Ein gottloser Tod freut den Teufel. Wenn du aber mit der Beichte sterben willst, damit dir die Himmelsräume nicht verschlossen bleiben, mußt du zu der Großmärtyrerin Warwara beten. Sie ist Fürsprecherin. Sie ist es, das ist wahr... Denn Gott hat ihr diese Stellung im Himmel gegeben, damit ein jeder das Recht habe, sie wegen der Beichte um ihre Fürsprache zu bitten.»

Pantelej murmelte und schien wenig Sorge darum zu tragen, ob Jegoruschka ihn vernehme oder nicht. Er redete matt vor sich hin, ohne die Stimme zu erheben oder zu senken, doch brachte er es in kurzer Zeit fertig, vieles zu erzählen. Seine Erzählung bestand aus Bruchstücken, die sehr wenig Zusammenhang untereinander hatten und für Jegoruschka ganz und gar nicht interessant waren. Vielleicht redete er nur, um jetzt am Morgen nach einer in Schweigen verbrachten Nacht laut eine Kontrolle über alle seine Gedanken durchzuführen: ob sie alle daheim seien. Nachdem er mit der Beichte fertig geworden war, begann er wiederum von einem Maxim Nikolajewitsch aus der Gegend von Slawjanoserbsk:

«Ja, er hat sein Söhnchen fortgebracht ... Hat es fortgebracht, das ist richtig ...»

Einer der Fuhrleute, der weit vorne ging, riß sich plötzlich los, rannte zur Seite und begann mit der Peitsche auf den Boden zu schlagen. Es war ein großgewachsener, breitschultriger Mann von etwa dreißig Jahren, mit blondem Lockenhaar und allem Anschein nach sehr kräftig und gesund. Nach den Bewegungen seiner Schultern und der Peitsche zu urteilen, nach der Gier, die seine Pose ausdrückte, schlug er auf etwas Lebendiges ein. Ein zweiter Fuhrmann lief zu ihm heran, von kleinem Wuchs und stämmig, mit einem schwarzen Vollbart, in Weste und Hemd gekleidet. Er brach in ein mit Husten vermischtes dröhnendes Lachen aus und rief:

«Brüder, Dymow hat eine Schlange getötet! So wahr Gott ist!»

Es gibt Menschen, über deren Verstand man nach ihrer Stimme und ihrem Lachen sicher urteilen kann. Der Schwarzbärtige gehörte eben zu diesen Glücklichen: in seiner Stimme und seinem Lachen fühlte man eine unglaubliche Dummheit. Nachdem er zu peitschen aufgehört hatte, hob der blonde Dymow mit der Peitsche etwas Strickähnliches vom Boden auf und schleuderte es lachend vor die Fuhren hin.

«Das ist keine Schlange, sondern eine Natter!» rief jemand.

Der hölzern ausschreitende Mann mit der verbundenen Wange näherte sich schnell der getöteten Schlange, warf einen Blick auf sie und schlug seine stockähnlichen Arme zusammen.

«Verruchter!» schrie er mit dumpfer, weinerlicher Stimme. «Warum hast du die Natter totgeschlagen? Was hat sie dir getan, du Verdammter? Seht, er hat die Natter totgeschlagen! Und wenn man mit dir so täte?»

«Eine Natter darf man nicht töten, das ist richtig ...» begann Pantelej ruhig zu murmeln. «Man darf nicht ... Das ist nicht eine Viper. Wenn sie auch wie eine Schlange aussieht, so ist sie doch ein harmloses, unschuldiges Geschöpf ... Sie liebt den Menschen ... Die Natter eben ...»

Dymow und der Schwarzbärtige schämten sich wahrscheinlich, denn sie lachten laut auf und schlenderten lässig, ohne auf das Murren zu antworten, zu ihren Fuhren. Als die letzte Fuhre an den Ort kam, wo die getötete Natter lag, wandte sich der Mann mit dem verbundenen Gesicht, der neben der Natter stand, nach Pantelej um und fragte mit weinerlicher Stimme:

«Großvater, nun, warum hat er die Natter totgeschlagen?»

Wie Jegoruschka jetzt deutlich unterscheiden konnte, waren seine Augen klein und matt, das Gesicht grau, krank und gleichsam auch matt, und das Kinn war rot und stark geschwollen.

«Großvater, nun, warum hat er sie totgeschlagen?» wiederholte er, neben Pantelej schreitend.

«Er ist ein dummer Mensch, seine Hände juckten ihn, darum hat er sie totgeschlagen», erwiderte der Alte. «Eine Natter darf man aber nicht schlagen... Das ist richtig... Dymow ist ein bekannter Raufbold, der schlägt alles tot, was ihm unter die Hände gerät, und Kiriucha hat sich nicht für sie eingesetzt. Er hätte sie verteidigen sollen, statt dessen aber hörte man von ihm nur: ‚Cha-cha-cha' und ‚Chocho-cho'... Du aber ärgere dich nicht, Waßja... Warum sich ärgern? Man hat sie totgeschlagen, nun, Strich darunter... Dymow ist ein Raufbold, während Kiriucha aus Dummheit schwieg... Macht nichts... Es sind dumme, unverständige Menschen, Gott mit ihnen. Jemeljan, der wird nie etwas anrühren, was man nicht darf... Nie, das ist richtig... Denn er ist ein gebildeter Mensch, sie aber sind dumm... Jemeljan... nein, der rührt nichts an.»

Der Fuhrmann im rötlichen Mantel mit der schwammartigen Warze, der ein unsichtbares Orchester dirigierte, blieb, als er seinen Namen hörte, stehen und wartete auf Pantelej und Waßja, neben denen er dann weiterschritt.

«Wovon geht die Rede?» fragte er mit heiserer, erstickter Stimme.

«Waßja ärgert sich», sagte Pantelej. «Ich habe ihm allerlei darauf erwidert, damit er sich nicht ärgere, also... Ach, meine armen, kalten Füße! A-ach! Sie jucken stark, wohl weil morgen Sonntag, Gottes Feiertag, ist!»

«Das kommt vom Gehen!» bemerkte Waßja.
«Nein, Bursche, nein... Das kommt nicht vom Gehen. Wenn ich gehe, so fühle ich mich gleichsam leichter; doch wenn ich mich hinlege und erwärme, so ist das mein Tod. Das Gehen fällt mir leichter!»

Jemeljan im rötlichen Mantel stellte sich zwischen Pantelej und Waßja auf und begann den Arm zu schwingen, als hätten jene die Absicht, ein Lied anzustimmen. Nachdem er das eine Weile getrieben, ließ er den Arm sinken und ächzte hoffnungslos.

«Ich habe keine Stimme!» sagte er. «Ein wahres Unglück! Die ganze Nacht und den Morgen habe ich das ‚Gott, erbarme dich unser' im Ohr, das wir bei Marinowski an der Trauung sangen; es sitzt mir im Kopf und in der Kehle, und es dünkt mich, ich müßte nur lossingen; aber ich kann nicht! Ich habe keine Stimme!»

Er schwieg nachsinnend einen Augenblick und fuhr dann fort:

«Fünfzehn Jahre war ich unter den Sängern; in der ganzen Luganschen Fabrik gab es vielleicht keinen, der eine solche Stimme hatte wie ich, und da mußte mich der Teufel zwicken, daß ich ein Bad nahm im Donetz, und seither kann ich nicht eine Note rein singen. Habe mir die Kehle erkältet. Und ohne Stimme ist mir wie einem Arbeiter ohne Hand.»

«Das ist richtig!» pflichtete Pantelej bei.

«Ich bin der Meinung, daß ich ein verlorener Mensch bin und weiter nichts.»

Und da erblickte Waßja plötzlich Jegoruschka. Seine Augen wurden wie geölt und verkleinerten sich noch mehr.

«Auch das junge Herrchen fährt mit uns!» sagte er und verdeckte die Nase mit der Hand, als schäme er sich. «Was für ein gewichtiger Fuhrmann! Bleib bei uns, wirst mit dem Wagenzug mitfahren, Wolle führen.»

Der Gedanke von der Vereinbarkeit eines jungen Herrn und eines Fuhrmanns im gleichen Körper kam ihm wahrscheinlich sehr kurios und witzig vor, denn er begann laut zu kichern und fuhr fort, diesen Gedanken zu entwickeln. Jemeljan blickte auch zu Jegoruschka hinauf, aber nur flüchtig und kühl. Er war mit seinen Gedanken beschäftigt und hätte ohne Waßja Jegoruschkas Anwesenheit nicht wahrgenommen. Keine fünf Minuten vergingen, da fuchtelte er schon wieder mit seinem Arm; darauf, seinen Gefährten die Schönheit des Trauungsliedes ausmalend, das ihm nachts eingefallen war, nahm er die Peitsche unter den Arm und begann beide Arme zu schwingen.

Einen Kilometer vom Dorf entfernt, hielt der Wagenzug beim Brunnen. Während der schwarzbärtige Kiriucha seinen Eimer in den Brunnen hinabließ, legte er sich mit dem Bauch auf den Brunnenkasten und schob seinen zerzausten Kopf, die Schultern und einen Teil der Brust in das dunkle Loch, so daß Jegoruschka nur seine kurzen Beine, die den Boden kaum berührten, zu sehen bekam; als er tief auf dem Grund des Brunnens seinen Kopf widergespiegelt sah, war er sehr erfreut und brach in ein dummes, tiefes Lachen aus, und das Echo des Brunnens gab ihm die gleiche Antwort; als er sich wieder erhob, waren sein Gesicht und Hals dunkelrot. Als erster kam Dymow herbeigelaufen, um zu trinken. Er trank lachend, sich oft vom Eimer losreißend und Kiriucha etwas Komisches erzählend, darauf wandte er sich ab und rief laut ein paar häßliche Worte in die Steppe hinaus. Jegoruschka war der Sinn solcher Worte unverständlich; doch wußte er wohl, daß sie häßlich waren. Es war ihm der Abscheu bekannt, den seine Angehörigen und Bekannten wortlos dafür hegten, und er teilte selber, ohne den Grund dafür zu kennen, dieses Gefühl und war gewohnt, zu denken, daß nur Betrunkene und Raufbolde das Privileg besaßen, laut solche Worte auszusprechen. Er erinnerte sich der getöteten Natter, horchte auf Dymows Gelächter hin und empfand eine Art von Haß gegenüber diesem Mann. Und gerade da mußte Dymow Jegoruschka erblicken, der von der Fuhre kletterte und zum Brunnen ging; er lachte laut auf und rief:

«Brüder, der Alte hat in der Nacht einen Knaben zur Welt gebracht!»

Kiriucha begann vor Lachen zu husten. Noch jemand lachte auf, und Jegoruschka wurde rot und beschloß endgültig, daß Dymow ein sehr böser Mensch sei.

Blond, mit seinem Lockenkopf, ohne Mütze und im offenen Hemd, erschien Dymow schön und ungewöhnlich stark; aus jeder seiner Bewegungen sprach der Raufbold und Kraftmensch, der seinen Wert kannte. Er bewegte die Schultern, stemmte die Arme in die Seiten, redete und lachte lauter als alle und trug eine Miene zur Schau, als beabsichtigte er mit einer Hand etwas sehr Schweres aufzuheben und dadurch die ganze Welt in Erstaunen zu versetzen. Sein mutwilliger, spöttischer Blick glitt über den Weg, die Fuhre und den Himmel, blieb nirgends haften und schien nach einem Opfer zu suchen, das er zum Zeitvertreib töten, und nach einem Gegenstand, über den er spotten könne. Allem Anschein nach fürchtete er keinen, ließ sich durch nichts einschüchtern und interessierte sich wohl ganz und gar nicht um Jegoruschkas Meinung ... Jegoruschka aber haßte bereits aus ganzer Seele seinen blonden Kopf, das klare Gesicht und seine Kraft, hörte voll Abscheu und Furcht auf sein Lachen und überlegte, welches Schimpfwort er ihm zur Vergeltung sagen könnte.

Pantelej näherte sich auch dem Eimer. Er holte ein grünes Gläschen, wie sie vor Heiligenbildern stehen, aus der Tasche, rieb es mit einem Läppchen ab, schöpfte damit aus dem Eimer und leerte es; darauf schöpfte er nochmals, wickelte das Gläschen in das Läppchen und legte es in die Tasche zurück.

«Großvater, warum trinkst du aus dem Lämpchen?» fragte Jegoruschka verwundert.

«Der eine trinkt aus dem Eimer, der andere aber aus einem Lämpchen», erwiderte der Alte ausweichend. «Jeder nach seiner Fasson... Willst du aus dem Eimer trinken, nun, wohl bekomm's...»

«Ach, du mein Täubchen, mein schönes Mütterchen», begann plötzlich Waßja mit zärtlicher, weinerlicher Stimme. «Mein Täubchen!»

Seine Augen waren in die Ferne gerichtet, sie wurden ölig, lächelten und nahmen den gleichen Ausdruck an, mit dem er vorhin auf Jegoruschka geblickt hatte.

«Wem sagst du das?» fragte Kiriucha.

«Das Füchslein, das liebe, hat sich auf den Rücken gelegt und spielt gleichsam wie ein Hündchen...»

Alle begannen in die Ferne zu schauen und mit den Augen den Fuchs zu suchen, aber fanden nichts. Waßja allein sah etwas mit seinen trüben, grauen Äuglein und entzückte sich. Er hatte, wie Jegoruschka sich in der Folge überzeugen konnte, ein außerordentlich scharfes Gesicht. Er sah so gut, daß die braunschwarze, öde Steppe für ihn stets voll Leben und Inhalt war. Er brauchte nur aufmerksam in die Ferne zu schauen, um einen Fuchs, einen Hasen, eine Trappe oder irgendein anderes Tier zu erblicken, das sich den Menschen fern hielt. Es ist keine Kunst, einen fliehenden Hasen oder eine fliegende Trappe zu sehen, das sah ein jeder, der durch die Steppe fuhr; doch nicht einem jeden ist es gegeben, wilde Tiere in ihrer Intimität zu belauschen, wenn sie weder fliehen noch sich verbergen oder unruhig nach allen Seiten spähen. Waßja aber sah spielende Füchse, Hasen, die sich mit ihren Pfötchen wuschen, Trappen, die ihre Flügel in Ordnung brachten, Zwergtrappen, die hämmerten. Dank dieser Sehschärfe besaß Waßja außer der Welt, die allen sichtbar war, noch eine andere, eigene Welt, die keinem zugänglich und wohl sehr schön war; denn man konnte nicht anders als ihn beneiden, wenn er so schaute und sich entzückte.

Als der Wagenzug sich wieder in Bewegung setzte, läutete man in der Kirche den Mittagsgottesdienst ein.

V

Der Wagenzug lagerte abseits vom Dorf am Ufer des Flusses. Die Sonne brannte wie gestern, die Luft war unbeweglich. Am Ufer wuchsen einige Weiden, doch ihr Schatten fiel nicht auf den Boden, sondern aufs Wasser, wo er nutzlos verlorenging; im Schatten unter den Fuhren aber war es dumpf und langweilig. Das Wasser, blau von dem sich widerspiegelnden Himmel, lockte leidenschaftlich zu sich.

Der Fuhrmann Stepka, dem Jegoruschka jetzt erst seine Aufmerksamkeit zuwandte, ein achtzehnjähriger Kleinrusse, in einem langen, ungegürteten Hemd und in breiten Pluderhosen, die beim Gehen wie Fahnen flatterten, entkleidete sich schnell, lief über das steile Ufer hinunter und plumpste ins Wasser. Er tauchte dreimal unter, schwamm dann auf dem Rücken und schloß vor Wonne die Augen. Sein Gesicht lächelte und verzog sich, als sei es ihm kitzlig, schmerzhaft und komisch zugleich.

An einem heißen Tag, da man vor Hitze und Schwüle aus der Haut kriechen möchte, wirken das Plätschern des Wassers und das Schnauben eines badenden Menschen auf das Gehör wie gute Musik. Stepka zuschauend, entkleideten sich auch Dymow und Kiriucha schnell und fielen einer nach dem andern, laut lachend und den Genuß im voraus empfindend, ins Wasser. Und das stille, bescheidene Flüßchen schallte wider von lautem Gelächter, Geplätscher und Schreien. Kiriucha hustete, lachte und schrie, als wolle man ihn ersäufen, während Dymow ihn verfolgte und sich bemühte, ihn am Bein zu packen.

«He-he-he!» schrie er. «Fangt ihn, haltet ihn!»

Kiriucha lachte und gab sich dem Genuß hin, doch der Ausdruck seines Gesichts war der gleiche wie auf dem Festland: dumm, verblüfft, als habe sich jemand unbemerkt von hinten an ihn herangeschlichen und ihm mit einem Beil einen Schlag auf den Kopf versetzt. Jegoruschka kleidete sich auch aus, lief aber nicht das Ufer hinunter, sondern nahm einen Anlauf und stürzte sich aus drei Metern Höhe ins Wasser. Nachdem er in der Luft einen Bogen beschrieben hatte, fiel er ins Wasser und versank tief darin, ohne aber den Grund zu erreichen; irgendeine Kraft, die kalt und angenehm anzufühlen war, packte ihn und trug ihn zurück an die Oberfläche. Er tauchte auf, und schnaubend und Blasen ausstoßend öffnete er die Augen; doch gerade neben seinem Gesicht spiegelte sich im Fluß die Sonne wider. In seinen Augen tauchten zuerst blendende Funken, darauf Regenbogen und dunkle Flecken auf; er beeilte sich, wieder unterzutauchen, öffnete im Wasser die Augen und erblickte etwas Trübes, Grünes, das dem Himmel in einer Mondnacht glich. Wiederum trug ihn die gleiche Kraft, ohne ihn den Grund berühren und in der Kühle verweilen zu lassen, nach oben, er tauchte auf und atmete so tief ein, daß es sich nicht nur in seiner Brust, sondern auch im Leib weitete und frisch wurde. Darauf, um vom Wasser alles, was nur möglich war, zu nehmen, erlaubte er sich allerlei Schwelgereien: er lag auf dem Rücken und gab sich der Wonne hin, spritzte um sich, überschlug sich, schwamm auf dem Bauch und auf dem Rücken und seitlich und stehend, so, wie es ihm behagte, bis er müde wurde. Das andere Ufer war dicht mit Schilf bewachsen, schimmerte golden in der Sonne, und die Schilfblumen neigten sich in schönen Büscheln zum Wasser nieder. An einer Stelle bebte das Schilf, nickte mit seinen Blüten und gab krachende Laute von sich, Stepka und Kiriucha sammelten dort Krebse.

«Ein Krebs! Seht, Brüder, ein Krebs!» rief Kiriucha triumphierend und zeigte in der Tat einen Krebs vor.

Jegoruschka schwamm zum Schilf hin, tauchte unter und begann neben den Wurzeln des Schilfs zu scharren. Im flüssigen, glitschigen Schlamm wühlend, geriet er an etwas Spitziges und Ekelhaftes, das vielleicht in der Tat ein Krebs war; doch da packte ihn jemand am Bein und schleppte ihn nach oben. Sich verschluckend und hustend, öffnete Jegoruschka die Augen und sah vor sich das nasse, lachende Gesicht des Raufbolds Dymow. Der Raufbold atmete schwer und wollte, nach seinen Augen zu urteilen, in seinem Mutwillen fortfahren. Er hielt Jegoruschka fest am Bein und erhob schon den Arm, um ihn am Hals zu packen; doch Jegoruschka riß sich voll Abscheu und Furcht von ihm los, als ekle es ihn und fürchte er, daß der Athlet ihn ersäufen wolle, und sagte:

«Dummkopf, ich geb dir eins in die Fresse!»

Da er fühlte, daß das für den Ausdruck seines Hasses ungenügend sei, dachte er nach und fügte hinzu:

«Du garstiger Mensch! Hundesohn!»

Dymow aber war ganz unbefangen und beachtete Jegoruschka nicht mehr, er schwamm zu Kiriucha hin und schrie:

«Heida-heida-heida! Laßt uns Fische fangen! Kinder, Fische fangen!»

«Warum auch nicht?» stimmte Kiriucha zu. «Hier sind gewiß viele Fische...»

«Stepka, lauf ins Dorf und bitt die Bauern um ein Zugnetz!»

«Sie werden es nicht geben!»

«Doch! Bitt du nur! Sag, sie sollten es um Christi willen tun, denn wir seien Wanderer.»

«Das ist richtig!»

Stepka kroch aus dem Wasser, kleidete sich schnell an und rannte ohne Mütze mit seinen um ihn baumelnden Pluderhosen ins Dorf. Nach dem Zusammenstoß mit Dymow hatte das Wasser jeglichen Reiz für Jegoruschka verloren. Er kroch hinaus und begann sich anzukleiden. Pantelej und Waßja saßen am steilen Ufer und ließen die Beine hängen, während sie den Badenden zuschauten.

Der nackte Jemeljan stand dicht am Ufer, bis zum Knie im Wasser, hielt sich mit der einen Hand am Gras fest, um nicht zu fallen, und fuhr sich mit der anderen über den Körper. Mit seinen knochigen Schulterblättern, der Warze unter dem Auge, gebückt und offenkundig das Wasser fürchtend, machte er eine komische Figur. Sein Gesicht war streng und ernst, ärgerlich blickte er aufs Wasser, als wolle er es dafür schelten, daß es seinerzeit ihn im Donetz erkältet und der Stimme beraubt hatte.

«Und warum badest du nicht?» fragte Jegoruschka den Waßja.

«So ... Ich mag es nicht» erwiderte Waßja.

«Warum ist dein Kinn geschwollen?»

«Es tut mir weh... Junges Herrchen, ich habe früher in der Zündholzfabrik gearbeitet ... Der Doktor sagt, daß mein Kiefer deshalb anschwillt. Dort ist die Luft ungesund. Außer bei mir ist noch bei dreien meiner Kinder der Kiefer geschwollen, und bei einem ist er ganz verfault.»

Bald kehrte Stepka mit dem Zugnetz zurück. Dymow und Kiriucha waren vom langen Verweilen im Wasser lilafarben und heiser geworden, doch sie machten sich voll Lust an den Fischfang. Anfangs gingen sie durch eine tiefe Stelle dem Schilf entlang; Dymow reichte das Wasser bis an den Hals, dem kleingewachsenen Kiriucha aber bis zum Kopf; so verschluckte er sich und ließ Blasen austreten, während Dymow, über spitze Wurzeln stolpernd, fiel und sich im Netz verwickelte; beide zappelten und lärmten, und ihr Fischfang wurde zum mutwilligen Spiel.

«Es ist tief», stöhnte Kiriucha, «man kann nichts fangen!»

«Zerr nicht, Teufel!» schrie Dymow, bemüht, dem Netz die richtige Lage zu geben. «Halt mit den Händen fest!»

«Dort werdet ihr nichts fangen!» rief ihnen Pantelej vom Ufer zu. «Ihr verscheucht nur die Fische, ihr Einfaltspinsel! Ihr müßt euch mehr links halten. Dort ist es flacher!»

Einmal blitzte über dem Netz ein großer Fisch auf; alle schrien auf, Dymow schlug mit der Faust auf die Stelle, wo er verschwunden war, und sein Gesicht drückte Verdruß aus.

«Ach!» krächzte Pantelej und stampfte mit den Füßen auf, «ihr habt euch den schönen Fisch entwischen lassen!»

Links haltend, gelangten Dymow und Kiriucha allmählich zu einer seichteren Stelle, und dann begann der richtige Fischfang. Sie hatten sich etwa dreihundert Schritte von den Fuhren entfernt; man konnte sehen, wie sie, schweigsam und die Füße kaum bewegend, bemüht, möglichst nahe und tief in das Schilf einzudringen, das Netz nachzogen, wie sie, um den Fisch aufzuscheuchen und ihn ins Netz zu jagen, mit den Fäusten aufs Wasser schlugen und im Schilf raschelten. Vom Schilf begaben sie sich zum anderen Ufer, schleppten dort das Netz, um darauf, mit enttäuschter Miene, die Knie hochhebend, zum Schilf zurückzukehren. Sie redeten miteinander, aber man konnte nicht verstehen, wovon. Die Sonne brannte ihnen im Rücken, die Fliegen stachen, und ihre lilafarbenen Körper wurden purpurrot. Hinterher ging, den Eimer in Händen, das Hemd hochgeschürzt und den Saum mit den Zähnen haltend, Stepka. Nach jedem erfolgreichen Fischzug hielt er einen Fisch hoch in der Luft, und ihn in der Sonne glitzern lassend, rief er:

«Schaut, was für ein Fisch! Solche hat es schon fünf Stück!»

Man konnte sehen, wie Dymow, Kiriucha und Stepka, nachdem sie das Zugnetz herausgezogen hatten, jedesmal lange im Schlamm wühlten, etwas in den Eimer taten, etwas fortwarfen; zuweilen nahmen sie auch etwas, das ins Netz geraten war, in die Hände, betrachteten es voll Neugier und warfen es dann fort...

«Was habt ihr da?» rief man vom Ufer aus.

Stepka erwiderte etwas, aber es war schwer, seine Worte zu unterscheiden. Plötzlich kroch er aus dem Wasser und, den Eimer mit beiden Händen haltend und vergessend, das Hemd herunterzulassen, rannte er zu den Fuhren.

«Er ist schon voll!» rief er schwer atmend. «Gebt einen andern!»

Jegoruschka warf einen Blick in den Eimer: er war voll; ein junger Hecht streckte sein häßliches Maul aus dem Wasser heraus, und daneben wimmelte es von Krebsen und kleinen Fischchen. Jegoruschka fuhr mit der Hand hinein und wühlte das Wasser auf; der Hecht verschwand unter den Krebsen, und an seiner Stelle schwammen ein Barsch und eine Schleie herauf. Auch Waßja schaute in den Eimer. Seine Augen wurden ölig, und sein Gesicht nahm einen zärtlichen Ausdruck an wie beim Anblick des Fuchses. Er holte etwas aus dem

Eimer hervor, führte es an den Mund und begann zu kauen. Man vernahm ein Knirschen.

«Brüder!» verwunderte sich Stepka. «Waßjka ißt einen lebendigen Gründling! Pfui!»

«Es ist kein Gründling, sondern eine Gresse», erwiderte ruhig Waßja, im Kauen fortfahrend.

Er holte das Fischschwänzchen aus dem Mund heraus, betrachtete es zärtlich und steckte es wieder in den Mund. Während er kaute und mit den Zähnen knirschte, schien es Jegoruschka nicht, daß er einen Menschen vor sich sähe. Waßjas geschwollenes Kinn, seine trüben Augen, die ungewöhnlich scharfe Sehkraft, das Fischschwänzchen im Mund und die Zärtlichkeit, mit der er den Gründling zerkaute, machten ihn einem Tier ähnlich.

Jegoruschka begann sich neben ihm zu langweilen. Auch war der Fischfang bereits beendet. Er schlenderte neben den Fuhren vorüber, dachte nach und begab sich aus Langeweile ins Dorf.

Nach einer Weile stand er bereits in der Kirche und, die Stirn auf einen Rücken gelegt, der nach Hanf roch, lauschte er dem Kirchenchor. Der Gottesdienst näherte sich schon dem Ende. Jegoruschka verstand nichts von Kirchengesang und war ihm gegenüber gleichgültig. Er hörte eine Zeitlang zu, gähnte und begann die Nacken und Rücken zu betrachten. An einem Nacken, der vom kürzlichen Baden rot und feucht war, erkannte er Jemeljan. Der

Nacken war ausrasiert, und zwar höher als üblich, auch die Schläfen waren höher ausrasiert, als es sich gebührte, und Jemeljans rote Ohren ragten wie zwei Kletten empor und schienen sich nicht an ihrem Platz zu fühlen. Während er auf Nacken und Ohren blickte, mußte Jegoruschka denken, daß Jemeljan wohl sehr unglücklich sei. Er erinnerte sich seines Dirigierens, der heiseren Stimme, des schüchternen Aussehens während des Badens und empfand ein tiefes Mitleid mit ihm. Er wollte ihm etwas Freundliches sagen.

«Auch ich bin hier!» sagte er, ihn am Ärmel zupfend.

Wer als Tenor oder Baß in einem Chor gesungen hat, namentlich, wer wenigstens einmal im Leben dirigieren konnte, gewöhnt sich daran, Knaben streng und menschenscheu zu betrachten. Diese Gewohnheit gibt er auch nachher nicht auf, wenn er nicht mehr Sänger ist. Jemeljan drehte sich nach Jegoruschka um, sah ihn mürrisch an und bemerkte:

«Benimm dich anständig in der Kirche!»

Darauf drängte sich Jegoruschka nach vorne näher zur Heiligenwand durch. Dort erblickte er interessante Leute. Ganz vorne standen rechts auf einem Teppich ein Herr und eine Dame. Hinter ihnen waren Stühle aufgestellt. Der Herr trug einen frischgebügelten rohseidenen Anzug, stand unbewegt wie ein salutierender Soldat und hielt sein blaues, glattrasiertes Kinn hochgestreckt. Aus seinem

Stehkragen, dem blauen Kinn, der kleinen Glatze und dem Spazierstock sprach sehr viel Würde. Von der Überfülle der Würde war sein Hals gespannt und wurde das Kinn so stark nach oben gezogen, daß der Kopf, so schien es, jeden Augenblick abreißen und nach oben fliegen konnte. Die Dame war voll und bejahrt, trug einen weißen Seidenschal, hatte den Kopf zur Seite geneigt und eine Miene aufgesetzt, als habe sie eben erst jemandem einen Dienst erwiesen und wolle sagen: «Ach, nehmen Sie sich nicht die Mühe, zu danken! Ich liebe das nicht...» Um den Teppich drängten sich dicht Kleinrussen.

Jegoruschka näherte sich der Heiligenwand und begann die Heiligenbilder zu küssen. Vor einem jeden Heiligenbild verbeugte er sich ohne Hast bis zum Boden, blickte, ohne sich zu erheben, auf die Menge zurück, darauf stand er auf und küßte das Bild. Die Berührung des kalten Bodens mit der Stirn bereitete ihm ein großes Vergnügen. Als aus dem Altarraum der Kirchendiener mit einer langen Lichtschere heraustrat, um die Kerzen auszulöschen, sprang Jegoruschka schnell vom Boden auf und lief zu ihm.

«Hat man die Hostien bereits verteilt?» fragte er.

«Nein, nein...» murmelte mürrisch der Diener. «Es gibt nichts...»

Der Gottesdienst war zu Ende. Jegoruschka verließ ohne Eile die Kirche und bummelte über den Platz. Er hatte in seinem Leben schon manches Dorf, so manche Dorfplätze und Bauern gesehen, und alles, was ihm jetzt unter die Augen geriet, interessierte ihn wenig. Zum Zeitvertreib betrat er einen Laden, über dessen Tür ein breiter roter Baumwollstreifen hing. Der Laden bestand aus zwei schlechtbeleuchteten, geräumigen Hälften: in der einen wurden Schnitt- und Spezereiwaren verkauft, in der anderen standen Fässer mit Teer und hingen an der Decke Kummete, und ein angenehmer Geruch von Leder und Teer strömte aus diesem Teil. Der Boden im Laden war besprengt, wahrscheinlich hatte ein großer Phantast und Freidenker ihn besprengt, denn er war ganz und gar mit kabbalistischen Mustern und Zeichen bedeckt. Hinter dem Ladentisch, den Leib auf das Pult gestützt, stand ein gut genährter Krämer mit einem breiten Gesicht und einem runden Bart, allem Anschein nach ein Großrusse. Er trank Tee und biß dazu vom Zucker ab und stieß nach einem jeden Schluck einen tiefen Seufzer aus. Sein Gesicht drückte völlige Gleichgültigkeit aus; doch aus jedem Seufzer klang es: Wart du nur, ich versetz dir eins!

«Gib mir für eine Kopeke Sonnenblumenkerne!» wandte sich Jegoruschka an ihn.

Der Krämer zog die Brauen in die Höhe, kam hinter dem Ladentisch hervor und schüttete für eine Kopeke Sonnenblumenkerne in Jegoruschkas Tasche, wobei ein leeres Pomadentöpfchen als Maß diente. Jegoruschka wollte nicht fortgehen. Er betrachtete lange die Kisten mit Lebkuchen, überlegte und fragte, auf kleine Wjasemkische Lebkuchen weisend, die uralt waren:

«Was kosten diese Lebkuchen?»

«Eine Kopeke das Paar.»

Jegoruschka holte den ihm gestern von der Jüdin geschenkten Lebkuchen aus der Tasche und fragte: «Und was kosten solche Lebkuchen bei dir?»

Der Krämer nahm den Lebkuchen in die Hand, betrachtete ihn von allen Seiten und zog eine Augenbraue in die Höhe.

«Solche?» fragte er.

Darauf zog er die andere Braue in die Höhe, dachte nach und sagte:

«Drei Kopeken ein Paar...»

Ein Schweigen brach an.

«Wem gehören Sie?» fragte der Krämer und schenkte sich aus einer roten kupfernen Teekanne Tee ein.

«Ich bin der Neffe Iwan Iwanytschs.»

«Es gibt verschiedene Iwan Iwanytschs», seufzte der Krämer; er blickte über Jegoruschkas Kopf auf die Tür, schwieg eine Weile und fragte: «Wünschen Sie Tee?»

«Meinetwegen...» willigte Jegoruschka mit einer gewissen Unlust ein, obgleich er sich nach dem Morgentee sehnte.

Der Krämer schenkte ihm ein Glas Tee ein und reichte es ihm zugleich mit dem abgenagten Stück Zucker. Jegoruschka setzte sich auf einen Klappstuhl und begann zu trinken. Er wollte noch fragen, was ein Pfund gebrannte Mandeln kosteten und begann gerade damit, als ein Käufer eintrat und der Krämer, sein Glas beiseite stellend, sich ihm zuwandte. Er führte den Käufer in die Hälfte, in der es nach Teer roch, und redete lange mit ihm. Der Käufer schien ein sehr eigensinniger und auf seinen Vorteil bedachter Mann zu sein, er wackelte die ganze Zeit mit dem Kopf, als Zeichen, daß er nicht einverstanden sei, und wich zur Tür zurück. Der Krämer suchte ihn zu überreden und begann ihm Hafer in einen großen Sack zu schütten.

«Ist denn das Hafer?» sagte traurig der Käufer. «Das ist nicht Hafer, sondern Spreu, einfach ein Hohn... Nein, nein, ich gehe zu Bondarenko!»

Als Jegoruschka ans Ufer zurückkehrte, rauchte dort ein kleines Feldfeuer. Die Fuhrleute kochten sich ihr Mittagessen. Inmitten des Rauchs stand Stepka und rührte mit einem großen, schartigen Löffel im Kessel. Ein wenig abseits, mit vom Rauch geröteten Augen, saßen Kiriucha und Waßja und reinigten Fische. Vor ihnen lag das mit Schlamm und Algen bedeckte Zugnetz, auf dem die Fische glitzerten und Krebse krochen.

Der eben erst aus der Kirche zurückgekehrte Jemeljan saß neben Pantelej, fuchtelte mit dem Arm und sang kaum hörbar mit heiserer

Stimme: «Dir singen wir...» Dymow bewegte sich in der Nähe der Pferde.

Nachdem sie mit ihrer Arbeit fertig waren, sammelten Kiriucha und Waßja die Fische und lebendigen Krebse in einen Eimer, spülten sie und schütteten den Inhalt des Eimers in das siedende Wasser.

«Muß man Fett hinzufügen?» fragte Stepka, mit dem Löffel den Schaum entfernend.

«Warum? Der Fisch hat eigenen Saft», erwiderte Kiriucha.

Bevor Stepka den Kessel vom Feuer nahm, schüttete er drei Handvoll Hirse und einen Löffel Salz ins Wasser; zum Schluß kostete er, schmatzte mit den Lippen, leckte den Löffel ab und stöhnte selbstzufrieden, was besagen sollte, daß das Mahl bereit war.

Alle, außer Pantelej, setzten sich um den Kessel und begannen mit den Löffeln zu arbeiten.

«Ihr da! Gebt dem Bürschchen einen Löffel!» bemerkte streng Pantelej. «Er wird wohl auch essen wollen!»

«Unser Essen ist einfach...» seufzte Kiriucha.

«Auch das einfache Essen kann gut anschlagen, wenn man Appetit hat.»

Man gab Jegoruschka einen Löffel. Er begann zu essen, aber ohne sich zu setzen, neben dem Kessel stehend und wie in eine Grube hineinblickend. Vom Brei ging ein feuchter Fischgeruch aus, Fischschuppen gerieten die ganze Zeit unter die Hirse: man konnte die Krebse nicht mit dem Löffel erwischen, und die Essenden holten sie einfach mit den Händen aus dem Kessel heraus; besonders ungeniert war in dieser Hinsicht Waßja, der im Brei nicht nur seine Hände, sondern auch seine Ärmel netzte. Doch der Brei erschien Jegoruschka trotzdem sehr schmackhaft und erinnerte ihn an die Krebssuppe, die seine Mama an Fasttagen zu Hause kochte. Pantelej saß abseits und kaute Brot.

«Großvater, warum issest du denn nicht?» fragte ihn Jemeljan.

«Ich esse keine Krebse... Hole sie...» erwiderte der Greis und wandte sich angeekelt ab.

Während des Essens war das Gespräch allgemein. Aus dieser Unterhaltung ersah Jegoruschka, daß allen seinen neuen Bekannten, ungeachtet der Verschiedenheit ihres Alters und Charakters, eines gemeinsam war, das sie einander ähnlich machte: alle waren sie Menschen mit einer herrlichen Vergangenheit und einer sehr traurigen Gegenwart; von ihrer Vergangenheit sprachen sie alle bis auf den letzten voll Begeisterung, zur Gegenwart aber verhielten sie sich voll Verachtung. Der russische Mensch gibt sich gern der Erinnerung hin, aber er liebt das Leben nicht; Jegoruschka wußte das noch nicht, und bevor noch der Brei gegessen war, war er tief davon überzeugt, daß um den Kessel lauter vom Schicksal Beleidigte und Gekränkte saßen. Pantelej erzählte, daß er früher, als es noch keine Eisenbahnen gab, mit den Wagenzügen bis nach Moskau und Nishnij gekommen war und so viel Geld verdient hatte, daß er einfach nicht wußte, was er damit anfangen sollte. Und was gab es damals für Kaufleute, was für Fische, wie billig war alles! Jetzt aber waren die Wege kürzer, die Kaufleute geiziger, das Volk ärmer, das Brot teurer geworden; alles war kleinlicher geworden und äußerst eingeengt. Jemeljan berichtete, daß er früher in der Luganschen Fabrik als Sänger angestellt gewesen sei, eine wunderbare Stimme gehabt habe und vorzüglich die Noten habe lesen können; jetzt aber hatte er sich in einen Bauern verwandelt und lebte von der Gnade eines Bruders, der ihn mit seinen Pferden auf die Fahrt schickte und dafür die Hälfte seines Verdienstes für sich begehrte. Waßja hatte ehemals in der Zündholzfabrik gearbeitet; Kiriucha war Kutscher bei vornehmen Leuten gewesen und hatte im ganzen Bezirk als bester Lenker eines Dreigespanns gegolten. Dymow, der Sohn eines begüterten Bauern, hatte nur zu seinem Vergnügen gelebt, bummelte stets, und kannte keinen Kummer; doch kaum hatte er sein zwanzigstes Lebensjahr erreicht, als sein strenger, harter Vater, der ihn an die Arbeit gewöhnen wollte und fürchtete, daß er daheim zu sehr verwöhnt werde, ihn als Fuhrmann fortschickte wie einen gewöhnlichen Taglöhner. Nur Stepka schwieg, doch auch seinem bartlosen Gesicht war es anzusehen, daß es ihm früher viel besser ergangen war als heute.

Als er sich an seinen Vater erinnerte, hörte Dymow zu essen auf und machte ein finsteres Gesicht. Er blickte mürrisch auf seine Kameraden und ließ seinen Blick auf Jegoruschka haften.

«Nimm du deine Mütze ab, du Heide!» bemerkte er grob. «Kann man denn in der Mütze essen? Und will noch ein Herr sein!»

Jegoruschka nahm seinen Hut ab und erwiderte kein Wort, doch er fühlte nicht mehr den Geschmack des Breis und hörte nicht, wie Pantelej und Waßja sich für ihn einsetzten. In seiner Brust regte sich bitterer Grimm gegen den Raufbold, und er beschloß, ihm um jeden Preis etwas Böses anzutun.

Nach dem Mittagessen schleppten sich alle zu ihren Fuhren hin und legten sich in den Schatten nieder.

«Fahren wir bald, Großvater?» fragte Jegoruschka den Pantelej.

«Sobald Gott es gibt, werden wir auch fahren ... Jetzt kann man nicht fahren, es ist zu heiß ... Ach, Gott, Dein Wille geschehe ... Leg dich hin, Bürschchen!»

Bald ließ sich unter den Fuhren Schnarchen vernehmen, Jegoruschka wollte sich wieder ins Dorf begeben, dachte aber nach, gähnte und streckte sich neben dem Alten aus.

VI

Der Wagenzug stand den ganzen Tag am Fluß und setzte sich erst bei Sonnenuntergang in Bewegung.

Wieder lag Jegoruschka auf einem Ballen, die Fuhre schwankte und knarrte leise, unten ging Pantelej, stampfte mit den Füßen, schlug sich auf die Hüften und murmelte; in der Luft schrillte wie am vorhergehenden Tag die Steppenmusik.

Jegoruschka lag auf dem Rücken, hatte die Arme unter den Kopf gelegt und schaute in den Himmel. Er sah, wie die Abenddämmerung aufglühte, wie sie nachher erlosch; die Schutzengel breiteten ihre goldenen Flügel über den Horizont aus und ließen sich zur Nachtruhe nieder; der Tag war glücklich vorübergegangen, es brach die stille, glückliche Nacht an, und sie konnten ruhig bei sich daheim am Himmel bleiben ... Jegoruschka sah, wie der Himmel allmählich dunkler wurde und die Finsternis sich über die Erde senkte, wie ein Stern nach dem andern sich entzündete.

Wenn man lange, ohne die Augen loszureißen, auf den tiefen Himmel schaut, so verschmelzen aus irgendeinem Grund Gedanken und Seele zum Bewußtsein der Einsamkeit. Man beginnt sich unrettbar einsam zu fühlen, und alles, was man früher für nahestehend und teuer hielt, wird unendlich fern und wertlos. Die Gestirne, die schon Jahrtausende lang vom Himmel niederblicken, der unver-

ständliche Himmel selber und die Finsternis, gleichgültig gegenüber dem kurzen Menschenleben, drücken, wenn man mit ihnen Aug in Auge bleibt und sich bemüht, ihren Sinn zu erfassen, die Seele mit ihrem Schweigen nieder; und es fällt einem jene Einsamkeit ein, die einen jeden von uns im Grabe erwartet, und das Wesen des Lebens erscheint einem verzweifelt und furchtbar ...
Jegoruschka dachte an seine Großmutter, die jetzt auf dem Friedhof unter den Kirschbäumen schlief; er erinnerte sich, wie sie mit den Kupfermünzen auf den Augen im Sarg gelegen, wie man sie darauf mit einem Deckel zugedeckt und ins Grab gesenkt hatte; er entsann sich auch des dumpfen Klanges, mit dem die Erdschollen auf den Sargdeckel niedergeprasselt waren ... Er stellte sich die Großmutter im engen und dunklen Sarg vor, von allen verlassen und hilflos. Seine Phantasie malte ihm das Bild, wie seine Großmutter plötzlich erwacht, nicht begreift, wo sie ist, und an den Deckel klopft, um Hilfe ruft und schließlich, vom Entsetzen überwältigt, wieder stirbt. Er stellte sich seine Mama, Vater Christophorus, die Gräfin Dranitzkaja, Salomon als tot vor. Doch wie sehr er sich auch bemühte, sich selbst im dunklen Grab, fern dem Haus, verlassen, hilflos und tot zu sehen, es gelang ihm nicht; für sich persönlich ließ er die Möglichkeit des Sterbens nicht zu und fühlte, daß er nie sterben werde ...

Pantelej aber, für den es schon an der Zeit war, zu sterben, schritt unten und stellte eine Revision seiner Gedanken auf.

«Gewiß ... es sind gute Herrschaften ...» murmelte er. «Haben das Bürschchen in die Schule fortgebracht; wie er sich dort aber aufführt, davon hört man nichts ... In Slawjanoserbsk, sage ich, gibt es nicht eine solche Anstalt, um zu großem Verstand zu führen ... Das gibt es nicht, das ist richtig ... Das Bürschchen aber ist schon recht, gewiß ... Er wird heranwachsen und dem Vater helfen. Du, Jegorij, bist jetzt noch klein; wenn du aber groß bist, wirst du Vater und Mutter ernähren. So ist es von Gott festgesetzt ... Ehre Vater und Mutter ... Ich hatte selber Kinder; aber sie sind verbrannt ... Mein Weib verbrannte und die Kinderchen ... Ja, es ist so, in der Nacht zum Dreikönigsfest geriet die Hütte in Brand ... Ich war ja nicht daheim, ich war auf der Fahrt nach Orel ... Nach Orel ... Marja stürzte wohl auf die Straße hinaus; doch da fiel ihr ein, daß die Kinder in der Hütte schliefen, sie rannte zurück und verbrannte zusammen mit den Kinderchen ... Ja ... Am nächsten Tag fand man nur noch die Knöchelchen.»

Gegen Mitternacht saßen die Fuhrknechte und Jegoruschka wiederum rings um ein kleines Feldfeuer. Bis das Steppengras richtig in Brand geriet, begaben Kiriucha und Waßja sich in eine kleine Schlucht, um Wasser zu holen; sie verschwanden im Dunkeln, doch die ganze Zeit ließ sich das Klappern der Eimer vernehmen und wie sie miteinander redeten; die Schlucht war also nicht weit entfernt. Der Lichtschein vom Feldfeuer lag als großer, blinzelnder Fleck auf dem Boden; obgleich der Mond schien, war doch hinter dem roten Fleck alles undurchdringlich schwarz. Den Fuhrknechten schlug das Licht in die Augen, und sie sahen nur einen Teil der großen Straße; kaum bemerkbar zeichneten sich im Dunkel in Form von Bergen unbestimmter Gestalt die Fuhren mit den Ballen und die Pferde ab. Etwa zwanzig Schritte vom Feldfeuer entfernt, an der Grenze zwischen Straße und Feld, erhob sich ein hölzernes Grabkreuz, das windschief geworden war. Als das Feuer noch nicht brannte und man weit sehen konnte, hatte Jegoruschka bemerkt, daß ein ebenso altes, windschiefes Kreuz auf der anderen Seite der großen Straße stand.

Nachdem sie mit dem Wasser zurückgekehrt waren, füllten Waßja und Kiriucha den Kessel und befestigten ihn auf dem Feuer. Mit dem schartigen Löffel in Händen nahm Stepka seinen Platz im Rauch neben dem Kessel ein und begann, nachdenklich aufs Wasser blickend, zu warten, bis der Schaum sich zeige. Pantelej und Jemeljan saßen nebeneinander, schwiegen und sannen. Dymow lag auf dem Bauch, den Kopf auf die Fäuste gestützt, und schaute aufs Feuer; der Schatten von Stepka hüpfte über ihn, wodurch sein schönes Gesicht bald in Dunkel gehüllt war und bald wieder aufflammte ... Kiriucha und Waßja schweiften umher und sammelten Steppengras und Baumrinden für das Feuer. Jegoruschka stand, die Hände in den Hosentaschen, neben Pantelej und beobachtete, wie das Feuer das Gras fraß.

Alle ruhten aus, sannen nach, warfen flüchtig einen Blick auf das Kreuz, über das rote Flecken hüpften. An einem einsamen Grab haftet etwas Trauriges, Träumerisches und in höchstem Grade Poetisches ... Man kann hören, wie es schweigt, und in diesem Schweigen fühlt man die Anwesenheit der Seele des Unbekannten, der unter dem Kreuze liegt. Fühlt sich diese Seele wohl in der Steppe? Sehnt sie sich nicht nach etwas während einer Mondnacht? Die Steppe aber erscheint neben dem Grab traurig, verzagt und nachdenklich, das Gras trauriger, und es dünkt einen, daß die Grillen verhaltener rufen ... Und nicht einer geht vorüber, der nicht der einsamen Seele im Gebet gedächte und nach dem Grabe nicht so lange zurückschaute, bis es weit hinter ihm zurückgeblieben und im Dunkel versunken ist ...

«Großvater, warum steht das Kreuz da?» fragte Jegoruschka.

Pantelej schaute nach dem Kreuz hin, darauf auf Dymow und fragte:

«Mikola, ist das nicht die Stelle, wo die Mäher die Kaufleute erschlagen haben?»

Dymow erhob sich unlustig auf dem Ellbogen, sah auf die Straße und erwiderte:
«Ja, das ist sie...»
Ein Schweigen trat ein. Kiriucha zerdrückte knisternd das trockene Gras zu einem Ballen und schob es unter den Kessel. Das Feuer flackerte hell auf, Stepka wurde in schwarzen Rauch eingehüllt, und im Dunkel legte sich über die Straße neben den Fuhren ein Schatten vom Kreuz hinüber.
«Ja, man hat sie erschlagen...» sagte Dymow unlustig. «Kaufleute, Vater und Sohn, fuhren Heiligenbilder verkaufen. Sie stiegen unweit von hier in einem Wirtshaus ab, das Ignat Fomitsch jetzt führt. Der Alte trank zu viel und begann zu prahlen, daß er viel Geld auf sich habe. Kaufleute sind ja ein prahlsüchtiges Volk, Gott behüte einen davor... Sie halten es nicht aus, müssen sich vor unsereinem in bestem Licht zeigen. Zu jener Zeit übernachteten im Wirtshaus Mäher. Sie hörten also, wie der Kaufmann sich brüstete und schrieben sich das hinter die Ohren.»
«Oh, mein Gott... Muttergottes!» seufzte Pantelej.
«Am nächsten Morgen in aller Frühe», fuhr Dymow fort, «rüsteten sich die Kaufleute zur Weiterreise; die Mäher aber machten sich an sie heran! Lasset uns miteinander weiterfahren, Ew. Wohlgeboren. Es ist fröhlicher, und auch weniger Gefahr ist dabei; denn das ist hier ein öder Ort... Um die Heiligenbilder

nicht zu zerbrechen, fuhren die Kaufleute im
Schritt, den Mähern aber paßte das ausgezeichnet...»

Dymow kniete nieder und streckte sich.

«Ja», fuhr er gähnend fort. «Alles ging gut,
bis die Kaufleute an diesen Ort kamen, da
machten sich die Mäher mit ihren Sensen an
sie heran. Der Sohn war ein fixer Kerl, entriß
dem einen die Sense und begann ihn damit zu
bearbeiten... Nun, die Mäher überwältigten
sie, denn ihrer waren acht Mann. Sie zerschnitten sie derart, daß nicht eine gesunde
Stelle am Körper blieb; nachdem sie ihr Werk
getan, schleppten sie sie fort, den Sohn auf
die eine Seite der Straße, den Vater auf die
andere. Gegenüber diesem Kreuz befindet sich
auf der anderen Seite noch ein zweites Kreuz...
Ich weiß nicht, ob es unversehrt ist... Von
hier aus kann man es nicht sehen.»

«Es ist unversehrt», erwiderte Kiriucha.

«Es heißt, sie hätten nachher wenig Geld
gefunden.»

«Wenig», bestätigte Pantelej. «Hundert
Rubel haben sie gefunden.»

«Ja, und drei von ihnen sind nachher gestorben, denn der Kaufmann hatte sie auch
tüchtig zugerichtet... Sie verbluteten. Dem
einen hatte der Kaufmann einen Arm abgeschlagen, und dieser soll, wie man sich erzählt, vier Kilometer weit ohne Arm gelaufen
sein, und nachher fand man ihn auf einem
Hügelchen gerade bei Kurikowo. Er saß zu-

sammengekauert da, hatte den Kopf auf die Knie gelegt, als denke er nach, und als man ihn näher ansah, war er leblos...»

«Man fand ihn nach der Blutspur...» bemerkte Pantelej.

Alle schauten auf das Kreuz hin, und wieder brach eine Stille an. Von irgendwoher, wahrscheinlich aus der Schlucht, drang zu ihnen der traurige Ruf eines Vogels: «Schlaf! Schlaf! Schlaf!..»

«Böse Menschen hat es viele auf der Welt», sagte Jemeljan.

«Viele, viele», bestätigte Pantelej und rückte mit einem Ausdruck näher ans Feuer heran, als werde ihm unheimlich. «Viele», fuhr er halblaut fort. «Ich habe in meinem Leben unzählige gesehen... böse Menschen, meine ich... Ich habe viele Heilige und Gerechte gesehen, aber die Sündigen kann ich nicht zählen... Errette und begnadige uns, Gottesmutter... Ich erinnere mich, daß ich einmal, vor dreißig Jahren, vielleicht sind es auch mehr, einen Kaufmann aus Morschtschansk fuhr. Der Kaufmann war ein prächtiger, stattlicher Mann, und er besaß auch Geld... der Kaufmann, meine ich... Ein guter Mann, nichts zu sagen... Da fuhren wir also und machten halt in einem Wirtshaus, um zu übernachten. In Großrußland aber sind die Wirtshäuser anders eingerichtet als in dieser Gegend. Dort sind die Höfe geschlossen wie Viehhöfe, oder sagen wir wie Scheunen in gutgeführten

Gutshöfen. Scheunen sind nur höher. Nun, wir machten also halt, und alles ist recht. Mein Kaufmann ist in seinem Zimmer, und ich bin bei den Pferden, und alles ist in Ordnung. Und so verrichtete ich, meine Lieben, mein Gebet, um mich also zur Ruhe zu begeben, und ging vorher noch ein wenig im Hof umher. Es war aber eine finstere Nacht, daß man den Finger nicht vor den Augen sehen konnte. Ich ging also ein Stück, ungefähr so weit wie von hier bis zu den Fuhren, und da bemerkte ich, daß ein Licht flimmerte. Was hatte das zu bedeuten? Man sollte glauben, daß auch die Wirtsleute schon längst schliefen, und außer mir und dem Kaufmann waren ja keine anderen Gäste abgestiegen... Woher dieses Licht? Und es packte mich der Zweifel... Ich ging näher heran... ans Licht, meine ich... Herr, erbarme Dich unser und errette uns, Gottesmutter!.. Ich sehe, daß hart am Boden ein vergittertes Fensterchen ist... im Haus, will ich sagen... Ich legte mich auf den Boden und schaute; und wie ich hingeschaut hatte, kroch eine Eiseskälte über meinen ganzen Körper...»

Bemüht, keinen Lärm zu verursachen, schob Kiriucha einen Büschel Steppengras ins Feuer. Der Alte wartete, bis das Gras nicht mehr knisterte und zischte, und fuhr dann fort:

«Ich schaute hin, dort aber war ein Keller, ein großer, finsterer Keller... Auf einem Faß brannte eine kleine Laterne. Inmitten des

Kellers standen gegen zehn Mann in roten Hemden mit aufgekrempelten Ärmeln und schärften ihre langen Messer... Oho! Wir waren also unter eine Räuberbande geraten... Was nun beginnen? Ich rannte zum Kaufmann, weckte ihn ganz leise und sage: ‚Du', sag ich, ‚Kaufmann, erschrick nicht, aber es steht schlimm um uns... Wir', sag ich, ‚sind in ein Räubernest geraten.' Er veränderte sich im Gesicht und fragt: ‚Was sollen wir nun beginnen, Pantelej? Ich habe viel Geld bei mir, das Waisen gehört... Was meine Seele betrifft', sagt er, ‚die gebe ich in Gottes Hand, ich fürchte nicht, zu sterben, aber', sagt er, ‚es ist schrecklich, das Waisengeld zu verlieren...' Was macht man also? Das Tor ist geschlossen, weder kann man hinausgehen noch fahren... Wäre ein Zaun, so könnte man über den Zaun klettern, aber es ist ein geschlossener Hof!.. ‚Nun', sag ich, ‚Kaufmann, fürcht dich nicht, sondern bete zu Gott. Vielleicht wird Gott nicht zulassen, daß die armen Waisen um ihr Geld kommen. Bleib und laß dir nichts anmerken, und vielleicht ersinne ich derweilen etwas...' Schön!.. Ich betete zu Gott, und Gott gab mir Verstand ein... Ich kletterte in den Reisewagen, und leise... ganz leise, daß niemand es höre, begann ich das Stroh vom Dach abzurupfen, bis ich ein Loch gebohrt hatte, dann kroch ich hinaus. Hinaus, will ich sagen... Dann sprang ich vom Dach und rannte, was das Zeug hielt, auf der Straße davon. Ich rannte und rannte und war todmatt... Ich legte vielleicht fünf Kilometer zurück und vielleicht auch mehr... Gott sei gelobt, ich sehe, da steht ein Dorf. Ich stürzte zu einer Hütte und begann ans Fenster zu klopfen. ‚Rechtgläubige', sage ich, ‚so und so verhält es sich; laßt nicht zu, daß eine Christenseele verlorengehe...' Ich weckte alle... Die Bauern sammelten sich und gingen mit mir... Der eine hatte einen Strick, der andere einen Knüttel, ein dritter eine große Gabel... Wir brachen das Tor im Wirtshaus ein und stürzten in den Keller... Die Räuber aber hatten bereits ihre Messer geschärft und bereiteten sich vor, den Kaufmann zu töten. Die Bauern nahmen sie alle fest, wie viele ihrer waren, fesselten sie und führten sie ab. Vor Freude schenkte der Kaufmann ihnen drei Hundertrubelscheine, und mir gab er fünf Goldmünzen und notierte sich meinen Namen. Es hieß, man hätte nachher im Keller unzählige Menschenknochen gefunden. Knochen, meine ich. Sie haben also Menschen beraubt und sie nachher vergraben, um alle Spuren zu vertilgen... Nun, nachher wurden sie durch Henker in Morschtschansk hingerichtet.»

Pantelej hatte seine Erzählung beendet und betrachtete seine Zuhörer. Jene schwiegen und sahen ihn an. Das Wasser kochte schon, und Stepka schäumte ab.

«Ist das Fett schon bereit?» fragte ihn Kiriucha im Flüsterton.

«Wart ein wenig... Gleich.»

Stepka rannte, ohne den Blick von Pantelej zu wenden, fürchtend, jener möchte ohne ihn zu erzählen beginnen, zu den Fuhren; er kehrte bald mit einer kleinen Holzschale zurück und fing an, darin Schweinefett zu zerreiben.

«Ein andermal fuhr ich auch mit einem Kaufmann...» fuhr Pantelej wie früher halblaut und ohne mit den Augen zu blinzeln, fort. «Er hieß, ich weiß es noch, Peter Grigorjitsch. Ein guter Mann war es, der Kaufmann nämlich... Wir stiegen gleichfalls in einem Wirtshaus ab... Er war im Zimmer, ich bei den Pferden... Die Wirtsleute, Mann wie Frau, schienen rechte, freundliche Leute zu sein, auch die Knechte dünkten mich recht; doch, meine Lieben, ich konnte nicht schlafen, mein Herz war bang! Bang war mir und punktum. Das Tor war nicht verschlossen, und ringsum war viel Volk, und doch war es unheimlich, und ich fühlte mich nicht wohl. Alle waren schon längst schlafen gegangen, es war schon tiefe Nacht, bald Zeit, um aufzustehen, nur ich allein liege in meiner Kibitka* und kann kein Auge schließen gleich einer Eule. Und da, meine Lieben, höre ich: Tapp! Tapp! Tapp! Jemand schleicht sich zur Kibitka. Ich stecke den Kopf hinaus und sehe — vor mir steht ein Bauernweib nur im Hemd mit bloßen Füßen..., Was willst du, Mütterchen?' frage

* Kibitka = verdecktes Fuhrwerk.

ich. Sie aber zittert wie Espenlaub und ist totenblaß... ‚Erheb dich, guter Mann', sagt sie, ‚es steht schlimm... Die Wirtsleute haben Arges im Sinn... Wollen deinen Kaufmann abmurksen. Ich habe selber gehört', sagt sie, ‚wie der Wirt mit der Frau geflüstert hat...' Ich hatte also recht gehabt mit meinem Vorgefühl! ‚Wer bist du selber denn?' frage ich. ‚Ich', sagt sie, ‚bin ihre Köchin...' Gut... Ich kroch aus meiner Kibitka und begab mich zum Kaufmann. Weckte ihn und sage: ‚So und so', sage ich, ‚steht es, Peter Grigorjitsch, es ist nicht ganz geheuer hier... wirst dich später ausschlafen können, Ew. Wohlgeboren, jetzt aber kleid dich an, solange noch Zeit ist', sage ich, ‚und machen wir uns aus dem Staub...' Kaum hatte er mit dem Ankleiden begonnen, als die Tür sich öffnete und — himmlischer Vater! — der Wirt mit der Wirtin und drei Knechten zu uns ins Zimmer kommen... Sie hatten also auch die Knechte angestiftet. Der Kaufmann hat viel Geld, teilen wir es also miteinander... Jeder von den Fünfen hält ein langes Messerchen in der Hand... Ein Messerchen, sag ich... Der Wirt verschloß die Tür und sagt: ‚Betet, Reisende, zu Gott... Wenn ihr aber schreien werdet, so geben wir euch nicht einmal Zeit, vor dem Tod zu beten...' Wo war da an Schreien zu denken? Vor Schreck stockte uns das Blut in der Kehle, da war es uns nicht ums Schreien... Der Kaufmann fing zu weinen an und spricht:

‚Rechtgläubige! Ihr habt', sagt er, ‚beschlossen, mich totzuschlagen, denn es gelüstet euch nach meinem Geld. So sei es denn, ich bin nicht der erste, ich bin nicht der letzte; viele von meinen Brüdern Kaufleuten sind in Wirtshäusern so umgekommen. Aber warum wollt ihr, rechtgläubige Brüder, meinen Fuhrmann töten? Welche Notwendigkeit besteht denn für den, meines Geldes wegen Qualen zu erdulden?' So jämmerlich sagte er es. Der Wirt aber erwiderte ihm darauf: ‚Wenn wir ihn am Leben lassen, so wird er der erste sein, der uns anzeigt. Es ist gleich, ob man einen oder zwei totschlägt, es geht alles auf die gleiche Rechnung ... Betet zu Gott, das ist alles, das Reden ist überflüssig!' Der Kaufmann und ich knieten da nebeneinander auf dem Boden nieder, fingen zu weinen an und beteten zu Gott. Er gedachte seiner Kinder, ich aber war zu jener Zeit noch jung, wollte leben ... Wir schauen auf die Heiligenbilder und beten, und so kläglich, daß mir noch heute die Tränen darüber kommen ... Die Wirtin aber, das Weib, schaut auf uns und spricht: ‚Ihr seid ja', sagt sie, ‚gute Menschen, gedenket unser im Jenseits nicht im Bösen und rufet Gottes Strafe nicht über uns herab, denn wir tun es aus Not.' Wir beteten und beteten, weinten und weinten, Gott aber hat uns erhört. Hat sich unser erbarmt also ... Gerade in dem Moment, als der Wirt den Kaufmann am Bart packte, um ihm mit dem Messer den Hals abzuschneiden, klopfte jemand plötzlich vom Hof aus ans Fensterlein! Wir waren alle starr, dem Wirt aber sank der Mut... Jemand klopfte ans Fensterlein und rief dazu: ‚Peter Grigorjitsch', rief er, ‚bist du da? Mach dich fertig, wir fahren!' Die Wirtsleute sahen, daß man gekommen war, den Kaufmann abzuholen, erschraken sehr und rannten davon... Wir aber stürzten in den Hof, spannten die Pferde ein und — fort waren wir ...»

«Wer hat denn ans Fensterlein geklopft?» fragte Dymow.

«Ans Fensterlein? Wahrscheinlich ein Knecht Gottes oder ein Engel. Jemand anders hätte es nicht sein können. Als wir auf die Straße kamen, war kein Mensch zu sehen. Gottes Werk war es!»

Pantelej erzählte noch einiges, und in allen seinen Erzählungen spielten immer wieder «die langen Messer» eine Rolle, und immer wieder empfand man, daß alles erfunden war. Hatte er diese Geschichten von einem andern gehört, oder hatte er sie selber vor langer Zeit ersonnen, um nachher, als sein Gedächtnis nachließ, das Erlebte mit dem Erdachten zu vermengen und das eine vom anderen nicht mehr unterscheiden zu können? Alles kann möglich sein; doch seltsam ist, daß er jetzt und nachher während der ganzen Reise, wenn er erzählte, dem Erdachten offenkundig den Vorzug gab und nie von dem sprach, was er erlebt hatte. Jetzt hielt Jegoruschka alles für bare Münze und glaubte jedes Wort; in der

Folge aber kam es ihm merkwürdig vor, daß jemand, der in seinem Leben ganz Rußland durchquert, vieles gesehen hatte und kannte, ein Mann, dem Frau und Kinder verbrannt waren, sein reiches Leben so sehr entwertete, daß er jedesmal, wenn er am Feldfeuer saß, entweder schwieg oder von dem sprach, was nicht gewesen war.

Während sie ihren Brei aßen, schwiegen alle und dachten an das soeben Vernommene. Das Leben ist furchtbar und wunderbar, und darum wird, welch furchtbare Erzählung man sich in Rußland auch erzähle, wie sehr man sie durch Räubernester, lange Messerlein und Wunder auch ausschmücke, sie in der Seele des Zuhörers stets als wahre Begebenheit empfunden werden, und nur jemand, der viel gelesen und gelernt hat, wird mißtrauisch hinschielen und gleichwohl schweigen. Das Kreuz an der Straße, die dunklen Ballen, die Weite und das Schicksal der um das Feldfeuer Versammelten — das alles war an sich so wunderbar und furchtbar, daß das Phantastische einer Fabel oder eines Märchens daneben verblaßte und mit dem Leben verschmolz.

Alle aßen aus dem Kessel. Pantelej aber saß **abgesondert** abseits und aß den Brei aus einer hölzernen Schale. Sein Löffel war nicht wie die der anderen, sondern aus Zypressenholz und mit einem Kreuzchen versehen. Als Jegoruschka auf ihn schaute, erinnerte er sich des Gläschens vom Heiligenbild und fragte Stepka leise:

«Warum sitzt der Großvater abseits?»

«Er ist ein Altgläubiger», erwiderten Stepka und Waßja im Flüsterton und hatten dabei einen Ausdruck, als redeten sie von einer Schwäche oder einem geheimen Laster.

Alle schwiegen und sannen. Nach den schrecklichen Erzählungen wollte man noch nicht von Alltäglichem sprechen. Plötzlich richtete Waßja sich in der Stille auf und, seine trüben Augen auf einen Punkt gerichtet, spitzte er die Ohren.

«Was ist los?» fragte ihn Dymow.

«Jemand kommt», erwiderte Waßja.

«Wo siehst du ihn?»

«Do-ort! Etwas schimmert weiß...»

Dort, wohin Waßja blickte, war außer der Dunkelheit nichts zu sehen; alle lauschten, doch sie hörten keine Schritte.

«Wo geht er?» fragte Dymow.

«Übers Feld geht er... Und kommt hierher.»

Eine Minute verstrich in Schweigen.

«Und vielleicht wandert der Kaufmann durch die Steppe, der hier beerdigt ist», bemerkte Dymow.

Alle schielten auf das Kreuz, tauschten miteinander Blicke aus und lachten plötzlich auf; sie schämten sich ihrer Furcht.

«Warum sollte er umherwandern?» fragte Pantelej. «Nur diejenigen gehen in der Nacht herum, die die Erde nicht aufnimmt. Die Kaufleute aber haben nichts begangen... Die

Kaufleute haben den Märtyrerkranz empfangen..."

Doch nun ließen sich Schritte vernehmen. Jemand kam eilig daher.

«Er trägt etwas», sagte Waßja.

Man konnte hören, wie unter den Füßen des Gehenden das Gras raschelte und das Steppengras knisterte; doch hinter dem Schein des Feldfeuers war niemand zu sehen. Endlich ertönten die Schritte in der Nähe, jemand hüstelte; das blinzelnde Licht schien gleichsam auseinanderzuweichen, ein Schleier fiel von den Augen, und die Fuhrknechte erblickten plötzlich vor sich einen Mann.

War das Feuer daran schuld oder kam es daher, daß alle zuerst das Gesicht dieses Mannes betrachten wollten; doch es kam so merkwürdig heraus, daß alle beim ersten Blick auf ihn nicht das Gesicht und die Kleidung, sondern vor allem das Lächeln sahen. Es war ein ungewöhnlich gutes, breites und weiches Lächeln wie bei einem Kind, das geweckt wird, eine dieser ansteckenden Arten zu lächeln, auf die man selbst mit einem Lächeln antworten muß. Als man ihn näher ansah, stellte sich der Unbekannte als ein Mann von ungefähr dreißig Jahren heraus, der nicht hübsch war und sich überhaupt durch nichts auszeichnete. Er war ein hochgewachsener Kleinrusse, mit einer langen Nase, langen Armen und langen Beinen; alles an ihm erschien überhaupt lang, und nur der Hals war so kurz, daß er dadurch bucklig aussah. Er trug ein sauberes, weißes Hemd mit einem gestickten Kragen, weiße Pluderhosen und neue Stiefel und schien im Vergleich zu den Fuhrknechten ein Stutzer. In Händen trug er etwas Großes, Weißes, und auf den ersten Blick Seltsames; hinter seinem Rücken aber blickte der Lauf eines Gewehrs hervor, der auch lang war.

Aus dem Dunkel in den Lichtkreis geratend, blieb er wie angenagelt stehen und sah etwa dreißig Sekunden lang die Fuhrknechte an, als wollte er sagen: «Seht nur, was für ein Lächeln ich habe!» Darauf schritt er zum Feldfeuer, lächelte noch heller und sagte:

«Guten Appetit, meine Lieben!»

«Sei willkommen!» erwiderte für alle Pantelej.

Der Unbekannte legte, was er in Händen hielt, neben dem Feuer nieder — es war eine erlegte Trappe — und grüßte nochmals.

Alle näherten sich der Trappe und begannen sie zu betrachten.

«Ein majestätischer Vogel! Womit hast du ihn erschossen?» fragte Dymow.

«Mit einer Kartätsche ... Mit Schrot geht es nicht ... Kauft sie, meine Lieben! Ich würde sie euch für zwanzig Kopeken abtreten.»

«Was brauchen wir sie? Gebraten ist sie gut, aber gesotten wird sie wohl wacker hart sein, so daß man sie nicht zerkauen kann ...»

«Das ist verdrießlich! Ich könnte sie zu den Herrschaften bringen, da bekäme ich fünfzig

Kopeken; aber es ist weit, an die fünfzehn Kilometer!»

Der Unbekannte ließ sich nieder, nahm das Gewehr ab und legte es neben sich hin. Er schien schläfrig und matt, lächelte, kniff die Augen vor dem Feuer zusammen und schien an etwas sehr Angenehmes zu denken. Man gab ihm einen Löffel. Er begann zu essen.

«Wer bist du eigentlich?» fragte Dymow.

Der Unbekannte hörte die Frage nicht; er antwortete nicht, blickte nicht einmal zu Dymow hin. Wahrscheinlich fühlte dieser lächelnde Mann auch nicht den Geschmack des Breis, denn er kaute ganz mechanisch und träge, bald einen sehr vollen, dann wieder einen ganz leeren Löffel zum Mund führend. Er war nicht betrunken, doch in seinem Kopf gärte etwas Mutwilliges.

«Ich frage dich: wer bist du?» wiederholte Dymow.

«Ich?» fuhr der Unbekannte auf. «Konstantin Swonyck, aus Rownoje. Etwa vier Kilometer von hier.»

Und als wolle er von Anfang an bezeugen, daß er kein gewöhnlicher Bauer sei, sondern etwas Besseres, beeilte sich Konstantin, hinzuzufügen:

«Wir halten Bienen und Schweine.»

«Bist du beim Vater oder selbständig?»

«Nein, jetzt bin ich für mich. Habe mich abgeteilt. Ich habe mich in diesem Monat, nach den Petrifasten, verheiratet. Bin jetzt verheiratet! .. Heute ist der achtzehnte Tag, daß wir uns getraut haben.»

«Das ist eine gute Sache!» sagte Pantelej. «Eine Frau ist was Gutes ... Gott hat es so bestimmt ...»

«Die junge Frau schläft daheim, und er treibt sich in der Steppe herum», lachte Kiriucha auf. «Sonderling!»

Als habe man ihn an einer empfindlichen Stelle gezwickt, fuhr Konstantin auf, lachte auf und errötete ...

«Du mein Gott, sie ist ja nicht daheim!» sagte er, schnell den Löffel aus dem Mund nehmend und alle freudig und erstaunt betrachtend. «Nicht daheim, ist auf zwei Tage zur Mutter gefahren! Wahrhaftig, sie ist fortgefahren, und ich bin gleich einem Unverheirateten.»

Konstantin fuhr mit der Hand durch die Luft und drehte den Kopf hin und her; er wollte weitersinnen, doch die Freude, von der sein Gesicht leuchtete, hinderte ihn daran. Er nahm, als sitze er unbequem, eine andere Stellung ein, lachte auf und fuhr wieder mit der Hand durch die Luft. Es war ihm peinlich, fremden Menschen seine angenehmen Gedanken auszuliefern, doch gleichzeitig wollte er unbändig gern seine Freude mitteilen.

«Sie ist nach Demidowo zur Mutter gefahren!» sagte er, errötend und das Gewehr an einen anderen Ort stellend. «Morgen kehrt sie zurück ... Sie hat gesagt, daß sie zu Mittag zurück sein wird.»

«Und du langweilst dich?» fragte Dymow.

«Du lieber Gott, wie könnte es denn anders sein? Habe kaum geheiratet, und sie ist fortgefahren... Ah? Sie ist ein Teufelsweib, Gott soll mich strafen! So gut und prächtig ist sie, eine solche Lachtaube und Sängerin, ein richtiges Sprühteufelchen! Ist sie da, so geht mir der Kopf in die Runde, und ohne sie ist mir, als hätte ich etwas verloren, streife wie ein Narr durch die Steppe. Seit dem Mittag gehe ich, es ist zum Schreien.»

Konstantin rieb sich die Augen, blickte aufs Feuer und lachte auf.

«Du liebst sie...» bemerkte Pantelej.

«So gut und prächtig ist sie», wiederholte Konstantin, ohne ihn zu hören, «eine so gute Hausfrau, so klug und vernünftig, daß man eine zweite von ihrer Art im ganzen Gouvernement nicht finden könnte. Sie ist fortgefahren... Und sie langweilt sich doch auch, ich weiß es! Ich kenne die Elster! Sie hat gesagt, daß sie morgen zu Mittag zurück sein wird... Aber was für eine Geschichte war das!» schrie Konstantin beinahe auf, um einen Ton höher redend und die Stellung wechselnd. «Jetzt liebt sie mich und sehnt sich nach mir, und doch wollte sie mich nicht heiraten!»

«So iß doch!» fiel Kiriucha ein.

«Sie wollte mich nicht heiraten», fuhr Konstantin, ohne zu hören, fort. «Drei Jahre habe ich mich mit ihr herumgeschlagen. Ich sah sie zum ersten Male auf dem Jahrmarkt in Ka-

latschiko und verliebte mich sterblich in sie ...
Ich lebe in Rownoje, sie in Demidowo, fünfundzwanzig Kilometer trennen uns, und keine Möglichkeit, zusammenzukommen. Ich schicke Heiratsvermittler zu ihr, doch sie sagt nur: ‚Ich will nicht!' Ach, du Elster! Ich habe es so und anders versucht, habe ihr Ohrringe und Lebkuchen und an die acht Kilo Honig geschenkt — ich will nicht! Was kann man da machen? Und wenn man es sich so überlegt, was bin ich auch für eine Partie für sie? Sie ist jung und schön und voller Leben, und ich bin alt, an die dreißig, und wie sehe ich aus: habe einen Vollbart, das Gesicht ist unrein. Wie kann ich mich mit ihr vergleichen? Das einzige ist, daß wir reich leben; aber auch sie, die Wachramenki, leben gut. Drei Paar Ochsen und zwei Knechte halten sie. Ich hatte sie liebgewonnen und war wie von Sinnen, meine Lieben ... Schlafe nicht, esse nicht, und die Gedanken im Kopf plagen mich, und ich bin so betäubt, daß Gott einen davor behüte! Ich möchte sie sehen, und sie lebt in Demidowo ... Und was glaubt ihr? Gott soll mich strafen, wenn ich lüge; dreimal in der Woche bin ich zu Fuß dorthin gegangen, um sie zu sehen. Habe alles vernachlässigt! Eine solche Verwirrung kam über mich, daß ich mich sogar als Knecht in Demidowo verdingen wollte, um ihr näher zu sein. Abgequält war ich. Die Mutter ließ eine Quacksalberin kommen, der Vater nahm sich zehnmal vor, mich

zu verprügeln. Nun, drei Jahre habe ich mich so abgeplagt und hatte schon beschlossen: möge ich dreimal verflucht sein, aber ich gehe in die Stadt und werde Fuhrmann... Es ist also nicht mein Schicksal! In der Osterwoche begab ich mich nach Demidowo, um sie ein letztes Mal anzuschauen...»

Konstantin warf den Kopf zurück und brach in ein so frohes Lachen aus, als habe er einen soeben erst sehr fein zum Narren gehalten.

«Ich sehe, daß sie mit jungen Burschen am Flüßchen steht», fuhr er fort. «Da wurde ich wütend... Ich nahm sie auf die Seite und habe vielleicht eine ganze Stunde mit verschiedenen Worten auf sie eingeredet... Sie gewann mich lieb! Drei Jahre hat sie mich nicht geliebt, für die Worte aber hat sie mich liebgewonnen!..»

«Was waren es denn für Worte?» fragte Dymow.

«Die Worte? Ich erinnere mich nicht... Kann man sich denn erinnern? Damals strömten sie wie Wasser aus der Rinne, unaufhaltsam: Ta-ta-ta-ta! Jetzt könnte ich nicht ein Wort hervorbringen... Nun, sie hat mich genommen... Sie ist jetzt zur Mutter gefahren, die Elster, und ohne sie renne ich durch die Steppe. Ich kann nicht daheim bleiben. Halte es nicht aus!»

Konstantin zog ungeschickt seine Beine unter sich hervor, streckte sich auf dem Boden aus und stützte den Kopf in die Fäuste; darauf erhob er sich und setzte sich wiederum. Alle sahen es jetzt, das war ein verliebter und glücklicher Mann, ein unendlich glücklicher Mann; sein Lächeln, die Augen und eine jede Bewegung drückten ein seliges Glück aus. Er fand keine Ruhe und wußte nicht, welche Stellung er annehmen und was er beginnen sollte, um vor dem Übermaß köstlicher Gedanken nicht zu vergehen. Nachdem er vor fremden Menschen seine Seele ausgeschüttet hatte, setzte er sich endlich ruhig hin und versank, während er ins Feuer blickte, in Träumerei.

Beim Anblick dieses glücklichen Menschen wurde es allen traurig zumute, und in allen erwachte die Sehnsucht nach Glück. Alle wurden nachdenklich. Dymow erhob sich, ging leise vor dem Feldfeuer umher, und man konnte es seinem Gang, den Bewegungen seiner Schulterblätter ansehen, daß er sich quälte und sehnte. Er stand eine Weile, betrachtete Konstantin und setzte sich.

Das Feuer aber erlosch schon, es leuchtete nicht mehr auf, der rote Fleck engte sich ein und wurde matter ... Und je schneller das Feuer ausbrannte, desto sichtbarer wurde die Mondnacht. Man konnte jetzt schon die Straße in ihrer ganzen Breite erkennen, die Ballen, die Deichseln, die kauenden Pferde; auf der anderen Seite zeichnete sich undeutlich das zweite Kreuz ab ...

Dymow stützte die Wange in die Hand und begann leise ein wehmütiges Lied zu singen.

Konstantin lächelte schläfrig und sang mit zarter Stimme mit. Sie sangen etwa eine halbe Minute und verstummten ... Jemeljan fuhr auf, bewegte die Ellbogen und rührte die Finger.

«Meine Lieben», sagte er flehend. «Laßt uns etwas Frommes singen!»

Die Tränen traten ihm in die Augen.

«Meine Lieben!» wiederholte er, die Hand ans Herz drückend. «Laßt uns etwas Frommes singen!»

«Ich verstehe es nicht», erwiderte Konstantin. Alle lehnten ab; da hob Jemeljan selber zu singen an. Er fuchtelte mit beiden Armen, wackelte mit dem Kopf, öffnete den Mund, doch aus seiner Kehle drangen nur heisere, lautlose Atemzüge. Er sang mit den Armen, dem Kopf und den Augen und sogar mit der Warze, sang voll Leidenschaft und Schmerz; doch je stärker er die Brust anspannte, um ihr wenigstens einen Ton zu entreißen, um so klangloser wurden seine Atemzüge...

Auch Jegoruschkas bemächtigte sich wie aller die Sehnsucht. Er ging zu seiner Fuhre, kletterte auf einen Ballen und legte sich nieder. Er blickte auf den Himmel und dachte an den glücklichen Konstantin und seine Frau. Warum heiraten die Menschen? Warum gibt es auf dieser Welt Frauen? Jegoruschka stellte sich unklare Fragen und dachte, daß es für einen Mann wohl sehr gut sei, wenn neben ihm beständig eine zärtliche, fröhliche und schöne

Frau lebe. Aus irgendeinem Grund fiel ihm die Gräfin Dranitzkaja ein, und er dachte, daß es wahrscheinlich sehr angenehm sei, mit einer solchen Frau zu leben; er würde sie wohl mit Vergnügen heiraten, wenn er sich nicht schämen würde. Er erinnerte sich ihrer Brauen, Pupillen, des Wagens, der Uhr mit dem Reiter... Die stille, warme Nacht senkte sich über ihn und flüsterte ihm etwas ins Ohr, und es schien ihm, daß jene schöne Frau sich über ihn neige, ihn lächelnd anschaue und küssen wolle...

Vom Feldfeuer waren nur noch zwei kleine rote Augen übriggeblieben, die immer kleiner und kleiner wurden. Die Fuhrknechte und Konstantin saßen daneben, dunkel, unbeweglich, und es schien, daß ihrer jetzt viel mehr waren als früher. Beide Kreuze waren gleicherweise sichtbar, und weit, weit, irgendwo an der großen Straße, leuchtete ein rotes Feuerlein — wahrscheinlich kochte dort auch jemand einen Brei.

«Unser Mütterchen Rußland ist der ganzen Welt Ha-aupt!» begann plötzlich mit wilder Stimme Kiriucha zu singen, bekam etwas in die Kehle, hüstelte und verstummte. Das Echo der Steppe griff seine Stimme auf und trug sie davon, und es schien einem, als rolle durch die Steppe, auf schweren Rädern, die Dummheit selber.

«Es ist Zeit, zu fahren!» sagte Pantelej. «Erhebt euch, Kinder.»

Während man die Pferde einspannte, ging Konstantin um die Fuhren herum und dachte begeistert an seine Frau.

«Lebt wohl, meine Lieben!» rief er, als der Wagenzug sich in Bewegung setzte. «Ich danke euch für Salz und Brot! Und ich will wieder an ein Feuer gehen. Ich halte es nicht aus!»

Er entschwand schnell im Dunkel, und man konnte lange hören, wie er dorthin schritt, wo das Feuer leuchtete, um fremden Menschen sein Glück anzuvertrauen.

Als Jegoruschka am nächsten Morgen erwachte, war es noch sehr früh; die Sonne war noch nicht aufgegangen. Der Wagenzug stand still. Ein Mann mit einer weißen Uniformmütze und in einem Anzug aus billigem, grauem Stoff unterhielt sich, auf einem jungen Kosakenhengst sitzend, bei der ersten Fuhre mit Dymow und Kiriucha. Vor ihnen, etwa zwei Kilometer von dem Wagenzug entfernt, schimmerten weiß niedere, lange Speicher und Häuschen mit Ziegeldächern; neben den Häusern sah man weder Höfe noch Bäume.

«Was ist das für ein Dorf, Großvater?» fragte Jegoruschka.

«Das, Bürschchen, sind armenische Meierhöfe», erwiderte Pantelej. «Hier leben Armenier. Sie sind schon recht... die Armenier, meine ich.»

Der Mann im grauen Anzug hatte sein Gespräch mit Dymow und Kiriucha beendet, drängte seinen Hengst zurück und schaute nach den Meierhöfen hin.

«Sind das Geschichten, wenn man denkt!» seufzte Pantelej, gleichfalls zu den Meierhöfen hinschauend und in der Morgenfrische fröstelnd. «Er hat einen Mann auf die Meierhöfe gesandt, damit er ein Schriftstück hole, und jener kommt nicht zurück... Man sollte Stepka hinschicken!»

«Und wer ist das, Großvater?» fragte Jegoruschka.

«Warlamow.»

Mein Gott! Jegoruschka sprang schnell auf, kniete nieder und schaute zu der weißen Mütze hin. Es war schwer, in dem kleingewachsenen, graugekleideten Menschlein, das große Stiefel trug und auf einem häßlichen Pferdchen saß und sich zu einer Tageszeit mit Bauern unterhielt, da alle anständigen Menschen schliefen, den geheimnisvollen, unerreichbaren Warlamow zu erkennen, den alle suchten, der immer «kreiste» und der viel mehr Geld besaß als die Gräfin Dranitzkaja.

«Er ist schon recht, ist ein guter Mensch...» sagte Pantelej, auf die Meierhöfe hinschauend. «Schenke Gott ihm Gesundheit, er ist ein prächtiger Herr... Warlamow eben, Semjon Alexandrytsch... Solche Menschen halten die Welt zusammen. Das ist richtig... Bevor die Hähne noch krähen, ist er schon auf den Beinen... Ein anderer würde schlafen oder daheim mit Gästen dummes Zeug zusammenschwatzen; aber er jagt den ganzen Tag durch die Steppe ... Er kreist ... Der wird sich ein Geschäft schon nicht entgehen lassen... Ne-ein! Das ist ein flotter Kerl ...»

Warlamow starrte ununterbrochen auf den Meierhof und redete über etwas; der Hengst trat ungeduldig von einem Bein aufs andere.

«Semjon Alexandrytsch», rief Pantelej, die Mütze abnehmend, «gestatten Sie, den Stepka hinüberzuschicken! Jemeljan, ruf hinüber, man solle den Stepka schicken!»

Doch endlich löste sich vom Meierhof ein Reiter los. Sich stark auf die Seite legend und die Nagaika hoch über seinem Haupt schwingend, als wolle er Reiterkunststücke vollführen und alle durch seinen kühnen Ritt in Erstaunen versetzen, flog er mit der Geschwindigkeit eines Vogels zum Wagenzug.

«Das ist wahrscheinlich seine Streifwache», bemerkte Pantelej. «Er hat solcher berittener Wachen vielleicht an die hundert, und vielleicht noch mehr.»

Als der Reiter die erste Fuhre erreicht hatte, zügelte er sein Pferd und überreichte Warlamow mit gezogener Mütze ein Büchlein. Warlamow nahm einige Schriftstücke aus dem Buch heraus, las sie durch und rief:

«Und wo ist der Zettel Iwantschuks?»

Der Reiter nahm das Büchlein entgegen, betrachtete die Zettel und zuckte die Achseln; er begann über etwas zu reden, wahrscheinlich rechtfertigte er sich und suchte um die Erlaubnis nach, nochmals den Meierhof aufzusuchen. Der Hengst geriet plötzlich in Bewegung, als sei Warlamow inzwischen schwerer geworden. Auch Warlamow begann sich zu rühren.

«Scher dich fort!» rief er ärgerlich und holte mit der Nagaika aus.

Darauf wandte er das Pferd und ritt, während er im Büchlein die Schriftstücke ansah, im Schritt am Wagenzug vorüber. Als er sich der letzten Fuhre näherte, strengte Jegoruschka sein Gesicht an, um ihn besser betrachten zu können. Warlamow war schon alt. Sein Gesicht mit dem kleinen, grauen Bärtchen, ein einfaches, russisches, sonnverbranntes Gesicht, war rot, naß vom Tau und von blauen Äderchen durchzogen; es drückte die gleiche sachliche Trockenheit aus wie das Gesicht des Iwan Iwanytsch, den gleichen Arbeitsfanatismus. Und doch, welchen Unterschied fühlte man zwischen ihm und Iwan Iwanytsch! Auf Onkel Kusjmitschows Gesicht waren neben der sachlichen Trockenheit stets Sorge und Furcht zu sehen, daß er Warlamow nicht finden, sich verspäten, einen guten Preis versäumen könnte; nichts Ähnliches, wie es kleinen und abhängigen Leuten eigen ist, war auf dem Gesicht oder in der Figur Warlamows bemerkbar. Dieser Mann bestimmte selber die Preise, suchte keinen und hing von keinem ab; wie gewöhnlich sein Äußeres auch war, so fühlte man doch in allem, sogar in der Manier, die

Nagaika zu halten, das Bewußtsein der Kraft und der gewohnten Macht über die Steppe.

Als er an Jegoruschka vorüberritt, schaute er ihn nicht an; nur der junge Hengst würdigte Jegoruschka seiner Aufmerksamkeit und sah ihn aus großen, dummen Augen an, und auch das gleichgültig. Pantelej verneigte sich vor Warlamow; jener bemerkte es und sagte schnarrend:

«Guten Mojen, Alteerr!»

Warlamows Unterredung mit dem reitenden Boten und das Schwingen der Nagaika hatten augenscheinlich auf den ganzen Wagenzug einen niederdrückenden Eindruck hinterlassen. Alle hatten ernste Gesichter. Der reitende Bote hielt, entmutigt durch den Zorn des starken Mannes, ohne Mütze, mit gesenkten Zügeln, bei der ersten Fuhre, schwieg und wollte fast nicht glauben, daß der Tag für ihn so schlecht begonnen habe.

«Ein harter alter Mann...» murmelte Pantelej. «Nicht zu sagen, wie hart er ist! Und doch ist er ein guter Mensch... Wird ohne Grund nicht kränken... Macht nichts...»

Nachdem er die Papiere durchgesehen hatte, steckte Warlamow das Büchlein in die Tasche; der junge Hengst schien seine Gedanken erraten zu haben, er wartete den Befehl nicht ab, fuhr auf und jagte auf der Landstraße davon.

VII

Auch in der darauffolgenden Nacht hielten die Fuhrknechte eine Rast und kochten einen Brei. Dieses Mal machte sich von Anfang an in allem eine unbestimmte Trauer bemerkbar. Es war drückend; alle tranken viel und konnten doch ihren Durst nicht stillen. Der Mond ging purpurrot und finster auf, als sei er krank; auch die Sterne machten ein finsteres Gesicht, der Dunst war dichter, die Ferne trüber. Die Natur schien etwas vorauszuahnen und sich zu quälen.

Am Feldfeuer herrschte nicht mehr die gestrige Belebtheit mit ihren Gesprächen. Alle langweilten sich und redeten matt und unlustig. Pantelej stieß nur Seufzer aus, klagte über seine Füße und brachte immer wieder das Gespräch auf den sündhaften Tod.

Dymow lag auf dem Bauch, schwieg und kaute an einem Strohhalm; sein Gesicht drückte Ekel aus, als rieche der Strohhalm schlecht, er sah müde und böse aus ... Waßja beklagte sich, daß sein Kiefer ihm weh tue, und prophezeite schlechtes Wetter; Jemeljan fuchtelte nicht mehr mit den Armen, sondern saß unbeweglich und starrte finster aufs Feuer. Auch Jegoruschka quälte sich. Das Fahren im Schritt hatte ihn ermüdet, und er hatte Kopfweh von der Tageshitze.

Als der Brei fertiggekocht war, begann Dymow aus Langeweile mit den Kameraden anzubinden.

«Hat sich breit hingesetzt und ist der erste, der mit seinem Löffel dreinfährt!» begann er, böse auf Jemeljan blickend. «Welche Gier! Kann es nicht erwarten, sich als erster an den Kessel zu setzen. Er war Sänger, da denkt er nun, er sei ein Herr! Viele solche Sänger von deiner Art betteln auf der Landstraße um Almosen!»

«Was suchst du Händel?» fragte Jemeljan, gleichfalls böse auf ihn schauend.

«Du sollst eben nicht als erster in den Kessel hineinfahren. Sollst dir nicht zu viel auf dich einbilden.»

«Bist ein Dummkopf, das ist alles», zischte Jemeljan.

Da sie aus Erfahrung wußten, womit ähnliche Gespräche am häufigsten endeten, mischten sich Pantelej und Waßja ein und begannen Dymow zuzureden, er solle sich nicht ohne Grund zanken.

«Ein Sänger...» ließ der Raufbold nicht nach und lächelte verächtlich. «So kann ein jeder singen. Sitz du nur auf der Kirchentreppe und singe: ‚Gebet um Christi willen ein Almosen!' Ach, ihr!»

Jemeljan schwieg. Auf Dymow wirkte sein Schweigen aufreizend. Er sah mit noch größerem Haß auf den ehemaligen Sänger hin und bemerkte:

«Ich will mich nur nicht mit dir einlassen, sonst würde ich dir zeigen, was du dir einbilden kannst.»

«Was suchst du mit mir Händel, du Räuber?» brauste Jemeljan auf. «Rühr ich dich denn an?»

«Wie hast du mich genannt?» fragte Dymow, sich aufrichtend, und seine Augen waren blutunterlaufen. «Wie? Ich ein Räuber? Ja? Da hast du dafür! Geh jetzt und such!»

Dymow riß den Löffel aus Jemeljans Händen und schleuderte ihn weit zur Seite. Kiriucha, Waßja und Stepka sprangen auf und liefen ihn suchen, während Jemeljan flehend und fragend Pantelej anstarrte. Sein Gesicht wurde plötzlich klein und voller Runzeln, es begann zu zucken, und der ehemalige Sänger brach wie ein Kind in Weinen aus.

Jegoruschka, der Dymow schon längst verabscheute, fühlte, wie die Luft plötzlich unerträglich drückend wurde, wie das Feuer heiß ins Gesicht brannte; er wollte so schnell wie möglich zur Fuhre ins Dunkel fortrennen; doch die bösen, sich langweilenden Augen des Raufbolds zogen ihn zu sich. Vom leidenschaftlichen Wunsch beseelt, etwas im höchsten Grade Beleidigendes zu sagen, schritt er auf Dymow zu und sagte keuchend: «Du bist schlimmer als alle! Ich kann dich nicht leiden!»

Nach diesen Worten hätte er zu den Fuhren laufen sollen, aber er konnte sich nicht von der Stelle rühren und fuhr fort:

«Im Jenseits wirst du im Fegfeuer brennen! Ich will mich bei Iwan Iwanytsch beklagen! Du hast kein Recht, Jemeljan zu beleidigen!»

«Sag mir bitte!» lächelte Dymow spöttisch. «Ein jedes Schweinchen, das noch nicht trocken hinter den Ohren geworden ist, will ein Lehrmeister sein. Und wenn ich dich am Ohr nehme?»

Jegoruschka fühlte, daß ihm die Luft ausging; er begann plötzlich — was ihm noch nie im Leben passiert war — am ganzen Körper zu zittern, mit den Füßen zu stampfen und schrie gellend auf:

«Schlagt ihn! Schlagt ihn!»

Die Tränen strömten ihm aus den Augen; er schämte sich und lief schwankend zur Fuhre. Er sah nicht, welchen Eindruck sein Schrei hervorgebracht hatte. Auf dem Ballen liegend und weinend, zuckte er an Armen und Beinen und flüsterte:

«Mama! Mama!»

Diese Menschen und Schatten um das Feldfeuer und die dunklen Ballen und die hellen Blitze, die jede Minute in der Ferne aufzuckten — alles erschien ihm jetzt feindlich und furchtbar. Er entsetzte sich und fragte sich voll Verzweiflung, wie und warum er an einen fremden Ort, in die Gesellschaft schrecklicher Bauern geraten war. Wo waren jetzt der Onkel, Vater Christophorus und Denißka? Warum blieben sie so lange aus? Hatten sie ihn denn vergessen? Beim Gedanken, daß er vergessen und der Willkür des Schicksals ausgeliefert sein könnte, wurde ihm kalt und so bang, daß er einige Male vom Ballen herunterspringen und über Hals und Kopf, ohne sich umzuschauen, den Weg zurücklaufen wollte; doch die Erinnerung an die dunklen, finsteren Kreuze, die er unbedingt unterwegs antreffen mußte, und die in der Ferne leuchtenden Blitze hielten ihn zurück... Und nur wenn er «Mama! Mama!» flüsterte, wurde ihm ein wenig leichter ums Herz.

Wahrscheinlich war es auch den Fuhrknechten unheimlich. Nachdem Jegoruschka fortgelaufen war, schwiegen sie zuerst lange Zeit; darauf begannen sie halblaut und dumpf über etwas zu reden, daß es herankomme und man sich schnell bereitmachen und von ihm fortgehen müsse... Sie aßen rasch ihr Nachtmahl, löschten das Feuer und begannen schweigend einzuspannen. Ihrer Geschäftigkeit und den abgebrochenen Reden konnte man anmerken, daß sie ein Unglück voraussahen.

Bevor sie sich auf den Weg machten, trat Dymow an Pantelej heran und fragte ihn leise:

«Wie heißt er?»

«Jegorij...» erwiderte Pantelej.

Dymow stellte ein Bein aufs Rad, faßte den Strick, mit dem der Ballen verschnürt war, und stieg hinauf. Jegoruschka erblickte sein Gesicht und den Lockenkopf. Das Gesicht war blaß, ermüdet und ernst, drückte aber nicht mehr Wut aus.

«Jera!..» sagte er leise. «Da, schlag mich!»

Jegoruschka schaute voll Erstaunen auf ihn; in diesem Augenblick leuchtete ein Blitz auf.

«Macht nichts, schlag zu!» wiederholte Dymow.

Und ohne abzuwarten, daß Jegoruschka ihn schlage oder mit ihm rede, sprang er hinunter und sagte: «Traurig bin ich!»

Darauf ging er langsam, mit watschelndem Gang und die Schulterblätter bewegend, am Wagenzug vorüber und wiederholte mit halb weinender, halb ärgerlicher Stimme:

«O Gott, wie hab ich alles satt! Und du kränk dich nicht, Jemelja!» sagte er, an Jemeljan vorübergehend. «Unser Leben ist verloren und grausam!»

Rechts leuchtete ein Blitz auf, und als werde er in einem Spiegel reflektiert, blitzte es gleich darauf in der Ferne auf.

«Jegorij, da nimm!» rief Pantelej, ihm von unten etwas Großes und Dunkles hinaufreichend.

«Was ist das?» fragte Jegoruschka.

«Eine Bastmatte. Wenn es regnet, kannst du dich damit zudecken.»

Jegoruschka erhob sich und blickte um sich. In der Ferne war es merklich dunkel geworden, und häufiger als jede Minute blinzelte ein blasses Licht, als bewege die Ferne die Lider. Ihre Schwärze neigte sich gleichsam vor Schwere nach rechts.

«Großvater, kommt ein Gewitter?» fragte Jegoruschka.

«Ach, meine kranken, kalten Füße!» sprach singend Pantelej, ohne ihn zu hören und mit den Füßen stampfend.

Links schien jemand mit einem Zündhölzchen über den Himmel zu fahren, ein blasser Phosphorstreifen tauchte auf und erlosch. Man konnte hören, wie irgendwo sehr weit fort jemand über ein Blechdach schritt. Wahrscheinlich ging man barfuß über das Blechdach, denn das Blech knurrte dumpf.

Zwischen der Ferne und dem rechten Horizont blinzelte ein Blitz, und so grell, daß er einen Teil der Steppe und die Stelle bezeichnete, wo der klare Himmel an die Schwärze grenzte. Eine furchtbare Wolke rückte ohne Hast als kompakte Masse heran; an ihrem Rand hingen große, schwarze Fetzen; ebensolche Fetzen türmten sich, aufeinander drückend, rechts und links am Horizont. Dieses zerzauste, zerfetzte Aussehen der Wolke verlieh ihr einen trunkenen, ausgelassenen Ausdruck. Deutlich und nicht mehr dumpf knurrte der Donner. Jegoruschka bekreuzigte sich und zog schnell seinen Mantel an.

«Ich hab alles satt!» drang von den vorderen Fuhren Dymows Schrei, und nach der Stimme konnte man schließen, daß er schon wieder sich zu ärgern begann. «Alles satt!»

Plötzlich riß sich der Wind los, und mit einer solchen Gewalt, daß er Jegoruschka beinahe sein Bündelchen und die Bastmatte entrissen hätte; die Matte geriet in Bewegung und schlug nach allen Seiten aus und klatschte über den Ballen und Jegoruschkas Gesicht. Pfeifend jagte der Wind durch die Steppe, kreiste und vollführte mit dem Gras einen solchen Lärm, daß man seinetwegen weder das Gewitter noch das Räderrollen vernehmen konnte. Er kam von der schwarzen Wolke, Staubwolken mit sich tragend und den Geruch von Regen und nasser Erde. Das Mondlicht verhüllte sich, schien gleichsam schmutziger zu werden, die Sterne verfinsterten sich noch mehr, und man konnte sehen, wie die Staubwolken und ihre Schatten über den Straßenrand irgendwohin zurückeilten. Jetzt erhoben sich die Wirbelwinde, kreisend und den Staub vom Boden, trockenes Gras und Federn aller Wahrscheinlichkeit nach bis zum Himmel mitreißend; wahrscheinlich flogen neben der schwarzen Wolke die Wollblumen, und wie mußten sie sich wohl fürchten! Doch durch den die Augen zusammenklebenden Staub konnte man außer den Blitzen nichts sehen.

Wähnend, daß der Regen sogleich losbrechen würde, kniete Jegoruschka nieder und bedeckte sich mit der Bastmatte.

«Pantelej-ej!» rief jemand vorne. «A... a... wa!»

«Kann nichts verstehen!» erwiderte laut und singend Pantelej.

«A... a... wa! Arja... a!»

Ärgerlich grollte der Donner, rollte von rechts nach links über den Himmel, dann wieder zurück und erstarb neben den ersten Fuhren.

«Heilig, heilig, heilig ist der Herr Zebaoth», flüsterte Jegoruschka, sich bekreuzigend,

«Himmel und Erde sind erfüllt von deinem Ruhm...»

Die Schwärze am Himmel öffnete den Mund und hauchte ein weißes Feuer aus; und gleich darauf grollte wieder der Donner; kaum war er verstummt, als ein Blitz so breit aufleuchtete, daß Jegoruschka durch die Ritzen der Matte plötzlich die ganze Landstraße bis in die Ferne, alle Fuhrknechte und sogar Kiriuchas Weste unterscheiden konnte. Die schwarzen Fetzen links erhoben sich bereits nach oben, und einer davon, ein grober, plumper, einer Tatze mit Gliedern gleichender, streckte sich zum Mond hin. Jegoruschka beschloß, die Augen fest zu schließen, den Vorgängen keine Aufmerksamkeit zu schenken und zu warten, bis alles ein Ende nähme.

Der Regen kam noch lange nicht. Hoffend, daß die Wolke vielleicht vorüberziehen würde, blickte Jegoruschka unter seiner Matte hervor. Es war furchtbar dunkel. Jegoruschka sah weder Pantelej noch den Ballen oder sich selber; er schielte dorthin, wo unlängst noch der Mond geschienen, doch dort gähnte die gleiche Finsternis wie auf der Fuhre. Die Blitze aber folgten sich im Dunkel häufiger und blendender, so daß die Augen schmerzten.

«Pantelej!» rief Jegoruschka.

Es erfolgte keine Antwort. Doch endlich zerrte der Wind zum letztenmal an der Matte und entfloh. Ein gleichmäßiges, ruhiges Geräusch ließ sich vernehmen. Ein großer, kalter Tropfen fiel auf Jegoruschkas Knie, ein zweiter glitt über seine Hand. Er bemerkte, daß seine Knie nicht bedeckt waren und wollte die Matte zurechtziehen, doch da strömte und klatschte es auf die Straße, auf die Deichseln und die Wollballen. Es war der Regen. Er und die Matte schienen einander zu verstehen und begannen schnell, fröhlich und lästig wie zwei Elstern zu schwatzen.

Jegoruschka stand auf den Knien oder saß vielmehr auf den Stiefeln. Als der Regen auf die Matte lostrommelte, wich er mit dem Körper nach vorne, um die Knie zu schützen, die plötzlich naß wurden; es gelang ihm, die Knie zu bedecken, doch dafür machte sich in weniger denn einer Minute eine scharfe, unangenehme Feuchtigkeit hinten, unterhalb des Rückens und auf den Waden fühlbar. Er nahm die frühere Stellung ein, setzte die Knie dem Regen aus und überlegte, was er beginnen, wie er die unsichtbare Matte im Dunkeln zurechtziehen solle. Doch seine Hände waren bereits naß, in die Ärmel und hinter den Kragen rann das Wasser, die Schulterblätter froren. Und er beschloß, nichts zu unternehmen, sondern unbeweglich zu sitzen und zu warten, bis alles ein Ende nähme.

«Heilig, heilig, heilig . . .» flüsterte er.

Plötzlich barst gerade über seinem Kopf mit einem furchtbaren, betäubenden Krachen der Himmel; er bückte sich und hielt den Atem in und wartete darauf, daß die Trümmer auf einen Nacken und Rücken herabstürzten. Seine Augen öffneten sich unvermutet, und er sah, wie ein blendend scharfes Licht auf einen Fingern, den nassen Ärmeln und den von der Bastmatte rinnenden Wasserstrahlen auf dem Ballen und unten am Boden aufflammte und vielleicht fünfmal blitzte. Ein neuer, ebenso starker und furchtbarer Schlag ertönte. Der Himmel donnerte und krachte nicht mehr, sondern stieß trockene, knatternde Laute aus, die dem Knistern trockenen Holzes ähnlich waren.

«Trrach! Tach! Tach! Tach!» markierte deutlich der Donner, rollte über den Himmel, stolperte und stürzte irgendwo bei den vorderen Fuhren oder weit hinten mit einem wütenden, abgebrochenen «Trra!..» herunter.

Früher waren die Blitze nur schrecklich gewesen, bei einem solchen Gedonner aber erschienen sie unheilverkündend. Ihr teuflisches Licht drang durch die geschlossenen Lider und ergoß sich schaudernd durch den ganzen Körper. Was tun, um sie nicht zu sehen? Jegoruschka beschloß, sich mit dem Gesicht nach hinten zu drehen. Vorsichtig, als fürchte er, daß man ihn beobachte, stellte er sich auf alle Viere, und mit den Handflächen über die nassen Ballen gleitend, wandte er sich um.

«Trach! Tach! Tach!» jagte es über seinen Kopf dahin, fiel unter die Fuhre und barst — «rrra!»

Die Augen öffneten sich unwillkürlich wieder, und Jegoruschka erblickte eine neue Gefahr: hinter der Fuhre schritten drei ungeheure Riesen mit langen Lanzen. Der Blitz glänzte auf den Spitzen ihrer Lanzen auf und beleuchtete sehr deutlich ihre Gesichter. Es waren Menschen von Riesenausmaßen mit verhüllten Gesichtern, gesenkten Köpfen und schweren Gang. Sie schienen traurig und niedergeschlagen, in Nachdenken versunken. Vielleicht gingen sie hinter dem Wagenzug ohne die Absicht einher, Schaden zuzufügen, doch gleichwohl barg ihre Nähe etwas Furchtbares.

Jegoruschka drehte sich schnell nach vorne um und rief, am ganzen Körper zitternd, aus.

«Pantelej! Großvater!»

«Trach, tach, tach!» antwortete ihm der Himmel.

Er öffnete die Augen, um sich zu überzeugen, ob die Fuhrknechte da seien. Es blitzte an zwei Stellen, und der Schein erleuchtete die ganze Straße ganz weit, den ganzen Wagenzug und alle Fuhrknechte. Über die Straße rannen Bächlein und hüpften Blasen. Pantelej schritt neben der Fuhre, sein hoher Hut und die Schultern waren mit einer kleinen Bastmatte bedeckt; die Gestalt drückte weder Furcht noch Unruhe aus, als wäre er vom Donner taub und vom Blitz blind geworden.

«Großvater, Riesen!» rief Jegoruschka ihm weinend zu.

Doch der Großvater hörte ihn nicht. Weiter hinten ging Jemeljan. Dieser war mit einer großen Matte vom Kopf bis zu den Füßen bedeckt und hatte jetzt die Form eines Dreiecks. Waßja schritt unbedeckt ebenso hölzern wie immer einher, die Beine hochhebend und die Knie nicht biegend. Beim Schein der Blitze schien es, als ob der Wagenzug sich nicht weiterbewegte und die Fuhrknechte erstarrt wären, als sei Waßjas erhobenes Bein gelähmt.

Jegoruschka rief nochmals den Großvater. Da er keine Antwort erhielt, setzte er sich unbeweglich hin und wartete nicht mehr, daß es ein Ende nähme. Er war überzeugt, daß der Blitz ihn augenblicklich töten, daß die Augen sich unvermutet öffnen und er die furchtbaren Riesen erblicken würde. Und er bekreuzigte sich nicht mehr, rief nicht mehr den Großvater, dachte nicht an die Mutter, sondern war ganz starr vor Kälte und überzeugt, daß das Gewitter nie enden würde.

Doch plötzlich ließen sich Stimmen vernehmen.

«Jegorij, ja, schläfst du denn?» rief von unten Pantelej. «Komm herunter! Bist du taub geworden, Närrchen?..»

«Ist das ein Gewitter!» sprach eine unbekannte Baßstimme und räusperte sich so, als habe ihr Besitzer ein gutes Glas Schnaps getrunken.

Jegoruschka öffnete die Augen. Unten standen neben der Fuhre Pantelej, das Dreieck Jemeljan und die Riesen. Letztere waren jetzt viel kleiner von Wuchs und erwiesen sich, als Jegoruschka sie näher betrachtete, als gewöhnliche Bauern, die nicht Lanzen, sondern Heugabeln auf den Schultern trugen. Im Raum zwischen Pantelej und dem Dreieck leuchtete das Fenster einer niederen Hütte. Der Wagenzug stand also in einem Dorf. Jegoruschka warf die Matte ab, griff nach seinem Bündelchen und kletterte eilig von der Fuhre hinunter. Jetzt, da in der Nähe Menschen redeten und ein Fenster leuchtete, fürchtete er sich nicht mehr, obgleich der Donner nach wie vor krachte und der Blitz den Himmel in Streifen zerriß.

«Das Gewitter ist gut, macht nichts...», murmelte Pantelej. «Gottlob... Meine Füße sind vom Regen ein wenig durchweicht, doch das macht nichts... Bist du heruntergeklettert, Jegorij? Nun, so geh in die Hütte... Macht nichts...»

«Heilig, heilig, heilig...» zischte Jemeljan. «Es hat bestimmt irgendwo eingeschlagen... Seid ihr von hier?» fragte er die Riesen.

«Nein, wir sind aus Glinowo... Wir sind Glinowsche. Arbeiten bei den Herren Plater.»

«Drescht ihr?»

«Wir tun verschiedenes. Vorläufig ernten wir den Weizen. Und nachher kommt das Dreschen... Schon lange gab es kein solches Gewitter mehr...»

Jegoruschka ging in die Hütte. Eine hagere, bucklige alte Frau mit einem spitzen Kinn empfing ihn. Sie hielt eine Talgkerze in der Hand, kniff die Augen zusammen und seufzte kläglich.

«Was für ein Gewitter der Herrgott uns gesandt hat!» sagte sie. «Und die Unsrigen übernachten in der Steppe, die werden was ausgestanden haben, die Lieben! Kleid dich aus, Väterchen, kleid dich aus...»

Zitternd vor Kälte und sich vor Abscheu zusammenkrümmend, riß sich Jegoruschka den durchnäßten Mantel vom Körper, darauf spreizte er Beine und Arme und bewegte sich lange Zeit nicht. Die geringste Bewegung rief in ihm die unangenehme Empfindung der Nässe und Kälte hervor. Die Ärmel und der Rücken des Hemdes waren naß, die Hosen an den Beinen angeklebt, vom Kopf rann es.

«Warum stehst du, Bürschchen?» fragte die Alte. «Komm und setz dich!»

Mit gespreizten Beinen näherte sich Jegoruschka dem Tisch und setzte sich auf eine Bank neben irgendeinen Kopf hin. Der Kopf bewegte sich, ließ Luft aus der Nase entfliehen, kaute ein wenig und beruhigte sich. Vom Kopf zog sich der Bank entlang eine Erhöhung, die mit einem Schafpelz bedeckt war. Es war ein schlafendes Weib.

Seufzend ging die Alte aus dem Raum und kehrte bald mit einer Wassermelone und einer Melone zurück.

«Iß, Väterchen! Anderes habe ich nicht, um dich zu bewirten...» sagte sie gähnend;

darauf wühlte sie im Tisch und holte ein langes scharfes Messer hervor, sehr ähnlich jener Messern, mit denen in Wirtshäusern die Räuber die Kaufleute umbringen. «Iß, Väterchen!»

Wie im Fieber zitternd, verzehrte Jegoruschka eine Scheibe der Melone mit Schwarzbrot, darauf eine Scheibe der Wassermelone, und davon wurde ihm noch kälter.

«Die Unseren übernachten in der Steppe...» seufzte die Alte, während Jegoruschka aß. «Ist das ein Schreck... Ich würde eine Kerze vor dem Heiligenbild anzünden, weiß aber nicht, wohin Stepanida sie getan hat. Iß, Väterchen, iß...»

Die Alte gähnte, warf den rechten Arm zurück und kratzte sich damit die linke Schulter.

«Es wird wohl zwei Uhr sein jetzt», sagte sie, «es ist bald Zeit zum Aufstehen. Die Unsrigen übernachten in der Steppe... Sind wohl alle bis auf die Haut durchnäßt...»

«Großmutter», sagte Jegoruschka, «ich will schlafen.»

«Leg dich nieder, Väterchen, leg dich nieder...», seufzte die Alte und gähnte. «Herr Jesus Christus! Ich schlief, und da war mir plötzlich, als ob jemand klopfte. Wachte auf, und da sah ich, daß Gott uns ein Gewitter gesandt hatte... Ich hätte eine Kerze anzünden sollen, fand aber keine.»

Mit sich selbst redend, zerrte sie von der Bank Lumpen, wahrscheinlich ihr Bettzeug,

herab, nahm vom Nagel neben dem Ofen zwei
Schafpelze und begann für Jegoruschka ein
Bett zu machen.

«Das Gewitter läßt nicht nach», murmelte
sie. «Wenn nur nicht in einer unglücklichen
Stunde etwas in Brand gerät. Die Unsrigen
übernachten ja in der Steppe... Leg dich
nieder, Väterchen und schlaf... Christus
segne dich, Enkelchen... Ich will die Melone
nicht fortnehmen, vielleicht ißt du davon,
wenn du aufstehst.»

Die Seufzer und das Gähnen der Alten, die
gleichmäßigen Atemzüge des schlafenden Weibes, die in der Hütte herrschende Dämmerung
und das Geräusch des Regens hinter dem
Fenster luden zum Schlafe ein. Jegoruschka
genierte sich, sich in Gegenwart der Alten zu
entkleiden. Er zog nur die Stiefel aus, legte
sich hin und deckte sich mit dem Schafpelz zu.

«Hat sich das Bürschchen hingelegt?» ließ
sich bald darauf das Flüstern Pantelejs vernehmen.

«Ja, er hat sich hingelegt!» erwiderte im
Flüsterton die Alte. «Ist das ein Schreck! Es
kracht und kracht und will kein Ende nehmen...»

«Es wird gleich vorüber sein...» zischte
Pantelej, Platz nehmend. «Es ist ruhiger geworden... Die Männer haben sich in die
Hütten begeben, und zwei sind bei den Pferden geblieben... Die Männer, meine ich...
Es geht nicht anders... Man würde sonst die

Pferde fortführen... Ich will hier ein Weilchen sitzen und sie dann ablösen... Es geht nicht, man würde sie fortführen...»

Pantelej und die Alte saßen nebeneinander zu Füßen Jegoruschkas und redeten in zischenden Flüstertönen, durch Seufzer und Gähnen ihre Rede unterbrechend. Jegoruschka aber konnte sich auf keine Weise erwärmen. Auf ihm lag der warme, schwere Schafpelz; doch er zitterte am ganzen Körper, Arme und Beine wurden von Krämpfen geschüttelt, die Eingeweide bebten... Er kleidete sich unter dem Schafpelz aus; doch auch das half nicht. Der Schüttelfrost wurde stärker und stärker.

Pantelej ging zur Ablösung und kehrte darauf wieder zurück, und Jegoruschka schlief noch immer nicht und zitterte am ganzen Körper. Etwas lastete auf seinem Kopf und der Brust, drückte ihn nieder, und er wußte nicht, woher es kam, ob vom Geflüster der beiden Alten oder vom schweren Geruch des Schafpelzes. Von der verzehrten Melone und Wassermelone hatte er einen unangenehmen metallischen Beigeschmack im Mund. Außerdem wurde er von Flöhen geplagt.

«Großvater, mich friert!» sagte er und erkannte seine Stimme nicht.

«Schlaf, Enkelchen, schlaf», seufzte die Alte.

Titus näherte sich auf dünnen Beinen dem Bett und fuchtelte mit den Armen, darauf wuchs er bis zur Decke und verwandelte sich in eine Mühle. Vater Christophorus, aber nicht in der Kleidung, in der er in der Kalesche gesessen hatte, sondern in vollem Ornat und mit dem Weihwasserwedel in der Hand, schritt um die Mühle, besprengte sie mit dem Weihwasser, und sie drehte sich nicht mehr. Jegoruschka wußte, daß es Fieberphantasien waren; er öffnete die Augen.

«Großvater!» rief er, «gib mir Wasser!»

Niemand gab ihm Antwort. Jegoruschka fand es unerträglich beklemmend und unbequem zu liegen. Er erhob sich, kleidete sich an und ging hinaus. Der Morgen brach bereits an. Der Himmel war trübe, aber es regnete nicht mehr. Zitternd und sich in den nassen Mantel wickelnd, ging Jegoruschka über den schmutzigen Hof und lauschte auf die Stille; ein kleiner Stall geriet ihm unter die Augen, mit einer halbgeöffneten Tür aus Schilf. Er warf einen Blick hinein, trat ein und setzte sich in eine dunkle Ecke auf Ziegel aus getrocknetem Kuhmist.

In seinem schweren Kopf verwirrten sich die Gedanken, im Mund war es trocken und ekelhaft vom metallischen Beigeschmack. Er betrachtete seinen Hut, rückte die Pfauenfeder darauf zurecht und erinnerte sich, wie er mit seiner Mama diesen Hut einkaufen gegangen war. Er steckte die Hand in die Tasche und holte ein Klümpchen braunen, klebrigen Kitts daraus hervor. Wie war ihm dieser Kitt in die Tasche geraten? Er dachte nach, roch daran: es roch nach Honig: Aha, es war der jüdische Lebkuchen! Wie war er doch aufgeweicht, der Arme!

Jegoruschka betrachtete seinen Mantel. Er hatte einen grauen Mantel mit großen knöchernen Knöpfen, der die Form eines Rocks hatte. Da es ein neuer und kostbarer Gegenstand war, hing er daheim nicht im Vorzimmer, sondern im Schlafzimmer neben den Kleidern der Mutter; er durfte ihn nur an Festtagen tragen. Als Jegoruschka ihn betrachtete, erwachte in ihm ein Gefühl des Mitleids mit ihm; er erinnerte sich, daß er und der Mantel — der Willkür des Schicksals ausgeliefert waren, daß sie nicht mehr heimkehren würden, und er brach in ein solches Schluchzen aus, daß er beinahe von den Ziegeln heruntergefallen wäre.

Ein großer, weißer Hund, ganz durchnäßt vom Regen, mit Fellbüscheln auf der Schnauze, die Papilloten glichen, betrat den Stall und starrte Jegoruschka neugierig an. Er überlegte augenscheinlich, ob er bellen solle oder nicht. Sich dafür entscheidend, daß es nicht nötig sei, zu bellen, näherte er sich vorsichtig Jegoruschka, aß den Kitt auf und ging hinaus.

«Das sind die Warlamowschen!» rief jemand auf der Straße.

Nachdem er sich ausgeweint hatte, verließ Jegoruschka den Stall, umging eine Pfütze und ging langsam auf der Straße davon. Gerade vor dem Tor standen die Fuhren. Die nassen Fuhrknechte streiften mit dreckigen

Füßen, schlaff und matt wie Herbstfliegen, in der Nähe umher oder saßen auf den Deichseln. Jegoruschka schaute hin und dachte: Wie langweilig und unbequem ist es, ein Bauer zu sein! Er trat zu Pantelej und setzte sich neben ihn auf die Deichsel.

«Großvater, mich friert!» sagte er zitternd und die Hände in die Ärmel schiebend.

«Macht nichts, wir sind bald an Ort und Stelle», gähnte Pantelej. «Macht nichts, wirst dich erwärmen.»

Der Wagenzug setzte sich früh in Bewegung, denn es war nicht heiß. Jegoruschka lag auf einem Ballen und zitterte vor Kälte, obgleich sich die Sonne bald am Himmel zeigte und seine Kleidung, den Ballen und den Boden trocknete. Kaum schloß er die Augen, erblickte er wieder Titus und die Mühle. Übelkeit und eine Schwere im ganzen Körper fühlend, strengte er alle Kräfte an, um diese Gestalten zu verscheuchen; doch kaum waren sie verschwunden, als der Raufbold Dymow mit roten Augen und geballten Fäusten sich mit Gebrüll auf ihn stürzte, oder er vernahm sein klagendes: «Traurig bin ich!» Warlamow ritt auf dem Kosakenhengst vorüber, lächelnd ging der glückliche Konstantin mit der Trappe vorbei. Und wie bedrückend, unerträglich, überlästig waren ihm alle diese Leute!

Einmal — es ging bereits auf den Abend — hob er den Kopf und bat um einen Trank.

Der Wagenzug stand auf einer großen Brücke, die sich über einen breiten Fluß spannte. Unten über dem Fluß ballte sich dunkler Rauch, und dahinter ward ein Dampfer sichtbar, der auf einem Bugsierer ein Lastschiff schleppte. Vor ihnen schimmerte jenseits des Flusses bunt ein riesiger Berg, der mit Häusern und Kirchen dicht besät war; am Fuß des Berges lief neben den Frachtwagen eine Lokomotive...

Jegoruschka hatte bisher noch nie eine Lokomotive oder einen Dampfer und breite Flüsse gesehen. Als er sie jetzt erblickte, erschrak er nicht und war auch nicht erstaunt; sein Gesicht drückte nicht einmal etwas der Neugierde Ähnliches aus. Er fühlte nur Übelkeit und beeilte sich, sich mit der Brust auf den Rand des Ballens zu legen. Er erbrach sich. Als Pantelej das sah, ächzte er und drehte den Kopf hin und her.

«Unser Bürschchen ist erkrankt!» sagte er. «Hat wahrscheinlich den Leib erkältet... das Bürschchen eben... In der Fremde... Schlimm ist es!»

VIII

Der Wagenzug machte unweit des Hafens in einem großen Gasthof halt. Als er von der Fuhre herunterkletterte, vernahm Jegoruschka eine sehr bekannte Stimme. Jemand war ihm behilflich und sprach dazu:

«Und wir sind bereits gestern abend hier eingetroffen... Haben heute den ganzen Tag euch erwartet. Wollten euch gestern einholen, doch es glückte uns nicht, wir nahmen einen anderen Weg. Oh, wie hast du dein Mäntelchen zerknittert! Der Onkel wird dich schelten!»

Jegoruschka betrachtete aufmerksam das Marmorgesicht des Sprechenden und erinnerte sich, daß es Denißka sei.

«Onkelchen und Vater Christophorus befinden sich jetzt in ihrem Hotelzimmer», fuhr Denißka fort, «sie trinken Tee. Komm mit mir!»

Er führte Jegoruschka zu einem großen, zweistöckigen, dunkel und finster aussehenden Gebäude, das der Armenanstalt in N. glich. Jegoruschka und Denißka durchschritten den Hausflur, eine dunkle Treppe und einen langen, engen Korridor; dann betraten sie ein kleines Hotelzimmer, in welchem in der Tat Iwan Iwanytsch und Vater Christophorus am Teetisch saßen. Beim Anblick des Knaben drückten die beiden alten Männer auf ihrem Gesicht Erstaunen und Freude aus.

«A-ah, Jegor Nikola-aitsch!» sang Vater Christophorus. «Herr Lomonossow!»

«Ah, die Herren Edelleute!» sagte Kusjmitschow. «Seien Sie willkommen.»

Jegoruschka legte den Mantel ab, küßte dem Onkel und Vater Christophorus die Hand und setzte sich an den Tisch.

«Nun, wie ist die Reise vonstatten gegangen, puer bone?» überschüttete ihn Vater Christophorus mit Fragen, während er ihm Tee einschenkte und, wie es seine Gewohnheit war, strahlend lächelte. «Hast sie sicher satt bekommen? Gott behüte einen davor, auf einer Fuhre oder mit einem Ochsengespann fahren zu müssen! Man fährt und fährt, Gott verzeihe mir, schaut nach vorne, aber die Steppe zieht sich unverändert in ihrer ganzen Länge und Ausdehnung hin, und kein Ende ist abzusehen! Es ist keine Fahrt, sondern eine wahre Qual. Warum trinkst du denn nicht deinen Tee? Trink! Und wir haben hier ohne dich alle Geschäfte vorzüglich erledigt. Gottlob! Wir haben die Wolle an Tscherepachin verkauft, und möge Gott einem jeden ein solches Geschäft gönnen... Haben es gut ausgenützt.»

Beim ersten Blick auf seine Angehörigen empfand Jegoruschka ein unüberwindliches Bedürfnis, zu klagen. Er hörte nicht auf Vater Christophorus und überlegte, womit er beginnen und worüber er sich eigentlich beklagen sollte. Doch Vater Christophorus' Stimme, die ihm unangenehm und schneidend erschien, hinderte ihn, sich zu konzentrieren, und verwirrte seine Gedanken. Er blieb keine fünf Minuten sitzen, stand vom Tisch auf, begab sich zum Diwan und legte sich hin.

«Da haben wir's!» verwunderte sich Vater Christophorus. «Und der Tee?»

Überlegend, worüber er sich beklagen könnte, fiel Jegoruschka mit der Stirn auf die Diwanwand und begann plötzlich zu schluchzen.

«Da haben wir's!» wiederholte Vater Christophorus, indem er sich erhob und zum Diwan ging. «Georgij, was hast du? Warum weinst du?»

«Ich... ich bin krank!» sprach Jegoruschka.

«Krank?» fragte Vater Christophorus bestürzt. «Das ist nicht gut, Freundchen... Darf man denn unterwegs krank werden? Ai, ai, Freundchen, was bist du für einer?»

Er legte die Hand an Jegoruschkas Kopf, berührte die Wange und sagte:

«Ja, der Kopf ist heiß... Du hast dich wahrscheinlich erkältet oder etwas gegessen... Rufe Gott an.»

«Man sollte ihm Chinin geben...», sagte Iwan Iwanytsch aufgeregt.

«Nein, er muß etwas Heißes bekommen... Georgij, willst du ein Süppchen? Wie?»

«Ich... ich will nicht...», erwiderte Jegoruschka.

«Fröstelst du?»

«Früher hatte ich Frösteln, aber jetzt... jetzt habe ich Fieber. Der ganze Körper tut mir weh...»

Iwan Iwanytsch ging zum Diwan, berührte Jegoruschka am Kopf, räusperte sich verlegen und kehrte zum Tisch zurück.

«Also, kleide dich aus und leg dich zu Bett», sagte Vater Christophorus, «du mußt dich ausschlafen.»

Er half Jegoruschka beim Auskleiden, gab ihm ein Kissen und deckte ihn gut zu, über die Decke legte er noch den Mantel Iwan Iwanytschs, darauf entfernte er sich auf Fußspitzen und setzte sich an den Tisch. Jegoruschka schloß die Augen, und sofort schien es ihm, daß er nicht im Hotelzimmer sei, sondern auf der Landstraße am Feldfeuer; Jemeljan fuchtelte mit den Armen, während Dymow mit blutunterlaufenen Augen auf dem Bauch lag und spöttisch auf Jegoruschka blickte.

«Schlagt ihn! Schlagt ihn!» rief Jegoruschka.

«Er phantasiert...», sprach halblaut Vater Christophorus.

«Man hat nur Scherereien!» seufzte Iwan Iwanytsch.

«Man muß ihn mit Öl und Essig einreiben, und so Gott will, wird er bis morgen gesund sein.»

Um die lästigen Phantasien loszuwerden, öffnete Jegoruschka die Augen und begann ins Lampenfeuer zu schauen. Vater Christophorus und Iwan Iwanytsch hatten sich mit Tee bereits gesättigt und redeten nun im Flüsterton. Ersterer lächelte glücklich und konnte anscheinend nicht vergessen, daß er einen guten Profit an der Wolle erzielt hatte; ihn freute nicht so sehr der Gewinn als der Gedanke, wie er, nach Hause zurückgekehrt, seine ganze große Familie um sich versammeln, listig lächeln und in ein Gelächter ausbrechen würde; zuerst würde er alle an der Nase herumführen und sagen, daß er die Wolle unter dem Preis verkauft hätte, darauf aber würde er seinem Schwiegersohn Michailo die dick gespickte Brieftasche überreichen und dazu sagen: «Da, nimm in Empfang! So muß man Geschäfte machen!» Kusjmitschow aber schien nicht zufrieden. Sein Gesicht drückte nach wie vor sachliche Trockenheit und Sorge aus.

«Ach, wenn ich gewußt hätte, daß Tscherepachin einen solchen Preis zahlen würde», sprach er halblaut, «so hätte ich nicht daheim Makarow jene fünfhundert Kilo verkauft! Wie ärgerlich! Doch wer konnte ahnen, daß der Preis so steigen würde?»

Der Kellner in einem weißen Hemd räumte den Samowar ab und zündete in der Ecke vor dem Heiligenbild das Lämpchen an. Vater Christophorus flüsterte ihm etwas ins Ohr; jener machte ein geheimnisvolles Gesicht, gleich einem Verschwörer — ich verstehe schon —, ging hinaus und kehrte nach einer Weile mit einem Geschirr zurück, das er unter den Diwan stellte. Iwan Iwanytsch machte sich auf dem Boden ein Bett, gähnte einige Male, betete träge und legte sich schlafen.

«Und morgen gedenke ich in die Kathedrale zu gehén...» bemerkte Vater Christophorus. «Ich habe dort einen Bekannten, der Mesner ist. Und nach dem Gottesdienst sollte ich den Bischof aufsuchen; man sagt aber, er sei krank.»

Er gähnte und löschte die Lampe aus. Jetzt brannte nur noch das Lämpchen vor dem Heiligenbild.

«Man sagt, er empfange nicht», fuhr Vater Christophorus, sich entkleidend, fort. «Werde wohl fortfahren müssen, ohne ihn gesehen zu haben.»

Er legte den Rock ab, und Jegoruschka erblickte vor sich Robinson Crusoe. Robinson rührte etwas in einem Schüsselchen, trat zu Jegoruschka und flüsterte:

«Lomonossow, schläfst du? Erheb dich ein wenig! Ich will dich mit Öl und Essig einreiben. Das ist gut, du mußt nur Gott anrufen.»

Jegoruschka erhob sich rasch und setzte sich auf. Vater Christophorus zog ihm das Hemd aus und, sich zusammenziehend und kurz atmend, als kitzele man ihn selber, begann er Jegoruschkas Brust einzureiben.

«Im Namen des Vaters, des Sohnes und des Heiligen Geistes ...», flüsterte er. «Leg dich auf den Bauch! So ist's recht. Morgen wirst du gesund sein, nur sündige in Zukunft nicht ... Du glühst wie Feuer! Ihr wart wohl während des Gewitters auf der Straße?»

«Ja.»

«Wie sollte man da nicht krank werden? Im Namen des Vaters, des Sohnes und des Heiligen Geistes ... Wie sollte man da nicht krank werden?»

Nachdem er Jegoruschka eingerieben hatte, zog Vater Christophorus ihm das Hemd über, deckte ihn gut zu, bekreuzigte ihn und ging. Darauf sah Jegoruschka, wie er betete. Wahrscheinlich kannte der Alte sehr viele Gebete auswendig, denn er stand lange vor dem Heiligenbild und flüsterte. Nachdem er gebetet hatte, bekreuzigte er die Fenster, die Tür, Jegoruschka, Iwan Iwanytsch, legte sich ohne Kissen auf den kleinen Diwan und deckte sich mit seinem Rock zu. Im Korridor schlug die Uhr zehnmal. Jegoruschka mußte denken, daß noch so viel Zeit bis zum Morgen bleibe, fiel vor Gram mit der Stirn auf die Diwanwand und bemühte sich nicht mehr, sich von den verworrenen, beklemmenden Phantasien zu befreien. Doch der Morgen brach viel früher an, als er gedacht hatte.

Es kam ihm vor, daß er nicht lange mit der Stirn auf der Diwanwand gelegen hätte; doch als er die Augen öffnete, zogen sich von den beiden Fenstern des Hotelzimmerchens bereits schräge Sonnenstrahlen zum Boden hin. Vater Christophorus und Iwan Iwanytsch waren nicht mehr da. Das Zimmer war aufgeräumt, hell und gemütlich und roch nach Vater Christophorus, der immer den Geruch von Zypressen und getrockneten Kornblumen ausströmte (daheim bereitete er aus Kornblumen Weihwasserwedel und Verzierungen für Heiligenschränke, weshalb er davon ganz durchtränkt war). Jegoruschka schaute auf das Kissen, die schrägen Strahlen, seine Stiefel, die jetzt geputzt waren und neben seinem Diwan aufgestellt waren, und lachte auf. Es kam ihm seltsam vor, daß er nicht auf dem

Ballen liege, daß ringsum alles trocken war und an der Decke weder Donner noch Blitz zu sehen waren.

Er sprang vom Diwan und begann sich anzukleiden. Er fühlte sich ausgezeichnet; von der gestrigen Krankheit war nur noch eine geringe Schwäche in den Beinen und im Hals übriggeblieben. Das Öl und der Essig hatten also geholfen. Er erinnerte sich des Dampfers, der Lokomotiven und des breiten Flusses, die er gestern flüchtig gesehen hatte, und beeilte sich jetzt mit dem Ankleiden, um zum Hafen zu rennen und sich alles anzusehen. Als er, nachdem er sich gewaschen, sein rotes Baumwollhemd anzog, schnappte plötzlich das Türschloß, und auf der Schwelle zeigte sich Vater Christophorus mit seinem Zylinder, mit dem Stab in der Hand und dem braunseidenen Priesterrock über seinem Kaftan aus Segeltuch. Lächelnd und strahlend (von alten Männern, die gerade aus der Kirche kommen, geht immer ein Strahlen aus), legte er eine Hostie auf den Tisch und daneben hin ein Paket, verrichtete ein Gebet und sagte:

«Gott hat seine Gnade erwiesen! Nun, wie ist die Gesundheit?»

«Jetzt ist es gut», erwiderte Jegoruschka, ihm die Hand küssend.

«Gottlob... Und ich komme aus dem Mittagsgottesdienst... Habe meinen Freund, den Mesner, aufgesucht. Er lud mich zu sich zum Tee ein, aber ich lehnte ab. Ich gehe in der

Frühe nicht gern auf Besuch. Gott mit ihnen!»
Er legte seinen Priesterrock ab, streichelte
seine Brust und packte ohne Hast das Paket
aus. Jegoruschka erblickte eine Büchse mit
grobkörnigem Kaviar, ein Stück gedörrten
Störs und Weißbrot.

«Ich kam gerade an einem Fischgeschäft
vorbei und habe das gekauft», sagte Vater
Christophorus. «An Wochentagen sollte man
eigentlich nicht Luxus treiben, aber ich dachte,
daheim ist ein Kranker, so ist es wohl verzeihlich. Der Kaviar ist sehr gut, vom Stör...»

Der Kellner im weißen Hemd brachte den
Samowar und das Tablett mit dem Geschirr.

«Iß», sagte Vater Christophorus, den Kaviar
auf eine Scheibe Brot streichend und Jegoruschka reichend. «Iß jetzt und geh dann spazieren, und wenn die Zeit kommt, wirst du
lernen. Und studiere mit Eifer und Aufmerksamkeit, damit es einen Sinn hat. Was du auswendig wissen mußt, lern auswendig, wo du
aber mit eigenen Worten den inneren Sinn
wiedergeben mußt, ohne den äußeren zu berühren, tu es mit deinen Worten. Und bemühe
dich, alle Wissenschaften kennenzulernen. Der
eine kennt die Mathematik vorzüglich, hat
aber von Peter Mogila nichts gehört; ein
anderer aber weiß alles von Peter Mogila und
kann den Mond nicht erklären. Nein, du studier
so, daß du alles begreifst! Lern Latein, Französisch, Deutsch... Geographie selbstverständlich, Geschichte, Theologie, Philosophie,

Mathematik... Und wenn du alles gelernt hast, ohne Hast und mit einem Gebet, und voll Eifer, dann tritt in den Dienst ein. Wenn du alles wissen wirst, wird es dir auf jedem Pfad leicht sein. Du lern nur und eigne dir Tugenden an, und Gott wird dir schon weisen, was du sein sollst. Ob ein Arzt, ein Richter oder Ingenieur...»

Vater Christophorus strich sich auf ein Stückchen Brot ein wenig Kaviar, steckte es in den Mund und fuhr fort:

«Apostel Paul sagt: ‚Im Studium soll man keinen Unterschied machen.' Selbstverständlich, wenn man sich mit Magie und unvernünftigem Geschwätz befaßt oder mit Geisterbeschwörung wie Saul, oder solche Wissenschaften betreibt, von denen weder man selbst noch die Menschen einen Nutzen haben, so ist es besser, nicht zu lernen. Man muß nur das aufnehmen, was Gott gesegnet hat. Du mußt dich anpassen lernen... Die heiligen Apostel sprachen alle Sprachen — lern auch du Sprachen; Wassilij der Große lernte Mathematik und Philosophie — so lerne sie auch du, der heilige Nestor schrieb Geschichte — lern auch du und schreibe Geschichte. Richte dich nach den Heiligen...»

Vater Christophorus nahm einen Schluck aus der Untertasse, wischte sich den Schnurrbart ab und drehte den Kopf hin und her.

«Gut!» sagte er. «Ich habe nach Altväterart gelernt, habe vieles schon vergessen, und doch lebe ich anders als die anderen. Man kann es nicht einmal vergleichen. Zitiert man zum Beispiel in einer großen Gesellschaft, sei es während eines Mittagessens oder in einer Versammlung, etwas Lateinisches oder aus der Geschichte oder der Philosophie, so ist es den Leuten angenehm und mir selber auch ... Oder wenn zum Beispiel das Kreisgericht sich hier versammelt und ich vereidigen muß; alle übrigen Geistlichen genieren sich, ich aber stehe mit den Richtern, den Staatsanwälten und den Advokaten auf vertrautem Fuß: rede gelehrt mit ihnen, trinke ein Täßchen Tee mit ihnen, lache ein wenig, frage, was ich nicht weiß ... Und es ist ihnen angenehm. So ist es, Freundchen ... Wissen ist Licht, Unwissen Finsternis. Lerne! Gewiß, es ist schwierig: heutzutage kommt das Studium teuer zu stehen ... Dein Mütterchen ist eine Witwe, lebt von einer Rente, nun dafür ...»

Vater Christophorus schaute erschrocken zur Tür und fuhr im Flüsterton fort:

«Iwan Iwanytsch wird helfen. Er wird dich nicht im Stich lassen. Eigene Kinder hat er nicht, und er wird dir helfen. Beunruhige dich nicht.»

Er machte ein ernstes Gesicht und setzte in noch leiserem Flüsterton fort:

«Nur paß auf, Georgij, Gott behüte dich davor, vergiß deine Mutter nicht und Iwan Iwanytsch. Die Mutter zu ehren, befiehlt das Gebot, und Iwan Iwanytsch ist dein Wohltäter und nimmt Vaterstelle bei dir ein. Wenn du ein Gelehrter wirst und, was Gott verhüten möge, die Menschen gering achten oder als Last empfinden solltest, nur weil sie dümmer sind als du, so wehe dir, wehe dir!»

Vater Christophorus hob die Hand und wiederholte mit hoher Stimme: «Wehe! Wehe!»

Vater Christophorus war ins Reden gekommen und hatte, wie man zu sagen pflegt, Geschmack daran gefunden; er wäre im gleichen Ton bis zum Mittag fortgefahren, doch die Tür öffnete sich, und Iwan Iwanytsch trat herein. Der Onkel begrüßte sie schnell, setzte sich an den Tisch und begann rasch seinen Tee zu trinken.

«Nun, ich bin mit allen Geschäften fertig geworden», hob er an. «Ich sollte heute noch heimfahren; da ist aber noch die Sorge um Jegor. Ich muß ihn unterbringen. Meine Schwester sagte, hier in der Nähe wohne ihre Freundin Nastaßja Petrowna, vielleicht nimmt sie ihn bei sich auf.»

Er wühlte in seiner Brieftasche, holte einen zerknitterten Brief hervor und las:

«Die kleine Unterstraße, an Nastaßja Petrowna Toßkunowa, im eigenen Haus. Wir wollen uns gleich auf den Weg machen, um sie aufzusuchen. Man hat nur Scherereien.»

Gleich nach dem Tee verließen Iwan Iwanytsch und Jegoruschka das Gasthaus.

«Scherereien!» murmelte der Onkel. «Du klebst an mir wie eine Klette. Ihr wollt das

Studium und die Vornehmheit, und ich habe nur die Plage mit euch...»

Als sie den Hof durchschritten, waren keine Fuhren und Fuhrknechte mehr zu sehen, sie waren schon in aller Frühe zum Hafen gefahren. In einer entfernten Ecke des Hofs schimmerte dunkel die bekannte Kalesche, daneben standen die Braunen und fraßen Hafer.

«Adieu, Kalesche!» dachte Jegoruschka.

Zuerst mußten sie über den Boulevard ziemlich lange den Berg hinansteigen, dann den großen Marktplatz überqueren; dort erkundigte sich Iwan Iwanytsch beim Polizisten, wo die kleine Unterstraße sei.

«O weh, das ist weit», lächelte der Polizist, «gegen die Viehweide zu!»

Unterwegs begegneten ihnen Droschken; aber der Onkel erlaubte sich eine solche Schwäche wie eine Droschkenfahrt nur in Ausnahmefällen und an hohen Feiertagen. Er ging mit Jegoruschka lange durch gepflasterte Straßen, dann durch Straßen, wo es nur Trottoirs, aber kein Straßenpflaster gab, und schließlich gerieten sie in solche Straßen, wo es weder Straßenpflaster noch Trottoirs gab. Als ihre Beine und ihr Mund sie bis zur kleinen Unterstraße geführt hatten, waren beide rot und wischten sich, nachdem sie ihre Hüte abgenommen hatten, den Schweiß.

«Sagen Sie bitte», wandte sich Iwan Iwanytsch an einen alten Mann, der auf einem

Bänkchen vor dem Tor saß, «wo ist hier das Haus der Nastaßja Petrowna Toßkunowa?»

«Hier gibt es keine Toßkunowa», erwiderte nach einigem Nachdenken der Alte. «Vielleicht meinen Sie Timoschenko?»

«Nein, Toßkunowa...»

«Entschuldigen Sie, hier ist keine Toßkunowa bekannt...»

Iwan Iwanytsch zuckte die Achseln und schleppte sich weiter.

«Suchen Sie nicht weiter!» rief ihm von hinten der Alte zu. «Ich sage, es gibt hier keine, folglich gibt es keine!»

«Hör mal, Tantchen», wandte sich Iwan Iwanytsch an eine alte Frau, die an der Ecke auf einem Tragbrett Sonnenblumenkerne und Birnen verkaufte, «wo ist hier das Haus der Nastaßja Petrowna Toßkunowa?»

Die Alte schaute ihn erstaunt an und lachte auf.

«Ja, lebt denn jetzt Nastaßja Petrowna in ihrem Haus?» fragte sie. «Du lieber Gott, es ist schon acht Jahre her, daß sie ihre Tochter verheiratet und ihr Haus dem Schwiegersohn vermacht hat! Dort lebt jetzt der Schwiegersohn.»

Und ihre Augen redeten: «Wie wißt ihr Dummköpfe solches nicht?»

«Und wo wohnt sie jetzt?» fragte Iwan Iwanytsch.

«Du lieber Gott!» erwiderte die Alte erstaunt, die Hände zusammenschlagend. «Sie wohnt schon lange in einer Mietwohnung! Es ist bereits acht Jahre her, daß sie ihr Haus dem Schwiegersohn vermacht hat. Was denken Sie nur!»

Sie erwartete wahrscheinlich, daß Iwan Iwanytsch sich auch verwundern und ausrufen würde: «Ja, das kann nicht sein!» doch jener fragte sehr ruhig:

«Wo ist denn ihre Wohnung?»

Die Händlerin krempelte ihre Ärmel auf, zeigte mit dem bloßen Arm die Richtung und schrie in gellendem Ton:

«Gehen Sie immer gerade, gerade, gerade... Wenn Sie am roten Häuschen vorübergegangen sind, so ist zur linken Hand eine Quergasse. Biegen Sie in diese Quergasse ein, und das dritte Tor rechts...»

Iwan Iwanytsch und Jegoruschka kamen bis zum roten Haus, bogen nach links in die Quergasse ein und wandten sich zum dritten Tor rechts. Zu beiden Seiten dieses grauen, sehr alten Tors zog sich ein grauer Zaun mit breiten Spalten hin; der rechte Teil des Zauns hatte sich stark nach vorne geneigt und drohte einzustürzen, der linke wich nach hinten in den Hof zurück, das Tor hingegen stand gerade und schien noch unschlüssig, wohin es am bequemsten für den Einsturz wäre, nach vorne oder hinten. Iwan Iwanytsch öffnete das Pförtchen und erblickte einen großen, mit Steppengras und Kletten bewachsenen Hof. Hundert Schritte vom Pförtchen entfernt stand ein kleines Häuschen mit einem roten Dach und grünen Fensterläden. Eine volle Frau mit aufgekrempelten Ärmeln und aufgesteckter Schürze stand inmitten des Hofs, schüttete etwas auf den Boden und schrie ebenso gellend wie die Händlerin: «Put!.. put! put!»

Hinter ihr saß ein roter Hund mit spitzen Ohren. Beim Anblick der Gäste rannte er zum Pförtchen und begann im Tenor zu bellen. Alle roten Hunde bellen im Tenor.

«Wen suchen Sie?» rief die Frau, mit der Hand die Augen vor der Sonne schützend.

«Guten Tag!» rief ihr ebenfalls Iwan Iwanytsch zu und wehrte mit dem Stock den roten Hund ab. «Erlauben Sie bitte, wohnt hier Nastaßja Petrowna Toßkunowa?»

«Jawohl. Und was wünschen Sie?»

Iwan Iwanytsch und Jegoruschka näherten sich ihr. Sie musterte sie mißtrauisch und wiederholte:

«Was wünschen Sie von ihr?»

«Vielleicht sind Sie selber Nastaßja Petrowna?»

«Ja, ich bin es!»

«Sehr angenehm... Sehen Sie, Ihre alte Freundin Olga Iwanowna Kniasewa läßt Sie grüßen. Und das da ist ihr Söhnchen. Ich aber bin, vielleicht entsinnen Sie sich, ihr leiblicher Bruder, Iwan Iwanytsch... Sie sind ja auch aus N... Sie sind in unserer Stadt geboren und aufgewachsen und haben dort geheiratet...»

Ein Schweigen trat ein. Die volle Frau starrte verständnislos Iwan Iwanytsch an, als könne sie es nicht glauben oder verstehen; darauf wurde sie dunkelrot und schlug die Hände zusammen: aus ihrer Schürze fiel der Hafer, aus den Augen sprühten die Tränen.

«Olga Iwanowna!» kreischte sie auf, vor Aufregung schwer atmend. «Mein teures Täubchen! Ach, du lieber Gott, was stehe ich denn wie eine Närrin da? Ach, du mein hübsches Engelchen...»

Sie umarmte Jegoruschka, näßte mit ihren Tränen sein Gesicht und brach in richtiges Weinen aus.

«Mein Gott!» sagte sie und rang die Hände. «Oletschkas Söhnchen! Ist das eine Freude! Er ist ganz die Mutter! Gleicht ihr wie ein Ei dem anderen! Doch warum stehen Sie hier im Hof? Bitte, treten Sie ein!»

Weinend, schwer atmend und im Gehen redend, eilte sie zum Haus; die Gäste schlenderten hinterher.

«Es ist bei mir nicht aufgeräumt!» sagte sie, die Gäste in einen kleinen, stickigen Salon führend, der mit Heiligenbildern und Blumentöpfen vollgepfropft war. «Ach, du Mutter Gottes! Wassilissa, geh und öffne wenigstens die Fensterladen! Du, mein Engelchen! Du schönes Kerlchen! Ich ahnte ja nicht, daß Oletschka ein solches Söhnchen besitzt!» Als sie sich beruhigt und an die Gäste gewöhnt hatte, forderte Iwan Iwanytsch sie zu einer

Unterredung unter vier Augen auf. Jegoruschka begab sich ins Nebenzimmer; dort stand eine Nähmaschine, am Fenster hing ein Vogelkäfig mit einem Star und es befanden sich hier ebenso viele Heiligenbilder und Blumen wie im Salon. Neben der Maschine stand unbeweglich ein kleines, sonnverbranntes Mädchen mit ebenso prallen Wangen, wie Titus sie hatte, in einem sauberen Kattunkleidchen. Ohne zu blinzeln, schaute sie Jegoruschka an und fühlte sich anscheinend sehr unbehaglich. Jegoruschka warf einen Blick auf sie, schwieg und fragte schließlich:

«Wie heißt du?»

Das Mädchen bewegte die Lippen, machte ein weinerliches Gesicht und erwiderte leise:

«Atjka...»

Das bedeutete Katjka.

«Er wird bei Ihnen wohnen», flüsterte im Salon Iwan Iwanytsch, «wenn Sie so gut sein wollen, und wir werden Ihnen zehn Rubel im Monat zahlen. Er ist ein stilles, nicht verwöhntes Kind...»

«Ich weiß nicht, was ich Ihnen darauf sagen soll, Iwan Iwanytsch!» seufzte weinerlich Nastaßja Petrowna. «Zehn Rubel sind ein schönes Geld, aber es ist eine große Verantwortung, ein fremdes Kind aufzunehmen! Wenn er plötzlich erkrankt oder sonst was...»

Als man Jegoruschka wieder in den Salon rief, stand Iwan Iwanytsch bereits mit dem Hut in der Hand und verabschiedete sich.

«Nun was denn? Also er bleibt jetzt bei Ihnen», sagte er. «Leben Sie wohl! Du bleibst hier, Jegor!» sagte er, sich dem Neffen zuwendend. «Sei brav, gehorche Nastaßja Petrowna... Leb wohl! Ich komme morgen noch einmal vorbei!»

Und er ging fort. Nastaßja Petrowna umarmte nochmals Jegoruschka, nannte ihn Engelchen und begann mit verweinten Augen den Tisch zu decken. Drei Minuten später saß Jegoruschka bereits an ihrer Seite, gab Antwort auf ihre endlosen Fragen und aß eine fette, heiße Kohlsuppe.

Und am Abend saß er wieder am gleichen Tisch und hörte, den Kopf auf die Hand gelegt, Nastaßja Petrowna zu. Weinend und lachend erzählte sie ihm von der Jugendzeit seiner Mutter, von ihrer Heirat, ihren Kindern... Im Herd rief ein Heimchen, und kaum vernehmbar summte der Brenner der Lampe. Die Hausfrau sprach halblaut und ließ vor Aufregung beständig den Fingerhut fallen, und Katja, ihre Enkelin, kroch unter den Tisch, um ihn hervorzuholen, und blieb jedesmal lange unter dem Tische sitzen; wahrscheinlich betrachtete sie Jegoruschkas Füße. Jegoruschka aber hörte zu, döste und betrachtete das Gesicht der Alten, ihre behaarte Warze, die Streifen von den Tränen... Und ihm war traurig, sehr traurig zumute! Das Bett bereitete man ihm auf einem Koffer und machte ihn darauf aufmerksam, wenn er in der Nacht Hunger verspüre, solle er nur in den kleinen Gang hinausgehen und dort auf dem Fenster vom Hühnchen nehmen, das mit einem Teller zugedeckt stand.

Am nächsten Morgen kamen Iwan Iwanytsch und Vater Christophorus, um sich zu verabschieden. Nastaßja Petrowna war erfreut und wollte den Samowar aufstellen; doch Iwan Iwanytsch hatte große Eile und sagte abwehrend: «Wir haben keine Zeit für Tee und dergleichen. Wir müssen sofort gehen.»

Vor dem Abschied setzten sich alle und schwiegen eine Minute. Nastaßja Petrowna seufzte tief und blickte mit verweinten Augen auf die Heiligenbilder.

«Nun», begann Iwan Iwanytsch, sich erhebend, «du bleibst also hier ...»

Von seinem Gesicht schwand die sachliche Trockenheit, er errötete ein wenig, lächelte traurig und sagte:

«Schau zu, daß du gut lernst ... Vergiß die Mutter nicht und gehorche Nastaßja Petrowna ... Wenn du gut lernen wirst, Jegor, werde ich dich nicht verlassen.»

Er holte einen Geldbeutel aus der Tasche, wandte Jegoruschka den Rücken zu und wühlte lange unter dem Kleingeld; als er ein Zehnkopekenstück gefunden hatte, gab er es Jegoruschka. Vater Christophorus seufzte und bekreuzigte ohne Hast Jegoruschka.

«Im Namen des Vaters, des Sohnes und des Heiligen Geistes ... Lerne», sagte er. «Gib dir

Mühe, Freundchen... Wenn ich sterbe, gedenke meiner im Gebet. Nimm auch von mir ein Zehnkopekenstück, entgegen...»

Jegoruschka küßte ihm die Hand und brach in Weinen aus. Etwas in der Seele flüsterte ihm zu, daß er wohl nie mehr diesen alten Mann sehen würde.

«Ich habe bereits ein Gesuch im Gymnasium eingereicht, Nastaßja Petrowna», sprach mit leiser Stimme Iwan Iwanytsch, als liege im Zimmer eine Leiche. «Am 7. August führen Sie ihn zum Examen hin... Nun, leben Sie wohl! Gott sei mit Ihnen. Leb wohl, Jegor!»

«Wenn Sie wenigstens ein Täßchen Tee nähmen!» stöhnte Nastaßja Petrowna.

Durch die Tränen, die ihm den Blick verhüllten, sah Jegoruschka nicht, wie der Onkel und Vater Christophorus das Zimmer verließen. Er stürzte ans Fenster, doch sie waren nicht mehr im Hof; soeben kehrte sichtlich im Vollgefühl erfüllter Pflicht vom Tor der rote Hund zurück, der gerade zu bellen aufgehört hatte. Ohne zu wissen, warum, riß sich Jegoruschka los und flog aus dem Zimmer. Als er zum Tor hinauskam, winkten ihm Iwan Iwanytsch und Vater Christophorus, ersterer mit dem Stock, der zweite mit dem Stab, zu und entschwanden bereits um die Ecke. Jegoruschka fühlte, daß mit diesen zwei Menschen für ihn auf immer wie Rauch all das verschwand, was für ihn bisher das Leben bedeutet hatte; erschöpft ließ er sich auf ein Bänklein nieder und begrüßte mit bitteren Tränen das neue, unbekannte Leben, das jetzt für ihn begann...

Wie wird dieses Leben sich gestalten?
1888.

MISSIUS
Erzählung eines Künstlers

I

Es war vor etwa sechs, sieben Jahren, da lebte ich in einem Kreise des T.schen Gouvernements auf dem Gute Bjelokurows, eines jungen Mannes, der sehr früh aufstand, in einer Joppe herumging, abends Bier trank und mir ständig klagte, daß er nirgends und bei keinem Mitgefühl finde. Er lebte im Garten in einem Seitenflügel und ich in dem alten Herrschaftshaus in einem Riesensaal mit Säulen, der keinerlei Mobiliar enthielt außer dem breiten Diwan, auf dem ich schlief, und dem Tisch, auf dem ich Patience legte. Selbst bei ruhigem Wetter kam ein dumpfes Tosen aus den alten Öfen, während eines Gewitters aber bebte das ganze Haus und schien gleichsam bersten zu wollen, es war, namentlich nachts, ein wenig unheimlich, wenn alle zehn großen Fenster plötzlich vom Blitz erleuchtet wurden.

Vom Schicksal zu stetem Müßiggang bestimmt, tat ich buchstäblich nichts. Stundenlang schaute ich aus meinen Fenstern auf den Himmel, die Vögel, die Alleen, las alles, was man mir von der Post brachte, schlief. Zuweilen verließ ich das Haus und schweifte bis zum späten Abend umher.

Einmal stieß ich auf dem Heimweg zufällig auf ein fremdes Gut. Die Sonne verbarg sich schon, und Abendschatten legten sich auf den blühenden Roggen. Zwei Reihen alter, eng gepflanzter, sehr hoher Tannen standen gleich festen Mauern, eine düstere, schöne Allee bildend, da. Ich kletterte mit Leichtigkeit über den Zaun und schritt durch diese Allee, auf den Tannennadeln gleitend, die den Boden mehrere Zentimeter hoch bedeckten. Es war still und dunkel, und nur hoch über den Wipfeln zitterte irgendwo leuchtendes, goldenes Licht und schillerte in Regenbogenfarben im Netz einer Spinne. Es roch stark, beinahe erstickend, nach Tannen. Darauf bog ich in eine lange Lindenallee ein. Auch hier Verödung und Alter; das letztjährige Laub raschelte traurig unter den Füßen, und in der Dämmerung zwischen den Bäumen verbargen sich Schatten. Rechts im alten Obstgarten sang unlustig mit schwacher Stimme eine Goldamsel, wohl auch schon ein bejahrtes Exemplar. Doch da nahmen die Linden ein Ende; ich kam an einem weißen Haus mit einer Terrasse und einem Mezzanin vorüber, und vor mir öffnete sich plötzlich die Sicht auf den Hof des Herrenhauses und den breiten Teich mit dem Badehaus, die Gruppe grüner Weiden, das Dorf am gegenüberliegenden Ufer und den hohen, schmalen Glockenturm, auf dem das Kreuz flammte, worin die untergehende Sonne sich spiegelte. Es wehte mich einen Augenblick lang der Zauber von etwas sehr Teurem, sehr Vertrautem an, als hätte ich dieses Panorama ehemals in meiner Kindheit schon gesehen.

Am weißen steinernen Tor, das vom Hof aufs Feld führte, am altertümlichen festen Tor mit den Löwen standen zwei junge Mädchen. Die Ältere, ein schlankes, blasses, sehr schönes Mädchen mit einer Fülle kastanienbraunen Haars und einem kleinen eigensinnigen Mund, hatte einen sehr strengen Ausdruck und beachtete mich kaum; die andere, ein noch ganz junges Ding, das kaum siebzehn, achtzehn Jahre zählen mochte, auch sehr schlank und blaß, mit großem Mund und großen Augen, schaute mich erstaunt an, als ich vorüberging, sagte etwas in englischer Sprache und wurde verlegen, und es kam mir vor, als seien mir auch diese zwei lieben Gesichter schon längst vertraut. Und ich kehrte wie nach einem schönen Traum nach Hause zurück.

Bald darauf, als Bjelokurow und ich in der Nähe des Hauses uns ergingen, fuhr, im Grase raschelnd, ein Wagen unerwartet in den Hof, in dem eines der Mädchen saß. Es war die Ältere. Sie kam mit einem Subskriptionsbogen, um für Abgebrannte zu bitten. Ohne uns anzusehen, berichtete sie sehr ernst und ausführlich, wieviel Häuser im Dorfe Sijanowo abgebrannt, wieviel Männer, Frauen und Kinder ohne Obdach geblieben seien und was das Komitee für die Abgebrannten, dessen Mitglied sie jetzt sei, zuallererst zu unternehmen beabsichtige. Nachdem wir unsere Namen auf den Bogen gesetzt hatten, steckte sie ihn ein und verabschiedete sich sofort.

«Sie haben uns ganz vergessen, Peter Petrowitsch», sagte sie zu Bjelokurow, ihm die Hand reichend. «Besuchen Sie uns, und wenn Monsieur N. (sie nannte meinen Namen) sich ansehen will, wie die Verehrerinnen seines Talents leben, und uns aufsucht, so werden wir, Mama und ich, uns sehr freuen.»

Ich verbeugte mich.

Als sie fortgefahren war, begann Peter Petrowitsch zu erzählen. Dieses Mädchen war, wie er berichtete, aus guter Familie und hieß Lydia Woltschaninowa, und das Gut, auf dem sie mit Mutter und Schwester lebte, trug wie das Dorf auf dem gegenüberliegenden Ufer des Teichs den Namen Scholkowka. Ihr Vater bekleidete ehedem eine bedeutende Stellung in Moskau und war als Geheimrat gestorben. Ungeachtet ihrer reichlichen Mittel lebten die Woltschaninows Sommer und Winter beständig auf dem Land, und Lydia war Lehrerin an der Semstwoschule in Scholkowka und erhielt 25 Rubel im Monat. Sie gab für sich nur dieses Geld aus und war stolz darauf.

«Eine interessante Familie», sagte Bjelokurow. «Wir könnten sie einmal besuchen. Sie werden sich über Sie sehr freuen.»

An einem Feiertag erinnerten wir uns nach dem Mittagessen plötzlich an Woltschaninows und begaben uns zu ihnen nach Scholkowka. Mutter und beide Töchter waren daheim. Die Mutter, Jekaterina Pawlowna, mußte früher schön gewesen sein; jetzt aber war sie für ihr Alter viel zu aufgedunsen, litt an Atemnot, war traurig und zerstreut. Sie bemühte sich, mich mit einem Gespräch über Malerei zu unterhalten. Als sie von ihrer Tochter erfahren hatte, daß ich vielleicht nach Scholkowka kommen würde, rief sie sich hastig zwei, drei meiner Landschaften, die sie in Moskau an Ausstellungen gesehen hatte, ins Gedächtnis zurück und fragte mich jetzt, was ich in ihnen hätte ausdrücken wollen. Lydia, oder wie man sie zu Hause nannte, Lida, sprach mehr mit Bjelokurow als mit mir. Ernst, ohne zu lächeln, fragte sie ihn, warum er nicht in der Semstwo arbeite und warum er bisher noch nie an einer Semstwositzung teilgenommen habe.

«Das ist nicht recht, Peter Petrowitsch. Nicht recht. Schämen Sie sich», sagte sie vorwurfsvoll.

«Unser ganzer Kreis befindet sich in den Händen Balagins», fuhr Lida, sich an mich wendend, fort. «Er ist Präsident der Verwaltung, hat alle Ämter im Kreis unter seinen Neffen und Schwiegersöhnen verteilt und tut, was er will. Man muß kämpfen. Die Jugend muß eine starke Partei bilden, doch Sie sehen, was für eine Jugend wir haben. Schämen Sie sich, Peter Petrowitsch!»

Die jüngere Schwester Genia schwieg, solange man über die Semstwo sprach. Sie beteiligte sich nicht an ernsten Gesprächen, in der Familie galt sie noch nicht als erwachsen, und man nannte sie immer noch mit ihrem Kindernamen Missius, weil sie als Kind ihre Gouvernante, die Miß, so gerufen hatte. Sie schaute die ganze Zeit voll Neugier auf mich, und als ich im Album Photographien betrachtete, gab sie dazu die Erklärungen: «Das ist Onkel... Das der Pate»; ihr Fingerchen glitt über die Bilder, und gleichzeitig berührte sie mich nach Kinderart mit ihrer Schulter, so daß ich aus der Nähe ihre zarte, unentwickelte Brust, die schlanken Schultern, den Zopf und den mageren Körper sah, den ein Gürtel eng umschloß.

Wir spielten Krocket und Lawn-Tennis, gingen im Garten spazieren, tranken Tee und saßen nachher lange beim Nachtmahl. Meinem leeren Riesensaal mit den Säulen entflohen, fühlte ich mich so wohl in diesem kleinen gemütlichen Haus, an dessen Wänden keine Ölbilder hingen und wo man die Dienstboten nicht duzte; alles erschien mir rein und jung dank der Anwesenheit Lidas und Missius', und alles atmete Anständigkeit. Während des Abendessens sprach Lida wiederum mit Bjelokurow über Semstwo, Balagin, Schulbibliotheken. Sie war ein lebhaftes, offenes, überzeugtes Mädchen, und es war interessant, ihr zuzuhören, obgleich sie viel und laut sprach — vielleicht kam das daher, daß sie in der Schule viel reden mußte. Dafür redete mein Peter Petrowitsch, der noch aus der Studentenzeit die Gewohnheit beibehalten hatte, jedes Gespräch in einen Disput umzuwandeln, langweilig, matt, langatmig, mit dem deutlichen Wunsch, als kluger, fortschrittlicher Mann zu erscheinen. Gestikulierend warf er mit dem Ärmel den Saucennapf um, und auf dem Tischtuch entstand eine große Lache, doch außer mir schien es niemand bemerkt zu haben.

Als wir nach Hause zurückkehrten, war es dunkel und still.

«Die gute Erziehung besteht nicht darin, daß du nicht die Sauce auf dem Tischtuch ausleerst, sondern darin, daß du es nicht bemerkst, wenn ein anderer es tut», sagte Bjelokurow und seufzte auf. «Jawohl, eine vortreffliche, intelligente Familie. Ich lebe so zurückgezogen, sehe keine rechten Menschen. Ach, immer, immer bin ich beschäftigt!»

Er sprach davon, wie viel man arbeiten müsse, wenn man ein musterhafter Landwirt werden wolle. Ich aber mußte denken: Was ist er doch für ein schwerfälliger und fauler Kerl! Wenn er ernst über etwas redete, so zerdehnte er seine Worte, und so wie er redete, arbeitete er auch: langsam, immer zu spät kommend, die Fristen versäumend. An seine Tüchtigkeit konnte ich schon deshalb nicht recht glauben, weil er die Briefe, die ich ihm zur Bestellung übergab, wochenlang in seiner Tasche herumschleppte.

«Am schwersten zu ertragen ist», murmelte er, neben mir hergehend, «am schwersten ist es, daß man arbeitet und nirgends auf Mitgefühl stößt. Nirgends!»

II

Ich begann bei Woltschaninows zu verkehren. Gewöhnlich saß ich auf der unteren Stufe der Terrasse, mich plagte die Unzufriedenheit mit mir selber, ich bedauerte mein Leben, das so schnell und uninteressant dahinfloß, und immer mußte ich denken, wie gut es wäre, mir das Herz aus der Brust zu reißen, das so schwer geworden war. Und unterdessen wurde auf der Terrasse gesprochen, Kleiderrascheln ließ sich vernehmen, ein Buch wurde umgeblättert. Ich gewöhnte mich schnell daran, daß Lida tagsüber Kranke empfing, Bücher verteilte, häufig mit unbedecktem Haupt unter dem Schirm ins Dorf ging und abends laut über Semstwo und Schulen redete. Dieses schlanke, schöne, unverändert strenge Mädchen mit dem kleinen, fein gezeichneten Mund sagte jedesmal, wenn ein sachliches Gespräch begann, trocken zu mir:

«Das kann Sie nicht interessieren.»

Ich war ihr unsympathisch. Sie mochte mich nicht, weil ich Landschaftsmaler war und in meinen Bildern nicht die Volksnöte darstellte und weil ich, wie ihr schien, gleichgültig dem gegenüber war, woran sie so fest glaubte. Ich erinnere mich, daß ich einst auf einer Reise am Ufer des Baikalsees einem Burjätenmädchen begegnete, das in Hemd und Hose aus blauem chinesischem Baumwollzeug auf einem Pferd ritt; ich fragte sie, ob sie mir nicht ihre Pfeife verkaufen wolle, und während wir redeten, schaute sie voll Verachtung auf mein europäisches Gesicht und meinen Hut, und sehr bald bekam sie es satt, mit mir zu sprechen, gab einen schreienden Laut von sich und sprengte davon. Ebenso verachtete auch Lida den Fremden in mir. Sie äußerte ihre Antipathie nicht durch Worte, aber ich fühlte sie und wurde, auf der untersten Terrassenstufe sitzend, gereizt und sagte dann, man betrüge die Bauern, wenn man sie behandle, ohne Arzt zu sein, und es sei leicht, den Wohltäter zu spielen, wenn man zweitausend Deßjätinen besitze.

Ihre Schwester Missius aber kannte keinerlei Sorgen und verbrachte ihr Leben gleich mir in vollem Müßiggang. Kaum war sie am Morgen aufgestanden, so griff sie nach einem Buch und setzte sich damit auf die Terrasse in einen tiefen Lehnstuhl, wobei ihre Füßchen kaum den Boden berührten, oder sie verbarg sich mit dem Buch in der Lindenallee oder begab sich aufs Feld. Sie las den ganzen Tag, voll Gier ins Buch schauend, und nur daran, daß ihr Blick zuweilen müde, geistesabwesend wurde und ihr Gesicht stark erblaßte, konnte man erraten, wie sehr die Lektüre ihr Gehirn ermüdete. Wenn ich kam, errötete sie leicht bei meinem Anblick, ließ ihr Buch im Stich und erzählte mir, mit ihren großen Augen in mein Gesicht schauend, lebhaft von allen Vorgängen, zum Beispiel, daß im Gesindezimmer der Ruß Feuer gefangen oder der Knecht im Teich einen großen Fisch gefangen habe. Wochentags trug sie gewöhnlich eine helle Hemdbluse und einen dunkelblauen Rock. Wir gingen zusammen spazieren, pflückten Kirschen zum Einmachen, fuhren Boot, und wenn sie sprang, um eine Kirsche zu erhaschen, oder ruderte, so schimmerten durch die weiten Ärmel ihre schlanken, zarten Ärmchen. Oder ich machte eine Skizze, und sie stand daneben und schaute entzückt zu.

An einem Sonntag Ende Juli kam ich gegen neun Uhr morgens zu Woltschaninows. Ich ging durch den Park, hielt mich dem Hause fern und suchte weiße Schwämme, deren es in diesem Sommer sehr viele gab, und bezeichnete sie, um sie nachher mit Genia einzusammeln. Es wehte ein warmes Lüftchen. Ich sah, wie Genia und ihre Mutter, beide in hellen Festtagskleidern, aus der Kirche nach Hause kamen und Genia sich den Hut hielt, damit der Wind ihn nicht forttrage. Darauf hörte ich, wie sie auf der Terrasse Tee tranken.

Für mich, einen sorglosen Mann, der eine Rechtfertigung für seinen beständigen Müßiggang suchte, waren diese festtäglichen Sommermorgen auf unseren Gütern stets außerordentlich anziehend. Wenn der grüne, noch taufrische Garten in der Sonne leuchtet und glücklich scheint, wenn es neben dem Hause nach Reseda und Oleander duftet, die Jugend gerade aus der Kirche zurückgekehrt ist und im Garten Tee trinkt, wenn alle so hübsch gekleidet und fröhlich sind, und wenn man weiß, daß alle diese gesunden, satten, schönen Menschen den langen lieben Tag nichts tun werden, dann möchte man, daß das ganze Leben so verliefe. Auch an diesem Tage dachte ich so und ging durch den Garten, bereit, den ganzen Tag, den ganzen Sommer so ohne Arbeit und ohne Ziel umherzuwandeln.

Genia kam mit ihrem Körbchen; ihr Ausdruck sagte, daß sie gewußt oder vorausgeahnt habe, daß sie mich im Garten finden würde. Wir sammelten die Pilze und redeten, und wenn sie eine Frage an mich richtete, dann tat sie ein paar Schritte nach vorne, um mein Gesicht zu sehen.

«Gestern geschah in unserem Dorfe ein Wunder», sagte sie. «Die lahme Pelageja war ein ganzes Jahr krank, kein Arzt, keinerlei Arzneien halfen, und gestern hat eine alte Frau etwas geflüstert, und die Krankheit ist vergangen».

«Das ist nicht wichtig», entgegnete ich. «Man muß Wunder nicht nur bei Kranken und alten Frauen suchen. Ist denn Gesundheit etwa kein Wunder? Und das Leben selber? Was nicht verständlich ist, ist ein Wunder.»

«Und fürchten Sie nicht das, was Sie nicht begreifen?»

«Nein. An Erscheinungen, die ich nicht begreife, trete ich mutig heran und ordne mich ihnen nicht unter. Ich stehe über ihnen. Der Mensch muß sich für ein höheres Wesen halten, als Löwen, Tiger, Sterne sind, höher als alles in der Natur, sogar für höher als das, was unverständlich ist und wunderbar erscheint, sonst ist er kein Mensch, sondern eine Maus, die alles fürchtet.»

Genia dachte, daß ich als Künstler sehr vieles wisse und das, was ich nicht wisse, richtig erraten könne. Sie wollte, daß ich sie in das Gebiet des Ewigen und Schönen einführe, in diese höhere Welt, mit der ich ihrer Ansicht nach vertraut war, und sie sprach mit mir über Gott, das ewige Leben, das Wunderbare. Und ich, der nicht zugeben konnte, daß ich und meine Vorstellungskraft nach dem Tode untergehen sollten, antwortete: «Ja, die Menschen sind unsterblich, ja, uns erwartet die Ewigkeit.» Und sie lauschte meinen Worten, glaubte und verlangte keine Beweise.

Als wir uns dem Hause näherten, blieb sie plötzlich stehen und sagte:

«Unsere Lida ist ein hervorragender Mensch. Nicht wahr? Ich liebe sie heiß und könnte jeden Augenblick mein Leben für sie opfern. Aber sagen Sie», Genia berührte mit ihrem Finger meinen Ärmel, «sagen Sie, warum streiten Sie immer mit ihr? Warum sind Sie gereizt?»

«Weil sie unrecht hat.»

Genia schüttelte verneinend den Kopf, und Tränen traten in ihre Augen.

«Wie unverständlich das ist!» sagte sie.

Lida war gerade von irgendwo zurückgekehrt, und mit der Peitsche in Händen neben der Vortreppe stehend, schlank, schön, von der Sonne beleuchtet, gab sie dem Diener Befehle. Hastig und laut redend, empfing sie zwei, drei Kranke, ging darauf mit sachlicher, besorgter Miene durch die Zimmer, öffnete bald einen, bald einen anderen Schrank, begab sich ins Mezzanin; man suchte sie lange und rief sie zum Mittagessen, sie kam aber erst, als wir die Suppe schon gegessen hatten. Aus irgendeinem Grund erinnere ich mich gut und voller Liebe dieser Details, wie ich überhaupt diesen ganzen Tag lebhaft in Erinnerung behalten habe, obgleich nichts Besonderes sich ereignet hat. Nach dem Mittagessen las Genia, im tiefen Lehnstuhl liegend, während ich auf der untersten Stufe der Terrasse saß. Wir schwiegen. Wolken überzogen den ganzen Himmel, und ein feiner Regen begann zu tröpfeln. Es war heiß, der Wind hatte sich schon lange gelegt, und es schien, als wolle dieser Tag nie ein Ende nehmen. Verschlafen trat Jekaterina Pawlowna mit dem Fächer in der Hand zu uns auf die Terrasse heraus.

«Oh, Mama», sagte Genia, ihr die Hand küssend, «es ist für dich schädlich, am Tage zu schlafen.»

Sie vergötterten einander. Wenn die eine sich in den Garten begab, so stand schon die andere auf der Terrasse, blickte auf die Bäume und rief: «Holla, Genia!» oder: «Mamachen, wo bist du?» Sie beteten immer zusammen, und beide hatten den gleichen Glauben, und sie verstanden einander sogar gut, auch wenn sie schwiegen. Und sie hatten das gleiche Verhältnis den Menschen gegenüber. Jekaterina Pawlowna hatte sich auch schnell an mich gewöhnt und angeschlossen, und wenn ich zwei, drei Tage ausblieb, so ließ sie sich erkundigen, ob ich gesund sei. Auch sie blickte voller Entzücken auf meine Skizzen, und mit der gleichen Geschwätzigkeit und ebenso offenherzig wie Missius berichtete sie mir von den Ereignissen im Hause und vertraute mir häufig ihre kleinen Geheimnisse an.

Sie weihte ihrer ältesten Tochter eine mit Ehrfurcht gemischte Liebe. Lida war nie zärtlich, sprach nur über ernste Dinge; sie lebte ihr eigenes Leben und war für Mutter und Schwester eine ebenso heilige, ein wenig rätselhafte Person, wie es für die Matrosen der Admiral ist, der immer in seiner Kajüte sitzt.

«Unsere Lida ist ein hervorragender Mensch», sagte häufig die Mutter. «Nicht wahr?»

Auch jetzt, während der Regen tröpfelte, redeten wir über Lida. «Sie ist ein hervorragender Mensch», sagte die Mutter und fügte halblaut im Tone einer Verschwörerin, sich ängstlich umschauend, hinzu: «Solche wie sie kann man mit der Laterne suchen, obgleich, wissen Sie, ich anfange, mich ein wenig zu beunruhigen. Die Schule, die Hausapotheke, die Bücher, das ist alles recht und gut, doch warum die Extreme? Sie ist ja schon dreiundzwanzig Jahre alt, es ist Zeit, an sich selbst zu denken. Immer hinter Büchern und Hausapotheken, auf diese Weise kann das Leben vergehen, ohne daß man es bemerkt ... Sie muß heiraten.»

Blaß vom Lesen, mit zerzauster Frisur, erhob Genia den Kopf und sagte gleichsam für sich, die Mutter ansehend:

«Mamachen, alles hängt von Gottes Willen ab!»

Und sie versenkte sich wieder in die Lektüre.

Bjelokurow kam in der Joppe und im gestickten Hemd. Wir spielten Krocket und Lawn-Tennis, und als es dunkelte, saßen wir lange beim Nachtessen, und Lida sprach wieder über Schulen und Balagin, der den ganzen Kreis in seinen Händen halte. Als ich an diesem Abend von Woltschaninows fortging, nahm ich den Eindruck eines langen, langen, müßigen Tages mit mir und die traurige Erkenntnis, daß alles auf dieser Welt, wie lange es auch währte, einmal ein Ende nimmt. Genia begleitete uns bis zum Tor. Vielleicht weil sie den ganzen Tag, vom Morgen bis zum Abend, mit mir verbracht hatte, fühlte ich, daß es ohne sie traurig war und daß diese ganze liebe Familie mir nahestand; und zum erstenmal in diesem Sommer empfand ich Lust zu malen.

«Sagen Sie, warum leben Sie so langweilig, so farblos?», fragte ich Bjelokurow auf dem Heimweg. «Mein Leben ist traurig, ist schwer, eintönig, weil ich ein Künstler bin, ein seltsamer Mensch, seit frühester Jugend zerrissen durch Neid, Unzufriedenheit mit mir selber, Zweifel an meiner Arbeit, ich bin immer arm, ich bin ein Vagabund; aber Sie, Sie, ein gesunder, normaler Mensch, ein Gutsbesitzer, ein Herr — warum leben Sie so uninteressant, nehmen so wenig vom Leben? Warum haben Sie sich zum Beispiel bisher nicht in Lida oder Genia verliebt?»

«Sie vergessen, daß ich eine andere Frau liebe», erwiderte Bjelokurow.

Er meinte seine Freundin, Ljubow Iwanowna, die mit ihm den Seitenflügel bewohnte. Ich sah jeden Tag, wie diese üppige, mollige, wichtige Dame, die einer gemästeten Gans glich, in einem russischen Kostüm mit Glasperlen im Garten sich erging, immer unter einem Schirm, und die Dienerschaft sie bald zu einer Mahlzeit, bald zum Tee rief. Vor drei Jahren hatte sie einen Seitenflügel gemietet, um ihre Ferien dort zu verbringen, und war allem Anschein nach für immer bei Bjelokurow geblieben. Sie war zehn Jahre älter als er und regierte ihn streng, so daß er, wenn er sich entfernen wollte, zuerst ihre Erlaubnis einholen mußte. Sie schluchzte und schrie oft mit einer Männerstimme, und dann ließ ich ihr sagen, daß ich die Wohnung verlassen würde, wenn sie nicht aufhöre; und sie hörte dann auf.

Als wir nach Hause kamen, setzte sich Bjelokurow auf den Diwan und machte ein nachdenklich-finsteres Gesicht, und ich begann, im Saal auf und ab zu gehen, eine leichte Erregung gleich einem Verliebten verspürend. Ich wollte über Woltschaninows reden.

«Lida kann nur einen Landschaftsabgeordneten liebgewinnen, der gleich ihr von Krankenhäusern und Schulen besessen ist», begann ich. «Oh, wegen eines solchen Mädchens kann man nicht nur ein Landschaftsabgeordneter werden, sondern sogar, wie es im Märchen heißt, ein Paar eiserne Schuhe abtragen. Und Missius, wie entzückend ist diese Missius!»

Gedehnt redete Bjelokurow lange über die Krankheit des Jahrhunderts, den Pessimismus. Er redete bestimmt, in einem Ton, als widerspreche ich ihm. Hunderte von Kilometern einer veröden, eintönigen, ausgebrannten Steppe können nicht so trostlos sein wie ein Mensch, der dasitzt und redet, während man nicht weiß, wann er fortgehen wird.

«Es handelt sich nicht um Pessimismus und nicht um Optimismus», entgegnete ich gereizt, «sondern darum, daß von hundert Menschen neunundneunzig keinen Verstand haben.»

Bjelokurow bezog meine Worte auf sich, war beleidigt und ging.

III

«In Malosiomow weilt der Fürst auf Besuch, er läßt dich grüßen», sagte Lida der Mutter nach ihrer Rückkehr, während sie ihre Handschuhe auszog. «Er hat viel Interessantes erzählt... Versprach, in der Gouvernementsversammlung die Frage von einem medizinischen Punkt in Malosiomow wieder zur Sprache zu bringen, aber er glaubt, daß wenig Hoffnung bestehe.» Darauf wandte sie sich an mich und fügte hinzu: «Entschuldigen Sie, ich vergesse immer, daß Sie das nicht interessieren kann.»

Ich wurde gereizt.

«Warum sollte es mich nicht interessieren?» fragte ich und zuckte die Achseln. «Sie belieben nicht, meine Meinung zu kennen; doch ich versichere Sie, daß mich diese Frage lebhaft interessiert.»

«Wirklich?»

«Jawohl. Meiner Meinung nach ist ein medizinischer Punkt in Malosiomow durchaus unnötig.»

Meine Gereiztheit teilte sich ihr mit; sie schaute mich aus zusammengekniffenen Augen an und fragte:

«Was ist denn nötig? Landschaften?»

«Auch Landschaften sind unnötig. Nichts ist dort nötig.»

Sie hatte ihre Handschuhe endlich ausgezogen und entfaltete die Zeitung, die man gerade von der Post geholt hatte; nach einem Augenblick bemerkte sie leise, sich sichtlich beherrschend:

«Vor einer Woche ist Anna an einer Geburt gestorben, wäre aber in der Nähe ein medizinischer Punkt gewesen, so wäre sie am Leben geblieben. Auch die Herren Landschaftsmaler, scheint mir, sollten irgendwelche Meinungen darüber haben.»

«Ich habe darüber eine ganz bestimmte Meinung, ich versichere Sie», erwiderte ich; aber sie verbarg sich hinter der Zeitung, als wolle sie mich nicht anhören. «Meiner Ansicht nach dienen die medizinischen Punkte, Schulen, Bibliotheken, Apotheken unter den bestehenden Verhältnissen nur der Unterjochung. Das Volk ist mit einer großen Kette gefesselt, und Sie zerschlagen nicht diese Kette, sondern fügen immer nur neue Glieder hinzu — da haben Sie meine Meinung.»

Sie schlug ihre Augen zu mir auf und lächelte spöttisch; ich aber fuhr fort, bemüht, meinen Hauptgedanken festzuhalten:

«Nicht das ist wichtig, daß Anna bei der Geburt gestorben ist, sondern daß alle diese Annas, Mawras, Pelagejas vom frühen Morgen bis es dunkelt ihre Rücken krümmen, krank werden vor übermäßiger Arbeit, ihr Leben lang um ihre hungrigen, kranken Kinder zittern, ihr Leben lang Tod und Krankheiten fürchten, ihr Leben lang sich pflegen, früh welken, früh alt werden und in Dreck und

Gestank sterben; wenn ihre Kinder heranwachsen, geht das Lied von neuem los, und so vergehen Jahrhunderte, und Milliarden von Menschen leben schlimmer denn Tiere — um eines Stückes Brotes willen, in beständiger Angst. Das Furchtbare ihrer Lage liegt darin, daß sie keine Zeit haben, an ihre Seele zu denken, keine Zeit, sich auf sich selbst zu besinnen; Hunger, Kälte, tierische Angst, eine Unmenge von Arbeit haben gleich Schneewällen ihnen alle Wege zu einer geistigen Tätigkeit versperrt, eben zu dem, was den Menschen vom Tier unterscheidet und das Einzige bildet, um dessentwillen es zu leben lohnt. Sie kommen ihnen mit Ihren Krankenhäusern und Schulen zu Hilfe; aber Sie befreien sie damit nicht von den Fesseln, im Gegenteil, Sie unterjochen sie noch viel mehr, da Sie, indem Sie in ihr Leben neue Vorurteile tragen, nur die Zahl ihrer Bedürfnisse steigern, ohne davon zu reden, daß sie für die Pflästerchen und die Bücher der Semstwo bezahlen und dafür ihre Rücken noch stärker krümmen müssen.»

«Ich will mit Ihnen nicht streiten», erwiderte Lida, ihre Zeitung sinken lassend. «Ich habe das alles schon gehört. Ich will Ihnen nur eines sagen: Man kann die Hände nicht in den Schoß legen und dasitzen. Freilich werden wir die Menschheit nicht retten, und vielleicht irren wir uns in vielem, doch wir tun, was wir können, und wir haben recht. Die höchste und heiligste Aufgabe der Kulturmenschen besteht darin — dem Nächsten zu dienen, und wir versuchen, nach bestem Können zu dienen. Ihnen gefällt es nicht, doch allen kann man es nicht recht machen.»

«Du hast recht, Lida, hast recht», ließ sich die Mutter vernehmen.

In Lidas Gegenwart war sie immer eingeschüchtert und schaute, während sie sprach, unruhig auf sie, voll Furcht, etwas Unnötiges oder Unpassendes zu sagen; und nie widersprach sie ihr, sondern pflichtete ihr stets bei: du hast recht, Lida, hast recht.

«Die Kenntnis des Lesens und Schreibens, die Bücher mit den kläglichen Belehrungen und Sprüchen und die medizinischen Punkte können weder die Unbildung vermindern noch die Mortalität, ebensowenig wie das Licht aus Ihren Fenstern diesen Riesenpark erleuchten kann», erwiderte ich. «Sie geben nichts, durch Ihre Einmischung in das Leben dieser Menschen schaffen Sie bloß neue Bedürfnisse, einen neuen Zwang zur Arbeit.»

«Ach, mein Gott, man muß doch irgend etwas machen!» sagte Lida voll Verdruß, und man konnte es ihrem Ton anmerken, daß sie meine Erwägungen für unbedeutend hielt und sie verachtete.

«Man muß die Menschen von der schweren physischen Arbeit befreien», sagte ich. «Man muß ihr Joch erleichtern, muß ihnen eine Atempause einräumen, damit sie nicht ihr ganzes Leben an den Herden, Trögen, auf dem

Feld verbringen müssen und auch Zeit dafür haben, über ihre Seele, über Gott nachzudenken und ihre Geisteskräfte mehr zur Geltung zu bringen. Die Aufgabe eines jeden Menschen liegt in der Arbeit des Geistes — im beständigen Suchen nach Wahrheit und nach dem Lebenssinn. Machen Sie doch, daß für jene die grobe, tierische Arbeit unnötig wird, lassen Sie sie sich frei fühlen, und dann werden Sie sich überzeugen, welch ein Hohn im Grunde diese Bücher und Hausapotheken sind. Wenn der Mensch sich seiner wahren Berufung bewußt wird, so können nur Religion, Wissenschaften, Künste ihn befriedigen und nicht diese Lappalien.»

«Von der Arbeit befreien!» lächelte Lida spöttisch. «Ist denn das möglich?»

«Jawohl. Nehmen Sie einen Teil fremder Arbeit auf sich. Wenn wir alle, Städter wie Landbewohner, alle ohne Ausnahme, einverstanden wären, die Arbeit, die von der Menschheit zur Befriedigung der menschlichen Bedürfnisse geleistet wird, unter uns zu verteilen, so kämen auf einen jeden von uns vielleicht nicht mehr als zwei, drei Stunden täglich. Stellen Sie sich vor, daß wir alle, Reiche wie Arme, nur drei Stunden im Tage arbeiten, während die übrige Zeit für uns frei ist. Stellen Sie sich dazu vor, daß wir, um noch weniger von unserem Körper abzuhängen und weniger zu arbeiten, Maschinen erfinden, die die Arbeit ersetzen, und uns bemühen, die

Zahl unserer Bedürfnisse auf ein Minimum zu beschränken. Wir härten uns und unsere Kinder ab, damit sie Hunger und Kälte nicht fürchten und wir nicht beständig gleich Anna, Mawra, Pelageja um ihre Gesundheit zittern müssen. Stellen Sie sich vor, daß wir uns nicht ewig pflegen, keine Apotheken, Tabakfabriken, Branntweinbrennereien unterhalten müssen — wie viel freie Zeit bleibt uns schließlich übrig! Alle gemeinsam widmen wir diese freie Zeit den Wissenschaften und Künsten. Wie die Bauern zuweilen gemeinschaftlich die Straße ausbessern, so würden wir alle auch zusammen und gemeinschaftlich die Wahrheit und den Sinn des Lebens suchen und — ich bin davon überzeugt — die Wahrheit sehr bald finden, den Menschen von seiner beständigen, quälenden, niederdrückenden Furcht vor dem Tode und sogar vom Tode selbst befreien.»

«Allein, Sie widersprechen sich», sagte Lida. «Sie reden von der Wissenschaft und lehnen gleichzeitig den Unterricht im Lesen und Schreiben ab.»

«Die Kenntnis des Lesens und Schreibens, wenn der Mensch nur die Möglichkeit hat, die Aushängeschilder an Schenken und hin und wieder Bücher, die er nicht versteht, zu lesen, eine solche Bildung haben wir bei uns seit Rjuriks Zeiten; der Gogolsche Petruschka liest schon lange, und doch ist das Dorf, wie es zu Rjuriks Zeit war, bis auf den heutigen Tag unverändert geblieben. Nicht Lesen und

Schreiben tut uns not, sondern Freiheit für eine möglichst reiche Entwicklung der geistigen Fähigkeiten. Nicht Schulen brauchen wir, sondern Universitäten.»

«Sie verneinen auch die Medizin?»

«Ja. Sie war nur nötig zum Studium der Krankheiten, als Lebenserscheinungen, aber nicht zu ihrer Behandlung. Wenn schon behandeln, so nicht die Krankheiten, sondern ihre Ursachen. Beseitigen Sie die Hauptursache — die physische Arbeit, und dann wird es keine Krankheiten geben. Ich erkenne keine Wissenschaft an, die behandelt», fuhr ich erregt fort. «Wissenschaften und Künste, wenn sie echt sind, streben nicht nach vorübergehenden, einzelnen Zielen, sondern nach dem Ewigen und Allgemeinen — sie suchen die Wahrheit und den Sinn des Lebens, sie suchen Gott, die Seele; wenn man sie aber vor die Bedürfnisse und Tagesfragen spannt, vor Apotheken und Bibliotheken, so komplizieren und verrammeln sie nur das Leben. Wir haben viele Mediziner, Pharmazeuten, Juristen, die Zahl der des Lesens und Schreibens Kundigen hat zugenommen; aber wir haben gar keine Biologen, Mathematiker, Philosophen, Dichter. Der ganze Verstand, die ganze Seelenenergie werden für die Befriedigung temporärer, vorübergehender Bedürfnisse verbraucht... Gelehrte, Schriftsteller und Künstler arbeiten mit Vollkraft, dank ihnen wachsen die Lebensbequemlichkeiten mit jedem Tag an, die Bedürfnisse des Körpers vermehren sich, indessen sind wir von der Wahrheit noch weit entfernt, und der Mensch bleibt nach wie vor das raubgierigste und unsauberste Tier, und alles zielt darauf ab, daß die Menschheit in ihrer Mehrheit entartet und für immer eine jede Lebensfähigkeit verliert. Unter solchen Bedingungen hat das Leben eines Künstlers keinen Sinn, und je begabter er ist, desto seltsamer und unverständlicher wird seine Rolle, da es sich ergibt, daß er zur Belustigung des raubgierigen, unsauberen Tieres arbeitet, um die bestehende Ordnung aufrechtzuerhalten. Und ich will nicht und werde nicht arbeiten... Nichts braucht es, möge die Erde in den Tartarus versinken!»

«Missiuska, geh hinaus», sagte Lida, da sie augenscheinlich meine Worte für ein so junges Mädchen für schädlich hielt.

Genia warf einen traurigen Blick auf Mutter und Schwester und ging hinaus.

«Ähnliche nette Sachen sagt man gewöhnlich, wenn man seine Gleichgültigkeit rechtfertigen will», fuhr Lida dann fort. «Krankenhäuser und Schulen ablehnen, ist leichter, als heilen und lehren.»

«Du hast recht, Lida, hast recht», pflichtete die Mutter bei.

«Sie drohen, daß Sie nicht arbeiten werden», fuhr Lida fort. «Augenscheinlich schätzen Sie Ihre Arbeiten hoch ein. Brechen wir unseren Disput ab, wir werden uns nie einigen, denn ich stelle die unvollkommenste aller Apotheken und Bibliotheken, über die Sie sich soeben so geringschätzig geäußert haben, höher denn alle Landschaften der Welt.» Darauf wandte sie sich in einem ganz anderen Ton an ihre Mutter: «Der Fürst ist stark abgemagert und hat sich sehr verändert, seit wir ihn zum letztenmal bei uns sahen. Man schickt ihn nach Vichy.»

Sie erzählte der Mutter vom Fürsten, um nicht mit mir reden zu müssen. Ihr Gesicht brannte, und um ihre Erregung zu verbergen, beugte sie sich ganz tief wie eine Kurzsichtige zum Tisch nieder und tat, als läse sie die Zeitung. Meine Anwesenheit war unangenehm. Ich verabschiedete mich und ging nach Hause.

IV

Draußen war es ganz still; das Dorf jenseits des Teiches schlief schon, nicht ein Licht war sichtbar, und nur auf dem Teich schimmerten zart die blassen Spiegelungen der Sterne. Am löwengeschmückten Tor stand Genia unbeweglich, sie wartete auf mich, um mich zu begleiten.

«Im Dorf schläft schon alles», begann ich, bemüht, in der Dunkelheit ihr Gesicht zu erkennen, und erblickte die auf mich gerichteten dunklen, traurigen Augen. «Der Schankwirt und die Pferdediebe schlafen friedlich, während wir anständigen Menschen einander reizen und streiten.»

Es war eine traurige Augustnacht — traurig, weil es schon nach Herbst roch; von einer Purpurwolke bedeckt, ging der Mond auf und beleuchtete schwach die Straße und die zu ihren beiden Seiten liegenden Äcker mit den Wintersaaten. Häufig fielen Sternschnuppen. Genia ging neben mir auf der Straße und bemühte sich, nicht auf den Himmel zu schauen, um die fallenden Sterne nicht zu sehen, die sie aus irgendeinem Grunde erschreckten.

«Ich glaube, Sie haben recht», erwiderte sie, von der nächtlichen Feuchtigkeit zitternd. «Wenn alle Menschen gemeinsam sich der geistigen Tätigkeit hingeben könnten, so würden sie bald alles erkennen.»

«Gewiß. Wir sind höhere Wesen, und wenn wir in der Tat die ganze Stärke des menschlichen Genius erfassen und nur höheren Zielen leben würden, so würden wir schließlich zu Göttern werden. Doch das wird nie sein — die Menschheit wird entarten, und vom Genie wird auch nicht eine Spur übrigbleiben.»

Als das Tor nicht mehr sichtbar war, blieb Genia stehen und drückte mir eilig die Hand.

«Gute Nacht», sprach sie zitternd; ihre Schultern waren nur von der Bluse bedeckt, und sie krümmte sich vor Kälte zusammen. «Kommen Sie morgen.»

Mir ward bang beim Gedanken, daß ich allein zurückbleiben würde, gereizt, unzufrieden mit mir und den Menschen; und ich bemühte mich schon selber, nicht auf die fallenden Sterne zu schauen.

«Verweilen Sie noch einen Augenblick mit mir», sagte ich. «Ich bitte Sie.»

Ich liebte Genia. Wahrscheinlich liebte ich sie dafür, daß sie mich erwartete und begleitete, dafür, daß sie mich zärtlich und bewundernd anschaute. Wie rührend schön waren ihr blasses Antlitz, der schlanke Hals, die schlanken Arme, ihre Schwäche, ihr Müßiggang, ihre Bücher. Und ihr Verstand? Ich vermutete einen nicht gewöhnlichen Verstand bei ihr, mich entzückte die Weite ihrer Anschauungen, vielleicht weil sie anders dachte als die strenge, schöne Lida, die mich nicht mochte. Ich gefiel Genia als Künstler, ich hatte ihr Herz durch mein Talent erobert, und ich hatte den leidenschaftlichen Wunsch, nur für sie zu malen, ich träumte von ihr als meiner kleinen Königin, die zusammen mit mir diese Bäume, Felder, den Nebel, die Morgenröte, diese wundervolle, bezaubernde Natur besitzen würde, in der ich mich bisher nur hoffnungslos einsam und überflüssig gefühlt hatte.

«Verweilen Sie nur noch einen Augenblick», bat ich. «Ich flehe Sie an.»

Ich nahm meinen Mantel ab und bedeckte ihre frierenden Schultern damit; sie, fürchtend, in einem Männermantel lächerlich und häßlich zu erscheinen, lachte auf und warf ihn ab, und da umschlang ich sie und überschüttete ihr Antlitz, ihre Schultern, ihre Hände mit Küssen.

«Bis morgen!» flüsterte sie, und behutsam, als fürchtete sie, die nächtliche Stille zu stören, umarmte sie mich. «Wir haben keine Geheimnisse voreinander, ich muß sofort Mama und Lida alles erzählen... Das ist so furchtbar! Mama fürchte ich nicht, sie liebt Sie, aber Lida!»

Sie rannte zum Tor.

«Leben Sie wohl!» rief sie.

Und darauf hörte ich zwei Minuten lang, wie sie lief. Ich wollte nicht nach Hause gehen. Ich stand eine Weile unentschlossen da und schlenderte langsam zurück, um nochmals das Haus zu betrachten, in dem sie lebte, das liebe, naive, alte Haus, das, so schien es, mit den Fenstern seines Mezzanins wie mit Augen auf mich schaute und alles begriff. Ich ging an der Terrasse vorüber, setzte mich auf die Bank neben dem Tennisplatz unter die alte Ulme ins Dunkel und schaute von dort aufs Haus. In den Fenstern des Mezzanins, in dem Missius lebte, leuchtete helles Licht auf, darauf ein ruhiges Grün, man hatte die Lampe mit dem Lampenschirm bedeckt. Schatten bewegten sich... Ich war erfüllt von Zärtlichkeit, Ruhe und Zufriedenheit mit mir selber, Zufriedenheit, weil ich mich hatte hinreißen lassen und liebgewonnen hatte, und gleichzeitig empfand ich ein Unbehagen bei dem Gedanken, daß zu dieser gleichen Zeit wenige Schritte von mir entfernt in einem der Zimmer dieses Hauses Lida lebte, die mich nicht mochte, mich vielleicht verabscheute. Ich saß und wartete, ob Genia nicht herausträte, lauschte, und mich dünkte, daß im Mezzanin geredet wurde.

Eine Stunde war vielleicht vergangen. Das grüne Licht erlosch, und man sah keine Schatten mehr. Der Mond stand schon hoch über dem Haus und beleuchtete den schlafenden Garten, die Wege; die Georginen und Rosen im Blumenbeet vor dem Haus waren deutlich zu erkennen und schienen alle gleicher Farbe zu sein. Es wurde sehr kalt. Ich verließ den Garten, las unterwegs meinen Mantel auf und begab mich ohne Hast heim.

Als ich am nächsten Tag nach dem Mittagessen zu Woltschaninows kam, stand die Glastür in den Garten weit offen. Ich saß eine Weile auf der Terrasse, in Erwartung, daß hinter dem Blumenbeet auf dem Platz oder auf einer der Alleen Genia auftauchen oder aus den Zimmern ihre Stimme ertönen würde; darauf betrat ich das Wohnzimmer, das Eßzimmer. Nicht eine Seele war zu sehen. Aus dem Eßzimmer schritt ich durch den langen Gang zum Vorzimmer, darauf zurück. Im Gang waren mehrere Türen, und hinter einer von ihnen vernahm ich Lidas Stimme.

«Der Rabe hatte irgendwo...», sprach sie laut und gedehnt, wahrscheinlich diktierend, «ein Stück Käse aufgetrieben... Der Rabe...

hatte irgendwo... Wer ist dort?» rief sie plötzlich, als sie meine Schritte hörte.

«Ich bin es.»

«Ah! Entschuldigen Sie, ich kann jetzt nicht zu Ihnen hinauskommen, ich beschäftige mich mit Dascha.»

«Ist Jekaterina Pawlowna im Garten?»

«Nein, sie ist mit meiner Schwester heute morgen zur Tante ins Pensasche Gouvernement verreist. Und im Winter werden sie wahrscheinlich ins Ausland fahren...» fügte sie nach einer Weile hinzu. «Ein Rabe hatte irgendwo... ein Stück Käse aufgetrieben... Hast du es geschrieben?»

Ich ging ins Vorzimmer hinaus und stand da, ohne an etwas zu denken, schaute von dort auf den Teich und das Dorf, und zu mir drangen die Worte: «Ein Stück Käse. Ein Rabe hatte irgendwo ein Stück Käse aufgetrieben.»

Und ich verließ das Gutsgebäude auf dem gleichen Weg, auf dem ich das erstemal hierher gekommen war, nur in entgegengesetzter Richtung; vom Hof ging ich in den Garten, am Haus vorbei, dann durch die Lindenallee... Dort holte mich ein Junge ein und übergab mir ein Briefchen. «Ich habe der Schwester alles erzählt, und sie fordert, daß ich mich von Ihnen trenne», las ich. «Ich war nicht imstande, sie durch meinen Ungehorsam zu betrüben. Gott wird Ihnen Glück schicken, verzeihen Sie mir. Wenn Sie wüßten, wie Mama und ich bitterlich weinen!»

Da kam die dunkle Tannenallee, der eingefallene Zaun... Wo damals der Rogger geblüht hatte und die Wachteln gerufen hatten, weideten jetzt Kühe und zusammengekoppelte Pferde. Hier und dort schimmerte auf den Hügeln leuchtend grün die Wintersaat. Nüchterne Alltagsstimmung bemächtigte sich meiner, und ich schämte mich all dessen, was ich bei Woltschaninows gesprochen hatte, und von neuem langweilte mich das Leben. Als ich nach Hause kam, packte ich meine Sachen und fuhr am Abend nach Petersburg.

Ich habe Woltschaninows nie mehr gesehen. Unlängst auf der Fahrt nach der Krim begegnete ich Bjelokurow im Eisenbahnwagen. Er trug immer noch die Joppe und das gestickte Hemd, und als ich ihn nach seinem Befinden fragte, gab er mir zur Antwort: «Durch Ihre Gebete...» Wir kamen ins Reden.

Er hatte sein Gut verkauft und ein kleineres auf den Namen Ljubow Iwanownas gekauft. Über Woltschaninows teilte er mir nur weniges mit. Lida lebte nach wie vor in Scholkowka und erteilte den Kindern in der Schule Unterricht; allmählich hatte sie einen Kreis ihr zugehöriger Menschen um sich gesammelt, die eine starke Partei bildeten und auf der letzten Semstwoversammlung Balagin durchfallen ließen, der bis dahin den ganzen Kreis in seinen Händen gehalten hatte. Von Genia aber teilte Bjelokurow nur mit, daß sie nicht daheim lebe und ihr Aufenthaltsort unbekannt sei.

Ich beginne schon das Haus mit dem Mezzanin zu vergessen, und nur selten, wenn ich lese oder schreibe, fällt mir unvermutet das grüne Licht im Fenster oder der Klang meiner Schritte ein, wie ich ihn nachts im Felde vernahm, wenn ich verliebt nach Hause zurückkehrte und mir die Hände vor Kälte rieb. Und noch seltener, in Augenblicken, da mich die Einsamkeit quält und ich traurig bin, überfällt mich undeutliche Erinnerung, und allmählich scheint es mir dann, daß man sich auch meiner erinnert, auf mich wartet und daß wir uns begegnen werden...

Missius, wo bist du?

1896.

NACHWORT

Tschechow (geboren 1860, gestorben 1904) ist seinen Landsleuten noch nicht völlig erschlossen und von ihnen noch nicht nach Gebühr gewürdigt worden. Die Zeitgenossen schätzten an seinen Erzählungen die treffende Darstellung des russischen Lebens, die Meisterschaft der Sprache; die Melodie seiner Werke zog sie an, aus denen heimliche Trauer sprach, unbestimmt wie im Lied der Singdrossel. Er wurde zum Liebling vieler, ihr eigen. Warum? Durch *irgend* etwas, fühlte man. Man stellte ihn nicht den Großen gleich, einem Tolstoi oder Dostojewski, liebte ihn aber nicht weniger, eher auf eine besondere Art, wie etwas Verwandtes. Vielleicht kam es daher, daß man seine Größe nicht empfand und Mitleid sich der Liebe zugesellte: denn bald, nachdem Tschechow die Universität als Arzt verlassen hatte, erkrankte er schwer, und es hieß, er habe die Schwindsucht. Er erschütterte nicht, entflammte nicht, lehrte nicht. Er erzählte bloß, mit Humor oder zarter Trauer, rührte an etwas Vages in der Seele, erinnerte an etwas

Vergessenes, trauerte über etwas, träumte von einem herrlichen Leben, «das nach dreihundert Jahren anheben würde...» Nachdenklich, sogar schüchtern, allen gegenüber aufmerksam, *still* wie er war — fand die geräuschvoll-revolutionäre Zeit keinen Widerhall in ihm, und bald nach seinem Hinschied — am 2. Juli 1904 — beginnt man ihn schon zu vergessen. Mit der Revolution des Jahres 1917 fällt er ganz aus dem in Verwirrung geratenen Leben heraus und ruht ehrenvoll in der Literaturgeschichte. Der neuen «Sowjetgeneration» war er schon nicht mehr ein *«Eigener»*, er schien gleichsam überflüssig, unverständlich. Gewiß, man liest ihn, namentlich seine «leichten» Erzählungen aus seiner ersten Zeit; man «arbeitet ihn durch», soweit das Schulprogramm es erfordert — doch das ist alles; er ist zu sehr «inaktiv», zu sehr keusch, subtil und zarttraurig. Die ältere Generation liest ihn von neuem, *hört etwas* daraus. Es heißt, daß auch die junge Generation ihn jetzt zu lesen, ihn sogar zu lieben beginnt... und ist doch kaum imstande, das Verborgene seiner Dichtung zu begreifen. Doch irgend etwas zieht sie zu ihm hin, an irgend etwas mahnt er auch sie...
Noch weniger ist Tschechow den Ausländern verständlich. Man liest ihn gern, wird angezogen von seiner Unterhaltsamkeit, der treffenden Darstellung eines fremden, «exotischen» Lebens, dem Humor; doch er reißt

nicht hin wie Dostojewski oder Tolstoi, die jetzt durch die Arbeit der Kritik den Lesern der ganzen Welt erschlossen sind. Und dennoch verkörpert auch Tschechow die gleiche große Linie der russischen Literatur und steht gleich unseren Großen — Puschkin, Gogol, Tiutschew, Dostojewski, Tolstoi — im gleichen Flußbett des russischen Geistesstroms, dessen Urquell — der russische Geist, die russische Seele ist, in der Welt «âme slave» benannt und so wenig verstanden. Darum ist es notwendig, wenn man Tschechow den Ausländern vorlegt, unbedingt vom Wesen des russischen Geistes und — als seinem Ausdruck in der Kunst — von der großen Linie der russischen Literatur zu reden. Das Thema ist unerschöpflich, religiös und philosophisch; in einem Nachwort kann es nur oberflächlich gestreift werden.

Der bekannte Publizist Herzen äußerte, daß die ganze russische Literatur «aus Gogols bekannter Erzählung ‚Der Mantel' hervorgegangen sei». Das ist ganz unrichtig. Die russische Literatur — und mit ihr der Gogolsche «Mantel» — ist aus dem geistigen Wesen des russischen Volks hervorgegangen, aus seiner Sehnsucht nach der «Gotteswahrheit» auf Erden, aus seinem Glauben an diese Wahrheit, aus seinem Suchen nach dieser Wahrheit, bei all seiner Zügellosigkeit und Sündhaftigkeit, bei all seinem Hin- und Herschwanken «von der Madonna zu Sodom», wie Dostojewski sich ausdrückte.

Das Besondere der russischen Kultur liegt in ihrem Ursprung. Die russische Kultur ist durch einen tausendjährigen «Stempel» geprägt: die Taufe im orthodoxen Glauben. Dadurch wurde das geistige Wesen des russischen Volkes, seiner Geschichte und Aufklärung bestimmt. Bei einer Neigung zur Kontemplation ist die russische Seele leidenschaftlich und schwankt von der «Lichten Stadt» zur Hölle, es ist die Seele eines Künstlers und Schwachsinnigen, eines Demütigen und Vermessenen, eines Glaubenskämpfers und Sünders. Doch sie ist auch sehr empfänglich, und wenn sie etwas liebgewinnt, ihm Glauben schenkt, wird sie daran festhalten und sich ohne Besinnen dafür einsetzen. Es ist erstaunlich, wie sehr ein Ausländer, Graf Joseph de Maistre, diese unbändige Seele verstehen konnte. «Wenn man das russische Wollen», sagt er in seinen «Quatre chapitres sur la Russie», 1859, Paris, «unter einer Festung einschließen könnte, so würde es die Festung in die Luft sprengen.» So prägte das Taufbecken die russische Seele, es ist fest in sie hineingewachsen und hat eine glänzende Blüte hervorgebracht. Das ist unbestreitbar durch die russische Geschichte wie durch die ganze russische Kultur bewiesen. Doch noch bevor der wissenschaftliche Beweis erbracht war, erklärte Puschkin eindringlich: «Unsere Aufklärung ist von den Mönchen ausgegangen.» Dieses Licht leuchtet auch heute noch, trotz allem, was geschehen mag. Sein Einfluß hat sich machtvoll in der russischen Kunst geäußert: in der Malerei — im Heiligenbild! — in der Musik, der Baukunst — in den Gotteshäusern unseres Nordens! — und insbesondere in der russischen «großen» Literatur.

Auch unsere Literatur ist vom «Stempel» geprägt; sie ist außerordentlich tief, «streng», wie vielleicht keine zweite Literatur der Welt, und keusch. Sie scheint gleichsam die Erde mit dem Himmel zu verbinden. In ihr sind beinahe immer «Fragen» vorhanden, das Bestreben, «das Geheimnis zu enthüllen», Versuche, die Lösung der Welträtsel zu finden, die der Menschheit von dem Unerforschlichen gestellt wurden; Fragen nach Gott, dem Dasein, dem Sinn des Lebens, nach Recht und Unrecht, nach dem Bösen, der Sünde, nach dem, was *dort* sein wird ... und ob dieses *dort* existiert ... Die Kunst eines jeden Volks entspricht seinem geistigen Fassungsvermögen. Die nationale Literatur schöpft stets aus der Volksseele. Die große Literatur eines jeden Volks ist *seine* Literatur, aus seinem Geiste geboren.

Jahrhundertelang hat die Kirche die russische Volksseele geformt; nicht ohne Grund hat Dostojewski das russische Volk «Gottesträger-Volk» genannt; nicht ohne Grund hat Tiutschew von den «armen Siedelungen» gesungen. Die Kirche lehrte, wie kostbar die Persönlichkeit eines *jeden* Menschen, unabhängig von Rasse und Konfession, sei, — lange vor den Weltdenkern — und wie unschätzbar eine *jede* Menschenseele, dieses Ebenbild Gottes. Die Kirche zeigte dem Volk die hohe Vollkommenheit seiner Heiligen. Die Kirche wies der russischen Frau eine hohe Stellung an und erkannte ihr die *Freiheit* zu. Auf unserer ganzen Kultur liegt der Stempel keuscher Weiblichkeit und Barmherzigkeit.

Die Ernährung mit dem Ewigen Wort formte den Charakter des Volkes, seine *Wahrheit*. Daher kommt unser «Wahrheitssuchen», in unserer Literatur so stark ausgeprägt. Daher auch die «geistige Armut», die Geringschätzung der «Güter dieser Welt», die Begierde nach einem gerechten Leben, das Suchen nach der Gottesstadt auf Erden. Ohne ein so geprägtes Antlitz gäbe es nicht die große russische Literatur; gäbe es nicht das Wertvollste, das Puschkin uns geschenkt, hätten wir nicht Turgenjews Perle «Lebendige Reliquien» und die Lisa aus dem «Adelsnest»; auch nicht Gogols Symbolismus und seinen «Mantel»; hätten wir nicht den «ganzen» Dostojewski, seine Gotteskämpfer und Taubenseelen, das Hin- und Herschwanken seiner «Doppelgänger» — «von der Madonna zu Sodom», den Staretz Sossima und Alioscha Karamasow, sein *«Licht»* sogar im «Totenhaus». Wäre vieles nicht bei Tolstoi, und selbstverständlich hätte die Welt nicht «Anna Karenina». Wir hätten nicht die wundervollen

Seiten in Ljeßkows «Kirchenversammlung»; hätten auch nicht die einst die russische gebildete Gesellschaft so aufwühlende «Rote Blume» von Garschin, diese seltsame Blume — das Symbol des Weltübels — die im Drang nach Aufopferung vom wahnsinnigen Helden dieser bedrückenden Erzählung gepflückt wird.

«Das unruhige Gewissen» der russischen Intelligenz, ihr Idealismus, ihr dem «geringeren Bruder» Dienen und ihre Opferfähigkeit kommen in erheblichem Grade vom Volksgewissen, von der in der Seele des Volkes verborgenen *Wahrheit*, jener Wahrheit, die zu verehren Dostojewski im Jahre 1880 in seiner berühmten Rede bei der Einweihung des Puschkindenkmals leidenschaftlich aufforderte. Von dieser Wahrheit, von der «moralischen Reserve in der Volksseele», sprach in seiner Rede über den ehrwürdigen Sergius der Historiker Kliutschewski, wobei er die Kraft des russischen Volkes, sich nach Erschütterungen des Reiches und militärischen Niederlagen schnell zu erholen, eben durch diese moralische Reserve erklärte.

Das heilige Wort war auf guten Boden gefallen — in die Seele des treuherzigen Volkes. Unter dieser segensreichen Einwirkung hatte sich die russische Seele gebildet, war die russische Kultur aufgeblüht, um den ihr zubestimmten Anteil an der Welt zu übernehmen.

Die in der Volksseele leuchtende *Wahrheit* ergoß sich auch in die Seele der russischen gebildeten Klasse als hohe Moral. Wir erinnern an unser Gericht, unsere Medizin, an das Vermächtnis Pirogows an die russischen Ärzte. Aus dieser *Wahrheit* ergibt sich auch die Einstellung unseres Volkes zum Verbrechen als einer *Sünde*, zum Verbrecher — als einem *Unglücklichen*. Auf diese Wahrheit lauschte auch der Gesetzgeber, und es ist nicht Zufall, daß das alte russische Strafrecht — «Rußkaja Prawda», russische Wahrheit* hieß. Daher kommt auch die dem Westen unbekannte Kirchenbuße, vom Gericht auferlegt, wenn das Gesetz keine Schuld erkennen kann, das Gewissen sie aber *vernimmt*. Wir erinnern an die russischen jungen Mädchen und Studenten, die in Hungerjahren während Epidemien Hilfe leisteten. Erinnern an die Schriftsteller Tolstoi, Korolenko, Tschechow, die durch ihr Beispiel das öffentliche Gewissen weckten. Woher kommt das? Von unserem «unruhigen Gewissen», treu dem Befehl der hohen Wahrheit.

Diese Wahrheit schreit sogar in einem so freien Künstler, der scheinbar allem gegenüber gleichgültig ist, wie in dem Erzähler in Tschechows Erzählung «Missius». Sein Disput mit Lida, sein Einstehen für die Kleinen dieser Welt, kommt eben von dieser Wahrheit:

«... Nicht das ist wichtig, daß Anna an der Geburt gestorben ist, sondern daß alle

* Prawda hat im Russischen eine doppelte Bedeutung: Wahrheit und Recht, Gerechtigkeit.

diese Annas, Mawras, Pelagejas vom frühen Morgen bis in die Nacht ihre Rücken krümmen müssen ... ihr Leben lang um ihre hungrigen und kranken Kinder zittern ... früh welken ... und in Schmutz und Gestank sterben ... Das ganze Entsetzen ihrer Lage liegt darin, daß sie keine Zeit haben, an ihre Seele zu denken, keine Zeit, an sich zu denken ...»

Herzen sprach es aus, daß «Rußland nach hundert Jahren auf Peters Reformen mit Puschkin antwortete». Nicht nur auf die «Reformen». Wäre nicht unsere «Prägung» gewesen, so hätte es weder Puschkin noch die große russische Literatur gegeben. In Puschkin verschmolzen wunderbar die beiden Ströme: der himmlische und der irdische, und offenbarte sich der erstaunliche Glanz dieser harmonischen Verschmelzung. Der Strom der Aufklärung floß auch vor Peter, und in gleichmäßiger Entwicklung brachte das Leben wundervolle Früchte hervor: erinnern wir nur an unseren namenlosen Homer, den genialen Schöpfer des «Lieds vom Heereszug des Fürsten Igor». Mit den Reformen Peters stürzte sich ein zweiter Strom auf Rußland und schwemmte viel Heiliges fort; zugleich mit Dunklem auch viel Lichtes, Kostbares; er verwirrte und drückte die Seele des Volkes nieder, versetzte sie in Angst und brachte sie vom natürlichen Wege der Entwicklung ab. Die Folgen sind unübersehbar, vor allem tat sich eine Kluft zwischen dem Volk und den oberen Schichten auf. Mit dem Druck Peters, der stürmischen Überflutung mit seinen Reformen begann das gegenseitige Nichtverstehen zwischen dem Volk und den «Herren». Puschkin gab ein Symbol dieser Überschwemmung mit ihren Schrecken in seinem Meisterwerk «Der bronzene Reiter».

Tschechow ist schlicht und klar und tief. Seine Dichtung gleicht bei äußerlich hinreißender Leichtigkeit einem schweren Seufzer. Sie ist keusch und innerlich. Man muß sie mit dem *Herzen* aufnehmen, und dann enthüllt sich vieles: Trauer und Bitterkeit und Empörung.

Er kommt aus dem Volk. Der Enkel eines Leibeigenen, der Sohn eines Kleinbürger-Krämers, Arzt, Rationalist; der Religion gegenüber scheinbar äußerlich gleichgültig, ist er keusch-*religiös* und wohlbewandert im Bezirke tiefreligiöser Empfindungen. «Atheist», eine Hymne auf die «Wissenschaft» singend, «als einzige Wahrheit und einzige Schönheit auf Erden», wie der berühmte Professor in der «Traurigen Geschichte», und auf das «irdische Wissen», wie Doktor Ragin im «Krankenzimmer Nr. 6», «durch irgendwelche Zufälligkeiten aus dem Nichtsein ins Leben berufen», erfaßt Tschechow tief die Schönheit der religiösen Verzückung und durch sie die Freude und Schönheit des *Lebens*. Das geht deutlich aus seinen Lieblingserzählungen hervor: — er äußert sich darüber in seinen Briefen — «Der Student» und «In der Osternacht».

«... Der Student mußte wiederum daran denken, daß, wenn Wassilissa in Weinen ausgebrochen und ihre Tochter verwirrt war, augenscheinlich das, wovon er soeben berichtet, was sich vor neunzehn Jahrhunderten zugetragen hatte, eine Beziehung zur Gegenwart, zu den beiden Frauen und wahrscheinlich zu diesem verödeten Dorf, zu ihm selber, zu allen Menschen haben mußte ... und es kam ihm vor, er habe soeben die beiden Enden dieser Kette gesehen; als er das eine berührt hatte, war das andere erbebt ... Er dachte daran, daß die Wahrheit und Schönheit, die dort, im Garten und im Hause des Oberpriesters, das Menschenleben bestimmt, ununterbrochen bis auf den heutigen Tag fortgedauert und offenbar immer die Hauptsache im Menschenleben und überhaupt auf Erden ausgemacht hatten ... und das Leben erschien ihm hinreißend, wundervoll und erfüllt von einem hohen Sinn.»

Das Erfassen der geistigen Schönheit, wie sie bis zur Ekstase von der Volksseele ausgedrückt wird, ist Tschechow so sehr verständlich, daß im Leser die Gewißheit entsteht, daß auch der Dichter selber ganz in der Schönheit dieser Ekstase lebe. Das zeigt sich ausgesprochen in der «Osternacht». Die Landschaft selber führt in diesen Lobgesang hinein:

«... Der ganze Himmel war dichtbesät mit Sternen, die die Welt erleuchteten. Ich kann mich nicht erinnern, jemals so viele Sterne gesehen zu haben... Große wie Gänseeier waren darunter und kleine wie Hanfkörner... Zur Festtagsparade waren sie alle auf den Himmel hinausgetreten und bewegten alle bis zum letzten sanft ihre Strahlen. Der Himmel spiegelte sich im Wasser wider; die Sterne badeten sich in der dunklen Tiefe...»

Die Erzählung des Mönch-Fährmanns, des Bruders Jeronim, auf dem nächtlichen Fluß in der Osternacht, über den soeben verstorbenen, kirchliche Lobgesänge dichtenden Freund, den Hierodiakonus Nikolai, ist eine ununterbrochene Hymne unter einem Sternenhimmel. Die geheimsten Regungen der Volksseele aufdeckend, deckt sie gleichzeitig die geheimsten Regungen von Tschechows Herzen auf: man fühlt, daß beide Geheimkammern des Herzen eins sind.

Man muß wissen, in welcher Zeit Tschechow geschrieben hat: in den achtziger und neunziger Jahren des vorigen Jahrhunderts verlangte der Leser vom Schriftsteller keine freie Dichtung, sondern hauptsächlich Antworten auf Fragen des öffentlichen Lebens, wollte im Schriftsteller hauptsächlich den *Tribunen* sehen. Ganz richtig bemerkt ein Untersucher der Tschechowschen Dichtung, Kurdiumow, bereits in der Emigration: die russische Gesellschaft stellte an einen Schriftsteller beinahe die gleichen Forderungen, die man gewöhnlich an das Parlament und den politischen Klub stellt. Tschechow blieb sich selber treu, getreu den geheimen Kammern seines Gewissens, der künstlerischen Wahrheit, die aus der Wahrheit des Volkes schöpfte. Und darum ist er ein nationaler Dichter gleich Puschkin, Gogol, Dostojewsky, Tolstoi, Ljeßkow... Er reagierte nicht auf die Tagesfragen, er ergab sich Betrachtungen über die Tiefen des Lebens, die ewigen Tiefen. Seine Dichtung, wie alle große Literatur, die durch den Inhalt ergreift, durch Bilderreichtum und Meisterschaft hinreißt, ist fast immer tief und von keuschem Ernst, sogar *streng*. Das Grundlegende bei ihm — gleich einem Leitmotiv — sind tiefe Fragen: «die ewigen Welträtsel»: über Gott, den Sinn des Lebens, das Dasein, das Böse, die Sünde, das Glück. Diese Fragen stehen der russischen Seele nahe, bilden das Wesentliche ihres Weltgefühls: der russische Mensch, wie geistig beschränkt er auch sei, verbirgt sie stets in der Seele, hört und redet gern darüber. Diese Fragen-Geheimnisse sind seine angeborene Grundlage. Diese Grundlage nährt die nationale Literatur, verknüpft sie mit der Volkswahrheit. Die russische Literatur ist kein sich Ergötzen an der Schönheit, ist keine Zerstreuung, dient nicht der Unterhaltung, sondern sie ist ein *Dienen*, gleichsam ein religiöses Dienen. Dadurch ist auch Tschechows Dichtung mit der

Volksseele verbunden, und darum ist er unser *Eigener*; und das scheinbar Vergessene, woran er uns leise mahnt, ist unser Heiliges, das im verworrenen Leben verlorenging.

Einen Tschechow können weder Mode noch ein Programm ihrer Laune unterordnen. Gleich dem Volk ist er stets ein Denker, stets ein Sucher, dichtet mit dem Herzen und daher schöpferisch-religiös. Er bekräftigt die Wahrheit, daß die echte, nationale Kunst stets «Gottes Befehl gehorsam» ist, nach Puschkins begeistertem Vermächtnis.

Nehmen wir die Erzählung «Die Schalmei». Das ist gleichsam ein über einem Sterbenden gesprochenes Gebet, ein Requiem. Und der alte Hirt Luka der Arme singt dieses «Sterbegebet» an einem unfröhlichen, feuchten Morgen auf einer selbstverfertigten Schalmei. Die ganze Erzählung besteht aus einem ergreifenden Gespräch zwischen zwei schlichten Seelen über das *Ende!* In diesen zwei, drei Tönen der Schalmei erschließt Tschechow einen reichen Inhalt.

«... Die Zeit ist gekommen für den Untergang der Gotteswelt...» «Schade!» seufzte der Alte nach einem kurzen Stillschweigen. «Oh, Gott, wie schade...! So viel Schönes... die Sonne, und der Himmel, und die Wälder, und die Flüsse, und die Geschöpfe... das alles ist ja erschaffen worden, eingefügt... jedes ist seinem Zweck zugeführt... und das alles soll untergehen...!»

Immer die gleichen klagenden zwei, drei Töne. Doch diese sparsamen Töne verwandeln sich gleichsam in ein «Klagelied über das Leben», in ein Bedauern der ganzen Gotteswelt, in Harm über die Sünde, das Böse.

«... Wir werden schlechter von Jahr zu Jahr, Gott hat uns die Kraft genommen. Und woher kommt alles? Wir sündigen viel, haben Gott vergessen...»

Das Hauptthema Tschechows ist die Sünde, das Böse, der Zerfall des Lebens durch die Sünde, das Leiden... «In der Schlucht», «Krankenzimmer Nr. 6» sind Erzählungen tiefen *Aufseufzens*.

In der unheimlichen Erzählung «In der Schlucht» hat das Böse — die Sünde alles durchdrungen, die lebendige Seele getötet und sich gleichsam in der Gestalt der schönen Aksinja verkörpert:

«... Aksinja hatte graue, naive Augen, die selten blinzelten, und auf ihrem Antlitz spielte beständig ein naives Lächeln. In diesen nicht blinzelnden Augen und in dem kleinen Köpfchen auf dem langen Hals und in ihrer schlanken Gestalt lag etwas Schlangenhaftes; grün, mit einer gelben Brust — Tschechow spricht von ihrem Kleid —, mit einem Lächeln schaute sie um sich, wie im Frühling die Natter aus dem grünen Roggen auf den Vorübergehenden blickt, ausgestreckt, und den Kopf erhoben.»

— «Der Gemeindeälteste und der Gemeindeschreiber waren bereits in so hohem Grade von Unwahrheit durchtränkt, daß sogar ihre Gesichtshaut ein besonderes, betrügerisches Aussehen hatte.»

In dieser menschlichen «Schlucht» erlischt gleichwohl nicht das Licht: «und die Finsternis ergriff ihn nicht». Treu der Volkswahrheit gibt Tschechow, der Rationalist — gerade! — das bezaubernde Bild der Lipa, das ganz aus Licht gemacht ist. Ihr verzweifelter Aufschrei: «Warum hast du mich nur hierher gegeben, Mutter!...» — ist in dieser Tragödie-Erzählung ihr einziger kraftloser Protest. Das Leben hatte die Sanfte in diese Schlucht getragen, in diese Hölle, wo die Schlange-Sünde ihr Kind tötete.

Ihre schweigsame Mutter Praßkowja und sie, die sanfte Lipa, fremd dieser «Finsternis», dieser Sünde im Reichtum, sind der äußersten Verzweiflung ausgeliefert:

«... Und das Gefühl untröstlichen Schmerzes wollte sich ihrer bemächtigen. Doch jemand, so schien es ihnen, schaute aus der Höhe des Himmels, aus dem Blau, von dort, wo die Sterne waren, herab, sah alles, was in Uklejewo vor sich ging, wachte. Und wie groß das Böse auch war, so war die Nacht doch still und schön und es bestand doch in der Gotteswelt eine ebenso stille und schöne Wahrheit und wird immer bestehen. Und alles auf Erden wartet nur, um mit der Wahrheit zu verschmelzen, wie das Mondlicht mit der Nacht verschmilzt.»

Das achte Kapitel dieser Erzählung kann mit Recht einen ersten Platz in der Weltliteratur einnehmen. Unvergeßlich sind die Seiten, da die sanfte Lipa, der die Schlange-Sünde das Herz herausriß — sie verbrühte mit kochendem Wasser ihr Kindchen —, den kleinen Leichnam ganz allein durch die nächtliche einsame Steppe trägt, während die ganze Steppe mit allen Nachtstimmen den Triumph der gegenüber dem menschlichen Kummer teilnahmslosen Natur singt:

«... Sie schaute zum Himmel empor und dachte, wo wohl jetzt die Seele ihres Knaben sei: folgte sie ihr nach oder schwebte sie dort oben inmitten der Gestirne und dachte nicht mehr an ihre Mutter? Oh, wie einsam ist es nachts im Felde, inmitten des Gesangs, wenn man selber nicht singen kann, inmitten der ununterbrochenen Freudenrufe, wenn man sich selber nicht freuen kann, wenn vom Himmel der gleichfalls einsame Mond herabblickt, dem alles gleich ist.»

Getreu der Volkswahrheit, findet Tschechow einen Ausweg aus der «Schlucht» — in der Entfernung von dem Bösen — der Sünde. Lipa hat sich aus der «Schlucht» erhoben, sie lebt wieder in Armut; doch sie ist frei und singt wieder gleich der Frühlingslerche.

«... Von der Bahnstation, wo sie Ziegel in die Waggons geladen hatten, kam eine Schar Weiber und Mädchen. Sie sangen. An ihrer Spitze ging Lipa und sang mit heller

Stimme. Sie schmetterte ihr Lied hinaus, während sie in die Höhe, auf den Himmel blickte, als triumphiere sie und freue sich, daß der Tag gottlob zu Ende gegangen sei und man sich ausruhen könne.»

Es ist der Aufmerksamkeit wert: «der Himmel» erhebt bei Tschechow beinahe immer und befreit den Menschen: immer ist die «Erde» bei ihm unlöslich mit dem «Himmel» verbunden, ein echter Volkszug.

Was ist also Tschechow? Ein Rationalist? Ein Ungläubiger?... Sein Werk gibt darauf Antwort.

Diese Antwort finden wir in vielen seiner Erzählungen, besonders vernehmlich, wenn auch verhüllt, in einem seiner vollkommensten Werke, in der «Traurigen Geschichte».

Der berühmte Professor, Nikolai Stepanytsch, der nur an die Wissenschaft glaubt, erkennt am Ende seines Lebens seine völlige Hilflosigkeit, seinen geistigen Bankrott. Er findet keine Antwort auf die qualvolle Frage, den Schrei seines Lieblings Katja, die er erzogen hat: «Wie muß man leben... sein?»

«Ich weiß nicht, Katja», erwidert er hilflos.

Doch er muß jetzt vor dem nahen Tod die Frage lösen: Woher kommt denn diese Ohnmacht? Zum erstenmal in seinem Leben beginnt der kluge Professor sich damit zu beschäftigen und erfaßt schließlich die Ursache: In seinem ganzen, langen, wissenschaftlich glänzenden Leben konnte er, wie es sich jetzt herausstellt, nicht «die allgemeine Idee oder was man den Gott des lebendigen Menschen nennt» finden. Er deckte auf, erfaßte, daß alles in seiner Weltauffassung zersplittert, zusammenhanglos, ohne Form und Vollendung war; denn ihm fehlte die grundlegende, leitende Idee, die allein die Mannigfaltigkeit der Erscheinungen zu einem harmonischen Ganzen fügt, alles Große und Kleine, das das Leben bot. Und er kommt zum hoffnungslosen Schluß:

«... Wenn das nicht ist, so ist überhaupt nichts.» Ohnmacht, Staub, Leere. Die Wahrheit des Lebens hat sich gerächt.

Das gleiche ergibt sich aus der Erzählung «Krankenzimmer Nr. 6», die seinerzeit die Leser so aufwühlte, von ihnen aber wohl kaum verstanden wurde.

Doktor Ragin ist ein Rationalist, ein Bücherwurm, der sich eine eigene «Philosophie» oberhalb des Lebens geschaffen hat und sich in diese Philosophie einhüllt: das Leben ist unerfreulich, kleinlich, schmutzig, und er hat sich von ihm abgewandt und in die Gedankenwelt, die Welt wissenschaftlicher Bücher versenkt. Das ihm anvertraute Krankenhaus hat er völlig vernachlässigt, da es — nach seiner Philosophie — ganz und gar schädlich ist. Er hat längst vergessen, daß sich in seinem Krankenhaus ein Seitenflügel befindet, das «Krankenzimmer Nr. 6», mit einigen Geisteskranken, über die der ewig betrunkene Soldat Nikita, der Wärter, mit harten Fäusten herrscht. Und nun ruft die *Wahrheit des Lebens* den Doktor zur Rechenschaft auf — und auf wie feine Weise! und wie unausweichlich!... Das Krankenzimmer Nr. 6, der unheimliche Ort der Peinigung, hat den Doktor in seine Falle gelockt und verschlungen und erledigt ihn grausam. Erst kurz vor dem Ende zeigt sich dem Doktor, *was* er im Leben übersehen hat: das Wundervolle, von dem man sich schwer losreissen kann: Doktor Ragin hat das Gebet entdeckt, vielmehr leicht daran gerührt. Doch es ist zu spät: alles ist abgeschnitten.

In der episch ruhigen, gemächlichen Erzählung «Die Steppe» gewährt Tschechow gleichsam sich und dem Leser ein Ausruhen von dem beunruhigenden Gewissen. Hier finden wir die weiten Fernen und viel Luft, aber auch wieder Himmel und Erde. Eine ganze Reihe von Gesichtern, Seelen, schlichten, stammelnden, die das Leben in die Steppe hinausgeschleudert hat. Auch bei diesen menschlichen Überbleibseln sehen wir die gleiche Volksseele, die Wahrheit, die überall ausgegossene Trauer... Trauer über das Fehlgeschlagene, über etwas, worauf wir alle warten, worauf auch die Steppe, als eine Wohltat, wartet — welch ein Gewitter ist gegeben! — und das nicht kommt. Warum kommt es nicht? *Was* kommt nicht? Weshalb, woher diese alle peinigende Trauer und Langeweile?

Bei Tschechow findet sich eine bedeutsame Erzählung, in welcher sich die Antwort auf dieses quälend-traurige «es kommt nicht» kaum verbirgt. *Was* kommt nicht? Das seit undenklicher Zeit Bestehende, Eingeprägte, in der Volksseele Verborgene: *Die Wahrheit*. Diese Erzählung ist «Missius».

Zwei junge Mädchen, Schwestern. Die ältere, Lida, ist schön, mit einem kleinen, «eigensinnigen» Mund und einem strengen Ausdruck in den Augen. Die jüngere, Missius, ist siebzehnjährig, mit großen Augen, träumerisch, stets mit einem Buch, stets irgendwo, ganz und gar nicht tüchtig, «ein großes Kind»; doch nach den Worten des Erzählers, eines Landschaftsmalers, der auch nicht tüchtig ist, «besitzt sie einen nicht ungewöhnlichen Verstand, mich entzückte die Weite ihrer Anschauung». Lida ist tüchtig, kalt; Missius ganz Herz, mit dem Gefühl einer großen und lebendigen Wahrheit. Die eine ist ganz Verstand, die andere beseelt und feinfühlig. Zwei Gegensätze, gleichsam zwei Kräfte im Leben: eine scharfe, herbe Frucht vom «Baum der Erkenntnis» und die Natur selber, vom «Baum des Lebens». Man hat dem Künstler Missius genommen, sein Glück zerbrochen, kalt zerbrochen, nach irgendeiner unklaren, wenn auch vielleicht logisch-strengen Formel. Und wenn man sich in diese wundervoll subtile Erzählung vertieft, erhebt sich aufdringlich die Frage: Hat man es nur dem Künstler genommen? Man fühlt es bei Tschechow, in seinem ganzen Werk, daß man die entzückende, wundervolle Missius dem ganzen Leben genommen hat, daß sich nach ihr das Leben eben sehnt, daß in ihr eben die volle Wahrheit enthalten ist, ohne die das Leben nicht mehr Leben ist, sondern nur noch ein ekelhaftes Treiben, dem Kreisen Warlamows in der Steppe gleich («Die Steppe»). Von der vernünftigen, kalten Lida ist dem Leben sein ganzer Reiz, die Zartheit, das Feingefühl, die Schönheit, die *Schaffenskraft*, die Freiheit des Geistes genommen... der Himmel selber genommen, das Vertrauen selber in das *Dasein*, in den Geist, in das Leben erzeugende *Herz*. Der ganzen Welt ist die großäugige, zarte «Missius» genommen, irgendwohin fortgeführt, verborgen...

Diese Erzählung ergreift namentlich in unserer harten Zeit das eindringende Herz — denn nur mit dem Herzen kann man ihren wesentlichen Inhalt erfassen, die ganze Tiefe erschließen, die vielleicht Tschechow selber nicht bewußt war, die er bloß mit dem Herzen *vernahm*.

«... Missius redete mit mir über Gott, das ewige Leben, das Wunderbare. Und ich, der nicht zugeben konnte, daß ich und meine Vorstellung nach dem Tode auf immer untergehen könnten, erwiderte: ‚Ja, die Menschen sind unsterblich‘, ‚ja, uns erwartet das ewige Leben.‘ Und sie hörte zu, glaubte und verlangte keine Beweise...»

Die in der Volksseele verborgene Wahrheit bedarf auch nicht der Beweise. Auch Tschechow bedarf ihrer nicht, trotz aller seiner zeitweiligen Seelenunruhe. In dieser Erzählung erschließt er sich uns ganz, läßt uns sehen, woran er zutiefst glaubt:

«... Ich beginne bereits das Haus mit dem Halbgeschoß zu vergessen, und nur zuweilen beim Schreiben oder Lesen fällt mir plötzlich das grüne Licht im Fenster, bald der Laut meiner Schritte ein, wie ich ihn vernahm, wenn ich verliebt nachts über das Feld heimkehrte und mir die Hände vor Kälte rieb. Und noch seltener, in Augenblicken, da mich die Einsamkeit quält und ich traurig bin, überfällt mich eine unklare Erinnerung, und ich weiß nicht, warum es mir dann scheint, daß man sich auch meiner erinnert, mich erwartet und daß wir uns begegnen werden ...

Missius, wo bist du? ...»

Paris, Mai 1945.

Iwan Schmeljow.

INHALT

Krankenzimmer Nr. 6 5

Die Dame mit dem Hündchen 107

Eine traurige Geschichte
   Aus den Aufzeichnungen eines alten Mannes 139

Der Student 247

In der Schlucht 257

In der Osternacht 331

Die Schalmei 353

Die Steppe
   Die Geschichte einer Reise 371

Missius
   Erzählung eines Künstlers 549

Nachwort von Iwan Schmeljow 585

Meisternovellen: Ausw. u. Nach

9783717514039.4